현대인의 의식 지도

REALITY, SPIRITUALITY, AND MODERN MAN

by David R. Hawkins, M.D., Ph.D.

REALITY, SPIRITUALITY, AND MODERN MAN

과학과 종교 너머
올바른 앎을 향하여

현대인의 의식 지도

데이비드 호킨스 지음 | 주민아 옮김

David R. Hawkins

그 길은 곧고 좁으니…

시간을 낭비하지 말라.

오, 주여, 모든 영광이 당신께 있나이다!

Straight and narrow is the path…

Waste no time.

Gloria in Excelsis Deo!

차 례

| 들어가며 |

최근 수십 년간 기술 부문의 발전은 대중적으로 중요한 위치에 서게 되었다. 한편 이와 동시에 인간 의식 자체도 급격한 발전을 했다고 표현할 정도로 전반적 수준에서 최근에 크게 진보했다. 참으로 심대하고 유익한 이 변화는, 세상 누구도 이 점을 눈치 채지 못했으나 1980년대 후반에 발생하였다. 진실과 거짓을 구분하고, 본질과 외관을 구별하는 중대한 발견을 이룩한 새로운 의식 연구 방법론은 그 사실을 탐지하고 기록하였다. 이보다 훨씬 더 놀라운 사실은, 1부터 1000까지 간단한 지수 눈금 척도로 진실이나 거짓의 구체적인 정도를 탐지하고 심지어 지수로 매길 수 있게 되었다는 점이다. 이 지수 안에는 인간 영역과 그것을 넘어서는 영역에 있는 모든 앎Knowingness의 가능성까지 포함된다.

간단한 설문조사와 관찰을 통해 알 수 있듯이, 지금을 비롯해 역사를 통틀어서도 자연 재해를 제외하고 인류가 고통받았던 주된 이유는 진실과 거짓, 현실과 환상, 본질과 지각, 주관적 견해와 입증 가능한 실재reality를 구분할 수 없었기 때문이다. 이제는 의식 연구의 여러 발견 덕분에 시간의 흐름에 따라 전체 인간의 조건을 재평가할 수 있는 새로운 패러다임을 얻게 되었다. 의식 수준을 수치로 표현하는 이 척도는 선형적 영역과 비선형적 영역을 동시에 포함하여 맥락과 확장된 패러다임을 제공하기 때문이다.

이 발견은 인간 지식의 중대한 도약을 나타낸다. 선형적 내용과 비선형적 맥락, 이 두 가지를 동시에 발화해야만 진실을 입증

가능하게 정의 내릴 수 있다는 확실한 사실이 밝혀졌다. 만약 '상황적 윤리'라는 훈련을 통해 인식되었다면, 발화된 맥락 안에서만 이해할 수 있다는 것이다. 심지어 사법부에서도 동기, 상황, 의도, 정신의 수용 능력, 환경 등 맥락의 중요한 영향력을 인정했다.

역사적으로 입증 가능하게 진실을 밝히려는 모든 시도에는 명확히 증명할 수 있는 절대적이고, 불변하며, 규정 가능한 기준이 부족했었다. 따라서 진실을 확인하고 입증하려는 확증 가능하고 실용적인 수단이 있다면, 인간에 대한 이해를 앞당기는 완전히 새롭고 확장된 차원이 제시되는 것과 같다.

지식은 방대한 정보나 연구의 조직적이고 체계적인 본체를 나타낸다. 가령, 자연과학과 그것을 적용해 확인한 운동법칙이 좋은 예다. 더구나 정보는 이론적(학술적)이면서 동시에 임상적이며, 입증 가능하며 명확히 실용적이다. 예를 들어, 의학에는 (측정 수준 445의) 기술과 과학적 원리의 응용과 그 고유한 지식 체계를 담은 (측정 수준 440의) 과학이 있다.

비선형적 영역에 대한 연구를 가리켜 대개 인식론, 형이상학, 철학이라고 말하거나 역사적 종교라고 부르기도 한다. 뉴에이지 계열의 종교과학Religious Science, 유니티Unity, 신사상 운동, 크리스천 과학, 그리고 특정 종교를 초월하는 여러 교회 등 현대 종교 단체들은 고전적, 역사적, 기독교적 교리의 차이를 강조하기보다 공통적인 영성의 본질에 중점을 둔다.

인식awareness은 영적 실재의 본질적 핵심에서 나온다. 그 영적 실재는 외견상 갈라지는 종교의 역사적 계시 뒤에 숨어 있다. 따라서 현대인은 여전히 입증 가능한 영적 진실의 핵심을 찾고 있는 중이다. 역사적으로 보면 그런 영적 진실은 교회의 교리나 논쟁을 일으킬 만한 법안 공포로 인해 흔히 옆길로 빠져 애매하게 흐려지곤 했다.

전통적 종교는 대개 고대 문화의 신화와 전설을 포용하는 입장이었다. 그 신화와 전설은, 입증 가능할 만큼 문자 그대로 충실한 영적 실재보다는 민간에서 전승된 알레고리 형식의 것이었다. 전통적 종교 안에 이런 문화적 전설을 포섭한 것, 이로써 1925년 그 유명한 스콥스 '원숭이' 재판 중에 변호사 클래런스 대로는 상대 검찰 측 변호인 윌리엄 제닝스 브라이언을 공격할 명분을 얻었다.[1] 역사적인 그 재판은 지금 시대에 와서는 '진화론 대 창조론' 논쟁으로 표현된다. '지적설계설' 개념은 종교와 과학 사이에 그럴듯하고 개연성 있는, 회유적이면서도 균형 잡힌 타협안을 제시하는 것 같다.

만약 인간이 지적 능력을 본래 타고난 게 아니라면 과학 자체도 존재하지 않는다. 그뿐 아니라, 만약 우주 내부의 설계가 없다면 그 어떤 과학도 존재하지 못할 것이 매우 분명하다. 왜냐하면 과학은 본질적으로나 우선적으로 설계의 탐색과 기술에 주력하기 때문이다. 과학적 법칙이 그 좋은 예다. 따라서 지적설계설이라는 가설을 거부한다는 것은, 인간 에고ego의 기층에 있는 허영심 때문이라고 말할 수도 있을 것이다. 에고는 진실에 도달하는 일보다 자신은 '옳고' 나머지는 '틀렸다'는 사실을 증명하는 일에 더 관심을 두기 때문이다.

이 책에서는 앞서 나온 스콥스 재판 이후에도 아직 해결되지 않은 쟁점을 해결하고 마침내 영원히 잠재우는 데 필요한 방법이 제공될 것이다. 해결을 둘러싼 저항은 이성주의자들이 생각하고 싶어 하는 것처럼 그리 논리적이지 않다. 오랜 기간 반목해 온 해트필드 가문과 맥코이 가문으로 인류를 구분하는 인간 에고의 자기도취적 핵심은 어디에서 나오는가. 그것은 진실에 몰두하려는 동기가 아니라, 갈등과 소위 '올바른' 상태를 통해 얻은 오만한 에고의 자기도취적 성과에 불과하다. 에고는 천성적으로 겸손함에 매우 적대적이다. 에고는 자기 영역에 대한 은밀한 권리를 포기하느니 차라리 스스로 죽거나 타자를 죽이고 말 것이다. 실제로 수백만의 인류가 그렇게 하고 있지 않은가.

흥미롭게도, 진실의 척도를 1에서 1000으로 나눈 의식 지도에서 볼 수 있듯이, 과학은 400대에서 지수가 매겨지고, 영성은 500대 이상의 수준에서 측정된다. 무엇보다 과학의 한계 중 하나는 "패러다임 맹목성"(Hawkins 2006)으로, 패러다임의 한계에 따른 결과를 인식하지 못한다는 것이다.(이 점은 나중에 검토할 것이다.) 패러다임 맹목성은 원래 예수 그리스도의 간결한 명제에서 드러났다. "카이사르의 것은 카이사르에게 바치고, 신의 것은 신에게 바쳐라." 다시 말해, 추상의 수준이 다른 것을 섞지 말고 선형적 영역과 비선형적 영역의 실재를 혼동하지 말라는 뜻이다.

사실상 진실과 환상을 구분할 수 없는 무능력은 인류 전체의 가장 큰 장애물이다. 그리고 전쟁과 개인적/사회적 고통은 물론 인간이 처한 수많은 난관의 원인이기도 하다. 따라서 기저에 깔린 근본 문제를 긴급하게 최우선적으로 점검해야 할 것이다.

이제 인류를 수 세기 동안 당혹스럽게 만들었던 주요한 수수께끼들이 순식간에 해결될 수 있다. 허나 그 방법은 평범한 가설과 '일반 상식'에 저항하는 것처럼 보인다. 모든 문젯거리와 표면적으로 복잡해 보이는 쟁점들은 단순히 '그렇다' 또는 '그렇지 않다(아니다)'로 구분된다. 그러니 이제 우리가 알아야 할 점은, 바로 '무슨 질문을 어떻게 해야 하는가?'다.

| 머리말 |

이 책과 전작 시리즈에서 기술했듯이, 인류는 아주 최근까지도 진실과 거짓을 확인하거나 식별할 수 있는 신뢰할 만하고 객관적인, 입증 혹은 확증 가능한 수단이 없었다. 그 결과, 최선의 노력을 해 왔음에도 영적 신앙과 이성 간의 갈등은 인류 역사 천년 동안 여전히 성가신 수수께끼로 남았다. 그 수수께끼는 고대 그리스와 로마의 위대한 지성인은 물론, 『서양의 위대한 고전』을 장식한 수 세기에 걸친 위대한 철학자와 사상가들에게도 난해한 문제였다. 하물며 토마스 아퀴나스부터 오늘날 참으로 위대한 신학자들까지의 노력에도 불구하고, 그 문제와 관련되어 여전히 벌어지고 있는 논쟁이 《타임》의 중요한 주제를 이루기도 했다.(Van Biema 2006.11.13)

그러한 교착상태의 고갱이를 웅변한 사건이 바로 유명한 1925년 스콥스 재판이다. 물론 그 충돌은 이후 미국 대법원장 휴고 블랙의 말처럼 소위 "교회와 국가 간의 높은 벽"에 의해 정치판에서 원래의 판결이 뒤집혔다. 1946년 당시, 그 갈등을 부추겼던 판결은 오늘날 사회에서 뜨거운 논쟁을 불러일으켰고, 지금도 그 사건은 세속주의자와 전통주의자 간의 계속되는 정치 싸움을 상징한다. 한편 학계에서는 '천지창조설'과 '지적설계설'의 대결로 표현된다.

물과 기름을 섞어 보려는 시도는, 크기가 작은 입자를 균일하게 분산시키는 방법이 발견되었을 때에야 가능해졌다. 이와 비슷하게, 여러 새로운 발견 때문에 이제 신앙과 이성 양자 어느 쪽의 온전함도 다치지 않은 채, 그 두 가지를 동시에 움직여 전후 맥락을 맞출 수 있는 방법론이 생겨났다. 지금은 과학적, 이성적, 논리적, 지성적으로 학식을 유지하면서, 동시에 명백한 증명이라는 성채로 둘러싸인 신앙을 통해 영적으로 감화될 수 있다.

의식의 본질에 대한 간편한 연구는 과거에 매우 분리된 이질적 영역처럼 보이던 것 사이를 쉽게 오갈 수 있는 일종의 가교를 드러내 보인다. 갈등에 답을 내고 그것을 성공적으로 해결하는 일은 실재에 대한 확장된 패러다임의 중요성을 인식한 결과다. 그 패러다임은 곧 과학과 영적 실재의 양자 모두를 끌어안은 것이다. 지금까지처럼 표면적으로 배타적인 영역이나 연구 분야로 나누어 그중 분리된 '어느 한쪽'만 견지하지 않는다는 뜻이다. 이렇게 명백하게 확장됨으로써 맥락은 이성과 진실 양자를 동시에 포섭한다. 그 결과, 마침내 주관적 견해, 애매모호성, 갈등이 없어진다.

역사적으로 볼 때, 맥락의 확장은 결국 효과적인 역할을 해냈다. 가령, 물리학은 제한된 뉴턴의 패러다임에서 입자물리학, 양자역학, 그리고 계속 진화 중인 양자론까지 확장해 왔다. 여기에 하이젠베르크의 결정적 발견인 불확실성의 원리가 가교 역할을 했다. 그 원리는 인간 의식을 통해 관찰할 때 그로 인한 영향이 어떤 결과를 가져오는지 설명해 주었다. 즉 인간 의식은 관찰하고자 하는 의도의 결과로 '파동함수의 붕괴'(나중에 설명하겠다.)를 허용하고 촉발시킨다. 천문학도 이와 유사하다. 처음에는 단순히 지구를 포함한 행성 체계를 연구하다가 나중에는 빛의 속도로 계속 확장하고 늘어나는 무한한 은하계와 수많은 우주를 포함시켰다.

영적 실재와 계시 종교의 내재된 진실도, 이성을 버리거나 논리와 합리성의 원칙을 위배하지 않는 방식으로 점검할 수 있다. 사실, 영적 실재를 입증할 수 있는 바로 그 맥락과 방법론이 동시에 과학적 법칙을 증명한다.

아주 최근까지도 과학과 종교는 서로 분리된 상자 안에 포장되어 있었다. 이제 그 상자를 벗겨 버리고, 그보다 훨씬 더 큰 컨테이너 안에 넣을 수 있다. 그 컨테이너 안에 과학과 종교가 다 들어가고, 서로 똑같은 중요도와 신뢰도와 균형을 갖는다.

그렇게 함으로써 관찰로 생긴 서로 다른 시각은 별개의 상충되는 '실재'를 만들어 낸다. 하지만, 그것은 단지 포괄적이고 무한한 의식 자체의 내부에서 나오는 서로 다른 관점을 나타낼 뿐이다. 가령, '진화'와 '창조' 사이에 인위적인 분란을 조장하는 이분법 대신에, 진화론이 곧 창조론이 되는 더욱 고차원적이고 수용적인 패러다임에서 보면 진실은 얼마나 단순하고 간단해지는가. 확실히, 진화는 단순히 계속 진행되는 생명체의 겉모습이며, 진화와 창조는 사실상 하나이며 동일한 것이다.(양자 모두 측정 수준 1000이다.) 창조는 그 성질이 태생적으로 진화적이며 불시에 전개되는 것이다. 이와 비슷하게, 자연이라는 선형적인 지적 체계도 가장 기초적인 시행착오들의 법칙처럼 보인다. 하지만 그 선사시대의 늪에서 *호모 사피엔스*가 생겨났고 그 호모 사피엔스의 비선형적 의식이 이제는 맥락과 의미를 제공한다.

표면적으로 충돌하는 '신앙 대 과학'이라는 난제도 영속적인

'근원source'이 단순 인과관계의 '원인cause' 같은 일시적이며 표면적인 단일사건과 다른 것이라고 깨닫게 되면 의외로 단순해진다. '원인'이라는 용어는 실재를 한정적으로 바라보는 뉴턴식 패러다임에 갇힌 것이며, 기실 그 패러다임은 심지어 과학 자체로만 봐도 시대에 한참 뒤떨어진다. 이제 과학의 패러다임도 비선형적 역학, 확률론, 혼합이론, 출현-복잡성 이론 등으로 옮겨 갔기 때문이다.

역설적으로, 가장 위대한 과학 천재들이 시간이 흐를수록 개인적 삶에서 매우 종교적으로 변해 갔다는 사실은 의미심장하다. 이해의 깊이에 있어 그들의 역량과 수용 능력이 심오하고 포괄적이었다는 점에서 볼 때, 종교적이라고 표현한 것이다. 그들은 타고난 천재였기 때문에 종교와 과학 사이에 충돌이 없다는 사실을 직관적으로 알아챘다. 하지만 사실상 그 어느 누구도 추정할 수 있는 차이의 해결에 대해선 해명하지 않았다. 왜냐하면 그들의 직관은 어떤 것을 이해하는 앎이었지만, 그것이 없는 세상과 범인에게는 도저히 불가해한 앎이었기 때문이다.

| 서론 |

지난 수십 년에 걸쳐 진실에 대한 실용적이며 객관적인 설명이 등장하여 실재에 대한 새로운 정보와 확장된 패러다임을 제공했다. 이로써 인간의 진보와 진화의 현 상태를 재평가할 수 있게 되었다. 무엇이 '실재'이며 '비실재'인지, '진실'은 무엇이며 '거짓된 가설'은 무엇인지 하는 문제는 이제 더 높은 차원의 객관적이며 유리한 관점에서 재평가되고 해결될 수 있다. 그 관점에는 역사상 인간을 한계 짓고 오염시켰던 인간적 편견, 가령, 주관적 견해나 수사 등이 없다.

이전 글에서도 밝혔지만, 인간 정신은 아무 도움을 받지 못하면 본질적으로 진실과 거짓을 구분할 수 없다. 그리고 지각과 본질, 외관과 실체를 구분할 수 없는 무능함 때문에 제한을 받는다. 이는 그 유명한 데카르트의 *내부 사유의 실체*res interna cogitans(주관적 외관) 대 *외부 물체*res externa cogitans(객관적 실재, 즉 노정된 세계)의 역설로 진술되었다. 예수 그리스도도 이미 다음과 같이 언명한 바 있다. "사실, 원죄는 무지이며 이것 때문에 인류는 구원을 필요로 한다."

역사상 위대한 철학자들도 이와 똑같은 관찰을 했다. 인간 정신은 본질적으로 진실을 구분할 수 없다고 했던 고대 그리스의 회의론자부터, 모든 인간은 외견상 선한 것(지각)을 택하지만 '진짜' 선한 것(본질)과 거짓(환영)을 차별화시킬 수 없다고 했던 소크라테스의 금언까지 모두 그러했다.

고대의 각성한 철인은 물론 최근의 힌두 철학자 라마나 마하르시, 니사르가다타 같은 현자들도 우리가 보는 세상(지각)은 정신의 투사라고 지적하였다. 이런 이분법적 착오의 한계는 최근 양자역학 분야의 획기적 발전을 통해 확인되었다. 양자역학은 심지어 시간이나 위치조차 순전히 인간 의식의 투사라는 점을 드러냈다. 그 한계는 불교 가르침의 주된 공리公理이기도 하다. 붓다는 각성하지 못한 중생은 그저 투사된 환상(마야maya)으로 이루어진 세상 속에 살 뿐이며, 각성하지 않은 채 똑같은 실수를 끊임없이 반복한다는 점을 분명히 했다.

평범한 인간 정신의 한계로 인해, 힌두교와 불교의 여러 신격과 위대한 영적 천재들의 가르침은 역사적으로 활용할 수 있는 가장 고차원적인 진실의 근원으로 예우를 받았다. 실제로 진실을 알 수 있거나 진실의 근원을 인식한다는 것은 그 자체로 신성Divinity의 빛이 비춘 것이다. 그리고 그 사실만으로도 주관적 왜곡에 영향을 받지 않게 된다. 그러나 역사상 가장 위대한 존재들의 가장 고차원적인 가르침(측정 수준 1000)조차 끊임없는 오류의 강물에서 인간 문명을 구원하지 못했다. 여러 사례와 우화를 통해 진실을 쉽게 표현하고 더욱 자세히 설명할 때조차, 본질적으로 진실을 인식하고 수용해야 할 인간 정신이 무능력하고 기꺼이 해 보려는 의지가 없기 때문이다.

위대한 스승들은 모두 인간의 근본적 결함이 '무지'라고 언명했다. 연구에 의하면, 이 무지의 기저에는 에고의 선천적 구조가 갖는 한계가 깔려 있다. 그 한계는 계속 진행 중인 의식 진화에 의한 결과다.

의식 측정 지수가 발견되면서(Hawkins 1995), 전 세계에서 동시에 여러 연구 집단이 만들어지고 연구가 확대되었다. 그리하여 본 저자의 여러 저서들이 세계 주요 언어로 번역되어 출간되었다. 『인간의 의식 수준에 대한 질적, 양적 분석과 계량화』(1995), 『의식 혁명』(1995), 『나의 눈』(2001), 『호모 스피리투스』(2003), 『진실 대 거짓』(2005), 『의식 수준을 넘어서』(2006), 『내 안의 참 나를 만나다』(2007), 『현대인의 의식 지도』(2008), 『치유와 회복』(2009) 등이다.

진실 판별의 중요성에 대한 전 세계의 관심은 강렬했다. 그 결과 미국, 유럽, 아시아 등지와 영국의 옥스퍼드 유니언 포럼을 비롯해 여러 대학에서 100회 이상의 중요한 강연 발표가 이루어졌다. 여러 연구 그룹을 통해 정보가 확산되면서 그 분야가 빠르게 확대되었다. 인간의 노력이 들어간 모든 분야에서 놀랄 만한 여러 발견을 해냈다. 그 방법론은 성공적이었으며, 심지어 탄도 미사일로 경계를 치고 있는 국제 분쟁의 해결에도 실용적으로 적용되었다. 또한 과학 연구에도 매우 중요한 응용 해법을 갖고 있었고, 그 결과, 이전에는 인간이 접근할 수 없었던 지식의 여타 모든 분야를 이제는 최대한 빠르게 활용할 수 있게 되었다.

연구에 수백만 달러를 바쳐도 이용할 수 없었던 정보를, 의욕 충만하고 진실한 사람이라면 전혀 비용을 들이지 않고도 눈 깜짝할 사이에 얻을 수 있다는 사실에 모든 사람들이 깜짝 놀랐다. 그 방법을 응용한 국제외교학도 새로이 등장했다. 일상생활은 물론 공학 연구, 마케팅, 생산 개발, 직원 선발, 구매, 범죄 탐지, 안보 정보 분야에도 이용되었다. 덧붙여 경제 계획과 정부 기획을 포함해 전 세계적으로 진실한 인간의 노력을 수월하게 촉진시키는 분야들에도 활용되었다.

현재 발전해 가는 중인 여타 신규 정보 분야가 그렇듯, 의식 연구의 한계도 처음에는 구체적으로 알려지지 않았다. 그저 순진하게 그 방법론을 사용하면 누구나 진실을 알 수 있을 것이라고 짐작했다. 이는 초기 연구 기간 중에 매우 진실한 사람들만이 피험자로 활용된 사실에서 기인한 결과였다. 나중에 피험자는 반드시 의식 지도상에 200 수준 이상 측정되어야 했고, 부록 C에 개괄된 실험 방법론의 세부사항도 정확히 준수해야 한다는 점을 명백히 했다. 따라서 미국 인구의 30퍼센트 미만이 그 기술을 신뢰성 있게 이용할 수 있다는 결론이 나온다.(헌데 아직 그 본질상 진화되지 않았거나 여전히 상대적으로 원시적인 여러 국가와 문화에서는 그보다 훨씬 더 낮다.) 그 실험에는 개인의 견해나 욕망보다 진실에 대한 객관적 몰입이 필요하다.

이전 저작과 마찬가지로 이번 책에서도 각 장의 측정된 진실은 부록 A에 명시했다. 덧붙여 중요한 명제의 진실 수준은 책 안에 들어 있다. 또한 이전 저작에서 그랬듯, 중요한 개념은 일부러 반복해서 표현하려고 한다. 서로 다른 맥락 안에서 드러나는 의미와 중요성을 숙지하고 확장시키는 결과를 만들기 위해서다. 단순히 기본 개념에 익숙해지는 것만으로도 독자의 의식 수준이 상당할 정도로 상승하게 된다는 점은 흥미로웠다. 이는 전 세계 수천 명의 연구생들을 통해 이미 입증된 사실이다.

현대인은 매우 복잡한 세상에서 산다는 점을 고려하여, 부록 D에 광범위한 참고문헌을 실었다. 간혹 그 참고문헌의 관련성과 주제를 요약하여 짧은 문장으로 표시하기도 했다. 종합해서 700건이 넘는 참고문헌을 문서화하여 제시했다.

의식 지도

신에 대한 관점	자기에 대한 관점	수준	로그	정서	진행과정
참나	존재함(있음)	깨달음	700-1000	형언할 수 없는	순수한 의식
전존재	완벽한	평화	600	지복	빛비춤
하나	온전한	기쁨	540	평온	변모
사랑하는	상냥한	사랑	500	경외	계시(드러남)
현명한	의미 있는	이성	400	이해	추상
자비로운	조화로운	수용	350	용서	초월
영감을 주는	희망찬	자발성	310	낙관주의	의도
능히 할 수 있게 하는	만족스러운	중용	250	신뢰	해방
허락하는	실현 가능한	용기	200	긍정	힘의 부여
		▲ 신뢰 수준			
		▼ 거짓 수준			
무관심한	까다로운	오만	175	경멸	격앙
앙심을 품은	적대적인	분노	150	미움	공격
부인하는	실망스러운	욕망	125	갈망	노예화
가혹한	깜짝 놀라는	공포	100	불안	위축
무정한	비극적인	비탄	75	후회	낙담
단죄하는	절망적인	무관심, 증오	50	절망	포기
보복하는	사악한	죄책감	30	비난	파괴
멸시하는	가증스러운	수치심	20	굴욕	제거

| 독자에게 드리는 말씀 |

기본 정보는 교육적인 의도로 일부러 반복합니다. 추상적 개념과 비선형적 맥락은 선형적 기술처럼 빠르게 학습되지 않기 때문입니다. 허나 비선형적 개념은 친숙해지면 아주 쉽게 흡수될 수 있습니다. 사실 익숙해지면 상대적으로 노력도 적게 듭니다.

편의상 이전 저서와 강연에서 나오는 일부 자료는 다시 밝혀 주었습니다. 독자 중에는 이전에 출간된 저서를 읽지 못했거나 접해 본 적이 없을 수도 있기 때문입니다.

이 책 전반의 취지는 *외관/지각/환상* 대 *실재/진실/본질* 사이의 차이를 명확하게 설명하는 것입니다. 이들 수준을 혼동하는 것이 전 시대에 걸쳐 인류가 겪은 고통의 근원이었습니다. 이 책은 라나마 마하르시의 유명한 인용구로써 그 취지를 설명할 것입니다. "여러분이 생각하고, 여러분이 보는 세상을 구하기 위해 애써도 소용없다. 그런 세상은 아예 존재하지 않기 때문이다."

더불어 "중생은 마야(환상)의 세상 속에 살아간다."는 붓다의 말도 그 의미가 명확히 밝혀질 것입니다. 즉 인간은 실재와 투사된 지각과 상상을 구분할 수 없다는 명제도 설명됩니다. 이미 언급했듯, 예수 그리스도 역시 인간의 딜레마는 "무지"라고 말했습니다. 이 책은 의식 수준 740에서 760 상태에서 저술되었습니다. 이는 이러한 문제를 직접적으로 해결하고, 설명을 통해 그 해법을 가져올 수 있는 수준입니다.

Reality, Spirituality and Modern Man

01

개관

중요한 인간 지식이 담긴 모든 분야의 역사적 발전은 언제나 흥미진진하고 살펴볼 만한 가치가 있다. 그 발전의 역사를 통해 새로운 지식이 어떻게 시작되고, 그다음 추동력을 얻게 되는지 드러나기 때문이다. 가령, 조사 연구 분야는 인류의 생물학적 진화에 내재된 타고난 특성이라고 할 수 있는 참을 수 없는 호기심 때문에 발전한 것이다.

모든 생명체는 정보를 꾸준하게 연구, 조사, 발견, 수집, 저장하는 일에 몰두한다. 이 과정은 내부 에너지 자원이 결핍된 상태로 태어나, 주변 환경과 외부적 자원으로부터 에너지 자원을 끌어오고 얻어야 하는 동물이 생존하기 위해서 꼭 필요하다. 결국 이를 위해 동물은 끊임없이 이용 가능한 에너지 자원을 찾아 확인하고 시험해 보는 탐색을 해야 한다. 따라서 학습(지성)은 생존을 위한 필수적인 선결조건이다. 정보 습득은 미리 정해진 생물학적 프로그램을 따르게 되는데, 그 프로그램은 이미 유기체 자체의 구조와 기능(설계)으로 내재되어 있다. 이런 역량은 진화의 나무를 상승시키며 더불어 측정된 의식 수준도 함께 올라간다.

진화의 원시 반송파Primodial carrier wave는 모든 인식과 지성, 흔히 말하는 '의식consciousness'의 기층 안에 존재한다. 이 의식은 비선형적이며, 무형적이고, 무한하며, 시간을 초월한 에너지 장이다. 그래서 보편적이며 창조와 우주의 모든 양상을 내포한다.(이때 프로이트와 융 등이 말하는 정신분석학적 '무의식' 용어와 혼동하지 말아야 한다.) 의식의 한 가지 고유한 특질은 인식이다. 그 인식에 의해 '앎to know'이라는 독창적인 역량이 발생한다. 인식awareness 없이도 인간은 *존재한다is*. 하지만 역설적으로 *존재한다*는 그 사실을 '알지' 못한다.

신기하게도, 인류는 매우 최근에 와서야 의식의 영역 자체나 그 중요성을 진정으로 알게 되었다. 실재는 모든 경험의 궁극적 맥락이다. 역사적으로 볼 때, 실재의 기저에 흐르는 기층에 대해 '참나Self'나 '불성Buddha Nature' 등의 용어로 언급했던 이들은 위대한 현자들이나 그 화신들뿐이었다. 철학과 심리학은 의식의 정신적 *내용*(정신)을 탐구했지만, 정신 작용mentalization이 주관적으로 간과될 수도 있고 경험될 수도 있는 정신 자체(의식/인식)의 기층을 설명하지는 못했다.

의식의 에너지 장은 눈에 보이지 않고 비선형적이기 때문에, 역사를 통틀어 오직 깨우친 현자들만이 연구해야 할 만큼 중요한 것이라고 인식하고 언급할 정도였다. 그러나 최근 수십 년 동안, 하이젠베르크 불확실성의 원리가 등장하면서 중대한 과학적 돌파구가 마련되었다. 그 원리에 따르면, 단순히 실험을 *관찰하는* 것만으로도 실험의 결과를 바꾸었다.(파동함수가 잠재성에서 현실성의 상태로 변환되었다.) 그리하여 사상 처음으로 의식이라는 주제가 의도intention와 더불어 과학적 이론과 논의 안으로 편입되었다.(Stapp 2007 참고)

지성

지성이란 분류, 정의, 본질적 의미와 운용체계를 추상적으로 개괄하고 구조화시켜 정리할 수 있는 역량을 포함한다. 지성은 또한 사고나 정신 작용(의미론)을 거쳐 그와 같은 것들을 구분함으로써 좀 더 체계적으로 분류된다. 사고나 정신 작용이라는 용어는 지성의 내용과 관련이 있다. 이때 지성의 내용은 보다 넓은 의식 장의 존재와 밀접하게 정렬하며, 그 의식 장의 결과로 발생한 것이다. 명심하라. 지성과 의식은 본질적으로 형태가 없다. 지성은 구조, 의미, 추상적 함의 안의 의미를 추출할 수 있는 능력을 포함한다. 지성적 능력은 흔히 지능지수IQ로 반영되고 파악할 수 있다.

그러나 지능지수는 일평생 고정된 상태로 지속되는 역량이다. 이와 달리 개인의 의식 수준은 태어나는 순간부터 측정이 가능한데, 영적/종교적 스승, 동기부여, 영성 교육, 그리고 일찍부터 미학에 노출되는 등 여러 가지 유리한 요인이 생기면 상당한 정도까지 올라갈 수 있다. 이런 요인은 생물학적으로 두뇌 기능과 뇌 선호 유형뿐만 아니라 신경과 상박 전달자를 통한 신경 연결 패턴과 뇌 화학에도 영향을 끼친다. 따라서 지능지수는 지성적 역량과 관련이 있지만, 그 중요성은 의식 수준의 발전으로 인해 퇴색되었다. 결과적으로 의식은 천성적인 성향, 의지와 마음가짐, 선택을 반영한다.

붓다가 설파했듯이 인간 세상에 인간으로 태어나는 것이 행운이라면, 그것은 의식 수준과 그에 어울리는 조화로운 영적 인식 수준을 끌어올리고 발전시킬 수 있는 거의 무한한 기회를 얻기 때문이다. 유명한 '카르마' 원리에는, 인간계가 좋은 점을 취하고 나쁜 업은 없앨 수 있는 최대한의 기회를 제공한다는 사실을 인식하는 것도 포함되어 있다.

'카르마'를 교리처럼 신봉할 필요는 없지만, 역사상 모든 인류는 삶과 존재의 영적 기층으로서 영혼의 운명, 즉 카르마를 인식해 왔다. 영혼의 숙명이나 카르마는 붓다, 크리슈나, 조로아스터, 그리고 예수 그리스도가 탄생하기 훨씬 전부터 고대 이집트 등 모든 거대 문명의 주된 초점이었다.

심지어 기원전 1만 년 무렵, 고대 이집트에서 영혼을 일컫는 '카Ka'는 육체적인 죽음의 순간에 몸을 빠져 나가는 것으로 묘사되었다. 그런 다음, 지하세계의 신 오시리스가 진실의 저울로 죽은 자의 심장 무게를 재었다. 만약 그 저울이 진실 쪽에 가까우면 그 자의 운명은 천상에 가는 것이지만, 반대로 허위 쪽으로 기울면 더 낮은 지옥으로 가게 되었다. 또한 인류 집단의 영적 상속물(카르마)이자 운명은 기독교 창세기에도 나와 있다. 창세기에서는 이를 원시 본연의 비선형적 천상의 천국(에덴동산)으로부터 이원성과 선형적 세계(선악 이분법)라는 의식의 영역으로 하강한 결과라고 밝혔다. 말하자면 진실에서 허위의 성향 쪽으로 타락했다는 뜻이다.

동물의 세계에서 진화로 나타나듯(4장 참고), 여러 고고학적 시대를 거쳐 인간 삶의 전반적 의식 수준이 느리게 진보해 왔다는 사실은 손쉽게 기록할 수 있고 설명될 수도 있다. 이와 유사하게, 인간 진화의 의식 수준도 시대에 걸쳐 동일한 형태의 진보를 보여준다.

붓다의 탄생 시점에, 인류 집단은 의식 수준 90에 맞추어져 있었다. 그 의식 수준이 예수 그리스도 탄생 무렵에 100까지 도달했다. 이후 천천히 190 수준까지 상승했으며, 수 세기 동안 이 수준에 머물러 있었다. 그 수치가 갑자기 190으로 뛰었다가 결정적 수치인 200을 넘어서 204, 나중에 207까지 올라간 시점은 불과 1980년대 말이었다. 그러다가 2007년에 다시 하락하여 204 수준이 되었다.

현재 인류의 약 85퍼센트는 결정적 의식 수준인 200 이하로 측정된다. 미국 인구의 55퍼센트는 200 이하인데, 2005년에는 49퍼센트에 불과했다는 사실을 감안한다면 이는 매우 의미심장한 결과다. 200 수준 이하 인구 집단의 부정성은 200을 훨씬 웃도는 소수 집단으로 균형을 맞추고 있다. 그 소수 집단의 긍정적 힘은 200 이하 집단의 부정적 세력보다 훨씬 크고 우세하기 때문이다. 힘의 증가는 기하급수적이다. 따라서 나머지 인류의 부정성을 상쇄하기 위해서는, 사실상 매우 진보된 의식 수준을 지닌 극소수의 사람들이 필요할 뿐이다.

인류 의식 수준의 분포

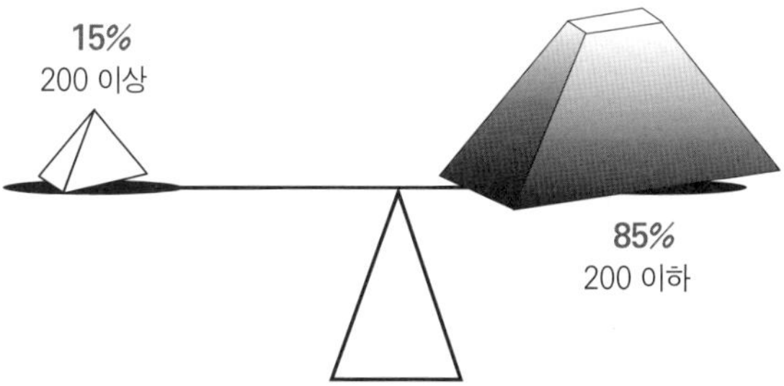

지구상에 살고 있는 사람들의 의식 수준 분포가 매우 고르지 않다는 사실은 참으로 흥미진진하면서도 중요한 지점이다. 서로 다른 문화와 사람들 사이에는 큰 격차가 존재한다. 이는 인간 갈등이 지속될 수밖에 없는 원인의 근저를 이룬다. 흔히 '문명의 충돌'이라고 명명된 민족과 국가 간의 긴장과 전쟁에서 볼 수 있지 않은가.(가령, 워싱턴 DC는 424 수준인데 반해, 바그다드는 160이다.)

의식 수준: 인간 갈등의 원천

각 의식 수준은 그것과 정렬하는 '끌개장attractor field'의 결과로 나오는 지배 에너지 장을 나타낸다. 이때 '끌개장'은 자석이나 중력장과 비슷한 역할을 한다. 이러한 장은 진보적 힘과 지배력을 갖고 있으며 양극성을 나타낸다. 의식 수준 200을 웃도는 에너지 장은 '진실한, 사랑스러운, 생명을 지속시키는' 등의 긍정적 에너지를 끌어당기고 비추면서 부정적인 것을 쫓아 버린다. 반면, 200 이하의 수준은 '증오'로 대표되는 부정적인, 거짓된, 파괴적인 에너지를 끌어당기면서 긍정적인 것을 쫓아 버린다. 이러한 에너지 장은 예전에는 감지되지 않았고 확인되지 못했지만, 광범위한 위력을 떨치면서 인간의 정서에 관련된 능력은 물론, 인간의 모든 결정, 행동, 지각, 문화, 종교, 이해 능력까지 지배하면서 영향을 미쳤다.

개개인들은 비슷한 의식 수준을 지닌 타인들에게 사회적으로 끌리게 된다. 이는 특정 지역이나 집단의 고질적 폭력 혹은 범죄 등으로 대표되는 하위문화에서부터, 서로 도움을 주고 영적인 방향으로 향하는 자애로운 하위문화에서까지 손쉽게 관찰된다. 각 집단은 자체 로고, 언어, 정신 작용이나 지적 활동을 갖고 있다. 또한 그들만의 정치층, 도덕관념, 사회적 행동도 있다. 손쉽게 관찰되듯, 이들은 종종 서로 반대되는 양상을 보이며, 그 결과 끊임없이 문화 충돌과 군사 전쟁이라는 행진을 하게 된다.

가장 낮은 의식 수준에서는 생명이 경시된다. 살인, 자살, 대량살상, 아동 살해, 투견, 인종 청소 등이 그 특성으로 드러난다. 증오는 특정 집단과 지역에서 일어나는 성질을 지니기 때문이다.(가령, '죽음을 숭상한다.'는 의식 수준 20으로 측정된다.) 이와 반대로, 의식 수준 200 이상에서는 생명을 고귀한 것으로 여긴다. 순진무구한 존재를 죽이는 일은 생각조차 할 수 없다. 생명은 그 자체로 신성한 선물이기 때문이다.(사실상 생명은 1000 수준에 해당하는 신성한 선물이다.)

지금까지 밝혀진 내용에서 알 수 있듯, 인간 의식의 각 수준은 그 자체만의 타고난 '실재'가 있다. 그래서 서로 180도 전혀 다른 사람들과 문화 사이에서 벌어지는 갈등은 불가피하다. 어떤 하위 집단에서 찬사를 받는 일이 다른 집단에 가면 우스꽝스러운 결과를 가져올지도 모른다. 예를 들어, 과연 정직은 미덕인가, 아니면 무모한 어리석음과 연약함의 표시인가? 여성은 경시되고 돌로 맞아 죽어도 되는 존재인가, 아니면 존중받아 마땅한가? 다른 신념 체계를 가진 사람들은 다 죽이고 없애야 하는가, 아니면 그들도 마땅히 이해받아야 하는가? 잔인성은 용납되어야 하는가, 아니면 비난받아야 하는가? 정직과 도덕은 현실에 기반을 두고 사회 내부의 지속성을 담보하는 방어벽인가, 아니면 단순히 '정치적으로 억압된 구성물'에 지나지 않는가? 진실은 절대적(본질)인가, 아니면 자의적인가? 즉 사회적 편견을 비추는 덧없는 여론의 상대적인 반영(표면, 지각)에 불과한가?

가장 심각한 이분법은 의식 수준 200 이하에서 벌어지는 진실과 거짓의 뒤바뀜에서부터 발생한다. 그리하여 오늘날 세상에는 최저 20 수준의 신념에 기초한 원시주의와 이슬람 지하드라는 양극단의 문화가 극적으로 직면하는 사태가 일어난다. 이들은 지금 핵무기로 전 세계를 위협하고 있다. 문명화된 사람과 국가에서는 그 집단에 이성적 합리성과 자제 혹은 규제가 자연스럽게 기대되지만, 최저 수준의 의식 집단에서는 이런 자질이 약점으로 조롱받는다. 이 집단은 스스로 외국인 혐오증, 편집증, 망상, 증오에 자극받은 폭력이 만연하여, 이런 동물적인 상태로 빠지는 경향이 있다.

역사상 위와 동일한 패턴은 개인들 사이에서만이 아니라, 계급과 국가, 그리고 서로 엇갈리는 시각을 악마로 묘사하는 종교 사이에서도 반복된다. 따라서 이 세상에는 사실상 매우 다르고, 이분법적으로 정반대되는, 양극단의 두 가지 인간 문화가 존재한다. 의식 수준 200 이상과 그 이하 집단, 이들은 서로가 상대를 적으로 바라본다.

나중에 설명하겠지만, 이 두 개의 정반대되는 문명 사이의 갈등의 원인은 이데올로기에서 시작되며, 뿐만 아니라 실질적으로 서로 다른 뇌의 생물학적 기능에서도 기인한다. 기실 뇌 생리학은 서로 다른 반구체와 신경전달물질의 지배를 받는다.(4장 참고) 그 결과, 사회적, 종교적, 정치적, 문화적으로 큰 차이가 생겨나며, 이것은 동시에 생물학적, 호르몬에 의한, 신경화학적인 차이를 나타내기도 한다. 이 이분법의 근원은 기본적으로 발생상 진화적이다. 다시 말해, 역사상 아주 오래전부터 인류 고유의 것이라 할 수 있다. 그 이분법은 인류의 조상인 호모 사피엔스에게 고유하고 천성적인 것이다.

해결책

위에서 설명한, 인류 계급 사이의 차이를 받아들인다는 것은 어떤 의미인가. 그 사실을 거부하지 않는 것도 감안하고, 또한 사회정치적 단순한 언행 이데올로기는 물론, 상대를 바꾸려는 이상적인 희망사항까지 버리게 됨을 고려한다는 뜻이다. 그러나 지금까지 이 양자 대안 중에서 어느 것도 해결책을 도출하지 못했다. 겨우 인간 역사상 일시적 소강상태를 가져올 뿐이었다. 기실 그 소강상태 동안 양측은 더 크게 맞붙을 다음번 대결에서 우세를 선점하기 위해 스스로 긴축활동을 펴곤 한다. '다정하게 대하기'는 200 이상 측정된 사람들에게는 정상적인 듯 보이지만, 200 이하 사람들은 그것을 모욕과 경멸할 만한 나약함으로 여기기 때문에, 효과적인 소통이 되지 못한다. 이와 똑같은 내부 충돌은 세속의 하위문화에서는 물론, 종교 내부에서도 발생한다.

이해는 지혜와 수용, 연민을 통해서만 이루어질 수 있다. 그 이해를 통해 관대함이 발생하고 본질적으로 매우 다른 세계관과 가치를 현실적으로 용인할 수 있게 된다. 비난과 모욕은 갈등에 뿌리를 둔 이 지배적인 세계관, 사고방식, 현실에 대한 몰이해로부터 나온다.

전쟁, 협박, 재교육, 합법화, 이상적인 개종, 세뇌, 선전, 혹은 '재프로그래밍'을 통한 '용인' 등의 방식으로 자기 시각에 맞추어 상대의 시각을 바꾸려는 기대치, 이것이 바로 효과적 소통의 장애물이다. 그런 사고가 안고 있는 결점은, 그것이 더 낮은 의식 수준의 결과로 발생한 이해의 중대한 한계를 제대로 인식하지 못한다는 점이다. 비록 어렵긴 하지만, 불가능하지만 않다면, 교육적으로나 지적으로 한계가 있는 사람들에게 고급 양자역학 이론 물리학을 가르치려는 경우가 이런 사례에 해당한다. '문화적 변화'로 이상적인 목표를 향해 사회를 증진시킨다는 과제는 이러한 어려움에 직면한다. 바로 무엇이 '실재'인가, 또는 가장 중요하거나 가치 있는 것이 무엇인가에 대해 각 의식 수준이 서로 다른 견해를 갖고 있다는 점이다. 따라서 이 문화에서는 평화와 합의를 바람직한 목표로 보는 반면, 저 문화에서는 나약함의 표시로 받아들인다.

이제 의식 연구를 통해서, 정치와 종교, 정부의 구조뿐 아니라 특정 소집단, 문화, 개인, 국가가 나타내는 의식 수준을 빠르게 확인할 수 있다. 이 때문에 비로소 외교학이 효과적인 대화에 필요한 유의미한 기초를 제공할 수 있게 되었다.(『진실 대 거짓』 14장 '외교학' 부분을 참고하라.) 이 사실은 에고 자체의 본성을 감안한 것이다. 본래 에고의 주된 특성은 오로지 이득을 얻기 위한 욕망이다. 각 의식 수준은 자기만의 가치를 갖고 있다. 그 가치 안에는 무엇이 바람직한지, 얻을 만한 가치가 있는지, 따라서 협상할 만한 사안인지를 고려하는 것까지 포함된다. '평화'는 대중적으로 쓰이는 정치 구호다. 하지만 사회경제학적/정치적 현실에서 설득력을 갖는 것은, 가령 "돈은 평화를 조작한다."(의식수준 365, Bush 2007)에서 보듯 오일 머니를 말할 때뿐이다.

에고는 모든 의도, 목표, 행동의 주된 동기로서 자신이 얻는 이득에 매달린다. 이런 양상은 영적으로 진화하면서 마지못해 포기되곤 했으나, 그것도 더 높은 선을 지각하고 그것을 위한 경우에만 이루어진다. 하물며 강렬한 의도를 갖고서 헌신한다 해도, 인류의 진보는 느리고 어렵기만 하다. 이렇듯 인간의 영적 진화 속도는 요동치고 변화가 심하기 때문에, 서로 공감하고 이해하기 위해서는 무엇보다 인내심이 꼭 필요하다.(가령, 최근 몇 년 사이에 인류의 의식 수준은 207에서 204로 하락했다.)

가령, 카인과 아벨에서 알 수 있듯 인간 조건에는 선천적으로 갈등과 차이가 있다는 것을 받아들이면, 역설적으로 죄의식에서 벗어나 내면의 안도감이 발생한다. 인간의 삶은 영적 진화에 필요한 최대한의 기회를 제공한다. 그러나 인간의 지각은 개인적 갈등은 물론 사회적/정치적/관념적 갈등을 평화와 행복을 방해하는 장애물로 바라본다. 이와 반대로 영적 참나는 똑같은 세상 속에서도 그 상태를 완벽함으로 바라본다.

삶이 놀랍건, 실망스럽건, 흥미진진하건, 도전적이건 어느 쪽이더라도, 그것은 인간의 영적 진화에 중요한 영향을 끼치는 일련의 선택들이다. 그중에서 '가장 적극적인 행동 방식을 선택하는 것'은 영적 참나가 에고/자아에게로 보내는 일종의 초대장이다. 하지만 내부에서 발생하건 외부에서 발생하건 인간적 갈등도 인간이 어떤 식으로 진화할 것인가의 문제에 똑같이 영향을 끼치는 요인이다. 가령, 참나의 시각에서 보듯 모든 게 완벽하여 지각된 '적들'이 존재하지 않는다면, 대체 누가 누구를 용서하고 이해하는 일이 생기겠는가?

에고와 에고의 약속에 대한 믿음은 결국 실망과 환멸을 안겨 준다. 하지만 그다음, 그것은 역설적으로 동기를 심화시킴으로써 영적 진화를 보조한다. 잘 살펴보면, 지상에서 인간의 삶은 의식의 발전과 영적 실재를 발견하는 데 필요한 최적의 환경이라는 사실을 알 수 있을 것이다. 의식과 영적 실재를 통해, 모든 생명은 존재 자체의 타고난 완벽함(의식 수준 1000)을 드러내기 위해 변화한다. 인내하고 끈질기게 견디면, 모든 창조의 본질Essence of All Creation인 신성함은 빛을 내고 에고의 오해와 투사된 가치를 대체한다.

앞서 언급한 말 중에 일부는 원래부터 애매모호한 듯 보이겠지만, 다음에 이어질 장을 통해 완전한 의미를 선명하게 설명하고 확실하게 전달할 것이다. 그것이 다음 장의 목적이다. 이해는 맥락의 결과다. 의식 자체는 궁극적 맥락을 제공하며, 그 궁극적 맥락을 통해 겉으로 희미해 보이는 것들이 점차 자명해진다.

거짓과 에고의 본능은 위력과 '인과관계'의 가설에 의존하지만, 이와 대조적으로 진실은 극히 자연스러운 힘을 반영한다. 진실은 거짓을 극복하지 않고, 그저 거짓의 자리에 맥락화로 얻은 깨달음을 대신 가져다 놓는다. 그 맥락화를 통해 '의미'는 패러다임을 확장함으로써 더 큰 차원을 얻는다. 그러므로 사실상 갈등은 없다. 더 작은 것이 더 큰 것으로 대체되고 용해되기 때문이다. 이는 빛이 어둠에 맞서지 않고 그 자리를 대신하는 것과 같은 이치다. 에고/자아는 더 큰 참나에 흡수된다. 그 결과, 둘은 외견상 더 이상 대적하지 않으며, 갈등의 원천인 표면상의 차이도 존재하지 않게 된다.

Reality, Spirituality and Modern Man 02

인간의 딜레마

들어가며

인간이 노력하는 거의 모든 분야에서 끊임없이 새로운 발견이 빠른 속도로 이루어지고 있다는 점에서, 흔히 지금을 정보 시대라고 부른다. 과학과 기술은 실용적 응용 분야에서 급속한 발전을 이루는 촉매 역할을 한다. 즉 일련의 끝없는 확장이 새롭게 등장하도록 촉진시키는 매개자인 것이다. 이런 확장을 하려면 새로운 개념의 계획과 지적 구성물(사고)이 개발되어야 한다. 이런 촉진 활동을 통해 좀 더 심화된 연구개발을 뒷받침하는 새롭고도 상호 관련성을 지닌 중요한 저서와 연구논문 등이 나왔다. 그리고 그런 저서와 논문은 다시 또 다른 발견의 순환으로 이어진다.

진화로 인한 스트레스

인간 지성intelligence의 진화는 잠재성의 출현을 지속적으로 표현하는 것이다. 그 잠재성이란, 또 다른 수준의 향상된 역량이 나타날 수 있도록 촉진하는 것이다. 지성의 내재된 기능은 의식 자체의 내면의 빛이 빚은 결과다. 점진적으로 진화하는 이런 능력은 *호모 사피엔스* 종에게만 나타난다. 호모 사피엔스 이외의 다른 생명체는 생물학적 운명과 잠재성을 비유동적으로 표출할 뿐이다.

끊임없이 진전되는 진화의 결과로 인류는 많은 재능을 부여받았지만, 동시에 지속적인 변화와 사회적 격변 때문에 스트레스를 받게 된다. 따라서 부조화, 불협화음, 갈등은 인간 종에게 고유하게 나타난다. 이는 인류 역사의 93퍼센트 동안 전쟁 중이었다는 기록으로 증명된다.

진화로 인한 변화 때문에 인간 세상의 어디에서나 '실존주의적 불안'과 '불확실성'이라는 인간의 특성이 나타난다. 이 특성은 유전상 중대한 결함 때문이다. 다시 말해, 인간의 정신이 외부의 도움을 받지 않고 내적으로 진실과 거짓을 분간할 수 없으므로 그러한 특성이 나타난다는 것이다. 이 한계는 너무나 크기 때문에 집단적인 인류의 정신은 심지어 방 안에 놓인 코끼리를 의식하지 못할 정도가 된다.(이 점은 『진실 대 거짓』에서 좀 더 깊이 탐색했다.) 이 한계는 에고의 핵심인 나르시시즘적 성향이 지닌 허영 때문이며, 천성적으로 순진무구한 '무지' 때문이기도 하다. 에고는 필사적으로 의미의 확실성에 도달하기 위해서, 그리고 합리적 의사결정과 행동에 필요한 기초를 얻기 위해 여러 신념 체계에 매달린다.

현자들은 인간의 모든 지식은 기껏해야 잠정적이고 추측에 불과하며, 나중에 교정될 수밖에 없음을 이미 깨달았다. 심지어 소위 '사실'조차도 잠정적 언술에 불과하다. 데이터 분석은 맥락에 의존하고, 따라서 나중에 재해석할 수밖에 없기 때문이다. 새로운 데이터가 끊임없이 덧붙여지면서 그 영향이 미치는 근접 분야까지 바꾼다. 그 결과, 줄기찬 변화가 요구되며 의미와 중요성도 재평가된다. 결국 생존이 곧 과학이자 기술이 되었다.

의식 연구의 발전

의식 연구의 실용적 임상 방법론(의식 수준 605)이 발견되면서, 진화의 나무에서 인간 지식의 새로운 가지가 돋아났다. 이 연구는 사상 처음으로 인간의 기본 조건이 지닌 능력과 한계를 동시에 규명했다. 이 발견은 '보통' 사람들을 나약하게 만드는 부정적 자극이 영적으로 진화한 사람들의 육체는 물리적으로 전혀 나약하게 만들지는 못한다는 사실을 우연히 발견했던 바로 그 시점에 함께 세상에 알려졌다. 진실한 사람들의 생리학적 반응은 자극에 있어 진실 수준이나 의식 수준과 일치한다는 사실을 발견한 순간이기도 했다. 이 결과는 1995년 『인간의 의식 수준에 대한 질적, 양적 분석과 계량화』에 맨 처음 보고되었고, 이후 『의식 혁명』에도 나왔다. 『의식 혁명』은 매우 호평을 받으면서 널리 알려졌다. 또한 노벨상 수상자들과 마케팅, 비즈니스, 공학설계 등 다양한 분야의 저명인사들에게도 인정받고, 게다가 그 가르침을 결합해 직접 고안한 프로그램을 영적 교사와 기관에서 확인을 해 주면서 더욱 유명해졌다. 다양한 분야에서 그 정보가 빠르게 확산되고 응용되었다는 사실은, 타고난 지성의 자질이 만든 결과로서 진화하는 인간 의식의 준비성과 반응성을 잘 보여 주었다.

의식 연구에서 파생된 정보는 임상 의학 분야에도 통합되었다. 이로써 난치 환자와 가망이 없다고 판단되는 환자를 진단하고 치료하기 위해 미국에서 가장 큰 규모의 정신병리 병원이 탄생했다.(Hawkins & Pauling 1973) 의식 수준의 척도는 심리학, 철학, 정신분석학 이론, 그리고 고전적인 '존재의 사슬'(Lovejoy 1936)로부터 파생되었다. 그것은 인간의 역사와 역사상 계속 반복되는 철학과도 일치했다.(Huxley 1945, Wilber 1997) 그다음, 1에서 1000까지 이 척도를 통해 전체 인간 영역을 조사하는 일이 가능해졌다. 그 척도를 통해서 인간의 조건과 인간 조건의 진화에 대해 보다 포괄적으로 이해할 수 있는 길을 열었다.

연구에 따르면 현대인은 이중적 딜레마에 처해 있다. 첫째, 인간의 정신은 그 타고난 설계와 구성 때문에 진실과 거짓, 사실과 의견, 실재와 환상, 본질과 지각/외관을 분간할 수 없다. 둘째, 현대인은 과학적 원리에 따라 교육받아 비선형적인 영적 실재나 종교의 가르침을 이해할 수 없는 탓에, 있을 법한 혹은 개연성 있는 진실의 편린만을 받아들인다.

따라서 현대인에게 '신앙과 이성'은 갈등을 피하기 위한 목적으로 구획되었다. 이는 1925년 스콥스 재판에서 확실히 드러났다. 어느 쪽이냐고 묻는다면 그 갈등으로 발생했던 문제는 지금도 여전히 해답을 찾지 못한 상태라고 할 수 있다. 해결책이 없는 상황에 대해서는 그 이슈가 사실상 해결할 수 없는 것이라고 이유를 붙인다. 왜냐하면 그 이슈는 보다 큰 맥락에서 초월될 수 있기 때문이다. 이때 더 큰 맥락이란 선형적·비선형적 영역을 모두 감싸는 보다 확장된, 포괄적 실재의 패러다임을 나타낸다.

가령, 신앙과 비신앙의 관점에서 '교회와 국가 간의 높은 벽'을 해석하는 경우처럼 갈등이 정치적으로 표출되면, 양측에서 전혀 타협의 여지를 주지 않는 호전적인 전쟁터와 같아진다. 한쪽은 신앙 그 자체 안의 믿음을 주장하고, 한편 다른 한쪽은 역설적으로 세속적 비신앙에 대한 믿음을 주장한다.

맥락의 과학

앞으로 더 설명하면서 분명히 알게 되겠지만, 과학과 이성, 사회적 담론은 주로 내용이라는 선형적인 수준에서 작동한다. 반면 맥락에 따른 의미는 추상적이므로 비선형적 이해를 요구한다. 의식 자체는 타고난 것이지만 맥락은 일반적으로 진술되지 않으며, 파악되거나 규정되지 않는다. 예전에는 진실 자체에 대한 실질적 과학이 존재하지 않았으며, 하물며 그것을 입증하거나 확인할 방법은 아예 없었다. 따라서 인류는 불가피하게 허우적대고 버둥거리며 계속해서 끝없는 재앙에 빠질 수밖에 없었던 것이다.(가령, 다른 결과를 바라면서 정작 똑같은 실수를 반복하는 양상을 보인다.)

다음 장에서 좀 더 설명하겠지만, 맥락이 확장되면 갈등의 해결이 촉진된다. 예를 들면, 물리적 세계는 흔히 산, 바다, 화산, 숲, 또는 모래사막으로 덮인 건조한 곳으로 서술된다. 적도는 덥고 극지

방은 얼음으로 덮여 있다. 그런데 오히려 이러한 용어는 차이들 때문에 서로 다른, 혹은 개별 세상을 잘 설명해 내지 못한다. 그것은 눈으로 관찰한 지역과 공간을 표시하는 묘사 중심의 용어에 불과하기 때문이다. 가령, 위성처럼 고도가 훨씬 더 높은 곳에서 보면, 지구 표면의 온갖 특성들을 동시에 관측할 수 있다. 우리는 그 특성을 따로 분리시키지 않는다. 그런 특성이 일종의 '갈등'을 나타낸다고 주장하지도 않는다. 따라서 우리는 묘사 중심의 서술적 용어가 제한된 지역과 시점을 언급할 뿐이며, 전체를 말하지 않는다는 사실을 알 수 있다.

마찬가지로 제한된 위치에서 포괄적 전체로 맥락을 확장하면 자동적으로 애매모호성이 해결된다. 지금 보면 말도 안 되지만 과거에는 지구가 둥글다, 편평하다, 또는 태양이 지구를 돈다, 지구가 태양을 돈다 등을 둘러싼 열띤 논쟁이 있었다. 이와 똑같은 유형의 사이비 딜레마가 지금도 과학/이성 대 종교/영적 진실과 믿음에서 반복된다. 하지만 맥락을 확장하면, 갈등은 사실상 가능하지 않다는 사실을 쉽게 알아챌 것이다. 그리고 겉으로 보이는 갈등은 자의적이고 제한된 시각과 관찰로 생긴 정신 작용의 인위적 결과(인공 산물)에 불과하다는 점도 밝혀질 것이다. 따라서 패러다임의 한계는 곧 에고의 핵심인 나르시시즘적 성향이 지배적으로 나타나면서 생겨난다. 에고는 그 자체의 승리를 위해 진실과 통합성을 희생시킨다.(과학은 의식 수준 400에 한정되어 있다. 반면 비선형적 맥락이나 영적 실재는 500, 혹은 그 이상으로 측정된다.) 그렇게 비전이 제한되면 인간의 평화와 진보는 손상되고, 그뿐 아니라 지혜와 행복에도 걸림돌이 된다.

게다가 에고는 이기려는 욕망 때문에 진실성 혹은 통합성을 내팽개친다. 이는 억지로 짜 맞추어 진행된 스콥스 재판에서 확인할 수 있다. 그 재판 중에 클래런스 대로는 논의되어야 할 핵심 문제는 언급하지 않은 채, 상대 윌리엄 제닝스 브라이언에 대한 *인신공격*에 빠져 있었다.(Sears & Osten 2005) 알다시피, 실제로 진화와 창조는 하나의 동일한 사안(의식 수준 1000)이다. 다만 진화론과 창조론을 서술하는 관점이 서로 다를 뿐이다. 그 서술 자체가 패러다임의 한계에 불과한 것이다.

진실로부터 계속 일탈하면 재앙에 버금가는 결과를 낳는다. 그러니 그런 일탈을 단순히 지적 호기심으로 여기고 가볍게 넘기면 안 된다. 역사를 통틀어 전 인류에게 고통을 안겨 준 바로 그 요소가 스콥스 재판의 갈등에 내재되어 있다. 대규모 전쟁, 살상, 파괴도 선전 선동된 거짓으로 말미암아 발생한다. 따라서 전 세계에 핵전쟁이 터질지도 모르는 이 시점에서 패러다임과 맥락을 이해하는 일은 인류에게 필수불가결한 것이다.

에고의 핵심인 나르시시즘적 성향이 지닌 허영은 무한하고 경계가 없다. 심지어 대규모 인종살상이나 자살의 시점으로까지 이끌 수도 있다. 그와 대조적으로 에고의 환상이 있다. 허나 이 환상에도 불구하고, 고통의 근원은 에고 자체의 나르시시즘적인 눈먼 성향 안에서 비롯된다. 이것이 바로 주기적으로 폭발하여 전 세계적으로 인구를 대량 살상하곤 하는 시한폭탄의 뇌관이다. 만약 예수 그리스도와 붓다와 그 외 여러 현자들이 설명하듯이 '무지'가

죄와 고통의 근원이라면, 진실을 파악하고 확인하는 능력이 인간의 구원은 물론 진실을 향한 필수적인 도전에 있어 핵심 열쇠라고 할 수 있다.

인간의 정신은 나르시시즘이라는 에고의 핵심에 의존함으로써 손상된다. 이 사실은 거부되고, 억압되고, 매우 점잖게 인식 바깥으로 밀려난다. 하지만 나르시시즘에 의한 정신의 손상이라는 결함은, 흔히 '메시아를 자처하는 나르시시즘적 과대망상증'이라고 일컫는 조건에서 지독하게 드러나고 명백하게 나타난다. 이 과대망상증은 의식 수준 30으로 측정된다.(『진실 대 거짓』 15장 참고)

피리 부는 사람 역할을 하는 인식상의 오류

세상은 연극처럼 펼쳐지는 수많은 '원인'에 현혹된다. 그리고 이 원인은 사실상 허위에 기초한다. 이런 경향의 좋은 사례가 바로 카리스마 넘치는 흡인력을 자랑하는 전 세계 독재자들이다. 그들은 역사적으로나 지금이나 모두 의식 수준 80에서 180으로 측정된다.(이는 범죄자와 수감자의 의식 수준과 같은 수치다.) 따라서 독재주의는 사실상 정치적 범죄다. 이는 가족이든 누구든 반대파를 무자비하게 살상하는 행위를 보면 명백해진다. 반대파 학살은 대개 '국가의 적' '변절자' '믿음이 없는 자' 혹은 반대 정당이나 신념 체계에 충성했다는 의심으로 이루어지는데, 아무리 봐도 빈약하기 그지없는 근거들이다. '위대한 지도자'는 굶어 죽어 가는 국민을 학살하고 국가를 파멸과 대량파괴로 몰아감에도 불구하고, 신의 자리를 대신 차지하고서 거의 광신에 가까운 추종을 받는다. 이렇게 볼 때, 인간이 진실과 허위를 분간할 수 없다는 것은 국가와 전 세계 수준에서 자행되는 대규모 자살행위와도 같다.

에고가 실수로 향하는 성향

인간 정신은 실존적 불안 때문에 광신적, 무차별적으로 논쟁하기에 좋은 정보라면 작은 조각도 움켜쥐려고 한다.(그 예로 전체 블로그 사이트는 의식 수준 180으로 측정된다.) 모든 것은 아이디어나 슬로건이 먼저 만들어지고, 그다음 어떤 형태로든 그 정보가 전달되고 확산되기 위해 필요할 뿐이다. 그 내용이 아무리 어리석고, 엽기적이고, 심지어 틀렸다 할지라도 상관하지 않는다. 확장은 과장과 의도적 왜곡은 물론, 감정의 흐름과 선정주의가 보태져 속도가 빨라진다.(McGowan 2001) 맥락이 없다면 그 중요성이나 의미는 온전히 관찰자에게 남겨진다. 그리하여 똑같은 정보가 기계적으로 전혀 다른 방식으로 해석될 것이다.

거짓의 해로운 영향은 인터넷과 미디어를 통해 보다 널리, 깊이 전파된다. '표현의 자유'를 '공정하고 공평한' 보도와 동일시하는 경향이 있는데, 기실 표현의 자유와 보도의 공정성은 비례하지 않으며 오히려 그것은 부풀려진 격언에 불과하다. 그런 보도는 역설적으로 허위와 증오에 진실이나 진실과 동일한 신뢰도와 타당성(상대주의)을 부여한다.(Mosly 2000, Lasch 1991) 허위와 진실을 구분하는 일은 오롯이 개별 시청자의 몫으로 넘어간다.(하지만 미국 인구의 55퍼센트, 전 세계 인구의 85퍼센트는 이를 분간할 능력이 없다.)

정신은 생존을 위해서라면 미친 듯이 버둥거린다. 그래서 모든 견해는 그저 일시적이고 잠정적이며 덧없는 것임을 시인하기는커녕, 지푸라기라도 붙잡고 사생결단하는 성향을 보인다. 밈meme(비유전적 문화전달요소)은 반복에 의해 마치 전염병처럼 빠르게 확산된다.[2] 그리하여 진실로부터 멀어지는 이 심각한 일탈행위는 그 자체로 자가증식적 성질을 띠며, 자기 안에 이미 파괴적 생명을 품고 있는 셈이다.(McGrath 2006) 매우 심각한 거짓은 대개 수 세기 동안 끈질기게 증식하면서 그저 새로운 옷을 갈아입고 다시 나타나곤 한다.

역사상 가장 현저한 사례 중의 하나가 바로 의식 수준 90인 『시온 의정서』(Nilus 1897)다. 『시온 의정서』를 통한 매우 심각한 거짓이 반유대주의를 확산시켰고, 급기야 나치 선전의 근간이 되는 결과를 초래했다. 그것은 여러 나라에서 잘못된 교리의 형태로 다시 나타나 심지어 헨리 포드를 오염시키기도 했다. 놀라운 점은, 그 책은 전부 어느 프랑스 풍자 소설에 기초한다는 사실이다. 하지만 그 내용과 똑같은 교리를 지금도 여전히 아랍 세계에서 학생들에게 사실상의 '진실'로 가르치고 있다. 그 결과, 지금도 계속해서 벌어지고 있는 증오와 전쟁의 원천이 된다.(Shea & Hoffman 2006, 《폭스 뉴스》 2006년 11월 '강박관념')

마르크스 계열, 변증법적 유물론이 '세속적 진보주의'나 '뉴 레프트' 같은 새로운 철학적, 수사학적 변장을 하고서 계속 다시 등장하는 것도 이와 유사하다. 이들은, 유행하는 '포스트모던'하고 상대론적인 이론처럼 보이기 위해서 교육 기관을 사로잡아 논리와 이성의 기본 요건마저 내버리게 한다.(Goshgarian 2007, Horowits 2006) 호로비츠는 소위 '파시스트 좌파' 때문에 에모리 대학에서 표현의 자유를 거부당했다.(《폭스 뉴스》 2007년 10월) 대학 캠퍼스에는 가령, 보수적 학생회 등이 강압적으로 표현의 자유를 방해하는데, 이는 허버트 마르쿠제의 철학적 이론과 그의 '비평이론'(의식 수준 150)에 영향받은 것이다. 400대 상위 수준에서 측정되는 유서 깊은 이데올로기가 볼 때는 매우 이상야릇하지만, 소위 명망 있는 대학에서조차 의식 수준 90 정도로 측정되는 교수를 초청하여 증오, 불관용, 음모 이론에 휩싸인 편집증적 망상을 강연한다. 가령, '미국이 9·11 사태를 은밀히 조직했다.' '홀로코스트는 신화일 뿐이다.' 등의 음모론은 의식 수준 90, 때로는 그 수치를 훨씬 밑도는 것이다. 예일대에서는 초청받은 어느 합창단이 '미국에 축복을'이라는 노래를 부른다고 학내에서 물리적 공격을 받았으며 학내에서 국가 연주는 엄격히 금지되고 있다.(사실 학계 자체가 현재 의식 수준 190으로 하락한 상태다.) 에모리 대학은 "모든 백인은 인종주의자다. 그러므로 재교육 주입이 필요하다."고 가르친다.(Horowits 2007)

거짓이 음모 이론 이데올로기(의식 수준 160)처럼 보일 때에 표면적으로 합리화될 수 있겠지만, 실제로 그것을 목청 높이 지지하는 사람들 중에 합법적 통화(진실) 대신에 위조지폐(거짓)를 기꺼이 받아들이려고 하는 자는 없다. 이와 반대로, '정상이 아닌 교수들'은 탐욕스런 기업가들과 똑같이 망상에 빠져 돈을 갖고서 장난치는 형국을 보인다. 가령, 대학교수 연봉이 10만 달러라면 그럴

만한가?(Horowits 2006, 2007)

온전한 진실에 대한 존중, 더불어 거짓을 인식하고 확인할 수 있는 능력은 의식의 진화는 물론, 영적 진화 자체의 가장 중요하고도 진보된 태도다. 여러 중대한 발견은 인간 생활에 크나큰 변화를 가져왔다. 불과 21세기에 들어와서야 항생제와 면역법의 발견으로 과거 수백만 명의 목숨을 앗아 갔던 감염 질환과 전염병이 사라지고 있다.

과대망상과 편집증적 망상은 예전에는 정신병, 뇌매독Cerebral Syphilis, 또는 심각한 정신질환의 특성으로 인식되었지만, 지금은 인간 에고와 미디어 자체에 만연한 질병으로 결합되었다. 미디어는 거짓의 전파라는 세균을 먹고 살아간다. 새로운 질병이 가져오는 결과는 과거의 질병만큼이나 심각하다. 왜냐하면 스스로 진실과 거짓을 분간할 수 없는 순진한 사람들이 잘못된 지도자를 맹목적으로 추종하면서 엄청나게 많은 죽음을 낳기 때문이다. 어떤 전쟁에서든 가장 많이 살상 당하는 쪽은 바로 민간인이다. 그러므로 거짓은 대량 기아 사태, 대대적인 파괴, 극도의 고뇌, 고통, 집단학살, 대량 살상을 낳는다.

순진한 에고는 전쟁을 비롯해 진짜 심각한 문제가 무엇인지에 관한 진부한 의견(의식 수준 185)과 소망 충족적 판타지에 쉽게 속는다. 세상은 순진하게도 이런 진부한 말은 물론 이데올로기적 허구와 유엔(의식 수준 180) 같은 가짜 해결책에 의존한다. 그 결과, 이데올로기적으로 꾸며낸 '세계 연합체'는 심지어 공공연히 벌어진 전쟁이나 명백한 인종 학살 사태를 규탄할 수도 없다. 가짜 해결책의 또 하나 불리한 점은, 그들이 확증 가능한 진실에 근거한 실질적 해법을 찾는 일을 오히려 사전에 막고 방해한다는 것이다. 또한 가짜 해결책이나 이데올로기적 허구는 '도덕적 등가성'(의식 수준 170)이라는 궤변을 내세워 사실을 논리적 오류에 빠뜨리고 왜곡하는 것은 물론, 더 중대하게는 그 맥락까지 왜곡시켜 어떤 행동이라도 정당화되고 홍보될 수 있게 만든다.

이미지의 최면 효과

현재 전 세계 독재자들과 불량 국가 지도자들은 대략 의식 수준 80에서 180 정도로 측정된다. 사회에 해를 끼치고, 문화적으로 손상을 입히고 퇴행하는 모든 양상은 200 수준 이하로 측정된다. 그와 같은 경향은 윤색된 이미지로부터 추동력을 얻으며, 이때 그 이미지는 연예계 유명 인사를 거쳐 대중화되어 더욱 빨리 퍼진다. 그러한 유명 인사들은 아첨을 떨며 독재자를 껴안으면서 멍청하게 사진을 찍곤 한다.

의식 측정이 없다면, 문화와 경제, 정치와 법을 비롯한 모든 영역에서 벌어지는 자유와 단순한 유혹에 빠지는 부도덕함을 서로 분간하기가 어렵다. 제아무리 지독하고 크다 할지라도, 감각적 쾌락에 빠지는 모든 탐닉 행위는 대중화나 사법상의 변덕에 의해 얼마든지 합리화될 수 있다.(Flynn 2004) 가령, 2007년 6월 콜로라도 대학 볼더 캠퍼스에서 "마약을 하고 콘돔 없이 섹스하라."고 주장했던 콜로라도 학생 강연(의식 수준 180)이 그 좋은 사례다.

인간 정신은 외부의 도움을 받지 않고서는 진실과 거짓을 분간할 수 없다. 왜냐하면 매끈한 이미지와 발표로 눈부신 매력을 발산하는, 양의 탈을 쓴 잘 세공된 위선자들에게 쉽게 속아 넘어가기 때문이다.(흥미롭게도 '양의 탈을 쓴 늑대'는 불길한 의식 수준인 120으로 측정된다.) 지도자들은 기저에 깔린 실재(본질)에 대한 인식을 모호하게 하는 대중 이미지(지각)와 평판을 만들어 낸다. 게다가 많은 공적 인물들이 처음에는 진실한 척하다가 나중에는 대중의 인기와 과대망상증에 굴복하는 점이 현실적으로 상황을 더욱 복잡하게 만든다. 대중들이 제대로 인식하지 못하는 사이에 그런 인물들의 의식 수준이 하락하면서 이런 일이 일어나는 것이다.

'권력은 부패한다.'라는 명제는 누구나 다 아는 흔한 이야기이며, 얼마든지 증명할 수 있다. 겉으로 대단해 보이는 전 세계 저명인사들 중에 매우 심각하게 타락하는 경우도 허다하다. 나폴레옹부터 히틀러를 거쳐 현재 독재자들, 그리고 과거 '노예 해방자'로 간주되는 지도자들뿐만 아니라 현재 '해방자'이며 그렇다고 소문난 지도자들까지 죄다 그 반대편으로 변해 갔다. 역사적으로 볼 때, *오늘의 해방자는 곧 내일의 독재자다.* 그들 중의 다수는 초기에 최고 400 수준까지 측정되었지만, 나중에 200 이하까지 내려가곤 했다. 이와 똑같은 현상은 끊임없는 대중 스캔들로 타락하는 최근의 문화뿐 아니라 고대 문화에서도 발생했다.

전체 문화 내에서, 영적 지식과 진보에 대한 가짜 모방이 이루어졌다. 이 모방은 그 차이를 탐지해 내기 위해서 의식 측정 기술의 전문 지식이 필요할 정도까지 완벽하게 이루어졌다. 인터넷상에서도 소문난 영적 프로그램들을 보여 주면서 끊임없이 사람들을 모으려고 한다. 그런 프로그램들은 대개 즉각적인 깨달음을 가능하게 해 준다고 터무니 없는 약속을 떠벌린다. 이런 것들은 모두 상당한 돈을 주고 이루어진다. 특별한 '축복'이나 '힘'을 준다며 5천 달러, 혹은 그 이상에 판매되곤 한다. 확실히 그런 모집 권유나 유혹은 영적 에고의 나르시시즘에 영합하는 것이 분명하다. 그런데 그렇게 함으로써 문제를 해결하기는커녕 오히려 더 문제를 키우는 형국이 된다.

외부의 영향을 쉽게 받는 순진한 에고에게, 특정한 사람이나 어떤 생각의 길이 두드러지거나 각광을 받거나 뉴스가 된다는 단순한 사실은, 신뢰도라는 신화적이며 마법적이며 미화된 아우라를 부여하기 마련이다. 이 아우라는 어쩌면 중요하게 들리는 직위나 이름, 제목 때문에 더욱 강화될 것이다.

보호장치

진실을 찾는 사람은 내면의 겸손과 지혜를 통해, 인간 정신 자체의 타고난 한계를 진지하게 알아차린다. 그래서 그들은 진실의 중재자로서 더 이상 개인의 민감한 에고에 의존하지 않는다. 이런 태도가 확증 가능한 실재에 근거한다는 점은, 앞에서도 언급했듯이 전 세계 인구의 약 85퍼센트가 의식 수준 200 이하로 측정된다는 인식을 통해 증명된다. 이를 총괄하면 인간이 직면한 전체 문제의 92퍼센트나 된다. 미국에서 200 이하 사람들의 분포는 55퍼센트이며, 이들은 사회 전체의 부정적 결과 중 55퍼센트만큼을 가져온다.

총괄하자면, 특정 소집단은 사회 내에서 계층화되는 경향이 있다. 그리고 의식 수준 200 이하로 측정되는 특정 소집단은 '손상된 실재'(Marzeles 2007)의 '대체 현실'(Pitts 2004) 속에서 살아간다.

심지어 진실한 기관 안에도 전혀 진실하지 않은 개인과 하자 있는 기능 영역이 들어 있을 수도 있다. 하지만 진짜로 책임 있고 진실한 기관은 시간이 지나면서 스스로 바로잡아 나간다. 따라서 항상 완벽해질 필요는 없지만 늘 관심을 갖고 즉각적으로 대응해 나가야 한다. 정직은 실수와 오류를 인정하면서 그것을 고쳐 나가는 일에 책임을 질 줄 아는 미덕이다. 모든 인간과 인간이 만든 기관은 일종의 학습곡선 위에 서 있다. 그리하여 인간의 실수에 대해서는 맹렬한 비난이 아니라 넉넉한 관용이 더 적합하다.(기독교 신학체계에서도 기술적으로 보자면 '죄'는 사실상 실수나 오류에 해당한다.)

해결책

자기기만의 씨앗은 인간 정신의 구석진 곳에 숨겨져 있으며, 구원의 씨앗 역시 마찬가지다. 사실 구원의 씨앗은 의식 영역 자체의 천성적인 부분이다. 의식 연구라는 방법론을 활용함으로써, 이제 정신의 타고난 한계를 뛰어넘어 본질과 외관을 분간할 수 있다. 이것은 인간 정신의 불가사의를 해결하는 수단이다. 그 불가사의란, 소크라테스와 데카르트가 매우 정확하고 규범적으로 진술했으며, 스콥스 재판에서 분명히 드러났던 바로 그것이다. 정보

시대는 분명 허위정보를 퍼뜨리는 성향이 있긴 하다. 하지만 놀랍게도 진실(본질)과 거짓(외관)을 분간할 수 있는 수단도 제공했다. 이 점은 개인의 행복을 비롯해 인간 생활의 모든 면에 있어서 잠재적 혜택을 안겨 주는 분명하고도 심오한 함의가 있다.

여러 시대를 거치면서 인간 지식은 수많은 진보를 이루어 냄으로써 철학이 태동하던 시기의 회의론의 진상을 밝혀내고 심지어 조롱하기까지 했다. 따라서 인간의 정신은 그 어떤 새로운 발견에 대해서도 언제나 애매모호한 입장을 취한다. 새로운 발견 앞에서는 관점의 전환이 필요하고 오랫동안 품어 왔던 견해에 반하는 도전을 스스로 해야 하기 때문이다.

Reality, Spirituality and Modern Man 03

실재의 패러다임

맥락이 확장되면 표면상 이질적인 관점 사이의 갈등에 해결점이 생겨난다. 이것은 이성/과학 대 믿음/종교에도 마찬가지로 적용된다. '패러다임'이란 용어는 영역, 지역, 구역, 영토, 공간, 또는 범위를 함축한다. 이는 일상생활에서 추상적 개념을 활용하는 일과 관련되거나 그것을 일컫는 말이다. 가령, 분류 용어 '종속과목강문계'가 함축하는 것처럼 존재의 수준을 고전적 방식으로 계층화할 때에도 패러다임이라고 부를 수 있다. 그러므로 패러다임은 이해, 참고, 기준, 관점의 전체 영역이나 범위를 뜻한다.

패러다임 맹목

개인은 저마다 이미 자리 잡은 지배적 의식 수준에 의거해 세상과 세상에서 벌어지는 일들을 지각하고, 경험하고, 해석한다. 이 과정은 인간이 정신 작용과 인지된 데이터를 합리화된 해석에 따라 설명하고자 하는 성향 때문에 더욱 강화된다. 따라서 각 수준은 구체화라는 회로망을 통해서 자기 강화를 하는 경향이 있다. 이 과정의 결과는 '패러다임 충성'(Hawkins 2006)이라는 말로 가장 잘 설명된다. 또 하나, 이 과정은 개인에게 인지된/경험된 각 세계가 '실재'를 나타낸다는 가설로 이어진다.(이는 플라톤이 지적했듯이 프로타고라스의 오류다.)

정신은 타고난 구조 때문에 지각과 본질, 혹은 데카르트가 말한 것처럼 *내부 사유 실체(생각)*와 *외부 연장 실체(사물)*를 분간할 수 없다. 그렇기 때문에 정신은 경험하고 그 경험으로 '실재를 안다'거나 그렇기에 다른 관점은 분명히 '틀렸다'고 순진한 가설을 설정한다. 이 현상은 환상을 구성한다. 환상은 에고가 벌이는 정신적 구성의 한계 때문에 자동적으로 발생한 것이다. 에고는 그 과정에서 견해를 진실과 실체적 실재로 오인한다.(가령, 유아론이 대표적인 사례다.)

안락함과 정신적 강화가 필요하기 때문에 사람들은 합의를 찾는다. 그래서 똑같은 패러다임이나 세계관을 공유하는 타자들과 함께 모이는 경향을 보인다.(블로그 사이트도 그중 하나다.) 또한 패러다임은 '차원', 좀 더 구별하자면 '맥락'이나 '전반적 영역'으로 언급된다. 형이상학은 문제를 철학적으로 해결한다. 이때 형이상학은 말 그대로 '물리적 세상 너머에' 있다는 뜻이다. 형이상학을 통해서 정신은 추상화 수준과 범주와 의미를 끌어오고, 또는 활성 상태 대 비활성 상태, 유기물 대 무기물과 같은 기본 특성까지 유추한다.

맥락은 함축된 요건이나 한계, 이미 진술된 요건이나 한계로써, 또한 추상화 수준을 파악하는 요건과 세부사항으로써 매개변수를 결정한다. 결과적으로, 맥락은 의미(해석학)를 변형하거나 심지어 결정한다. 이때 그 의미는 가치나 중요성의 평가와 일치한다.

인터넷 검색엔진이 과거에 검색한 키워드나 어구에 맞추어 검색 결과를 미리 선별하는 원리와 같이, 패러다임은 개인의 성향, 기대, 의도에 맞추어 비례적으로 조정된다. 따라서 패러다임은 현실에서 가능한 경험이나 발견을 미리 결정하며, 평범한 의식 수준은 인식하지 못하는 하나의 요인이다. 패러다임을 직접적으로 규정하는 경우는 흔하지 않으며, 대개는 사람들이 그것을 그냥 무시하거나 순진하게도 당연한 것으로 추정한다.

과학이 인지한 실재는 개별적이고, 규정할 수 있으며, 입증 가능하고, 사실에 기초한, 선형적인 것일 뿐 아니라, 시간, 공간, 장소(측정) 차원에 한정된다. 그 기제는 뉴턴식의 인과율 개념과 원인과 결과의 추측(위력force)을 통해 작동한다는 것을 가설로 한다.

이와 반대로 사랑, 믿음, 영감, 그리고 기본적으로 눈에 보이지 않는 추상적 진실, 영성, 종교의 전제는 비선형적이며 힘(잠재력power)의 원리를 통해 작동한다. 이 힘의 원리는, 의식 에너지 장의 영향을 입은 우월 지배층의 연속된 수준의 작용으로 이루어진다. 이는 '주의 자세attentional set'(Medina 2006)에 의해 조직되며 심지어 결정되기도 하는데, 결국 의도, 선택, 결심의 결과다.[3)]

과학은 내용(사실)을 다루지만 추상적이고 영적인 실재는 맥락(진실)을 언급한다. 과학적 실재의 패러다임은 영적 실재의 패러다임과 매우 다르다. 사실은 선형적이며 관찰 가능하고 입증할 수 있다. 하지만 진실은 비선형적이면서 확인 가능하다. 사실은 한계를 다루지만 진실은 의미, 중요성, 가치를 포함한다.

패러다임의 한계라는 문제 해결책

선형적인 것과 비선형적인 것은 그 언어와 패러다임 수준에서 전혀 다르다. 그 둘은 공통된 전문용어나 개념적 사고를 공유하지 않는다. 과학은 선형적이며 관찰 가능하고 규정할 수 있으며, 무엇보다 뉴턴식의 기계적으로 구조화된 차원과 그것과 연관된 논리의 변증법, 이성, 입증 가능한 가설에 한정된다. 따라서 과학은 예나 지금이나 그 타고난 내재적 한계 때문에 데카르트의 *사유 실체(생각)*와 *외부 연장 실체(사물)* 간의 간극을 메울 수가 없다.

정신은 인식되지 못한 장벽을 건너가기 위한 부질없는 시도의 일환으로 형이상학, 인식론, 신학, 존재론, 그리고 지적 작용을 거쳐 뻗어 나간다.(가령, 하야카와의 유명한 인용구가 여기에 잘 들어맞는다. "지도는 실제 영역이 아니다.") 따라서 강렬한 지적 노력은 '빛이 더 좋다.'는 이유로 오직 가로등 아래에서만 잃어버린 열쇠를 찾는 행동에 비유된다. 이런 한계는 종교과학 잡지 《자이곤》, 《종교와 과학》, 《과학과 신학》, 《과학과 의식 리뷰》, 《의식 연구 저널》과 기타 등등의 출판물에 나오는 논문과 발표문이 취하는 방식에서 잘 드러난다. 이 출판물은 모두 의식 수준 300대에서 400대로 측정된다. 이들은 루비콘 강을 건너기 위한 학구적이고 용감한 시도를 나타내지만, 패러다임 맹목이라는 한계 때문에 제시된 목적을 성취하지 못한다. 간단히 말하자면, 비선형적 세계는 이해 가능하지 않고 설명할 수 없으며, 선형적 논리에 지배되지 않는다. 비선형적 세계는 전혀 다른 언어를 가진 전혀 다른 패러다임이며, 이해하려면 전혀 다른 요건이 충족되어야 한다.

선형적 세계는 개념적이고 규정할 수 있고 한정적이며, 흔히 '객관적'이라고 말해진다. 시간과 공간 내에 정착할 수 있으므로 찾아낼 수도 있다. 이와 반대로 비선형적 세계는 비논리적이며, 분산되어 널리 퍼져 있고, 차원을 넘어서며, 영향받기 쉽고, 주관적이며, 경험으로 얻어진다. 비선형적인 영적 실재의 깨달음과 이해는 신비주의의 영역이다. 선형적 세계는 내용의 영역이지만 영적 세계는 맥락의 영역이다. 영적 분야는 전부를 포괄하지만 시간이나 공간의 측면에서의 단순한 설명 너머에 존재한다.

패러다임 한계 초월하기

의식 수준을 측정한 척도에서 과학 영역은 400대로 측정되는 반면, 영적 실재는 400대 높은 수치에서 시작하여 500 수준, 그리고 그 이상의 수준에 넓게 분포한다. 의식 연구(의식 수준 605)는 개별 진화적 수준의 본질로 내재된 변별적 에너지를 활용함으로써 이들 수준을 분간할 수 있다. 다시 반복하자면, 1에서 1000까지 척도에서 200 이하 수준은 거짓, 200 이상은 진실이다. 깨달음의 수준은 600부터 1000까지며, 이는 인간이 도달 가능한 의식 수준의 최대치다.

과학과 논리는 '입증 가능하며' '규정할 수 있고' '객관적인' 것으로 기술되며, 반면에 영적 실재는 주관적 필요성(경험적)에 의거한다. 따라서 선형적 논리나 과학을 통해 영적 진실을 '입증하기'란 불가능하다. 마찬가지로 사랑, 중요성, 행복, 의미, 가치, 영감, 그 외 질적으로 추상적인 진실을 '입증하는' 일도 가능하지 않다고 이미 지적한 바 있다. 그러므로 의식 자체의 특성까지 포함해 비선형적 차원이나 신의 실재를 '증명'하거나 '반증' 혹은 '부정'하는 일은 가능하지 않다.(예: 회의론자의 함정)

학계 지식인들이 전 분야를 지배하는 양상은 '과학과 종교'를 설명해 보려는 출간물, 기관들, 그리고 갖은 노력에서 두드러지게 나타난다. 여기에 (의식 수준 600 이상의) 깨달음을 얻은 진보된 학자들은 태부족하다. 특징적으로 보자면, 신비주의자들은 독자적으로 깨닫고, 이해하고, '되어 가'지만, 과학자들은 합리성을 따지고 '심사숙고한다'. 이렇게 하여 과학계(의식 수준 400대)의 한계와 통제 때문에, '1인칭 주관성'의 진정성을 의심하는 지성 집단은 전 세계에서 가장 위대한 영적 천재들과 역사상 가장 각성한 가르침을 배제시켜 왔다. 그런 다음에야, 다시 말해, 주로 1인칭 주관성의 보고서와 증언을 통해 나온 실제 영적 정보의 유일한 정보원을 완전히 없애 버린 채 어떻게 '과학과 영성'에 관한 진짜 컨퍼런스(모두 400대로 측정된다.)가 있을 수 있겠는가.(『호모 스피리투스』 참고) 그런데 여기서 역설적인 것은, 모든 사고와 지적 작용은 그 자체로 주관적 정신 작용의 '1인칭 설명'일 뿐이라는 사실이다.

선형적 차원은 객관적으로 입증 가능한 영역이다. 반면 비선형적 차원은 단언할 수 있고, 보여 줄 수 있으며, 확인할 수 있지만, 주로 내재적이고 주관적이다. 두 가지 패러다임 사이의 중대한 차이 때문에 비선형적 차원은 선형적인 것으로 규정할 수도 없고, 설명할 수도 없다.

패러다임은 그 차이가 예전부터 구분되어 왔다. 가령, '학문적' 과학(의식 수준 440)과 '임상' 과학(의식 수준 445)의 구별이 대표적이다. 학문적 과학은 통계상의 지적 과정에 국한되지만 임상 과학은 의도, 목적의 통합성, 피험자의 의식 수준 등 포괄적으로 수많은 맥락의 영향을 받는다. 따라서 의학 분야에서 노련한 임상학자는 과학은 물론, 의학 기술과 모든 적합한 양상을 활용한다. 더구나 그들은 긍정적 결과에 필수적으로 작용하는, 소위 비전통적 양상까지 들여온다. 유익한 경험이 되는 양상을 모두 고려하는 것이다.("패러다임 맹목" Hawkins 2006) 그런 까닭에 치명적 천공이 생긴 본 저자의 십이지장 궤양은 세 번의 '비과학적' 침술 치료를 받은 후에야 비로소 완치되었다. 이 사실은 1986년 강연 '질병과 자기 회복 작용'에 나와 있다.

학계는 예측 가능한 것과 통계를 다룬다. 임상의는 과정을 마치고 얻은 성과와 직접적인 결과를 다룬다. 따라서 '환자에게 인정을 베푸는 친절'은 임상의로 성공하는 데 필수요건이지만, 학계에서 측정 가능한 요인은 아니다. 임상적으로 노련한 임상의가 성공하는 경우는 역설적으로 대개 과학계에 반응이나 공감을 하지 않았던 사람들에게서 이루어진다. 이 사실은 지난 25년간 미국 내

최대 정신병리 병원에서 발견된 핵심적인 사항이다.(Hawkins & Pauling 1973)

학문적 과학은 '비과학적' 이데올로기나 방법론의 타당성을 인식하지 못하거나 심지어는 폄하하기도 한다. 하지만 임상의는 보다 다양한 방면에 유능하고 지적으로 겸손하다. 그래서 실제로 효과가 있는 것에 관심을 둔다. 이 방면에서 가장 유명하고 보편적으로 인정받은 사례는 '익명의 알코올 중독자 협회AA'의 사례라고 생각한다. 이 협회를 통해서 말 그대로 끔찍하게 가망 없던 수백만 명이 극적으로 회복했다. 그들 중에는 고위급 인사와 유명 연예인들도 다수 포함되어 있었다. 게다가 수천 명의 의사와 기타 전문가들이 영적으로 기반을 둔 이 재활 단체의 회원이었다. 가망 없고 황폐화된 중독성 질병을 회복하는 데 필요한 단 하나의 조건은, 바로 겸손이라는 영적 태도와 고차원적 힘에 대한 순종이었다.(Tiebout 1999) 이리하여 영적 전제의 힘과 약효는 압도적이고, 인상 깊을 정도로 증명 가능해진다.(12단계로 구성된 이 그룹의 측정된 의식 수준은 540이다.)

(자체 의식 수준 605인) 의식 측정 연구는 선형적 영역과 비선형적 영역을 모두 포함하고, 그 영역의 실재에 대한 각 패러다임까지 포괄한다는 점에서 가치가 있다. 그것은 서로 다른 특성을 가진 집합체에 두 가지 패러다임의 교차혼합회로를 제공한다. 이런 모습은 400대 상위 수준에서 가장 두드러지며, 그런 다음 500대와 더 높은 수준을 거치면서 계속 이어진다. 여기에는 성자와 성녀들이 포함되며 의식 수준은 570에서 700을 나타낸다. 그다음, 의식

수준 1000을 나타내는 위대한 화신들인 예수 그리스도, 조로아스터, 붓다, 크리슈나가 나온다. 이들은 수 세기 동안 인간 삶의 맥락들과 관련되어 왔다.

의식 수준 400대의 힘을 보여 주는 본보기는 슈타인메츠, 에디슨, 갈릴레오, 케플러, 뉴턴, 아인슈타인, 하이젠베르크, 그리고 프로이트와 같은 위대한 과학 거장들이다.(5장 참고) 유명한 과학자들의 측정 수준과 유명한 영성 스승들의 수준을 대조해 보면 알 수 있다시피, 400대 수준은 일종의 교차혼합 사례를 나타내며, 그와 같은 영적 실재는 공식적으로 500 수준과 그 이상의 지점에서 출발한다.

200 이상의 각 의식 수준은 인간 잠재력의 진보 및 성취와 관련된다. 파라오들이 건설한 이집트의 거대한 피라미드는 인간의 노동과 선형적 공학을 통해 만들어졌지만, 의식 수준 700을 넘는 유럽의 대성당처럼 사실상 영감과 의도라는 비선형적 요인의 결과였다.

최근 몇 년간 미국에서 꾸준히 잘 팔리고 있는 책 중에 복음주의 교회 릭 워렌 목사의 『목적이 이끄는 삶』이 있는데, 이는 주목할 만한 사실이다. 미국에서 트럭이 정차하는 곳이면 어디서든 이 책을 살 수 있으니 가히 그 폭넓은 인기를 짐작할 수 있다. 이 책이 독자에게 어필하고 있는 지점과 목적은 동일하다. 바로 독자의 삶에 의미와 영적 가치, 중요성을 부여하는 것이며, 이를 통해 과학이 그러하듯 사회와 인간 삶에서의 가치를 실현하도록 중대한 기여를 하는 것이다.

과학이 없다면 수백만 명의 사람들이 질병으로 사망하고 말 것이다. 하지만 영적 가치를 붙잡고 있지 않다면, 과학 덕분에 개발된 폭발물과 무기로 수백만 명씩 죽어갈 것이 뻔하다. 따라서 믿음이 없는 과학은 공허하고 무모하며, 한편 선한 수행을 동반하지 않는 믿음은 제한된 사회적 가치를 드러낼 뿐이다. 지혜는 신앙과 과학의 결합에서 나온다. 인간은 선형적 영역과 비선형적 영역 양쪽에서 동시에 살아가기 때문이다.

믿음은 확증할 수 있지만, 진실은 인간에게 말로 다 하지 못하는 장점과 혜택을 품고 있다. 역사상 재앙이었던 전쟁과 오늘날의 종말론적 이슬람 테러리즘, (빈 라덴처럼) 생명이 아니라 '죽음을 경외하는' 개념은 불길한 수준인 20으로 측정되는데, 이렇듯 허위에 대한 믿음은 무엇보다 가장 큰 위험이다. 과학과 믿음 양측에서 확인 가능한 진실은 인간의 생존은 물론 행복과 성취에도 꼭 필요한 것이다.

내용과 맥락

맥락이란 내용을 포괄하는 총체적인 장을 가리킨다. 내용은 세부사항을 다루지만 맥락은 특정 시기에 지배적이거나 우세한 조건들을 가리킨다. 초목이나 식물이 매해 계절마다 크게 변하는 것과 마찬가지다. 대개 사람들은 맥락을 구체적으로 세분화하지 않기 때문에 잘 알지 못하며, 심지어 의심하지도 않는다. 이런 까닭에, 가령 난자와 정자의 수정 같은 생물학적 현상이 우주선 등의 무중력 상태에서는 꽤 달라진다는 사실이 최근에 와서야 발견되었다. 이런 사실을 예전에는 의심조차 하지 않았다.

흔히 치유와 기적적인 사건은 (성자와 성녀 사례처럼) 높은 영적인 에너지 장에서 발생한다. 일부 치료 전문가들은 치유자이면서 동시에 높은 회복률을 자랑한다. 동물의 이동 패턴이나 달의 영향을 받은 심해 갑각류의 생물학적 활동을 보면, 맥락의 장이 지닌 우세한 영향을 잘 알 수 있다. TV 다큐멘터리 「블루 플래닛」(의식 수준 480)에서는 아름답게 그려진 심해 갑각류의 모습을 볼 수 있다. 이 다큐멘터리는 창조로서의 진화가 가진 절묘한 미학을 보여준다.

의도는 드러나지 않으나 흔히 결과를 판가름하는 결정적인 요인이다.('하이젠베르크 효과') 주지하다시피, 심지어 의식/진실 수준을 측정하기 위한 간단한 근육 테스트조차 전반적으로 200 이상의 장에서가 아니라면 제대로 이루어지지 않는다. 의도가 더해진 믿음은 영적 이해와 발견을 촉진한다. 견해에 사로잡힌 에고가 아니라 진실에 집중하면 진실을 드러내는 일이 보다 수월해진다. 이렇게 하고 보니 이런 격언이 떠오른다. "미덕은 그 자체가 자신의 보상이다." 노력을 훨씬 적게 하고도 보다 이로운 결과를 촉발할 수 있다는 점에서 볼 때 더욱 그러하다. "마음에 늘 품고 있었던 것이 밖으로 드러나기 마련."이라는 말도 결국 맥락의 영역을 밖으로 표출한 것이다.

따라서 외부로 드러나는 양상은 단순히 선형적 인과관계에 의한 것이 아니라 인간 의식을 포함한 지엽적 조건은 물론 인간의 전반적 조건에 좌우되는 개연성에 의한 것이다. 모든 창조creation

는 잠재성potentiality의 지속적 표출이 존재 자체의 현실성actuality으로 나타나는 것이다. 약한 장에서 가능성 있는 것이 더 강한 장에 들어가면 개연성 있는 것이 되고, 가령, 신의 영역처럼 무한한 힘의 장에서는 확실성 있는 것이 된다.

인간의 차원에서 어떤 일이 일어날 가능성은 역시나 '의지will'의 문제다. 의지는 바로 의도를 나타낸다. 대개 자유의지가 강화되면 일반적인 한계는 극복된다. 자유의지는 하물며 그 결과가 널리 확산될 거대한 재앙과 재난 속에서도 드러난다. 이는 눈에 보이지 않는 요인처럼 작동하는, 이미 영혼에 내재한 (카르마 같은) 경향 때문이다.

높은 참나를 도와줄 사건들은 에고/자아의 소망과 항상 일치하지 않지만, 보이지 않는 진짜 참나의 더 높은 목적에 기여한다. 삶에서 벌어지는 여러 사건은 미지의 여러 요인들이 뭉쳐 발생한 결과다. 비록 그 사건들이 감압 변압기의 단자와 비슷한 일련의 장이 만들어 낸 최종 결과물처럼 보이지만 말이다. 따라서 신성한 은총이 없다면 생명은 완전히 정지하고 말 것이다.(이 진술은 틀림없이 의식 수준 1000으로 측정된다.)

양자 실재: 의식 연구

앞서 다른 데서도 설명했듯이, 뉴턴의 차원을 넘어서 의식의 무한한 장이 존재한다. 그 안에서는 '여기'와 '저기', '그때'와 '지금' 등의 대비가 없으며 선형적으로 이어지는 사건의 연속도 없다. 그 장은 전지적이며, 지금까지 존재해 왔던 전부를 포함한다. 질문이

제기되는 순간, 대답도 동시에 나온다. 사실상 존재한 것만이 질문의 대상이 되겠지만, 기실 질문이 제기될 때에야 비로소 그것은 존재하는 것이다.

하이젠베르크 불확실성의 원리처럼 수학에서도 진실한 질문이 지닌 에너지는 가능성possibility이 현실성actuallity으로 모습을 갖추어 가는 변화를 촉진한다. 이는 기온이 내려가 '이슬점'을 지나면 이슬이 내리는 것과 유사하다.(이 과정은 습도에 좌우된다.)

질문자/관찰자의 의식 수준이 높아질수록, '파동함수의 붕괴'(가능성)가 현실성으로 이어질 가능성은 더욱 커진다. 이는 의식 측정 방법론의 기본 기제다. 여기에서 정확성은 질문자의 의식 수준과 정비례하여 증가한다.(Jeffrey & Colyer 2007)

04

실재는 주관적인가, 객관적인가?

들어가며 – 개인 정체성: '자아'

정신이 '내가 나'라는 사실을 알고 있는 조건에서만 정신은 확실하다. 그러나 '나'는 무엇을 가리키는가? 자아는 명시적으로 고유한 개별적 존재이며 관심의 초점이지만, 아마도 타인의 '자아'와 비슷할 것이다. 사람들은, 자신과 타인의 주된 차이가 물리적이거나 상황에 따라 생긴 것이라고 짐작할 것이다. 그것은 개인의 호불호, 여기에 추정이나 심지어 데카르트의 '나는 생각한다. 고로 나는 존재한다.' 혹은 거꾸로 '나는 존재한다. 고로 나는 생각한다.'와 같은 이원론에서 발생하는 듯하다.(Sturme 2007)

자아 내·외부의 사건과 경험은 두뇌의 기억 장치 안에 순차적으로 데이터를 축적한다. 그리하여 '나임I-ness'이라는 의미에는 연속된 내부의 사건은 물론, 시공간 궤도를 따라 발생하는 외부 사건까지 모두 포함된다. 이때 시공간 궤도 역시 '나'와 '나의 정신'으로 소유되는 것이다. 그 결과, 정신은 점진적으로 다양한 수준의 의미와 중요성을 지닌 수많은 근원에서 나온 엄청난 양의 데이터를 소유하게 된다. 점차 성숙해 가면서, 자유로운 행동이 가능해지고 아울러 책임의식과 의무감도 생겨난다. 이런 모든 요인들을 통해서 주어진 선택사항에 맞게 실행할 때, 자유의지를 가진 의도적 수행자이자 경험이라는 궤적의 중심으로서 주관적 자아 이미지가 만들어진다. 그런 다음, 자아는 결정자이자 선택자가 되고, 곧 의지를 가진 존재가 된다.

또한 내면의 자아로부터 본능적 요구, 의도, 혐오감, 매력이 나타나는데, 이 내면 자아의 주된 초점은 '경험하기'로 불리는 현상 안에 있다. 그다음, 연속된 데이터 처리가 복합적으로 진행됨에 따라 자아의 의미도 점진적으로 변화한다. 그리하여 마침내 정신은 과거와 현재, 내부와 외부는 물론 예상되는 미래에 일어날 모든 *사건을 경험하는 주체, 경험자*라고 스스로를 규정하게 된다. 말하자면 정신은 자신이 태고의, 인과적인, 고유한, 개별적인, 그리고 비슷할지도 모르지만 타인과 별개인 존재라고 판단 내리게 된다.

이런 복합성을 통해서 개인적 자아와 사회적 자아 이미지(가령, '개성')가 생기고, 개인의 정체성뿐 아니라 인간 존재 자체의 본질에 관한 추정도 일어난다. '나'라는 자아의 이러한 통합된 특이성은 일종의 역사와 이름을 갖고 있으며, 그럼으로써 하나의 개성, 개인적 특질이 된다. 이 개성은 개별로서의 몸과 본능적인 수많은 기능들과 연결된다. 또한 주된 인과관계적 수행자로서 자아와 더불어 자율성이라는 타고난 감각도 갖고 있다.

경험하기의 총체성은 '삶'이라는 추상적 단어로 표현된다. 존재의 모체는 확실히 생물학적, 일시적, 도덕적이다. 그리고 바로 여기에서 "나는 어디에서 생겨났을까? 그걸 내가 어떻게 알지? 내가 알고 있다는 걸, 난 어떻게 알지?" 등의 실존적 물음이 발생한다. 따라서 개인은 항상 의식 자체와 그 의식의 보다 추상적인 현시인 '영spirit'의 문제에 직면하기 마련이다.

에고/자아의 진화

앞에서 기술했듯이, 간단한 의식 연구 기술을 활용하면 어떤 진술이라도 그 진위를 확인할 수 있다. 점진적 지수로 표시되는 척도를 이용하여 1부터 1000까지 그 상세한 확신의 정도를 측정할 수 있다. 이 척도는 인간 영역 내부와 심지어 그 너머에 있는 가능성까지 다 포함한다. 그 수치는 생리학적 반응에 기초하여 생물학적으로 발생하는 비논리적이고 비개인적인 기술을 통해 얻어진다. 이때 발생하는 생리학적 반응은 마치 리트머스 시험지처럼 개인의 견해와는 무관하다. 그 과정은 개인의 체온이나 여타 임상 실험적 데이터를 수집하는 일과 비슷하다.(방법론이 궁금하다면 부록 C를 참고하라.) 정보를 수집하는 이러한 자질 혹은 능력은 타고난 반응 감각(특질)으로서 생물학적 생명/삶에 내재된 것이다. 위대한 시기를 거치면서 의식 자체의 역사적 발전은 도식화되었다. 앞서 다른 데(Hawkins 1995, 2006)서 알린 적이 있지만, 편리하게 확인할 수 있도록 여기에 다시 수록한다.

측정된 의식 수준

동물의 세계

박테리아	1	철새	105
원생동물	2	맹금류	105
갑각류	3	설치류	105
곤충	6	코뿔소	105
거미류	7	개코원숭이	105
양서류	17	명금	125
어류	20	비둘기	145
문어	20	북극곰	160
상어	24	회색곰	160
독사	35	물소	175
코모도 왕도마뱀	40	흑곰	180
파충류	40	자칼, 여우	185
육식성 포유동물 (하이에나, 사자, 호랑이)	40	늑대	190
뱀	45	하마	190
악어	45	패커리(야생돼지의 일종)	195
공룡	60	초식 동물(얼룩말, 기린, 가젤)	200
고래	85	사슴	205
돌고래	95	들소	205

돼지	205	집개	250
엘크	210	집돼지	250
젖소	210	검은 까마귀	250
양	210	의족 이식받은 고양이, 오스카	250
방목되는 목장의 소	210	고릴라	275
코끼리	210	침팬지	305
원숭이	210		
농장의 말	240	**예외사항**	
고양이	240	훈련받은 회색 앵무새, 알렉스	401
앵무새, 회색앵무새	240	훈련받은 고릴라, 코코	405
집고양이	245	명금이 지저귀는 소리	500
경주마	245	고양이가 가르릉 하는 소리	500
개	245	개가 살랑살랑 흔드는 꼬리	500

근육 반응(진실 반사작용Truth Reflex)에 따른 의식-연구 기술은 미국인 중에서 대략 3분의 1이 활용할 수 있다. 단, 그들의 의도가 진실하다는 전제하에서 그러하다. 아마 그들의 의식 수준은 200 이상으로 측정될 것이고, 자신의 지배적인 관점을 굳건히 지키는 것보다 진실에 도달하는 일에 더 많은 관심을 둘 것이다. 피험자의 의식 수준이 높을수록(의도가 순수할수록), 정확도는 더 높아진다.(Jeffrey & Coyler 2007)

사고, 감정, 혹은 앎으로 표현된 의식의 특질은 간단한 기술을 활용한 점진적 척도로 해석되고 기술될 수 있다. 그 척도를 통해,

질문과 대답 조합으로 드러난 진실의 구체적인 정도도 파악할 수 있다.(근육-강도 테스트는 가장 간단한 방법이지만, 그 외에 동공 반응이나 자기 공명 영상에서 드러난 뇌 기능 변화 등도 활용할 수 있다.) 진실과 거짓에 대한 생리학적 반응은 현재 미국 정부 내 여러 안보 기관이 주도하는 수백만 달러 규모의 광범위한 연구주제이며, 최근 교통 안전국이 잠재적인 테러리스트를 탐지하기 위해 실시하는 공항 내 '현장 보안' 시스템의 중점 부문이기도 하다.

자기에 대한 반성적 질문을 통해 사고와 정신 작용은 서로 분리된, 고유한, 별개의, 다른 것임을 알게 될 것이다. 그리고 그런 이유로 그 둘은 '선형적'이라고 기술된다. 이때 '선형적'이라 함은 의미를 규정할 수 있고, 시간과 공간, 그리고 관계 속에 위치시킬 수 있다는 뜻이다. 이와 반대로 마음에 품은 것을 알게 되는 능력은 인식/의식 자체의 총체적인 비선형적 장에서 발생한다. 따라서 의식의 장은 TV 수상기의 텅 빈 스크린과 같다. 선형적 내용은 눈으로 볼 수 있는 프로그램이다. 그러므로 모든 경험은 맥락의 비선형적 장(의식/인식의 빛)에서 그려내는 내용의 경험(지각, 이미지, 사고, 감정 등)이 된다.

내용과 맥락을 구별하지 못하기 때문에 현재 널리 퍼진 의식의 본질에 대한 과학적 논의와 논쟁이 그렇게 제한적이고 비생산적인 것이다. 그 논쟁은 의식 수준 400이나 대개는 그보다 훨씬 더 낮게 측정된다. 의식/인식의 기층인 무한 에너지 장(의식 수준 600 이상)과 의식/인식의 제한된 선형적 정신 내용(사고, 이미지, 감정, 기억)을 구분하는 일은 매우 중요하다.

그러므로 의식은 비개인적으로 '부여되었다.' 하지만 의식의 내용은 시간과 공간 안에서 여러 선형적 의미로 이루어진다. 이때 규정된 의미도 역시나 프로그래밍의 결과다. 그 프로그래밍은 의도적일 수도 있고 우연일 수도 있다. 그런 까닭에 인간의 정신은 주관적/경험적이고 선별적이면서 동시에 비개인적, 비선별적이며 의도가 개입되지 않은 것이기도 하다.

정신은 그 스크린 혹은 프로그램이 정말로 '진짜'인지 아닌지 확신하지 못한다. 간단히 관찰해 보면, 의식/인식은 생명의 조건에 이미 내재한 원시적이면서 개개인과 무관한 역량이라는 사실이 명백해진다. 하지만 의식/인식의 구체적 내용이 개인의 역사적 발달 과정을 따른다는 점도 분명하게 알 수 있다.

실재는 주관적인가, 아니면 객관적인가? 어떤 지점에서 자기성찰적인 정신은 자기의 진실에 대해 곰곰이 생각한다. 다시 말해, 스스로 이런 질문을 던진다. "어떻게 내가 알지? 내가 안다는 걸, 어떻게 내가 아는 거야? 내가 진실이라고 추정하는 것이 실제로 사실이라는 걸 내가 어떻게 알지?" 더 나아가면 그런 질문은 "생명은 어디에서 생겨나고 그 근원은 무엇일까?"로 확장된다. 이런 주관적 상태는 비선형적이며, 원시적이며, 선험적인 것이다. 바로 이러한 비개인적 장에서부터 내용의 주된 특질로 '나-임'이라는 매우 개인적인 감각이 발생한다. 이 기초적인 '나'라는 주관적 감각은 반성적인 *'자기 알기/자각'*을 가능하게 하지만, 이와 대조적으로 정신은 단지 *사고할 뿐이다.*

앞에서 언급했듯이, 르네 데카르트는 정신 자체(*내부 실체*)가 존재하고 그다음에 *외부 실체*(있는 그대로의 세상이나 자연)가 존재한다는 중대한 발견을 했다. 그 원리는 지각과 본질 간의 차이를 서술하는 방식으로 볼 수도 있다. 인간은 항상 겉으로 '선해' 보이는 것을 택한다는 소크라테스의 격언과 더불어 역사상 여러 현자들이 말했듯이, 흔히 두 개의 조건 사이에 커다란 차이가 있다는 사실은 인류의 딜레마다. 하지만 인류의 난관은, '진짜' 선한 것과 환상에 불과한 것을 구별할 수 없다는 점이다.(다시 말해, 외관과 본질을 구분할 수 없다.) 그래서 '공상적 박애주의자들'(의식 수준 190)은 장기적으로 사회적 재앙을 초래하곤 한다.(Charen 2004)

모든 영적 전통과 가르침에서, 이런 차이를 인식하는 것이 기본적이며 근본적이다. 그리고 인간의 주된 결함을 인식하는 일이 기술적으로는 '무지'라고 일컬어진다. 의식 연구에서 어려움은 (개인적으로나 집단적으로나) 의식 자체의 진화 정도가 지닌 한계 때문에 발생하는 것 같다. 이리하여 태만 대 책임의 문제가 일어나고, 선택과 행동의 결과도 나타난다.

인간 정신의 구성

앞선 저작과 연구(Hawkins 1995-2006)에서 인간 정신의 구조를 컴퓨터에 비유한 적이 있다. 정신의 기본 구조가 컴퓨터 하드웨어와 비슷하고, 그 내용은 소프트웨어와 유사하다는 점 때문이었다. 정신은 프로그래밍 내용에 대해서 제한된 통제력을 갖고 있다. 즉 인간(의 정신)은 설명할 수 있고 책임을 지긴 하지만 구조적으로 무지하다.

최근 정보 시대에 정신의 프로그래밍은 끊임없고 지속적이지만, 방어 기제는 부족하다. 그런 탓에, 정신은 제아무리 말도 안 되고 터무니없을지라도 단순 반복하기만 하면 무엇이든 다 믿어 버릴 수가 있다. 히틀러가 권력을 장악한 제3제국의 선전부 장관이었던 요제프 괴벨스가 좋은 사례다. 그와 같은 프로그래밍은 인식 바깥에 있는 주입식 세뇌와 유사하다. 인간 정신은 사실상 부지불식간에 지속적 세뇌에 종속되고 만다.(Horowitz 2007 참고)

물론 위의 사실은 현재 누구나 아는 일이다. 간수/죄수 실험 연구(Milgram 1974, Zimbardo 2007)에 따르면, 심지어 보통의 정상적인 사람들까지도 잔인하게 속이고 희생을 일삼는 주체로 변할 수 있다. 또한 윌리엄 골딩의 유명한 소설이자 영화「파리 대왕」도 그 사실을 잘 보여 준다.

이러저러한 적합한 조건이 만들어지면, 프로이트의 '이드Id' 깊숙한 곳에서 일어나는 원시주의가 활성화되고 표면으로 드러나('격분하여'), 파괴적인 활동을 통해 표출될 수 있다. 2007년 4월, 버지니아 공대생 조승희(의식 수준 5!)가 서른 두 명의 무고한 사람을 살해한 사건이 대표적이다. 이와 동일한 원시주의는 학교나 직장의 연쇄 살인 사건이나 허리케인 카트리나 재난 이후, 말 그대로 무정부상태에서 만연해지는 범죄 등으로 여실히 증명되었다.(사람들은 사회적 이론으로서의 철학적 선포와는 완전히 딴판인 실제 무정부상태라는 대재앙을 겪으면서, 무정부주의자로 알려진 사람들이 과연 온전한 정신 상태인지 의아하게 생각했다.)

요약해 보자. 정신은 생물학적 진화를 통해 일제히 구조화되어 있다. 그렇기 때문에 작동하는 실재를 환상과 감정적 오해와 분간할 수 있는 정신의 능력은 손상되고 심지어 크게 제한된다. 이 한계는 200 이하 측정 수준에서 가장 잘 드러난다. 그래서 개인적 폭력과 정치화된 폭력의 의식 기층은 최저 10에서 20으로 측정될 수 있다.(테러리스트 세뇌도 여기에 해당한다.)

뇌의 생리학 자체는 의식 수준을 반영한다. 이는 다음에 나오는 뇌 생리학의 매우 중요한 도식에서 잘 나타난다.

뇌 기능과 생리학

200 이하 낮은 정신

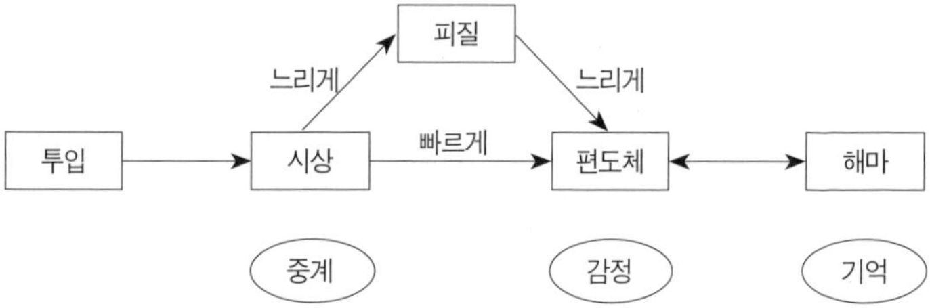

200 이상 높은 정신

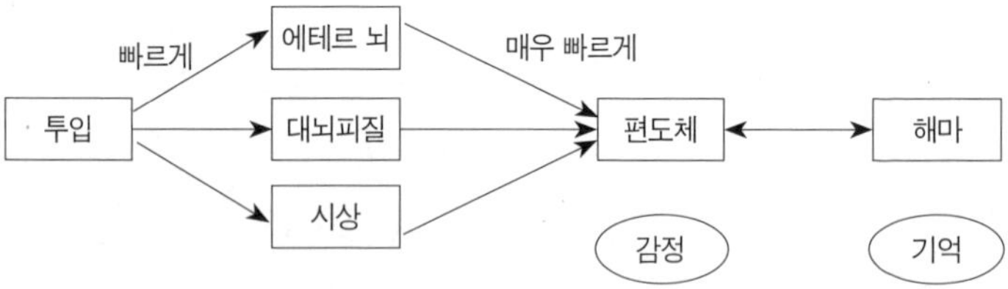

200 이하	200 이상
좌뇌 우위	우뇌 우위
선형적	비선형적
스트레스 - 아드레날린	평화 - 엔도르핀
투쟁 혹은 도피	긍정적 감정
경고 - 저항 - 소진 (셀리에 - 캐논: 투쟁/도피)	흉선 지원
킬러세포와 면역 저하 흉선 스트레스 경락의 교란 질병 부정적 근육 반응 신경전달물질 - 세로토닌 저하	킬러세포 증가 면역 증가 치유 경락의 균형 긍정적 근육 반응
감정 경로가 전두엽 피질을 통해 나가는 것보다 두 배 빠르다	감정 경로가 전두엽 피질과 에테르 피질에서 나가는 것보다 더욱 느리다
동공 확장	동공 축소

의의

영적 노력과 의도는 뇌 기능과 인체 생리를 변화시키고, 우뇌 대뇌피질과 그것과 일치하는 에테르 뇌 안에 영적 정보가 들어갈 특정 구역을 만든다.

실재를 인식하는 개인의 능력은 의식 수준과 그에 일치하는 뇌 생리학적 능력의 결과다. 주목할 만한 점은, 영적 의도가 개입되면 정신적 능력과 뇌 기능이 커져 본질을 분간할 수 있는 정신의 능력도 더욱 커진다. 따라서 "삶의 목적, 혹은 세상의 목적은 무엇일까?"라는 질문의 답은, 애초에 그 질문에 대해 심사숙고하는 개인의 의식 수준과 연관된 뇌 생리학에 주로 좌우된다. 전반적으로, 의식 수준이 높아질수록(더 높은 정신) 진실, 본질, 실재를 환상, 감정이 개입된 오해(더 낮은 정신)와 보다 잘 구별할 수 있다.

실재의 감각

정신은 계속해서 자신이 실재를 인식한다고 자동적으로 추정한다. 그런데 실재라고 간주한 것이 사실은 정신이 내부적 처리 기능에 의해 추정한 것일 뿐이라는 사실을 인식하지 못한다. 그러한 내부적 처리 기능을 가리켜 바로 '경험'이라고 한다.(Hawkins 2000-2006) 그러므로 데이터는 이미 1만분의 1초 안에 에고 메커니즘을 통해 자동적으로 처리되고 편집된다. 그 메커니즘이 가치, 의미, 중요성은 물론 의의, 감정적 어조, 기억의 미묘한 차이를 더하거나 생략하곤 한다. 평범한 정신이 '진실'이라고 추정하는 것은, 사실 정도가 조금씩 다른 수천 개의 변수를 처리한 합성물이다. 정도가 달라지는 것은 편집, 선별, 왜곡, 감정이 개입되고 중첩되어 어느 한쪽을 우선시하는 평가를 하기 때문이다. 이런 편집은 1만분의 1초 안에서 무의식적으로 이루어지며, 사람이 깨달음(의식 수준 600 이상)에 도달해야만 그것을 없애거나 우회할 수 있다.

믿음과 과학

'과학'이라는 말은 이성, 합리성, 논리를 통해 데이터에 대한 공평한 관찰과 사심 없는 객관성을 유추한다는 뜻이다. 데이터 처리는 '객관적'이라고 간주되지만 동시에 그 데이터의 가치와 중요성과 의미는 모두 주관적 경향성이나 입장에서 비롯된 것이다. 의식 지도에서 보면 과학의 추상적 범위는 400대 수준 안에 있지만, 개별 과학 실험은 대개 200보다 훨씬 아래에 위치한다. 사실상 200은 진실이 되기 위해 필수적인 수준이다. 실제로 한 사람의 과학자가 살아가면서 각 시기마다 행하는 연구 실험의 측정 수준은 최고 460에서 최저 170까지 매우 다르게 분포한다. 이는 다름 아닌 의도의 개입 때문이다.

최근에 이를 잘 보여 주는 사례가 있었다. 2006년 4월《미국 심장학 저널》에 치유를 증진시키는 기도의 효험에 대한 연구가 실렸는데, 그 결과는 부정적이었다. 물론 이 결과는 지난 수십 년간 기도가 치유를 돕는 효과가 있다는 사실을 확증하는 수많은 문헌과 신앙/기도 자기계발 단체에서 발생한 수백만 건의 회복 사례와 전적으로 대치한다. 수 년간 수백만 달러를 들인 그 연구 설계의 의식 수준은 고작 170으로 측정된다.(참 이상하지만 그 연구는 템플턴 재단의 재정 지원을 받았으며 템플턴 재단 자체는 500으로 측정된다.)

DNA 이중 나선 구조를 발견한 프랜시스 크릭의 연구도 비슷한 사례다. 그 연구는 440으로 측정되었지만, 정작 크릭의 마지막 연구 프로젝트는 겨우 170으로 측정되었다. 그 프로젝트는 의식이 오로지 뉴런 활동의 결과일 뿐임을 증명하기 위해 설계된 것이었다.(그는 무신론자였다.)

과학이 정당하게 입증된 진실에서 벗어나는 일은 만연된 현상이다. 정치적으로 의도된 입장과 이미 선전된 명분을 내세우는 등 지원 자금의 출처가 편파적이기 때문이다. 그 결과, 과학에 대한 믿음은 과학을 지지하는 신념과 눈먼 열정을 더한 '과학만능주의'가 된다. 그런 까닭에 '환경결정론'은 지구 온난화를 둘러싸고 패닉 현상을 빚고 있다. 확인되지 않았지만, 지구 온난화는 온실가스 등 인간이 저지른 원인 때문이라고 한다. 그런데 이 점은 의식 수준 190으로 측정되므로 거짓이다. 심해 북극 시추와 기타 데이터에 의하면, 지구 온난화 주기는 태양표면의 자기장 활동에 따른 결과다.(Lehr & Bennet 2003, Mehlman 1997) 이 연구는 의식 수준 455로 측정되는데, 이는 과학적으로 타당하다는 수치다. 실제로 북극 빙하는 계속 얇아졌지만, 남극의 빙하는 손실된 북극의 빙하를 훨씬 웃도는 수준으로 두께가 증가해 왔다.

2005년 6월 《미국의학협회 저널》에 따르면, 연구 보고서의 3분의 1이 나중에 오류로 판명된다고 한다. 간접흡연의 위험성에 대한 집단 연구는 의식 수준 190으로 측정된다. 이 연구는 연방 법정으로부터 타당성이 없다는 선고를 받았다.(Meier 1998) 심지어 비만과 중·장년 질병을 연관시키는 여러 연구들마저 200퍼센트까지 과장되었음이 밝혀졌다.

판단을 호도하는 과학적 연구 보고서가 만들어지는 또 하나의 경우는, 통계적 상관관계를 인과관계로 잘못 해석하는 것이다.(예를 들면, 결핵이 발병하는 사람들의 90퍼센트가 갈색 신발을 신는다는 사실이, 곧 갈색 신발이 결핵을 유발한다는 뜻은 아니다.) 그 통계적 상관성이 인과관계가 아니라는 사실은, 2007년 2월 《이코노미스트》에 P.오스틴이 보고했다. 그런데 역설적으로, 보고 기관의 권위가 높을수록 잘못된 보고를 할 가능성은 더 커진다.

이는 확실히, 유명 인사를 후원자로 잡으려는 미디어의 행태 때문이다. 역사적으로 볼 때, 인류를 이롭게 했던 거의 모든 위대한 발견의 시작은 매우 미미했음을 기억하라.(가령, 페니실린을 개발한 플레밍의 발견도 시작은 변변치 않았다.)

인간 정신은 내재된 결함과 예측불허의 변화가 있기 때문에, 진실된 의도를 표출한 경우에라도 의식 측정 없이는 그 진실 수준을 실제로 확인할 수 없다. 즉 편견이 있을 가능성을 의심하거나 직감한다 할지라도, 그것은 결론적으로 의식 연구를 통해서만 탐색되고 입증될 수 있다. 따라서 거의 모든 인간의 노력에서 심대한 허위성이 드러날 수 있다는 사실을 알게 될 것이다. 하지만 대부분의 사람들은 (가령, 과거에 '지구는 편평하다.' 혹은 '태양이 지구 주위를 돈다.' 등) 사회적인 통념이나 유명한 책인 『특별한 대중적 망상과 군중의 광기』에 적힌 신념 등에 영향을 받는다.(Mackay [1841] 2003)

주관성의 지배

'진짜'라는 감각은 주관적 처리의 결과이며, 이른바 모든 '객관성'은 그 자체로 순전히 주관적 추정과 그에 따르는 결론이다. 따라서 본질적으로 주관성은 모든 정신 작용의 선험적 전제 조건이며, 정신은 그 주관성을 지배적 전제조건으로 운용한다. 정확하고 구체적으로 다시 말하자면, '객관성' 자체는 순전히 주관적 추정에 불과하다.

하지만 '진짜'라는 감각은 변형된 의식 상태에서 나타나기도 한다. 변형된 의식 상태로는 꿈, 최면, 꿈같은 상태, 환각, 망상, 유도된 연상 등이 있다. UFO에 의한 납치(의식 수준 170), 다른 차원에서의 영적 무아지경 같은 유체 이탈 경험과 '비전' 등도 이에 해당한다.

이와 대조적으로 일시적으로 짧게, 혹은 여러 시간이나 여러 날, 또는 더 오래 지속되는 기억 상실도 있다. 장기적으로 지속되는 상태는 이중인격 장애에서 확인된다. '지킬과 하이드'는 실제로 존재하며 두 개의 인격은 사실상 의식 수준이 서로 꽤 다르게 측정된다. 이런 사례들 중에는 매우 심각한 보안 파기 행위에 결정적 역할을 한 경우도 있다. 가령, 핵에너지 프로젝트에서, 로버트 한손, 클라우스 푸크스, 로젠베르크 등 고위급 이중 요원의 변절은 현재 전 세계를 원자핵 위험에 빠뜨렸다.

전혀 의심받지 않는 이중인격자들은 현재 지속적으로 미국 내 안보에 중대한 위기를 불러오고 있다. 그런 사람들을 탐지할 수 있는 것이 바로 의식 측정 기술이다. 그 기술을 통해 그들의 상태와 신분은 빠르고 쉽게 확인된다. 오늘날이 핵전쟁으로 수많은 무고한 생명을 희생시킬 수도 있는 세상이라는 점을 감안한다면 이 사실은 중요해 보인다.

05

과학과 종교: 진실 수준

들어가며

과학과 종교의 갈등은 미국 사회의 고질적인 문제이며, 심지어 지난 수십 년간 사법계의 쟁점이었다. 가령, 1930년대 우생학 논쟁과 그와 유사하게 벌어지는 오늘날의 줄기세포나 다윈 이론을 둘러싼 갈등도 여전하다. 이러한 이슈의 다양한 요소에 의식 연구를 적용하면 그 본질에 대한 귀중한 분류 작업을 할 수 있다.

본질적으로 비개인적인 의식 수준은 (비선형적 역학 장에서) 에너지 '끌개장'(Hawkins 1995)으로 불렸던 바로 그것이다. 끌개장은 모든 생명의 무한하고 비선형적인 에너지 근원을 지배하고 표출한다. 연구 조사의 편의상, 분류와 설명의 목적에 맞게 의식 수준은 여러 일반적 범주로 나뉜다.

앞에서 보았듯이 진실의 중요한 분기점은 의식 수준 200이다. 300대는 긍정적 영향을 나타내고, 400대는 논리와 이성, 그리고 화학, 의학, 물리학, 천문학, 수학, 천체물리학 등 일반적 과학 영역 일반을 나타낸다. 또한 지난 수 세기 동안 위대한 과학 천재들과 브리태니커 『서양의 위대한 고전』 저자들도 400대 상위에서 측정된다. 단, 여기서 마르크스와 엥겔스는 예외에 속한다. 편의상, 그 내용을 『진실 대 거짓』에서 가져와 여기 다시 수록한다.

『서양의 위대한 고전』 측정 수치

갈레노스	450	루크레티우스	420	아르키메데스	455
갈릴레오	485	마르쿠스 아우렐리우스	445	아리스토텔레스	498
괴테	465	마르크스	130	아리스토파네스	445
길버트	450	마키아벨리	440	아우구스티노	503
뉴턴	499	몽테뉴	440	아이스킬로스	425
니코마코스	435	몽테스키외	435	아폴로니오스	420
다윈	450	밀턴	470	에픽테토스	430
단테	505	베르길리우스	445	에드워드 기번	445
데카르트	490	세르반테스	430	엥겔스	200
도스토예프스키	465	셰익스피어	465	윌리엄 제임스	490
라부아지에	425	소포클레스	465	윌리엄 하비	470
로렌스 스턴	430	스피노자	480	유리피데스	470
루소	465	아담 스미스	455	유클리드	440

제임스 보즈웰	460	토마스 아퀴나스	460	플로티누스	503
제프리 초서	480	톨스토이	420	플루타르크	460
조지 버클리	470	투키디데스	420	허먼 멜빌	460
조너선 스위프트	445	파스칼	465	헤겔	470
존 로크	470	패러데이	415	헤로도토스	440
존 스튜어트 밀	465	푸리에	405	헨리 필딩	440
칸트	460	프랑수아 라블레	435	호메로스	455
케플러	470	프랜시스 베이컨	485	홉스	435
코페르니쿠스	455	프로이트	499	흄	445
크리스티안 하위헌스〔호이겐스〕	465	프톨레마이오스	435	히포크라테스	485
타키투스	420	플라톤	485		

의식 수준이 400대로 측정되는 것은 선형적 영역에 대해 신뢰할 만하고, 진실하며, 확인 가능한 지성적 해석을 표출한다. 이것은 인간 지성이 할 수 있는 최선의 노력을 담고 있다. 이것은 이성, 논리, 선형적 실재의 패러다임이다. 이성, 논리, 선형적 논리는 인간 지성과 이해에 있어서 과학적/합리적/논리적 패러다임의 특성이다. 이 영역에서는 논리의 규칙과 변증법이 적용되며 칸트의 추상화 범주도 적용된다. 의식 수준 400대의 특성은 다음에 나올 역사상 가장 위대한 과학자들의 측정 도표에서 다시금 확실하게 확인할 수 있다.

이성: 위대한 과학자들

닐스 보어	450
데이비드 봄	505
로드 켈빈(본명: 윌리엄 톰슨)	450
루서 버뱅크	450
루이 파스퇴르	465
루이지 갈바니	450
리처드 버드	420
막스 플랑크	460
베르너 하이젠베르크	460
스티븐 호킹	499
아서 에딩턴	460
아이작 뉴턴	499
알베르트 아인슈타인	499
알렉산더 플레밍	460
앙리 푸앵카레	430
에드워드 제너	450
에른스트 마흐	460
요하네스 케플러	465
이그나즈 젬멜바이스	460
제임스 맥스웰	460
지그문트 프로이트	499
찰스 스타인메츠	460
클로드 베르나르	450
토마스 멜서스	480
토마스 에디슨	490
토마스 헉슬리	460
프리드리히 케쿨레	440
피에르 테야르 드 샤르뎅	450
헤르만 폰 헬름홀츠	460

과학은 그 자체 선형적 패러다임 안에서 타당하다. 이는 수 세기 동안 여러 과학자들의 측정 수준을 문서화함으로써 밝혀졌다. 과학자들의 진실 수준을 확인하는 성과와 더불어, 과학 이론 자체의 측정을 통해 이성, 논리의 타당성 정도와 400대의 선형적 실재의 패러다임을 정리할 수 있게 되었다. 따라서 스콥스 재판에서 클래런스 대로의 입장의 기본은 확고하지만 한정된 것이었다. 이

는 앞선 장에서 이미 논의한 바 있다.

과학 이론

DNA 이중나선 구조 발견	460
$E=mc^2$	455
M 이론(구 끈이론)	460
'가이아'(행성 이론)	거짓
공룡 멸종설	200
구두끈 이론	455
기도는 치유를 증진한다	참
끌개장(비선형적 역학)	460
뉴런 활동 결과로서의 의식	140
뉴런 활동에 의한 의식	125
뉴턴식 인과법칙	460
다윈의 진화론	450
다중 우주론	참
드레이크 방정식	350
디랙 방정식	455
루퍼트 셸드레이크 형태발생의 장	460
미국 우주 프로그램	400
블랙홀 이론(2004년 개정)	455
비선형적 역학	460
'빅뱅' 우주 이론	거짓
산란 행렬 이론	455
생체 장Biofield	460
소립자 물리학	455
슈뢰딩거 방정식	455
신성과 얽힌 마음의 장	참
신의 유전자	거짓
양자 결맞음	460
양자 중력	460
양자 상태의 순간이동(이온 내 전자)	400
양자 얽힘(양자론)	거짓
양자역학	460
염력	참
오염으로 인한 지구 온난화	거짓
'온실가스' 지구 온난화 이론	거짓
원격 진료	거짓
의식 측정	605
우주 근원으로서의 신성	무한
우주의 지속적 팽창에 대한 정상定常 우주론	405

융의 집단 무의식	455	평행 우주론	거짓
줄기세포 연구	245	폰 노이만 프로세스	450
중력 자성	460	하이젠베르크 불확실성의 원리	460
지구의 자기장 약화	참	하트매스	460
지구 자기 역전	460	핵분열 반응(현실태)	200
지적 창조/설계설	480	핵분열 이론	455
카오스 이론	455	형태 공명론	460
타인들과 얽힌 마음의 장	거짓	호르메시스	180
태양표면의 자기장으로 인한 지구 온난화	455	홀로그램 우주론	395
특이점	455	화성의 미생물 유기체	참
팽창 이론(후기 빅뱅)	450	화성의 유기체	참

최근에 산타크루즈 소재 캘리포니아 대학에서 흥미로운 보고서 하나가 나왔다. 성경에 기록된 홍수와 기타 종교적 역사들이 기원전 2807년에 일어났으며, 이는 당시 인도양에 떨어진 거대한 혜성 때문이라고 한다.(이 점은 진실로 측정되었다.)

과학이 인간 문명에 기여한 바는 확실히 어마어마한 수준으로, 현대 생활의 모든 양상에 그 손길이 미치고 있다. 사실 클래런스 대로의 이성과 논리에 대한 신념도 증명 가능한 실재 위에서 세워진 것이었다. 하지만 그의 오류는 종교가 과학적 실재와 동일한 패러다임에 속하며, 그렇기 때문에 논리 정연한 과학적 증명과 동일한 기준을 충족시켜야 한다고 순진하게 추정한 것이었다. 따라서 클래런스 대로는 '더 이상 다른 건 없다.'는 패러다임 맹목을 대표한다. 패러다임 맹목은 세속주의(의식 수준 165)나 회의적 과학주의(의식 수준 190)의 정치적 관점으로서 사회에 널리 퍼져 있으며, 단조로운 환원론적 물질주의로 한정되는 낮은 정신의 산물이다.

과학 대 신앙 논쟁은 《타임》의 주요 기사에 기술(2006년 11월 13일)되고 대중적 논쟁(2007년 10월, 앨라배마 주 버밍햄 등)이 반복되는 등 수그러들 기미가 없다. 클래런스 대로의 입장은 이제 무신론자를 자인한 『만들어진 신』(2006)의 저자, 리처드 도킨스의 논증으로 주장된다. 그 책은 의식 측정 수준 190이다. 종교 제일주의적 입장은 프랜시스 콜린스에서 나타난다. 콜린스는 미국 국립 인간게놈연구소의 소장이자 『신의 언어: 과학자가 믿음의 증거를 제시하다』(2006)의 저자다. 이 책은 의식 수준 400으로 측정된다.

다윈의 진화론은 의식 수준 450, 지적 창조 설계론은 480, 창조론은 245, 창세기는 600으로 측정된다는 점이 흥미롭다. 생명의 근원으로서 신성과 우주는 무한대 수준으로 측정되며, 역사상 위대한 현자들은 1000으로 측정된다.

그러므로 위에 반복된 모든 담론으로부터 명백한 결론이 나온다. 물론 현재 이 책을 통해 계속 진술되고 있는 바로 그 사실이다. 비선형적 영역은 환원론자의 선형적 지성 수준의 선형적 패러다임으로는 결코 입증할 수도, 논쟁할 수도 없다. 선형적 영역은 메커니즘만을 기술하고 맥락을 무시한다. 모든 과학적 관점은 데카르트의 *사유 실체* 혹은 외관(지각)을 나타내며, 반면 영적 실재는 *외부 실체* 혹은 본질(실재)을 나타낸다.

신성Divinicity을 생명과 창조의 근원Source of Life으로서 깨닫는 일은 측정 수준 600에서 나타나며, 그 깨달음 자체는 상당히 주관적이며 자아의 정신 작용을 넘어선다. 그 수준은 의식의 장 덕분에 경험하게 되며, 여기에 이르면 모든 생각 자체가 없어진다.(1995년부터 2006년까지 나온 이 시리즈의 다른 책 안에 포함된 자전적 요약본과 더불어 『의식 혁명』에서 이 내용을 설명한 바 있다.)

격렬한 논쟁으로 나타나는 진실의 한계, 그 조짐은 그것을 감정 본위로 설득하려는 시도에서 잘 드러난다.(가령, 과학자들은 종교와 믿음에 부여된 그 어떤 신빙성에 대해서도 '격분한다.' [Van Biema 2006]) 진짜 진실한 진실 추구는 논쟁이나 감정이라는 특질을 갖고 있지 않다. 진실은 강압이나 홍보성 전도를 통해 드러나지 않는다. 진실을 받아들인다는 것은 연구자(질문자)가 지닌 의도의 순수성과 의식 수준의 결과로 발생한다. 마르코 폴로의 동방 발견은 회의론자들에게 조롱을 받았지만, 객관적 의식 연구자에게는 잠정적이며 가치 있는 조사로 받들어졌다.

개종은 에고가 지닌 허영심의 표출이다. 에고는 동의나 지배를 통해 지위를 얻으려 한다. 진실은 그 자체 안에서 완벽하고 총체적이며, 그렇기 때문에 다른 요구가 없다. 예를 들면, $E=mc^2$의 경우 개인의 견해가 필요하지 않으며 아인슈타인의 사생활에 적대적인 태도로 인신공격을 할 필요도 없는, 하나의 사실이다. 회의론적 공격은 대개 질투가 깔린 반감의 표출에 불과하며, 시기하는 것은 영혼이 인색하다는 표시다. 인색한 영혼은 위대함 앞에서 스스로 초라하다고 느낀다. 따라서 닥터 수스의 그린치는 크리스마스를 싫어하며, 무신론자의 에고는 은밀하게 신의 무한한 은총을 증오한다. 궁색한 방식으로 에고는 절대성을 부정하려고 애쓴다. 그 절대성을 통해 신격의 잠재성에서 나온 모든 창조의 에너지는 결코 끝나지 않는 창조Creation로 현시되어 나타난다.

진화심리학(의식 수준 210)은 대니얼 데네트의 연구 논문과 저서(2006, 의식 수준 250)에서 밝힌 것처럼, 인지 기제를 통하여 다윈 이론을 뒷받침한다. 이런 주장들은, 훨씬 더 높은 차원에 있는 실재를 이해하려는 인지(인식)의 자체적인 노력을 나타낸다. 여기서 중요한 점은, 그들이 의식의 선형적 내용과 의식 자체의 비선형적 장을 혼동한다는 것이다. 이는 지구를 우주와 혼동하거나 구름을 하늘과 혼동하는 것과 같다.

(의식 수준 165로 측정되는) 무신론은 지금 학계에서 인기가 많고, 매우 '정통하며,' 유행의 첨단을 달리며, 멋지고 세련된, '현대적' 상식이 되고 있다. 이제 신은 구닥다리 고루한 존재일 뿐이다. 절대주의와 실재는 (루이스 캐럴의 『이상한 나라의 앨리스』에서 그랬던 것처럼) 모든 관점은 똑같이 타당하다는 상대주의의 나르시시즘적 위치성positionality에 의해서 조롱받는다. 사실상 상대주의는 아동의 강팍하고, 에고중심적이며, 소망 충족적인 사고와 판타지를 나타낸다.(가령, "그게 바로 내가 말하고 있는 거라고!"와 같은 말이다.)

'세부적인 것에서 일반적으로 것으로 나아가는' 환원론자의 소위 '상향식' 논법은 단순한 사람들에게는 대단히 박학다식해 보이지만, 교육받은 사람들에게는 매우 단조롭고 평범하게 들린다. 진실로 자유로운 교육을 받은 사람의 정신은, 서구 문명의 위대한 고전이 안겨 준 박학다식함에 익숙해져 있기 때문이다. 서구 문명의 고전은 사고의 추상화와 범주화 수준을 분명하게 규정한다. 일반적으로, 더 위대한 존재가 더 미약한 존재에 의해서 부정당할 수는 없다. 이 말을 의식 수준으로 바꿔 놓으면, 200 이하 사람들은 더 높은 수준의 패러다임을 이해할 수 없다. 그와 유사한 예로 산수, 기하학, 삼각법, 차등 방정식, 양자역학(하이젠베르크 불확실성의 원리) 등이 있다. 한마디로 *수준이* 다르다. 따라서 기계적 환원론(185로 측정되는 '상향식' 이론)은 자신이 부인하고자 하는 그 영역에 도달하지도 못한다. 심지어 '인과론' 자체도 오직 400대 중반 측정 수준과 관련이 있다. 창조, 신성, 영적 진실의 실재는 600부터 그 이상으로 측정되므로, 190-250 수준의 위치에서는 아예 반박할 수가 없다.

이런 진실하지 못한 편견은 창조론에 '분노하고' '혼란스러워하고' '격분한' 최근 반종교주의자들의 표현에서 드러난다. 이와 반대로, 진실을 추구하는 참된 사람은 객관적이고, 하나의 입장을 고수하지 않으며, 확증 가능한 확실성에 관심을 둔다. 이 확실성이란 감정이 아니라 경험에 기초한 확인을 뜻한다.

(의식 수준 190으로 측정되는) 에고의 허영은 신의 존재를 부정할 수 있다는 과대망상 속에서 끝을 모르고 자만심을 부린다. 지각은 선형적 상징, 정신 작용의 제한적 내용에 갇힌 언어적 추측

에 불과하다. 그것이 무엇이 되었건 실체가 있는 객관적 실재를 갖고 있다는 사실은 순전히 주관적 가정일 뿐이다.

언어는 기껏해야 묘사적 외양에 불과하며, 본질과 똑같은 범주에 들어 있지도 않다. 경험은 상징과 다른 수준에 있다. 이 때문에 오페라나 교향곡의 악보는 미학적 즐거움을 창조하지 않고, 오직 음악만이 즐거움을 낳는다. 음악은 음악적 상징을 써 넣은 악보와 다른, 더 높은 패러다임 수준에 있기 때문이다.

정신은 신성을 대체하기 위해 왜 그처럼 용맹하게 투쟁하는 것일까? 정신은 자신이 아닌 여타 다른 자율통제권을 정말로 부인하고 남몰래 증오하기 때문이다. 그것이 바로 나르시시즘의 자기 영속적인 핵심이다. 정신은 우주에 대한 견해를 만들어 낼 수 있지만, 우주나 생명은 물론이고, 하물며 의식조차 창조할 수 없다. 그것은 이미 결정된 창세기(무한대로 측정된 서술)에 따른 창조의 '빛Light'이었다. 신을 비평하는 자는 그 빛(하느님) 자체를 설명하지 못한다. 그 빛은 지나치게 단순화된 정신 작용의 한정된 영역과는 매우 거리가 멀다.

400대 의식 수준에 의해서 재현된 실재의 객관적인 선형적 패러다임과는 반대로, 비선형적 영적 실재는 400대에서 표현되기 시작하여, 그다음 500(사랑) 수준에서 우세하며, 최대 1000까지 올라간다. 의식 수준 1000은 인간의 영역에서 가능한 에너지의 최대치다.

전 세계 종교, 영적 스승들, 그리고 그 교리 도표는 서로 다른 패러다임을 보여 준다. 그 패러다임에서 지배적 실재는 객관적이고 증명 가능하기보다 오히려 주관적이며 경험적이다. 객관적이고 증명 가능한 실재는 400대 수준의 한계로 특징지어진다.(다음은 편의상 『진실 대 거짓』에서 다시 수록한 것이다.)

영적 스승들

C. W. 리드비터	485	라드하카말 무케르지	475
G.맨리 홀	485	라마나 마하르시	720
가덴 샤르체	470	라마크리슈나	620
간테 풀쿠 린포체	499	라빈드라나드 타고르	475
강가지	475	람 찬드라	540
고피 크리슈나	545	람첸 린포체 갈포	460
공자	590	로렌스 수사	575
교황 요한 바오로 2세	570	로버트 포웰	525
그라나다의 모세스 데 레온(랍비)	720	루돌프 슈타이너	475
나낙	495	루돌프 오토	485
노자	610	루미	550
니사르가다타 마하라지	720	루트비히 폰 베르탈란피	485
달라이 라마(텐진 가초)	570	리 사넬라	505
도겐道元 선사	740	리처드 M. 버크	505
드룩첸 린포체	495	마더 데레사	710
딜고 키엔체 린포체	575	마르틴 루터	580
떼야르 드 샤르뎅	500	마이스터 에크하르트	705

마하트마 간디	760
마헨드라나스 굽타	505
막데부르크의 메히틸트	640
머틀 필모어	505
메리 베이커 에디	495
묵타난다	655
바가반 니티아난다	500
백색 형제단	560
버논 하워드	480
보리달마	795
비베카난다	610
산카라(산카라 차리아)	710
성 십자가의 요한	605
성 아우구스티노	550
성 토마스 아퀴나스	570
성 패트릭	590
소크라테스	540
소태산 박중빈少太山 朴重彬	510
쉬르디 사이 바바	485
스리 라마누자 차리아	530
스리 마드바 차리아	520
스리 아우로빈도	605
스리 유크테스와르	535
스와미 람다스	570
스와미 부다난다	485
스와미 사치다난다	605
스와미 프라바난다	550
스와미 프레즈네파드	505
스즈키 로시 선사	565
아레오파고스의 디오니시우스	490
아비나굽타	655
아빌라의 성녀 데레사	715
아차리아	480
애니 베전트	530
앨런 워츠	485
야콥 봄	500
어니스트 홈스	485
에라스무스	500
에릭 버터워스	495
에마 커티스 홉킨스	485
에메트 팍스	470
에벌린 언더힐	460
엠마누엘 스웨덴보그	480
오리게네스	515
올더스 헉슬리	485
요한 타울러	640

월러스 블랙 엘크	499	쿠숨 린파	475
잠양 켄체	495	클라우디오 나란조	465
장자	595	텐진 팔모	510
제임스 앨런	505	토머스 머튼	515
조셉 스미스	510	파드마 삼바바	595
조엘 골드스미스	480	파라마한사 요가난다	540
족첸 린포체	510	파탄잘리	715
존 칼뱅	580	폴 틸리히	480
진 클라인	510	푼자이지	520
찰스 필모어	515	플로티노스	730
충량 알 황黃忠良	485	피오 신부	585
카르마파	630	하쿠유 타이잔 마에즈미	505
카스야파	695	화이트 플럼 아상가	505
켐포 푼촉	510	황벽黃檗 선사	960

흥미롭게도 스콥스('원숭이') 재판 자체는 인위적으로 어떻게든 만들어 낸 것이지만, 재판의 주요 참가자들은 각자의 위치성positionality을 진정으로 대표하는 인물들이었다. 윌리엄 제닝스 브라이언의 발표는 의식 수준 505, 클래런스 대로의 변호는 450으로 측정된다. 이렇듯 각자 서로 다른 실재의 패러다임을 대변했기 때문에 해결할 수 없는 갈등이 있을 수밖에 없었다. 게다가 지성적 측면에서 볼 때, 클래런스 대로는 세속주의자인 반면에 브라이언은 종교적이고 영적 신념을 갖춘 인물이었다.

의식 수준 400대의 과학 패러다임과 500대 이상의 영적 신앙과 종교적 실재 패러다임을 대조시키면, 자체 수준 안에서는 그 이슈가 해결될 수 없다. 그 둘이 서로 다른 실재의 패러다임을 담은 관점을 대변한다는 인식을 명백하게 해야만 비로소 해결 가능하다. "과학과 종교는 서로 다른 상자 안에 존재한다."(Gould 2002)

선형적 세계는 잠정적이며, 특정한 환경에 국한되고, 논리적이고, 입증 가능하고, 객관적이다. 비선형적 세계는 영향을 미칠 수 있으며, 주관적이고, 경험적이며, 제약이 없고, 입증이 불가능하며, 맥락에 의거한다. 의식 수준 200 이하는 사실상 파괴적이지만 400대 수준은 건설적이다. 의식 수준 500대부터 그 위로는 희망과 영감과 힘을 준다. 따라서 가장 이로운 것은 사랑과 신앙이 결합하고 여기에 이성이 더해지는 조합일 것이다. 그 조합 안에서 논리와 이성은 자아와 타자들에게 사랑과 아울러 신성을 제공하는 역할로 도입된다.(토마스 아퀴나스가 좋은 본보기다.) 이 조합의 특징은 연민이다.[4] 이는 인간의 순진함, 한계, 그리고 인간 정신의 본질이 지닌 맹목적 무지라는 치명적 약점까지도 감안하고 받아들인다.

인류의 전반적인 의식은 1980년 후반에 와서 겨우 200 수준을 넘어섰다. 과거에도 그랬고 지금도 그렇지만, 인간과 인간의 삶이 처한 난관은 서로 다른 의식 수준을 가진 집단이 세상에 함께 내던져졌기 때문에 불가피하게 벌어지는 갈등에 있다. 앞에서도 인용했지만, 이 사실은 기록된 역사 중에 93퍼센트의 기간 동안 인간이 공공연하게 전쟁을 벌여 왔다는 사실에서 증명된다. 나머지

7퍼센트 기간은 아마도 흑사병이나 기아 등 다른 재난 때문에 잠시 전쟁이 멈추었을 뿐이라고 가정할 수 있을 것이다.

위 분석을 통해 명백하게 알 수 있듯, 우주의 근원과 본질에 대한 설명은 서로 다른 의식 수준에서 나온 개념화 과정을 나타낸다. 또한 말 그대로 단순히 길을 지나가는 일반인부터 역사상 위대한 영적 스승들이 가르쳐 준 깨달음과 계시라는 상위 의식 수준까지 진보적으로 진화하는 패러다임들도 보여 준다.

창조의 내재적 자질은 생명의 유기적 표출에서 보이듯이 진화적 진보라고 할 수 있다. 생명의 근원을 임의로 발생한 화학적 우연한 사건(상향식 이론)으로 고려하든, 아니면 신성의 작용(하향식 이론)으로 간주하든, 둘 다 진화적이라는 사실은 수많은 증거 기록을 제시할 수 있을 만큼 자명한 것이다.

'창조'라는 용어는 일종의 추상적 작용(추상화)이다. 이 작용은 외부로의 표출, 등장, 복잡성과 효율성을 지니고 점진적으로 진화해 가는 존재를 암시한다. 인간 연구의 모든 분야는 예전부터 진보적이었다. 이와 동시에 우주는 빛의 속도로 무한히 계속 확장하고 있다. 그래서 조금만 생각해 보면, 진화론과 창조론 사이에는 정말로 갈등이 존재하지 않는다. 왜냐하면 그 둘은 본질적으로 하나이며 동일한 과정이기 때문이다.(가령, 창조는 진화와 마찬가지로 계속 진보적으로 진행 중이며 지속되고, 계속 새롭게 전개되고 발아된다.)

클래런스 대로의 주장은 성경 문구에 집중하는 경향을 보였다. 성경 문구는 원시적 신화와 전설을 포괄하는데, 이 경우 신화와 전설은 입증 가능한 과학적 진술이 아니라 알레고리와 문화적 도덕 가치를 내포한다. 이를 논리와 이성에 비춰보면 잘못된 것처럼 보이지만, 믿음을 통하면 있는 그대로의 역사적 사실로 믿을 수 있다. 사실, 창조의 근원으로서 신성을 깨닫는 일이 알레고리로 이루어진 민속설화에 대한 문학적 신념에 좌우되는 것은 아니다. 이는 불교의 진실도 붓다가 실제로 보리수 아래 앉아 있었느냐에 대한 믿음에 좌우되지 않는 것과 같은 이치다.

고대 경전이 한데 모이던 시기에는 아직 과학적 타당성이 태동하지 않았다. 이미 드러난 기초적 진실은 사실 문명화된 정신에게, 홍해가 실제로 갈라졌는지 혹은 요나가 고래 뱃속에 사흘간 들어 있었는지와 아무 관련이 없다. 이렇게 기술된 고대 사건은 거의 기적에 가까운 본질을 보이고 인간의 정신은 바로 그 점에 매혹된다.

순진한 정신은 신화화, 외견상 마법적인 것, 그리고 기적적인 사건의 선정성에 끌린다. 정신은 본질을 분간할 수 없기 때문이다. 따라서 평범한 사람들은 기적적인 이야기에 감동한다. 그런 이야기는 보이지 않는 신성의 힘과 현존을 물리적으로 증명하고 확인하는 본보기로 인지되곤 한다.

기적

평범한 사람들은 기적적인 일을 묘사한 것을 보면 크게 감동한다.(아니면 오히려 의심스러워한다.) 왜냐하면 그 현상들은 의식 수준 570 이하에서는 좀처럼 인식되지 않기 때문이다. 570은 전 세계 인구 중에 0.1퍼센트 미만의 극소수만이 도달하는 수준이다.

기적적인 사건의 대다수는 평범한 개념적 경험의 범위 바깥에 놓이기 때문에, 대개는 인식되지 못하며 심지어 인지될 경우에도 단순히 '운이 좋은' '우연한' 것이라고 간과되기 일쑤다. 이와 반대로 진짜 과학적으로 입증된 기적은, 철저한 조사를 거친 후 문서상으로 입증된 루르드에서의 여러 기적과 종교적 성흔이나 죽은 성자들의 시신이 오랫동안 부패되지 않는 현상 등 기타 믿음에 기초한 기적적인 현상처럼 나타난다.

평범한 사람들은 때때로 기적적인 사건을 경험하더라도 실질적인 그 사건의 실재를 이해할 수 있는 적합한 내부 맥락을 갖고 있지 않다. 가능성 있는 합리적 설명을 하나 들자면, 유명한 정신의학자 카를 융 박사는 '동시 발생성synchronicity'이라는 개념을 제시한 바 있다. 하지만 기적적인 사건의 보고는 중대한 재난 중에 생존한 사람들 사이에서 심심찮게 나오며, TV 날씨 채널의 「태풍 이야기」 같은 다큐멘터리에서 1인칭 시점으로 보도되곤 한다. 여기에 나오는 거의 모든 생존자들은 절실하게 기도를 했거나 토네이도에 떠밀려서도 무한한 평화와 고요(의식 수준 600)의 상태로 올라갔다고 말한다. 그러므로 깊은 믿음과 순종은 기적의 출현을 호의적으로 받아들이는 경향이 있다고 말할 수 있다.

그 기적을 이해하는 데 필요한 맥락을 제공하기 위해, 편의상 『의식 수준을 넘어서』 6장에서 덧붙여 설명한 내용을 아래에 다시 가져왔다.

영적 현상과 영적인 힘, 싯디

의식 수준 540부터 그 이상에서는 이성, 관습적 논리의 개념화, 또는 인과관계로는 설명할 수 없는 현상이 자연스럽게 발생한다. 그런 현상은 영적 에너지(쿤달리니)가 진보적으로 지배하는 상황에서 동반되며, 자유의지가 아니라 맥락이라는 장의 결과로서 일어난다. 또한 그런 현상은 목격되고, 자체적으로 발생하는 것으로 보인다. 이를 가리켜 고전 산스크리트어로 싯디siddhis, 悉地라고 하며, 논리적으로 설명할 수 없긴 하지만 외견상 '초자연적'이거나 '기적적/신비로운' 힘을 뜻한다.

싯디는 대략 의식 수준 540에서 나타나기 시작해 570이 되면 현저해진다. 싯디의 출현 초기 단계에서는 의식의 진전처럼 산발적으로 나타나지만, 곧 빈번해지고 때로는 계속된다. 싯디는 자율적이며 의도되지 않은 것으로 의지와 무관하게 자발적으로 발생한다. 이런 현상은 천리안, 예지, 신통력, 투청력, 초감각적 지각, 사이코메트리(어떤 물건에 닿거나 다가감으로써 그 소유자에 관한 사정을 꿰뚫어 보는 능력), 동시에 두 지점에 존재하는 능력 등을 비롯해 즉각적 치료와 변형, 기대나 설명을 넘어서는 독특한 심리 조장 등 진짜 기적적인 사건까지 포함한다.

그 능력이나 현상은 개인의 통제 안에 있지 않다. '인과관계'의 결과도 아니다. 그런 현상이 발생하면, 학생들에게 그것은 당사자의 '나' 혹은 '자아'와 무관하게 발생한 부분이므로 개인적인 것이라고 주장하지 말라고 주의를 주곤 한다. 따라서 앞서 말했듯이 어떤 '개인'이 기적을 행하는 것은 아니다. 기적은 오로지 영Spirit

의 결과이기 때문이다. 정직과 겸손을 갖추고 이익을 쫓아가려는 유혹을 거부하면 영적 에고가 과장되거나 부풀려지는 것을 막을 수 있다.

개인적 경험에서 볼 때, 그 현상은 오랜 기간에 걸쳐 나타나고 더욱 강렬해지는 경향을 보인다. 그런 다음에, 어떤 현상은 사라지는 듯 산발적으로 나타나고 두드러지지 않지만 나머지 현상은 영구적으로 계속된다.

영적인 쿤달리니 에너지 흐름은 그 자체가 특별하다. 주관적으로 볼 때, 그 감각은 등을 타고 뇌 안으로 흐르기 때문에 매우 미묘하다고 기술할 수 있다. 이런 점에서 매우 특별하다는 것이다. 그런 다음에는 심장의 차크라를 통해 나타나고, 그러고는 세상 속으로 나가 버릴 수도 있다. 그 세상 속에서 쿤달리니의 존재는 진짜로 경이로운 것들이 눈앞에 펼쳐지도록 촉진한다. 그런 현상은 의도가 없는 하나의 해프닝으로 목격되곤 한다. 그것은 마치 신성의 자질이, 세속의 물리적 세상을 초월한 더 높은 영역을 통해 현시되어 나타나는 것과 같다.

이전 연구에서, 그 유명한 예수 그리스도의 32년간의 기적도 확실히 실제 현상이었으며 그 기적을 타자들이 관찰했었다는 사실이 입증되었다. 그 기적은 "신 안에서는 모든 일이 가능하다."는 점을 실증하는 사건이며, 예수 그리스도(의식 수준 1000)의 신성한 화신을 입증하고 확인하는 교리 수단으로 쓰인 역사적 사례다. 최상급의 영적 신앙인은 수많은 기적이 펼쳐지는 상황을 자주 목격한다. 물론 이때 드러나는 기적은 그 수만큼 극적인 면모는 덜한 편이다. 그와 같은 일은 더욱 더 많아지고 횟수도 더 잦아지면서, 다른 목격자들의 눈에까지 띄어 확인된다.

그 '기적적인 현상'은 맥락의 힘에 영향을 받아서 잠재력의 출현이 물리적 현실성으로 나타난다.(물론 위치적 조건도 호의적일 때에 가능하다.) 기적적인 사건은 의도를 비롯한 비선형적 힘의 영향을 받았다는 현시라고 할 수 있다. 사실 인간의 의도는 선형적 잠재력을 활성화시킨다.(그 예로 하이젠베르크 불확실성의 원리가 있다.) 이렇게 눈에 보이지 않는 '높은 힘Higher Power'(비선형적 맥락의 장)이 바로 믿음에 바탕을 둔 익명의 알코올 중독자 협회와 '기적수업' 같은 치유 그룹에 속한 수백만 명의 회복을 촉진시킨 주인공이다. 더불어 성자에 근접한 매우 진화된 신앙인, 루르드 성지와 영적 스승들에게 발생하는 치유 능력의 진원지이기도 하다. 이 기적적 치유는 역사를 통틀어 줄곧 보고되었으며 여러 사람들이 목격하였을 뿐 아니라 그만큼 많은 문서로 기록되어 있다. 의식 측정 연구를 통해 그 기적은 하나의 실재로 확인 가능하다. 그러한 현상은 역사적으로 인간의 경험에 심대한 영향을 끼쳤다. 이는 수많은 임사 체험(의식 수준 625) 보고에서 알 수 있다. 임사 체험은 종종 극적으로 삶을 바꾸고 탈바꿈시켰다.(Siegel 1986)

역사가 입증하듯, 벌어진 기적은 심대한 결과를 낳았고 수천만 명의 삶을 바꾸었다. 그뿐만 아니라 훗날 성 바오로가 되는 타르수스의 사울처럼 개종한 속세의 지도자에게 기적이 발생하면서 세계 역사를 바꾸기도 했다.

고대 로마는 전통적으로 이교도의 로마 신을 경배했다. 그러던 중 312년 콘스탄티누스 황제가 공중에서 그리스도 신의 표징을 담은 기적의 환상을 보았다. 콘스탄티누스의 의식 수준은 200에서 350으로 상승했다. 황제는 로마 군인의 방패에 빛나는 십자가 표징을 새겼고, 이후 그들은 항상 승리하였다. 그다음, 기독교를 로마 제국의 종교로 공표하였으니, 이에 기독교는 마침내 전 유럽의 종교가 되었다.

역사적 관점에서 서구 문명의 기저가 되는 전체 맥락과 기본 구조는 예수 그리스도, 성 바오로, 콘스탄티누스 황제를 통해 출현한 기적과 그로 인한 결과였다고 볼 수 있다. 이 중요한 사건들이 지금의 시대와 너무 동떨어져 보일 수 있으나, 그 유명한 익명의 알코올 중독자 협회의 창설자인 빌 윌슨의 사례는 보다 최근의 일이다. 빌 윌슨의 기적 체험은 12단계의 회복 프로그램을 낳았다. 이 프로그램을 통해 수백만 명이 알코올 중독에서 벗어났으며, 그 외에 치료하기 어렵고 심각한 여러 조건에서 회복되었다. 여기에 활용된 모든 자기계발 프로그램은 빌 윌슨의 계시에서 나왔다. 이 계시의 의식 수준은 성자급인 575로 측정된다.

기적이 출현하기에 앞서 에고의 지배권이 소멸하는 현상이 먼저 일어난다. 위기와 절망('바닥' '최저점')이 닥치면 신을 향한 강렬한 기도와 순종이 나온다. 한편 신에 대한 열광적 기도와 순종은 진실한 의도와 헌신의 결과일 수도 있다. 1980년대에 등장한 '기적수업'은 평화롭고 질서정연한 훈련을 진행한다. 이는 통찰을 통해, 그리고 12단계 회복 프로그램을 준수하면서 에고가 소멸되는 결과로 이어진다.(이 수업의 워크북은 의식 수준 600, 교재는 550으로 측정된다.) 이를 통해 많은 삶이 탈바꿈할 수 있었으며 심각한 질병에서 회복되기도 했다. 그리하여 1년 과정의 '기적수업'이 이름값에 맞게 그 타당성을 입증하게 되었다.

결국, 외견상 '특별하게' 보이는 것이 하나의 새로운 실재가 된다. 누가 봐도 불가능한 일이 마치 잘 조직된 것처럼 쉽게 나타나는, 이전과 전혀 다른 차원에서 살고 있는 듯하다. 장field의 힘은 조화롭게 전개되면서 카르마적 잠재력의 출현을 촉진시켜 명시적인 현실성으로 만든다. 그 역학관계는 비선형적이며, 따라서 지적 능력으로는 이해할 수가 없다. 지적 능력은 인과론이라는 뉴턴식의 선형적 모형이 지닌 한계를 추정할 수 있지만 잠재력의 출현, 신적 질서 혹은 조화까지는 개념화할 수 없다.

이성과 논리는 강력한 수단이지만 자체적인 한계 역시 갖고 있다. 이에 반해 자연은 여전히 설명할 수 없는 수많은 불가사의를 품고 있다. 가령, 번개에 맞을 확률은 대략 백만 분의 일이다. 하지만 어느 삼림 근로자는 다섯 번이나 번개에 맞았다.(다행히 그는 아직 건재하다.) 또 하나, 2007년 7월에 《폭스 뉴스》에 보도된 어느 요양원의 고양이 기사는 도발적이기까지 하다. 그 고양이는 '오스카'(의식 수준 250)라는 이름으로 유명하다. 오스카는 요양원에 있으면서 노인들이 세상을 떠날 즈음을 알아차리고 그 옆에 가서 껴안아 주곤 했다. 그렇게 오스카가 곁을 지키고 네 시간이 안 되어 노인들은 운명했다. 이런 경우가 정확하게 스물여섯 번이나 연속으로 이어졌다. 이렇게 보면 누구나 다 아는 금언이 새삼 떠오른다. "진실은 소설보다 더 낯설다."

Reality, Spirituality and Modern Man 06

사회적 실재와 진실 수준

의식 수준을 측정하고 그 수준을 표현하는 일은 자칫 학문적이고 추상적으로 보이지만, 실제로 그것은 사회에 심대하고 구체적이며 포괄적인 영향을 끼친다. 각 의식 수준은 인식awareness의 한계와 가능성을 드러내며, 이해력에 필요한 뇌 기능의 한계와 가능성까지도 보여 준다. 의식 수준은 또한 '실재'에 대한 유추적 세계관, 곧 추정상의 '진실'을 반영한다. 이러한 의식 수준에 따라 서로 다른 기대치, 요건, 그리고 표현 방식을 가진 특유의 정치 집단과 지성 집단이 등장하며, 더 나아가 사회 지리적 집단을 형성하기도 한다. 이들 사회적 구성군은 서로 다른 소통 방식과 도덕적 기준, 그리고 윤리적 전제들을 포함하며, 이런 요소들은 결국 인간관계와 사회적 역할을 유추할 때 영향을 미친다.

주어진 선택사항 중에서 특정한 것을 선택하는 행위는 투사된 상징과 가치가 품은 미묘한 뉘앙스와 중요한 디테일을 반영하며, 그 자체로 집단의 암묵적 신호이자 문화적 식별 요소가 된다. 다양한 의식 수준은 각기 다른 그들 특유의 이상과 가치의 상징을 갖고 있다. 이 복합적 양상은 상호작용하면서 정치화된 미디어를 통해 다시 사회로 반영된다. 그리고 이 정치화된 미디어에는 일단의 해석이 담긴 또 하나의 층위가 덧붙는다. 편집의 영향은 인간의 지각 과정을 훨씬 더 복잡하게 만든다. 따라서 본질 혹은 증명 가능한 진실은 점차 모호해지며 절망적일 정도로 어려워지거나 심하면 아예 분간할 수조차 없어진다.

오늘날에도 스콥스 재판의 딜레마는 물질적 세속주의와 전통적 종교가 대립하고, 각 종교의 윤리와 도덕성이 부딪히면서 끈질기게 표출된다. 역설적으로 과학과 종교는 둘 다 믿음과 신뢰와 신념에 기초하며 막강한 문헌과 역사적 문서의 권위로 보호받는다.(McGrath 2005 참고) 하물며 간단한 분석에서 알 수 있듯, 각 패러다임은 각기 다른 추정상의 실재로부터 도출되는 것이다. 두 개의 패러다임이 의식 측정 방법을 제외하면 서로 경계를 넘나드는 일은 없다.

'세속적'이라는 용어가 '세속주의'가 될 때, 진실을 판가름하는 임계점인 의식 수준 200 이하로 내려간다.('-주의'는 의식 수준 180으로 측정된다.) 이는 그 수준이 제한적이고 각각의 입장에 따른 관점임을 나타낸다. 실제로 종교적 관점과 세속적 관점 사이에 본래부터 내재된 갈등은 없다. 다만 그 관점들이 이데올로기적인

'주의'로 변하여 감정적 배타성을 띠는 주장을 내비칠 때에 비로소 갈등이 발생하는 것이다.

갈등은 관찰자의 마음속에 존재하는 것이지, 관찰되는 대상에 존재하는 것이 아니다. 종교적 진실(의식 수준 505)에 대한 윌리엄 제닝스 브라이언의 관점은 과학 법칙을 통해 확인할 수 없다. 또 세속적 이성과 논리(의식 수준 450)를 종교의 범위에 적용하고자 했던 클래런스 대로의 제한적 견해도 과학 법칙으로 확증할 수 없다.

영적 실재의 의식 수준은 비선형적 차원을 나타낸다. 비선형적 차원은 주로 *맥락*, 본질, 특정 범위와 연관되며, 반면 선형적 차원은 입증 가능하고 사실에 근거한 구체적인 *내용*이다. 성경은 법칙을 설명하기 위해서 구체적 사실이 아니라 우화, 신화, 전설, 알레고리, 은유 등을 활용한다. 성경 속 이야기가 문자적으로 사실인지 아닌지는 기능상 아무런 관련이 없다. 의미는 비선형적 사고와 (칸트 수준의) 이성을 담은 추상적 범주에 속한다. 따라서 의미의 상징성은 선형적 영역과 호환될 수 없고, 구체적이지 않으며, 더구나 문자 그대로의 용어로 표현될 수 없다.

성경의 이러한 원리는 오로지 유머를 통해서만 전달되는 지혜와 금언에도 분명히 나타난다. 농담은 사실에 근거한 진술이 아니지만, 실재를 선명하게 보여 주기 위해 모호성을 섞어 역설이나 과장을 활용한다. 유머는 우화와 마찬가지로 패러다임의 한계를 넘어가는 수단이다. 시, 소설, 동화, 그밖에 모든 형태의 예술도 이 원리를 이용한다. 그 메커니즘은 흔히 대조나 의도적 왜곡 중의 하나를 사용해 중요성, 함의, 의미를 강조한다.

추상적 의미와 문자 그대로의 의미를 혼동하는 것은 일종의 오류라고 할 수 있다. 따라서 스콥스 재판의 갈등을 다른 식으로 요약하자면, 이해와 설명의 문자적 수준 대 추상적 수준이 호환될 수 없음이라고 말할 수 있다. 진실은 모호해지거나 거부될 수 있으나 그렇다고 그것이 틀렸다고 입증할 수는 없는 것이다.

오늘날 사회적 담론 안에 존재하는 갈등

인간의 에고는 일종의 진화적 산물로서, 동물(사람과의 동물: 현대 인간과 모든 원시 인류)의 본능적 영역에서 비롯된 것이다. 인류는 여전히 '이기려는' 욕망에 에고를 쏟아 붓고서 경쟁과 논쟁, 영역권 통제(헤게모니)를 통하여 지위를 얻고자 한다. 따라서 인류 고유의 이런 사회적 양식은 기본적으로 논쟁을 유발하며, 이익과 미디어의 관심을 얻기 위한 체제에 맞춰져 있다. 그 사회적 양식의 부정적 단면은 표현의 자유라는 원칙을 내세워 억제되지 않은 표현의 극단까지 그 원칙을 부당하게 이용하는 것이다. 그 표현의 경계는 상대주의자들과 사회적 아나키스트들로부터 끊임없이 공격받는 중이다. 상대주의자와 아나키스트는 규칙이나 제약이 전혀 없는 사회를 꿈꾼다. 그들이 꿈꾸는 사회에서는 모든 표현 수단의 가치와 타당성이 동등하며, 심지어 공공연한 허위와 거짓조차 진실과 똑같은 가치와 신뢰도를 갖는다.

소위 '포스트모던' 세계의 왜곡된 유추와 선동적 이상화 작업은 최근 몇 십 년 동안에 나온 잘못된 사회적, 지성적, 철학적 이론 때문에 발생했다. 이들은 죄다 기본적으로 '상대주의'(윤리적, 도덕적, 문화적 상대주의 등)를 마르크스주의적 변증법으로 상술한 것에 지나지 않는다. 그 태생적 결함은 최근에 정리한 영향력 있는 철학자들의 의식 측정 수준을 통해서 증명된다.(편의상 『진실 대 거짓』에서 발췌하였다.)

문제가 있는 철학

'-주의'	180
권위주의	180
다문화주의	180
마르쿠제 '비판 이론'	150
'목적은 수단을 정당화한다'	120
무신론	165
무정부주의(아나키즘)	100
무책임	195
변증법적 유물론	135
세속적 파시즘	80
신권적 파시즘	50
악마화	80
우상파괴주의	175
우생학	105
음모설	135
(이슬람의/과격) 파시즘	50
인간혐오(염세)	180
인식론적 상대주의	190
자유의지론	180
증오	70
쾌락주의	180
페미니스트 정치학(성차별주의)	185
평화주의(반전주의)	185
학문적 좌파(아카데믹 레프트)	180
해체론	190
허무주의	120
흑인중심주의(인종차별주의)	180

철학 이론

고어 비달	180
도덕적 등가성	170

뤼스 이리가레	155	존 카푸토	185
리고베르타 멘추	180	줄리아 크리스테바	150
미셸 푸코	190	카를 마르크스	135
에드문트 후설	195	카를 포퍼	185
자크 데리다	170	칼 올슨	160
자크 라캉	180	프리츠 쿤	195
장 보드리야르	175	피터 싱어	195
장 폴 사르트르	200	하워드 진	200
장 프랑수아 리오타르	185	허버트 마르쿠제	150

정치적 이론

궤변	180	'사회적 정의' 정책	190
극우	135-195	상대주의	185
극우 급진파	80	수사학	180
극좌	135-195	신권적 전체주의	50
극좌 급진파	80	외국인혐오증	185
대중 사회학	165-210	인종차별주의	110
독설(혹평)	75	제설 혼합주의	195
명예훼손(중상모략)	75	포퓰리즘(대중영합주의)	200
무자비함	180	혁명파	100
반동	155	회의론	160
사회적 상대주의	185		

최근 미국 내 '언론의 자유' 가 의식 수준 180인 데 반해, 2차 대전 시기 언론의 자유가 255로 측정된다는 점이 눈에 띈다.

앞에 언급한 낮은 측정 수준에서 알 수 있듯, 이들 대중화된 상대주의 철학은 죄다 심각하고 부정적인 사회적 결과를 낳을 게 분명하며, 따라서 근본적으로 사회에 파괴적인 영향을 끼친다. 이는 폴 포트, 스탈린, 마오쩌둥, 피델 카스트로, 그 외 여러 전체주의적 '자유해방주의' 정권이 증명해 준다. 또한 그 영향은 최근 학계의 의식 수준이 심각하게 하락한 사실에서도 알 수 있다. 근래 학계에서는 『서양의 위대한 고전』으로 대표되는 고전 철학(단, 의식 수준 130의 마르크스와 200의 엥겔스는 예외로 한다.)이 있던 자리에 180 수준으로 측정되는 잘못된 상대주의 철학서들이 대신 들어가 있다.

1955년에 학계는 종합적으로 의식 수준 440으로 측정되었지만, 2007년에 180 수준까지 떨어져 지적 무정부 상태가 되었다.(Goshgarian 2005, Horowits 2007 참고) 이 중대한 비극에 대응하여, 델라웨어 주 윌밍턴의 '인터칼리지 연구소ISI'는 종합적으로 의식 수준 440으로 측정되는 전통의 대학 목록을 발간했다.(『ISI 전미 대학 가이드』 2006) 가령, 텍사스 A&M은 440으로 측정된다.

전 세계적 '문명의 갈등'을 비롯해 사회적 갈등을 쉽게 특징지어 말하자면, 의식 수준 200 이하와 200 이상 사이의 패러다임 충돌이다. 가령, 베네수엘라의 독재자 우고 차베스(의식 수준 90)는 2006년 9월, 대중과 만나는 자리에서 노엄 촘스키의 저서 『패권인가 생존인가Hegemony or Survival』를 공중에 대고 흔들었다. 심지어 그가 공공 텔레비전 방송국을 폐쇄하고 언론 표현의 자유를 막는 조치를 취했을 때에도, 미국의 '정치 활동가들'(의식 수준 170)은 그를 열렬히 감싸 안았다. 극단적인 할리우드 활동가들이 카스트로나 사담 후세인, 체 게바라 등 가혹한 독재자를 만나 껴안는 장면은 정기적으로 미디어에 등장한다. 일각에선 그들이 오사마 빈 라덴에게 인사를 하고 입맞춤을 하러 몰려가지 않는 것이 단지 빈 라덴을 찾을 수 없다는 이유 단 하나뿐이라고 추측하기도 한다.[5)]

『웹스터 사전』을 찾아보면 헤게모니는 "지배적 영향력, 특히 한 국가가 나머지 다른 국가에 대해 갖는 지배적 영향력"을 뜻한다. 진화적 관점에서 헤게모니는 서로 다른 종種 사이는 물론 같은 종 내부(가령, 동물 무리의 수컷 우두머리)에서 벌어지는 자연적 지배 패턴이다. 이는 호모 사피엔스와 인류의 여러 기구, 국가, 문화 내부에 잠재된 태생적 양상이기도 하다. 또한 우세한 평가 등급을 받으려고 미디어 경쟁이라는 헤게모니를 내세우고 반영하는 자본 환경, 기업/금융/정치 실체들도 태생적으로 이 패턴을 지니고 있다.(사실, 앞에서 언급한 지배 헤게모니의 양상은 흥미로운 동물의 왕국 TV 시리즈「미어캣 영지」에서도 잘 드러난다.)

"부디 이길 만한 자격이 있는 최선의 인간이 승리하기를!"이라는 명제는 생존을 설명하는 생물학적/진화론적/사회적 법칙이다. 생존 법칙은 모든 형태의 생명에게 타고난 속성으로서 (몽골 제국, 오스만 제국, 고트족, 훈족, 로마 제국, 대영 제국 등) 여러 제국의 지배권이 오고 갔던 인류 역사에서 잘 나타난다. 인간혐오를 내세워 그런 지배권을 '잘못된' 것으로 악마화하기는 쉽다. 이런 입장은 상대주의를 특징으로 한다. 상대주의에 의하면 항상 다수는 소수의 한계와 불행을 일으킨 원흉으로 비난받는다. 따라서 한 문화나 기업의 지배권은 사악한 것으로 규정되며 혹평과 독설의 표적이 된다. 가령, 세계 무대에서의 미국, 학계에서의 고전 철학과 이성, 도덕성, 윤리, 종교, 유통 업계에서의 월마트, 조직 기관에서의 보이스카우트, 소위 '데드 화이트 맨'으로 불리는 미국 건국의 주역들이 그 좋은 예다. 흥미롭게도 혁명을 거친 문화에서 탄생한 카스트로, 마오쩌둥, 히틀러, 기타 '종신 대통령' 등 소위 '해방주의자들'도 한 개인으로서는 똑같은 특징을 갖고 있다. 따라서 치료가 무질서보다 더 나쁜 상황이 되어 버린 셈이다. 역설적으로, 상대주의는 괴벨스의 교리 같은 노골적이고도 총체적인 허위와 거짓을 비롯해 가장 극단적 수단에 의지하여 그 문화적 지배권, 즉 헤게모니를 추구한다.

그들이 내세우는 새로운 약속이란, 상대주의에 근거한 세속주의의 헤게모니가 마침내 윤리학, 도덕, 입증 가능한 진실, 그리고 개인적 책임감의 '억압'에서 대중을 해방시킬 것이라는 메시지다. 학계의 궤변가들은 이성과 논리의 '억압'에서 대중을 해방시킨다고 주장하면서, 무신론적 무정부주의와 혼란이라는 이름의 포스트모더니즘 헤게모니 속으로 끌고 들어간다. 어쩌면 유토피아적 이행이라고 할 수 있는 이 과정을 통해 유튜브는 예전 성배의 자리를 대신할 것이고, 미국은 나르시시즘적 쾌락주의(160)라는 종교를 걸친 채, 지금까지 이슬람이 미국을 묘사해 왔던 대로 '거대한 사탄'으로 탈바꿈할 것이다.(이와 반대로 2006년 깅그리치가 펴낸 『미국의 신』은 480으로 측정된다.) 심지어 기업의 웹사이트조차 역겨운 음란물과 저속한 광고 선전의 표적이다.

이런 문명의 갈등은 미국 내에서 보수적인 동맹방위기금ADF(480)이나 미국시민권연합ACRU(460)과 대조를 보이는 진보적인 미국시민자유연합ACLU의 사례에서 잘 나타난다. 로저 볼드윈이 미국시민자유연합을 창설했다는 점을 감안한다면 이 갈등은 그리 놀랍지 않다. 동맹방위기금은 기독교 목사 그룹이 나서서 만들었다. 로저 볼드윈은 스콥스 재판을 이끌었던 바로 그 인물이다. 볼드윈의 동기는 자유를 확립하는 것이 아니라, 종교를 깡그리 파괴하고 미디어의 관심을 얻겠다는 것이었다. 그는 심정적으로 공산주의에 동조한 인물이자 카를 마르크스 신봉자였다.[6] (Sears and Osten, 2005)

상대주의

교황 베네딕트는 이슬람과 상대주의가 끼치는 해악 때문에 서구 문명이 쇠퇴의 길에 접어들었다고 여러 차례 경고했다. 그럼에도 불구하고 여전히 근본적으로 서구 문명은 스스로 이 사태를 자각하지 못하고 있다.(서구 문명의 쇠퇴는 진실로 측정된다. 『진실 대 거짓』 12장을 참고하라.) 더구나 서구 문명의 기본 구조와 그 버팀목들이 유해하고 만연된 철학적 교화 때문에 이미 상당히 파괴되고 약화되었다는 사실조차 제대로 의식하지 못하는 실정이다. 이런 태도는 지식인들의 이데올로기적 문화에서 비롯된다. 그들의 잘못된 전제는 주로 1960년대에 인기몰이를 하면서 정치적 열광을 이끌어 냈다. 그런데 가장 열렬하게 지지한 사람들조차 예전이나 지금이나 그 인기와 열광이 어디서부터 시작되었는지 인식하지 못한다. 가짜 인기 때문에 그들이 내세운 기본 전제를 검토하는 일조차 생략되었고, 마치 그런 전제가 어느 정도의 본질적 타당성을 갖고 있는 것처럼 순진하게 액면 그대로 수용되었던 것이다.

미국 시민의 50퍼센트가 진실과 거짓, 혹은 지각과 본질을 분간할 수 없다는 근본적인 사실은 실질적으로 현 사회가 안고 있는 취약성을 보여 준다. 상대주의의 수사가 미디어와 유명 연예인의 선동으로 유리한 입지를 다질 수 있었던 것은 바로 이 절반의 인구 때문이었다. 이 현상은 『특별한 대중적 망상과 군중의 광기』(맥케이)를 대변하며, 동시대 대중의 민낯을 볼 수 있는 좋은 사례다.

상대주의가 서구 문명에 끼친 영향은 계몽주의 시대에 뒤따라왔던 영향과 정확히 반대 양상을 보인다. 계몽주의 시대는 암흑의 중세를 대체하면서 무지의 자리에 이성과 논리, 합리성, 진실, 도덕, 통합성에 기초한 교육을 대신 갖다 놓았다. 계몽시대를 이루는 지적 경향의 핵심은 고대 그리스의 황금시대부터 『서양의 위대한 고전』에 수록된 훌륭한 학자들에 이르기까지 역사상 위대한 현자들이 내놓은 심오한 학식이었다. 고전 학문은 『서양의 위대한 고전』과 같이 의식 수준 440에서 최고 499까지 측정되며, 이는 미국 헌법과 권리장전을 통해서 표현의 자유를 보장하는 지적 근간이 되었다. 이와 반대로 상대주의는 의식 수준 180에서 190으로 측정된다. 다음 도표를 보면 상대주의의 여러 가지 표현들은 그보다 훨씬 더 낮게 측정되기도 한다.

상대주의 대 실재 (A)

실재 / 진실 / 본질		상대주의 / 외관 / 환상	
절대주의	650	상대주의	125-190
태양에 따른 지구의 온도	455	「불편한 진실」	180
학계(1955년)	440	미국 학계(2007년)	180
미국 교수들(1955년)	440	미국 교수들(2007년)	180
논리적 정합성	400-499	궤변론, 수사학	180-190
전통적 도덕성	499	쾌락주의	180
할리우드(1955년)	265	할리우드(2007년)	180
헤이스 규약(1955년)	430	선댄스 영화제(2007년)	165
보이스카우트, 걸스카우트	450	NAMBLA(북미 남성-소년 간 애정협회)	140
고전 철학	440-485	프랑크푸르트 학파	130-180
아리스토텔레스	498	마르쿠제(비판 이론)	150
소포클레스	465	상대주의적 철학	130-190
황벽 선사	960	무신론	190
『거짓의 사람들』(스캇 펙)	450	음모론, 편집증	90-110
모더니즘	400	포스트모더니즘	180
『지적인 백치들』(대니얼 플린)	400	윤리적, 도덕적, 사회적 상대주의	180
미국 사회(2007년)	421	전 세계(2007년)	205
케이블 뉴스	410-440	허핑턴 포스트, 마이스페이스, 유튜브	140
인간의 전두엽 피질	200	동물의 변연계/편도체	120
자유재량	375	욕설 및 비방, 신성모독	120

자유의 여신상	500	6인의 이맘 비행기 음모[7]	180
추상적 사고	450	구체적 사고	190
의미	450	정의	200
'높은 정신'	275	'낮은 정신'	155
우호적인	255	적대적인	125
진리를 옹호하다	500	관용	190
카르마가 표출된 형태로서의 세상	575	불공정한 세상	200
카르마라는 기회로서의 세상	600	착취된 세상	180
미국에 영향을 끼친 기성 종교	450	세속주의	190
반복iteration에 의한 사회 파괴		510	
"돈이 평화를 조작한다."		355	
서슴없이 솔직히 말하다		490	

1960년대 반체제 '명분'을 내세운 유명 연예인들이 대중들에게 널리 알려지면서 상대주의는 빠르게 사회에 침투하였다. 그들은 밈(비유전적 문화전달요소)과 슬로건을 통해 청년의 저항정신과 쾌락주의를 정치적 이슈로 만들고 미화했다. 그 대표적인 예가 티모시 리어리가 내건 '모든 감각을 깨우고, 만인 만물과 호흡을 맞추어, 기존 틀에서 벗어나라turn on, tune in, drop out.'는 슬로건(의식 수준 180)이다.[8] 반전통주의는 합리성, 윤리학, 도덕성, 개인적 책임에 대한 성실한 태도를 벗어 버린다는 뜻으로, 이로 인해 역사적 근원이자 도덕성과 법률의 근간으로 기능했던 종교를 반박하는 사태가 벌어졌다. 이러한 상황은 1950-1960년대 공산주의

와 그 동조자들과 어울리던 할리우드 연예인들의 추파를 받은 극좌파 가짜 지식인들에 의해 가속화되었다. 더구나 이 시기에 미국 의회의 매카시 청문회가 그 불길에 기름을 들이부었다. 베트남 전쟁 시기에 활동했던 사회 저항 세력(의식 수준 170)의 관점에서 보자면, 2차 세계 대전 시기의 '위대한 세대'(의식 수준 470-480)는 자신들이 누렸던 '히피', 마약, 섹스, 록앤롤 축제와 비교해 보면 상당히 고리타분하고 지루한 부류였다.[9)]

이데올로기적 혁명은 전 세계에서 벌어지는 사건들의 결과이자 반응으로 생각할 수 있다. 사실상 그 혁명은 마르크스주의 기본 명제를 새롭고도 혁명적이면서 급진적으로 해석한 내용에 토대를 두었지만, 오히려 의도적으로 비非마르크스주의 용어를 사용하는 방식을 택했다.

상대주의적 '좌파' 혁명이 내세우는 사실상의 철학적 전제는 프랑크푸르트 학파와 사회 활동가들로부터 파생되었다. 이들 중에 허버트 마르쿠제가 주된 학문적 지도자이자 기수였다. 마르쿠제의 기본 사상(의식 수준 150)은, 진리는 허위이며 허위는 사실상 진리라는 것이었다. 이처럼 부조리한 모순이 등장할 수 있고, 심지어 성공할 수 있다는 사실이 참으로 이해할 수 없다. 이런 수사학적 사고 체계가 지닌 기본적 비합리성은 『진실 대 거짓』의 일부 세부 사항에 기술해 두었다.(12장 '상대주의'를 참고하라.) 그 체계가 사회적으로 제시된 형태는 다음 도표에 기술된 양상을 통해 확실히 드러난다.

상대주의 대 실재 (B)

실재 / 진실 / 본질		상대주의 / 외관 / 환상	
절대주의	650	상대주의	125-190
본질과 외관 구분	600	'지각이 곧 실재다'	190
데카르트(사유 실체 대 외부 실체)	490	마르크스(희생자/가해자)	130
플라톤	485	프로타고라스	190
예수, 붓다, 크리슈나	1000	무신론	165
12사도	990	회의론	130-160
소크라테스	570	노엄 촘스키(저작)	135-185
『서양의 위대한 고전』	465	'데드 화이트 맨' 이론[10]	130
과학	440-490	'과학은 억압적이다.'	160
플로티누스	503	허버트 마르쿠제(저작)	130-150
『1984』(조지 오웰)	425	'새로운 언어Newspeak'[11]	180
프로이트	499	피해자학/비난	160-180
애국심, 나라 사랑, 명예	520	미국 증오	130
성조기, 맹세, 기(旗)	510	반역	80
정직한 이견, 반대	495	선동	105
균형	205	극단주의	140
기사도	465	'명예 살인'	90
개인적 책임	475	나르시시즘	140
표현의 자유(1955년)	255	표현의 자유(2007년)	180
미국 자선가들	455	유엔UN	180-190

살인에 대한 아미시 공동체 방식의 용서[12]	540	비난	180
창발	600	유물론	180
의식 측정	605	나르시시즘/견해	140
정직	475	옹호자	190
사회적 평등(미국 헌법)	550	양의 탈을 쓴 늑대	120
투명성	425	성 차별주의	180-190
진실	475	기만	160
미국 법학	525	비방, 가짜 목격자	60-75
미국 헌법	710	사회적 정의	180
미국 권리장전	485	샤리아(이슬람 율법)	190
아인슈타인	499	아인슈타인 비평가들	190
하이젠베르크 불확실성의 원리	460	기계론적 환원주의	160
신약성경(묵시록 제외)	880	세속주의	165
미국시민권연합	460	역차별	180

적극적인 활동으로 꾸준히 뉴스에 등장하면서, 소리 높여 자기를 주장하는 여러 극단적인 단체의 의식 수준은 극히 낮게 측정된다. 이성, 진실, 논리의 시대가 무너지고 정반대의 시대가 되면서 선악은 물론 옳고 그른 것이 뒤바뀌었고, 그리하여 모든 윤리나 도덕이 역전되고 말았다.(Bruce 2003) 급기야 허위가 진리를 대체하는 것이 '엘리트적'이고 '우수하다'는 말이 나오기에 이르렀다. 이런 양상은 타당성과 본질보다 자기중심적 견해와 지각을 더 가치 있게 여기는 에고의 자기도취적 핵심 성향에게서 열광적 지지

와 에너지를 얻고 있다.

이렇게 진실성이 추락하는 양상은 표현의 자유를 보장하는 민주주의가 불가피하게 몰락하는 상황으로 소크라테스가 이미 예측한 바 있다. 그러나 미국은 전 세계 자선 구호사업의 재원이자 과학, 의학, 기술, 공학 등 여러 부문에서 중대한 진보와 새로운 발견을 해내는 주된 원천으로 계속 자리를 유지해 왔다. 마르크스주의가 종교('인민의 아편')는 물론 과학마저 '억압적'인 것으로 조롱한다는 사실은 흥미롭다. 역설적으로 프랑크푸르트 학파의 난봉꾼 철학자들과 작가들은 개인적으로 방종한 삶을 영위하면서 변태적인 복합 중독에 빠져 고통받거나 사망하였다. 이에 미국 과학이 그 상황을 타개하기 위해 생명을 구하는 치료법을 계속 발전시켜 왔다는 것은 참으로 역설적이다.

위에 언급한 모든 내용은 '포스트모더니즘'(의식 수준 180)을 사회적/정치적/철학적으로 표출한 것이다. 학계의 급격한 몰락이 바로 이 포스트모더니즘 때문이었다.(Horowits 2006, 2007 참고) 마르쿠제가 권고한 주입식 교리는 현재 하나의 목표로서 진실한 교육의 자리를 대체해 버렸다. 이는 현재 '사회적 정의'(180)를 내세워 '래디컬 매스Radical Math'가 초등학생들을 교화하는 수단이 되는 상황에서 잘 드러난다.[13] 대니얼 플린은 『지적인 백치들: 이데올로기는 어떻게 똑똑한 사람들을 멍청한 생각에 빠뜨리는가Intellectual Morons: How Ideology Makes Smart People Fall For Stupid Ideas』에서 그 현상을 탁월하게 기술한다. 이 책에서 플린은 학생들에게 마르쿠제의 잘못된 철학을 주입하는 대부분의 교수들이 정작 지난 10년간 사회학 텍스트에서 가장 자주 인용되는 참고문헌의 저자인 자신의 책은 전혀 읽지 않으려 했다는 점을 지적하고 있다. 참으로 책 제목과 그대로 맞아떨어지는 현실인 셈이다.

과거에 의식 수준 440으로 측정되던 학계가 2007년에 180까지 극심하게 하락한 상황은 미국과 서구 문명에게는 재앙과 같다. 심지어 의식 수준 440이었던 유명한 법과대학도 2007년에는 175로 하락했다. 이제 교육의 목적은 인종, 성별, 계급, '사회적 정의' 등 정치적 교리를 통한 '감수성 훈련'으로 격하되었다. 여기서 흥미로운 사실은, 규모가 작은 커뮤니티 대학이 유수의 명망 있는 동부 대학교들보다 훨씬 더 높은 수준(440)으로 측정된다는 점이다.

위의 사실은, 서구 문명의 가장 큰 위협이 상대주의(옹호자)와 이슬람 승리주의의 결합일 것이라고 관측했던 교황 베네딕트의 말을 확인시켜 준다. 그런 면에서 9·11 사태는 부정적 결과를 배태한 경고 사격에 불과했다.(이는 진실로 측정된다.) 따라서 상대주의는 자유의 적들이 옹호자라는 양의 탈을 쓰고 숨어든 트로이 목마에 해당한다. 이런 옹호자를 가리켜 레닌은 '유용한 바보'라고 불렀다.[14] 프랑크푸르트 학파는 반反마르크스주의자라는 딱지를 피하기 위해서, 마르크스 이름을 지움으로써 공산주의와 일정한 거리를 두었다. 그 학파는 원래 마르크스주의 사회학이라고 이름 붙였으나, 정치적 공격을 피하기 위해 다른 명사 안에 숨어버리는 선택을 했다. 따라서 속임수를 쓰면서까지 마르크스주의의 이데올로기적 본질(무신론에 근거한 변증법적 유물론, 의식 수준 130)이 정치적 공격에서 살아남아 주기를 희망했던 것이다.

마르쿠제와 그 유행을 따라간 프랑스 철학자들은 거의 모든 삶의 양상을 정치적으로 이슈화했다. 그 결과, 엄격한 고집이나 강한 집착이 교묘하게 '올바른' 혹은 '엘리트적'이라고 일컬어지게 되었다. 이렇게 '우수한' 존재라는 거창한 떠벌림은 당연히 에고의 핵심인 나르시시즘적 성향이 볼 때 상당히 매혹적이었다. 따라서 근본적으로 미디어의 윤색을 통해 나르시시즘에 근거한 삶을 살았던 유명 연예인들은 앞서 마르크스주의에 이끌렸던 것과 똑같이 마르쿠제의 전제가 지닌 자기 본위에 강하게 매료되어 소위 새로운 '대의명분'의 지지자가 되었다. 혁명은 화려하고 눈부신 일이었고 감정적으로 매혹될 만큼 흥미진진한 것이었다. '새로운 명분'은 오늘날과 마찬가지로 언론을 상대로 큰 발언권을 가진 유명 연예인들을 매료시켰다. 어떤 형태든 '반反'시위나 행진은 군중을 매혹시키며, 그런 시위에서는 경찰을 향한 돌멩이 세례와 바리케이드를 넘나드는 기습 공격이 빠지지 않는다. 공산주의자들은 이미 '자발적' 시위를 연출하는 기술을 완벽히 습득했고, 베트남 전쟁 시기와 그 전후로는 더 향상된 기술로 대응해 왔다. 통상 저항하는 대중 선동가들은 돈 몇 푼만 쥐여 주면 미국이나 유럽 거의 어느 곳에서든 만들어질 수 있다. 세계 정상회담마다 열리는 시위가 좋은 사례다.

전통적 지혜와 지적 토대는 이제 '케케묵은' 구식으로 간주된다. 그래서 이데올로기적인, 사이비 학자의, 야심 찬 좌파 학계는 그들의 '우수한' '포스트모던' 지식을 보여 주기 위해 재빨리 유행에 편승했다. 과거 명망 있는 엘리트 대학교의 총장들조차 지금은 대체로 의식 수준 190으로 측정되고, 커리큘럼의 진실 수준은 급격히 하락했다. 교수는 권위주의적 입장을 고수하고, 외부에서는 그 집단을 권위 있는 존재로 보게 된다. 그런 다음에 주요 대학들은 '관용' '사회적 정의' '다문화주의' '수용' 등의 격언을 내걸고 유행에 따라 공공연한 정신병자(90-160)까지도 초청하거나, 9 · 11 음모론이나 홀로코스트는 '절대 일어난 적 없다.'는 등 망상에 사로잡힌 주제로 강연하는 소위 잘나가는 '교수들'을 찾아다니기 시작했다. 학계를 이어갈 젊은 세대는 화제를 몰고 다니는 포스트모던 교수 집단의 복합적 영향을 통해 조직된다. 허나 이들은 모두 결정적 의식 수준인 200 이하로 측정된다.

위에 언급한 사례는 모두 본질과 일반화된 지각(견해)을 구분하여 판별할 수 없는 지적 나르시시즘과 정신적 무능력을 잘 보여준다. 이 인지 장애에 걸린 부류를 가리켜 '이데올로그ideologue'라고 부른다. 그런 의미에서 그들은 현재 미국과 유럽에 가해진 정치적 피해에 상당한 책임이 있다. 또한 허위 개념과 가짜 교육 프로그램의 우선보급을 통해서 온전한 평등과 정의의 질적 수준을 전반적으로 훼손하고 파괴적 영향을 끼친 책임도 있다. 허위 개념과 가짜 프로그램은 결국 순진한 시민들에게 사실상의 정신적 피해를 입힌다. 이를테면, 88개 대학교 교수들은 죄 없는 스포츠 팀 선수들을 반대하는 비난 성명(의식 수준 180)에 연대하는 서명을 했다. 사실 그 선수들에 대한 고소는 애초부터 잘못된 것이었다. 인종과 성별 때문에 피해자로 추정된 고소인에 대한 감상적 동정심이 빚은 사건이었고 결국 나중에 무고로 판명되었다. DNA 테스트를 통해 그 피의자들이 무죄라고 판명된 후에도, 교수 집단은 자신들의 잘못된 비난을 철회하지 않았다는 사실에 주목해야 한다. 해당 대학의 수장은 아주 뒤늦게야 사과했다. 이 사례는 미국 학계의 교수 집단이 의식 수준 200 이하로 하락해 버린 이유를 잘 설명해 준다. 커뮤니티 대학과 텍사스 A&M은 여전히 440으로 측정되지만, 아이비리그 대학 대부분은 불과 200 수준으로 측정된다.

'극좌' 이데올로기가 대학 구조에 적용될 때, 그 결과가 대학 자체의 붕괴일 수 있다.(Allen 2007, 《위클리 스탠더드》 2007년 11월 12일자 기사 참고) 이 기사에서 과거에 전통을 자랑하던 안티오크 대학이 실제로 문을 닫은 일이 애절할 만큼 상세히 기술되어 있다.[15)]

마르쿠제나 그와 비슷한 사이비 철학자들이 얼마나 부조리하고 모순되는지는 단순히 그들의 핵심 개념을 담은 몇 가지 기본 명제를 인용하기만 해도 아주 잘 드러난다. 이로써 학생들과 정치화된 대중은 '신성한 명분' 등을 부르짖으며 교화적으로 '세뇌'된다. 여기에 몇 가지 기본 명제들을 인용해 본다.

1. 자유는 전체주의다.
2. 허구는 진실이다.
3. 거짓말은 합법적이다.("그것은 우리 모두의 이익을 위해서다.")
4. 주입식 교화가 교육의 목적이다.
5. 관용은 불관용이다.
6. 보수주의는 금지되고 공격받아야 한다.

7. 모든 소수자들은 피해자다.

8. 인간 삶의 목적은 성애화性愛化다.

9. 자유의 적은 가족, 종교, 애국심, 일, 자본주의, 과학, 보수적 합리성, 도덕성 등이다.

위에서 언급한 명제들을 순진한 학생들의 정신에 주입하면, 그들의 현실 검증 능력은 훼손되고 그들의 순진무구함은 말 그대로 타락과 부패를 만나 무참히 유린당하기 때문에 저런 가르침은 더욱 악영향을 끼치게 된다. 1924년 시카고에서 일어난 살인 사건의 주범 레오폴드와 로엡은 니체의 '초인' 사상에 매료되어 살인을 저질렀다. 그들을 변호했던 클래런스 대로 역시 니체의 신봉자였다는 사실은 역사적으로 볼 때 매우 흥미로운 일이다.[16] 크게 보면 이 살인 사건 자체와 선고된 사형이 종신형으로 바뀐 데에는 여러 대학에서 이루어진 니체 교육에 부분적인 책임을 물을 수 있을 것이다.(Brookhiser 2007)

이제 대학의 사회복지 계열 학과는 승인 인가를 받으려면 "모든 소수자들은 억압받는 사람들이다.", "모든 백인은 인종차별주의자다." 등의 정치적 사상 주입을 반드시 포함시켜야 한다는 점이 위에 언급한 내용을 통해 잘 드러난다. 따라서 그런 학교는 사실상 기저에 깔린 진짜 사실과 사회적 진화의 패턴을 식별하지 못한다. 이 내용은 호로비츠의 『인독트리네이션Indoctrination U』(2007)에 자세히 설명되어 있다.

직감적으로 알 수 있듯이, 그 기저에 깔린 근원은 원시시대부터 존재해 왔던 태초의 증오다. 이 증오는 인류 역사 내내 고전적으로 사탄의 에너지와 루시퍼의 에너지로 언급되는 에너지에서 유래했다. 이 에너지가 바로 악의 주된 특성이다. 이렇게 본다면 교황 베네딕트(의식 수준 575)가 서구 세계를 향해 상대주의를 경계하라고 누차 경고했던 이유가 명백해진다. 그동안 상대주의는 종교와 과장된 신앙심이라는 양의 탈을 쓰고 숨어서 줄곧 테러리즘의 옹호자가 되어 왔기 때문이다.

상대주의적 교리의 또 다른 결과로, 미디어를 통해 사회 전반에 섹슈얼리티 과잉 현상이 만연해졌다는 점을 들 수 있다. 심지어 어린 학생들에게도 섹슈얼리티를 주입하면서 초등학생들 사이에, 심지어 교사와 학생 사이에 섹스가 흔해질 정도로 온갖 형태의 다형도착 성애가 판을 치고 있다.(가령, 2007년 콜로라도 주 볼더의 고등학생 섹스-마약 사상 주입은 의식 수준 160으로 측정된다.) 미국의 적들은 이러한 현상을 주시하고 포착한다. 그들은 이 현상을 타락으로 간주하고, 당연히 파괴시킬 만한 것이라고 생각하게 된다. 미국은 수많은 대중적 폭력사태, 성적으로 도발하는 유명 연예인들, 학교 총격 사태, 정치적으로 뒷배를 받아 윤리나 청렴성이 변질되는 등 공공연히 미국의 적들에게 도덕적 우위를 넘겨주고 말았다. 인터넷은 상업 거래 사이트에서조차 저속한 성 상품화와 역겨운 외설이 흘러넘친다.

헌법적 교착 상태

미국 헌법(700)과 미국 독립 선언서(705), 그리고 권리장전

(485)이 프리메이슨의 주도로 제정되었다는 사실에 대해 최소한 인식은 하고 있어야 한다. 프리메이슨은 이신론자와 일신론자들로서 종교 제일주의자들이 아니었다. 따라서 종교 표현*의* 자유뿐만 아니라 정부가 종교를 강요(신권정치)하는 *것에서 벗어날* 자유까지 보장해야 한다고 생각했다. 미국을 건설한 최초의 순례자들은 박해에서 벗어날 자유와 종교적 표현의 자유를 추구했다.(Napolitano 2006) 권리장전과 미국 헌법에 대한 해석 작업이 역사적으로 쇠퇴한 상황은 『맨 인 블랙Men in Black』(Levin 2005)에 자세히 기술되어 있다.

지금까지 나온 여러 해석이 지닌 약점은, 한마디로 "종교를 세우다."라는 구절의 의미가 선명하지 않다는 문제로 요약된다. 분명 '신'이라는 단어를 단순히 언급한 것을 두고 '종교를 세운' 것이라고 할 수는 없다. 실제로 미국 정부는 법적으로 종교를 세울 때 필요한 요건을 자세히 설명하고 있으며, 이에 따라 국세청은 종교 승인에 필수적인 요소들을 14가지 주요 범주로 나누어 아주 장황하게 기술한다. 단지 신의 실재에 대한 믿음을 인정하거나 기념일 장식품을 올려두는 것이 '종교를 세우는' 충분조건이 된다면, 아마 미국인의 92퍼센트는 모두 면세 대상자가 될 수도 있을 것이다.

사회적 갈등을 부채질하는 요인: 천지창조설 대 세속주의

이른바 스콥스 재판의 갈등은 '지적설계설 대 다윈주의'라는 새로운 옷을 차려 입은 채 여전히 우리 옆에 존재한다. 지적설계설은 신을 가정하지 않는다는 점에서 볼 때 하나의 타협안으로서 상대적으로 무해한 것 같지만, 그럼에도 불구하고 불안한 전제를 둔 세속주의에게는 하나의 위협으로 보인다. 세속주의의 전제는 뒷문에 난 틈을 통해 살그머니 신이 오갈 수도 있는 일종의 '위험한 비탈길'이 될 수 있기 때문이다.[17] 이와 똑같은 유추를 적용하자면, 과학 자체도 하나의 정치적 전제로서 과학의 세속주의가 역시나 뒷문을 통해 미끄러져 들어올 수도 있기 때문에 비난받아야 한다. 역설적으로 과학은 그 자체로 지적 설계 연구와 그 세부 내용을 기술하는 전형이지만, 생물학적 진화에 내재된 타고난 지성 자체를 인식할 수가 없다.(다윈의 이론은 데이비드 스토브의 『다윈식의 동화Darwinian Fairytales』(2006)에 나오는 유머를 통해 비판적으로 살펴볼 수 있다.)

간단히 말하자면, 과학은 번식을 위해서 어떤 작업이 살아남는지, 그리고 어떤 작업이 실패하는지를 알아냈다. 그러나 아직까지 의식 자체의 근본적 전제를 제대로 인식하지 못했고, 그 결과 지성이 진화하는 공간인 에너지 장을 규명하는 데도 실패했다. 자연의 진화는 임의성을 띠지만, DNA 구조 자체가 바로 지적 설계를 나타내는 것이다. 호기심/탐색을 동원한 무작위적 학습은 지성의 가장 기초 수준이라고 가정할 수 있다. 인간에게 유용한 데이터가 점진적으로 정리되어 선형적 생물학의 기층에 축적되기 때문이다.

이미 언급했듯이, 과학은 내재적 질서를 식별하기 위해서 축적된 데이터(지성)를 정리하여 배치한 것으로서 그 자체가 지적 설계론의 산물이자 사례다. 어쩌다 '눈 먼 행운'만이 과학적 발견에 관련된 것이라면 좋겠지만, 그렇더라도 그 발견의 가치를 인식하기 위해서는 여전히 지성이 필요할 것이다. 심지어 이른바 인공지능 컴퓨터 시스템도 새로운 설계도를 발견하기 위해 만들어진 설계를 통해서 운영되며, 이 점은 그 연구 과정의 본질적 요소다.

스콥스 갈등의 전파

인간 에고 자체의 기본 성질에 관한 이전 연구에서도 나왔듯이, 에고 메커니즘의 본능적 근원은 생존 욕구와 욕망의 충족이나 만족에 근거한다. 동물적 근원에서 나오는 본능적 충동은 여전히 전 세계 인구 약 85퍼센트의 의식 수준을 지배한다. 그 결과, 사회 구성원 대부분의 주된 동기는 확증 가능한 진실을 식별하는 것이라기보다 다분히 진실을 획득하고 쟁취하는 것뿐이다. 2007년 11월 기준으로 현재 대중 미디어에 나오는 정치 연설의 75퍼센트는 의식 수준 200 이하로 측정된다.

흔히 갈등 해결은 논쟁의 어느 쪽에서든 쉽게 일어날 수 있다고 하지만, 기득권과 미디어가 부풀려 놓은 논쟁의 자기 본위적 이익 때문에 갈등 해결 자체를 거부하곤 한다. 그 결과, 정치적으로 논란이 된 각자의 입장은 투명해지며 그 입장에 맞춰 둔감한 주장을 내세우곤 한다. 그런 주장 때문에 양쪽은 상대의 견해를 잘못 이해하게 되는 것이다.[18] 가령, '홀로코스트는 결코 일어난 적이 없다.' '미국이 9·11 사태를 공작했다.' 등의 잘못된 관점이 대중의 관심과 미디어의 인정을 받는 것을 보면 상황을 이해할 수 있을 것이다. 이런 허위 선전의 우승감은 단연 반전단체 '무브온 오알지MoveOn.org'가 2007년 9월에 《뉴욕 타임스》에 게재한 이라크 주재 미군 사령관 페이트리어스 장군을 비판하는 전면 광고를 들 수 있다. 그 메시지는 "장군은 우리를 배신했다.General Betray Us."였다. 이 광고 때문에 그 무렵 출발한 정치 단체 '무브온 오알지'는 스스로 발등을 찍은 격이 되었으며, 《뉴욕 타임스》는 확실히 좌파의 지지자가 되었다는 (그리고 선호하는 광고주에게 엄청난 할인을 해 준다는) 세간의 주장을 스스로 입증하고 말았다.[19)]

또한 역사에서 교훈을 얻지 못한 사람들이 다시 그 역사를 반복하게 된다는 점을 볼 때, 인간 에고의 작동을 비관적으로 접근하자면 과연 애초 '설계의 무능한 결핍'이라고 부를 만하다. 앞서 언급했듯이, 인간은 기록된 역사의 93퍼센트 동안을 전쟁 중인 상태로 지냈다. 그래서 흔히 조정이나 화해나 타협을 패배로 오독하고, 어떤 수를 써서라도 그것에 저항하려고 한다. 악독한 독재자들도 처음에는 해방주의자로 묘사되다가 나중에 가서는 지도자로 신격화되어, 그 후로 자국민 학살을 자행하는 지경에 이른다. 그 때가 되어서야 사람들은 그런 독재자들을 미친 인간으로 인식하게 된다. 이런 일은 인간의 역사 내내 계속 반복되고 있다.(Cohen 2007)

타협과 해결

미국 헌법과 권리장전에서 보장한 사항을 고려한다면, 표현의 자유 덕분에 공공 교육 커리큘럼 안에 진화론과 창조론이 서로 대체 가능하고 둘 다 타당성 있어 보이는 가설로 들어갈 수 있었던 것으로 짐작된다. 예를 들어, 종교적 식민지의 영향과 미국 역사에서 그 의미와 위치를 알려 주는 교육이 없다면, 미국 사회의 기반(가령, 종교의 자유를 찾아 미국으로 온 신교 순례자들 이야기 등)을 교육적으로 이해할 수 있는 여지가 사라지고 말 것이다. 이와 마찬가지로 과학적 교육을 무시하면 오히려 무지가 만연하는 결과만 생길 뿐이다. 이 점은 오로지 단일 경전 『쿠란』 암송으로만 민간 교육을 제한하는 이슬람 전체주의의 신권정치에서 잘 드러난다. 그 결과, 『시온 의정서』(의식 수준 90)나 조작된 미키 마우스 만화를 통한 증오만 널리 퍼지게 되었다.

자유는, 나와 다른 관점을 억압하는 것이 아니라 대체 가능한 여러 대안을 마음껏 제기함으로써 나타나는 것이다. 그런데 역설적이게도 학내 저항 운동에서 드러나듯 다른 관점을 억압하는 것이 오히려 최근 학계의 특성이 되고 있다. 이렇게 볼 때, 세속주의는 억압적인 것이다. 이는 세속주의의 의식 수준이 겨우 165로 측정되는 사실에서도 잘 나타난다. 전체주의 정권과 학계의 정치화된 이데올로기(인종 경찰과 젠더 경찰 등[Ravitch 2003])가 드러내는 행태에서 알 수 있듯, 억압은 역사적으로 분서갱유와 역사 수정주의로 증명된다. 자유와 통합성은 관용과 자제라는 날개를 달고 상호 존중을 통해서 이루어지는 것이다.

정치적/사회적 양극화

사회적 대화의 숨겨진 기층 안에는 남성적 원리와 여성적 원리의 무의식적 젠더-원형 패러다임으로 작용하는 음양의 양극화가 존재한다. 능력중심주의는 성과를 낸 만큼 보상을 받는 남성적 원리다. 예전부터 노력과 자기 훈련, 덧붙여 성실한 노력과 실용적 응용이 사회적으로 보상을 받았던 것과 같은 맥락이다. 이는 곧 자본주의와 자유 민영 기업, 그리고 개인적 책임감의 구조를 나타낸다.(애덤 스미스의 『국부론』, 의식 수준 440) 따라서 보상은 결과를 만들어 내는 노력에 의해 얻어져야 한다. 이는 가부장제의 원형적 패턴이다.

이와 반대로 여성적/모성 중심적 원리에 따르면 모든 아이들은 그 존재만으로도 모두 동등하게 취급된다. 따라서 모성적 원리는 성과와 관계없이 만인의 욕구를 만족시키도록 모든 사회적 요소를 제공해야 한다는 의무감을 함축하고 있다. 모성적 원리에서 욕구는 생존 필수품을 제공받아야 하는 기본적 권리로 격상되고 개념화될 수 있다. 따라서 사회주의, 복지국가, 그리고 다양한 형태의 집단주의는 여성적/모성적 원형과 기능을 정치적으로 표출한 것이다. 이와 반대로 자유주의 민간기업 중심의 자본주의는 남성적 패턴을 상징한다.

남성적 관점에서 볼 때, 여성적 원리는 잠재적으로 사회를 약화시키고, 결국 의존성(복지국가), 자율성 상실, 추진력과 야심의 상실로 이어질 뿐이다. 남성적 관점은 집단주의 사회의 실패와 그 사회의 만연한 빈곤과 기아 사태를 지적한다.(마오쩌둥이 지배하던 중국은 3억 명이 굶어 죽었으며, 이는 오늘날 북한의 상황과 판박이다.) 하지만 엄격한 능력중심주의의 단점은 사회 계층 간의 경제적/사회적 불평등이다. 즉 다양한 집단이 도덕적이고 사회적인 책임을 어디까지 맡아야 하는가를 정확하게 규정하지 못하게 된다.

미국에서는 이 두 가지 원리가 강력하게 작용한다. 생산성이 높은 자본주의 경제는 미국 시민 모두가 적어도 최저생활 수준으로 살아갈 수 있을 만큼의 부를 창출한다. 거대한 부를 창출한 기업은 세금을 내고, 그 세금은 정부가 전체 인구의 기본적인 생활과 생존을 지탱할 수 있는 엄청난 재원이 된다. 이렇게 볼 때, 실용적 해법은 남성적/가부장적 원리와 여성적/모성적 원리 양자를 적절하게 실행하는 것이다.

공정성과 합법성을 실용적으로 적용하는 상황에서, 정치적 논의와 협상은 '어떻게 정확한 도덕적 균형을 확인할 것인가?' 하는 현실적 문제를 상황에 맞게 다루고 해결한다. 각각의 원리는 상호 대조적이고 어느 한쪽이 우세한 윤리적/도덕적 기준과 원리를 갖고 있다. '남성적' 패턴은 지배와 헤게모니를 우선시하는 성향 때문에 비판받는다. '여성적' 패턴은 방임적이고 지나치게 관대한 원리로 보인다. 사회적 대화는, 이 두 가지 원리가 각각 지배권을 얻기 위한 음양의 상호작용을 반영한다.

진실 대 거짓

의식 연구로써 증명되고, 앞에서 이미 언급했듯이 인간의 정신은 외부의 도움을 받지 않고서는 내재적으로 본질(진실)과 외관(지각이나 환상)을 분간할 수 없다. 따라서 속임수라는 것은 양의 탈을 쓴 늑대라는 계략을 통해 대중을 호도하는 주요한 수단이다. 이런 계략은 단순히 가짜 표식이나 허위로 기술된 표제를 통해서 이루어진다. 세간의 '진보적' 태도는 사실상 '억압적'이다. 이를테면, '진보주의liberalism'는 제정 로마의 몰락을 황제 칼리굴라가 아니라 마르쿠제의 가르침을 내세워 설명하려고 한다. 문제는 그 과정에서 400대 상위 수준으로 측정되는 '보수적' 사회를 겨우 160에서 180으로 측정되는 진보주의와 자리바꿈 하여 논증을 펼치려고 한다는 점이다. 의식 수준 160에서 180은 무신론적 쾌락주의와 같은 수준이다.(미국의 '주류'는 기본적으로 300대로 측정된다. 이는 공정함, 선한 의지, 정직과 같은 수준이다.) 이와 유사하게 이슬람의 테러리즘(90)도 '이슬람은 평화의 종교'라는 구호 뒤에 숨어 있다. 실상 그들은 7세기 이후로 계속해서 전쟁 중이며, 심지어 지금은 전 세계 곳곳에서 일으킨 전쟁을 수행하고 있다. 이는 지구상의 모든 이들에게 지속적인 위협이 되고 있다.(이 사실을 확인하고 싶다면 가장 가까운 공항을 찾아가 보라.)

(사람과 사물의 본질을 있는 그대로 솔직하게 표현하여) '삽을 삽이라고 부르는 것'(의식 수준 490)이 지금은 구식으로 취급받지만, 실재와 환상을 분간하고 진실과 허위를 분간하는 일은 영적 통합성뿐 아니라 물리적 생존에도 필수적인 요건이다. 인간의 역사에서 이미 여러 차례 입증된 파괴의 기본 패턴은 진실과 거짓이 (루시퍼적으로) 역전되는 것이다.('양의 탈을 쓴 늑대'는 불길하게도 의식 수준 120으로 측정된다.) 연일 선전 광고되는 '해방자'는 전체주의와 나르시시즘에 빠진 악독한 독재자라는 특성을 몰래 감추고 국민을 노예로 만든다. 이와 유사하게 도덕, 윤리, 혹은 이성의 통제에서 '해방'되는 것도 무정부주의와 쾌락주의의 노예화, 할리우

드의 '잘나가는 연예인', 방탕한 난봉꾼, 투견(50), 그리고 로마의 몰락에서 드러나듯이 감각적 쾌락을 향한 억제할 수 없는 욕망을 거쳐 결국 중독 상태로 이어진다. 십계명을 던져 버리고 제 발로 7대 죄악에 빠져 버리면 모두를 황폐화시키는 결과를 낳을 뿐이다. 에덴 동산에 살던 뱀의 유혹은 여전히 존재하고 있다.

선과 악을 '단순한 상표'로 여기고 무시하는 것은 가장 파괴적인 일이다. 선악 구별은 의식 측정이라는 간단한 기술만으로 금방 드러나기 때문이다. 의식 수준을 측정하면 본질과 진실을 외관과 분간할 수 있다. 인간의 정신이 외부의 도움 없이 이런 구분을 할 수 없다는 사실은, 상대주의에게 유혹적인 허울을 제공하는 것이다. 이는 인간 딜레마의 가장 중요한 부분이다. 이 딜레마 때문에 망상에 사로잡히는 상태가 오히려 우세한 규범이 되기도 한다. 이 타고난 한계 때문에 인간은 위대한 화신과 스승을 통한 구원으로서의 영적 진실이 필요하다. 붓다, 그리스도, 크리슈나, 조로아스터, 소크라테스, 그리고 그 외에 진리 수준과 함께 목록에 올렸던 많은 스승들이 있다.

새뮤얼 애덤스는 1779년 2월 12일에 제임스 워렌에게 다음과 같이 편지를 썼다.

"의회 해산 총론은 전체 영국군보다 우리 '자유의 아들'을 더 확실하게 타도할 것이오. 국민에게 덕이 있으면 진압 당하지 않겠지만, 일단 미덕을 잃으면 곧바로 그들의 자유를 외부나 내부의 침략자에게 넘겨주고 말 것이오."(『새뮤얼 애덤스 페이퍼』, 메사추세츠 레녹스 도서관)

상호균형

2004년 이후 인류 전체의 의식 수준은 207에서 204로 하락했다. 미국의 의식 수준은 426에서 421로 떨어졌으며 서구 문명은 현재 270 수준에 있다. 사람들은 자기들이 무엇을 할 수 있을지 묻는다. 연구에 의하면, 사람들이 '무엇을 말하고 행하고 소유하는가?'보다 '무엇이 되는가?'하는 요인이 가장 심대한 영향을 끼치는 것으로 나타난다. 사람들이 말하고 행하는 것은 그저 그들이 믿는 것, 시간에 따라 그들 모습이 된 것, 따라서 지금 현재의 모습을 반영한 것에 불과하기 때문이다. 의식 수준은 지수로 나타낸 것이므로 아주 미미한 증가라도 강력한 영향을 끼친다. 사람들이 '행할' 수 있는 것은, 가장 높은 진실과 영적 원리에 그들 자신을 정렬시킴으로써 최대한 영적으로 발전되는 것이다. 앞서 말한 대로, 해수면을 올리면 해상의 모든 배를 힘들이지 않고 들어 올릴 수 있다. 기도, 숭배, 그리고 기도와 함께하는 사랑은 전 인류에게 보이지 않는 위대한 가치가 될 것이다.

07 무엇이 '진짜'인가?

고대 그리스의 피타고라스가 맨 처음 기술했듯이, 모든 사람은 자신의 지각과 견해, 그리고 삶과 삶에서 일어나는 사건에 대한 이해가 '진짜, 진실, 사실'이며, 따라서 '옳다'고 순진하게 추정한다. 그러므로 남들이 다른 관점을 갖고 있으면 그들이 '틀렸고, 잘못 알고 있으며, 편견이며, 정치적으로 올바르지 않거나, 무지'라고 간주한다. 에고의 나르시시즘적 핵심이 갖고 있는 타고난 허영심 때문에, 에고는 스스로가 '옳은 것'에 기득권을 갖고 있는 듯이 작동한다. 이런 성향 때문에 에고는 자신이 중요한 존재라는 생각을 항상 달고 다닌다. 다시 말해, 에고의 작동 토대가 완전히 환상에 불과할 경우라도 에고는 자신에게 강력한 권한이라는 미묘한 특성과 자질을 덧붙인다. 따라서 '옳은 것'은 자존감과 자부심과 관련이 있다. 이는 도덕적 우위를 차지하려고 끊임없이 벌이는 국내외 정치적 투쟁에서도 반드시 지켜 내야 할 항목이기도 하다.

신념 체계와 그로 인한 감정적 행동이 성공과 행복은 물론 심지어 생존에까지 결정적인 요인이 된다는 점을 고려할 때, 그와 관련된 기저의 과정을 분석하는 일은 매우 유용하다. 기저의 처리과정은 기본 중의 기본이기 때문이다. 이 메커니즘을 이해하는 일은 상당히 중요하다.

인간의 정신은 여러 유추나 가정에 기초해 작동한다. 이와 같은 유추나 가정은 정서적으로 취급되는 동시에 우선순위에 따라 분류된다. 이러한 계층화는 동의나 반대를 포함해 믿음과 행동에 필요한 잠정적 모델을 제공한다. 그다음 결과적으로 의심이나 확실성을 야기하는데, 이에 따라 개인과 집단이 충성과 헌신이라는 목적에 스스로를 맞추어 가려는 경향을 강화시키거나 약화시킨다.

현실 감각이란 식별할 수 있는 것과 미묘한 것 등 수많은 요인에서 발생하는 상호 복잡성에 대한 경험적/주관적 초점이다. 잘 검토해 보면, 어떤 순간이든 주관적 인식이 이루어질 때마다 그 인식에는 말 그대로 원인이 될 만한 수백만 개의 요소가 들어 있다. 그 수백만 개의 요소는 내부적으로 중요도와 지배권이라는 기준에 따라 순위가 매겨진다. 견해, 믿음, 신념, 그리고 여타 정신적 처리에 영향을 끼치는 가장 확실한 요인에는 나이, 성별, 교육, 뇌생리학, 과거 경험/경력, 훈련, 언어 기술, 지능지수, 심리적/지적 전문 지식과 능력 등도 포함된다. 전반적인 의식 진화 수준은 이런 요인들을 지배한다. 이 의식은 인간의 의도, 헌신, 내면화된 목표, 그리고 '주의 자세'에 의해 영향을 받는다.(Medina 2006) 더 나아가 이 모든 요인들은 정치화된 문화와 사회적 추정 및 공리에 의해 더 많은 영향을 받는다. 이때 공리란, 사회 구조에 있어서 '실재'이자 사회 구조에 본래 내재된 것으로 받아들여지는 자명한 원리를 말한다.

하나의 해석으로서의 실재

앞 내용을 통해 보자면, 현실 감각은 가령, 선형적 묘사와 물리적 사물의 차원처럼 기능적으로 유용하지만 '입증할 수 없는' 매우 주관적인 유추이자 가정이다. 정신의 모든 명제는 기껏해야 잠정적인 것에 불과하다. 그 한계를 인식하는 것은 지혜가 갖고 있는 본래적 자질이다. 지혜는 겸손함과 유연함의 정도를 뜻한다. 또한 시간과 경험에 따라 앞으로 더 많은 정보가 쌓이게 될 것임을 인식하는, 보수적이고 조심스러운 태도를 암시한다. 따라서 지혜(를 지닌 사회와 구성원)는 모든 지식이 잠정적인 것이자 의미와 중요성과 가치 측면에서 언제든 변할 수 있다고 생각한다. '진짜'라는 말의 정의도 입증 가능한 진실을 뜻한다. 사실, 입증 가능한 진실이라는 묘사적 표현은 최근까지도 사용할 수 없었다. 의식 수준 측정이 되고 나서야 그런 표현을 할 수 있었기 때문에, 말하자면 입증 가능한 실재/진실/진실성은 인간 의식에서 가장 최근에야 등장한 것이다.

실재를 분간하는 능력

인간 정신은 자동적으로 자신의 주관적 경험이 당연히 타당한 것이라고 추정한다. 따라서 정신의 작동은 '믿음'이라고 부르는 타고난 특성에 기초한다. 자질로서의 믿음은 최근 학계 회의주의자들에게 공격을 받아 왔다. 하지만 역설적으로 회의주의자들은 그들의 회의주의(160), 그리고 그것과 관련된 나르시시즘적 궤변에 대해서는 극도의 믿음을 보인다. 회의주의가 그들 자체의 회의주의를 회의하지 못하고, 순진한 신념 체계를 외부로 표출하는 것이다. 이 신념 체계는 두 가지 약점을 드러낸다. 첫째, 기능적으로 더 높은 의식 수준을 거부하고, 둘째, 의미와 추상, 혹은 선형적 내용(외관)에서 나온 맥락(장)을 이해하지 못한다. 이는 4장에 나오는 뇌 기능과 생리학 도표에서 확인할 수 있다.

에고는 자체 프로그램의 실재나 진실을 굳게 믿으면서 내부적으로 그 프로그램을 교정할 능력이 없다는 사실을 인식하지 못하기 때문에, 순진무구한 성향을 기본 구성 요소로 타고났다고 할 수 있다. 에고에게 검증할 수 있는 능력이 선천적으로 결핍된 이유는, 에고의 데이터가 오직 내부 처리 시스템에 한정되어 있기 때문이다. 에고의 내부 메커니즘에는 검증과 입증에 필요한 외부의 독립적 참고 자료가 전혀 없다.

인간의 정신은 이를테면 나침반이나 하늘의 별 같은 외부의 참고 자료 없이는 자체적으로 방향을 수정할 수 없는 해상 선박과 같다. 위성항법장치GPS처럼 다른 모든 데이터를 비교할 수 있는 절대 기준이 될 외부의 참고 지점에 접근할 수 있을 때에 비로소 시스템을 수정할 수 있다는 사실을 깨닫는 일은 매우 중요하다.(절대주의Absolutism는 의식 수준 650, 절대자Absolute는 1000으로 측정된다.)

1995년부터 2007년 사이에 먼저 나온 본 저자의 책에서 기술했듯이, 현재는 입증 가능한 진실의 참고 척도가 있다. 그 척도에 의하면 의식 수준 200 이하는 가짜이며 200 이상은 점진적으로 진실이다. 의식 수준 1000은 절대적으로 고정된 지표로서 다른 모든 측정 수치는 이 수치에 대한 상대적인 값들이다. 포스트모더니즘을 통한 상대주의는 상정된 모든 진리가 사회적인 것이며, 언어적으로 구성된 견해(지각/정의), 이를테면 그저 '수사'에 지나지 않다고 생각하기 때문에 절대주의라는 실재를 부인한다. 따라서 상대주의는 단지 지각 자체만을 볼 뿐, 본질과 맥락은 보지 못한다. 역설적으로, 상대주의는 그 자체의 전제를 절대적인 것(우수하고 엘리트적인 것)이라고 간주한다. 만약 모든 서술이 그저 가설된 의미론적 구성물이라면, 분명히 바로 그 서술 자체에 내재적 실재가 없으며, 그 또한 가치를 덧입힌 언어적 구성물에 불과할 것이다. 따라서 포스트모더니즘은 그 자체 기준에 의해서 허위로 판명된다.(이는 역사상 피타고라스의 자멸적 주장에 맞선 플라톤의 패배 장면에서 이미 증명되었다.)

내용 대 맥락

진실이라고 알려진, 혹은 실재라고 주장하는 모든 진술은 여러 지배적 조건에 좌우된다. 이 조건들은 이미 확인할 수 있는 요인일 수도 있고 동시에 전혀 모르는 요인일 수도 있다. 앞서 이미 기술했듯이 데이터 분석은 오롯이 상황론적 요인에 달려 있다. 어떤 한 사건이 관찰자에게 어떤 의미로 보이는지, 혹은 '무엇처럼 보이는지'는 관찰 지점/시점과 현재 지배적 상황에 따라 달라진다.

관찰하는 능력과 관찰을 정확히 해석하는 것은 뇌 기능과 조화를 이루는 일로서 사실상 의식 수준의 산물이다. 다시 말해, 의식 수준과 뇌 기능은 의도와 동기에 영향을 받는다. 의도와 동기의 범위도 다양해서, 잘 훈련되어 사심 없이 정교한 통찰력과 본질을 식별하는 전문지식을 갖출 수도 있고 감정에 사로잡혀 왜곡된 편견을 보이거나 고의적인 위조(지각)와 수사(180)로 정치적 논란을 키울 수도 있다.

사회적 산물로서의 실재

인간 정신이 인식하건 못하건, 실재와 진실을 구별해 내는 일은 인간 정신에 있어 항상 중요한 문제였다.(예: 인식론의 주제) 오늘날 그 구별은 미디어의 전반적인 영향 때문에 훨씬 더 어려워졌다. 미디어가 끼치는 영향력은 눈에 보이고 확실한 것이지만, 동시에 미묘하고 무의식적인 것이기도 하다. 미디어가 가장 확실하게 영향력을 미치는 지점은 A를 선택하고 B를 버리는 취사 권한을 가지고 선별된 사항을 보도하는 데 혈안이 되었다는 점이다. 이 모든 상황은 텔레비전에서 시각적 효과와 음악을 영상에 덧입혀 나오면서 심화된다. 기존의 편집권에 정서적/정치적 왜곡과 극적 각색의 영향력이 추가된다. 편집은 특정 사항을 제시하는 스타

일과 순서 배열에 의해 강화된다. 미디어가 제시한 자료는 의식 수준 최저 10에서 최고 570까지 측정된다. 이렇듯 제시되는 진실의 수준이 천차만별임에도 불구하고, 관찰자의 정신은 실재에 대한 추정을 동일하게 작동시킨다. 따라서 미디어가 끼치는 총체적 영향은 왜곡된 가치를 포함하는 '가상 실재'의 산물이다.

당대의 정교한 시청자는 앞서 말한 미디어의 왜곡된 영향을 잠재적으로나마 인식하지만, 의식 수준이 낮은 사람들은 그 점을 인식하지 못한다. 더구나 그들은 어린아이처럼 허구가 진실임을 믿는 경향을 보이면서 일종의 '대체된 실재' 속에 살아간다.(Pitts 2007, Marzeles 2007) 2007년 10월을 기준으로 인터넷 블로그의 50퍼센트는 의식 수준 200 이하로 측정된다. 미국 내 55퍼센트 인구는 200 이하로 측정되며, 따라서 이들은 내재적으로 왜곡과 오독을 하기 쉽다. 전 세계에서 200 이하로 측정되는 인구는 전체 85퍼센트에 이르며 일부 하위문화와 국가에서는 거의 100퍼센트에 육박한다. 따라서 오늘날 거짓이 전 세계 인구 대다수의 사고와 현실 검증 능력을 지배하고 있다. 나치 선전부 장관 요제프 괴벨스가 관찰했듯이, 거짓말도 자주 하면 결국 사실(가상 실재)인 것으로 믿게 된다. 대다수 시민들은 진실과 거짓을 분간할 수 있는 능력이 없기 때문이다.

진실과 실재의 진보적 본성

정보 처리는 진화적이다. 발달 진화상의 타임라인과 더불어 진보적인 방식으로 드러난다. 이른바 가정된 사실을 확인하는 데에는 수십 년, 아니 수백 년이 걸릴 수도 있다. 또한 시간이 갈수록 더 많은 정보를 얻고 해석하게 되므로 그만큼 편집하는 과정도 더 필요하다. 더 위대한 지식이 등장하면서 검증에 필요한 기준도 바뀌고, 이에 따라 의미와 중요성도 변한다. 인간 지식의 모든 분야는 시간이 흐르면서 변한다. 심지어 역사도 새로운 발견과 방법론에 근거하여 수정될 수 있다. 따라서 설령 그 사실은 변하지 않더라도, 그 사실의 의미나 중요성은 시간에 따라 얼마든지 변할 수 있다는 점에서 모든 신념과 정보는 잠정적이다.

실재/진실의 이해는 주관적이며 가변적이다. 정보를 처리하는 개개인의 스타일이 서로 다르기 때문이다. 가령, "나는 알고 있다/생각한다/느낀다/믿는다/-에 대해 신뢰한다" 등 표현은 다양하다. 또한 개개인들은 실재의 명시되지 않은 패러다임에 대해 무언의 충성을 내비치기도 한다. 이에 사람들은 '직관하고, 깨닫고, 인식하고, 이해하고, 파악한다.' 이런 스타일은 교육, 전문화, 재능, 타고난 능력, 지능지수, 투사된 가치, 견해, 감정, 편견뿐 아니라 지리학적, 문화적, 가족적, 윤리적, 도덕적 훈련 등의 요인에 영향을 받는다.

진실과 실재는 등가성/동일성을 나타낸다고 할 수 있는데, 이제 진실 수준 척도를 참고하여 그 등가성의 타당함을 입증할 수 있다. 이 척도는 객관적이고 비개인적이며 관찰자의 견해와 무관한 것이다. 다시 말하지만, *추정된 진실을 진술하려면 반드시 맥락을 자세히 설명해야 한다*는 점을 깨달아야 한다. 이 점이 무엇보다 중요하다.

영적인 것은 '진짜'인가?

양자역학이 등장하기 전까지, 물리적 세계에 대한 뉴턴식의 설명이 완전무결하고 최종적인 것이라고 생각했다. 입자물리학, 비선형적 역학, 양자 이론이 등장하고 여타 과학적 진보가 이루어지면서 이전의 가설과 추정은 다시 검토되어야만 했다. 만물을 이해하는 방식에 변화가 생겼지만, 과학적 데이터의 기본적 실재는 좀처럼 문제가 되지 않았다. 하지만 비물리적 패러다임을 다루는 영적 실재에 대해서는 그렇지 않았다.

영적 실재는 구체적이지 않고, 별개로 분리되지 않으며, 선형적이지 않고, 적절하게 묘사할 수도 없다. 그것은 내용이 아니라 맥락과 관련되기 때문이다. 영적 영역은 경험에 근거하여 주관적이고, 개념에 근거하여 맥락적이며, 비선형적이다. 따라서 W.제임스의 『종교적 체험의 다양성The Varieties of Religious Experience』에 따르면, 영적 실재는 형언할 수 없는, 종교적, 천상의(에테르적), 태초의, 거룩한, 시간이 흘러도 변치 않는, 영원한, 전능한, 언제 어디서나 존재하는 신성한 것으로 기술된다. 또한 인간이 알지 못하는 카르마적 성향의 영역이자 천상과 신성의 영역이다.

영적 실재, 더 위대한 비선형적 실재는 위대한 화신, 성인, 깨달은 현자들, 그리고 총체적으로 경험에 근거하여 확인 가능한 실재에 동의했던 영적 천재들에 의해 천 년을 넘나들며 계속 묘사되어 왔다. 이런 실재들은 측정된 의식 수준 200에서 나타나기 시작하여, 500대와 600대를 거쳐 깨달음의 1000 지점까지 점진적으로 나아간다.

여러 시대의 위대한 영적 스승들은 영적 실재를 경험적이고 주관적인 방식으로 확인할 수 있는 과정과 단계를 가르쳐 왔다. 이러한 실재는 의식 측정 연구라는 임상적 방법론에 의해 증명될 수 있다. 의식 측정 연구는 확증과 조사의 새로운 차원을 허용한다.

영적 실재 대 영적 환상

역사적으로 볼 때, 진실과 거짓을 구분할 방법이 없었기 때문에 영적 영역 안에도 틀린 정보가 상당히 많았으며, 영적 허구와 판타지 정도로 기술될 수 있는 내용을 믿는 경우까지 있었다. 아래 도표는 바로 이 점을 잘 나타내 준다. 다음은 의식 수준 200 이하로 측정되면서 거짓으로 판명된 것이다.

소설과 신화

5차원 진입	묵시론적 예언
UFO 종교	물병자리 숭배집단
계시록(신약 성경)	미륵불
뉴에이지 운동	『바이블 코드』
『다빈치 코드』	『백 만 개의 조각A Million Little Pieces』(제임스 프레이)
『다빈치 코드의 진실』	부정적인 기도-치유 연구(『미국심장저널』 2006년 4월호)
라엘파(외계인이 인간복제를 통해 인류를 창조했다고 믿는 집단)	붓다의 화신, 람 바다두르 반잔
마야족 달력의 예언	『스네이크 피트』

스타시드 아이들(별의 종자들)

『시온 의정서』

심령 영매

영적 세계와의 교신(채널링)

오푸스 데이 회Opus Dei Code

외계인

외계인에 의한 납치

외계인의 UFO

『유다 복음』

『유란시아』

유령

유전자 코드

자연 치유

점성술 종교

점술

제 51구역 음모론(UFO가 자주 출현하는 미국 비밀 군사기지)

지구 종말 예언

크롭 서클(곡물 밭에 나타나는 원인 불명의 원형 무늬)

크리스털 아이들

태양신전 교단

토리노의 수의

하느님 유전자

하위 종으로의 환생

하이다칸 바바지(히말라야의 성자)

역사적 해석

'영적'이라고 명명되는 영역의 스펙트럼은 넓다. 위대한 시대를 거치면서 확인된 높은 수준의 확증 가능한 진실부터 이와 정반대로 가짜 영적 판타지, 허구, 신화, 오독까지 총망라한다. 하지만 신화, 알레고리, 동화, 우화, 이야기, 그리고 전설은 추상적 진실의 개념을 단순한 형태로 전환하여 비유적으로 보여 줄 수 있는 일종의 교사 기능을 수행한다. 이와 비교하자면, 유머, 시, 그리고 미술은 추상적 원리를 강조하기 위해서 패러독스를 덧붙여, 신화 등과 유사한 은유적 소통 방식을 사용한다.

따라서 구약성경 등의 역사적 종교 경전에는 문화적 신화와 이야기가 포함된다. 말 그대로 신화와 이야기는 사실로 확인할 수는 없지만 문화적 전통에 들어간다. 이를테면 그런 신화와 이야기는 산타클로스의 상징성과 유사하다. 실제로 산타클로스는 사슴을 타고 지붕으로 날아오거나 굴뚝을 타고 내려가지 않지만, 그 전설은 크리스마스의 정신을 어린아이들이 이해할 수 있는 구체적인 방식으로 보여 준다.

스콥스 재판에서 성경 안에 비유적으로 표현된 여러 이야기는 클래런스 대로가 펼친 세세한 공격의 초점이 되었다. 그의 방식은 법률 조문과 법률 정신 사이에 생기는 차이를 공격하는 것과 비슷했다. 이는 종교적 표현의 자유와 종교 시행의 자유를 놓고 벌이는 최근 정치적 논쟁의 전형이기도 하다.

앞서 인용했듯이 미국 헌법과 권리장전은 정부가 주도하는 종교(신권정치)*로부터의* 자유를 정립해 놓았다. 하지만 이와 동시에 (크리스마스 트리, 산타클로스, 메노라 등) 종교 표현*의* 자유는, 사법부를 비롯해 입장 차이를 내세워 때마다 의견이 달라지는 세속주의자들이 무심코 간과하는 미묘한 구별 지점이다.[20] '사법부 출신 국회의원들'이 간과했던 사실은, 인간 존재의 궁극적 근원으로서 신을 언급하는 부분이 미국 *50개 주 전체* 헌법에 포함되어 있다는 점이다.(G. Williams 2007) 이로써 그들은 미처 인식하지 못하지만 '자연법'에 대한 보편적 충성이 존재한다는 사실을 알 수 있다.

실재와 의미

구체적 사례를 활용해 추상적 개념을 설명할 때, 결과로서 그 개념의 중요성과 의미가 명확하게 드러난다. 영적 진실과 실재는 비선형적 맥락의 산물이다. 이 점 때문에 그것을 선형적인 언어로 드러내 설명하기가 어렵고 문제가 발생하곤 하는 것이다.

의미는 '입증할 수 있는' 것이 아니다. 그 영향이 주관적이기 때문이다. 이는 미술이 언어적 제약을 우회하는 표현 형태라는 점과 아주 유사하다. 이에 따라 표현의 어려움에도 불구하고 객관적으로 입증할 수 있을 만큼의 '진짜'가 아닌 것이 오히려 주관적으로 매우 강력한 '진짜'가 될 수 있다.

문자적 진실과 추상적 진실을 구별하는 일은 더 높은 의식 수준으로 진화하면서 얻은 미묘함과 능력으로 가능해진다. 이를 가리켜 흔히 정교함의 정도라고 언급하기도 한다. 알레고리는 시적 허용의 형태로 표현된다. 말하자면 맥락에 따른 색채, 즉 함축성과 의미를 전달하기 위해 상징적 이미지와 개념을 활용하는 것이다. 가령, 용龍은 문자 그대로 하나의 실재는 아니지만 용의 상징성은 보편적으로 인식되며 원형적 수준에서 파악된다.

상징과 추상적 함의 혹은 의미 간의 차이를 분간하지 못하거나 할 수 없는 것을 가리켜 '문자 그대로의', '경솔한' 또는 '상상력이 없는' 것이라고들 말한다. '상상력이 없다는' 것은 온전한 이해에 필요한 능력에 한계가 있다는 뜻이다. 진실의 문자적 수준과 추상적 수준(법률 조문과 법률 정신) 사이에 벌어지는 의도적인 왜곡은 정치적/법적 논쟁은 물론 교회에서 일어나는 논쟁의 기본 메커니즘이다. 따라서 논쟁과 갈등의 근간은 대개 집중적 오독이라는 자기 본위의 인위적 산물(실수)이다. 이는 보통 의도적인 것이며, 사실상 아무 관련 없는 세부사항의 가설적 중요성을 과장하는 결과를 낳기도 한다.

'해석학'이라고 일컫는 의미 연구는 맥락을 정의하고 파악하면서 자연 발생하는 추상적 사고의 수준을 분류할 때에 미묘한 차이, 참고 자료, 절묘한 뉘앙스를 반영한다. 모든 인간이 신성한 근원의 힘으로 평등하게 창조되었다는 말은 높은 수준의 추상적 진실이지만, 문자 그대로 입증하거나 과학적으로 증명할 수는 없다. 재능, 신체적 자질, 그리고 부자에서 빈자까지 태어나는 환경이 너무나도 다른데, 대체 어떤 의미에서 모든 사람이 '평등'하다는 말인가?

만약 인권이 인간 창조를 맡은 신성의 결과라면, 인권은 천부적인 것이며 그 결과 불가침의 영역이다. 반면 인권이 단순히 세속적 의미 규정이 갑작스럽게 변화한 결과에 불과하다면, 모든 권리는 그저 잠정적이고 자의적일 뿐이며, 따라서 일시적이고 취약하고, 정치적/법적 협상('거액')에 굴복하기 쉽다.

'진짜'라는 것은 어떤 명제가 사실상의, 실재하는, 명백히 드러나는, 시공간상에서 측정 가능한, 그리고 과학으로써 확증 가능한 것과 관련된다는 뜻이다. 그것은 특정한 존재 상태와 '사실'로서의 존재에 대한 결론을 나타낸다. 따라서 '진짜임realness'은 감각에서 파생된 정보와 묘사로써 확인할 수 있는 주관적 진술이다. 하나의 의사전달 행위로서 사실적 실재를 진술하는 것은 나를 제외한 사회 일반이 확인하고 입증해 줄 수 있는 능력이 있음을 암시한다. 그런 일은 사실상 개인의 주관적 실재들만으로는 가능하지 않다. 실재의 정도는 신념과 지속성을 반영한다. 하지만 신념과 지속성도 해석, 회의(의심), 또는 편견에 따라 변할 수밖에 없다.

실재에 관한 모든 가정과 추정은 더 높은 수준에 가면 또다시 개인적 한계에 따라 바뀔 수 있다. 이 점은 플라톤의 『테아이테토스Theaetus』에서 프로타고라스의 말을 인용하는 부분에서 잘 드러난다. "각각의, 모든 사건은 그것이 나한테 보이는 대로 나의 몫이다. 그렇듯 각각의, 모든 사건은 그것이 당신에게 보여지는 대로 당신의 몫이 된다." 이렇듯 실재에 관한 진술들은 실재를 드러내려는 나름의 증거들이다. 하지만 위의 주장은 본질이 아니라 외관/지각을 언급하면서 더욱 더 한계에 부딪히게 된다. 요점은, 관찰자가 견해와 본질을 구분할 수 없다고 해도 본질 그 자체는 주관적 견해에 따라 변하지 않는다. 따라서 본질Essence의 진실 수준을 측정하는 일은 지각, 관찰, 그리고 해석상의 결론이 지닌 잠재적 오류를 초월할 수 있는, 지금까지 발견된 유일한 수단이다. 결과적으로 실재는 묘사가 아니라 독자적 정체성이다.

다른 사람들이 경험으로 확인해 줄 수 없는 순전히 주관적인 실재도 있다. 꿈, 상상, 이미지, 기억 등이 그렇다. 심지어 데이터 자체를 확인할 수 있는 경우에라도 그것의 의미, 함축성, 가치, 혹은 중요성은 총체적 맥락을 이루는 원인으로서 서로 중첩된다.

의식 연구에서 추론할 수 있는 점은, 가령, 미국 인구의 약 55퍼센트는 '진짜'를 제대로 분간할 수 있는 능력이 사실상 없다는 것이다. 이에 대한 증거는 법정 재판에서 드러난다. 범죄 용의자 신원 파악 사례 중의 약 50퍼센트는 경찰이 사전에 준비해 놓은 용의자 라인업 절차나 사진을 통해서 식별되지 않는다. 그러므로 "네, 저 사람이 범죄를 저지르는 장면을 내가 실제로 봤어요."라는 단 하나의 진술마저도 그 시점에서 50퍼센트는 거짓이다.(인터넷 상의 정보 중에 약 50퍼센트도 의식 수준 200 이하로 측정된다.)

데이터는 인간 정신을 통해 포괄적인 처리 과정을 거칠 수밖에 없다. 가령, 어떤 사람들은 무엇이든 '축소해서' 말하고 또 어떤 사람들은 '과장해서' 말한다. 그러므로 중요성을 과장하거나 함축성을 무시해 버리는 것이 현실 검증에 필요한 능력에도 상당한 영향을 끼친다. 망상에 빠진 사람은 실제 여러 사실들은 진짜로 받아들이지 않으면서도 그가 가진 온갖 유형의 신념은 '진짜'라고 믿는다. 이를테면 허구가 '진짜'가 되어 버리는 것이다. 그 허구를 통해 (선악 구분 등) 어떻게든 에고의 나르시시즘적 의도를 강화하고 싶은 '의도'가 기저에 깔려 있기 때문이다.

그러므로 성숙한 정신은 언제라도 실수할 가능성을 잘 알고 있다. 이 점을 통해 겸손함의 가치를 확인할 수 있다. 고전적인 금언인 "나는 생각한다. 고로 나는 존재한다."와 더불어 그밖에 실재에 관한 모든 진술은 잠정적인 것이다.

요약

최종 분석을 하자면, 결론적으로 '진짜'라고 간주되는 것은 주관적이며 추정에 불과하다. 그것은 주어진 맥락 안에서 내용을 다

차원적으로 처리한 결과다. 다시 말해, 이 결과는 의식 수준에 따라 달라진다. 의식 수준은 뇌 기능의 능력과 스타일, 그리고 영적 에너지의 존재 내지는 부재와 관련된다. 이때 인간의 의도는 지배적 역할을 수행한다. 따라서 자만이나 자기고양적 성향은 진실/실재를 인식하는 데 필요한 능력을 제한한다. 반면 참다운 진실에 대한 존중은 오류를 줄이고, 외관과 본질을 구분할 수 있는 능력을 향상시킨다. 의미, 중요성, 진실, 실재의 처리과정에는 추상적 진실을 구분하고 인식하는 일, 그리고 의식 수준을 서로 혼동하지 않는 일이 반드시 수반되어야 한다. 이렇게 하지 못했을 경우에는 대개 잘못된 해석으로 이어진다.

이 과정이 복잡하기 때문에 수 세기에 걸쳐 철학, 신학, 존재론 및 형이상학과 인식론을 다룬 엄청난 양의 문헌이 발달할 수 있었다. 가령, 이런 질문들이 해당될 수 있다. "우리는 어떻게 알게 되는가? 우리는, 우리가 안다는 사실을 어떻게 알게 되는가?"

수 세기 동안 인류의 대다수는 어쩌면 영원히 애매모호할 것만 같은 복합적 문제의 해답을 제공하기 위해 권위에 의존해 왔다. 현대사회의 의문은 "참다운 도덕적 권위는 대체 어디에 놓여 있는가?"다. 참다운 권위는 진실 수준의 산물이다. 이는 바로 의식 진화 수준의 결과로 분류된 것이다. 시간이 흘러도 계속해서 버티고 있는 애매모호한 문제의 다수는 이제 의식/진실 수준을 측정함으로써 해결될 수 있다. 온도계나 기압계, 고도계처럼 절대자를 나타내는 비개인적 척도 1000을 공통된 참고 지점으로 삼아서, 나머지 모든 것을 이에 대한 상대적 값으로 측정하는 것이다.

측정 수준은 본질이라는 실재 수준이 나타내는 결과이며, 따라서 그 결과는 포스트모던적 해체주의와 상대주의의 직접적인 반박을 불러온다. 상대주의는 지각, 그리고 그 지각에 언어적인 이름을 붙이고 명사화할 때에만 실재를 나타낼 수 있다고 추정한다. 그와 같이 사람을 교묘하게 속이는 억측에 의해서, 이성을 통해 실재를 이해하는 능력은 점차 파괴되어 급기야 200 이하 수준(원시주의)까지 하락하고 말았다.

철학적 왜곡과 거짓에서 실재를 분간하는 일이 그저 정치화된 지성의 문제가 아니라, 생존 자체에 매우 중요하다는 점을 다시 한 번 강조해야겠다. 지난 수 세기 동안 수백만 명의 사람들이 진실과 선전된 거짓을 분간할 수 있는 능력이 없었기 때문에 목숨을 잃고 말았다. 이런 상황은 오늘날에도 여전히 날마다 계속되고 있다. 핵에너지 시대에 호전적 무장 단체의 거짓을 파악할 수 없으면 수천만 명의 목숨이 날아갈 수도 있다.

구세주를 자처하는 사악한 나르시시즘(의식 수준 30)은 상대주의적 궤변과 수사로 야기되는 무질서와 혼란을 인식하지 못하기 때문에 여전히 잠재적 재앙의 주된 원인으로 남아 있다. 2차 대전 직전, 히틀러가 유럽을 위협한다는 경고를 무시했던 영국 총리 네빌 체임벌린의 경우가 좋은 예다.(『진실 대 거짓』 15장 참고) 지금도 거짓됨과 사회 전반을 파괴하는 퇴행적 경향을 '용인하는' 태도가 정치적으로 유행하고 있지만, 그 대가로 우리 사회는 제대로 된 힘을 상실한 채 '양의 탈을 쓴 진짜 늑대'를 인식하지 못하고 있다. 이렇게 되면 죽은 상대주의자로 사느니 살아 있는 현실주의자로 존재하는 게 차라리 더 나은 일이라고 할 수 있겠다.

이성과 진실의 탈선: 열정

현대인은 포유류 중에서 가장 잘 발달된 전두엽 피질(의식 수준 200)을 갖고 있다. 그럼에도 인간의 이성, 논리, 합리성은 감정 때문에 일상적으로 빠르게 그 빛을 잃어간다. 의식 수준 200 이하에서 감정은 동물적 본능(변연계는 120으로 측정된다.)에 기초하고 있으며, 부정적인 감정은 이성과 합리성을 효율적으로 활용하지 못하게 방해한다. 따라서 실재를 지성적으로 분간하는 데 필요해 어렵게 얻은 능력을 '감정'이 없애 버릴 수도 있다. 열정이라는 감정은 매력을 느끼는 대상에게 강한 애착을 품게 되며, 그렇게 되면 당연히 그 대상은 과대평가된다.

만약 열정이 그 자체만을 위해 평가받는다면(심지어 홍보되는 것이라면), 왜 그런 일이 생기는 것일까? 특히나 광적인 열정 때문에 일어난 나치, KKK, 테러리스트 등 인류의 엄청난 재앙을 고려한다면 말이다. '열정'은 존재와 생존을 위한 투쟁의 차원에서 동물의 세계에서도 드러난다. 이렇듯 열정은 존재나 생존 환경을 선별하는 면에서 실용적 가치를 갖지만, 만약 지성에 의해 지배되지 못한다면 부정적인 것이 된다. 흔히 '열정'은 제어되지 않은 나르시시즘적 정서를 뜻하지만, 기실 그것은 정량적이기보다 정성定性적인 요소다. *'표현의 자유'는 생각의 자유와 관점 표현의 자유를 뜻하는 것이지, 감정과 유치한 행동의 과잉을 의미하는 것이 아니다.*

깨달음을 향한 탐색에서 거리 두기(분리)는 필수 요소다. 이를 위해 애착과 정서적 과잉을 포기해야 한다. 여기에 꼭 들어맞는 격언이 하나 떠오른다. "오직 신에게만 열정을 다하라."(Hawkins 2006)

현실 검증과 뇌 기능: 정신 장애

과학 연구와 전문적인 임상 경험에 의하면, 사회에 널리 퍼진 인격 장애와 심각한 정신 장애는 공히 유전적이고 생화학적인 뇌 기능 장애 때문에 비롯된다. 과거에 환자와 사회 양측에 보호 기능을 제공하던 공공/국립 정신 병원 시스템이 폐쇄된 이후로 정신 장애는 아주 빠르게 증가했다. 영화 「스네이크 피트」와 「뻐꾸기 둥지 위로 날아간 새」 등에서 정신 병원 시스템을 잘못 묘사하면서 시스템 붕괴는 더욱 가속화되었다. 이런 영화에서는 정신질환을 "인간을 격리하고 낙인찍는 일종의 신화"로 다루었다. 이로써 마르크스적 변증법(피해자 대 가해자)을 정치적 이데올로기에 적용하는 사례가 발생하였고, 그 과정에서, 말하자면 이들 영화가 감정적 에너지를 제공한 셈이었다. '거창한 명분'은 전체 정신 병원 시스템의 폐쇄로 귀결되었고, 이데올로기주의자들은 그것을 가리켜 '장족의 발전'이라며 선전했다.

실제로 그로 인해 사회적 재앙이 더욱 널리 퍼지는 결과를 맞이했다. 정신병자들은 거리를 돌아다니면서 범죄, 가난, 노숙, 매춘, 빈번한 교우 살해(그런 살인자는 의식 수준 5로 측정된다.) 등의 잔인한 범죄, 아동 고문과 성적 학대, 그리고 심지어 아동 생매장 살인까지 참담한 문제를 일으켰다.

이런 문제보다 극적인 양상은 덜하지만 실은 더 파괴적인 결과를 야기하는 것도 있다. 바로 극도로 왜곡된 기사, 관점, 인터넷 상의 위조된 '사실들'이 미디어를 통해 쏟아져 나오는 사태다. 미디어의 끊임없는 거짓 포화 세례, 그리고 사건과 그 사건의 의미에 대한 끊임없는 오독은 대중을 세뇌시켰다. 대중은 의식 수준 200 이하로 측정되는 그럴듯한 '거창한 명분'에 사로잡혔다. 양의 탈을 쓴 '표현의 자유' 아래에서, 잘못된 정보가 점차 대중을 지배하게 되었고, 서구 문명과 미국을 비롯한 인류 전체의 의식 수준이 하락하는 결과를 가져왔다.

또 하나의 결과는 개인적, 사회적인 삶의 안전성이 하락하여, 순진한 시민들이 임의적으로 조준된 악과 거대한 거짓의 피해자가 될 수 있다는 점이다. 중상모략, 명예훼손, 엄청난 발뺌과 변명이 법률 하에 동등한 합법적 보호를 받는다는 점을 감안한다면, 사생활과 법적 보호는 상실되었고 이에 따라 앞서 말한 결과는 더 심화되고 만다.

전통적 윤리, 도덕, 그리고 평범한 예의와 품위라는 지질구조판이 부서지면서 사회 전반이 통제가 불가능할 만큼 급하게 하락하는 추세에 진입한 것 같다. 이런 변동은 인간 역사 전반에 걸쳐 반복되는 현상으로, 진보와 쇠퇴를 오가는 인류 진화의 전체 학습곡선의 다양성을 반영하는 것이다. 나침반이 없다면 인간 사회는 하물며 정치적 진보와 사회적 재앙을 구별할 수조차 없다.

Reality, Spirituality and Modern Man

08

문화적 전제와 진실

들어가며

개인적으로나 집단적으로나 무엇이 '진짜'인가 혹은 '진실인가', 그에 따라 무엇이 '중요한가'에 대한 판단은 사회의 모든 수준을 지배하며, 관습, 도덕, 윤리뿐 아니라 정치와 법률까지 결정한다. 또한 그런 판단은 의무, 자유, 책임은 물론 개별 선택과 선택사항을 규정한다. 이러한 신념(판단)은 해당 사회를 지배하는 문화의 내재적 요소가 되어, 헌법이나 법률상 명시되거나 명시되지 않은 행동 규약이 된다. 이를 바탕으로 누구나 불특정한 상황에서도 어떤 사회적 행위가 나오게 될지 예상할 수 있다. 이때 이 행동 규약은 모든 가치 체계의 포괄적 양극단까지 다 반영하는 것이다. 문화적 신화(신념/판단/암묵적 행동규약)는 사회 구성원들의 인간관계뿐 아니라 정부의 구조와 기능에 영향을 미치며 규정하는 기능도 수행한다.

인간의 정신은 공유되는 하나의 믿음 체계가 진실의 증거라고 추정하지만, 당연히 역사는 확실한 반대 사례들로 가득 차 있다.(맥케이의 『특별한 대중적 망상과 군중의 광기』가 좋은 예다.) 수 세기 전에는 모든 사람이 지구는 평평하고 태양이 지구를 돈다고 믿었다. 이러한 사례는, 과학에서 말하는 '법칙'조차 끊임없이 변하고 있기 때문에 모든 정보는 추정일 뿐 절대적이지 않다는 점을 보여 준다.(가령, 2006년 8월 이후로 명왕성이 퇴출되면서 태양계 행성은 아홉 개에서 여덟 개가 되었다.)

정부와 사회의 토대는 현실에 기초한 이타적 신념 체계에서 나올 수 있는 매우 다양한 변이를 반영한다. 그런 신념 체계를 가진 구성원에게서 호혜적인 정부가 탄생할 수도 있고, 그와 정반대로 구성원을 억압하고 착취하는 정부가 탄생하기도 한다. 역사적으로 볼 때, 강력한 지배 문화는 정복과 호전성을 앞세워 자리 잡았으며 군주의 변덕으로 다스려졌다. 그때나 지금이나 종교를 세우고 공식적으로 강화하는 힘은 바로 지배자들의 정치적 제휴와 무력이었다.

모든 문화는 필연적으로 지배자와 국민 사이, 그리고 종교와 국가 간의 관계를 정의하고 더 나아가 권위의 한계를 규정해야 한다. 대개 국가와 종교 사이에 충성을 둘러싼 갈등과 충돌이 발생했으며, 그 갈등을 해결하지 못하면 파문, 참수, 혹은 화형 등의 끔찍한 결과로 나타났다. 종교재판(35)은 그 충돌의 극단적인 사례였다. 국가와 종교 간의 충돌로 전체주의적 신정국가는 극단적 억압을 시행했고, 그 억압은 결국 교회 권위에 대한 불신을 가열시켰다. 이 교훈은 미국 헌법에 구체적으로 반영되었다. 미국 헌법은 종교를 *위한* 자유(종교를 선택하고 누릴 자유)와 정부가 강요하는 종교*로부터의* 자유(종교적 강압을 받지 않을 자유)를 모두 보장한다.

미국 정부 수립 과정에서 나타난 종교의 중요성을 간과할 수 없다.(Gingrich 2006) 역사적으로 볼 때, 미국을 건국한 순례자들의 목적이 바로 종교의 자유와 표현의 자유를 추구하는 것이었기 때문이다. 따라서 종교와 표현의 자유는 미국 헌법에 명시되어 있듯이 미국 민주주의 건설에 본질적인 요소다. 한편 종교를 '정한다/세운다'는 것이나 종교 표현의 자유를 '금지하는' 것이 무슨 의미인가에 대한 논쟁은 오늘날까지 계속된다.

따라서 정치적 구조는 신념 체계의 조직과 표현을 반영한다. 결국 신념 체계가 진정한 권력자인 셈이다. 그렇게 본다면 정부는 하나의 개념을 구체적으로 적용한 사례를 제정하기 위해 합법적 구조 안에 여러 가지 아이디어를 모아 놓은 공식 보관소일 뿐이다. 하지만 사회에서 힘과 권위의 참다운 근원은, 기본 전제를 담은 추정상의 진실에 대한 시민들의 믿음/신념/판단이다. 따라서 정부는 비선형적 진실이나 거짓의 환상을 선형적 영역 안에서 실용적이고 기능적인 표현으로 탈바꿈시키는 메커니즘이다.

정치의 여러 형태와 표현은 도덕적/영적/종교적 주장을 법률을 통해서 일상생활에 실용적으로 적용할 수 있도록 정제한 것이다. 따라서 정치에서도 인간이 '옳은 것과 그른 것'을 구별할 때 적용되는 보편적 요건을 피해갈 방법은 없다. 심지어 극단적 우상파괴자나 범죄자조차 이 원시적 선악 구별을 따른다. 올바른 행동/틀린 행동의 규약은 범죄 집단과 동물의 세계에서도 어길 수 없는 것이다. 심지어 반도덕주의자도 윤리와 도덕을 '틀린' 것으로 만들면서, 역설적이게도 그들 스스로 이분법에 갇히게 된다.

역사가 아주 적절하게 증명하듯이, 정치적 대화 안에서 개념의 처리 과정은 대개 그 난투의 열기 속에서 수백만 명이 죽어나갈 만큼 열광적인 것이다. 정치적 광란은 폭력, 광신, 그리고 극단적인 신념 체계를 낳는다. 이로써 국가에 대한 경배는 저절로 하나의 종교가 된다. 이는 중국의 마오쩌둥, 북한의 김정일, 이란의 호메이니, 독일의 히틀러, 그리고 역사상 여러 인물과 오늘날 전 세계 여러 사례에서 잘 드러난다. 가령, 파시스트 전체주의의 특징으로 다리를 굽히지 않고 높이 들면서 걷는 군대의 행진을 들 수 있다. 이는 의식 수준 90으로 측정된다.(최근 이란이 군사적으로 과시하는 모습을 보라.)

그와 같은 사회가 신이나 종교에 대해 여전히 입 발린 말을 할 수도 있지만, 사실상 대중의 집단 시위는 신의 자리를 대체한 지도자의 구세주를 자처하고 싶어 하는 사악한 나르시시즘의 산물이다. 그런 지도자들이 나타나면 대중은 감정에 압도되어 경외심에 어쩔 줄 몰라 하면서 공공연히 눈물을 흘리며 흐느끼기도 한다.

앞서 언급했듯이, 미국 헌법과 미국 정부의 기본 구조는 지나치게 정치적인 종교주의자가 아니라 온건한 일신론자나 이신론자들이 창안했다. 따라서 어떤 특정 종교의 으뜸가는 지위를 설정하지 않고, 신성은 평등과 자유의 유일한 근원('관습법')으로서 공식 인정을 받았다. 만약 특정 종교에 대해 그 수위首位를 인정했다면 어쩌면 신정체제의 정부가 만들어질 수도 있었을 것이다.

하나의 문화적/사회적 실재로서 종교를 표현할 수 있는 권리는 또 어디서 비롯되었을까? 바로 '표현의 자유'라는 금언이 그 권리의 원천이다. 사법부는 몇몇 법정 판결을 통해 표현의 자유로 해석될 범위를 넓혔다. 표현의 자유의 범위가 확대되면서 당시만 해도 '상징적 연설'로 간주되던 행위나 물리적 행동까지 포함하였다. 아이러니컬하게도, 이렇듯 극도로 자유의사를 존중하는 후한 태도라 할지라도 아직 우리 사회의 열린 공간에서 '하느님' 혹은 '신'이라는 단어를 언급하는 표현의 자유를 줄 여유는 없는 것 같다. 그럼에도 불구하고 미국에서는 대통령과 대법원장을 비롯한 모든 고위급 관료들이 수 세기 동안 성경에 손을 얹고 취임 선서를 하는 전통을 감안한다면, 이는 또다시 하나의 역설이 된다.

위와 같이 엇갈리는 사법부의 결정은, 정치적 이익이라는 예상된 보상을 얻기 위해 벌이는 정치적 편향, 위선, 일탈의 수사학 등 운영상 관행으로 인정되는 통치권을 문제시한다. 하지만 그와 같은 왜곡은 법률 조문을 주장하지만, 동시에 명백히 법률 정신을 위반하는 행위, 즉 의도적으로 해석을 조작하는 행위로 발생한 것이다. 사실 법률 정신의 의도는 진실한 사람은 누구나 알아차릴 수 있을 정도로 매우 분명하다. 진실한 사람들의 순수성은 각자의 입장이나 위치에 따라 달라지도록 프로그램 되지 않았기 때문이다. 세상 사람들은 고위 사법부가 적어도 선정적 밈(비유전적 문화

전달요소)이나 의식 수준 160으로 측정되는 상대주의적 이데올로기의 대중성보다 다소 우위에 있는 집단이 아닐까 추측하지만, 기실 그것은 순진한 발상일 뿐이다.

만약 사회정치적 거짓이 얼마큼 중요한지 인식하는 일에 사람들이 냉소적 반응을 보인다면, 그들에게 이렇게 물어보라. "의식 수준 160에 불과한 외과 의사한테 당신 수술을 맡기고 싶어요?" 굳이 외과의사까지 가지 않더라도 자동차 수리공이나 법적 대리인을 예로 들어도 좋겠다.

역사가들은 민주주의 체제가 애초에 소크라테스가 지적했던 것과 똑같은 이유 때문에 수 세기 이상 지속되지 못할 것 같다고 언급했었다. 소크라테스는 투표권을 가진 대중이 결국에 그들의 자유를 잃어버리는 지점까지 그들 자신에게 점점 더 많은 혜택을 안겨 줄 것이기 때문에, 진실성(통합성)이 우세할 가능성이 없다고 생각했다.[21] 이런 관점에서 볼 때, 앞에서도 언급했듯이 오늘날 전 세계 인구의 약 85퍼센트(미국에서는 약 55퍼센트)가 의식 수준 200 이하로 측정된다는 점이 주목할 만한데, 이는 사회 안전의 폭이 상당히 좁아진 상태임을 나타낸다.

이미 전작에서 사회적으로 영적 실재를 표현한 것들의 의식 수준을 종합적으로 기록한 바 있다.(『진실 대 거짓』 9장 참고) 표면상의 진실 표출에 극단의 거짓까지 포함하기도 하는 미디어는 현대인에게 막대한 영향을 끼친다. 그런 영향 때문에 거짓은 마치 진실과 동격이며 온전한 타당성이 있는 것처럼 대중의 관심을 받는다. 이 주제는 중요하기 때문에 후반부에서 좀 더 충분히 논의할 것이다.(『진실 대 거짓』의 1부에서 자세히 설명했듯이) 인간의 정신은 본질적으로 지각과 본질, 또는 진실과 거짓을 분간할 수 없다. 따라서 순진무구한 정신은 다분히 진실을 정립하는 요소가 대중성과 공통된 합의라고 가정하고, 이에 따라 신뢰할 만한 정보를 탐색하고 확증하기를 기대한다.

이런 관점에서 『브리태니커 백과사전』이 의식 수준 465로 측정되는 반면, 인터넷상과 블로그 사이트의 정보 중 50퍼센트가 결정적 수준인 200 이하로 측정된다는 점을 알아차리는 것이 무엇보다 중요하다. 이런 상황이므로 진실을 향한 진실한 탐색조차 자칫 잘못된 정보로 이어질 수 있는 것이다. 『브리태니커 백과사전』의 전체 오류 정도는 대략 5퍼센트 남짓이다. 이는 『브리태니커 백과사전』이 엄격하면서도 전통적 요건을 가지고 있다는 점에서 볼 때 그리 놀랄 만한 사실도 아니다.

흔히 언론을 언급하면 "공정하고 균형 잡힌"이라는 슬로건을 떠올린다. 그런데 누구나 기억하기 쉬운 이런 밈(비유전적 문화전달요소)이 만든 환상 때문에 미디어 안에 거짓 자료가 포함될 수도 있다. 물론 이런 현상이 시사하는 바는 상대주의를 통해 거짓은 진실과 동일한 가치를 갖게 되었다는 점이다. 말하자면, 미디어는 겉모습에 집중한 매우 부조리한 추정을 양산한다. 이런 식으로 나간다면, 이를테면 지구가 둥글다는 견해에 대한 공정하고 균형 잡힌 합의사항으로서 지구가 평평하다는 견해를 받아들일 수 있을 정도다. 더구나 이런 양상은 거짓된 밈을 기반으로 마치 양비론을 제기하듯이 더욱 정교하게 만들어질 수도 있다. 그들의 태도는 한마디로 다음과 같다. "어떤 문제든 양쪽이 있기 마련이다." (하지만 이 말은 거짓으로 측정된다. 이 말을 내뱉은 사람은 현금을 훔쳐서 자기 집 지하실 깡통에 숨겨둔 죄로 현행범으로 체포된 공무원이었다.)

이렇게 볼 때, 진실을 분별하기 위해 사회적 입증을 찾는 노력은 거의 아무런 가치가 없다. 심지어 종교의 기본 경전의 다양한 구절들도 진실 수준에는 극히 다양한 차이가 있다. 그 구절 중 어떤 것은 일부 대중적 신념 체계와 마찬가지로 최저 70정도로 측정되기도 한다.(『진실 대 거짓』 16장, 17장 참고) 냉소적으로 말하자면, 정치적/경제적/사회적 진실은 타당성이라는 확증 가능한 기준보다 석유 가격에 더 많이 좌우되고 있다. 미국 내에서 석유 시추의 가능성을 고려한다는 이슈를 놓고 이데올로기주의자들 사이에서 강렬한 투쟁이 벌어진 적이 있었다. 그 싸움에서 소송을 일삼는 환경주의자들은 새로운 시추나 신규 정유공장 건설을 전면 방해했다. 이 때문에 막대한 액수의 돈이 미국을 증오한다고 공공연히 떠들어 대는 이슬람 지역으로 넘어갔다. 이처럼 힘겨루기의 추가 기울면서 테러리스트들은 훨씬 더 호전적으로 변했고, 그 결과 이슬람 승리지상주의자들과 서구 문명의 전통적 가치 사이에 벌어진 문명 충돌에서 그 총체적 긴장 상태는 심화되었다.

문화적 흐름이나 믿음 체계가 진실한가의 여부는 의도와 맥락의 다양한 요인뿐 아니라 내용 자체에 따라서도 달라진다. 이 점은, 진실은 종종 왜곡되며 역설적으로 거짓을 행하고 지탱하기 위해 이용된다는 사실에서 잘 드러난다. 이 흥미로운 기제를 통해서,

입증 가능한 사실은 정확히 그 반대를 지지하는 증거처럼 보이는 방식으로 재해석되고, '허수아비' 오류처럼 잘못된 비난을 지지하는 데 이용된다. 이렇듯 악은 종종 거짓으로 꾸민 순수로 가장하여 나타난다.

정직은 은밀한 목적을 위해 진실을 왜곡하지 않는다. 오히려 정직은 내용과 비선형적 맥락을 모두 아우른다. 이것은 본래 상황적 윤리의 기초다. 상황적 윤리는 어떤 행동이 올바르거나 틀리다고 판단되어야 할지, 어느 정도로 그렇게 판단되어야 할지가 전부 맥락에 좌우된다는 사실을 잘 아는 것이다.(맥락에는 원인이 되는 상황과 그보다 중요한 인간의 의도가 포함된다.) 가령, 범죄 사건에서 범죄 동기를 밝히기 위해 일반 법정 법률 안에서 일상적인 증거를 적용하고, 전쟁 중에 시민들을 보호하기 위해 연방 법률을 적용하는 것이 상황적 윤리의 좋은 사례다.

(사회 전반이 합의한 듯 보이는) 신념/믿음의 공통성이 설득력 있긴 하지만, 그렇다 해도 그것이 진실이라는 뜻은 아니다. 나중에 다시 지적하겠지만, 미디어는 정치적으로 논란이 된 '스핀spin'처럼 오락가락하는 조작 활동을 서슴없이 자행한다.[22] 현재 미디어 공격은 사악한 거짓이 잘 조작된 '블로그'들을 통하여 이루어진다. '표현의 자유'라는 기치 아래, 인터넷을 통한 선전 광고를 통해 '증오' 웹사이트들도 기득권을 얻으면서 서구 문명의 쇠퇴를 부채질했다.

사회적 프로그래밍으로부터의 독립

사회적 프로그래밍에 대처하는 안전장치로 (1)정서적 거리 두기(분리)가 있다. 이를 통해 모든 정보를 잠정적인 것으로 바라볼 수 있다. (2)평범한 정신 작용은 지각과 본질을 구분할 수 없음을 인식하는 것이다. (3)또한 늑대가 종종 양의 탈을 쓰고 숨어 있다는 사실을 아는 것이다. 이런 신념의 보류는 '가벼운 옷처럼 세상을 입어라.'는 격언을 실용적으로 적용한 것이다. "세상 속에 있지만 세상의 것이 되지 않는다."는 것은 그럼에도 여전히 사회 속에서 자발적 상호작용과 기능을 허용하는 조심스러운 행동 방식인 셈이다.

세상이 쳐 놓은 함정을 피하기 위해 영적으로 잘 정렬된 사람들은 피정避靜을 활용하며, 심지어 일부는 금욕주의자가 되거나 종교 단체에 들어가기도 한다. 이런 관점에서 볼 때, 진정한 금욕은 사실상 내면의 태도이자 훈련이라고 알려 주어야 한다. 에고는 진정한 금욕을 통해 단순히 (본질이 아닌) 외관을 거부하는 것이 아니라, 스스로 투사한 대상에 매료되는 본능적 양상 자체를 거부한다. 전통적으로 안식일은 일상 활동에서 벗어나 사색하고 명상하는 날이었다. 이로써 세상사와 사업과 금전 문제에서 물러나 헌신적 태도로 영spirit이 누릴 장기간의 삶을 최우선 순위로 공식 인정했으며 그대로 실천하였다.

어느 정도로, 어떤 방식으로 세상에 계속 참여하고 싶어 하는지는 그 사람의 현재 의식 수준, 영적 의도, 그리고 헌신의 정도에 따라 달라진다. 세상은 영적 성장과 동기에 필요한 최대한의 기회를 제공한다. 그 기회를 통해 영적인 가치를 얻고, 지나간 부정적 선택의 영향과 그 영향으로 일어난 영적인 결과를 무효로 만드는 것이다.

전통적으로 영적 노정은 인간을 중심에 두는 노력과 타인을 배려하는 봉사(카르마 요가)를 통해서 이루어졌다.[23] 중대한 재앙이 닥쳤을 때 진정한 연민과 이타심이라는 내면의 인식이 사회 각계와 정부에 이르기까지 갑작스럽게 터져 나오기도 한다. 냉소주의, 물질주의 혹은 선정주의로 가득 찬 사회의 겉모습 아래에서 여전히 인간의 따스한 심장은 세상에 많은 영향을 끼치면서 활발하게 뛰고 있는 것이다.

앞서 언급했듯이, 이 점을 비판하고 반대하는 사람들도 있지만, 미국은 전 세계에서 가장 후원을 많이 하는 국가로서 전체 자선 원조 규모가 다른 국가의 수백 배에 달한다. 이런 노력은 개개인(미국 가정의 89퍼센트), 인도주의 단체, 기업, 비영리 기관과 교회 등을 비롯한 여러 자선단체가 힘쓴 결과다.(『박애주의 연구』 2006) 이와 같은 미국 사회의 특질은 이미 오래전, 1835년 알렉시스 드 토크빌의 유명한 저서 『미국의 민주주의Democracy in America』에서 언급되었다. 또한 2차 대전 후 미국은 앞장서서 전쟁으로 황폐해진 전 유럽을 재건했으며 지금도 유엔의 전체 비용 중 27퍼센트를 분담하고 있다는 사실을 명심하라.

반대로 미국을 가장 적대시하는 국가들은 막대한 오일 달러와 축적된 부가 있음에도 전 세계 빈곤 지역에 거의 아무런 원조를 하지 않는다. 다행스럽게도 관대함, 자비, 박애 등은 보통 '영적인'

가치로 간주되지 않거나 그런 꼬리표가 달리지 않는다. 아니, 어쩌면 그런 가치는 급진적 세속주의자들의 공격을 받을 수도 있다. 그런 세속주의자들은 연방 정부가 인도주의적 프로그램을 통해 불법적으로 종교적/영적 시설을 원조하고 있다고까지 주장할 것이기 때문이다.

지혜 대 대중적 인기

정부는 정치 시스템과 관련된 이데올로기의 표현이다. 정치 시스템은 잔인하고 압제적인 전체주의 정권이나 군주제로부터 평화와 번영을 안겨 준 온화한 통치자까지 다양하다. 다음 내용은 편의상 『진실 대 거짓』에서 가져왔다.

정치 시스템

공산주의	160	신정 국가	175
과두제	450	연립 정부	345
독재국가	135	왕정(군주제)	200
무정부주의	100	이로쿼이 연맹[24)]	399
민주주의/공화국	410	자애로운 통치자	500
봉건 제도	145-200	집산주의collectivism	175
부족 국가	200	파시즘	125
사회주의	305		

여기서 보다시피, 가장 호혜적인 정부는 자애로운 통치자로부

터 나온다. 가장 좋은 예는 수 세기 동안 평화와 번영을 조성하기 위해 최선을 다한 고대 중국의 군주들이다. 그런 나라에서 성취한 사회적 합의와 협력은 진실한 지혜를 존중한 결과였다. 수 세기 동안 유지된 과두제의 리더십도 아메리칸 인디언과 여타 부족들의 사례에서 알 수 있듯이, 이미 입증된 지혜에 의지하는 양상을 보인다. 이로쿼이 연맹은 민주주의에 필요한 하나의 역할모델을 제공했으며 미국 정부의 토대에도 상당한 영향을 끼쳤다. 대통령제에서 내각은 과두제 의회와 유사하다.(현재 미국의 내각은 의식 수준 455로 측정된다.)

앞서 언급했듯이, 대중 영합적 비평가들의 비판에도 불구하고 지혜라는 단단한 과일의 가치는 스스로 우뚝 서서, 마침내 미국을 전 세계에서 가장 관대하고 자선이 넘치는 국가로 만들었다. 이는 미국 시민, 미국 기업체, 미국 정부, 그리고 거대 재단의 관대함을 통해 이루어졌다.(버핏, 카네기, 게이츠, 포드, 록펠러, 그리고 기타 여러 재단은 미국을 제외한 나머지 유엔 가입국을 다 합친 것보다 더 많은 돈을 기부한다.)

2007년 11월 기준, 미국 사회는 의식 수준 421로 측정된다. 이와 반대로 할리우드 같은 대중 영합적 비평가들은 190으로 측정된다.(가장 최근에 열린 선댄스 영화제는 165로 측정된다.) 대중영합주의(포퓰리즘)는 나르시시즘에 어필하지만, 앞서 지적했듯이 의식 수준 190 이하로 측정되는 외과의사, 회계사, 변호사를 원하거나 하물며 그런 버스 운전수를 원하는 사람은 아무도 없다. 미국의 의식 수준은 421인 데 반해, 과두제에서 출발했던 싱가포르의 의식 수준이 440으로 측정되고 범죄가 거의 존재하지 않는다는 사실은 흥미롭다.

지혜의 기본 원리를 적용하려면 자기 훈련, 개인의 청렴성, 성실한 노력, 자아와 타자에 대한 존중, 그리고 흔히 자기희생이 필요하다. 자기희생이란 장기적 목표('프로테스탄트 윤리')를 위해 지금 당장의 만족을 미룬다는 뜻이다.

가장 파괴적인 정치 지도자들은 자국에 대규모 파괴를 일삼은 독재자들이었다. 이런 영합적 인기는 집단 히스테리와 일종의 개인숭배 문화로 발생한 가치의 인플레이션까지 반영한다. 따라서 마오쩌둥의 공산주의 정권은 의식 수준 175로 측정되었고, 그 결과 3천 만 명의 농민들이 굶주림에 내몰렸다. 현재 중국의 측정 수준은 385 수준까지 상승했는데, 아주 이상하지만 이 사실은 중국 정부가 실용적 기업 원칙을 세운 효과다.(역설적으로 월마트 회장 샘 월튼이 실용적 기업 원칙의 좋은 사례를 보여 주었다.) 따라서 '성공은 실패의 어머니'라는 오래된 격언은, 성공으로 가는 길이 성공을 시기하거나 시기심에 빠져 성공을 악마처럼 묘사하는 것이 아니라 성공을 모방하는 것임을 확실히 입증한다.

문화적 환상에 대한 대책

서구 문명 연구에 의하면, 서구 문명의 전반적 의식 수준은 교황 베네딕트가 간략하게 언급했던 여러 가지 이유들로 인해 현재 하락하는 추세에 있다.(상대주의에 덧붙여 이슬람 호전주의와 '문화 지하드'[Burton & Stewart 2007]를 참고하라.) 이 하락은 미디어,

학계, 그리고 낮은 의식 수준에서 발생한 정치색에 의해서 사회적/지적으로 영향을 입은 결과다. 이들은 결정적 의식 수준인 200 이하로 측정되는 공급원('막후 정계 실세')으로부터 상당한 재정을 지원받아 왔다. 그 최종 결과는 나르시시즘의 점진적 지배로 나타난다. 나르시시즘은 '진보적인' '표현의 자유' 혹은 인간의 '권리' 등으로 과장되며 자기중심주의에 어필한다. 그러니 이제는 공교육조차 더 이상 노골적인 반反통합성과 번지르르한 거짓에 대적할 안전장치가 되지 못한다.

가장 합리적인 대책은

1. 진실과 영적으로 정렬하기(이는 뇌 생리학 내의 호의적 변화를 촉진한다.)
2. 『서양의 위대한 고전』과 친숙해지면서 지적으로 교양과 품위를 기르기
3. '의식 지도' 인식하기
4. 이미 입증된 영적 교리와 진리 구별의 원칙을 따르고 연습하면서 자신의 의식 수준 높이기

지혜의 한계와 타당한 사회적 진실

진실성과 집단 지성은 행복과 생존을 뒷받침해 주지만, 전지전능함을 보장하지 않으며 실수나 결점을 면제해 주지도 않는다. 전 인류는 시간이 지남에 따라 진화하는 여정을 따르고 있다. 더구나 지상의 삶은 천상의 세계가 아니다. 이 세상에 태어난 인간의 삶

에 내재한 가치는, 개별 선택과 여러 선택사항을 거쳐 자유의지를 바탕으로 영적으로 성장할 수 있는 최대한의 기회를 보장받는 것이다. 인간의 삶은 부정성을 초월하여 긍정적 장점을 얻을 수 있는 최대한의 기회다. 개인적으로나 집단적으로 인간의 한계를 받아들이면 비난보다는 관용과 용서와 연민이 가능해진다. 다시 강조하지만, 인간은 진화적으로 발전하며 그 과정에서의 실수와 오류는 불가피한 것이다. 단 하나의 진짜 비극은 나이가 들면서도 현명해지지 못하는 것이다.

Reality, Spirituality and Modern Man

09

믿음

인간의 여러 활동과 행동은 믿음과 신념과 신뢰에 바탕을 둔다. 믿음 등의 자질은 인간 정신이 진화하는 과정에서 발생한 것이며, 그 구조와 기능에 있어서 정신의 타고난 특성이기 때문이다. 앞서 언급했듯이, 모든 사람은 무의식적으로 정신이 '실재'를 처리하며 '실재'를 알려 주므로 자신의 관점이 진실이라고 추정하고 이를 믿는다. 이 말은 곧 자신과 다른 관점은 틀렸거나 오류라는 뜻이다. 진보적 교육과 지혜를 갖추면, 이런 추정은 보다 겸손한 차원으로 맞춰진다. 하지만 그렇게 된다 하더라도 여전히 그런 추정은 진실과 '실재'를 인식할 수 있는 에고의 능력에 대한 신뢰를 막는 거대한 바위로 남게 된다.

이미 예수 그리스도, 붓다, 소크라테스 등의 영적 스승과 훗날 데카르트와 여타 많은 철학자들이 지적했듯이 기본적으로 모든 사람은 오류에 빠지기 쉽다. 정신이 진실을 구별하는 것이 매우 어렵다는 인식을 하게 되면서, 『서양의 위대한 고전』에 나오는 위대한 철학 체계가 탄생했다. 심지어 뉴턴식 과학조차 훗날 상대성 원리, 양자역학, 입자 물리학, 그리고 중요한 하이젠베르크 불확실성의 원리 등으로 대체되었다. 과학이나 학계와 무관하게 인간의 역사에는 항상 훌륭한 스승의 가르침, 그리고 위대한 종교와 신비주의의 전통이 면면이 이어져 왔다.

언급했듯이 정신의 모체는 타고난 구조 때문에 그 본질상 순진무구하다. 그래서 정신은 끊임없이 추정상의 믿음을 보인다. 혹시 정신이 회의적으로 생각한다 하더라도, 표면상 논리적으로 보이는 주장에 순진하게 의존한 결과일 뿐이다. 회의론자들은 믿음과 신뢰를 조롱하면서도, 그들 스스로가 정신적으로 처리한 개념과 주관적인 지적 작용에 대해서는 똑같이 순진한 신뢰를 보인다. 다시 말해 회의론자들은 정신이 진실을 알 수 없다고 주장하면서, 역설적으로 그 정신을 활용해 그들이 의심하고 불신하는 태도가 타당하다는 것을 증명하려고 하는 것이다. 이렇게 볼 때, 회의론자의 기본 동기도 순진한 신뢰와 믿음에서 나온다.

기본적으로 믿음과 신뢰가 있는 한 어떠한 노력도 할 수 있다면, 가장 확실하게 필요한 것은 정신 작용의 왜곡이나 편견 없이 관찰하여 진실과 실재를 확인할 수 있는 수단과 방법일 것이다. 감정은 실재를 입증할 선천적 능력 없이 개념에 대해 본능적으로 반응하기 때문에 그 역할을 대신할 수가 없다. 현재 과학적/철학적 담론은 '직관' 대 '반직관' 등의 용어도 포함시킨다. 이는 곧 소위 '1인칭' 주관적 보고의 타당성에 대한 논쟁이다. 현재 과학계 내에서는 '주관적' 양상이 '객관적' 양상보다 더 진짜인가 아니면 '객관적' 양상이 '주관적' 양상보다 더 진짜인가하는 철학적 문제를 다룬다. 그런 담론은 결국 두서없는 유추와 우회하는 지적 작용(지성화)으로 끝날 뿐이다. 근본적으로 비슷한 한계에 빠지기 쉬운 나머지 다른 지성 집단도 이런 상황을 벗어나지 못하고 있다.

입증 가능한 진실의 신뢰할 수 있고 의심할 여지가 없는 근원을 탐색하면서, 인간 정신은 예언자, 꿈, 비전, 샤먼, 교회 교리, 종교적 권위, 역사, 직관, 계시, 신화, 지성, 전설, 신탁, 점술, 천문학, 점성학, 영적 세계와 교신하는 사람들, 고고학, 화석학, 정치 시스템, 철학, 형이상학, 이성, 논리, 뉴턴식 과학, 양자역학, 상대성 이론, 진보적 이론 물리학과 입자 물리학, 그리고 피터 린즈(Peter Lynds 2003)가 설명한 깨달음 등에 의존해 왔다. 그는 의식 연구가 발견했던 똑같은 한계를 지적한다. 심지어 시간의 지속성과 시간 자체에 물리적 존재가 없으며 그것이 근본적으로 의식의 투사라고 주장한다. '시간'에 독립된 실재가 없다면 실제로 '현재'나 순간은 없으며, 따라서 시간에 좌우되는 상대적 위치는 물리적 실재 속에서 아예 가능하지 않다. 따라서 린즈는 고전적인 '제논' 역설을 해결한다. 제논의 역설은 본래 고대 그리스에서 맨 처음 언급되었다.[25)]

의식 연구는 진실과 거짓을 구분할 뿐만 아니라 절대치(1에서

1000까지 척도)에 비교하여 상대적 진리 지수를 확인할 수 있게 만들었다. 그 영향과 결과는 천문학에서 망원경의 개발이나 생물학에서 현미경의 개발이 몰고 온 영향과 맞먹는다. 말하자면 의식 연구도 망원경이나 현미경 같은 실용적 도구를 제공한 것이다. 그것은 진리 수준의 확인과 증명에 필요한 객관적이고 실용적인 수단을 포함해 전혀 새로운 연구 분야를 개척하도록 힘을 실어 주었다. 의식 연구(605)라는 단순한 방법은 지적 작용과 무관하며, 경험에 기초해 이루어지고, 스스로 추상적 개념을 구체화할 수 있기 때문에 누구나 쉽게 이해할 수 있으며, 그것을 활용하려는 지식인들에게 저작권료를 받지도 않으며, 제도권에서 요구하는 석·박사 학위나 특정 신념 체계를 요구하지도 않는다. 간단히 말해서 진리(실재)는 의식 수준 200 이상 측정되는 사람들의 신체 근육계를 강하게 만들어 주며, 거짓(비실재)은 근육 조직을 약하게 만든다. 이는 리트머스 시험지가 산성 물질을 만나면 붉은색으로 변하고 알칼리성 물질을 만나면 파란색으로 변하는 것과 같은 원리다.

의식 측정의 토대

진실은 신체 근육을 강하게 하고 거짓은 근육을 약하게 만든다는 사실은 임상을 통해 실증적으로 발견한 것이다.(Hawkins 1995) 이 현상은 거짓의 경우 실재의 기층이 전혀 없지만 진실이라면 온전한 실재 안에 존재한다는 사실 때문에 발생한다. 그러므로 근육 테스트 반응은 "그렇다" 혹은 "그렇지 않다"로 나타난다. 그 메커니즘은 양자역학의 기본 원리를 이해하면 선명해진다. 양자역학에 의해 하이젠베르크 불확실성의 원리 자체가 바로 '리트머스 시험지'가 된다. 현상은 가능성이라는 '파동 상태'가 현시와 현실성이라는 '입자 상태'로 붕괴되어 일어난다. 이것은 의도와 관찰로 발생한 결과다. 관찰자와 관찰되는 대상은 하나의 기능적 단위를 이룬다. 진실은 실질적 존재를 갖고 있으므로 파동 함수를 붕괴시킨다. 거짓은 실재가 없으므로(비존재) 반응을 얻지 못한다(팔이 약해진다). 따라서 전기처럼 전선이 '켜져' 전류를 옮기거나 '켜지지 않거나' 두 가지 반응 중에 나타난다. 더 상세한 설명은 헨리 스텝의 개인 웹사이트와 스코트 제프리(Jeffrey & Colyer 2007)를 통해서 만날 수 있다.

믿음의 진화

무한히 강력하고 비선형적인 의식의 에너지 장(신의 빛Light of God)이 사물과 상호작용할 때, 그 결과 생겨나는 유기 기층으로부터 생명이 시작된다.(이는 무한성Infinity의 수준에서 진실로 측정된다.) 초기 생명 형태는 생존과 더 큰 성장에 필요한 내재적 에너지 자원이 부족했기 때문에 에너지를 얻기 위해 주변 환경을 탐색해야 했다. 식물은 엽록소를 활용해 햇빛을 에너지로 전환했다. 반면 동물은 직접 접촉과 결합을 통해서 꼭 필요한 영양소를 얻어야만 했다. 따라서 동물은 생명을 지속하기 위해 이용할 수 있는 물질과 생명에 반하는 물질을 구별하는 방법을 배워야 했고, 그에 따라 지성에 필요한 능력을 발전시켰다.

생존 자체는 믿을 만한 정보 수집, 해석, 데이터 조직('좋은' 것과 '나쁜' 것을 구분하는 일 등)을 개발하는 능력의 진화에 근거했다. 이는 나중에 지성이라고 부르는 것이 되었다. 여기에는 의미(본질)와 생존 가치를 통해 선형적 데이터를 분류, 계층화, 저장하는 선천적 능력이 포함된다. 그다음, 생존에 필요한 정확한 정보에 대한 의존성은 나중에 믿음(신뢰성)이 진화되는 모체를 형성했다.

인간계에서는 선형적 데이터를 처리할 수 있는 능력이 진화해왔을 뿐 아니라 소위 '영적'인 것이라고 불렀던 의식/인식의 비선형적 에너지도 이용할 수 있게 되었다. 영적 에너지 자원은 비물리적이며 선형적 개념으로는 규정할 수 없기 때문이다. 이 역시 인간 발달사의 진화적 산물이며 흔히 '인간의 영human spirit'으로 불린다. 그것은 특징적으로 물리적 형태가 없는('에테르적') 에너지 몸체로 등장하며, 그 생존과 진화는 물리적 육체와 무관하다. 따라서 영은 본질과 관련 있으며 이성은 선형적 형상과 정의와 관련된다.

믿음은 그 진화적 발달에서 볼 수 있듯이, 자아 감각처럼 에고의 기본 구조 안에 내장된 것으로서 생존을 위해 생물학적으로 꼭 필요한 요소였다. 자아를 인식하고 경험할 수 있는 능력은 동물의 세계에서 타고나는 감각적 인식의 자질이다. 따라서 인류는 믿음으로 살아왔고 생존할 수 있었다. 다만 에고는 순진하게도 그 기본 믿음의 토대를 에고의 핵심인 나르시시즘적 요소(개념/의견)에 두었다. 이리하여 에고는 자율권과 자주권을 맡아 실재의 결정권자가 되었다. 하지만 에고는 타고난 구조와 발생적 기원 때문에 자신의 한계를 인식하지 못한다.

믿음 대 이성

이 이분법을 좀 더 정확하게 설명하면, 보이지 않는 비선형적 맥락상의 궁극적 실재에 의존(믿음)하는 양상과 선형적 내용에 기초하여 정신 작용으로 제한된 진실에 의존(이성)하는 양상의 대결이다. 일반적으로 과학과 철학 같은 선형적인 지적 구조는 객관적이고 확인 가능하며 증명할 수 있는 것으로 생각하지만, 비선형적 실재는 주관적이고 신비적이며 형언할 수 없으며, (의식 연구 이전에는) 확인할 수 없는 것으로 묘사된다.

스콥스 재판은 이 패러다임의 차이가 격돌한 가장 유명한 사례다. 앞서 설명했듯이, 실제로 유기물질과 비유기물질, 또는 살아 있는 것과 살아 있지 않은 것 사이에 '갈등'은 존재하지 않는다. 그 갈등은, 하나의 주제가 서로 다른 의식 수준에서 다루어질 때 발생하는 관점의 한계가 만든 인위적 산물에 불과하다.(Van Viema 2006)

앞서 말했듯이, 측정된 의식 수준에서 증명 가능한 선형적 차원은 최대 의식 수준 499로 나타난다. 그리고 500부터 시작해 올라가는 비선형적 의식 수준은 경험에 기반하며 확인할 수 있고 입증할 수 있지만, 이성이나 논리 원칙으로는 '증명할 수' 없다. 비선형적 의식 수준은 의식 수준 400대가 규정하는 실재의 패러다임을 넘어서기 때문이다. 지성은 기본 패턴(원칙)을 구분할 수 있는 능력이다. 그 기본 패턴은 문제 해결 과정에서 창조적으로 활용될 수 있다.

4장에 나온 뇌 기능 도표에 따라 의식 수준 200 이상과 200 이하의 뇌 생리학에서 나타난 변화는 신경전달물질의 이동을 암시한다. 뇌 자체의 기본 생리학에서 나타난 이 중대한 변화는 영적 가치와 그 가치의 역할, 중요성과 의미에 대한 의존이 얼마나 중요한지 확실하게 알려 준다. 따라서 인간의 고차원적 발달은 영적인 의도의 기능과 역할에 지성을 함께 사용함으로써 가능해진 것이다.

호기심: 생존을 위한 정신적 엔진

유기체는 그 생명을 지속하기 위해 끊임없이 외부 에너지 자원을 탐색해야 했으며, 더구나 먹는 물을 비롯해 유리한 물리적/환경적 조건도 찾아다녀야 했다. 이를 위해 데이터를 추출하고 확인하면서 결국 지성의 기본 원칙인 구분하는 능력을 발전시켰다. '찾아다니며 표본을 추출하는' 패턴은 호기심과 탐색의 과정이다. 이를 통해 정보는 효율성에 입각하여 저장되고 처리되고 분류된다. 이 능력은 지성으로 나타났으며 그 지성의 선형적 상징성을 띠는 산물이 바로 이성과 정신 작용이었다.

이성은 상징과 이미지를 분류하고 조작할 수 있는 능력이다. 상징과 이미지는 물리적 세상의 원칙으로부터 추출한 표본에서 맨 처음 시작되었다. 그래서 실제 물리적 접촉이나 신체적 경험과 무관하게, 이성을 통한 경험은 정신 작용을 통해 풍성하게 축적되며 정교해질 수 있다. 그 결과, 그와 같은 실험 활동으로 인간은 현실의 물리적 공간에서 해방될 수 있었고(반드시 자연과 주변 환경을 찾아 헤매지 않아도 되었으며), 그 실험 활동에 대한 설명은 모험을 통해 '새로운' 것을 발견한 쾌락과 즐거움이자 친숙한 것을 재확인한 기쁨이 될 수도 있었다. 오늘날로 치자면 생존을 위한 아메바의 탐색은 모든 기업과 산업체들이 중요한 활동으로 여기는 '연구 개발'이었다.

과학 이론은 호전적이었던 논쟁과 개선을 통해 수 세기에 걸쳐 진화했고, 지금도 여전히 진화하고 있으며 양자역학 분야는 특히 그러하다.(Rosenblum 2006) 과학에서 인간 정신의 내재적 믿음은 지적인 측면은 물론, 기술과 여타 선형적 처리과정의 신뢰성을 확인하고 입증할 수단을 만들어 내는 정도로까지 크나큰 역할을 해냈다. 이와 반대로, 비선형적인 영적 영역 안에서 일어나는 정보 처리는 역사적으로 볼 때 경험에 기초하며 순전히 주관적이어서 1인칭 증언에 의존할 수밖에 없었다. 비선형적인 영적 자각의 좋은 점은 관찰하고 입증할 수는 있지만, 그렇다고 그것을 문서화할 수 있는 선형적 데이터와 똑같은 방식으로 증명할 수는 없다. 영적 경험은 입증할 수 있는 영역의 의식 범위를 넘어서는 고주파 에너지의 산물이다. 그 에너지가 표출되는 모습은 관찰할 수 있다. 주변의 친절하고 다정한 태도를 직감적으로 깨달을 수 있는 것과 같다. 영적 맥락은 뇌 생리학과 호르몬 작용에 영향을 끼치기 때문에 당연히 생물학적 수준에도 영향을 준다. 이 점은 믿음에 기초하여 불가능했던 것을 가능한 것으로 변화시켰던 재활 그룹, 익명의 알코올 중독자 협회로 증명된다.

영적 의도, 헌신, 정렬은 맥락을 바꾼다. 그 맥락 안에서 내용은 영향을 받고 변경된다. 하이젠베르크 불확실성의 원리에 유추하여 적용하면, 영적 의도는 잠재성의 파동을 무너뜨려 현실성으로 변환한다. 또한 영적 의도는 지각 그 자체에도 뚜렷한 영향을 끼친다. 그 결과, 삶에서 일어나는 사건들과 인간의 상호작용은 (가령, '기적' 같은) 더 높은 관점에서 경험되고 목격되며 이해된다. 그리고 이는 감정의 중대한 변화로 이어진다. 감정의 변화는 뇌 기능과 그것의 정보 처리 경로가 좀 더 유리한 방향으로 이동하고 동시에 신경 호르몬과 신경전달물질이 변화해 생긴 결과다.

영적으로 발전하면 주관적 목격으로 경험하게 되는 양상에 변화가 생긴다. 이는 세상과 세상사의 조화롭고 긍정적인 변화에 따른 것이다. 영적인 노력은 흥미진진하고 보람 있으며, 궁극적으로 '기적'이라는 말로 설명할 수밖에 없는 수준에 도달하는 감사와 미덕을 낳는다. '기적'으로 표현되는 것은 그 모든 것이 선형적 내용이 '원인이 되어' 일어나는 것이 아니라, 비선형적 맥락의 힘에서 자발적으로 나오기 때문이다.

의미, 중요성, 가치는 유추 가능하고 논리적인 '인과관계'의 결과로 나타나는 것이 아니라, 경험에 기초하여 계시적으로 등장한다. 맥락의 법칙은 지배, 영향력, 증가된 가능성의 법칙이다. 따라서 이는 일상의 평범한 지적 정신 활동의 내용과 다르다.

의식이 높아지면 영적 실재의 진실이 분명하고 자연스럽게 나타난다. 물론 그 진실은 사유하는 인간 정신이 볼 때 논리적으로 이해되지 않을 것이다. 사건을 목격하고 더 큰 맥락으로 진입하면서 이해가 가능해진다. 이런 이해는 일상을 넘어서는 것이다. 이런 변화의 이행은 의식 수준 540 이상에서 가장 두드러진다. 이 수준에 이르면 모든 경험이 변형된다. 의식 수준 570에서 590이 되면 계속 향상되는 아름다움과 완벽함이 끊임없이 펼쳐지고, 기적처럼 보이는 일을 거의 꾸준하게 목격하게 된다.

믿음의 발전

한 개인이 믿음을 발전시키기 위해서는 일종의 심리학적 능력이 필요한데, 그것은 어린 시절 부모의 신뢰할 만한 양육에 전적으로 의존하는 태도에서 길러지기 시작한다. 신뢰할 만한 양육은 아이의 저항 수준에 맞추어 애정 어린 돌봄을 받게 해 준다는 뜻이다. 믿음은 기대와 연결되기 때문에 적절한 훈련은 기대하는 시간의 지연 한도를 늘어나게 한다.[26] 또 이런 양상은 낙관론 대 비관론과 같은 훗날의 성향은 물론 권위 있는 인물에 대한 신뢰에도 영향을 끼친다.

부모는 아이의 긍정적 행동에 보상을 준다. 그리고 부정적 행동에 보상을 주지 않는 것은 순응하지 않은 아이에 대한 처벌과 함께 이루어질 수 있다. 그때 에고/자아는 '나한테 잘해 주는 경우' 대 '나한테 나쁘게 하는 경우'라는 부모의 패턴과 '좋은 것 대 나쁜 것'이라는 권위의 개념을 통합한다. 이런 이분법에서 '죄책감과 자기 증오' 대 '인정'이라는 구분이 발생한다. 죄책감이라는 고통은 비난, 변명, 합리화 등을 발견하면 누그러진다. 신뢰에 필요한 성향은 이후 발달단계에서 영적 기대 및 신과 영적 진실에 대한 신념으로 통합된다.

인간은 누구나 태어나는 바로 그 순간부터 측정 가능한 의식 수준을 가지고 있다. 인간의 탄생은 세속의 요인이나 환경과는 무관하다. 이는 고전적인 카르마 법칙과 일치한다. 물론 카르마가 서양의 용어는 아니지만 서양 종교에서도 필연적으로 그것을 표현하는 운명destiny이나 숙명fate이라는 말이 있다.(카르마 법칙의 진실 수준은 1000으로 측정된다.)

태어난 아이에게서 측정된 의식 수준은 이미 발생한 영적 진화의 대략적인 정도를 암시하며, 또한 이제부터 수행해야 할 영적 활동의 분량을 나타낸다. 세상의 모든 주요 종교는 이 기본 원칙을 널리 인식하고 있다. 그뿐 아니라 사후에 영sprit이 맞이할 삶의 특성은 지상에 사는 동안 이루어진 영적 선택의 결과라는 점에 모두 동의한다.

모든 위대한 가르침은 믿음에 따른 은총과 더불어 수반되는 구원이나 깨달음의 효용성을 강조한다. 이는 인간이 자신의 운명을 쉽게 받아들이게 하려는 것이다. 그러므로 크리슈나, 붓다, 예수 그리스도, 무함마드, 그리고 위대한 고대 아리안 족 스승들의 교리에서 "다만 내 이름을 믿으라."는 가르침이 나온다. "신의 왕국이 네 안에 있다."는 말은 의식 측정을 통해서는 물론 자아self에서 참나Self로 정체성이 이동하는 주관적 경험을 하게 되면서도 확인할 수 있다.(Hawkins 2007)

믿음이 순진하게 착오를 일으켜 부적절하거나 진실하지 않은 지도자, 혹은 잘못된 영적 경로에 들어갈 수 있다는 사실은 『진실 대 거짓』에서 자세히 설명하였다. 부적절한 믿음은 개인과 집단 모두에게 커다란 재앙의 진원지다. 의식 수준 90 이하로 측정된 지도자와 교리는 순진한 신도들의 순진무구함을 착취한다. 이렇게 볼 때, 확인 가능한 진실에 대한 믿음은 구원과 깨달음으로 가는 성실한 경로다. 이와 반대로 잘못된 것에 대한 믿음은 자칫 방심한 사람들에게 일종의 함정이 된다. 따라서 예수 그리스도와 붓다, 그리고 여타 위대한 스승들은 기본적으로 인간의 실수나 오류는 무지 탓이며, 인간의 장기적 운명은 그 무지를 극복하는 것에 좌우된다고 가르쳤다. 진실의 확인과 입증은 개인으로나 집단으로나 인간의 운명에 매우 중요하다. 역사적 해석을 통해 볼 수 있듯이 인류의 의식 수준은 지난 몇 세기에 걸쳐서 점진적으로 상승해 왔다.

미국 내 유신론과 이신론

세속주의는 자금이 충분한 법적/정치적 활동가 그룹을 통해서 널리 알려졌지만, 사실 미국인의 92퍼센트는 여전히 신을 믿으며 90퍼센트는 종교나 믿음에 기반을 둔 집단에 소속되어 있다.(『종교에 대한 베일리 서베이』, 2006) 불과 5퍼센트만이 무신론자들이다. 이는 전 세계 비율과 똑같다. 이 조사에 따르면 31퍼센트는 신을 권위적인 존재로, 23퍼센트는 은혜로운 존재로, 16퍼센트는 비판/심판하는 존재로, 24퍼센트는 너무나 먼 존재로 생각하고 있는 것으로 보인다. 종교나 믿음과 관련된 소속 집단이 없는 사람들 중에서도 60퍼센트는 신을 믿는다. 따라서 미국인의 대다수는 고차원적 힘에 대한 믿음을 갖고 있다.

흔히 믿음의 정도, 소속 집단, 신에 대한 개념은 삶의 시기에 따라 크게 요동친다. 커다란 믿음의 시기도 있고 소홀해지는 시기도 있다. 특히 스트레스와 재앙을 맞이했을 때 부활의 시기가 찾아온다. 따라서 믿음은 활성화되거나 단순히 휴면 상태에 놓일 수도 있다.

이성의 불가피한 필요성

이성, 논리, 교육의 균형추 없이 순진무구한 신뢰와 믿음만으로는 심각한 오류로 이어질 수 있다. 따라서 정보의 신뢰성은 입증 가능한 진실과 거짓을 구별해 내는 능력의 중요성을 가리킨다. 합리성이 담보되려면 정확한 정보가 필요하고, 여기에 덧붙여 경험을 통해 데이터를 처리할 능력이 있어야 하며, 더 나아가 (경험하기의 최종 산물인) 진보적 지혜와 진정성을 갖추면서 성숙해져야 한다. 그리하여 이 과정을 통해 선형적 요소는 해득과 이해라는 비선형적 분야의 전체 맥락 안으로 집약되고 통합된다.

이성이 효모의 변화처럼 완전히 새롭게 변하고 맥락으로 전환되지 않으면, 종교적 믿음은 비합리적 극단주의를 낳을 수 있으며 광신도처럼 파괴적 극단주의가 과도하게 분출되는 양상으로 이어질 수 있다. 이에 따라 인간의 역사 내내 집단 학살과 야만적인 아수라장이 벌어졌으며, 지금은 파시즘과 이슬람 테러리즘으로 표출되고 있다.

전 세계 곳곳에서 증명되듯이, 이슬람은 이성이나 합리성이라는 균형추 없이 여러 나라에서 전쟁을 수행하고 있다. 현재 이슬람에 대한 국제 사회의 비판은, 이슬람이 이성적 판단을 하지 못하며, 심지어 이성이 기본적으로 행할 수 있는 가치조차 이해할 수 없는 집단이라는 것이다.(Warraq 2002) 이는 근본적으로 이슬람 세계가 믿음을 위협한다며 이성을 맹렬하게 비판하기 때문에 발생한 문제다.

미국 사회에서 종교의 영향

현재 다양한 종교나 신념 체계가 미국의 전체 문화에 끼치는 영향은 다음과 같이 측정된다.

12단계 프로그램(AA)	525	유대교	450
가톨릭	450	이슬람	190
개신교Protestantism	450	자유의지론	185
기독교Christianity	450	전통주의	450
기사도	455	정치적 궤변	190
도덕적 상대주의	180-185	진화 심리학	210
무신론	165	쾌락주의	180
불교	455	학계	190
세속주의	190	할리우드	190

위 도표에서 보듯, 사회·정치·철학적 갈등과 논쟁은 의식 수준 200 이하로 측정되는 사회 분파 사이, 그리고 400대로 측정되는 분파 사이에 존재한다. 이 사실은 모든 사람의 내부에는 두 마리의 늑대가 산다는 옛 아메리칸 인디언 전설을 증명한다. 한 늑

대는 사악하고 성내고 질투하고 탐욕스럽고 오만하며 거짓된 자긍심과 자만하는 에고를 가리킨다. 또 한 늑대는 선한 존재로서 기쁨, 평화, 사랑, 희망, 평온, 겸손, 친절, 관용, 진실을 가리킨다. 그러니 당신이 살찌우는 늑대가 어느 쪽인지 확인하고 경계하라. 첫 번째 늑대는 노예로 살아가는 삶으로 이어지며 두 번째 늑대는 자유와 해방으로 이어진다.(Williams 2007)

미국의 주춧돌 역할을 하는 믿음

이신론/유신론적 믿음은 건국 이래로 미국의 주된 근간이 되어 왔으며 지금도 미국 헌법이 보장하는 자유, 기회, 강인함을 지속시키는 기본 토대로 자리 잡고 있다. 그 세부사항은 『미국 내 신과 종교God and Religion in America』(Gingrich 2006)와 『목회자와 대통령The Preacher and the Presidents』(Gibbs & Duffy 2007)이 잘 설명하였다. 여기서 볼 때, 믿음 자체는 전 세계가 맞닥뜨린 난관과 파괴의 위협에도 불구하고 참으로 강력하여 도덕적 통합성을 지속시킨다. 이에 미국 대통령은 광범위한 윤리적 조사와 목가적 담론으로 이 성을 방어해 왔다. 빌리 그레이엄 목사는 50년 동안 11명의 미국 대통령과 미국에 봉사했다. 믿음은 논리와 이성을 본질적 맥락으로 통합하는 실용적 능력이자 고무적 태도다. 암울하지만 단호한 전쟁 결정은 생존의 위협이라는 역사의 총체적 맥락에서 나온 결과였다. 연이어 제국주의 일본과 독일 나치 정권 같은 전체주의의 공격, 그다음에는 공산주의의 호전성, 지금은 이슬람 전체주의와 미국 자체에 대한 공격이라는 커다란 위협이 나타났다.

대통령 직위가 감내해야 할 또 하나의 스트레스는 끊임없는 암살 위협이다. 암살로 부상을 입거나 살해된 대통령이 많기 때문이다. 여기에 온갖 형태의 비방과 위협으로 대통령에게 쏟아지는 지속적인 증오의 흐름도 만만치 않은 또 하나의 스트레스다. 기실 믿음이 없다면 그 역할 자체가 불가능할 수도 있다.

10

경험적 요소 대 개념적 요소

'알고 있다'는 단어는 '-에 대해 들었다, -에 대해 배웠다, -라고 추정했다.' 혹은 '이미 친숙하게 잘 안다.' 등 다양한 수준을 암시할 수 있다. 또한 '정식으로 공부했다.'거나 심지어 '해당 주제에 전문 지식이 있다.'를 의미하기도 한다. 정확하게 말하자면 잠정적, 유추적, 가설적, 혹은 추측에 의한 가능성으로 기술될 수 있는 앎knowing의 수준들도 존재한다. 이와 반대로 신념, 확실성, 명쾌함의 정도까지 올라가는 앎도 있다. 그러므로 각 의식 수준은 정신 작용의 지적 구성물과 반대로 경험적 정보에 기반한 확실성이나 신뢰성의 정도를 암시하는 것이다.

'-에 대해 알고 있다.'는 것은 친숙한 정보라 할지라도 그 정보의 실재와 진실은 경험을 통해서 확인된다는 뜻이다. 대상을 진짜 안다는 것은 확실성을 얻는 최종 단계에서 '이다/된다'라고 확증적으로 변한다. 따라서 앎의 주체knower는 다루고 있는 주제와 통합된다. '-에 대해' 안다는 것은 정신 작용이다. 한편 경험적으로 안다는 것은 그것을 확증적인 것으로 받아들이는 일이다.("푸딩의 증거는 먹는 행위 자체에 있다.")

삶에 친숙한 선형적 수준과 개념적 수준에서, 확인과 입증은 비교적 쉽고 실용적이다. 이와 반대로, 영적 사안에서 전체 입증 과정은 선형적인 것과 다르고 좀 더 미묘한 성질을 띤다. 이 안에는 단순히 사고, 감정, 또는 정신적 구성물 외에 '양상', 말하자면 사물의 존재 방식까지 포함된다. 영적 실재를 확인하려면 의식의 다른 자질과 능력이 필요하며, 이를 통해 비선형적 실재를 진실로 알 수 있게 된다.

누가 앎의 주체인가?

정신은 순진하게도 진실을 탐색하고 있는 사람이 진짜 '나'라고 추측한다. 정신은 에고/자아가 주된 요소이자 행동과 의도를 드러내는 유일한 저자author이며, 따라서 실재의 결정권자라고 추정하기 때문이다. 이는 에고의 동기와 추정상의 목적을 암시한다. 앎의 동기가 단순히 무언가를 얻기 위한 호기심이나 욕망일 수 있지만, 여기에 영적 동기가 덧붙여지면 다양한 교리, 영적 경로, 종교가 지닌 내재적 진실의 확실성을 확인하려는 내면의 작용이 필연적으로 발생한다. 의미와 진실과 영성을 향한 욕망은 뇌 생리학과 연관된 생물학적 근원을 갖고 있다.(Newberg 2006)

전통적으로 영적 학습을 위해 준비된 태도를 가리켜 '성숙함ripeness'이라고 불렀다. '성숙함'이란 진지하고 성실한 의도가 먼저 존재하고, 여기에 생물학적 성장, 진보의 방향으로 진화된 의식, 경험적 학습에 대한 열망이 활성화되는 등의 요소가 서로 우연처럼 결합한다는 뜻이다. 처음에는 그저 가벼운 호기심만으로 시작하지만, 영적 학습의 중요성과 그것이 장기적으로 개인에게 끼칠 영향이 얼마나 중요한지를 점차 강하게 인식하면서 탄력을 얻는다. 열정적 태도가 먼저 나오고, 그다음 헌신적 태도로 발전한다. 그리고 영적 목적과 가치가 점차 그보다 중요하지 않은 세속적 자아의 목적과 가치를 대체한다. 영적 정보를 활용하면 내면의 경험과 지혜가 점진적으로 발전하며, 더 나아가 그것들이 앎에 대한 자극을 더욱 높인다. 영적 전제는 경험과 시간을 거치면서 점차 현실이 되고, 결국 확신으로 이어진다. '-에 대해 알고 있는 것knowing about'은 경험이 축적되면서 점점 '되어 가기becoming' 과정을 통해 실제로 '아는 것'으로 전환되기 때문이다.

진보progress를 가장 잘 기술하자면, 흔히 직관과 내면의 인도를 받아 얻게 되는 깨달음과 자발적 계시라고 할 수 있다. 많은 사람들이 경험적 실재로서 영적 인도자에 대해 말한다. 영적 수행 활동이 진보하면 그 자아는 점차 해체되어 에고/정신의 학습 능력과 전혀 다른 학습 능력을 갖고 있는 참나 안으로 통합된다.

통치권

에고의 핵심인 나르시시즘적 성향은 자신이 경험적 실재의 근원으로 인정받고 싶어 하지만, 영적 과정은 더욱 더 깊어지는 겸손과 궁극적으로는 내면의 감사를 불러온다. 영적 의도는 참나를 활성화하여 점차 지배적 상태로 만들며, 이에 따라 각 개인이 처한 위치성positionality을 내려놓는 일이 좀 더 쉬워지고 자연스러워진다. 추정상 알고 있던 것에서 여전히 알지 못하는 것에 더욱 심신을 집중하는 등 미묘한 변동이 발생한다. 그다음에는 인내에 필요한 내면 훈련과 저항을 초월하는 결단력이 나타난다. 여기까지 성공하게 되면 더욱 더 커지는 강인함, 믿음, 그리고 영적 과정 자체에 대한 확신이 생긴다. 약해진 에고는 자신이 가졌다고 믿던 통치권의 환상을 내려놓고 서서히 물러난다. 그리하여 진실을 찾는 사람이 더 높은 힘의 존재에 영향을 받도록 이끌어 준다.

영적 의도

일반적으로 인간이 가장 먼저 얻는 영적 정보는 한 가족의 문화와 출생에 관련된 그 특유의 종교나 영적 단체에게서 나온다. 영적 발전은 오랜 헌신의 결과이기 때문에 기꺼이 받아들이는 태도와 성숙함이 있다면 실제로 다른 것은 필요하지 않다. 전통적인 종교와 교리에 스스로를 맞추고 정렬하면 영적 진실의 핵심을 얻을 수 있다. 그 영적 진실은 다른 시대와 문화에 더 부합해 보이는 기독교적 설명과 완전히 차별화되면서 직관적으로 인식된다.

전통적 종교에 이런저런 한계가 있을 수 있다고 해도, 사실 대다수의 사람들은 그것을 문제시하지 않지만 분명히 몇몇 사람들은 한계를 느끼고 전통적 종교에 회의를 느낀다. 고전 교리는 뭔가 부족하고 문제의 소지마저 있어 보인다. 특히 오늘날 교육받은 사람들이 볼 때에 더욱 그러하다. 그들이 체화한 이성, 과학, 지성은 상당한 의심과 회의를 야기할 수 있다(스콥스 재판의 딜레마). 따라서 현대인은 스콥스 재판의 양측을 거부하는 동시에 수용한다. 여기에 필요한 것은 믿음, 전통적 종교, 과학적 실재뿐 아니라 논리와 이성을 통합하는 일이다.

종교가 어린 시절 삶의 일부분으로 수용되려면 종교와 관련된 일상의 경험이 필요하다. 그러나 현대사회에서 가정이나 직장에서 챙겨야 할 일도 많고 시간도 부족해지면서 점차 종교는 일상의 경험에서 떨어져 나가거나 아예 무시되곤 한다. 더구나 이런 상황에서 단순히 받아들이는 태도로 돌아가면 더할 나위 없겠지만, 이미 현대인에게는 반드시 해결해야 할 종교적 가르침에 대한 의문과 의심이 생기고 말았다. 한편 이런 시기를 지나 나이가 들고 더욱 성숙해지면 인간이 필멸한다는 사실에 대한 거부감이 점차 줄어들면서 종교적/영적 가르침을 다시 살펴보아야 한다는 생각이 든다. 다시 말해, 종교적 교리의 실재를 분간하는 일이 점점 더 중요해지는 것이다. 심각한 병에 걸리거나 죽음을 앞두거나 주변의 죽음을 목도하거나, 혹은 재앙이나 재난을 겪는 등 개인적으로나 사회적으로 힘겨운 사건이 터지면, 그 중요성이 더욱 더 절실하게 다가온다.

흥미롭게도 중대한 재난에서 살아남은 사람들 중 99퍼센트가 진실한 마음으로 기도했고, 심지어 기도하고 신에게 의탁한 다음에 심오한 평화의 상태에 들어갔다고 고백하기도 했다. 놀랍게도 토네이도의 중심으로 끌려 들어갔던 사람들도 이와 똑같은 경험을 했다고 고백한다. 그들은 마치 시간에서 빠져 나온 듯 깊은 고요와 평화에 깃든 상태에 있었으며, 토네이도가 소멸하고 정상으로 정신이 돌아왔을 때 슬픔을 느꼈을 정도였다고 한다. 이런 개인적 경험은 "인간의 재앙은 신의 기회"라는 금언을 되새겨 준다. 밤마다 TV의 날씨 채널에 나오는 전 세계의 자연 재해 소식을 통해서 우리는 매일 재앙에 가까운 사건에서 살아남은 사람들의 자발적 증언을 들을 수 있다.

이렇듯 재앙 앞에서 개인이나 집단이 신성의 실재를 발견하는 양상을 두고, 회의론자들은 불가피한 상황이 주는 두려움에 의한 것이었을 뿐이라고 가정하면서 '참호 종교foxhole religion'라고 조롱했다.[27] 사실 신성의 실재를 발견하는 일은 두려움을 내려놓은 이후에야 비로소 일어난다. 두려움 자체는 실제로 신의 존재를 인식하지 못하게 막는다. 그러나 그 두려움을 버릴 때에 비로소 저항하는 에고가 스스로를 내려놓으면서 논리적 이해를 넘어서는 높은 평화가 드러난다. 두려움의 깊이는 말로 기술될 수 없기 때문에 경험으로 이해되어야 한다. 하지만 그 순수한 효과는 변화의 힘이 있어 삶을 송두리째 바꾼다. 경험의 심오함과 엄청난 깊이 때문에 그 사람들은 일종의 광채radiance를 얻게 되며, 그 빛은 이후 오래도록 나타난다.

따라서 신의 존재를 발견하는 계기는 두려움 때문이 아니라 두려움을 내려놓았기 때문이다. 재앙의 한복판에서 느낀 심오하고 무한한 평화의 상태는 의식 수준 600으로 측정된다. 이것은 삶을 변화시키고 죽음의 두려움을 영원히 떨쳐 버리게 한다.

영적 실재의 확인

대부분의 사람들은 역사상의 위대한 종교와 영적 스승들이 가르쳐 준 진실을 받아들일 능력이 있다. 하지만 현대인들은 미디어의 영향, 회의론, 세속주의, 전통적 가치의 훼손 때문에 종종 받아들임에 필요한 다른 조건을 내세운다. 게다가 현대의 대학 교육은 그런 가치를 훼손하고 불신하는 미묘하고도 공공연한 프로그램을 채택하고 있다. 이 프로그램은 영성과 종교, 심지어 전통적 종교와 도덕 윤리적 가치에 대해서도 이미 만연한 학계의 강력한 적의를 공공연하게 드러낸다.(Kupelian 2005) 이런 주입식 교육은 포스트모던의 상대주의적 철학 체계, 즉 진리 수준이 겨우 160에서 180으로 측정되는 허위의 가르침을 심어 줌으로써 난공불락의 요새처럼 버티고 있다. 알다시피 의식 수준 160에서 180은 태생적으로 거짓이다.

오늘날 학계의 지적 경향은 의식 수준 180에서 190으로 측정된다. 의식 수준 160에서 190, 혹은 이보다 훨씬 더 낮게 측정되는 정치 이데올로기가 학계의 지지대 역할을 하면서, 결국 궤변에 불과한 거짓에 동조하고 지지하는 부류를 낳았다. 그 결과, 오늘날 대학 졸업생들의 지성은 주입된 교육의 한계를 보이며 현실 검증에도 실패한다. 특히 수사(거짓)를 구분할 수 있는 지적 통합성과 능력이 현저히 손상된다.

이전 세대의 '무지'가 주로 에고/정신에 내재한 본질적 구조 때문에 발생했다면, 오늘날 문제는 사실상 미묘한 주입식 교육과 프로그래밍이라는 차원이 추가되면서 양상이 복잡해졌다. 그런 주입식 교육은 이른바 이상주의라는 망토 아래 교묘하게 숨어 있지만, 그것이 진짜 어필하는 대상은 스스로가 우월하다는 지적 오만과 권력을 강화하고자 하는 태도를 가진 집단이다.

현재 우위를 점하고 유행하는 상대주의적 사회정치 철학과 사회정치 시스템은 *죄다* 의식 수준 200 이하로 측정된다. 2006년 12월 25일 그 유명한《타임》커버스토리에 의하면, 상대주의적 사회정치 철학과 사회정치 시스템은 보편적으로 나르시시즘에 호소하고 특히 '유튜브YouTube/나me' 세대를 매료시킨다. 사회적으로 '에고를 숭상하는 경향'을 인지하고 이미 드러난 그런 인식을 깨닫는 일은 꼭 필요하다. 그것을 초월하려면 이 단계가 선행되어야 하기 때문이다.

이제 모든 영적 스승, 교리, 종교 단체, 대학 교원, 조직 등의 진실 수준을 공식적으로 입증하는 일이 그 어느 때보다 필요하다. 이렇게 볼 때, 성공적인 영적 노력을 위해 가장 필요한 요건은 의식 수준 측정 연구가 잘 진행될 수 있도록 (에고를 내려놓는) 지적 겸손함이라고 할 수 있다.

현재 미국의 의식 수준이 421인데, 당대 학계의 의식 수준은 190으로 충격적일 정도로 낮다. 자기도취적 에고가 포스트모더니즘이나 무정부주의에 어필하면서 쾌락주의와 (마르쿠제, 촘스키 등의) 허무주의는 숭배되고, 『서양의 위대한 고전』에서 말하는 철학적 지혜는 폐기되는 일이 벌어진다. 과거에는 위대한 고전의 지적 통합성이 대학 교육의 근간이었다. 하지만 지금은 앞서 언급했듯이 아이비리그, 미시건 대학 등의 '빅 텐Big Ten' 심지어 노트르담 같은 예수회 대학까지도 '현대적인modern' 모습이 되기를 바라면서 의식 수준 200에도 한참 못 미치는 강연자와 정치화된 가르침을 대학 안으로 들이고 있다.(Goshgarian 2005) 서구 문명의 쇠퇴는 베네딕트 교황과 여러 뉴스 분석(Beck 2006)에서 나왔듯이, 상대주의와 상대주의로 발생한 이슬람 승리주의에 굴복한 결과와 마찬가지다. 이런 쇠퇴는 '반복iteration'의 효과로 발생한 것이라고 볼 수 있다. '반복'은 비선형적 역학관계에서 나온 용어이며, 아무리 작은 자극이라도 자주 반복되면 중대한 변화로 이어질 수 있다는 뜻이다.(『의식 혁명』 참고)

위에서 언급했던 모든 이유와 아직까지 논의하지 못한 다른 이유로 볼 때, 이제 철학적, 정치적, 영적, 혹은 종교적 단체나 조직에서 말하는 교리의 진실을 공식적으로 입증하는 일이 과거 어느 때보다 더 중요해졌다. 따라서 영적 노력을 성공하기 위해 가장 먼저 필요한 조건은 지적인 겸손함이며, 바로 여기서부터 조사가 유익하게 진행될 수 있다.

진실하고 합법적인 영적 스승들, 교리, 그리고 영적 단체의 특성은 아래 목록을 통해서 확인된다. 편의상 『진실 대 거짓』에서 다시 가져왔다.

영적 진실, 온전한 스승들, 그리고 가르침의 특성과 그 확인

1. **보편성**: 진실은 문화, 개성, 혹은 환경에 상관없이 언제 어디서나

참되다.

2. **반反배타성**: 진실은 모두를 아우르며 비밀이 없고 종파를 나누지 않는다.
3. **접근가능성**: 진실은 모두에게 열려 있으며 어느 것도 배제하지 않는다. 드러나거나 숨기거나 누군가에게 판매할 만한 아무런 비밀이 없으며 어떤 마법적 공식이나 '비전秘傳'은 없다.
4. **합목적성**: 잃을 것도 얻을 것도 없다.
5. **반反종파주의**: 진실은 제약이나 한계를 자세히 설명하지 않는다.
6. **견해와 무관하다**: 진실은 비선형적이며 지성이나 형상의 한계에 종속되지 않는다.
7. **위치성 부재**: 진실은 어떤 것과도 '반反'하지 않는다. 거짓과 무지는 진실의 적이 아니라 그저 진실의 부재를 나타낼 뿐이다.
8. **필요조건이나 요구사항이 없다**: 회원자격, 기한, 규정, 맹세, 규칙이나 조건이 필요하지 않다.
9. **비非통제성**: 영적 순수성은 개인의 삶이나 옷, 의복, 스타일, 성생활, 경제, 가족 형태, 생활방식이나 식습관 등에 전혀 무관심하다.
10. **위력이나 위협에서 자유롭다**: 세뇌, 지도자에 대한 아첨, 훈련 의식, 주입식 교육, 혹은 사생활 침해가 없다.
11. **반反제약성**: 규정, 법칙, 칙령, 계약, 혹은 서약이 없다.
12. **자유**: 참여자는 설득, 강압, 협박, 혹은 부정적 대가를 치르는 일 없이 자유롭게 오간다. 수직적 체계가 존재하지 않는다. 대신 실용적으로 꼭 해야 할 의무를 자발적으로 수행해야 한다.

13. **평범함**: 인정recognition은 생득적 지위, 형용사, 혹은 과도한 장식의 결과가 아니라 어떤 사람이 되어 있느냐로 귀결된다.

14. **영감을 준다**: 진실은 미화, 유혹, 연출을 삼가고 피한다.

15. **반反물질주의**: 진실은 세속적 부, 권위, 거만함, 위용이 필요하지 않다.

16. **자기 충족성**: 진실은 이미 총체적이며 완벽하다. 그러므로 개종하거나 지지자나 추종자를 얻거나 '회원 모집'할 필요가 없다.

17. **초연함**: 세상사에 휘말리지 않는다.

18. **온건함**: 진실은 점진적 변화를 따라 확인할 수 있다. 진실에는 '반대편'이 없으며, 따라서 반대하거나 혹평할 '적'도 없다.

19. **비非의도성**: 진실은 간섭하지 않으며, 제시하거나 부과하거나 공표해야 할 과제가 없다.

20. **비이원성**: 모든 일은 잠재성이 현실성으로 나타나는 장 안에서 '인과관계'가 아니라 타고난 성향(카르마)으로 말미암아 발생한다.

21. **고요와 평화**: 어떤 '쟁점'이나 편파성이 없다. 타인을 바꾸려 하거나 사회에 강요하려는 욕망이 없다. 더 높은 차원의 에너지가 주는 효과는 본래 타고난 것이며 선전이나 노력과는 무관하다.

22. **평등**: 진실은 삶의 온갖 표현 안에서 모든 생명/삶에 대한 경외심으로 표출된다. 그래서 해로운 것을 반대하기보다 그저 해로운 것을 피할 뿐이다.

23. **일시적이지 않다**: 삶은 영원으로 인식되며 육체성은 세속적인 것으로 인식된다. 삶은 죽음에도 굴복하지 않는다.

24. **증거를 넘어서는 것이다**: '증명할 수 있는' 것은 선형적이고 한계가 있으며, 지적/정신적 작용의 산물이다. 반면 실재는 어떤 동의도 필요하지 않다. 실재는 획득하는 것이 아니라, 이원적 에고의 위치성을 내려놓을 때 순전히 자연 발생적으로 일어나는 주관적인 깨달음이다.

25. **신비적이다**: 진실의 시작은 자연 발생적 광채, 광휘, 빛비춤이다. 이 빛은 신의 계시로서 분리된 개인의 자아, 에고, 에고의 정신작용이 만든 환상을 대체한다.

26. **형언할 수 없다**: 영적 진실은 정의하거나 의미를 규정할 수 없다. 본질적 주관성은 경험으로 얻는다. 깨닫기 이전의 '나'를 대체하는 조건이 바로 경험이다. 경험을 통해서 맥락은 내용을 대체하고, 잠정적 상태를 벗어나며, 결국 시간을 넘어선다. 실재는 시간 속에 존재하지 않으며, 시간의 소유물도 아니거니와 시간을 넘어서거나, 바깥에 위치하지 않는다. 실재는 정신 작용의 인공적 산물인 시간과는 아무런 관계가 없다. 따라서 실재는 모든 명사, 형용사, 모든 동사(자동사/타동사)를 넘어선다.

27. **단순성**: 사람은 누구나 외관과 형상 너머에 존재하는 만물의 타고난 아름다움과 완벽함을 본다.

28. **단언적이다**: 진실은 견해나 증명 가능성을 넘어선다. 진실의 확증은 순전히 주관적 인식에 의해 일어나지만, 의식 측정 기술을 통해서도 확인할 수 있다.

29. **비非활동성**: 진실은 무언가를 '행하지' 않으며 어떤 일을 '일으키지' 않는다. 진살은 전부다.

30. **초대한다**: 선전하거나 설득하는 것과 정반대의 성질이다.

31. **반反예측성**: 실재는 비선형적이기 때문에, 가령, 비밀 전언, 암호, 숫자, 명문, 혹은 룬 문자나 돌, 피라미드, DNA, 낙타의 콧구멍 털 안에 숨기기 등 형상이라는 제약에 국한되거나 암호화될 수 없다. 신의 실재는 언제 어디서나 현현하며, 체계화나 배타성을 넘어선다. 암호는 인간의 상상력을 나타내는 것이지 신성의 변덕스러움을 암시하는 것은 아니다.

32. **비非감상주의**: 감정은 지각에 기초한다. 진실을 구분할 수 있으면 연민이 발생한다.

33. **반反권위주의**: 반드시 따라야 할 원칙이나 명령이 없다.

34. **이기적이지 않다**: 스승은 존경받지만 지나친 찬사나 개인적인 특별 대우는 거부한다.

35. **교육적이다**: 진실은 다양한 형식으로 정보를 전달하며 접근가능성을 보장한다.

36. **자립성**: 금전적 목적이 없으며 물질을 추구하지 않는다.

37. **독립성**: 외부의 권위나 역사적 권위에 의존하지 않고도 완전하다.

38. **자연스럽다**: 무언가에 의해 유도되거나 변형된 의식 상태가 아니다. 혹은 인위적 훈련, 자세, 호흡, 또는 식사법으로 에너지를 조작하지 않는다.(가령, 형상이나 물리성에 의존하지 않으며 독립체 혹은 '타자'를 들먹이지 않는다.)

39. **청렴성/정직**: 착취나 이득을 피한다.

40. **비폭력성**: 강압하지 않고 온화하며 위협하지 않는다.

위에서 언급한 요건 외에, 전 세계의 주된 기성 교리의 측정 수준을 아래와 같이 알리고자 한다. 편의상 『진실 대 거짓』에서 그대로 가져왔다.

영적 가르침

교리와 계약: 값진 진주	455	바가바드기타	910
금강경	700	반야심경	780
기적 수업(워크북)	600	법화경	780
기적 수업(텍스트)	550	베다	970
노자: 도덕경	610	베단타	595
니케아 신조	895	비즈나나 바이라바	635
다마파다	840	사해 문서	160
달마 선종	795	삼위일체(개념)	945
라마야나	810	시크교의 그란트 사힙	505
람사 성경(구약 성경 · 계시록 제외, 창세기 · 시편 · 잠언 포함)	880	시편(람사 성경)	650
람사 성경(아람어 원전)	495	신약성경(그리스 원전의 킹 제임스 판)	640
루카 복음서	699	신약성경(묵시록 삭제한 킹 제임스 판)	790
리그베다	705	아가다	45
몰몬 경전	405	아비나굽타(카슈미르 시바파)	655
무지의 구름	705	영지주의 복음서	400
미드라드	665	오마르 카이얌의 루바이야트	590
미쉬네	665	외경	400

우파니샤드	970	킹 제임스판 성경(그리스 원전)	475
잠언(람사 성경)	350	탈무드	595
조하르	905	토라	550
창세기(람사 성경)	660	토마스 복음서	660
카발라	605	티베트 사자의 서	575
켈스의 서	570	파탄잘리의 요가경	740
쿠란	90-700	황벽선사의 전심법요	850

영적 노력은 순진한 충동성이나 개종에 좌우되기보다는 책임을 지는 것으로 시작한다. 그 노력이 단순히 교리를 말로 풀어낸 것이 아니라, 영적 스승이나 단체의 비가시적인 전체 에너지 장이 학생들에게 미묘하게 영향을 미친다는 사실을 깨닫는 것이 중요하다. "신성한 부류와 함께 하라."와 진실하지 않은 부류를 피하라는 옛날 금언 속에는 지혜가 담겨 있다. 그냥 겉으로만 살피더라도 의식 수준 1000으로 측정되는 예수 그리스도, 붓다, 혹은 크리슈나의 가르침을 무시하고 무신론적 무정부주의자들의 가짜 신격화를 그 자리에 대신 앉히려고 하는 일은 어리석게 보인다. 무신론적 무정부주의자들의 거짓 교리는 이번 세대만 해도 수억 명의 사람들을 죽음으로 내몰았다.

경험적 확인

영적 정렬과 의도에 헌신까지 더해지면 삶은 본질적으로 탈바꿈되며 삶에서의 경험은 질적인 측면에서 점진적 변화를 일으킨다. 이는 장 효과field effect의 산물로 자동적으로 발생하는 것이지, 개인의 의지가 원인이 되어 일어난 것이 아니다. 영적 가치의 결합은 어떤 상상의 이득이나 통제를 바라는 것이 아니라 그 자체만을 위해서 이루어져야 한다. 그런 이득이나 통제는 역설적으로 주요한 의도를 거스르고 방해한다.

참다운 영적 노력에는 미묘한 내적 쾌락이 따라온다. 평화와 성취라는 내면의 자질은 미묘한 내적 앎을 동반한다. 그것은 자아의 세상에서 참나의 확대된 인식으로 가는 변화를 거치며 마침내 인간은 '본향으로 향하게 되어 있음'을 아는 앎이다. 이를 통해 영적 태만에 수반되는 죄책감과 에고의 요구와 이득을 챙기려는 욕망에 허우적대면서 발생하는 내면의 영적 죄책감에서도 벗어난다.

저항

에고 자체의 핵심인 나르시시즘적 성향은 영적 노력에 저항하는 근본 원인이다. 에고는 암암리에 자기 존재의 통치권, 모든 것을 자기가 만들어 냈다는 저자권authorship, 결정권, 반응, 활동 등을 주장한다. 그러므로 아무리 최선의 노력을 하더라도 이익이나 통제를 취하려는 에고의 의지와 욕망은 계속 분출한다. 에고는 본래 자만심이 강하고, 탐욕스럽고, 증오에 차 있으며, 오만하고, 쉽게 분개하고, 시기하는 등의 성질을 타고났다는 사실을 단순히 받아들이기만 해도 이런 패턴은 점차 희미해지고 사라질 수 있다. 에고의 이런 성질은 수백 억년의 시간을 거치며 진화적 발달을 이루면서 스스로 학습한 부가적 대가라고 할 수 있다. 따라서 이런 원시적 감정은 자아의 이익에서 참나의 이익으로 넘어가는 변화 과정을 거치며 그만 멈추고 버려야 할 것이기 때문에, 영적 노력의 와중에 불쑥 나오더라도 전혀 죄책감을 느낄 필요가 없다.

영적 발전

영적 진실의 참된 입증은 주관적이며 경험적이며 진보적이다. 그것은 대개 자발적 발견, 미묘한 계시, 더욱 새롭고 확대된 인식이 나타나는 형태를 취한다. 영적 진실은 내용의 인식에서 맥락의 인식으로 이동하면서 발생하는 결과라고 할 수 있다. 미묘한 충족은 내면의 성장과 함께 온다. 내면의 성장은 온전히 신에게 내맡김으로써 발생한 앎으로 단언되는 것이다. 신에게 순복하고 의탁하는 것은 신의 축복Divine Grace을 초대하는 일이다. 이 모두는 후천적 습득이나 개인적 노력의 결과라기보다 천부적 재능/선물로 인식된다. 말하자면 이익은 취하는 것이 아니라 허락받아야 하는 것이라는 사실을 경험으로 알게 되는 것이다. 이에 따라 영향력을 주장하는 영적 자만이나 영적 에고의 허영심 대신에 감사하는 마음이 자리 잡는다.

영적 발전은 예측할 수 없으며 카르마의 경향을 비롯한 미지의 여러 요인들에 영향을 받는다. '영적 에고'는, 그것을 추구하는 사람이 소위 *싯디* 현상을 경험하기 시작할 때에 밖으로 나오려고 꿈틀거린다. 싯디 현상은 특성상 의식 수준 540으로 측정되는 에너지 장에서 나타나며 570 이상일 경우에는 더욱 확실해진다.(이 수준에 대해서는 앞서 자세하게 기술하였다.) 그런 현상 자체를 뒤쫓아서도 안 되며 그것을 자기 덕분이라고 생각해서도 안 된다. 그것은 영적/쿤달리니 에너지 자체가 나타나면서 자동적으로 발생한 것이기 때문이다. 따라서 그 현상은 감사한 마음으로 받아들여야 하는 영의 선물이다. 그 현상은 통제되지도 않지만 단순하게 목격되지도 않는다.

싯디 현상이 나타나 계속 지속될 수 있다면, 싯디의 기적적인 성질은 분명 매우 놀랍고도 대단한 것이다. 겸손은 에고처럼 자기가 그런 현상을 만들어 냈다고 주장하지 않은 채, 그것이 발생하는 모습을 목격하도록 허락해 준다. 에고가 몰두하는 주인의식, 저자권은 미리 경고를 받지 못한 학생들에게 일종의 함정이자 착오가 될 수 있다.

진실하지 못하면서 이기적인 단체들은 이익을 얻으려고 진짜 싯디를 모방한 형태를 마구 뿌리곤 한다. 싯디의 가짜 모방 형태를 만드는 일은 여러 문화권에서 고질적으로 일어난다. 인도의 '성스러운 인간holy men'이 좋은 사례다. 그리고 '기적을 행한다는' 주장은 광신적 종교집단의 지도자들 사이에서 흔히 일어나며, 이를 통해 그들은 자기권력 강화를 꾀한다. 하지만 자연발생적 치료책도 있다. 그 치료책은 극적 연출과 암시를 통해 연극 치료적 치유자가 유도하는 최면적 암시의 결과라고 할 수 있다.

앞서 기술했듯이 싯디라는 기적의 현상은 몇 년간 지속될 수 있으며 자연스럽게 일어났다가 사라진다. 위에서 말했듯이 그것은 분명히 개인의 자유의지와 무관하게 발생하기 때문에 더욱 놀랍고 인상적이다. 또한 싯디는 매우 실제적이며, 확증할 수 있으며,

매우 정확한 것이 될 수도 있다. 그런 기적 현상은 '자연 치유'의 원인을 잘 설명해 준다. 자연 치유는 거의 모든 질병에게 가능하다고 알려져 있으며 관련된 기록도 많다.

기적 현상은 잠재성이 현실성으로 활성화되면서 일어난다. 물론 진보된 영적 에너지 장의 힘 등 여러 조건이 적절하게 맞을 때에 가능하다. 전통적으로 이런 영향을 끼치는 에너지를 가리켜 '쿤달리니kundalini'라고 불렀다. 이는 내면의 에너지 체계를 따라 흐르다가, 마침내 더 높은 영적, 에테르적 에너지 몸체의 열기를 북돋우고 빛을 밝히는 영적 에너지를 가리키는 이름이다.

이 영적 에너지는 의식 수준 200에서 모습을 드러내기 시작한다. 영적 에너지가 가장 먼저 주는 혜택은, 그 에너지가 뇌 우세성brain dominance과 신경전달물질을 바꾼다는 점이다. 또한 엔도르핀 방출을 촉발시키면서 뇌의 정보 처리과정이 변형되며, 삶 전체를 변모시킬 수 있는 지각 변화를 일으킨다.(Newberg 2006) 따라서 더 높은 영적 의식 수준에서는 기적적인 치유가 발생한다. 유명한 영적 진로과정이 '기적수업'으로 불리는 이유가 바로 여기에 있다. 의식의 장이라는 힘에 의해서 잠재성이 현실성으로 활성화된다는 사실은 임상적으로 확인된다.

영적 노력은 눈에 보이거나 보이지 않는 많은 혜택을 가져온다. 사회적 능력이 향상되고 건강도 좋아지며, 더 나아가 한 가계에 영속적으로 축적될 수 있는 좋은 행동 양식이 늘어난다는 연구도 많이 나와 있다. 게다가 전반적인 행복 수준도 현행 의식 수준과 직접 관련이 있는데, 여기서 그것을 확인하기 위해 『의식 수준을 넘어서』에서 아래 도표를 가져왔다.

의식 수준과 행복 정도의 상관관계

수준	수치	비율
깨달음	700-1000	100
평화	600	100
기쁨	570	99
무조건적인 사랑	540	96
사랑	500	89
이성	400	79
수용	350	71
자발성	310	68
중용	250	60
용기	200	55
오만	175	22
분노	150	12
욕망	125	10
공포	100	10
비탄	75	9
무관심, 증오	50	5
죄책감	30	4
수치심	20	1

낮은 에너지 장이 거친 사나움과 범죄를 비롯해 부정성과 연관된 것을 끌어당기듯, 높은 에너지 장은 삶을 지탱하는 긍정적인 것을 끌어당긴다. 영적 노력의 긍정적 혜택은 심오하거나 본질적이며 심지어 기적일 수도 있지만, 그것도 싯디와 마찬가지로 이득을 얻기 위해 추구해선 안 되며 그 대신 감사하는 마음으로 겸손하게 받아들여야 한다. 겸손은 신을 섬기거나 깨달음에 도달하려는 의도와 욕망에서 발생한다. 그 의도와 욕망은 공히 매우 강력한 촉매제가 된다.

요약하자면, 주관적 경험에 기초한 세상은 외부의 사건과 무관하게 그 안에서 발생하는 측정된 의식 수준의 결과라는 점을 알 수 있다. 따라서 세상의 참된 실재를 있는 그대로 정확하게 확인하는 일은 불가능하다. 왜냐하면 사람은 자신이 지각한 대로 세상을 경험할 뿐이기 때문이다. 가장 높은 차원에서 바라보면 세상은 있는 그대로 완벽하다. 그 세상이 곧 영적 진화에 필요한 최대한의 기회를 제공하기 때문이다.

Reality, Spirituality and Modern Man

11

신념, 신뢰 그리고 신뢰도

사회적 기반: 정보/허위정보

미디어와 인터넷이 지속적인 편견과 극심한 왜곡이 지배하는 극장이 되어 버린 오늘날, 신념과 믿음, 그리고 신뢰는 많은 문제를 노출한다.(Kupelian 2005) 세계 지도자들은 "홀로코스트는 결코 일어난 적이 없다."거나 "미국이 9·11 재앙을 획책했다." 등 지독하게 허위 일색인 발언을 공공연하게 내세우며, 대중적 인지도가 있는 공적 인물들도 일부러 거짓된 발언을 일삼는다. 의식 연구에 따르면 유엔 회원국과 외국 정치인 대다수를 비롯해 많은 정치인들이 일상적으로 진실을 왜곡한다.

또한 상습 흉악 범죄자와 아동 학대 범인들에게 끊임없이 호의적으로 판결을 내리는 판사들도 각광을 받는다. 미국시민자유연합ACLU은 아동을 대상으로 삼는 남성 성범죄자와 아동 포르노그래피를 옹호한다. 《뉴욕 타임스》는 확실하고 공공연하게 편향되어 있으며 이 점을 스스로 시인한다.(《뉴욕 타임스》 사설은 의식 수준 200 이하로 측정된다.) 할리우드는 불온한 모순을 지지한다. 그리고 미디어 자본가들은 그들을 부자로 만들어 준 조국에 반하는 반미 증오 광고(70)를 후원한다.(증오를 지지하는 사람들은 스스로 그 증오의 희생자이기 때문에 모두 의식 수준 200 이하로 측정된다는 점을 주목하라.) 모르긴 해도 반전을 내세우는 거물들도 전시에 수십억 달러의 이익을 안겨 주는 기업 주식을 수억 달러씩 사들일 것이다.

아동 포르노그래피는 지역 공공 도서관에서 '보란 듯이' 자유롭게 이용할 수 있으며 '표현의 자유'는 트로이 목마가 되어 정신병 수준의 거짓에 표준을 제공하는 얼빠진 변명거리로 전락했다. 탄탄하게 재정 후원을 받은 거짓이 거리마다 선전을 퍼뜨리고 날마다 넘쳐나고 있으며, 혼란에 지쳐 무감각해진 대중들은 체념한 상태로 순순히 그것에 동의한다.

선전 선동된 거짓을 의도적으로 드러내는 기술은 점차 정교하게 전문화되었다. 그중 한 가지 전략은 먼저 극단적 발언을 하여 의도적으로 충격을 일으키는 것이다. 그런 충격이 발생하고 나면 대중이 거짓된 프로그램에 저항할 가능성은 훨씬 줄어들 것이다. 이것이 바로 선전 선동된 수사다. 이런 수사는 신중하게 준비한 다음 미디어를 통해 대중에게 팔려 나간다. 대중은 바로 그 통제권을 꿈꾸는 평범한 사람들이다. 또 하나 선호하는 계략은, 나중에 인용될 거짓된 발언으로 '가짜 증거를 미리 심어 놓고 속임수 전략을 세우는 것'이다. 또한 앞에서 언급한 '허수아비' 공격은 너무 흔해 빠진 방법이다.

예상한 대로 오늘날 미디어의 의식 수준은 불과 160 정도로 측정된다. 의식 수준 160은 거짓을 나타내며, 이는 모든 진실이 그저 자의적이고 주관적인 편견이라고 주장하는 현행 철학 체계의 산물이다. 그들은 객관적 진실 따위는 존재하지 않는다고 전제하면서, 왜곡되고 편향된 주관적 가치 판단이 객관적 진실과 똑같은 가치를 지닌다고 주장한다. 이런 주장은 순전히 반복 전략에 의해서 듣는 사람들에게 그런 진술을 믿게 만드는 일종의 밈(슬로건)이 된다. 가령, "이쪽의 배반자가 저쪽에서는 자유의 투사가 된다."는 유혹의 언사는 의식 수준 180으로 측정되며, 이는 교묘하게 호도하는 상대주의의 특성을 나타낸다.(최근의 유명한 스파이들은 의식 수준 80으로 측정된다. 최근에 체포된 배반자도 80으로 측정된다. 반면 '자유의 투사'는 200으로 측정되고 '테러리스트'는 30으로 측정된다.) 위에 언급한 프로그래밍의 최종 결과는 인간의 전반적 역량과 현실 검증에 필요한 능력이 하락했다는 사실이다. 따라서 가장 기초적 수준에서조차 진실과 거짓을 분간하는 능력이 실제로 파괴되었다. 여러 사회 비평가와 논객들은 이미 이 점을 언급하고 기록하였다.(Bruce 2003, Klein 2007, Marzeles 2007, Krautharmmer 2007, 그 외 다수)

도덕적 무정부주의에 대한 합리화를 가리켜 '윤리적 상대주의'(155)라고 부른다. 윤리적 상대주의는 선과 악을 동일시한다. 하지만 교묘한 인식론적 속임수를 통한 이런 선과 악의 역전 현상 자체는 '선'으로 간주되고, 전통적 윤리는 '악'으로 변해 버린다. 오늘날 거짓이 하나의 트렌드처럼 유행하는데, 기실 그런 거짓의 의식 수준이 155라는 사실은, 지적 오류를 저지르는 철학적 상대주의(190)가 진실을 위반하는 양상보다 훨씬 더 심각한 수준임을 뜻한다.

믿음과 신뢰의 생존

거짓된 정보를 믿고 신뢰하려는 대중의 성향은 역설적으로 순진한 순수성, 믿음, 신념, 그리고 신뢰가 여전히 생생하게 작동하며 실제로 그 어느 때보다 강력하다는 반증이다. 사실 순진한 인간 본성의 그 기반 때문에 거짓이 그만큼 큰 탄력과 지지를 얻을 수 있는 것이다.

도살되는 어린 양처럼 수백만 명의 순진한 순수성은 무참히 도륙되고, 타락한 행위의 가장 혐오스러운 극단성에 이용되는 열렬한 신입 구성원들을 언제든 부족함 없이 공급받을 수 있다. 이런 현실 속에서 이를테면 죄 없는 여성의 목을 일부러 천천히 베어 죽이는 패륜적 행위(10)가 박수를 받으며 전 세계 텔레비전에 버젓이 공개된다. 하지만 이로써 자기 권력 확대를 꾀한 타락한 가해자들은 교묘히 얼굴을 숨긴다. 그 와중에 옹호자들은 그 난동을 '자유의 투사'나 '평화의 종교'라는 이름으로 선전 선동한다.(Spencer 2005) 이렇게 되면 집단 최면에 걸려 '미국을 죽음으로' '이스라엘을 죽음으로' '기독교도를 죽음으로' '유대인을 죽음으로'라고 시위하고 소리치게 된다.(그리고 이슬람이 '평화의 종교'가 아니라고 말하는 사람은 누구든 죽이겠다고 위협하는 역설적 순간이 찾아온다.) (Goldberg 2007) 한편, 시민들은 사회적/문화적 파괴와 그것을 조장하려는 조짐을 '제대로 받아들이라.'는 경고를 받게 된다.

현실 검증의 상실

정신은 갈등과 스트레스로부터 스스로를 보호하기 위해서 거부하거나 회피하고, 역설적으로 아예 모든 경고를 과감하게 날려 버리고 그 갈등을 넘어서는 극단적 상황으로 미친 듯이 도피하기도 한다. 가령, 할리우드 유명 연예인들은 여성을 고문하고 자국민 수만 명을 살해한 테러리스트 지도자를 열렬히 받아들이는 등 과장되고 터무니없을 정도로 도피성 거부 행태를 보인다.

대중에게 정보를 전달하는 양식과 기술은 의도적이건 아니건 세뇌를 위해 활용하는 기술 및 시스템과 동일하다. 이런 기술은 자신감, 개인이 정신에 대해 갖고 있는 기본적 믿음, 그리고 현실을 이해하고 파악하는 정신의 역량을 파괴하기 위해 만들어진 것이다. 그렇게 되면 정신은 시간과 공간상으로 가장 가까이 있는 권위적 인물에게 모든 권리를 양도하게 된다. 미국에서 감수성이 예민한 젊은 대학생들에게 특정한 목적으로 주입 교육을 시키는 현상, 전 세계에 퍼진 이슬람 테러리스트 구성원, 혹은 세뇌 당한 죄수들의 모습이 그 대표적 사례에 해당한다.(Zimbardo 2004 · 2007, Milgram 2004)

이미 전 세계 많은 사람들이 이처럼 현실 검증 능력이 손상되는 일종의 증후군을 겪고 있다. 이 증후군에 걸린 사람들은 자율성을 저당 잡힌 채, 의미가 명확하지 않은 슬로건과 '대중적' 태도라는 밈에 굴복하고 그저 앵무새처럼 따라 지껄이는 보다 손쉬운 길을 택한다. 통계상 이미 미국 인구의 45퍼센트에게 이 증후군이 발생했는데, 2006년 미국 전체의 의식 수준이 426에서 2007년 421로 하락한 것을 보면 그 심각함이 잘 드러난다.

미국에서 거짓은 종종 미디어의 주목, 대중적 홍보, 금전적 혜택 등으로 보상받는다. 자기도취적 에고의 허영심이 마치 '중요한' 존재인 것처럼 표현되고 제시된다. 터무니없고 괴기한 극단주의가 이익을 위해 청렴성과 윤리와 도덕을 팔아넘긴다는 뜻이라 할지라도, 이제 그것은 명성과 부를 얻는 쉽고 빠른 하나의 길이 되었다. 순수한 인간의 무지와 순진함을 착취하는 행위는 이제 일상적으로 벌어진다. '나쁜' 것이 찬사를 받고, '나쁜 여자'가 나오는 프로그램이 인기를 끈다. 심지어 지독한 사악함마저 장려되고 교활하게 홍보된다.

거짓은 진실의 반대가 아니라 진실의 부재일 뿐이다. 실제로 진실은 반대쌍이 없다. 이는 추위가 열기의 반대가 아니며 빛이 어둠의 반대가 아닌 것과 같은 이치다.(어둠은 빛의 부재를 나타낼 뿐이다. 추위가 열기의 부재를 보여 주는 것과 마찬가지다.)

정신병

미국을 포함한 전 세계에서 일반 대중들이 가진 맹점 중 하나는 엄청난 망상을 수반하는 정신병이나 심각한 정신 장애를 제대로 인식하지 못하는 것이다. 만약 망상 증상이 정치화된 수사적 논쟁과 가짜 증거로 교묘하게 합리화되고 옹호되는 경우에는 그 자체를 확인하는 일이 더욱 더 어려워진다. 망상에 빠진 믿음은 밈(비유전적 문화전달요소)을 통해 퍼진다. 진실이 오로지 반복을 통해서만 믿음의 대상이 되듯이 밈도 같은 역할을 한다. 잘못된 소문도 그 사악함이 합리화된 왜곡과 추론이라는 위장 가면을 쓰고 나오기 때문에 널리 퍼지게 마련이다. 그 결과, 정신병적이고 지독한 망상에 빠진 교수들이 (상대주의 등) 학계의 대중적 망상에 쉽게 빠져드는 소위 명망 있는 대학교에 강연자로 초청을 받는다.

위와 같이 정신병적 교수들이 대학에서 '표현의 자유'와 '학문의 자유'라는 핑계거리를 내세우며 계속 강연하는 동안에도, 아직 합리성이 살아 움직이는 비즈니스 세계에서 망상적 편집증 환자들이 용인되지 않는 사실은 매우 주목할 만하다. '미국이 9·11 사태를 꾸몄다.'고 믿는 사람 중에서 금융권에 채용되는 사람은 없다. 이렇듯 취업 시장은 '거실에 있는 코끼리'를 무시하지 않고 그들의 온전한 정신을 그대로 유지하고 있다. 현실 검증 능력을 상당히 상실하면서 무정부주의에 찬동하는 것이 '유행'이 될 순 있겠지만, 정신병적 망상이 기업의 온전한 분별력을 피할 순 없다. 따라서 정신치료 훈련을 받지 않고도 상식 등을 발휘하여 정신병적 망상 장애를 인식할 가능성이 꽤 높아진다.(모든 망상 장애는 의식 수준 200 이하로 측정된다.)

구세주를 자처하는 망상 장애(악성 구세주 나르시시즘)는 최근 역사와 동시대를 통틀어 모든 독재자들에게 거의 보편적으로 나타난다.(독재자들은 공히 의식 수준 90으로 측정된다.) 이런 장애를 인식하지 못함으로써 지난 세기만 하더라도 전 세계에서 수백만 명의 목숨이 사라졌다. 이런 장애를 보이는 동시대 세계 지도자들은 핵전쟁을 위협 수단으로 삼는다.(의식 수준 90은 아동 범죄자와 상습범죄자들의 특성이기도 하다.)

극단주의

특히나 지나치게 사나운 잔인함과 공공연히 집단의 강한 충동을 과시하는 극단주의는 가장 인간 본연의 본능을 표출한다. 이 본능은 정상적으로 거부되어 무의식의 영역 안에 억압된 것이다. 이를 가리켜 지그문트 프로이트는 '이드', 카를 융은 '그림자'라고 불렀다. 그 강한 충동은 동물 집단 살상으로 드러난다. 그 예로 유명 운동선수들의 투견 '스포츠', 한바탕 저지른 교내 동료 살인, 린치 같은 광란의 집단 야만성, 일본의 만주 학살, 조직폭력, KKK 집단의 효수와 고문, 반란군의 죄 없는 민간인 진압, 미쳐 날뛰는 전사들, 아이티의 흉포한 폭동, 칼과 방패로 무장한 아프리카 국가들의 내전, 탈레반의 참수, 게슈타포의 살상, 나치의 집단 수용소와 스탈린 압제 하의 강제노동수용소 등이 있다.

프랑스 혁명은 단두대에서 1만 4천 명을 형장의 이슬로 보냄으로써 찬사를 받았다. 광신적 종교 집단은 서로를 살상했으며 거기에는 아이들도 예외가 아니었다. 인간 본연의 본능적 경향은 현재 이슬람 테러리즘과 종말론적 승리주의의 이름으로 자행되는 집단

폭력으로 미화된다. 묵시론적 승리주의는 12번째 이맘 '마흐디'의 등장을 앞당기기 위해서 핵을 통해 전 인류의 3분의 2를 없애 버릴 것이라고 주장한다. 그들의 주장에 따르면 마흐디는 이 세상을 묵시록의 종말론과 유사한 천국으로 바꿀 것이다.(이는 2007년 컬럼비아 대학교 초청 강연을 했던 이란 대통령 마흐무드 아마디네자드가 직접 밝힌 입장이자 신념 체계다.[네탄야후 2006]) 모든 종말론은 의식 수준 최저 70으로 측정되며, 이는 매우 심각하고 치명적인 거짓이라는 뜻이다.

위에서 말한 모든 행위는 고전적으로 '사탄의' 행위로 불렸다. 이는 『파리 대왕』에서 보듯, 겉으로 순수해 보이는 아이들에 의해서도 언제든 풀려 나올 수 있는 인간 무의식 속 어둠의 저수지를 암시한다. 최근 살인과 강간을 부추기면서 인기를 끄는 비디오 게임의 의식 수준은 최저 90으로 측정된다. 이런 '어둠'의 성향은 영화 「블랙 크리스마스」에 나오듯 심리적 실험을 통해서 연구되고 기록되었다. 이런 실험에서 평범하고 '정상적인' 사람들조차 권위 있는 인물의 명령에 순순히 따르면서 무의식에 잠재된 잔인함을 드러냈다. 과학적으로 잘 통제된 죄수/간수 실험에서 돈을 받고 실험에 참여한 지원자들마저 본연의 잔인성을 표출하였다.(Zimbardo 2004 · 2007, Milgram 2004)

역사상 징기스칸, 바이킹, 훈족, 고트족의 사례에서 보듯, 광포한 집단학살은 수천 년 동안 세계를 정복한 야만 집단의 고유한 특성이었다. 이런 잔인한 흐름은 수 세기가 지난 후에야 이슬람과 기독교의 종말론적 종교 경전 속에 통합되었다.

진실의 역전

권위, 선전, 세뇌 기술, 집단 합의의 영향을 받으면, 현실 검증에 필요한 인간 정신의 능력이 무너지면서 거짓이 종교적 숭배의 지점(종교 재판)까지 올라가 진실처럼 군림하게 된다. 그것은 세일럼 마녀 재판과 같은 사건에 대한 변명이자 면죄부가 되었다. 종교 안에서 일어나는 이런 현상은 이슬람의 교조 무함마드의 가르침이 쇠퇴하면서 드러난다. 이는 곧 무함마드 이븐 압드 알-와합(20), 사이드 쿠트브(75)의 광신도적 교리가 낳은 결과다. 이들을 통해 하마스(40), 알카에다(30), 빈 라덴의 지하드(20)가 등장했다.

전 세계 모든 국가와 문화와 종교가 수십 년, 아니 수백 년 동안 특정한 조건 하에서 그들의 교리와 정반대되는 모습을 보였다는 사실은 의미심장하다. 여기서 그들의 가장 중요한 기제는 신의 권위를 주장하는 것이다. 신의 이름으로 가장 야만스럽고 사악한 발생초기 인간의 동물적 본능이 밖으로 드러나도록 합리화하고 부추기면서 심지어 박수갈채를 보낸다. 자발적 자살 테러로 무고한 사람들을 살해한다. 그들은 '극히 자애로운 알라의 이름으로'를 외친다.[28)]

또한 이 현상은 존스타운, 천국의 문, 헤일-봅 등 집단 자살로 끝나버린 광신적 종교 집단에서도 나타난다. 이 모든 재앙을 보면 정치적으로 이슈가 되는 권위적 인물을 추종하는 경향이 인간 의식의 단면임을 알 수 있다. 역사가 증명하듯이 카리스마를 내세우는 이런 지도자들은 '사악한 구세주 나르시시즘 증후군'을 보인다. 이 점에 대해서는 『진실 대 거짓』 14장에서 자세히 규명했다.

역사는 수 세기를 거치며 되풀이되면서 오늘날까지 이르고 있다. 오늘날에도 구세주를 자처하는 지도자들은 여전히 신의 권위를 주장하면서 수백만 명에 달하는 자국민과 가족의 집단 학살을 합리화한다.

빈 라덴의 "우리는 생명이 아닌, 죽음을 숭배한다."처럼 증오와 악을 신격화하는 행위는 의식 수준 10으로 측정된다.(의식 수준 10은 원시주의와 같은 수준이다.) 오늘날 세상에서 그런 신격화는 수 세기 동안 신학에서 '사탄의 역전satanic reversal'이라고 규정해 왔던 바로 그 현상이다. 증오와 악의 신격화가 이슬람에 끼친 영향은 이븐 와라크의 권위 있는 연구 『왜 나는 무슬림이 아닌가I Am Not a Muslim』(1995)에 학술적으로 자세히 나와 있다. 이 책은 의식 수준 410으로 측정된다. 그 외에도 살만 루시디 등 저명한 작가들이 이런 현상에 대해 권위 있는 분석과 설명을 제시한다. 루시디는 1981년 『악마의 시』 때문에 이란의 아야톨라 호메이니로부터 이슬람을 모독했다고 지목받은 후, 이슬람 율법 해석 '파트와fatwah'로 처형 명령을 받으면서 오래도록 시련을 겪었다. 이 일은 전 세계가 다 아는 유명한 사건이다.

진실의 '루시퍼적(사탄의) 역전'은 개념적 전제가 뒤바뀌는 상황에서 일어난다. 여기서 진실과 거짓은 무의식적으로 신을 자신의 적으로 간주하는 나르시시즘적 에고의 오만한 탐욕을 통하여 역전된다. 이 과장된 당당함은 '신격화godification'로 부를 만한 유혹에 굴복했다는 뜻이다. 이 유혹에 빠진 전 세계 유명한 지도자들 다수는 탐욕스럽게 돈을 쫓으면서 성적 착취를 자행하고, 사회와 개인을 통제하며, 사적 이익을 위해 서슴없이 추종자를 조종한다.(이는 "권력은 필히 부패한다. 즉 절대 권력은 절대적으로 부패한다."는 액턴 경의 금언을 잘 나타낸다.)

위에 나온 모든 내용을 통해 보자면 인간의 에고/정신/자아는 자신의 한계와 약점과 취약성을 모르기 때문에 속임을 당하거나 실수하기 쉽다. 이런 한계는 기존에 알려진 대로 거부denial라는 심리학적 기제 때문이 아니라, 생물학적으로나 카르마의 속성상으로나 의식 자체의 진화에 한계가 있다는 증거다.(전 세계 인구 85퍼센트는 의식 수준 200 이하로 측정된다.)

에고/정신의 타고난 내재적 한계를 받아들이려면 겸손함이 필요하다. 겸손함에서 타고난 한계를 존중하고 그것을 보완하려는 지혜가 나오기 때문이다. 겸손이 없는 진실 추구는 나침반 없이, 또는 그 경로를 성공적으로 횡단하고 다른 사람을 위해 지도를 남겨 준 유능하고 노련한 가이드의 안내를 받지 않은 상태로 위험천만하게 출항하는 것과 같다.

영적 수행 활동에서도 실수를 저지를 위험과 가능성이 존재한다. 산악 등반에서 벌어지는 수많은 사건 사고를 떠올려 보라.(수많은 사람들이 에베레스트를 등반하면서 지금까지 160여 명의 생명이 희생되었으며, 앞으로도 그 끝을 알 수가 없다.) 따라서 모든 영적 수행 경로, 스승, 영적/종교 단체의 입증 가능한 진실은 두려움이 아니라 통합성과 존중이라는 기제를 통해 먼저 확인되어야 한다. 영적 진실은 비결이나 비밀이 없다. 그렇기 때문에 현자들은 '고대의 불가사의'나 '은밀한 가르침' 등 어떤 특별한 교리를 혼자 받은 듯한 착각을 하면서 자기도취적 에고가 유혹되는 것을 일절 거부한다. 진실한 것은 설득하고, 개종하고, 미화하거나 통제할 필요가 없는 것이다.

신뢰성, 진실, 정직은 곧바로 드러나며 간단한 의식 측정으로 알 수 있다. 이를 통해 본질은 확실하고 투명해진다. 영적 진실을 열망하는 사람들의 시간과 어려움을 덜어 주기 위해서, 이 책의 앞부분에서 자격을 갖춘, 확증된, 진실한 스승과 교리와 기관을 담은 종합 목록을 『진실 대 거짓』에 나왔던 도표와 더불어 이미 밝혀 두었다.

진실과 진실을 추구하는 일은 매우 매력적인 일이어서 거짓 옹호자들에게 공격받기 쉽다. 그들은 오히려 진실을 추구하는 과정에서 자기 본위적 이기주의와 나르시시즘적 오만을 얻을 것이라고 위협한다. 거짓의 수익은 겉으로는 매우 거창하다. 그래서 사실상 신을 부인하고 신성을 언급하는 것조차 반대하거나, 오히려 역설적으로 극단적 행동에 대해 신의 권위를 주장하는 등 가장 극단적인 형태를 취한다. 에고의 핵심인 나르시시즘적 성향 때문에 발생하는 영적 실수의 심각함이 가장 잘 드러난 고전 작품의 캐릭터가 바로 세상이 주는 이익 때문에 점차 영혼을 파는 파우스트 박사다. 특히 오페라 무대를 지켜보는 관객들은 극의 결말에 닥쳐오는 재앙과 파우스트 영혼의 숙명이 드러날 때 정말로 몸서리를 치곤 한다.

로마 바티칸은 극단적인 영적 실수가 불러오는 심각성을 잘 알고 있었다. 그래서 역사적으로 바티칸 차원에서 세상에 나온 모든 저작물을 인정하거나 불신하는 방식을 채택하여 신자들에게 영적 안전을 제공하려고 노력했다. 공식 '허가'는 그 저작이 안전하고 영혼에 위협이 되지 않는다는 뜻이었다. 그런데 아이러니컬하게도 어떤 저작을 금서 목록에 넣으면, 그것이 악으로 유혹하는 미끼가 될 수도 있다는 뜻이기도 했다. 오늘날 자유의지론자들은 바티칸의 행위를 억압적인 것이라고 생각하겠지만, 적어도 그 의도는 의식 수준 370에서 나타나듯 진실한 것이었다. 가톨릭 교회는 다만 태생적으로 욕정의 미끼와 불경한 믿음 체계의 유혹에 취약할 수밖에 없는 순진무구하고 순수한 사람들과 제대로 교육받지 못한 사람들을 보호하기 위해 안전한 기준을 제정하고 지침을 제공하려고 노력했을 뿐이다.

권위

참다운 권위는 온전한 신뢰성, 책임감 있는 리더십, 그리고 확실히 입증된 정보관리를 기반으로 한다. 그런 권위야말로 역사상 중요한 사회적 자산이자 지적/도덕적 안내자로 간주되어 왔기 때문에, 진실 수준도 합당하며 당연히 존중받을 만하다. 참다운 권위는 일종의 추상적 원칙으로서, 세부 사항에 그 원칙을 문자 그대로 적용한 사례들을 초월한다고 할 수 있다. 말하자면, 개개인이 참다운 권위라는 이상을 구현하는 좋은 사례가 되지 못했다고 해서 그 원칙의 신성성을 불신할 수는 없다. 그것은 그 원칙을 상황에 참되게 적용하지 않았다는 뜻일 뿐이다. 곧, 시민사회가 그 권위를 때때로 남용하거나 권위 있는 인물들이 간혹 실수를 저지른다고 해서, 세상에 진실한 권위가 아예 존재하지 않는다는 뜻은 아니다.

물론 특정 직함이 지닌 암묵적 권위가 자동적으로 참다운 권위가 되지는 않는다. 오히려 그런 권위는 사회정치학적 위치성에 따라 쉽게 변할 수 있다. 그런 권위를 내세우는 인물들이 자신이 맡은 책임을 제대로 수행하지 못한다는 사실은 이미 누구나 다 아는 현상이다. 최근 수십 년간 심지어 미국 연방 정부조차 연방 법률을 존중하고 시행하는 데 실패한 사례가 그 사실을 반증한다. 오히려 연방 정부는 매우 중대한 갈등과 딜레마를 초래하면서 본질적 통치권마저 상실하고 말았다.

참다운 권위의 정치적 의미를 규정하기에 앞서, 실제로 참다운 권위의 근본적 성질은 어떤 것인가 알아보자. 참다운 권위는 지식, 숙련, 경험, (비행기 조종사 등의) 능력처럼 스스로 내재적 진정성을 자명하게 드러내야 한다. 다시 말해, 지각perception이 본질essence의 뒷받침을 받아야 한다. 이 사실이 일반적인 사례에서도 실제 그렇게 나타나는지는 분명하지 않다. 이것을 해결할 수 있는 방법은 의식 연구 기법을 적용하는 것뿐이다.

역사적으로 볼 때, 참다운 권위는 대부분 창설자, 역사상 위대한 과학자와 진실한 철학 체계의 창시자들처럼 수련법이나 규율, 또는 지식의 몸체를 최초로 창안한 사람들이 대표했다. 그 외에 음악, 미술, 종교, 영적 발견을 했던 위대한 예술가와 인물들이 참다운 권위를 잘 보여 준다. 참된 권위는 실제 사례를 입증하거나 의식 측정으로 대표되는 객관적 수단을 통해 경험적으로 확인하고 증거를 제시하여 확증된다. 의식 측정은 이후 드러날 진실 수준에 대해서 어떤 기득권도 갖고 있지 않은 객관성을 자랑한다.

따라서 참다운 권위는 그 진정성을 인정받은 탁월함이 특성이다. 존경은 참다운 권위 덕분에 존재한다. 인간은 생존과 지도가 필요할 때 참다운 권위에 의지하기 때문에, 참다운 권위가 존경과 존중을 받는 것은 당연한 이치다. 거짓 권위에 잘못 의존하면 대개 죽음, 황폐, 그리고 수백만 명의 고통이 만연하는 중대한 사회적 결과를 맞이한다.(마오쩌둥 185, 카를 마르크스 130, 스탈린주의자와 나치 이론들이 그 좋은 사례다.) 히틀러와 스탈린은 군사적 역할과 정치적 권력을 부당하게 강탈하여 재앙에 가까운 결과를 낳았다. 레닌의 테러리스트 신조(80)는 오늘날까지 끈질기게 이어진다.

오늘날 세계는 이슬람 근본주의 와하브파(30)의 교리가 몰고 온 9·11 사태 같은 치명적 결과를 목도했다. 아마 인류가 저지를 수 있는 가장 큰 실수는 거짓의 신격화와 부패한 지도자를 향한 숭배일 것이다. 순진한 대중들은 이기적 허영심과 위대함을 혼동한다. 거기에는 반드시 구세주를 자처하는 사악한 나르시시즘이 수반되고 그 나르시시즘은 계급, 국적, 종교, 인종, 복수 등 증오를 통하여 탄력을 얻는다는 사실을 명심하라. '미국에 죽음을!'이라고 외치거나 미국을 '거대한 사탄'으로 묘사하는 것은 의식 수준 20으로 측정된다. 이는 사악한 사탄과 같은 수준이다. 사악한 거짓을 옹호하는 자들은 반드시 그것에 상응하는 카르마적 책임과 의무를 지게 된다는 사실은 진실을 추구하는 연구자와 수행자들에게 중요한 교훈이다.

참다운 권위라는 자산의 상실

최근의 문화에서는 참다운 권위를 파악하거나 그 가치를 이해하기도 어렵고, 더 나아가 참다운 권위와 정치 이슈화된 대중 이미지를 구별하기도 어렵다. 거대한 사회적 위력은 궁극적으로 지진과 붕괴를 일으키는 지질구조판에 견줄 만하다. 이런 재앙이 일어나면 권위 있는 인물들에게 비난의 화살이 쏠린다. 그런 재앙이 극단을 오가며 사회적으로 표출되면 전쟁의 형태로 터지기도 한다.(기록된 역사시대 중 93퍼센트는 전쟁 중이었다.) 그러므로 실패는 참다운 권위 때문에 일어나는 게 아니라, 그런 권위가 있음에도 불구하고 발생한다.

오늘날 철학적 상대주의의 표적이 바로 진실한 권위 자체다. 상대주의는 온갖 수사를 갖다 붙이면서 참다운 권위(진실)가 존재하거나 어떤 형태로든 잠재적 타당성을 갖고 있다는 사실을 거부한다. 즉 상대주의는 정치적으로나 철학적으로나 절대주의를 비난한다. 한편 상대주의는 권위를 파괴하지 않으며, 나르시시즘적이고 포스트모던한 교리와 이론을 동원하여 오히려 스스로의 권위를 주장한다는 점이 역설적이다. 따라서 본질상 상대주의적 주장, 이론, 철학, 교리는 그들이 겉으로 따지며 논쟁하려 드는 도덕적 권위를 더 주장하고 있다. 상대주의적 포스트모던 교리는, 만약에 진실이 그저 자의적인 것이라면 그들 자체의 교리도 허위에 불과하다는 빤한 역설을 애써 감춘다.(가령, 상대주의는 도덕성이 '잘못된' 것이므로, 그 자체가 비도덕적이라고 주장한다. 이게 말이 되는가!) 그러면서 자동차 범퍼에 '권위를 의심하라.'는 스티커(180)를 번지르르하게 붙이고 다닌다.

타당하고 참다운 권위는 외관, 직함, 속성, 혹은 지각에서 나오지 않고 본질(실재)에서 나온다. 미디어의 승인을 받아야 하는 것도 아니다. 진실하지 않고, 정당하지 않고, 의식 수준 200 이하로 측정되는 것은 참다운 권위를 불신하고 존중하지 않는 태도를 부추긴다(청소년기 반항). 본질에 기초한 권위 있는 진실(절대주의)은 잘못된 지각을 지지하거나 부추기지 않기 때문이다. 잘못된 지각은 바로 나르시시즘적인 에고에서 비롯된 것이다.

공공연하게 거친 반미 반체제 태도('할리우디즘' 170-190)가 오늘날 우리 사회에 엄연히 존재한다. 이런 태도는 미디어의 주목이라는 이익을 취하고, 현재 대학교수의 대부분을 구성하는 1960년대 세대의 나르시시즘에 호소한다. 순진한 에고는 자신의 타고난 한계를 깨닫지 못하고 스스로를 부풀리기 때문에, 철학을 내세우는 가식적 태도로 수사에 취약한 순진한 에고에게 호소하는 것이다. 만약 상대주의의 주장처럼 "절대주의가 거짓"이라면 바로 그 명제 자체도 상대주의가 내세우는 거짓이라는 규정에 의해 거짓이 된다.

한계

인간 조건의 본질과 진화 상태는 원래 변동하는 성질을 갖고 있기 때문에, 권위는 전지전능하지 않으며 언제든 실수할 수밖에 없다. 그래서 도덕적 한계의 산물로 인식되는 이런저런 오류들이 발생한다. 이런 오류나 실수는 허위정보, 계산착오, 잘못된 데이터,

우세한 조건의 변동, 그리고 아직 밝혀지지 않았거나 숨어 있는 요인과 영향력에 의해 발생한다. 속임수와 허위정보는 국제사회에 널리 퍼져 있고 유엔(190)이 직면한 끊임없는 혼란에서 아주 잘 드러난다. 어떤 국가에서든지 국가 내부에서 벌어지는 문제들은 일시적이고 과도기적 현상인 것처럼 나타난다. 경제와 인구요인이 계속 변하고, 자연재해가 발생할 뿐 아니라 국가와 정치 지도자, 구성원 대다수의 지배적 의식 수준이 낮기 때문이다.

참다운 '위대함greatness'은 본질적으로 내재된 실수나 결함이 있지만, 테오도르 루스벨트, 프랭클린 루스벨트, 벤자민 프랭클린, 윈스턴 처칠, 로널드 레이건, 제럴드 포드, 마하트마 간디, 파크스 리스, 우주비행사들, 수전 B. 앤서니, 마틴 루터 킹 주니어, 그 외 여러 인물들의 사례로 알 수 있듯 전 세계적으로 강인함, 성격의 특성, 미덕의 구성요소로 인식된다.(이에 대해서는 2005년에 나온 헤이워드의 『위대함Greatness』을 참고하라.) 이 인물들은 모두 진정성과 용기(460-700)를 겸비한 위상을 보여 주는 좋은 예다.

역사적으로, 특히나 전쟁 시기에 재임한 에이브러험 링컨을 비롯한 모든 대통령은 비판적 공격, 극단적 비방, 또는 심할 경우 암살을 당하기도 했다. 또한 2차 대전을 끝내기 위해 과연 원자폭탄에 손을 대야 하는지, 그 뼈아픈 결정을 내려야 했던 트루먼 대통령처럼 고통이 따르는 도덕적 십자가를 짊어져야만 했다. 이 사건은 수십 년 뒤, 당시 일본이 미국에 핵폭탄을 투하할 계획을 짜고 준비하고 있었다는 기록이 드러나면서, 고통스럽지만 우연과 행운이 겹친 일로 판명되었다.(Kuroda 2007) 그러므로 모든 전쟁의

'도덕성'은 상황에 따라 달라지며 수십 년, 아니 수 세기 동안 논쟁과 토론의 주제가 된다. 그 세월 동안 사람들은 점차 맥락을 이해하고 그것을 적절하게 평가하게 되는 것이다.

자율성

모든 부모들이 발견하듯이, 흔히 미운 두 살이라고 하여 아이가 두 돌을 지나고 '아니오'라고 답할 줄 알게 되면 반항을 시작하고 발달 단계상 부정적인 면이 드러난다. 여기서 주된 이슈는 바로 통제권이다. 가족 간 상호작용 안에서 일종의 권력투쟁이 벌어지는 것이다. 미운 두 살이 보이는 여러 자질들은 곧 반항적인 불복종 성격(프로이트가 말했던 공격성 중의 배변 훈련 단계인 '항문기 반항')의 특성이 된다. 이런 갈등은 사실 나르시시즘적 에고가 표출되는 하나의 예가 될 수 있다. 나르시시즘적 에고의 특성이 바로 고집 부리기, 이기심, 타자에 대한 존중 결여, 그리고 '신'처럼 사랑받으려는 도착적 쾌락 성향이다. 부모의 능수능란한 양육은 이런 특성을 굴복시킬 수 있다. 아이는 부모의 보호와 사랑을 상실할 수도 있다는 두려움 때문에 에고의 특성을 포기하게 된다. 이후 자율성과 통제와 관련된 갈등은 청소년기에 다시 나타난다.(가령, 청소년기에는 마약, 랩, 펑크 록, 힙합 패션, 여성을 창녀로 비하하는 등의 특성을 보인다.) 이 시기에 청소년들은 권위와 사회적으로 그 권위를 드러낸 것이 자기 본능의 만족을 제한하는 요인이라고 생각하여 또다시 미운 두 살 때처럼 반항을 하게 된다.

참다운 권위에 대한 반항을 해결하지 못한 대가는 고등학교 중

퇴 비율이 30퍼센트에서 50퍼센트로 늘어났다는 사실에서 드러난다. 이로 인한 사회경제적 결과도 뒤따른다. 반항은 도덕, 윤리, 사회적 행동의 합법적 기준을 비롯한 모든 형태의 권위를 폄하하고 경멸하는 것이다. 이 결과, 쾌락주의적 방종이 넘치는 하위문화가 생겨나고 이와 관련된 중대한 사회적 문제가 발생한다. 이런 문제는 결국 교도소에 수감자가 늘어나는 것으로 귀결된다. 그 문제를 해결하지 못하면서 발생하는 또 하나의 결과는 '반항성 성격 장애'다. 이런 장애를 겪는 피해자들 대부분이 저항 운동, 얼빠진 교수들, 음모론, 집단 폭력의 구성원이다. 이런 외고집 반항이 처음 싹틀 때는 유치하지만, 점차 미디어의 주목을 받는 멋진 놀이가 되어 버렸다.

베트남 전쟁 당시의 반체제 지도자들 중 다수는 훗날 그들의 행동을 후회하면서 실제로 그런 심경을 담은 기사를 내거나 글을 실었다. 자신들의 행동이 전쟁을 연장시켜 고통을 늘리고 사망률을 높였을 뿐이고, 더구나 적에게 도움과 안락을 제공했다는 사실을 나이가 들고 성숙해지면서 뒤늦게나마 깨달았기 때문이다. 나르시시즘적 에고는 청소년기의 반항을 '고상하고, 이상적이며, 엘리트적' 행위라고 이름 붙여 놓고, 그런 식으로 보고 싶어 한다. 그런데 정작 그런 용어 자체가 나르시시즘, 이기주의, 허영심(170) 같은 태도에 호소하려는 에고의 성질을 확연하게 드러낸다.

흔히 반항은 억압적 권위와 숙련된 경험과 지식에서 나오는 참다운 권위를 혼동하기 때문에 발생한다. 역설적으로, 이런 반체제 의식이나 반反권위적 태도는 규칙 준수를 엄격하게 요구하며 오히려 폭력적, 권위적, 강압적으로 변하고 만다. 표현의 자유가 가진 우월성을 드러내려는 수많은 퍼레이드는 사실상 '외고집 반항, 모순'(190)이라는 신경증적 성격 장애를 밖으로 과시하는 행위일 뿐이다.

역사는 여러 배경과 사회적 환경들로 가득 차 있다. 그런 배경과 환경은 결국 위대한 혁명을 일으켰다. 그리고 그 위대한 혁명은 곧 고대 문명과 현대 문명을 형성했다. 어떤 혁명은 훌륭한 혜택을 가져왔지만 또 다른 혁명은 죽음과 기아를 만연하게 하고 엄청난 재앙을 불러왔다. 반란에는 저마다 표면상의 영웅과 악한이 있었고 그에 따른 혜택과 비극적 대가도 있었다. 그러한 갈등은 수 세기 동안 연구와 논쟁의 주제가 되기도 했다. 문제는, 언제나 그 혁명의 혜택이 생명의 상실과 고통이라는 대가를 치를 만한 가치가 있었느냐는 것이었다. 이와 똑같은 담론이 현재 전 세계 대화를 거의 지배하고 있다. 셰익스피어의 『햄릿』에 나오는 유명한 대사처럼 과연 분노한 운명의 투석기와 화살의 고통을 참아 내느냐, 아니면 그 고통에 대항하여 도끼를 집어 들 것이냐의 문제로 왈가왈부하는 것이다. 이에 대해 각 세대는 저마다 그들만의 결정을 내린다.

그렇다면 선택할 수 있는 사항은 무엇일까? 반항하는 사람들 대부분은 그저 유치한 불평불만 분자거나 나르시시즘에 빠진 적대적인 비판자들이다. 그들은 선동적 형태의 비방만 알고 있을 뿐, 동의하지 않거나 반대 의견을 내는 성숙한 선택지가 있다는 사실을 알아채지 못한다. 현재 미국을 비판하는 사람들이 단언하듯이,

미국은 자국 문화의 이상을 외국 문화에 강압적으로 강요하려는 국가로 다시금 비춰지고 있다. 그러나 '민주주의를 선택하라.'는 요청은 강압이 아니라 전 세계 갈등의 핵심으로 떠오른 '이슬람을 선택하라.'에 대항한 것이다.

현재는 민주주의와 이슬람 문제가 갈등의 주요 이슈지만 과거의 주된 대립은 '신성한 권리' 혹은 세습 군주 대 '평등, 자유, 우애' 사이의 갈등이 주를 이루었다. 공산주의(160)는 집단주의와 사회주의를 위해서 노예제도라는 '쇠고리를 던져 버리자.'고 호소했다. 그런 식으로 문명의 기저에 깔린 위대한 사회적 구조판은 계속해서 전쟁과 충돌을 양산하고 일으킨다. 진실 수준의 차이와 그에 따른 도덕적 권위의 간극에서 기본적 갈등이 반복된다는 점은 명백한 사실이다. 따라서 의식 수준은 갈등의 요인이자 동시에 그 갈등 해결에 필요한 결정적 인자다. 윈스턴 처칠의 『신세계: 영어권 시민들의 역사The New World: A History of the English Speaking Peoples』에서는 인간의 조건 자체에 적절한 해답이 있다고 하면서 겸손함을 그 대답으로 내놓는다.

종교에 대한 반박

종교는 절대적 교리와 도덕적 권위를 가지고 있기 때문에 역사상 끊임없이 적대적 극단주의의 표적이 되었다. 그 결과, 종교의 진실은 이런 공격에 취약해지고 말았다. 이는 전적으로 인간의 에고가 종교를 잘못 이용한 탓이다. 오늘날 과격한 신앙은 전쟁의 주된 원인이자 '신의 이름으로' 자행되는 대량 살상의 잠재적 원인으로서 전 세계에 퍼져 있다. 에고는 이렇듯 (범죄와 같은) 의식 수준 10에서 90으로 측정되는 행위를 정당화하기 위해서 신성의 권위를 강탈하고 있는 것이다.

현재의 대중문화는 반항적인 청소년기의 특성을 확대하고 강화한 형태라고 할 수 있다. 그러므로 대중성에 호소하는 문화는 인정받기 위한 에고의 욕망에 기초하고 있다. 심지어 유수의 대학들조차 소위 '얼빠진 교수들'을 초청하여 가르치게 함으로써 스스로 인정받으려는 자기도취적 욕망에 굴복한다.

강압적 권위주의와 실재에 기초한 참다운 권위를 차별화하는 것은 인지적 분별의 문제이며, 그 분별은 맥락에 따라 달라진다. 그 결과, 시민권과 자유도 주변 상황과 의도에 따라 달라진다. 어떤 상황은 의식 수준을 측정하기만 하면 명확히 설명된다. 의식 수준은 하나의 위치성이 가진 본질을 실제적으로 드러내기 때문이다. 가장 확실한 실례는 전쟁, 전염병, 재난, 또는 생존에 위협을 가하는 비상사태로 제약이 생기는 상황이다.

이와 유사한 분별은 합리적 자유와 무정부주의 또는 극단적 자유의지론을 구분하기 위해서도 꼭 필요하다. 먼저, 자유란 과도한 제약으로부터의 해방을 뜻하지만, 이때도 합리적 한도 안에 있어야 한다.(예: 극장 안에서 '불이야!' 외치는 것) 둘째, 그것이 아무리 합법적이라 할지라도 표현의 자유가 부정적 결과를 가져올 수도 있다. 셋째, 자유의지론은 극단적인 방식으로 밀고 나가면서 자유를 구속하는 사회적 반응을 촉발시킨다.(예: KKK 집단의 선동적인 수사학) 그러므로 자유를 존중하지 않고 그 가치를 인정하지 않는 사람들은 머지않아 자신들의 자유를 잃을 수도 있다. 즉 자유는 책임과 (시간, 장소, 환경 등) 사회적 실재의 분별에 달려 있다.

역사적으로 볼 때, 해방자이자 혁명가로 알려진 사람들도 결국 강압적 독재자로 변해 이데올로기적으로나 정치적으로나 새로운 압제자가 된다. 체 게바라, 피델 카스트로, 우고 차베스 등이 좋은 예다. 그 결과, 균형의 원리가 작동하게 되며, 이 점은 토론과 논쟁을 위한 새로운 무대가 된다. 새로운 압제자가 되는 비결은, 그 대결에 참여했거나 참여하고 있는 도전자들의 의식 수준과 비슷해지거나 그보다 낮아지는 것이다.

한도와 균형을 규정해야 할 필요성은 현재 '관용'이라는 개념에 대한 사회적 대화에서도 찾을 수 있다. 관용은 타당한 민주주의적 이상을 나타낼 수 있다. 동시에 대량 살상, 범죄, 아동에 대한 성적 학대를 비롯한 참혹한 과잉 상태를 변명하고 심지어 정당화하기 위해서 극단까지 밀고 가는 거짓이 될 수도 있다.(Dierker 2006) 정신분석에서는 이런 성향을 '공격자와의 동일시'라고 부른다. 가짜 철학으로 합리화하는 태도와 겉으로만 이상적인 진부한 말들이 이런 성향을 뒷받침한다. 또는 위와 같이 동의하고 옹호하고 눈물을 부르는 감상적 연민에 빠지지 않은 채, 잔인한 공격자에 공감하는 쪽을 택할 수도 있다. 분별은 편견이나 선입견이 아니다. 곧, '도덕적 등가물'을 만들 목적으로 잔디밭에 잡초까지 심을 필요는 없다.

위에 나온 논의를 통해 볼 때, 모든 행동에는 어느 정도 책임과 관리가 따라야 한다. '손상된 능력impaired capacity'이라는 말이 있다.

인본주의는 인간의 한계를 감안하기 때문에 유연하지만 그렇다고 어리석거나 감상적이지는 않다. 모든 행동에는 실수가 따르기 마련이지만, 가혹한 결과가 뻔히 예상되는 일에 인본주의가 사회적 승인을 해 주거나 심지어 죽음이나 전쟁 같은 참혹한 결과를 야기할 수 있다.

2차 대전 후에 전후 상황이 너무 심각했기 때문에 양편의 생존자들은 서로를 용서했다. 기실 과격한 폭탄테러 가담자들이 교묘하게 유도된 권위적 믿음 체계에 기반하여 행동하였으며, 그들이 이슬람에서 실시하는 극심한 테러리스트 이데올로기 주입 프로그래밍의 희생자라는 사실을 깨닫게 됨으로써, 이 원칙이 현재 효력을 발하고 있는 것이다.

연민은 사회적 실재를 부인하지 않고 인식한다는 뜻이다. 우리는 야생 호랑이의 자연미를 사랑하고 음미할 수 있다. 하지만 그 호랑이와 안전하게 놀 수 있다고 생각한다면 어리석은 사람일 뿐이다. 앞서도 언급했듯이 실재는 본질의 결과이지 외관의 결과가 아니다.

악을 옹호하는 사람은 다양한 정도의 카르마적 책임을 담은 결과를 함께 공유하고 있다는 사실을 깨달아야 한다. 흔히 사람들이 통탄하면서 내뱉는 "대체 내가 무슨 짓을 했기에 이런 일을 당하는 거지?"라는 말을 생각해 보면 쉽게 이해될 것이다. 이 말은 신의 정의가 카르마 법칙이라는 원칙에 따라 작용하는, 집단 문화와 전 국가적 재앙을 설명해 주기도 한다.(예: 의식 수준 1000인 마태오 복음 10장 30절을 보라. "그분께서는 너희의 머리카락까지 다 세어 두셨다." 즉 신은 당신의 모든 걸 속속들이 다 알고 있다.)

해결

참다운 권위를 제대로 인식하고 수용하는 것은 아동기와 청소년기에 부모와 더불어 긍정적이고 보람 있는 경험을 하느냐에 달려 있다고들 흔히 말한다. 이 시기에 그들이 받는 사랑과 지지는 고집스러움과 자기중심적 통제를 포기한 대가로 받는 보상, 그 이상의 역할을 한다. 제대로 된 부모는 자녀에게 지원자이자 보호자가 되며, 그들이 동일시하는 자부심의 원천으로 작용한다. 부모가 이런 역할을 해 주지 못한다면 자녀들은 신을 비롯해 모든 권위 있는 인물이나 그 상징들에 대해서 좀처럼 풀리지 않는 원망이나 증오마저 품게 될 것이다.

때때로 자아는 엄청난 재앙을 맞이한 후에야 참나에게 의탁하게 된다. 진실한 참나는 오로지 영혼이 승리하고 영적 실재가 어둠을 뚫고 빛을 비추는 일에만 정렬한다. 인간에게 일어나는 여러 사건들 속에서 "인간의 극단성은 곧 신의 기회"라는 금언이 맞아떨어진다. 그 결과, 역설적이게도 대참사와 세속의 재난이 오히려 구원을 바라고 머무를 수 있는 유일한 수단이 된다. 신은 두려움의 결과로 발견되는 것이 아니다. 그 두려움을 온전히 내버렸을 때에야 비로소 발견할 수 있다.

존중

우리는, 우리 자신뿐 아니라 남들도 똑같이 존중한다는 사실을 명예롭게 여긴다. 여기서부터 누구나 자신과 타인의 인간성을 존중하며, 결국 신의 뜻으로 표출된 모든 생명을 존중하게 된다. 에고가 모든 것을 내려놓고 의탁함으로써 영혼은 존재의 신성함을 알게 된다.

자기존중을 통해서 정중함(465)과 자국민에 대한 존중이 드러나고, 참다운 책임감이라는 용기를 갖는 데 필요한 유산과 안목이 나타난다. 자기존중을 기점으로 타인의 권리에 대한 존중과 개인적 관리에 필요한 책임감도 시작된다. 존중은 자부심을 훨씬 넘어서는 것으로 그 핵심에는 겸손함, 고마움, 감사함이 있다. 이를 통해서 우리는 창조와 앎의 신성함을 지각한다. 이 신성함은 "오, 주여, 모든 영광이 당신께 있나이다!"이라는 대영광송大榮光頌의 감탄으로 표현된다.

Reality, Spirituality and Modern Man

12

가설로서의 신

들어가며

역사적으로 신성의 본질에 대한 논의와 사색은 신학과 종교의 영역이었다. 그 분야 저작이 심오한 박식함을 보여 주지만, 사실 평범한 사람들은 궁극적 실재의 참다운 본질을 어리둥절하게 생각한다. 또한 오늘날 그 주제를 깊이 있게 연구하거나 명상할 만한 개인적 시간은 거의 없다시피 하다.

일반적으로 신은 '저 위에' 계신 존재로 묘사된다. 신은, 기도를 통해 접할 순 있겠지만, 세상의 현상을 지각하는 의식 수준에서는 사실상 존재하지 않는다. 일상에서 '실재'를 인식하는 주된 토대는 감각적으로 확인하는 과정과 개념적/정서적으로 자세하고 정교하게 인지하는 과정이 있다. 많은 사람들에게 신은 주로 신념 체계이기 때문에 일평생 개인이 정신적으로 여러 부침을 겪을 때마다 영향을 입을 수밖에 없다. 그런 탓에 그 주제는 수십 년간 모른 척 지나가거나 주일 아침에만 한정되어 다루어질 수도 있다. 동시에 대부분의 사람들은 나이가 들어 인생을 반추할 시기가 되면 진지하게 그 주제에 관심을 가져보겠다고 다짐하곤 한다.

역사적으로 중요한 묘사

앞서 언급했듯이 신은 이곳이 아닌 다른 곳, 이를테면 지상이 아닌 천국에 계신 존재이므로 물리적으로 확실히 거리가 있는 곳에 존재한다고 상상하고 묘사한다. 그림에서도 신은 규모나 크기 면에서 확실히 차이가 나며 구름과 별을 배경으로 앉아 있거나 서 있고, 천사와 케루빔들이 주변에 떠 있는 형상으로 그려진다. 고전적으로 볼 때, 그런 묘사는 시스타인 성당 천정 벽화에 묘사된 형상과 비슷하다. 신은 긴 머리에 풍채도 있고, 나이도 조금 들어 보이고, 공간에 떠 있으면서, 태초의 인간을 내려다보고 손을 뻗으려는 모습으로 나온다.

하나의 개념으로서 신

신을 무시간적 현존Presence이자 편재하며 영구한 근원Source으로 보지 않고, '창조주Creator'로 보기도 한다. 이러한 정의는 신을 시간과 인과관계의 측면에서 규정한다는 개념적 한계가 있다. 이렇게 되면 신은 개념적으로는 선형적이고 관찰 가능한 일상 세계와 연결될 뿐이다. 시간 자체는 인지와 지각의 환상이며, 앞에서 말했듯이 단순히 의식의 투사에 불과하다.(Hawkins 2001) 이런 깨달음은 양자물리학 이론이 확산되면서 확인되었다.(Lynds 2006) 양자물리학 이론에 따르면, 의식 없이는 그 어떤 독립적인 우주도 결코 존재하지 않는다.(Stapp 2007, Rosenbaum & Kuttner 2007)

신은 주로 의인화된 인격적 특성을 덧입으면서 사물처럼 '무엇'으로 간주되기도 하고, 사람처럼 '누구'로 간주되기도 하며, 하물며 시간처럼 '언제'로 간주되기도 한다. 이 점은 특히 구약성경에서 신을 묘사할 때 두드러진다.[29] 그래서 신은 분노, 복수, 원시적 태도, 보복, 시기, 판단 같은 인간적 자아의 온갖 결함을 다 갖고 있으며, 혹시 여지가 있으면 더불어 자애심을 지닌 존재로 묘사된다. 인간은 애초에 '신에 비해' 표면적으로 상당히 불평등하게 부족(무지)한 존재로 창조되었음에도 '신과 달리' 자신들의 결점을 책임진다. 이런 점에서 본다면 사실 인격화된 신은 다소 변덕스러운 존재로 보인다. 그렇기에 인류는 신의 자비와 구원을 모두 필요로 한다.

이런 신인동형론anthropomorphism, 神人同形論적 투사에서 인간이 이해하는 양가적인 신의 이미지가 드러난다. 자애롭지만 역설적으로 인간의 영혼을 지옥으로 던져 버릴 수도 있는 하느님이다. 그 결과, 신은 애정 어리지만 동시에 한계가 있는 존재로 지각되고, 인간 세상의 부모에 비유된다. 이 점을 연구조사한 사람은 당연히 지그문트 프로이트였다. 프로이트는 신이 유아의 무의식에서 의인화된 투사로 나왔다고 여기는 관점을 버렸다. 신에 대한 잘못된 묘사를 폐기한 것은 프로이트의 공로였지만, 결국 그는 진짜 신은 존재하지 않는다고 마무리함으로써 결정적 오류를 범했다. 하느님은 존재하지 않는다는 그의 결론은 오류다. 즉 신을 신인동형론적 존재로 묘사하는 것이 잘못되었다고 해서, 그것이 곧 신성의 실재를 부정하는 건 아니기 때문이다. 표면상 불공평해 보이는 인간의 운명은 카르마 법칙을 가르치는 불교와 힌두교 등 보다 정교한 종교가 잘 설명해 준다.

신에 대한 두려움

신인동형론적으로 묘사된 신은 심판자로서 그의 분노에 대한 인간의 두려움을 낳는다. 하지만 두려움을 야기하는 또 한 가지 이유는, 세상과 인간의 모든 재앙을 관장하는 근원이자 원인으로 신을 개념화하면서 발생한다. 그 결과, 신은 폭풍, 가뭄, 홍수, 지진, 화산 폭발 등을 만들어 낸 존재로 간주된다. 원시 사회에서는 이런 믿음 때문에 인간이나 동물 희생으로써 신을 달래 보려고 했었다. 잉카, 마야, 그 외 대부분의 고대 종교 의식에서 희생제물을 바쳤으며 그 희생제의가 잔인함의 극치를 보이기도 했다. 동물 희생제의는 고대 히브리 사회와 다른 문화권에도 널리 퍼져 있었으며 각 문화권마다 토착적인 면모를 보였다. 오늘날, 이와 똑같은 원시주의는 신을 기쁘게 하여 신의 호의와 천상의 선물과 면죄부를 얻기 위해서 자살테러를 하거나 무고한 사람들, 혹은 '신앙심이 없는' 이단자를 살해하는 이슬람 문화에서 볼 수 있다. 다시 말해, 신을 기쁘게 하려고 자선구호품이나 희생제물을 바치는 일은 결국 이슬람 원시주의와 똑같은 유형의 사고방식이다. 이 숭배를 통해 신이 기쁨을 느끼고, 분노를 일으키다가 달램을 받고, '매수되고' 혹은 아첨을 받을 수 있다는 개념은 신인동형론을 정교화한 것이다. 여타 종교 관습에도 나오듯이 특정한 신이 갖고 있는 중요한 특질은 여기에 따라가는 인간의 의도와 믿음의 산물이다.

창조주로서의 신

고전적으로 신은 전지전능하고 편재해 있는 존재라고 규정되었다. 신은 가장 으뜸가는 기원이자 근원이며, 창조주다. 인간의 정신은 시간이라는 측면에서 인과론적 순서에 따라 사고한다. 즉 시간, 순서, 인과관계가 인지된 선형적 세상 '저 어딘가에' 있으며, 시간과 인과관계가 실재를 표현한다고 생각한다.(데카르트의 *내부 사유 실체(생각)*와 *외부 연장 실체(사물)*의 혼동) 정신-이미지 처리과정의 순서를 따지는 본질이 이런 개념화를 더욱 확증한다. 그 결과, 정신은 시작과 끝이 있는 '타임라인'을 구성한다. 여기에는 시작/기원과 기획자/저자/창조자라는 '주된 원인primary cause'이 반드시 필요하다.

신은 '가장 으뜸의 원인'으로 간주된다. 창조는 창세기에 묘사된 대로 시간의 순서에 따른 선형적 과정으로 묘사된다. 이로써 우주는 인과관계의 산물이 되고 시간이 정해진다. 1781년 임마누엘 칸트는 『순수이성비판』에서 이 논리적 진행 과정 속에 내재된 개념적 한계를 지적했으며, 훗날 스티븐 호킹의 양자역학이 등장하면서 좀 더 자세한 설명이 이루어졌다. 호킹은 1993년 양자 중력 이론 안에 '허虛 시간imaginary time'이 지닌 실용적 가치와 효용성을 포함시켰다.

구약성경은 주어, 목적어, 타동사의 이중적 언어 작용을 통해 창조Creation와 창조주Creator를 인지적으로 분리시킨다. 이에 따라 그 흔한 "결과를 알 수 없으니 일단 운에 맡기고 한번 해 본다는" 개념이 등장한다. 이 개념은 에고/정신의 처리작용과 일치한다.

개념화라는 한계를 넘어서면 창조는 사실상 시간 바깥에 존재한다. 따라서 '그때'와 '지금'은 시작과 끝도 없이 언제나 계속되는 영원을 인식함으로써 건너뛰게 된다. 시간의 진행이란 없다. 실제로 진행되는 것은 그저 인간의 목격뿐이기 때문이다. 그 목격은 순차적이며, 시간의 전개와 잠재성 안에 위치한 것으로 경험된다. '존재Existence' 자체는 선별된 해석이다. 실제로 우주와 신성은 통합된 하나이기 때문이다.

신은 우주의 '원인cause'이 아니라 근원Source이자 영원히 존재하는 기층이다. 그러므로 진화적 창조는 전능함이라는 무한한 잠재성이 존재의 현실성으로 전개되는 결과다. 신에게 감싸인 우주는 존재함beingness으로 나타나고 생명과 존재라는 펼쳐진 우주로 등장한다. 이 탈바꿈 과정에서 존재는 목격이라는 확인이 필요하지 않다. 우주는 내용이다. 그것의 맥락과 근원은 바로 신성이다. 따라서 본질은 '원인cause'이 아니라 불멸의, 지속되는, 영원히 존재하는, 본원적 참나가 실존하는 실재Reality라고 볼 수 있다.

높은 추상적 수준에 이르면 신의 법령으로 *만물이 존재하며* 만물이 존재를 얻게 된다는 사실을 직관적으로 이해하고 말할 수 있다. 그것은 신의 은총이 비추어진 양상이다. 그 은총으로 감싸여 있던 잠재성이 관찰 가능한 선형적 우주로 펼쳐진 것이다.(Bohm 1980) 그 결과, 무한한 잠재성의 신격이 존재로서 현실화되며, 이리하여 비선형적 요소로부터 선형적 요소가 표출되는 것이다. 고전적으로 볼 때, 이러한 내용은 인식론의 주제다. 성경의 해석은 요한복음 1장에 표현되어 있다. 1절부터 4절까지 인용하면 "한 처음에 말씀이 계셨다. 말씀은 하느님God과 함께 계셨는데 말씀Word은 하느님이셨다. 모든 것이 그분을 통하여 생겨났고 그분 없이 생겨난 것은 하나도 없다. 그분 안에 생명이 있었으니 그 생명은 사람들의 빛이었다."고 나온다. 이렇듯 생명의 빛Light of Life과 인간의 의식(1000)을 비롯한 존재의 모든 것이 하느님(의 말씀)으로부터 등장했다. 따라서 신은 근원이자 창조주다.

현대과학에서 본 신과 창조

양자역학에서 물리적 세상은 '파동 함수 붕괴'의 결과로 드러난 것이다. 즉 잠재성(파동)이 하이젠베르크 불확실성의 원리를 통해 '입자들'로 물리적으로 현시되는 것이다. 이 과정에서 인간의 의식과 의도는 촉매재가 된다. 인간의 의도가 들어간 의식 수준의 측정 가능한 힘은 이런 경향을 증가시킨다. 신의 의식 수준은 무한하고 시간이나 한계를 넘어서기 때문에 창조와 창조의 진화적 외관(출현)은 절대적인 것이다. 그 결과, '신의 의지'(전능)에 의해 무한한 가능성의 '신격'으로부터 무한한 의식의 현현(편재)과 전지함이 발생한다. 이로써 만물은 영원히 세상에 알려지게 된다.

경험적 실재로서의 신

신성에 대한 지적 묘사는 선형적 논리와 이미지를 심상과 생각의 구성물로 해석한 것이다. 말하자면 신에 대한 생각과 아이디어는 의식 수준 400대 범위인 지적 처리 과정에서 나온다. 그와 같은 지적 처리 과정과 전혀 무관하게, 시간에 따른 인간의 경험에는 신의 존재를 맥락의 힘으로서 인식하는 것도 포함된다. 맥락의 힘이란 정신 자체를 넘어서 압도적으로 드러나고, 정신의 심대한 영향 속에서 탈바꿈하는 신성한 본질이다. 영적 진화가 개인 안에서 진행될 때, 영적으로 탈바꿈하는 사건들이 일어날 것이다. 그리고 의식 수준 540에서 570이 되면 그런 사건들이 빈번해지고, 삶의 실재에 대한 경험적 감각과 이해가 새로운 맥락으로 진입한다.

의식 수준 540에서 570이 되면 영적 개념은 더 이상 형태 없음에 머물지 않고 삶 자체의 경험적 구조로 나타나기 시작한다. 비슷한 의식 수준을 가진 사람들과 그런 경험을 공유하면서 확증이 일어난다. 그래서 그것이 경험적으로 입증된다는 공통된 근거를 발견하게 된다. 그러한 영적 공동체 안에서 신의 '의지Will'는 영향력을 발휘하고, 현존하며, 내재적이고, 기능적으로 작동하는, 편재하는 것(예: 맥락)으로 받아들여진다. 따라서 신의 의지는 주관적 현상 세계의 일부분이자 입자다. 신성의 현존은 모든 것을 아우르는 것으로 이해되며, 믿음에 기반한 집단에서는 '더 높은 힘'이라고 부른다. 믿음에 기반한 집단은 기도, 명상, 이타적 봉사를 통해 신과의 접촉을 늘리려고 노력하는 사람들이다. 타고난 한계 때문에 인간이 겸손함에서 출발하여 그 노력에 책임을 다하는 것일 뿐 사실 결과는 인간의 영역이 아니다. 이는 더욱 확실해졌다. 결과는 바로 신의 의지에 달려 있는 것이다.

점차 에고에 대한 보상은 거부되고 모든 권리를 양도하는 수순을 밟으면서 에고가 정신에 가하는 압력은 더욱 줄어든다. 에고가 의심의 잔류물을 점차 내버리면서 영적 경험은 착착 진행된다. 그 결과, 믿음이 경험적 지식을 대체한다. 헌신의 깊이와 심도는 증가하고, 결국 믿음이 다른 모든 세속적 활동과 관심을 차단하고 대체할 것이다.

가장 으뜸의 실재로서 신을 경험적으로 확인하기

영적 진화는 그 자체가 주된 초점이 되면서 점차 가속화된다. 그 진보적 무대는 『나의 눈』, 『호모 스피리투스』, 『의식 수준을 넘어서』를 비롯해 본 저자가 앞서 출간한 일련의 책에서 매우 구체적으로 묘사했다. 신의 현존을 깨달은 사람들이 묘사하고 증언한 주관적 상태는 인간의 역사에 줄곧 기록되었고, 『내 안의 참나를 만나다』와 『진실 대 거짓』의 17장에도 기술해 두었다. 앞서 인용된 모든 책에서, 신성한 실재의 증거와 경험은 의식 측정으로 확증되었으며, 『의식 혁명』에서 이 수치를 최초로 기술하였다.

이렇게 확인된 증거들이 차곡차곡 쌓였으며, 최근 수십 년간 전 세계 수행자들과 연구 단체들이 더 많은 증거를 추가했다. 또한 그 증거를 뒷받침하는 수많은 집단과 높아진 의식을 반영한 개인의 경험을 기록하고 알렸다.(Grace 2007) 그 모든 자발적 기록과 알림 과정에서 주목할 점은 개인적 에고를 쏟아 붓는 일이 전혀 없었다는 것이다. 말하자면 그렇게 많은 보고서들이 보통 "뉴질랜드에서 조지 P." 또는 "독일에서 마리 S." 등 사실상 익명의 형태로 들어왔다.

어느 시대에나 인류는 보편적으로 영적 실재의 주관적 경험을 보고했고, 문서로 기록했으며, 이제 의식 측정으로 확증했다. 지금도 전 세계에서 다양한 개인과 집단이 의식 측정을 꾸준히 시행하고 있다.

걸림돌

신성의 실재는 개인, 집단, 또는 전체 문화가 어떤 의식 수준에 있건 거부될 수 있다. 바로 인간이 가진 자유의지 때문이다. 그 기저에 깔린 동기는 개인적이면서 동시에 사회적/심리학적인 것으로, 사실상 (개인과 집단) 의식의 진화적 본질을 나타낸다. 반대로 개인과 집단의 카르마적 성향은 이러한 저변의 동기에 영향을 끼친다. 개인의 영적 인식에 영향을 끼치는 요인은 전통, 지성, 교육, 그리고 정서와 가족을 포함한 개인적 경험이다. 또 진실한 영적 저작과 합당한 스승을 접할 수 있었는지도 한몫한다. 개인적 동기가 달라지는 데에는 나이, 인성, 심리학적 유형, 태도, 재능, 카를 융의 내향성 대 외향성 등 기타 요인들도 영향을 미친다.

나르시시즘, 회의론, 의심, 불신, 부정주의, 반대, 저항, 그리고 13장에 논의될 편집증적 성향을 비롯해 특정한 태도들은 영적 인식에 걸림돌이 될 수 있다. 더구나 인간의 육체적 발달처럼 영적 진화도 미성숙하거나 지연될 수도 있다. 종교적 인물로 인한 불행한 경험이나 교회 안팎에서 일어나는 추문 등은 종교적 통합성이 공공연하게 실패한 사례다. 당연히 이런 모습에서 인간은 혼란을 느끼거나 영적/종교적으로 실망하게 될 것이다. 그러면 영적 진화의 속도와 깊이는 줄어들 수밖에 없다.

개인적 요인 외에 미디어가 끼치는 문화적 영향도 있다. 미디어는 '신'이라는 단어의 언급조차 금지하려고 무진 애쓸 정도로 돈과 조직을 내세워 종교와 영성을 공격한다. 이러한 반종교 혹은 반영성 운동의 토대는 유행하고 있는 정치적 세속주의라는 입장에 나르시시즘적으로 호소하려는 욕망이다. 그런데 역설적으로 그런 정치적 세속주의는 새로이 강압적으로 나타난 '종교적 열정'이 된다. 세속주의자들은 공히 200 이하로 측정되는 포스트모더니즘과 상대주의라는 철학 체계로부터 그 지지와 동력을 얻는다.(『진실 대 거짓』 참고)

나이가 들고 성숙해지면서 삶의 여러 단계를 만날 때마다 인간은 종교와 독실함에 매우 끌리거나 아주 혐오하는 시기를 교대로 맞이한다. 아동기에는 반발하고, 청소년기에는 반항하고, 어른이 되면 결혼하고 자녀를 기르는 책임에 몰두하게 된다. 즉 생애 주기별 주된 활동이 가장 큰 자리를 차지하기 때문에, 나이가 들면서 생기는 문제와 관심사, 그리고 인간 삶의 한계와 유한성과 마주치는 순간 등의 영적 사안은 그다음 자리에 놓인다. 영적인 사안은 인생의 후반기에 가서야 우선순위가 된다. 인간이 피할 수 없는 상황, 다시 말해 죽음을 생각해야 할 시기가 되면 그저 죽음에 대한 두려움 때문이 아니라 그 자체를 순순히 받아들이면서 다시 어떤 믿음과 희망이 등장한다. 그때, 인간은 신의 실재를 기다리게 되며, 그동안의 두려움과 의심 대신에 신의 의지와 인간의 운명에 의탁하는 평화가 찾아온다.

궁극적 실재에 대한 또 다른 묘사

유대교, 기독교, 이슬람교가 표방하는 일신론은 궁극적 실재 Ultimate Reality를 하나의 규정할 수 있는 독립 실체로서 묘사하는 경향이 있다. 이때, 그 실체는 마치 초인간이라고 부를 만한 구체적 특성을 겸비한 단일 초인격체로 기술된다. 구체적인 독립 실체로서 신은 공간, 시간, 심지어 위치 안에 존재한다고 묘사된다. 더 나아가 앞서 언급했듯이 동기, 의지, 의도, 취향, 편애 같은 의인화된 속성을 가진 존재로까지 규정된다. 그 결과, 이런 속성들 중에 무엇이라도 언제든 반박될 수 있는 소지가 생겼고, 신의 '본질nature'은 신학적 논쟁과 지적 담보계약에 종속되고 말았다.

고대 인도나 극동 문화가 이해하는 방식으로 궁극적 실재를 고색창연하게 묘사한 내용은 일신론적 문화와 종교에서는 낯선 일이다. 이런 동양적 묘사는 역사를 바탕으로 한 유한한 인간에게서 나오는 게 아니라, 바로 의식의 본질이 지닌 계시에서 나오는 것이다. 그 결과, 크리슈나와 붓다의 계시, 고대 『베다』의 계시를 받은 현자들이 등장했다. 이들은 깨달음으로 발생하는 궁극적 계시 Revelation에 대한 좋은 참고 자료다.

이렇듯 내면에서 발생하는 앎은 선천적이며, 접근가능하고, 경험적이며, 확증가능하고, 가장 으뜸인 보편적 기층의 힘이자 에너지로서 언어적 정의나 묘사를 넘어선다. 그런 힘과 에너지로부터 존재의 잠재성과 현실화가 발생한다. 궁극적 실재는 의식의 기층과 근원을 탐색하면서 드러난다. 그것은 모든 정의를 넘어선 궁극의 비선형적 맥락이다. 따라서 깨달음이라는 경로를 통하면 '인간-나me-human'에 비교하여 '당신-신you-God'이라는 분리된 관계가 존재하지 않는다. 이것은 자아에 비교하여 참나를 정의하는 힌두교 아드바이타Advaita(비이원성)의 뜻과 같다. 이것은 신비주의자들이 터득하는 핵심이다. 이렇게 선형적 에고의 걸림돌이 다 없어졌을 때, 궁극의 비선형적 실재는 스스로를 드러낸다.

신비주의적 계시는 유대교와 기독교 전통은 물론, 이슬람 수피들이 명상과 함께하는 내면의 여정에도 속한다. 기독교에서는 '신비적 합일Unio Mystica'이라고 불렀다. 또한 선 불교의 '길 없는 길Pathless Way'이자 불교의 핵심이며, 고전 요가를 겸비한 힌두교 전통의 핵심이기도 하다. 계시되어 깨닫게 되는 현존Presence은 묘사, 기술, 혹은 명사화를 넘어선다. 그러므로 논쟁, 합의, 또는 신학적 담론도 넘어선다. 규정할 수 있는 자질이 전혀 없는 궁극적 실재는 명사화나 성격 묘사 너머에 있으며 인과관계, 공간, 시간, 또는 위치 같은 선형적 개념 너머에 존재한다.(Grace 2007)

근본적인 주관성의 경로는 의식 자체의 본질적 핵심을 드러낸다. 의식은 경험적 인식에 필요한 주된 기층이자 능력의 원천이기 때문에 가설 너머에 있다. 그 결과, 가설은 궁극적으로 그것을 초월함으로써 응답받는다.

궁극적 실재의 핵심이 갖고 있는 규정할 수 없는 본질은 앞서 언급한 대로 언어적 규정이나 명사화가 불가능하다. 그래서 '불성' 같은 참고기준이 등장한다. 불성은 개인과 무관할 것 같지만, 실은 역설적으로 경험론적 인식의 기층이다. 이런 규정할 수 없는 자질은 항상 존재하며, 꼭 필요하고, 매우 지배적이면서, 선험적인 조건이다. 기독교에서 이것과 가장 가까운 필연적 결과를 가리키는 용어가 바로 '삼위일체의 하느님'이다. 여기서 하느님을 우주의 존재에 적용할 때 '창조주'라는 용어가 나타난다.

묘사할 수 있는 선형적 영역은 전혀 묘사할 수 없는 비선형적 근원에서 나온다. '깨달음'이라고 불리는 조건이 되었을 때 비로소 만물의 실재가 지닌 궁극적 기층의 핵심을 깨닫게 된다. 따라서 깨달음은 내면의 상태를 '형언할 수 없는' 신비주의의 영역이다. 그것은 경험으로 확인될 수 있으며 의식 측정 연구로 입증될 수 있다.(최고치 1000으로 측정된다.) 어떠한 지적 이해나 규정도 넘어선다. 따라서 가설적 명제나 논쟁이라는 지적 작용 너머에 있다.

모든 지적 의심은 결국 경험을 통해서 해결 가능하며, 그 수단은 『내 안의 참나를 만나다』에서 이미 기술하였다.

해결

존재와 신의 본질에 대한 가설은 수 세기 동안 서구의 가장 위대한 지성인들이 벌인 담론과 논쟁의 주제였다. 그 담론은 철저한 노력과 헌신으로 얻은 포괄적 지혜와 더불어, 전체적으로 엄청난 박식함과 눈부신 지적 판단력을 선보인다. 역사상 가장 위대한 사상가들의 통합성은 선명하며 영감을 준다.

서구 문명에서 보여 준 이렇게 대단한 노력 외에도, 현대인은 중동과 극동의 축적된 지혜에도 접근할 수 있다. 심지어 중국에서는 지금도 유교사상이 급변하는 거대한 사회를 지탱하는 기반을 형성한다. 중국 다음으로 떠오르고 있는 거대 문화인 인도에는 수 세기 동안 쌓인 포괄적 지혜를 증류시킨, 뿌리 깊은 힌두의 문화적/종교적 조직이 있다. 미국에서는 이 땅에 가장 먼저 살았던 토착 아메리카 인디언 문화에서 보편적으로 인정받는 주신Great Spirit, 主神을 발견했다. 그리고 아프리카와 남미의 개별 원주민 문화에서도 신을 숭배했다.

고대 게르만족과 기원전 그리스와 로마에서도 여러 신을 모셨다. 그러므로 묘사에 있어서 차이가 있지만, 인류는 보편적으로 신이 생명과 존재의 근원이라고 이해했다고 말할 수 있을 것 같다.

그 결과, 무신론자들은 인류 역사상의 전 인류를 반박하고 있다는 의심스러운 지적 과업에 직면한 셈이다. 그들은 그 과업에 소유권을 주장하면서 지적인 겉치레를 잔뜩 늘어놓았지만 정작 아무도 그 과업에 성공하지 못했다. 이 실패는 입증할 수 없고 원래 반박될 수도 없다는 필연적인 사실 때문에 너무나 당연한 것이다.

신중한 사상가라면 신성의 실재가 잠정적인 가능태이며, 따라서 그 해법은 의식 자체가 진화함으로써 좀 더 확실하게 설명될 수 있다고 결론 내릴 것이다. 궁극적 해결은 지성인의 제한된 영역이 아니라 더 높은 단계와 더 큰 차원에서 나타난다. 지성 집단은 대개 의식 수준 400대에 갇혀 있다. 400대 정신 작용의 본질이 무의식적이고 맹목적인 교만이라는 사실은 이미 자명하게 밝혀졌다. 모든 '사상가'는 내심 그들의 정신이 다른 모든 이들의 정신보다 실제로 우월하다고 믿는다. 이는 '스스로를 인정하라.'는 심리학의 기본전제이기도 하다. 2006년 12월, 《타임》은 커버에서 이를 멋진 '당신You' 세대라고 칭한 바 있다.

기실 실재를 알 수 있다는 사상가의 착각 또는 환상은 그저 평범한 교만의 결과가 아니라, 인간 정신의 구성 자체가 지닌 본질적 결함에 의한 것이다. 그 결함은 바로 인간 정신의 진화적 발달상 생겨난 것이다. 유기체가 생물학적 삶을 유지하려면 확실성이 보장되어야 한다. 그래서 유기체는 (에고의 여러 기능 중에 '경험자' 측면을 발휘하여) 주변 환경에 접근하여 생존에 필요한 표본조사를 해야 했다. 그 결과, 생존하기 위해 선형적 영역(주변 환경)을 조사하고 그 일의 정확도에 기대는 믿음(비선형적 영역)이 진화했다. 하지만 에고의 선형적 처리 기능은 비선형적 차원의 실상을 발견하는 데 필요한 능력을 습득하지는 못했다. 그 결과, 아주 오랜 진화의 시간을 거친 후에야, 비로소 인간 의식은 맥락과 내용을 분별할 수 있게 진화했다. 하지만 그것은 오늘날 전 세계 인구의 85퍼센트에게는 여전히 존재하지 않는 능력이다.

이 한계는 인류의 대다수가 비선형적 실재, 즉 존재의 맥락이자 근원을 설명해 줄 수 있는 가장 진화된 구성원들에게 의존해야 한다는 것을 의미한다. 따라서 의식 측정의 가치는, 이것이 아니었다면 접근하지 못했을 더 높은 차원의 지식(본질을 분별할 수 있음)으로 가는 길을 열었다는 점에 있다. 망원경이 눈에 보이지 않고 탐지되지 않는 것으로 남아 있었을 인간의 가시 영역을 확장했듯이, 의식 연구는 평범한 지각 너머에 있는 진실을 드러내며, 아직 발견되지 못한 실로 엄청난 혜택까지 잔뜩 품고 있다.

타고난 한계 극복

영적 수행과 헌신의 기본적인 목적은 에고의 진화적 한계를 초월하여, 의식 자체의 근원에 접근하여 의식의 능력을 발전시키는 것이다. 의식 자체는 에고/자아의 모든 한계를 건너뛴다. 그런 다음, 진실은 신의 은총으로 스스로 그 자리에 존재한다. 신성은 신의 시간 속에서 신성을 청하는 사람들(진실로 측정된다.)에게 자신을 드러낸다. 영적 진화는 겉보기에 느리게 진행되지만 그 노력은 결코 헛되지 않다. 영적 진화는 차원과 영향(충격) 면에서 매우 갑작스럽고도 극히 중대한 것이다.

문제가 될 수 있는 종교적 교리

인간 정신이 오류를 범하고 타자의 영향을 받는 성질(암시 감응성) 때문에, 주요 종교들은 진실한 종교의 이름을 이용해 신뢰를 얻어 보려는 분리주의 종파들에게 지속적인 침해를 당해 왔다. 그런 분리주의 종파들은 그들이 침해한 종교의 극점에 서 있거나 정반대에 있는 경우가 허다하다. 끊임없는 종교전쟁과 역사상의 종교재판은 이 점을 가장 분명하게 보여 준다.

종교는 비교적 정치적 논란으로 파급되기 쉽다. 그런 탓에 '신의 이름으로' 온갖 방식의 끔찍한 유린이 벌어지면서 수 세기 동안 수백만 명이 학살되었다. 이는 수 세기 전의 십자군 전쟁이나 오스만 제국부터 오늘날 지하드까지, 흔히 '성전'의 형태로 나타난다. 지하드는 와하비즘(30)과 12세기 이맘 마흐디의 귀환 같은 묵시론적 이슬람 전설(70)에 기초한 이슬람 테러리스트 승리주의(90) 종파다. 의미심장하게도 『쿠란』 등의 이슬람 경전은 종교와 국가를 구별하지 않는다. 종교가 곧 국가('이슬람의 성전')다.

흥미롭게도 모든 묵시론적 비전은 의식 수준 60에서 70사이로 측정되며, 대개 카를 융이 말한 무의식 속 원형인 '그림자Shadow' 나 프로이트의 '이드Id'에서 발생한다. 때마다 '낮은 영적 세계'의 비전을 개인적으로 보고하는 사례가 등장한다. 이런 비전은 변형된 의식 상태(가수 상태, 악령에 붙들림, 환각제, 일시적 뇌엽 기능 장애, 정신병, 경련 후, 환각 상태 등)에 반복적으로 찾아온다. 이런 현상은 수 세기 동안 반복적으로 등장하면서 종종 생존주의자survivalist 공동체와 구세주를 자처하는 카리스마를 지닌 지도자와 더불어 극단주의적 광신 집단을 형성하기도 한다.

종교적 일탈

앞서 『진실 대 거짓』에서 언급했듯이, 종교 경전에는 오류로 간주되는 부분이 많다. 의식 측정이 발견되기 전에는 이런 오류를 진단할 수 없었기 때문에 잠재적 오류는 제대로 감지되지 않은 상태로 그냥 넘어갔다. 신약성경은 의식 수준 800대로 측정되지만 계시록은 겨우 70으로 극히 낮게 측정된다. 계시록의 저자 요한의 의식 측정 지수도 마찬가지다.

『쿠란』은 일신론적이고 독실하기 때문에 전반적으로 꽤 높게 측정되지만 그 구절의 30퍼센트는 진실 수준 200 이하, 14퍼센트는 100 이하로 나온다. 또한 유대교의 구약성경에서도 신을 부정적으로 묘사하고 있으며, 신성에 대한 잔인한 묘사는 잉카, 마야, 이스터 섬 등의 원시 종교에서 일반적으로 나타난다.

위에 언급한 역설은 고전적으로는 사악한 에너지/실체가 살아남기 위한 몸부림을 치는 과정에서, 그들이 벌이는 행위의 산물로 설명된다. 붓다는 대오각성에 가까워지면서 악마에게 괴롭힘을 당했다고 말했으며, 예수 그리스도도 붓다와 똑같은 압박을 받으며 피를 흘렸다. 또한 초창기에는 높은 의식 수준을 보이던 영적 스승들이 나중에 (위력, 통제, 섹스, 돈, 허영 등으로) 무너지면서 낮은 의식 수준으로 떨어지는 경우가 많다는 것도 눈여겨볼 만하다. 다른 교파 성인들의 삶을 기록한 자서전에서도 '유혹'에 대한 보고가 자주 등장한다.

앞에 언급했듯 영적 수행 과정에 놓인 여러 가지 함정 때문에, 고전 경전들 안에는 세월이 흐르면서 심각한 오류가 끼어들 수 있다. 이런 오류를 인용해 파괴적 행동을 정당화하면 순진한 종교인들에게 중대한 영향을 줄 수 있다. 한편 그와 같은 오류를 깨닫지 못하는 것은 적어도 의식 수준 600이 되어야만 '영적 분별'에 필요한 능력이 생겨나기 때문이다. 고전적으로 의식 수준 600은 '불신佛身의 30가지 눈이 열리는 것'이라고 부른다.

세계 갈등의 기본으로 작용하는 종교

에고의 핵심인 나르시시즘적 성향은 자기 강화와 확장을 위해 끊임없이 탐색하면서 갈등과 충돌을 벌이며 탐욕스러운 면모를 보인다. 그 결과, 종교는 수 세기 동안 논쟁과 끊임없는 폭력을 야기하는 주된 소재가 되었다. 평화는 주요 종교의 주된 기본 원리지만, 고대 유대 지방의 광신자부터 이란 시아파의 아사신파, 유럽의 개신교 대 가톨릭의 폭력, 그리고 현재 이슬람의 충돌과 폭력까지 살펴볼 때 오히려 역설적으로 평화의 이름으로 치르는 전쟁이 종교에서 가장 두드러진 주제가 되었다.

가장 끔찍한 극단주의의 폭력을 저지르고도 늘 반복해서 부르짖는 변명거리가 "목적은 수단을 정당화한다."는 케케묵은 구호다. 이 구호에 기댄다면 교묘한 수사로 어떠한 행동도 합리화할 수 있다. 테러리스트들은 영웅적인 '해방자' 역할을 하려고 기를 쓴다. 그 결과, 비유하자면 로빈 후드 놀이에서 피해자와 압제자의 위치가 뒤바뀐다.

테러리즘은 수 세기 동안 개인과 종교집단이 활용한 하나의 전술이다. 유니바머[30], 웨더 언더그라운드[31], 검은 9월단[32], 동물 권리와 환경 관련 운동가들, 아라파트, 카스트로 등이 대표적인 사례다. 오늘날 전 세계 무대의 중앙에서는 테러리스트 빈 라덴이 '신의 이름으로' 폭력을 선동한다. 역사상 늘 그래왔듯이 여기서 또다시 에고는 당연한 듯 신의 이름을 빙자하고 신격화를 통하여 증오를 종교적 신성함으로 가장하려고 애쓴다. 2차 대전 말미, 전쟁을 끝내기 위해 원자탄 투하를 요구했던 쪽은 다름 아닌 일본의 열성적인 신도주의였다.

구세주를 자처하는 묵시론적 승리주의의 위험성은 최소한 광신적 분파에만 해당될 수 있다. 하지만 핵무기 시대를 사는 세계 지도자들의 경우, 특히 구세주를 자처하는 자기도취적 과대망상형 지도자가 신의 이름으로 인류의 생명을 대량 학살함으로써 그와 같은 메시아 비전을 구현하려고 시도할 위험은 만연해 있다. 이란 대통령(80)은 "이단자를 모두 처단하고 이스라엘을 지도에서 지워 버리라."고 위협하기도 했다.

이슬람 율법 '샤리아'가 드러내는 이슬람의 부정적 측면이 오늘날 전 세계 곳곳에서 눈에 띄게 나타나고 있다. 의식 수준 190으로 측정되는 샤리아는 여성을 돌로 쳐서 죽이는 행위, 이단자의 참수, 대량 살상을 허용한다. 그런데 이 모든 양상은 그들이 지금까지 이슬람을 '평화의 종교'로 선포하면서 묘사해 온 것과는 상당히 모순되는 것이다.

이슬람 승리주의

기원 후 623년 이래, 유라시아 전 대륙을 장악한 오스만 제국부터 수많은 내전에 이르기까지 수 세기 동안 이슬람은 군국주의적 확장과 패권 다툼을 통해 전 세계 수많은 나라와 영토를 침략했다. 현재까지 관료주의적으로 '순응'하고 대량학살의 위협과 폭동에 굴복한 결과, 유럽 내 무슬림 이주 인구는 별 탈 없이 늘어났다. 그 결과, 유럽 내에서 혹시 일어날지도 모르는 이슬람의 대규모 폭력 사태와 시민 불복종이라는 위협에 직면한 상태에서 사실상 이슬람은 유럽 대부분의 국가를 인질로 붙잡고 있는 형국이 되었다. 일이 터지면 고질적으로 사과하는 세속주의도 이슬람의 자유로운 침투에 한몫했고, 이렇게 되면서 대다수 유대-그리스도교는 저항하지 못하고 조용히 입을 다물어야 할 지경에 처했다. 앞서 언급했듯이, '평화의 종교'라는 이슬람은 현재 미국을 비롯해 전 세계 곳곳에서 전쟁을 벌이고 있다. 9·11 사태로 2차 대전 당시 일본의 진주만 공습 때보다 더 많은 민간인 희생을 겪은 후로 미국은 이슬람에 내재한 위협을 깨닫게 되었다.

미국이 군사적 수단에 초점을 맞추는 동안, '거실 안의 코끼리'가 엄연한 현실임을 점차 인식하게 되는 듯하다. 풀어 보면, 서구 문명에 대한 진짜 위협은 이데올로기적(Bush 2007)이며, 현재 그것은 '문화적 지하드'로 작동하고 있다고 한다.(Phillips 2006) 호전적 이슬람은 히틀러 치하의 제3제국이 발흥한 시기에 활용했던 것과 거의 똑같은 세부 전략을 채택했다. 프로파간다, 청년 세뇌(『시온 의정서』), 군주주의의 표면적 화려함, 암살, 협박, 핵무기를 포함한 군수산업 확장 등이 그 전략이다.

서구의 여러 나라처럼 미국에서도 양의 탈에만 집중한 나머지 자신도 알지 못하는 사이에 적의 편을 들게 된다. 이슬람은 서구 자유주의자를 경멸하면서 서구에서 자신들을 옹호하는 부류가 내세우는 수사를 가증스러운 약점(레닌의 '유용한 바보')으로 생각한다. 특히 할리우드 엘리트들은 '위대한 사탄'이 야비하게 타락한 모습을 전형적으로 보여 준다.

하마스 TV는 미키마우스가 'AK-47 소총으로 유대인과 이스라엘과 미국인을 죽이자.'고 노래하는 아동용 만화 프로그램을 방송했다. 이에 아이들은 증오의 슬로건과 괴벨스의 나치 스타일 프로파간다를 소리치고 노래한다.(CNN 2007년 4월)

무함마드의 생애와 교리, 그리고 『쿠란』에 나온 그의 글이 보여주는 문제적 역설은 수 세기에 걸쳐 수많은 비평가들의 심화 연구와 비평의 주제가 되어 왔다.(Warraq 2003) 무함마드의 측두엽 간질, 성적 기회주의, 정치적으로 동기화된 목적은 『쿠란』에서 발견되는 여러 모순된 차이를 만들어 냈다. 정치적 의도 때문에 무함마드와 후대 다른 저자들은 『쿠란』을 자주 변경하고 여러 번 개정했다. 다시 말하지만, 『쿠란』 구절의 30퍼센트는 의식 수준 200 이하, 25퍼센트는 150 이하, 14퍼센트는 100 이하로 측정된다.(『진실 대 거짓』의 16장 참고)

이슬람에 대한 주요 비평은 힌두 철학자들이 가장 먼저 시작했다. 그들의 비평에 따르면, 이슬람 극단주의는 이맘들이 무아지경의 최면상태인 '와히Wahi'를 조장하기 위해서 고전적 유도 기술을 반복해서 이용한 결과였다.(Elst 2006, Saraswati 1875)

또한 많은 학자들이 무함마드가 개인적, 정치적, 군사적 목표와 기회에 부응하기 위해서 『쿠란』 구절을 기회주의적으로 끊임없이 재해석했다고 지적하였다. 그 결과, 『쿠란』의 많은 구절이 완전히 모순된 양상을 보이게 되었다.

그렇게 많은 변경은 '폐기abrogation'라는 금언을 낳았다. 즉 『쿠란』의 후기 구절을 이전 구절보다 우선한다는 뜻이다. 『쿠란』이 정치적 개념과 종교적 개념을 차별화하지 않는다는 점도 중요하다. 그 결과, 정치와 세속적 지배는 이슬람 종교의 타고난 본성이다.(Sultaw 2006) 『쿠란』은 세상을 '이슬람권' 대 ' 전쟁권(비-이슬람)'으로 구분한다. 이에 따라 이슬람은 종교적 교리에 의거하여 전 세계를 상대로 전쟁을 벌이는 중이다. 또한 『쿠란』은 합리성을 기피하고, 특히나 이성과 합리성을 '믿음에 위험한' 것으로 간주한다.

무함마드가 망상적 최면 상태에 들어갔다는 것은 수 세기 동안 널리 알려져 일반적으로 인정받는 내용이다.(Goel 1999) 스와미 비베카난다와 여러 학자들은 병리학적으로 변형된 의식 상태와 종교적 내용을 구별하여 인식하는 것이 중요하다고 강조한다. 이는 2003년 와라크가 검토한 내용이다. 참다운 영적 상태와 정신적 일탈 간의 진단상 차이는 『진실 대 거짓』에서 상세히 설명했다.

임상 치료에서 그런 상태는 보통 과대망상증을 겸한 측두엽 간질로 자주 나타난다. 이때 신이나 천사들의 메시지를 듣는 등 여러 증상이 함께 찾아온다.(본 저자는 50년간의 임상 치료 중에 여러 종교 기관과 영적 단체에서 정신 병리학 컨설턴트로 일했다.) 참다운 영적 깨달음의 상태에서는 정보의 근원으로서 '다른' 독립 실체가 없다. 완전히 스며든 참나가 그 자체의 완전성Allness에 의해 스스로 교사(푸루샤Purusha)가 되기 때문이다.

위에 나온 모든 학자들, 영적 스승들, 고등 신비주의자들이 내린 일반적 합의 내용은 다음과 같다. 광신에 가까운 종교적 극단주의는 의식의 유도된 변형 상태(90)와 최면 후 자동화 상태로 벌어진 것이다. 이런 자동화 상태는 남녀를 막론하고 이슬람 대변인

(100, 세뇌 증후군)들이 보이는 그 병증 특유의 단조로운 목소리와 말하기 패턴으로 잘 드러난다. 그들은 텔레비전 프로그램에 완곡하게 이름 붙인 여러 이슬람계 미국인 단체의 대변인으로 등장하여, 매일 전 세계에서 벌어지는 사건사고와 모순되는, 말하자면 순전히 세뇌 당해 암기하고 프로그램화된 프로파간다를 읊어 댄다.(Kusher 2004)

이런 임상적 관찰과 결론은 빈번하게 벌어지는 극단적 종교주의자들의 잔인하고 비이성적인 행동도 설명해 준다. 그들은 나치 수용소와 유대인 학살처럼 수백만 명이 지켜본 사건도 "절대 일어나지 않았다."고 주장하는 등 이성적 판단도, 사회적 현실 검증도 없는 행동 방식을 보인다. 본래 이런 터무니없는 모순은 주로 정신장애가 있거나 최면 후 암시 상태에 든 사람들에게서 보인다.

이슬람 샤리아에 따르면, 이슬람을 믿지 않는 사람은 전부 사형에 처해야 할 이단자다.(Gelenter 2007) 다시 말해, 믿지 않는 사람들은 『쿠란』에서 명시한 전쟁권에 속하는 것이다.

이슬람에 대한 비판은 1989년 『악마의 시』 저자 살만 루시디에게 '파트와fatwah'를 선언한 이후에 급증했다. 루시디는 수십 년간 은신처에 숨어 지냈지만, 그 후 역설적이게도 2007년 영국 왕실에서 수여하는 기사 작위를 받았다. 무슬림들에게 반복해서 비이슬람 신자를 '죽이거나 참수하라고' 가르치는 것은 그저 극단주의자들만이 아니라 『쿠란』 자체다. 기본적 진실과 위장된 실재는 입증 가능한 사실로써 드러난다. 그 사실이란, 현재 미국 내 이슬람의 사회적 영향은 기껏해야 의식 수준 190정도로 측정된다는 점이다.(공적 기금을 받으면서 표면상 단순히 이슬람 언어와 문화를 가르치는 세속적인 학교들의 수준도 이와 같다.) 하지만 그 측정 수준은 은밀한 동기를 드러낸다.

서구 세계는 연일 폭력, 위협, 그리고 언어적/물리적인 공격을 가하면서 도발하려는 일련의 사태에 관용과 용서와 연민을 발휘할 수밖에 없는 구조적 상황에 직면해 있다. 이슬람 군중들은 '미국을 죽음으로'라고 소리치고, 테러리스트들은 비행기를 날려 수천 명의 무고한 시민을 죽이고(9·11 사태), 그 외에도 여러 곳에서 전 세계 수천 명의 목숨을 앗아 간다. 지적했듯이, 이슬람은 현재 여러 국가에서 전쟁 중이고 때로는 (영국 내 비행기와 지하철 사건 등에서) 좌절되기도 했지만 더 많은 작전을 계획하고 있다.[33)]

샤리아 율법은 (여성, 아동, 심지어 반려견까지) 약자와 무고한 사람들에게 극도로 잔인하다고 해서 악명이 높다. 심지어 가장 비굴하고 자기 비하적인 서구의 옹호자들조차 하던 대로 가짜 사회학과 심리학적 합리화 기제로 아동 학대 등의 문제를 허울 좋게 계속 변명하기 곤란할 정도다.(한편 빈 라덴은 수백만 달러의 재산가였다.) 기사도는 의식 수준 465로 측정되지만 이슬람의 '명예살인'은 잔혹행위와 같은 의식 수준 90이다. 옹호자들은 교묘하게 프로그램화된 주입식 세뇌가 알라의 이름으로 합리화되는 광신적 죽음 숭배에 미치는 대단히 파괴적인 영향과 결과를 아예 무시한다. 그와 같은 주입식 세뇌는 미국 내 25퍼센트의 이슬람 사원에서 이루어진다. 이슬람 사원은 전체적으로 의식 수준 190으로 측정된다.

이슬람이 수 세기 동안 노예제도를 실시했다는 점도 중요하다. 이슬람 노예무역은 카리브 해 제도에서 매매되어 미국 남부로 이동했던 아프리카계 흑인의 기원이 되었다. 18세기 말, 존 애덤스와 토머스 제퍼슨이 당시 트리폴리 대사에게 그 상황에 대해 불만을 터뜨리자, 『쿠란』은 무슬림들에게 비이슬람 신자를 노예로 만들 수 있는 자격을 주었고, 심지어 그것을 의무로 삼고 있다는 대답이 돌아왔다.(Hogan 2007)

『오늘날 이슬람The Trouble with Islam Today』의 저자이자 PBS 다큐멘터리 「두려움 없는 신앙Faith without Fear」의 작가 이르샤드 만지 등은 이슬람 폭력에 대항하는 이슬람반체제 운동을 벌이고 있다. 하지만 평화를 부르짖는 그녀조차 이단으로 간주되어 방탄유리 뒤에서 살아가야 한다. "이슬람은 이슬람이 '평화의 종교'가 아니라고 말하는 사람은 누구나 살해할 것이라고 위협한다."는 풍자가 나올 지경이다.(Goldberg 2007)

서구 사회의 상징인 미국과 더불어 전체 서구는 이슬람의 편집증적 투사에 의해 '위대한 사탄'이 되어 버린다. 무슬림 아이들은 『쿠란』을 암송하고 『시온 의정서』를 읽는 것 외에 다른 교육을 받지 않는다는 사실을 기억하라. 『시온 의정서』(90)는 허위의 증오 매뉴얼에 불과하다. 서구의 기준으로 볼 때, 전반적으로 아랍 자체는 여전히 원시적이고 산업화되지 않았으며 본질상 종족중심적 사회다.

물론 호전적 투쟁을 내세워 종교를 참칭하는 일은 중세 개신교와 가톨릭 체제 간의 유럽 전쟁과 최근 북아일랜드 IRA 무장 충돌과 테러, 중동의 수니파와 시아파 충돌, 팔레스타인 내 PLO 등 기독교 내부에서도 드러난다. 테러리스트 집단과 운영 방식은 마이크 저먼의 『테러리스트의 사고Thinking Like A Terrorist』(2007)에서 학술적으로 상세하게 검토하였다.

서구 세계가 이슬람 문화를 성공적으로 처리하지 못한 주된 요인은, 그들이 내세운 성명과 선언의 진실 여부를 유추하는 과정에 큰 문화적 격차가 있었기 때문이다. 샤리아 율법에서는 이슬람에 혜택이 되는 경우라면 거짓말도 용인되며, 실제로 그렇게 하는 것이 그들의 *의무*다. 그러나 의사전달의 진실성이 증명되지 않은 모든 명제를 추정에 불과하다고 여기는 서구 문화에서는 이슬람의 이런 모습을 이해하기 힘들다. 서구가 이슬람 국가와 협상할 때에 형편없이 실패하는 것도 바로 이런 이유 때문이다.

서구는 '정당함'과 생명의 보존을 신념으로 내세우는 반면, 이슬람은 『쿠란』의 경고에 따라 폭력과 죽음에 의존한다.("성스러운 아랍의 땅이 이단자들에 의해 신성 모독을 받는다." 그들을 발견하면 "어디서든 목을 베라.") 이 원리는 무함마드가 사망한 623년 이후 무력으로 실행되었으며, 오스만 제국 통치기간 중에도 계속 이루어졌다.

미국과 미국 시민은 특유의 순진함 때문에 빈 라덴이 2007년 9월, 미국에 보낸 비디오 영상에 담긴 진짜 의미와 중요성을 파악하지 못했다. 그 영상에서 빈 라덴은 '미국이 이슬람으로 개종하도록' 초대한다고 했다. 사실 이슬람 율법에 의하면 개종 요구를 받고 따르지 않는 비이슬람 신자들을 살해하는 것은 명예로운 일이기 때문에, 그 말은 상당히 위험한 신호였다. 그 '초대'는 미국에 대항해 벌일 중대한 공격에 필요한 길을 터주는, 결정적이고 중요한 공식화 단계였다. 비이슬람 신자가 개종에 동의하면 목숨은 건질 수 있지만 헌금을 내야 한다.(2007년 9월 빈 라덴의 공식 성명은 의식 수준 35로 측정된다. 이란 대통령이 미국의 주요 대학에서 했던 초청 강연도 이 수준이었다.)

위에서 나온 내용을 종합해 보면 개념적 실재와 경험적 실재 사이에 큰 간극이 있다. 마태오 복음에 나오는 예수 그리스도의 산상수훈(955)의 도덕성에 깊이 스며들어 있는 서구의 정신은 그렇게 큰 차이를 도저히 파악할 수 없다. 그리고 상대주의적 수사와 유아적 이상화로 위장하기 때문에 그 위험한 격차는 더욱 더 애매모호해진다. 헌신적 믿음과 주체하기 힘든 광신이 거드는 신념 사이에는 큰 차이가 있을 수 밖에 없다.

신이 단지 무슬림만이 아니라 모든 인간의 생명을 창조했다는 사실은 이슬람 이론에 맞서는 것이다. 사실 무슬림은 숫자상으로 보면 전 세계 인구 중에 소수다. 그 결과, 이슬람 율법에 따른다면 무슬림 세계는 인류의 대다수를 살상할 의무를 지게 된 셈이다. 이런 세계관은 의식 수준 20(모순)으로 측정된다. 경전과 현실의 그와 같은 모순은 무함마드의 측두엽 간질 때문에 발생한 것이며, 그 질환으로 무함마드의 의식 수준은 초창기 700에서 이후 130까지 하락했다.

위에 나온 이슬람과 서구 간의 모든 격차를 이해하려고 노력할 때, 어둠이 빛의 반대가 아니라 빛의 부재를 나타내는 것처럼, 거짓은 진실의 반대가 아니라 진실의 부재를 나타낸다는 사실을 기억하면 꽤 도움이 될 것이다.

패러다임 격차

실재를 인식하는 인간의 감각은 지배적인 의식 수준에 맞게 정렬된다. 비전秘傳의 비유에 의하면, 서구 세계와 유대-그리스도 문화는 심장 차크라(사랑, 용서, 관용, 친절, 약자 보호, 순수한 사람들, 힘없는 사람들)와 일치한다.

이와 반대로, 샤리아 율법은 태양신경총 차크라(지배적 공격성), 천골 차크라(폭력, 증오, 살인), 그리고 뿌리 차크라(천국의 성애화)에 중점을 둔다. 이 정도의 차이를 가진 둘은 호환 가능한 세계관이 아니다. 이슬람 교리는 산상수훈과 정반대다. 이에 대해서는 T.린드버그의 『예수 그리스도의 정치적 교리Political Teachings of Jesus』를 참고하라. 신(알라)은 오직 아랍어로 올리는 기도만을 듣는다는 이슬람 교리도 눈에 띈다.

『쿠란』은 위대한 선지자로서 예수 그리스도를 인정하지만, 그리스도의 가르침은 완전히 무시하고 거부한다. 그 대신 노예제의 공정함, 무고한 인명 살상, 용서 없는 불관용을 가르친다. 따라서 이슬람과 기독교 사이에는 실재에 대해서 서로 조화를 이룰 수 있는 공통된 기반이나 공유된 감각이 없다. 이슬람은 유화정책을 비열한 약점으로 간주하며, 무기력함과 경멸이 공공연해져 결국 더 심한 공격성을 불러올 것이라고 생각한다. 그 결과, 『쿠란』에서 선별한 구절은 온갖 형태의 폭력과 극단주의를 정당화하는 데 이용될 수 있다.

서구사회의 한계로 간주되는 이성

서구 사회에 따르면 인간의 행위는 논리적, 이성적 동기에 기초하기 때문에 그 실상을 파악할 수 있고 그것에 따라 동의나 반박을 할 수 있다. 이러한 가설을 내장한 서구 사회가 극단주의자의 행동을 이해하는 일은 결코 쉽지 않으며, 오히려 커다란 제약으로 작용한다. 그 결과 몇몇 '의도'는 그들의 극단적 행동을 설명해주는 담보(목적론적 유추)로 저당 잡힌다. 사실 극단주의에는 '선한' 것도 없고 '의도'도 없다. 폭력은 그 자체가 보상일 뿐이다. 다시 말해, 증오에 찬 태도가 언제든 변명거리만 찾듯이 폭력은 그저 그 모습 그대로 존재한다. 살인의 향연은 태생적으로 그 자체에 몰두하면서 만족을 느낀다. 그들은 그저 자기들 본성이 요구하는 대로 따를 뿐이다. 살인자의 목적은 그저 살인하는 것이다. 그 어떤 '동기'나 합리성은 아예 존재하지 않는다.

이 점은 2001년 이슬람 탈레반이 아프가니스탄의 위대한 바미안 석불을 완전히 파괴시킨 사례에서 잘 드러난다. 52.5미터 높이의 바미안 석불은 1만 5천 년 역사를 자랑하는 세계적 문화 유산이었다. 이 사건 직후, 유엔 사무총장은 그와 같은 자기도취적 파괴에 대해 유감과 반감을 표명하면서 석불의 파괴로 인류가 겪게 된 상실을 전했다. 이로써 이슬람은 스스로 불명예의 무덤을 파게 되었다. 이 와중에도 서구의 옹호자들은 그 폭력적 문화 속에서 죄악을 만회할 만한 여지를 필사적으로 찾아내려고 한다.

13

의심, 회의론 그리고 불신

들어가며

에고/정신은 실수나 오류를 범하면서 생기는 고통과 불쾌감에 자신이 취약하다는 사실을 잘 알고 있다. 취약함에서 자신을 보호하기 위한 노력의 일환으로, 에고는 의심이나 회의론이 일종의 보호자가 되어 줄 것이라고 추정한다. 신뢰를 필요로 하는 에고의 성향도 성장 초기에 부모와 아이 사이에 벌어지는 상호작용의 특징을 반영한다. 다시 말해, 사랑은 신뢰와 믿음을 지탱해 주는 반면, 가혹함이나 태만은 삶에 대한 부정적 태도를 낳는다. 신뢰도라는 견적서에 기초하여 순진하게 잘 속아 넘어가는 수준부터 적대적 반항, 인습 타파, 심지어 여성 혐오까지 정보 처리에 필요한 매우 다양한 패턴이 새롭게 나타난다.

실용적 현실 감각을 개발하지 않고는 생존이 불가능하기 때문에, 정신은 유추와 가능성에 기초하여 활용 가능한 것을 취하고 극단을 피하는 정신적 처리 시스템을 발전시킨다. 경험을 거치며 정교하고 성숙해진 정신은 새로운 정보를 잠정적이거나 일시적인 것으로 간주하면서, 증거나 다른 경험을 통해 그 정보를 확증하기까지 기다린다.

이 현실 검증 과정에서 에고는 천성적으로 우선 감각에 의존한다. 동시에 형상이 있는 선형적 세계와 그것을 재현한 이미지와 개념을 주로 정신작용으로 처리한다. 이해의 범위는 의식 수준에 좌우되는 뇌 생리학의 영향을 더 많이 받는다. 그 결과, 동물적 본능이 지배하는 좌뇌형 처리 방식은 생물학적/의식적 진화의 한계 때문에 영적 차원을 포함한 비선형적 맥락을 이해할 수 없다.(본능적 대뇌 변연계 시스템은 의식 수준 120으로 측정된다.) 좌뇌는 선형적 내용을 찾는 반면 우뇌는 비선형적 내용인 의미와 이해를 찾으려고 한다.

비교적 유리한 카르마적/생물학적 상속을 받은 뇌의 역량은 믿음과 신뢰를 목적으로 발달한다. 그 결과, 주관적 확증이라는 필연적 요인이 없어도 비선형적 영적 맥락과 이해를 기꺼이 사실적인 것으로 받아들일 수 있다. 그렇게 되면 그 정보는 하나의 신념으로 간주되고 진실한 것으로 옹호된다. 이론상으로 가능한 고등 양자이론의 복잡함을 이해하는 사람은 거의 없다. 하지만 그런 사람들도 그 이론을 이해하는 전문가의 권위를 있는 그대로 평가하고 받아들인다. 따라서 현명한 사람들은 최소한 지적으로나 기능적으로나 그들보다 더 현명한 사람들을 신뢰하며, 그 신뢰를 통해 그들의 삶 자체가 개선되고 혜택을 입게 된다.

회의론자들

회의론은 현재 유행하는 태도로서 정서적 장애나 인격 장애의 결과(프로이트의 '항문기 반항'이나 부모의 권위에 대항하는 '반항적' 성격)일 수도 있다. 하지만 오히려 정반대로 주관적 경험과 '1인칭' 증거의 진정성과 관련된 최근 과학계에서처럼 논쟁과 장황한 담론으로 번질 수 있는 지적 태도이기도 하다. 물론 이런 갈등은 단순히 패러다임 한계로 발생한 것이라고 볼 수도 있다.

펜실베이니아 주립대의 찰스 아이젠스타인 교수는 회의론을 상세히 연구한 끝에('신념의 상태가 존재의 상태다.'), 실험자의 속성과 예견 등이 실험 결과에 영향을 미치는 '실험자 효과experimenter effect'가 주류 과학에서 신뢰도 문제를 야기했다고 지적했다.(하이젠베르크 불확실성의 원리는 이미 주류 과학에도 중대한 영향을 끼쳤다.) 그의 연구에 따르면, 이른바 합리적인 지적 회의론의 기저에 은밀하고 악의적이며 '비열한' 태도와 흔히 '냉소적이고, 오만하고, 독선적이고, 거만하고, 감정적'인 것으로 판명되는 관점이자 주로 전문 '폭로꾼들'이 드러내는 세계관을 담은 동기의 장motivational field이 있다.

수년간 이론물리학자 아인슈타인을 '가짜, 사기꾼, 벌거벗은 임금님'으로 기술하고 묘사한 강연과 책을 들이대며 인정하지 않으려고 애쓰는 전문 회의론자들이 바로 이를 증명한다. 그런 책의 저자들은 부정적 반응에도 굴하지 않고 계속해서 비판적 태도를 취하면서, 핵에너지 개발이라는 이슈를 통해 아인슈타인의 진실 여부를 확인할 수 있다는 사실조차 인식하지 못한다.

이런 현상을 가리켜 정신 병리학에서는 '논리 증명형 망상 장애 logic proof delusional disorder'라고 부른다.(Muller 2006) '홀로코스트는 결코 일어난 적이 없다.'거나 '미국 정부가 9·11 사태를 획책했다.'는 말을 믿는 것도 바로 이 정신 장애에 해당한다. 이런 정신 장애에서, 당사자의 세계관은 나름 타당하지만 세상은 망상적 상태로 보인다. 말하자면 이 장애는 독선적 과대망상증에서 발생한다. 독선적 과대망상증은 이성의 영향권 밖에 있으면서 오히려 질투와 시기심, 그것에 동반하는 사악함과 허위진술 때문에 나타난다. 그것은 뇌 기능 결함, 유아적 자기도취형 전능감, 그리고 질시를 받는 권위적 인물을 향한 적대적 태도, 이 세 가지가 교묘하게 결합하여 발생한 것이다.

피론 학파들이 진술한 것처럼, 고대 그리스의 *회의론자*들은 진실은 알 수가 없고 지식의 확실성은 불가능하다는 철학을 설파한다. 데카르트가 지적했듯이 외부의 도움을 받지 않은 인간의 정신은 *내부 사유실체*(지각이나 견해, 곧 사물이 정신에 어떻게 나타나는가?)와 *외부 연장 실체*(본질, 내재적 실재)를 구별할 수 없다. 소크라테스도 이와 똑같은 관찰을 했다. 인간은 오직 선을 추구하지만 환상에 빠진 선(외관)과 본질('진짜' 선)을 구분할 수는 없다는 것이다.

합리적 회의론은 틀린 주장과 어리석음을 드러내는 데 도움을 주기도 하지만, 대개는 회의론 자체가 어리석은 경우가 많다. 이 사실은 회의론이 앞장서 라이트 형제의 비행기부터 라디오까지, 현재의 의학과 양자론을 비롯한 물리학까지 역사상 중요한 발견 하나하나를 조목조목 맹렬히 비난하는 모습에서 잘 드러난다. 물론 회의론자들이 맥락을 담은 비선형적이고 영적인 패러다임의 실재는 물론 신성 자체를 거부하는 것이 새삼 어제 오늘의 일은 아니다.

만약 회의론이 생각하듯, 실체적 진실이 인식할 수 없는 것이라면 회의론 자체의 전제와 논쟁도 거짓이다. 회의론은 자가당착에 빠진 셈이다.

회의론의 진실 측정 수준이 160 정도로 낮게 측정되는 이유는 그것이 근본적으로 허무주의(620)의 변종이기 때문이다. 회의론은 태생적으로 맥락의 실재, 특히 의식 수준 500대와 600대 혹은 그 이상으로 측정되는 실재를 해결하거나 탐색할 수 있는 방법이 없기 때문에, 사실상 스스로 공언한 목적마저 수행하지 못한다. 게다가 회의론은 오직 내용만을 다루기 때문에 의미 자체의 중요성이 전적으로 맥락에 좌우된다는 사실을 깨닫지 못한다. 다시 말하지만, 맥락은 하이젠베르크 불확실성의 원리가 증명하듯이 의도를 반영하고 관찰자 의식 수준의 힘과 일치한다.

순진한 태도나 회의론과는 대조적으로 의식 연구는 무언가를 증명하거나 반박할 의도가 없다. 다만 의식 연구는 개념과 견해를 건너뛰기 때문에 에고의 정신작용, 이성 또는 가설에 의해서는 접근할 수 없었던 정보의 수준을 분별하거나 확증하기 위해서 이루어진다. 의식 측정은 개개인과 무관하며 단순히 숫자로 결과가 나온다. 그 수치의 중요성은 이미 측정된 의식 지도상의 위치를 통해서 잘 드러난다.

회의론은 선형적 정신 영역에만 의존하기 때문에 한계가 있다. 더구나 회의론 자체는 선형적 영역마저 의심스러운 것으로 여긴다. 어쩌면 회의론자는 맥락의 심오한 영향력을 파악할 수 있는 비선형적 기술을 활용하면 목표를 더 확실히 이행할 수도 있을 것이다. 양자역학을 증명하거나 반박하기 위해서 유추를 통해 뉴턴 물리학이나 미분을 이용할 수는 없다. 회의론이 좀 더 확장된 실재의 패러다임에 접근할 수 있는 더 많은 정보에 뒤떨어지지 않으려면, 훨씬 더 높은 지식의 도움이 꼭 필요하다.

회의론의 또 다른 이상한 점은 부정을 부정해도 긍정적인 것을 창출하지 못한다는 사실을 깨닫지 못하는 것이다. 이는 그 유명한 역설의 상자가 증명해 준다. 상자를 하나 만들고 그 안에 이런 문장을 넣어둔다. "이 상자 안의 모든 진술은 가짜다."

진실을 깨닫지 못하는 것

진실을 깨닫는 능력이 없는 이유를 들자면 (1)정서 장애 (2)심리학적 갈등 (3)나르시시즘적 지배 수준에서 성숙이 멈춤 (4)단순히 의식 진화 수준 때문이기도 하다. 『의식 수준을 넘어서』에 기술했듯이 정신의 기능은 끌개 에너지장의 지배를 받는다. 끌개장은 낮은 정신(155)과 높은 정신(275)으로 지정되어 있다. 편의상 그 특성을 여기에 다시 옮겨와 본다.

정신의 기능

낮은 정신 (155) 내용 (세부 사항)	높은 정신 (275) 내용과 장 (조건)
축적	성장
습득하다	음미/감상하다
기억하다	성찰하다
유지하다	진화하다
생각하다	처리하다
외연적 지시	유추
시간 = 제약	시간 = 기회
현재/과거에 초점 맞추다	현재/미래에 초점 맞추다
감정/원하는 것에 지배되다	이성/영감에 지배되다
비난하다	책임을 지다
부주의한	훈련된
구체적인, 문자 그대로의	추상적인, 상상의
제한된, 시간, 공간	무제한
개인적	비-개인적
형상, 사실	중요성, 의미
세부사항에 중점을 두다	일반성
배타적 사례들	유형을 분류하다 — 포괄적인
악	거부
반응하는	유리된

수동적인/공격적인	방어적인
사건을 회고하다	의미의 중요성을 맥락화하다
계획하다	창조하다
정의	본질, 의미
특정화하다	일반화하다
단조로운	초월하는
동기	영감, 의도
도덕	윤리
사례들	원칙들
신체적, 감정적 생존	지적 발달
쾌락과 만족	잠재성의 성취
선형적 내용	본질, 맥락
종교적 극단주의	영적 균형
회의론	지적 연구
순진함	정교화

무엇보다 낮은 정신이 미국 인구의 55퍼센트, 전 세계 민족과 사회의 약 85퍼센트를 지배한다는 사실이 중요하다. 높은 정신과 낮은 정신의 지배를 받는 문화와 민족은 서로 매우 확산된('충돌하는') 세계관을 나타낸다. 흥미롭게도 그 차이는 지능지수에 반영되지 않지만, 그 대신 본질과 외관을 분별하는 능력과 나르시시즘적 자아중심성의 정도를 드러낸다.

기술해 보면, 낮은 정신의 특성은 단조로운, 문자 그대로의, 세속적인, 정치화된 합리화와 수사인 반면 높은 정신은 분별하는, 추상적인, 원칙이 있는, 훈련된 것이다. 낮은 정신은 특히나 증오 같은 부정적 정서로 향하는 성향과 연결된다. 반대로 높은 정신은 보다 긍정적이고 온화하며 일치와 용서를 추구한다.

낮은 정신은 좌뇌, 동물형 정보 처리와 연관되기 때문에 위력에 지배되기 쉽다. 한편 높은 정신은 진실과 이성이라는 높은 수준을 통해 영향을 끼치고자 한다. 따라서 낮은 정신은 태생적으로 폭력으로 향하기 쉽고 공격적인 반면, 높은 정신은 평화를 추구하므로 공격을 받았을 때에도 마지못해 방어에 나선다. 이는 초식동물이 육식동물의 공격에 끊임없이 노출되는 동물의 세계와 비교된다. 오늘날 세계에서 육식동물은 핵폭탄으로 위협을 가하고 있지만 이에 맞선 초식동물은 멍청하게도 방어 미사일 경고시스템에 관한 결정을 내릴 수도 없고, 더구나 '육식동물의 심기를 건드리는 것'이 두려워 '사실을 사실 그대로 말할 수조차' 없다.

진실에 대한 반박

영적 진화는 의식 수준과 상관이 있다. 이에 따라 영적 진화는 '에고에 대한 충성' 대 '진실에 대한 충성' 간의 균형을 나타낸다. 진실은 영적 실재의 반영이다. 측정 가능한 의식 수준은 에너지 끌개장의 지배를 반영한다. 그 결과, 에너지 끌개장에는 조화를 이루는 여러 선택사항이 포함돼 있다. 이에 400대 중반의 의식 수준을 품은 세계관은 170에서 195정도 의식 수준에서는 가짜로 보일 수 있다. 이는 매우 흔한 현상이자 세계 역사상 사회정치적 갈등의 핵심이다.

범죄를 저지른 사람들은 인간 의식의 최저 수준을 가리킨다. 범죄자는 순간의 쾌락을 지연시키거나 동물적 충동을 통제할 수 없고, 경험을 통해 학습할 수 있는 능력이 부족하다. 그 결함은 선과 악, 옳고 그름을 분별할 만한 선천적이고 유전적인 능력의 부재로 나타난다. 임상적으로 그 상태를 가리켜 '행동 장애'나 '사이코 패스형 성격 장애'라고 부른다. 그 상태의 생물학적 기층은 대개 뇌 회백질 전두엽의 선천적 장애와 연관이 있다. 이 상태는 세 살 정도면 진단이 가능하고 임상적으로는 보통 난치병이자 불치병에 해당한다.

본 저자는 그 한 가지 사례를 비행기 여행 중에 직접 관찰한 적이 있다. 옆자리 할머니가 어린아이를 무릎에 안고 있었다. 아이는 계속 징징대며 할머니의 목걸이를 잡아당겼다. 그럴 때마다 할머니는 "안 돼!"라고 말하면서 아이를 찰싹찰싹 때렸다. 아이는 고집을 피우며 계속했고 그럴 때마다 할머니도 아이를 때리면서 꾸중했다. 똑같은 행동이 30분 동안 계속되었다. 그동안 할머니는 아이를 때리면서 "안 돼!"라는 말을 백 번쯤 했다. 하지만 아이는 행동을 그만두거나 경험을 통해 학습할 능력이 없는 것 같았다. 이와 같이 부정적 경험을 통한 학습이 실패하는 모습은 자국민의 대량 살상을 선전하는 과대망상증 독재자와 악당 국가의 지도자들로 생생하게 증명된다.

통제 불가능한 고집과 반항은 '미운 두 살'이라는 유아기 상태에서 볼 수 있다. 바로 이 시기에 유치한 에고의 전능함과 부모의 통제가 맞붙게 된다. 부모 입장에서는 여기에 적절히 대응할 에너지나 의욕이 없을 수도 있다. 그래서 아이는 충동 통제를 학습하지 못하고 선악을 구별하는 것이 생존에 필요한 기본적 교훈인지조차 분간할 수 없게 된다. 이는 특히 범죄성을 나타내는 90 이하의 낮은 의식 수준과 합을 이룬다. 여기에 덧붙여 입심 좋게 말을 내세우는 성향은 '구세주를 자처하는 사악한 나르시시즘'(과대망상증)이라 부르는 정치적 표현에서 잘 드러난다. 이러한 성향은 『진실 대 거짓』에서 서술했듯이 모든 독재자의 특징이다. 그들은 온화한 자비심이나 선의가 없다. 그 결과, 증오에 기반한 정치적 세력이 득세한다. 편의상 『진실 대 거짓』에서 독재자의 특성을 옮겨 왔다.

위험한 정치 지도자의 특성

무자비하고 언변이 뛰어나며 교활하다	남들을 자신과 같다고 가정한다
인간의 생명을 배려하지 않는다	순진한 옹호자들을 끌어 들인다
진실에 가치를 두지 않는다	논리나 이상으로부터 제약을 받지 않는다
번번이 거짓말을 하는 게 일상이다	편집증적이며, 방심하지 않으며, 엄중하게 경계한다
사실은 지엽적 문제일 뿐이다	군대를 총알받이로 간주한다
어떤 대가를 치르고라도 이기려고 한다: 포식자의 성질	약자는 그런 운명을 겪어 '마땅하다'
도덕성이나 윤리가 없다	애국심을 조작한다
영적 가치가 없다	인명 손실을 상관하지 않는다

인도주의적 이상이 없다	말하자면 기꺼이 '우물에 독을 푼다'
타인에 대한 관심이 없다	정직과 청렴함을 경멸한다
교활한 속임수를 쓰면서 흐뭇해한다	과대한 칭호를 독차지한다
정복하고, 이기고, 쳐부수는 일에만 가치를 둔다	전혀 가책을 느끼지 않고 남들을 이용한다
기꺼이 사회를 희생 시킨다	아첨을 양식으로 삼는다
조작적이며 교활하다	통제하고 지배하려는 성향이 강하다
철저히 권력을 지향한다; 한계가 없다	신의가 없고 뉘우침이 없다
탐욕은 가치가 있으며 괜찮다.	자신의 실패를 놓고 남 탓을 한다
남들은 거짓말하고 있다고 추정한다	부를 쫓고 겉치장에 신경을 쓴다
정직은 일말의 가치가 없다	채찍을 들고 부츠를 신은 '마초' 적인 태도를 취한다
약점을 조롱한다	착취한다, 종교 뒤에 교묘히 숨는다
가학적이고 잔인하다	평범한 사람들을 얼간이라고 생각한다
갈등과 분쟁을 즐긴다	인종적, 종교적 편견이 강하다
자만심이 강하고 교만하며 독재적이다	교묘하게 사람을 끌어 들인다: 추종자를 곁에 둔다
인간적인 존중을 전혀 하지 않는다	국민에게 충성하지 않는다
신을 믿지 않으며 탐욕스럽다	타인을 전혀 배려하지 않는다
종교는 그저 수단에 불과하다	용서할 줄 모르며 복수심이 강하다
복수심과 질투심이 강하다	폭력을 정당화하려고 피해자 행세를 한다
시기, 사악함, 증오	타인의 고통을 의식하지 못한다
악의적이며 악랄하다	극악무도함, 타인의 죽음, 고통을 용납한다
사랑을 할 수 없다	타인을 빈곤하게 만드는데 앞장선다
막힘없이 수사를 떠들어대며 허풍이 심하다	제약이 없다; 극단주의자

거짓된 정직을 내세운다. 기만적이다	범죄자를 부하로 삼는다
죄책감이 없다; 양심이 없다	공명정대함을 경멸한다
이기적이며 자기도취적이다	양심의 가책, 윤리나 도덕이 없다
근거 없는 비난도 괜찮다고 생각한다	타인에 대한 연민이 없다; 폭력적이다
테러리즘과 위협을 찬미한다	자신을 법 위에 둔다
과대망상증 환자	통찰력이 전혀 없다
지적이기보다 영악하다	무자비하고 잔인하다
계산적이며 교활한 획책을 꾸민다	야만적이다(사람 머리를 톱으로 천천히 잘라낸다)
독실한 척 하며 신성모독적이다	갈등을 조장하고 표리부동하다
서슴없이 거짓 증언을 한다	상호 영향을 받지 못하도록 구획되어 있다
순진무구함을 착취한다	대중들에게 '선한 얼굴'을 내세운다
약자와 취약계층을 유린한다	'무고함'을 주장한다
대중을 바보로 간주한다	공포와 위협을 활용한다
충성을 숙청으로 되갚아준다	'합의사항'을 어긴다

반항적 성격은 진실이나 권위에 분노한다. 그들에게 진실이나 권위는 그저 권위주의자 부모의 통제를 상징하기 때문이다. 그렇게 손상된 성격은 온전한 진실을 위협적인 것으로 바라보고, 그것을 가짜로 여겨 무턱대고 거부하게 된다.

손상 정도는 약하지만 사회정치적 관점과 관련 있는 상태를 가리켜 '나me/민감한sensitive' 세대라고 표현하기도 한다. 이런 이상 징후는 나르시시즘과 쾌락주의의 부풀려진 '권리'에 앞다투어 초점을 맞추는 것으로 등장했다. 이런 관점은 세속주의자, 반종교주의, 신에 대한 반대, 영성 실재에 반대하는 사회적 견해로 떠들썩하게 표출된다. 소위 '포스트모던'적 도덕 상대주의(160-190)라는 철학 체계가 등장하면서 이런 관점에 지적인 뒷받침을 해 주었다. 그리고 부풀려진 에고이스트의 관점을 '탁월하고' '엘리트적이고' '옳은 것'이라고 부름으로써 에고의 과대망상이 만천하에 드러났다. 중요한 점은, 이런 일련의 경향이 현실 검증에 손상을 불러왔다는 사실이다. 소위 학계/포퓰리스트, 사회정치학적 이데올로기, 그리고 '표현의 자유'를 앞장세운 궤변이 현실 검증을 가로막고 있다.

그렇게 편견이 심한 수사가 학계로 침투하면서 현재 학계의 우수성은 상당히 하락하고 말았다. 이 점은 학계가 의식 수준 130, 심할 경우 최저 90정도로 측정되는 온갖 강의를 '용인'하고 더 나아가 미화하는 행태로 증명된다.(다시 그 질문이 등장할 차례다. 의식 수준 90인 외과의사가 당신의 뇌 수술을 하길 바라는가? 그 정도 수준의 투자 컨설턴트가 당신의 돈을 굴리게 둘 것인가? 좀 심하게 말하면, 당신 아이들을 그 정도 베이비시터에게 맡겨 둘 텐가?)

반反권위주의적 입장과 추종자들이 보이는 역설은, 그들 자체가 악과 증오에 휘말리기 쉬운 성향인 데다 너무나 권위주의적이고 압제적인 전체주의자와 똑같이 모두에게 적대적인 태도를 취한다는 점이다. 그렇게 서로 연관된 감정은 의식 수준이 낮은 끌개장의 산물이자 거기에 내재된 것이기도 하다. 그 정치적 낙진은 진실과 거짓을 가르는 결정적 의식 수준 200 이상과 200 이하 분파

간의 피 터지는 충성 싸움으로 나타난다.

사회/정치적 논쟁은 흔히 도덕성 자체를 주된 표적으로 삼는다. 그 결과, 수천 명의 죽음에 책임이 있는 잔인한 범죄자들을 옹호하고 지지하는 사람들, 혹은 (역시 수천 명의 인명을 앗아 간) 이슬람 테러리스트나 수천 명을 고문하고 살해한 책임이 있는 MS-13 갱 조직의 '권리'에 공감하고 연민을 느끼는 사람들도 있다.

상대주의라는 허위 수사학이 주입되면서 현실 검증은 손상되었다. 이는 소아성애 아동 살인자인 유명 인사나 자국민 수천 명을 살해하고 심지어 여성들을 천정에 와이어로 매달아 놓고 성적 고문을 자행하면서 고의적으로 죽음을 지연시키는 사이코패스 독재자에게 너도 나도 달려가 동정심을 표현하는 등 극도로 기이한 사례로 나타난다.

반드시 권위에 반대하는 입장을 취해야만 그 권위에 반발하고 저항할 수 있는 것은 아니다. 또한 반대하는 관점 자체는 어차피 가짜 수준으로 떨어질 수밖에 없다. 비교해 보면, 악을 옹호하는 것은 결국 그 악과 일치하는 일이기 때문에, 거짓과 정렬하는 것보다는 오히려 거짓에 동정심을 표하는 것이 훨씬 더 적합한 방식이다. 물론 정상에서 벗어난 범죄자들이 어쩔 수 없이 지금의 모습이 되었다고 해서, 그 범죄자들에게 동조해야 한다는 뜻은 아니다.

영적 실재를 분간할 수 있는 능력이 손상된 것은 상당 부분 미디어가 끈질기게 선전하고 프로그래밍한 결과다. 미디어는 평범한 사람들의 순진한 정신 속에 파고든다. 가짜가 최신 유행의 관점인 것처럼 왜곡되고 부풀려지면 인간의 정신은 쉽게 윤색되어 미리 프로그래밍된 것처럼 작동할 수 있기 때문이다.

사회적 생존

의식 수준 200이하로 측정되는 미국 인구 55퍼센트가 대중적 비非진실성의 맹공격을 목표로 하고 그것을 지지한다는 사실은 중요하다. 하지만 미국 전체 인구의 의식 수준은 현재 421이다.(2006년 가을에는 426이었는데 2007년 현재 소폭 하락했다.) 지수가 이렇게 확실히 차이 나는 데에는 이유가 있다. 200 이하 수준에서는 지수 비교에서 알 수 있듯, 진실한 사람들의 높은 측정 수준이 상징하는 힘power이 전반적으로 부족하다. 따라서 상대적으로 적은 인구가 가진 매우 높은 수준의 힘으로 사실상 전체 인구의 생존에 필요한 능력과 부정적 영향에 맞대응할 수 있는 역량을 유지하는 것이다.(가령, 미국 인구에서 최상위 의식 수준을 가진 100명을 제거하면 전체 평균 의식 수준은 320으로 떨어지고, 1천 명을 제거하면 현재 의식 수준 421에서 무려 220까지 폭락한다.)

영적 실재, 도덕, 진정성, 그리고 진실을 반박하는 것은 문명을 고갈시키는 행위다. 인류 전체의 의식 수준은 2007년 11월 현재 204이지만, 전 세계 상위 1천명을 제거한다면 결정적 수치를 벗어나 198로 떨어진다. 상대적으로 진화가 덜된 불운한 사람들에 대한 동정심은, 사회에서 끊임없이 그들을 교정하려는 노력을 다하고 보완할 수 있는 제도를 마련해야 한다고 자극한다. 따라서 동정심, 연민, 수용, 관용은 실용적으로 사회적 균형과 효용성을 유지하는 데 꼭 필요하다. 여기에는 이슬람의 묵시론적 승리근본주의 같은 사회/정치/종교적 실재에 대한 인식도 포함된다. 이슬람 승리주의는 2007년 11월 현재 의식 수준이 60밖에 되지 않는다.

무신론, 불가지론, 무신앙

진정한 지적 의심은 진실한 것이다. 적어도 그런 태도는 개인의 결정과 신념을 중요하고 유의미한 것으로 간주하기 때문이다. 이성은 유추나 가설을 지적으로 처리하는 역할을 한다. 이 과정에서 논리가 들어간 정보는 정신적 처리를 통해서 진실에 도달할 수 있다. 또한 이성은 성숙이라는 선형적 경험과 지혜가 등장하면서 발생하는 이분법과 양면성을 참아낼 수 있게 해 준다. 그리하여 지성만으로는 가설로 내세운 모든 질문에 대답할 수 없다는 사실을 알게 된다. 따라서 믿음은 모든 수준의 진화에 수반하여 나타나는 것이다. 믿음은 정신의 상수常數다. 따라서 그것은 인간의 믿음을 어디에 위치시켜야 하는가에 대한 문제일 뿐이다.

에고의 핵심인 나르시시즘적 성향은 '올바른/선한' 것과 일치한다. 단, 이때 '올바른' 것은 지혜와 일치한 상태일 수도 있고, 그 지혜를 타당하지 않은 것으로 판단해 거부하는 상태일 수도 있다. 아무리 교육을 받았더라도 인간의 정신만으로 진실을 확인하고 입증할 방법에 관한 딜레마를 해결할 수는 없다. 겸손함을 갖추고 진실을 탐색하는 사람이라면 결국 이 사실을 알게 된다. 진실은 객관적이고 입증 가능한 기준뿐만 아니라 주관적 경험을 통한 확인도 반드시 필요하기 때문이다.

믿음을 통해 권위에 의지하는 것이 영적 실재와 진실을 찾는 대다수 진실한 구도자들에게는 충분한 것이지만, 그럼에도 정신은 자꾸만 미련을 두면서 의심할 것이다. 하지만 그 상태는 내면의 영적 진화라는 주관적 경험을 통해서 해결할 수 있다. 영적 진화를 이루려면 의식 수준을 초월하고, 더불어 의식 측정 방법론을 통해 오늘날 세상 속의 영적 실재를 확인해야 한다. 이 두 가지 조합과 더불어 신을 향하는 하나의 경로로서 진실에 헌신한다면 결국 전형적인 '의심의 장벽doubt block'을 극복하게 된다. 동시에 그 장벽 반대편에서 깨달음과 계시가 등장한다. 온갖 의심은 자아로부터 나오기 때문에 참나의 압도적 실재 안에서 녹아 없어진다. 이로써 인간은 마침내 확실성의 산물인 평화와 더불어 제자리를 찾는다.

정신이 어떤 명제를 입증할 수 없다고 해서 반드시 그 명제가 거짓이라는 뜻은 아니다. 이는 무신론자의 함정이다. 정신은 진실을 알 수 없기 때문이다. 동시에 똑같은 이치로 정신은 진실을 반박할 수 없다. 그렇게 되면 결국 반대를 입증해야 하는 역설에 빠지게 되기 때문이다. 에고의 핵심인 나르시시즘적인 성향은 무의식적으로 자신의 전능함을 순진하게 가정한다. 그 결과, 에고에게는 더 높은 진실에 닿기 위해 필요한 겸손함이 없다. 흥미로운 점은, 무신론자는 의식 측정 기술을 사용할 수가 없다는 사실이다. 신을 부정하는 것은 진실을 부정하는 것이기 때문이다.

무신론은 의식 수준 190, 불가지론은 이보다 조금 높은 200으로 측정된다. 따라서 불가지론이 무신론보다 조금 더 정교하며 실재와 조금 더 정렬한다. 그리고 무엇보다 불가지론에서는 지적 능력이 본질적으로 신의 실체적 존재라는 문제를 해결할 수 없다는 점을 인정한다. 불가지론은 진실에 대해 부정적 적대감을 포함하지 않기 때문에 회의론보다 더 높은 수준으로 측정된다. 불가지론은 그저 지성은 만족할 만한 대답에 도달할 수 없다고 겸손하게 진술한다. 허나 불가지론의 한계는 이 사실을 잘 알고 있으면서도 지적 능력으로 도저히 해결할 수 없는 문제의 해답을 찾기 위해서 바로 그 지적 능력에게 의존하고 있다는 점이다.

또한 불가지론과 무신론은 역연령chronological age, 曆年齡이 일치할 수 있으며, 지혜의 경로를 통해 정서적으로 성숙해지면 점차 약해지는 경향을 보인다.[34] 그렇게 되면 내용이라는 선형적 차원이 아니라 맥락이라는 비선형적 범위 안에서 진실을 추구하게 된다. 맥락은 진리를 이해하는 능력을 확장시킨다. 삶의 여러 영역에서, 사변적 추측이 물러나고 확신이 자리 잡으며 더 높은 차원을 인식하는 데 필요한 능력을 확장한다. 더 높은 차원은 선형적인 지적 처리과정이 아니라 계시라는 기제를 통하여 스스로 드러난다.

의심과 불신은 흔히 의식이 크게 도약할 때 나타나는 전조다. 의식의 도약은 좌절이나 재앙, 또는 성숙을 통한 지혜가 나타나면서 일어날 수 있다. 이에 대해서는 기적과 같은 중대한 전환과 개종을 겪었던 사람들과 하물며 성인들까지 이미 언급한 것이다. 간혹 매우 험난한 환경 때문에 어린 시절 종교적 믿음을 상실했다가 이후 오랜 세월 확증 가능한 진실을 찾아나서는 예외적 경로를 밟는 사람도 있다. 그와 같은 내면의 탐색은 연관된 믿음 체계 없이 명상 수련만으로도 속도를 높일 수 있다. 그런 측면에서 불교는 신앙이 없는 사람들에게 실용적이고 매력적인 종교가 될 수 있다. 붓다는 '신'에 대한 믿음 없이 깨달음에 도달할 수 있는 길인 팔정도八正道를 가르쳐 주었기 때문이다.

신앙이 없는 사람들에게 잘 맞는 또 하나의 길은 고대 『베다』와 『우파니샤드』에서 찾을 수 있다. 『베다』와 『우파니샤드』는 양자역학의 여러 발견을 예상한 경전으로서, 절대 원리의 궁극적 실재를 언급하고 개념과 정신 작용의 환상을 넘어선 선험적 실재로서 의식의 무한한 장을 이야기한다. 모든 신념 체계를 배제한 채 절대 진리를 진실하게 탐색해 가는 아드바이타Advaita(현상계는 무지에 기초한 환상이라고 주장하는 베단타 학파에서 말하는 비이원성)의 경로는 오염되지 않은 길이다. 이 내용도 이미 앞서 저작들에서 자세히 기술하였다. 당연히 비이원성은 깨달음으로 이어지지만, 『베단타』 연구를 하다가 자칫 인도의 다양한 철학 학파에 과도하게 연루되는 상황으로 이어질 수 있다. 그리 되면 그 철학은 산만한 신념 체계가 될 수도 있으니 늘 경계해야 한다.

회의론자/무신앙자들에게 의식 자체의 본질을 탐색하는 물음은 가장 오염되지 않은 길이자 방법이다. 그 길은 모든 신념 체계를 우회하면서 오직 진실한 호기심과 성실함만을 요구하기 때문이다.

영적/종교적 진실에 대한 모든 정신적(선형적) 묘사는 논쟁과 논란이 되어 틀렸다고 반박을 받거나 무효화되기 마련이다. 반대로 (비선형적) 의식 자체는 언어적 규정이나 묘사를 넘어서며, 그 결과 회의론이나 의심, 또는 불신에 아무런 영향을 받지 않는다.

의식의 본질에 대한 조사는 곧바로 빛비춤Illumination의 근원으로 이어진다. 절대 의식의 빛은 깨달음의 조건이기 때문이다. 그 빛으로 절대 인식 주체Knower와 절대 인식 대상Known은 신의 편재라는 참나의 깨우침Realization 안에서 통합된다.

Reality, Spirituality and Modern Man

14 영적 경로

들어가며

오래전부터 신으로 가는 길은 하나가 아니라 만 갈래의 길이 있다고들 한다. 그중 전통적 경로는 이미 전작에서 기술하였으며 그 책에서 기본 요가수행과 위대한 스승은 물론 전 세계 주요 종교의 의식 측정 수준까지 밝혔다. 온전한 스승과 가르침의 의식 수준뿐 아니라 기원전 약 1만 년 전부터 지금 시대까지 여러 종교적/영적 기관과 단체의 의식 수준 목록이 포함되면서, 이 전통적 경로의 가치는 더욱 강화되었다.

이제는 활용 가능한 진정성 있는 정보가 있다. 그것이 곧 진실 수준을 규정하고 확증한다는 점에서, 어느 경로에게나 아니, 모든 경로에 실용적 가치를 부여한다. 따라서 오늘날 신을 탐색하려는 사람은 신뢰도를 위해 역사적인 혹은 외부적인 변수에만 의존할 필요가 없다. 본질적으로 매우 타당한 자료에 노출되면 그 경로 안에서 편안함, 편리함, 그리고 확실성이 더욱 증가한다. 더구나 축적된 정보가 총체적으로 일관성과 정합성이 있다는 점도 중요하다. 그 정보는 의심이나 불확실성의 가능성을 사전에 차단하고 이미 구체적으로 실현되는 과정과 교차 확증을 충분히 감안하였기 때문이다. 의식 측정 방법론과 그것의 발견은 의식 진화의 자체적 산물이다. 이로써 의식은 그 자체의 진실과 타당성을 드러낸다.

기본 경로 - 종교

영적 교육은 지적 이해, 믿음, 이성, 논리, 그리고 여타 연구 주제를 기반으로 한다. 기본적으로 지식의 기본 구조에 의존한다고 볼 수 있다. 역사적으로 신학교와 교회의 학문적 문헌뿐 아니라 종교 자체도 영적 교육을 제공해 왔다. 대개 이런 경로를 통해 교육받은 사람들은 사제나 목사로 공식 임명되거나 신학 박사나 종교학 박사 학위를 취득할 수도 있었다.

공부가 믿음을 강화하여 복잡한 정보를 완전무결하게 이해하는 결과로 이어질 수도 있지만, 그렇다고 그 안에서 저절로 개인의 주관적 인식이 한층 고양된 상태로 옮겨가지는 않는다. 역설적으로 이 한계는 학문의 맥락에 진입하면서 발생한다. 학문적으로 맥락화되면 점진적 깨달음의 단계로 이어지는 것이 아니라 오히려 서로 영향을 주고받는 유연한 태도를 차단하고 기계적으로 구분하는 데 몰두하는 현학적 박식함만을 자랑하게 된다. 물론 철학, 신학, 인식론, 형이상학이 차지하는 규모와 그 학문의 복합성을 고려하기 때문에, (가령, 독일의 마이스터 에크하르트 등) 고등 교육을 받은 사람들에게 "교회 박사"같은 칭호를 붙여 주는 경우에서 보듯 세상 사람들은 철학의 완성을 그 자체로 상당히 인정하고 존경한다.

학업적 혹은 '학식을 채우는' 경로를 가면서 발생할 수 있는 한계를 네 가지 정도 살펴보고자 한다.

1. 《자이곤》에 나온 여러 논문에 따르면, 지식인들은 내부에서 서로 영향을 주고받지 않고 철저히 구획화된다.(신학은 의식 수준 440-470으로 측정된다.)
2. 영적 에고와 환상에 호소한다. 영적 에고와 환상에 따르면, 무언가에 '대해about' 아는 것은 곧 무언가 '되기becoming'와 동격이다. 하지만 가령, 사랑에 관한 논문을 쓰는 일과 (세상에서 존재하는 방식의 하나로) 무조건적인 사랑을 하게 되는 것은 전혀 다른 일이다.
3. 소명, 직업 혹은 기관의 직함이나 역할 등의 맥락에 진입하면 철저히 자기 구역 안에서만 활동하거나 서로 영향을 주고받지 않는다. 하지만 종교적 소명은 그 소명을 통해 타인을 교육하는 역할을 하기 때문에, 근본적으로는 큰 장점과 사회적 혜택을 갖고 있다.
4. 교회 정치의 함정에 빠지고 (목사, 몬시뇰, 수도원장, 주교, 대주

교, 추기경 등) 직함이나 권력에 자기도취적으로 매료된다. 역설적이지만, 사실 영적 진화를 위해서는 대성당의 주임 사제가 되는 것보다 성당 문지기가 되는 것이 훨씬 더 도움이 된다.

이 외에도 특정한 교회 교리와 그 교리의 역사적 맥락에 제한적으로 충성하는 상황이 생기기도 한다. 그 결과 역설적으로 지배적 실존인 신을 경배하는 것이 아니라, 극단적 신앙심으로 종교 자체를 숭배하게 된다.

종파주의와 파벌적 종교성

잠재적 문제점이 있긴 하지만, 공식화된 종교, 교회 교리, 그리고 권위가 갖는 전반적인 영향력은 전 세계 어디에서든 사제 역할을 하는 성직자에게 보편적으로 존경심을 드러내는 양상에 잘 반영된다. 성직자의 역할이 종파주의를 초월하기 때문에 그 점은 바로 세계 교회의 보편적 선의를 나타낸다. 사제는 차별하지 않고 모든 이의 세례 성사, 견진성사, 혼인성사를 주관하고 종부성사, 장례미사, 매장 의례까지 관리할 뿐 아니라 심지어 군대 안에서도 본분을 다한다.

여러 믿음의 길은 기본 전통으로서, 모든 종교와 영적 경로에게 꼭 필요한 지지와 토대를 형성한다(자연법). 대개 믿음은 진실한 가정생활과 문화 전통의 산물이기 쉽다. 말하자면 그 두 가지 기본만 있다면 비교적 크게 노력을 하지 않고 얻을 가능성이 높다. 믿음은 친숙해지면서 동화된다. 친숙함이란 정식으로 미사나 예배에 참석하고, 종교적 기념일이나 축일을 기념하고, 그렇게 맺어지는 친교까지 모두를 뜻한다. 그리고 정식 교구나 단체에 속하여 관련 활동을 하면 장점이나 혜택이 있다. 가령, 대형 고딕 성당과 거대한 모스크 등에서 종교적 감화를 받기도 하는데 이것도 하나의 활동이라고 할 수 있다. 이와 같은 성당과 모스크는 모두 신의 주권에 헌정된 것으로서 의식 수준 700대로 측정된다.

집단 의지라는 영적인 힘은 헌신, 숭배, 기도로써 강화된다. 이런 행위는 책임, 청렴성, 정직, 도덕, 윤리를 지지함으로써 사회에 긍정적 영향을 끼칠 뿐 아니라 의식의 진화를 뒷받침한다. 책임, 정직, 윤리 등은 소위 '전통적 미국'이 내세우는 기본 원리의 특성을 잘 보여 준다. 오늘날도 미국에서는 대통령과 대법원장을 비롯해 고위 관료들이 성경에 손을 얹고 취임선서를 한다. 이때 성경은 특정 신앙을 상징하는 게 아니라 오히려 그 신앙의 기원, 즉 신의 말씀의 힘으로 자주적 권위를 수용한다는 뜻이다.

믿음은 '믿음, 소망, 사랑'이라는 삼각 구조의 주춧돌이다. 믿음이 주는 가장 큰 보상 중의 하나는 덧없는 기대를 초월하고 영혼의 사후세계로 그 믿음을 확장하는 것이다.

미덕(의식 수준 210에서 385)

영적 진화를 위해 반드시 진리의 변증법을 지적으로 이해할 필요는 없다. 하지만 적어도 긍정적 성격의 특성과 공정함, 선함, 예절과 품위에 이끌려야 한다. 이런 특성은 어린 시절에 가장 잘 배양된다. 이 과정에 부모의 좋은 본보기, 사회적 확인, 칭찬과 보상,

종교가 중요한 역할을 하며, 동시에 보이스카우트, 걸스카우트, 공제조합, 공공 봉사, 자선 단체나 인도주의 단체와 같은 진실한 기관도 많은 영향을 준다. 긍정적인 성격의 특성은 성취와 삶의 만족도와 관련 있으며, 더 나아가 높은 수준의 행복, 성공, 건강과도 연관된다는 점이 중요하다. 선한 업(카르마)을 쌓고 좋은 운이 있으면 진실한 가정, 문화, 환경에서 태어나고, 동일시 기제가 작동하면서 그 문화와 환경이 주는 본질적 자산과 성격적 특성을 흡수한다.

종합적으로 볼 때, 이런 특성은 현대 문명과 미국 전통의 근간이며, 역사상 가장 성공적이고 강력한 국가가 탄생했던 토대를 이룬다. 이런 가치가 사라졌을 때, 지난 수 세기 동안 여기저기에서 전쟁, 빈곤, 죽음, 파괴가 일어났다. 폴 포트, 스탈린, 나치, 공산주의, 파시즘, 이슬람 테러리즘 등 사악한 정권과 문화에는 바로 이런 가치가 부재한다.

세상은 두 개의 다른 문화 사이에 일어나는 상호작용이 펼쳐지는 극장이다. 다시 말해, 의식 수준 200 이상의 문화와 200 이하 문화 사이의 충돌이자 만남이다. '물과 기름'과도 같은 이 입장은 각 사회 내부에 존재한다. 그 안에서 다시 진실을 가르는 결정적 수치인 200 이상과 200 이하의 개인, 집단, 기관들 사이에 갈등이 생겨난다.

연구 분석에 따르면 전체 사회 문제의 약 92퍼센트는 의식 수준 200 이하로 측정되는 사람들 때문에 발생한다. 그 시민들에게 들어가는 사회적 비용은 계산하기 어려울 정도로 어마어마하다. 그 결과, 지나치게 용인하는 태도를 취하거나 비非진실성을 옹호하는 사회는 삶의 모든 영역과 질적 측면에서, 심지어 더 평범하게 보자면 일상의 신체적 안전이라는 매우 단순한 영역에서까지 천문학적인 대가를 치르고 있다.

오래전부터 미덕은 '기본적 품위'로 인식되었다. 기본적 품위에서 자아와 타인에 대한 존중, 그리고 긍정적 자긍심이 나온다. 모든 미덕은 선한 의지와 개인적 책임에 기초하며 그 의지와 책임은 정직, 신뢰, 책임감을 더욱 발전시킨다. 또한 이런 미덕은 성숙함의 특성이기도 하다. 인간은 성숙해지면서 나와 타인에게 기꺼이 도움을 주고, 다정하고, 의지할 수 있는 존재가 된다.

윤리 의식은 공정성, 합리성, 온건한 타협으로 이어지며, 이런 요소는 타자의 감정을 존중한다는 증거다. '세상의 소금'이 되는 사람들은 다정하고 정중하며, 사려 깊고 균형 감각이 있다. 그들은 거의 언제나 친절하고 힘이 되는 사람들이며, 남들에게 부정적 감정을 떠넘기거나 무례하게 굴지 않는다. 무엇보다 그들은 동물 왕국의 포식자처럼 남의 것을 약탈하지 않으며, 성적 강탈 등 모든 형태의 약탈을 결코 지지하지 않는다.

종합적으로 볼 때, 이런 속성을 가리켜 '인격character'이라고 부르며, 확실히 이런 인격적 특성을 얻으려면 개인적 노력, 자기 통제, 인내심이 꼭 필요하다. 또한 이런 특성은 결국 사랑love이 될 수 있는 기본 자산을 형성한다. 사랑은 의식 수준 500으로 측정되며, 비교적 인간이 도달할 가능성이 높은 상태다. 거기서부터 다시 한 단계 위의 무조건적 사랑unconditional love(540)이라는 큰 목표에 닿을 수 있도록 그 사랑을 완벽하게 만들기 위해 노력할 수 있다. 하지만 실제로 전 세계 인구 중에 무조건적 사랑에 닿을 수 있는 사람은 겨우 0.4퍼센트에 불과하다.

기본 원리, 윤리, 그리고 도덕은 의식 수준 200 이하를 무효화하는 데 필요한 수단과 동기를 제공한다.(『의식 수준을 넘어서』 참고) 영적 진화로 이어지는 각각의 공식 단계는 그 자체가 하나의 보답이 된다. 그 결과, 그 여정은 자기 확산적으로 변하고 점점 더 즐거움을 주는 하나의 생활 방식이 된다.

겸손, 학습능력

겸손과 열린 마음은 종교적/영적 진실의 통합에 절대적인 요소다. 특히 오랫동안 사회적 합의와 그 합의 사항을 묵묵히 따르는 태도가 이 통합을 더욱 더 뒷받침했다. 참다운 권위는 공식적으로 인정받은 진정성과 신뢰를 함축한다. 따라서 신의 실재는 오랜 세월을 거치면서 전 세계의 서로 다른 문화에 선천적으로 내재되었다. 전능하고, 전지하고, 편재하는 신의 실재는 고대 각 지방의 개별적인 토착 문화 등 모든 종교적 영적 체계에서 특징적으로 드러난다.

참다운 권위는 의식 연구로 입증된 본질을 반영한다. 타당한 권위는 유용하고, 도움이 되고, 보호하고, 권능이 있는 것으로 인식된다.(이는 온전한 스승의 자실이다.) 진실은 참다운 권위가 본질적으로 품고 있는 스승과 같다. 따라서 사회적 합의나 공식적 발표와 상관없이 참다운 권위는 그 자체로 존경하고 존중할 만한 가치가 있다.

특히 오늘날 권위에 대한 개념은 여론에 영향을 크게 받으면서, 종종 가짜 권위로 인식된 존재에게 자리를 잘못 넘겨주기도 한다. 가짜 권위자의 가르침은 본질적으로 허위다. 실제 그 명성과 환호에도 불구하고 의식 수준 200에도 미치지 못하는 영적/종교적 지도자와 정치 지도자들이 무수히 많다. 그러므로 본질을 분간할 때 대중적 인기나 출세 정도는 일말의 가치도 없는 것이다.

합리적 겸손은 학습의 기본이다. 겸손을 갖추게 되면 그때부터 에고/정신은 가르칠 만한 것이 된다. 그다음 정신은 확증 가능하고 진실한 지식을 흡수하고 통합하고 파악할 수 있다. 성공으로 가는 열쇠는 경쟁적 질투, 시기, 혹은 적대심으로 권위에 저항하거나 그것을 공격하는 게 아니라 진실한 권위를 연구하고 모방하는 것이다.

마음으로 그려 보기

학습 기술 중에 자신이 바라는 행동, 특성, 그리고 태도를 마음으로 그려 보고 예행연습해 보는 소위 '진짜처럼 해 보기'가 있다. 그 과정 중에도 '난 할 수 없어.'와 같은 저항이나 부정적 태도가 등장한다. 마음으로 그려 보기와 예행연습은 여러 분야에서 수행 성과와 자신감을 높이고 진행 과정을 향상시키는 것으로 이미 판명되었다.(Petras 2006) 마음속에 품은 것은 밖으로 드러나기 마련이다. 그래서 그 기술은 스포츠와 비즈니스까지 다양한 분야에서 활용된다. 의식 수준이 높을수록 마음속에 품은 것이 실현될 가능성은 높아질 것이다. 따라서 '가장 높은 목표를 수행하는' 해법을 미리 마음에 그려 보는 일은, 단순히 이기적 욕망을 달성하고 이득을 취하는 장면을 투사하는 것보다 훨씬 더 강력한 것이다.

위기와 재앙

앞서 언급했듯이, 엄청난 재앙에서 살아남은 사람들은 거의 보편적으로(99퍼센트) 재앙 한가운데에서도 성실하고 열렬하게 기도했다고 한다. 역설적으로 일부 생존자들, 특히 토네이도에서 살아남은 사람들은 최악의 위기 상황에서 오히려 매우 심원한 평화의 상태(600)로 들어갔다고 진술했다. 이렇듯 거대한 심원에 의탁하면 두려움이 사라진다.

이런 현상에서 몇몇 유형은 당시 상황을 그대로 받아들이고 체념함으로써 겉보기에 불가항력적인 것을 수용한 결과다. 이렇듯 '머리 위에 총이 겨누어진' 이미지를 마음에 그려 보는 기법을 활용해 모든 저항을 내려놓고 온전히 신에게 의탁하는 태도를 학습할 수도 있다. 이미지 기법은 "누군가가 당신 머리 위에 총을 겨누고 있다면, 당신의 이러저러한 욕망을 기꺼이 버리겠습니까?"라고 질문한다. 이런 식으로 이미지 그리기 기법은 그 질문에 '그렇게 할 수 있다.'는 인식을 계속 일깨운다. 그 결과, 이제 당면한 문제는 과연 학습한 상황에 직면했을 때 실제로 '기꺼이 그렇게 할 것인지'의 여부가 된다.

강압

앞에 나온 사례와 아주 비슷하게, 강압과 극도의 위협은 실제로 개종이나 전향을 야기할 수도 있다. 지난 수 세기 동안 이 방법은 개종자를 얻기 위한 수단으로 활용되었다. 권위(자)는 강압과 관련된 세뇌 기술과 협박이나 주입식 프로그램을 공식화된 위협 장치로 남용하곤 한다.

내려놓음과 생존

몇 가지 중요한 정보를 다시 설명하고 넘어가자. 첫째, 에고의 핵심은 동물로서의 생명이 출현하는 바로 그 시점에 형성되었다. 동물은 본질적으로 내부 에너지원이 결핍된 상태다. 반면 식물계는 햇빛을 엽록소 에너지로 전환시켜 화학적 에너지로 만드는 기제로써 이 결핍을 해결했다. 하지만 박테리아와 원생동물 등 원시 동물은 주변 환경으로부터 필수 성분을 습득해야만 했다. 이를 위해서는 탐지하고 처리하는 체계를 새로 만들어 내고 (생명을 지탱하는) '좋은' 물질과 (독성이 있는) '나쁜' 물질을 분간하는 능력이 필요했다. 이 모든 탐색은 이후에 동물의 기본 본능으로 진화했다. 그 본능은 전부 생존에 직결된 것으로서 에고가 선천적으로 갖고 있는 기능이다.

그와 같은 에고의 타고난 메커니즘은 복잡한 체계를 조직하고 통합하는 지적 능력의 설계와 기능을 구성한다. 호모 사피엔스에게 전뇌前腦가 출현하면서 대단히 복잡한 상태에 맞는 신경학적 기층이 나타났지만, 동물적 생존과 직결되는 지배적 패턴을 품은 기층도 여전히 남아 있었다. 이 정교한 진화적 메커니즘의 총체성은 에고/정신/감정을 구성한다. 그리고 에고/정신/감정은 생명('나')의 내부적, 독립적, 자율적 원천이 되었다.

이를 통해서, 에고가 모든 것을 내려놓는 일이 어째서 그렇게 엄청난 대가를 치를 정도로 힘겨운 것인지, 그리고 막대한 저항에 부딪히는지 확실하게 알 수 있다. 에고 내부의 원초적 믿음은 에고가 곧 생명의 근원이며 기층이며 핵심이라는 것이다. 에고의 존재는 신성Divinity의 내부적 등가물로 간주되었다. 그러므로 에고의 나르시시즘적 핵심에게는 통제권을 내주고 양도한다는 것이 죽음과도 같은 일이다. 이에 에고는 자율통제권이자 생존이라고 믿는 것을 붙잡기 위해 힘겨운 투쟁을 한다. 사실 에고/자아는 참나의 비선형적 잠재성이 자기만의 카르마 성향과 고유성을 갖고 있는 개별 인간 안에서 생명/삶으로 작동하는, 하나의 메커니즘일 뿐이다. 따라서 한계가 있는 선형적 자아는 무한한 비선형적 참나가 빚어 내는 일종의 표현 형태다. 참나는 자아의 실질적 근원이다. 에고/자아는 제한적 내용이지만 참나는 무한한 맥락이다.

에고가 핵심 통제권을 참나에게 양도하는 것은 자아가 참나에 녹아 없어지면서 참나의 기층 실재를 점차 발견하게 되는 과정이다. 이 과정은 인간의 의도는 물론 믿음과 신념을 통해서 이루어질 수 있다. 저항과 진화적 요인들로 인해 일반인의 의식 수준은 한 생애를 사는 동안에 평균 5점 가량 등락하지만 영적으로 헌신하는 사람들은 수백 점씩 크게 상승하는 경험을 하게 된다.

세속의 일시성

모든 두려움의 기저에는 죽음에 대한 원시적이고 본능적인 공포가 깔려 있다. 따라서 영적 수행을 할 때 이 두려움을 최대한 빨리 소멸시키면 에고의 내부 작용을 상당히 건너뛸 수 있다. 육체적 죽음에 대한 공포는 동물적 본능과 에고의 나르시시즘이 결합되면서 나타난다. 에고는 자기 자신을 사랑한다. 죽음은 경험하기의 종결을 암시하며, 경험하기는 삶/생명과 동격이다. 그러므로 에고는 선형적이고 친숙한 것, 바로 삶/생명에 매달린다.

육체적 죽음의 불가피성은 인간 삶의 근본적인 불가사의다. 그리고 대개는 거부라는 기제를 발휘해 두려움에서 벗어나도록 처리된다. 종교와 영적 교육은 죽음이 육체적 삶의 양식과 존재에서 영적 삶의 양식과 존재로 단순히 이행하는 것처럼 재-맥락화해 준다는 점에서 유용하다. 육체적 삶의 일시성을 받아들이는 것은 매우 중요하다. 깊이 성찰해 보면, 정말로 가치 있는 것은 경험하는 시간의 길이 혹은 간격, 즉 '인간이 이 세상에 얼마나 오랫동안 존재할 것인가?'임을 알 수 있다.

유용한 임상적 비유를 들어 이 점을 말해 볼 수 있다. 자, 지금 두통이 생겼다. 이럴 때 지난 번 두통이 생기고 나서, 얼마 만에 이번 두통이 시작되었는지는 전혀 관련이 없음을 깨달아야 한다. 중요한 건, 지금 생긴 두통이다. 현재 상황만을 해결해야 한다. 똑같은 조건을 죽음의 문 앞에 적용하자. 다시 말해, 인간이 하나의 육체로 이미 얼마나 살아왔는지는 별로 관련이 없다. 이제 남은 문제는, 손자들이 자라는 모습을 보고 싶은 마음 등 미련으로 남아 있는 애착요소들을 그만 내려놓는 일이다.

삶에 대한 정서적 애착의 상당 부분은 주로 눈물을 부르는 감수성과 특별히 자신이 선호하는 것으로 이루어진다. 인간에게는 삶의 기쁨이 주는 즐거움과 그 즐거움의 친숙함에 쏟았던 감정적 애착을 판단하고 평가하는 일이 무엇보다 소중하다. 인간의 삶과 그 삶이 주는 인간관계는 '내가 늘 자리하는 고향'이 되었기 때문이다. 그래서 인간은 친숙한 것을 다 비우고 미지의 세상으로 가는 것을 두려워한다.

에너지나 물질의 보존 원칙처럼, 삶/생명의 법칙도 삶/생명의 지속성을 보장한다는 사실을 받아들이려면 믿음이 필요하다. 물질과 에너지처럼 삶/생명은 결코 파괴될 수 없고 다만 형태를 바꿀 수 있을 뿐이다.(이 명제는 의식 수준 1000으로 측정된다.) 따라서 죽음은 사실상 육체를 떠나는 것에 불과하다. 물론 이 과정에서 정체성에 대한 의식은 깨진다. 대신 육체적 소멸로 자아가 떨어져 나간 이후에도 '나'(자아)의 상태는 지속된다. 다시 말해, 천국이나 다른 세계로 가는 '누군가'가 되거나 환생을 선택하는 '누군가'가 되어야 한다.(이 명제도 의식 수준 1000으로 측정된다.)

영靈에게 육체적 삶에서 배웠던 교훈은 영적 진화에 있어 중요한 것이지만, 육화肉化는 그저 하나의 에피소드에 불과하다. 그렇기 때문에 육체를 벗어나 본 적이 있거나 임사 체험을 했던 사람들은 기꺼이 보다 살 준비하게 된다. 헌신, 희망, 그리고 믿음이 있다면 죽음에 대한 두려움은 낙관주의, 기대, 절대 평화와 사랑의 신성한 세상으로의 이끌림으로 대체된다.

깨달음과 계시

에고가 여러 가지 위치성을 포기하면 자신의 지배를 줄이고 비선형적이고 비개념적인 이해와 인식으로 가는 문을 열 수 있다. 그 결과, 참나의 '앎Knowingness'이 등장하고 이로써 갈등은 자연스럽게 사라진다. 이러한 내면의 탈바꿈은 고요한 기쁨, 안도, 더 큰 내면의 자유, 안전, 그리고 평화를 동반한다. 참나가 품은 사랑의 힘은 점차 우위를 점하다가 마침내 모든 부정적 감정, 의심, 그리고 장애물을 쇠락하게 만든다.

따라서 변모/탈바꿈은 자아가 상실하면서 겪는 일이 아니라, 참나가 출현하고 펼쳐지는 것으로 경험된다. 참나는 훨씬 더 큰 차원에 존재한다. 이 과정에서 실제로 나타나는 일은, 옛것을 대신하고 대체하는 상태나 조건의 변화다. 더 작은 것이 더 큰 것으로 대체된다. 이로써 영적 진화는 편재하는 신의 현존을 드러낸다. 이 발견은 역사적으로 '깨달음Enlightenment'이나 '신의 의식God-consciousness'이라고 언급되는 의식의 상태 안에서 일어나는 변화다.

고전적 경로

영적 실재의 깨달음으로 가는 모든 영적/종교적 경로는 다음과 같은 공통점을 갖고 있다.

1. 꼭 필요한 정보 습득
2. 영적 실천과 숭배
3. 헌신과 사랑

4. 이타적 봉사
5. 기도, 명상, 그리고 사색
6. 영적 단체와 스승들과의 유대
7. 신성 숭배
8. 미덕의 실천, 그리고 악과 죄와 실수를 거부하고 회피하기

훌륭한 전통적 경로에는 힌두교의 위대한 고전 4대 수행요가인 라자(명상), 즈나나(지혜와 성찰), 바크티(헌신), 카르마(이타적 봉사)가 포함된다. 이 네 가지와 동일한 요소가 기독교를 포함한 모든 종교에도 존재한다.

교육: 선교

공식 종교를 통한 구원의 '희소식good news'은 문화적 전통이었으며, 선행을 통한 선교는 믿음을 실천에 옮긴 고귀한 표현이었다. 긴급구호부터 노숙자에게 의식주를 제공하는 일까지 이타적 봉사는 이타적 진실과 사랑을 경험으로 가르치는 좋은 사례다.

복음주의는 영적으로 동기를 부여하고, 더 나아가 정보와 소식을 알려 주고, 사람들의 마음을 붙잡고, 영감을 주려고 노력한다. 의료 선교는 전쟁의 사상자를 비롯해 온갖 재난의 피해자들에게 크나큰 선물과도 같은 역할을 했다. 그 전쟁의 발단이 세속적 이유인지 종교적 이유인지는 문제되지 않았다. 십자군 전쟁 중에도 종교단체들은 그런 봉사를 공식적으로 조직하였다. 1099년에 설립되어 지금까지 활동하고 있는 '성 요한의 예루살렘과 로도스와

몰타의 주권 구호 기사수도회'가 대표적인 예다. 이 수도회는 별칭으로 성 요한 기사단, 병원 기사단, 구원 기사단으로 불린다. 이들 수도회는 병원을 설립하고 간호 요양 전문인을 양성하였으며 오랜 기간에 걸쳐서 다양한 구호활동에 나섰다. 그런 기관이 현대에 들어와 적십자, 구세군, 그리고 기타 여러 재난구호단체로 등장했다.

군대 위문 활동을 하는 민간 비영리 조직 '미군 위문 협회USO', 자선우호단체 엘크스Elks, 보이스카우트와 걸스카우트와 같은 비종교적 기관이나 비종파적 단체들도 매우 고무적인 역할을 하고 있다. 그들도 종교 단체들처럼 동료에 대한 보살핌과 사랑을 상징하기 때문이다. 그들은 타자의 요구를 배려하고 자애로운 모습을 나타낸다. 이것이 바로 무조건적 사랑의 형태다. 우리 주변의 법률 시행 인력, 소방관, 응급의료 기술자, 재난 자원봉사자 등 위급한 상황에서 일하는 모든 사람들이 바로 인간의 위대한 용기와 고귀함을 상징한다.

교육: 개종

'개종'은 의식이 갑작스럽게 도약하면서 진실하지 못한 삶을 포기하는 등 자발적 전향의 모습으로 드러나듯이 자율적이고 자동적인 변화가 될 수 있다. 이는 별안간 위기와 절망이 닥치는 상황에서 흔히 나타나듯, 신의 현존이나 진실을 도저히 부인하기 힘든 삶의 위기나 그와 같은 일에 직면하면서 촉발된다. 때로는 사상적 전환이나 기도에 응답받은 결과일 수도 있다. 또한 사랑하는 사람의 죽음이나 건강상의 불행도 개종을 불러오는 사건이 되기도 한다.

'삼투' 작용

일상에서 드물지 않은 현상으로는 영적으로 순진무구하고 겉으로 보면 아무런 동기나 자극을 받지 못한 사람들이 점점 영적 진보에 매료되어 결국 진지하게 발을 담게 되는 일도 있다. 이런 일은 다정하고 사랑스러운 사람이나 그와 같은 순간에 아주 잠시 노출되면서 표면상 매우 우연하게 일어날 수도 있다. 이런 현상은 개종을 전제로 하지 않는 12단계 믿음에 기초한 익명의 알코올 중독자 협회로 가장 잘 알려져 있다. 그들은 강인함, 믿음, 그리고 회복의 이야기를 공유하면서 듣는 사람들에게 희망의 불씨를 피운다. 그런 진실한 영적 집단은 자극적인 홍보가 아니라 은근한 이끌림으로 점점 성장한다. 그들이 훌륭하게 성공하면서 다양한 문제를 해결하는 데 널리 활용되는 현재의 집단 치유 기술이 탄생할 수 있었다.

영적 진실의 힘과 통합성은 여러 나라의 지도자, 국회의원, 그리고 주지사를 포함해 수백만 명이 이전의 무기력한 상황에서 회복하면서 익히 입증되었다. 또한 이 확인과 입증은 집단의 의식 수준에도 영향을 끼쳤다. 이에 따라 오늘날의 세상에서 성공에 필요한 조건은 이익을 취하는 탐욕이 아니라 서로 의지할 수 있는 진정성임을 새롭게 밝혀 주었다.

사랑과 헌신의 길

사랑의 의식 수준은 공식적으로 500부터 그 이상까지로 측정되며, 570 수준이 되면 보통 그 사랑의 무조건성 때문에 성자의 반열로 간주된다. 그 에너지 장은 모든 경험, 그리고 자아, 타자, 모든 생명체와의 관계성을 재-맥락화한다.

무조건적 사랑(540)의 장애물은 애착, 원망, 특별하다는 착각, 타인에 대한 판단 등이다. 무조건적 사랑의 높은 에너지에 담긴 힘은 자아와 타자를 변모시킬 수 있으며 기적이 등장하는 촉매가 되기도 한다. 그 기적으로써 겉으로 불가능해 보이는 것이 현실로 탈바꿈된다. 사랑의 에너지는 사랑 안에서 완벽하며, 따라서 요구, 배려, 한계, 혹은 이익의 추구에서도 자유롭다. 결핍을 느껴 뭔가 바라는 마음으로부터 자유로워지는 것은 곧 해방되는 것이다. 그래서 어떤 영적인 전통에서는 깨달음을 '해방(*모크샤*Moksha)'이라고 부르기도 한다. 기독교에서는 개인적 자아가 신성한 사랑의 참나로 녹아드는 것을 가리켜 '*신비적 합일*Unio Mystica'이라고 부른다.

보통 사랑의 개념은 인간관계, 공존가능성과 상호작용의 부침, 기대, 다시 말해 정서와 관련된 것으로 정리할 수 있다. 인간관계는 통제와 소유의 욕망을 일으키고 결국 분노, 혹은 심할 경우 증오로 표면화되는 갈등을 야기한다. 따라서 소위 '사랑'이라고 진술된 불만족스러운 경험은 사랑이 아니라 정서적 애착과 감정적 '얽힘'의 결과다.

부정성negativity에서 자유로운 보다 진화된 인간관계의 패턴은, 소유를 갈망하는 감정적 얽힘이 아니라 상호 일치와 조화에 그 관계의 기반을 둘 때 이루어진다. 이는 매우 중요한 사실로서 진정한 인간관계의 본질을 새롭게 규정한다. 그것은 상호 수평적 양상이 아니라 상호 평행적이고 수직적인 양상으로 기술될 수 있다. 통제와 같은 수평적 양상은 사람들 사이에서 심장을 통한 일치나 조화가 아니라 '태양신경총', 즉 지배적 공격성을 통해 사람들을 얽는 밧줄 같은 역할을 한다.

영적 사랑은 에로틱하지 않으며 소유를 갈망하지도 않는다. 성숙한 연인들과 강한 유대로 묶인, 이를테면 동료 선원이나 군대나 같은 팀 안에서 솟아나는 플라토닉한 사랑에서도 영적인 사랑을 찾을 수 있다. 국가와 국민에 대한 사랑은 결국 전 인류로 확장되어, 마침내 생명의 근원으로서의 창조주에게까지 확대된다. 사랑은 자애롭고 널리 퍼지는 것이다. 궁극적으로 그 사랑은 모든 생명과 모든 창조에 대한 사랑으로 올라선다. 그 결과, 고통 자체를 기저에 깔고 있는 인간의 굴레를 초월할 수 있도록 모든 중생의 깨달음과 구원을 바라는 불교의 기도가 등장한다. 모든 생명에 대한 무조건적 연민과 자비의 이상은 그 모든 표현 안에서 이원적 지각과 그 지각의 환상을 초월하라고 요구한다.

절대적 진실Truth과 생명에 대한 헌신은 탈바꿈할 수 있는 힘을 갖고 있다. 그래서 선형적 개념을 초월하여 궁극적 실재로서 비선형적 본질을 인식하는 결과를 낳는다. 궁극적 실재와 그 인식은 자기 현시적이다. 자아는 참나에게 녹아들어, 창조의 본질이자 은총으로 빛나는 모든 존재의 신성에 깃든 완벽함을 드러내기 때문이다.

Reality, Spirituality and Modern Man

15

기도하는 사람 되기: 사색과 명상

들어가며

영적 수행자, 열성 신자나 잠재 신자가 직면한 과제가 있으니, 그것은 바로 개념적 영적 정보를 주관적이고 경험적인 실재로 실현하는 방법이다. 그 결과, 잠재성이 현실성이 되는 그 진행 과정으로 점차 변화하고 발전해 나가는 실천 관습과 기술을 적용해야 할 필요성이 대두된다. 여기에는 성실한 기도와 진실의 근원에 대한 참된 헌신 외에도, 그 의도와 헌신을 향상시키는 명상과 사색이라는 아주 기본적이면서도 유서 깊은 중요한 수단이 있다.

사색

정보는 차분한 반성과 자기성찰을 통해 서로 통합되고 연결되며 재-맥락화된다. 그러므로 사색하는 상태는 목표 지향적 활동보다 더욱 더 이완되고 열려 있고 자연스럽고 직관적이다. 사색을 하면 추론과 일반 원리가 자연스럽게 만들어진다. 사색은 선형적 논리를 구체화하기보다 본질을 분간하는 능력을 촉진하기 때문이다. 사색적 이해의 한 가지 장점은 의미와 중요성을 드러내 준다는 것이다.

명상은 일반적으로 세상과 세상의 활동에서 반드시 물러나야 하는 것이지만, 사색은 삶의 내적/외적 경험과 관련된 간단하고 소박한 생활 방식이다. 즉 세상에 참여를 허용하지만 적절한 거리를 두는 방식으로 이루어진다. 의도가 있는 행동은 결과에 중점을 두지만, 사색은 크게 노력이나 힘을 들이지 않는 표출과 관련된 것이다. 그래서 의도적 사고는 그 성격상 '양陽'에 해당하며, 사색은 매우 '음陰'한 성격이라고 말할 수 있다. 사색은 온전히 내려놓고 내맡기는 과정을 촉진하며 끌림과 혐오, 그리고 모든 형태의 바람이나 욕구를 내려놓도록 유도하며 그 일을 수월하게 만들어 준다.

사색은 의미를 인식하고 추상적 개념의 진화적 수준을 이해하는 방향으로 이끈다. 사고는 선형적이다. 한편 이해는 맥락적이고 비선형적이다. 맥락의 확장은 사고의 중요성, 가치, 의미를 높여 준다. 따라서 사색은 참나의 영향력을 이끌어 내어 자아의 활동을 무색하게 만드는 경향이 있다.

에고/정신의 목표는 주로 활동하고, 얻고, 수행하는 것이지만 사색의 의도는 '되는become' 것이다. 지적인 사람들은 무언가에 '대해about' 알고 싶어 하지만 사색하는 사람들은 앎 그 자체와 자율적 지혜를 추구한다. 이성적 사고는 시간과 관련되어 순차적이고 선형적으로 이루어지지만, 사색은 순차적으로 흘러가는 시간의 바깥에서 일어난다. 즉 비선형적이며 본질의 이해와 관련 있다. 성실한 사색은 인간의 삶이 곧 기도가 되는 세상에 존재하는 방식 혹은 양식이다.

내면의 영적 활동이 이루어지면 두 개의 진행 과정이 동시에 시작된다. 정신의 한 부분에서는 분노와 원망을 처리하는 일에 관심을 둘 것이고, 동시에 다른 부분에서는 영적 해법을 찾으려고 할 것이다. 그리하여 당면한 갈등은 재-맥락화되고 초월을 통해 해결된다. 이때 내면의 진행과정은 마치 부모와 함께 있는 아이와 같다. 영spirit은 부모이고 에고는 아이에 해당한다. 유치한 에고/자아는 반응에 민감하고 단기간에 초점을 두지만 현명한 부모와 같은 영적 참나는 장기적 진화의 결과에 관심을 둔다. 에고는 감정에 빠지기를 좋아하지만, 영은 재-맥락화를 통해 감정을 초월하는 것을 추구한다. 따라서 내면의 활동은 상당 부분 본능에 기초한 감정성을 영적 기반의 이해comprehension로 대체하는 데 관여한다.

초월이라는 내면의 경험은 낮은 의식 수준에서 높은 의식 수준으로 이동한 결과다. 처음에는 노력의 과정과 절차가 필요하겠지만 나중에는 결국 주된 목표인 사랑, 의지, 헌신, 겸손과 진실에 몰두하는 태도가 도와주면서 그런 전환은 점점 친숙해지고 습관적으로 변한다. 시간이 지나면서 세상을 경험하던 옛 방식은 사라지고 부정적 감정과 지각도 없어진다. 만물을 다르게 보면 그 자체로 보상이 되며 마치 새로 태어난 사람처럼 느끼게 된다.

한 사람의 삶을 영적 의도에 맞게 정렬시키면 삶의 의미와 중요성이 확장된다. 에고/몸/정신의 수명은 한계가 있고 일시적이지만 영의 삶은 영원하다. 따라서 영의 중요성은 에고의 만족이라는 일시적 이득을 무색하게 만든다. 그 결과, 일치와 헌신과 합의를 통해 더 작은 것은 더 큰 것에 서서히 흡수되고 의탁한다. 영적 의도는 억지로 강요된 것이 아니라 자유롭게 선택한 것이기 때문에 이 과정에서 저항도 점차 줄어든다.

또한 영적 진보는 그보다 중요하지 않은 동기와 목표에서 얻는 보상보다 더 크고 훌륭한 보상을 얻게 되는 일종의 탐색이다. 평범한 삶은 늘 일상을 유지하면서 기쁨을 주지만, 영적 진전이 주는 쾌락은 그저 지나가는 감정이 아니라 잠재성을 성취하는 방향과 더욱 더 조화를 이룬다. 잠재적 성장을 달성하고 참다운 삶의 의미를 인식하는 과정에는 내면의 고유한 쾌락과 만족이 있다. 우리 자신을 힘겹게 앞으로 몰아갈 필요가 없으며, 오히려 영적 진보를 통해 장애물이 사라지면서 자연스럽게 앞으로 나아갈 수 있다는 사실을 새로 알게 되는 것도 기쁜 일이다. 그 결과, 우리는 과거에 휩쓸리거나 몰려가지 않고 미래에 매료되고 이끌리게 된다.

자아가 점차 참나 안으로 녹아 들어감에 따라 인식은 더욱 더 널리 확산되고 온 세상으로 퍼져 전체를 아우르면서 곳곳으로 스며든다. 순차적 인과관계에 대한 믿음은 사라지고, 그 자리에 창조의 계속됨이 펼쳐지면서 잠재성이 현실성으로 발현되는 것을 목격한다. 개별적 '나'라는 개념은 이제 응집하는 조화의 총체성, 즉 모두를 아우르는 자발적인 '일체임everythingness' 안에서 점점 약화된다. 이로써 겉으로 단단해 보이던 일원화된 자아는 참나의 보편성 안에서 사라진다.

평범한 의식의 경험적/현상적 장면 아래에서는 원시적 고요함, 즉 전혀 방해받지 않은 평화와 고요가 발견된다. 모든 현상은 잠재성의 현시가 현실성으로 이행하는 것이다. 이것은 마치 슬로 모션처럼 자동적으로 발생하고 있다. 그 펼쳐짐은 우주 자체의 표현으로서 매우 부드럽지만 동시에 무한히 강력하다. 인간은 지배적 실재로 완성되기 위해서 완전한 변화 쪽으로 움직인다.

생명과 우주가 출현한 이 맥락화의 본질을 주관적으로 인식하는 것은, 고등 양자역학과 이론물리학의 최신 발견과도 일치한다. 그 발견들은 본 저자의 여러 전작에서 밝혔듯이 시간과 위치와 공간은 의식의 투사이며 어떤 내재적 실재도 없다는 명제를 과학적으로 확증시켜 준다.(하로코포스의 「운동 원인으로서의 힘Power as a Cause of Motion」, 린즈의 「시간과 양자역학Time and Quantum Mechanics」, 『마인드풀 유니버스Mindful Universe』에 나온 H. 스탭의 여러 글에서 확인할 수 있다.)

고등 물리학과 양자역학에서 나오는 실재의 본질에 대한 확장된 인식은 신비주의자의 주관적 인식과 관련 있다.(Hawkins 2003, 2006, Grace 2007) 실재의 확장된 패러다임은 믿음과 이성 사이에 생겨난 어떠한 환상의 간극도 다 소멸시킨다. 신성한 계시는 창조에 대한 하향식 설명을 제공한다. 한편 이와 동시에 어쩌면 과학적 이론은 상향식 설명에 비유할 수도 있겠다. 상향식 과학이론은 우주를 설명할 때 더욱 선형적 성질을 띤다.

이제 만물은, 창조의 표현으로서 시간 바깥에서 잠재성이 현실성으로 펼쳐진 결과이며, 그 자체로 완벽한 것이라고 최종적으로 깨닫게 된다. 궁극적 근원과 잠재성은 '신'이라고 할 수 있으며, 신의 신성함은 시간을 초월한 창조의 총체성이자 창조의 진화적 펼쳐짐이라고 말할 수 있다.

개념적 사고와 함께 분류하고 설명하는 성향이 사라지면서 전부임Allness, 하나임Oneness, 조화Harmony, 신성한 실재의 총체성은 눈부시고 강렬한 아름다움으로 빛난다. 이 빛은 모든 창조에 내재된 타고난 성질이다. 따라서 실제로 형상이 없는 궁극의 근원은 형상이 있는 것처럼 보이는 것 안에 존재한다. 복잡함이 무너지면서 단순함이 스스로를 드러낸다. 만물은 그저 그 본질의 완벽한 표현으로, 기술되거나 지각되지 않은 정확히 그 모습 그대로 존재하기 때문이다. 지각되거나 기술된 모습은 존재Existence 자체의 고유한 실재와는 무관한 것이다.

명상

하나의 연구 주제로서 명상에 대한 정보는 포괄적이고 광범위하기 때문에, 명상을 두고 때로는 별로 관련도 없으면서 일상적으로 재미있게 하는 이야기도 포함시킬 수 있으며, 또 때로는 더욱 상세하고 정교하게 설명할 수도 있다. 하지만 명상은 주관적이고 경험적인 계시를 통해서 영적 진실에 접근하는 유서 깊은 방법이다. 명상으로 인식의 중대한 도약을 이루고 의식 수준에서는 신속한 초월이 발생할 수도 있다.

잘 알려져 있다시피, 수 세기에 걸쳐 여러 문화와 종교에서 명상에 관한 수많은 구체적 기법들이 진화해 왔다. 게다가 뇌파 진동수에 대한 뇌전도 연구와 더불어 변형된 뇌 생리학과 자기 영상magnetic imaging에 대해서도 과학적 연구가 많이 나왔다. 일반적으로 이런 연구는 빠른 알파파와 베타파를 대체하는 느린 세타파의 출현, 그리고 진동수와 진폭 양자의 감속을 밝혀 주었다.

명상 기법에도 선불교와 다양한 요가 수행의 사례처럼 정식 단련 기술과 양식이 포함된다. 그 수행 기법 안에는 마음으로 그려보기, 숨쉬기, 자세까지 들어 있으며, 이 모두는 차크라 시스템을 통해 쿤달리니의 영적 에너지가 상승하는 흐름을 도와주기 위해 만들어졌다. 이 수행으로 큰 효과를 볼 수 있지만, 그렇다고 그에 상응하여 의식 측정 수준이 반드시 높아지는 것은 아니다. 따라서 *사토리*Satori*(득도)* 경험은 일상생활을 재개하면 사라지는, 과도기적 정점을 찍는 하나의 에피소드가 될 수 있다.

의식 자체의 관점에서 볼 때, 그 과정은 점진적으로 더욱 포괄적이고 맥락적으로 변한다. 또한 사고, 이미지, 정서의 끌림을 벗어나기 위해서 정신적 작용과 감각적 기능에서 나온 자아 인식을 움직이고 변화시킨다. 의식의 비선형적 맥락을 주관적으로 깨닫고 확인하는 것이 바로 그 목적이다. 의식은 인식의 빛Light of Awareness이자 기층이다. 거기에서 바로 존재existence와 존재임beingness이 발생한다.(『내 안의 참나를 만나다』 참고)

명상의 한 가지 장점은, 정신의 에너지 장에는 기본적으로 사고, 감정, 이미지가 없으며 이런 활동이 전체 정신 에너지 장의 단

1퍼센트만을 차지한다는 사실을 알게 해 준다는 점이다. 파도 아래 바다가 있는 것처럼 정신의 99퍼센트는 잔잔하고 고요하며 텅 비어 있다. 만약 이 사실을 연구자와 수행자에게 알리게 된다면 곧 그 사실을 탐지하고 직관적으로 알아챌 수 있다. 만화경처럼 펼쳐지는 사고, 이미지, 감정 등 정신의 활발한 내용은 훈련되지 않은 정신을 매료시키고 부풀리고 미화시킨다. 이런 활동이 에고/정신에게 나름의 미묘한 자기도취적 보상이 되기 때문이다. 정신을 잠재우기 위해서는 그 미묘하고 지속적인 보상을 알아차리고 이 환상의 이득을 기꺼이 내버려야 한다. 그리고 개인적 자아에 한정되지 않은 고요한 에너지 장으로서의 정신에게 일체감을 느끼고 동일시해야 한다. 에고는 정신 작용에 중독되어, 설령 그 안에 부정적 요소가 들어 있다 하더라도 그 작용의 지속적 즐거움과 자극을 갈망한다.

육체적 '나'가 카메라처럼 이미지와 사물을 등록하듯이, 정신은 바로 자아의 '나'에 해당한다. 그 '나'는 개별적인 고유한 개인의 정체성이라는 환상을 영속시킨다. 사실 그 정체성은 사고, 의도, 욕망 등의 본래 주인에게 저당 잡힌 상태에 있다. 이런 나르시시즘적 환상이 있기 때문에, 개인적 삶의 거의 모든 양상은 사실상 에고 내부에서 자동적이고 자연적으로 발생하는 사건임이 분명하다.

영적 진보가 상당히 진행되면 어느 순간 죽음의 공포나 '무nothingness'로 사라져 버릴 것 같은 두려움이 일어날 수 있다. 이 두려움은 자기통치권을 계속 유지하려는 에고의 나르시시즘적 핵심에서 벌이는 저항이자 분투다. 여타 두려움과 마찬가지로 이 두려움도 환상에 기초하기 때문에 그것을 신에게 내맡기고 의탁하는 편이 안전하다. 그렇게 하면 편재하는 신의 현존으로서 참나를 깨닫는 데 걸리는 장애물을 치울 수 있다.

통합

지금까지 명상과 사색을 편의상 서로 다른 연구 주제인 것처럼 설명했지만, 기실 명상과 사색은 별개의 분리된 활동이 아니다. 실제로 두 가지는 서로 합쳐져서 의식과 인식이 공존하는 하나의 스타일로 발전하고 습관이 된다. 명상과 사색은, 의식의 맥락 장으로서 인식Awareness을 이끌어 내는 비언어적이고 주관적이며 비선형적 맥락을 강조한다. 이렇게 본다면, 정신적으로 인식한 선형적 내용을 붙들고 있다가 정신이 목격하고 관찰하는 내용은 그저 정신 안에서 벌어지는 자동적 현상임을 깨닫는 변화가 의외로 쉬운 일이 된다.

의식 연구로 입증되었고 지금까지 역사를 통해 알 수 있듯이, 영적 진보를 이루고 명상과 사색을 실천하면서 얻는 부가적 자산은 바로 절대적 스승Teacher의 오라Aura에 담긴 고주파 에너지 장이다. 스승의 저작을 읽고 스승의 이미지를 그려 보고, 더 강력하게는 그 오라의 현존 속에 육체적으로 존재하게 되면 그 에너지에 접근할 수 있다. 그렇게 되면 이 에너지 주파수는 그 수행자 영spirit의 오라 장auric field으로 영원히 통합되어 광막한 시간을 건너 과거의 육체성이나 생애에도 계속된다. 그것의 목적은 앎을 고요하게 펼치는 것이다. 앎은 의식의 진화된 상태에서 매우 중요하다.

이런 상태는 비개념적이고 비선형적이다.

의식의 고양된 상태에서는 더 이상 기억이나 정신 작용이 없다. 표면적으로 고요한 무Nothingness를 통해 앎Knowingness이 발생하고, 그 앎은 에고-자아의 마지막 잔여물이 점차 사라지도록 돕는다. 그다음, 하나의 '상태'나 '조건'이 개인적 정체성이나 개별적 특성을 누르고 승리한다.

요약

명상, 사색, 진실한 가르침, 진실이 옆에서 도와주면서 의도를 선명하게 하고 자기 발전을 하고 영적 일치를 하는 데다가 뛰어난 스승의 에너지 장에도 접근할 수 있다면, 의식의 거대한 도약은 예기치 않게 일어날 수 있다. 따라서 먼저 의식 연구로 확인된 그런 내용들을 잘 알고 있는 것이 무엇보다 중요하다. 이제 깨달음을 얻을 수 있는 가능성은 과거 어느 때보다 천 배 이상 늘어났다. 그 결과, 이를테면 무조건적 사랑(540)의 의식 수준에 도달하는 일은 매우 가능성이 높은 실질적인 목표가 된다. 일단 무조건적 사랑의 수준에 도달하고, 여기서부터 시작하는 수행의 길은 점점 더 즐거운 일이 될 수 있다. 의식 수준 600이 되면 무한하고 잔잔한 고요와 침묵이 찾아오며 거기서부터 전진하면 신의 의지, 카르마, 그리고 영적 오라 안의 잠재된 앎까지 올라간다.

고요의 영역

에고/정신은 정신의 선형적 내용과 그것이 만드는 이미지, 사고, 기억, 감정의 끝없는 처리에 집중한다. 에고는 색다른 것에 매료될 뿐 아니라, 문제해결과 사전 준비를 통해 불안을 줄이는 활동을 즐긴다. 또 상실에 대한 슬픔이나 죄의식, 실수나 오류를 저지른 후회 같은 부정적 감정이 큰 자리를 차지할 수 있다. 이럴 때 의지는 무기력한 것처럼 보일 것이고, 그러면 인간은 마치 정신이 가하는 끝없는 고문의 희생자라도 된 것처럼 생각한다. 정신의 두서없는 행보를 중단하려면, 정신의 숨겨진 동기를 찾아내고 환상에 불과한 보상을 포기해야 한다. 따라서 저항보다는 모든 것을 내려놓는 것이 오히려 정신의 표면적 통제를 사라지게 할 것이다.

에고는 자기 내부에서 벌어지는 순차적 정신 작용에 현혹된다. 현혹되지 않으려 저항해도 소용없다. 에고는 부정적 사고와 감정을 처리하면서 만족을 찾는다. 에고는 증오를 사랑하고 마음껏 누린다. 텔레비전 방송에 '증오' 콘셉트로 유명한 연예인과 프로그램의 사례에서 보듯이, 그런 작용은 이익과 보상을 가져다주기 때문이다. 그러므로 온전히 내다 버리고 포기해야 할 대상은 바로 이 만족과 은밀한 이익이다. 모든 부정적 정서는 그것이 주는 은밀한 보상 때문에 끈질기게 이어진다. 이 '에고의 과즙'이 줄어들면 사고는 점차 희미해지고 그런 다음에 사라지곤 한다. 그 후에 정신은 '텅 비어 버리는' 경향이 있다. 텅 비게 되면 지루함에 대한 두려움이 생긴다.

잘 관찰해 보면, 정신은 미래를 예상하느라(두려움) 바쁘고, 또는 과거에 매달리고(후회, 증오, 죄책감), 또는 과거로 계속 회귀하면서 쾌락을 추출하기 위해 과거를 음미하느라 몹시 분주하다. 그 결과, 정신은 무언가를 '행하는' 것으로 얻는 즐거움의 진원지가 된다.

이런저런 생각들 '사이에' 접근할 수 있는 고요가 존재한다고 흔히 생각하지만, 실험해 보면 그것은 실제로 경험에 기초한 사실이 아니라는 게 밝혀질 것이다. 사고는 1만분의 1초로 발생하는데, 이는 정신이 그 사고를 지각할 수 있는 '지각자perceiver' 기능이 발동되는 것보다 속도 면에서 더 빠르다. 그 결과, 정신이 어떤 생각이 시작된다는 것을 지각할 때쯤이면, 이미 정신은 그 생각을 처리하고 있다. 사실 지각자/처리자 기능보다 관찰자/목격자 기능이 앞선다. 관찰자/목격자 기능은 의식 자체의 장이 갖는 비개인적 기능으로서 본래 자율적 성질을 타고났다. 관찰자/목격자는 생각/사고하지 않으며 기실 의식 자체도 생각/사고하지 않는다.(오직 정신만이 '생각/사고한다.') 말하자면 순수한 의식의 인식 기능은 영원히 존재하고, 의지와 무관하며, 논의와 상관없는, 한마디로 고요한 원시의 상태다.

사색/명상을 통해서 그 고요하고 형태가 없는 상태는 존재 대 비존재라는 이원성을 넘어선 원시적 기층임이 드러났다. 그것은 바로 우주처럼, 과도기적 내용으로 오염되지 않은 붓다의 상태다. 그 순수하고 형상 없는 고요는 궁극의 맥락으로, 설령 역사상 때때로 '불성'이라고 불릴지라도 언제나 모든 이름 너머에 존재한다. 비록 형상은 없지만, 그 궁극의 상태는 텅 빔Void(850)의 무Nothingness와 대조적으로 전부임Allness으로서 모두를 아우른다. 이 점은 이미 『의식 수준을 넘어서』에서 자세히 논의한 바 있다.

Reality, Spirituality and Modern Man

16

세상 초월하기

들어가며

높은 의식 수준에 도달하는 길에서 접하는 걸림돌은 자아의 내부와 외부에서 발생하는 것이기 때문에 예상외로 상당히 많은 편이다. 평범한 개인의 의식 수준은 생애 주기 동안 대략 5점에서 7점가량 상승한다. 개인과 마찬가지로 인류 전체의 의식 수준도 그 진화가 더디게 이루어지면서 수 세기 동안 변하지 않은 채 그대로이거나, 2006년 207에서 204로 하락한 경우처럼 갑자기 오르내리는 경우가 있다.

하지만 영적 수행자는 의도를 갖고서 영적으로 맞추어 가기 때문에 그들의 의식 수준 진화는 비교적 매우 빠르게 향상될 수 있다. 의식 연구를 통해 얻은 다양한 정보를 활용함으로써 지금은 깨달음에 도달할 수 있는 가능성이 과거에 비해 최대 천 배까지 증가했다. 사실, 의식 연구 자체의 등장도 인류의 의식이 진화하면서 발생한 결과다.

자아 안에서부터 이미 에고의 구조와 기제는 영적 실재를 발견하는 일에 강력한 억제 장치로 작용한다. 더구나 정신은 정보의 진실이나 거짓을 확인하는 데 필요한 내부 방어 수단이 없기 때문에, 유아적 기층을 가진 정신의 순진무구함은 가짜/허위에 맞춰 프로그램이 작동한다. 그 결과, 에고는 망상이란 것이 이런 교묘한 조작을 할 수 있다는 사실을 전혀 눈치 채지 못한다. 역설적으로 정신은 자신이 한계가 있고 실수할 가능성이 농후하다는 사실을 알지 못한다. 겸손함이 없다면, 그리고 에고의 타고난 자만심이 중대한 사건이나 카르마의 행운 때문에 떠밀려 나가는 일이 없다면, 영적 진화는 계속해서 제자리걸음을 할 뿐이다.

인간 정신 자체의 타고난 내재적 한계를 차치하고라도, 미디어를 비롯한 다양한 수준의 정보가 계속 투입되는 세상에서 살고 있다는 사실 자체가 많은 문제를 야기한다. 여기에는 생물학적/물리적 수준, 정서적/심리학적 수준, 정신적/개념적 수준, 그리고 영적/맥락적 수준이 다 포함된다. 또한 경험적 세상은 끊임없이 무언가에 직면하고 맞서야 하는 곳이다. 제한된 시간의 압박 속에서 끝없는 선택사항과 개별적 선택 상황을 계속해서 만들어 내기 때문이다.

어떤 영적 수행자는 세상을 포기하고 온전히 수행에 몰두할 영적 공동체라는 안전한 은신처로 물러나지만, 사실 그것은 일상적 활동과 책임에 성실히 참여하면서 헌신적인 영적 진화라는 어려운 과업을 수행해야 하는 대다수 구도자들에게 적절한 선택이 아니다. 하지만 그 수행 과업은 어떤 특정한 태도와 지각 방식을 알게 되면 상당히 수월하게 진행될 수 있다. 바로 이어서 이 문제를 다루고자 한다.

세상은 무엇인가?

세상이 '진짜'인가 '환상'인가는 역사상 철학자들이 계속해서 다루어 왔던 주제다. 하지만 인간 의식 자체의 타고난 실재와 성향에 기초한 분석이 아니었기 때문에, 사실상 어느 누구도 실용적이고 만족할 만한 해결 수단을 진정으로 제공하지는 못했다. 그 결과, "당신이 보는 세상은 심지어 존재하지 않기 때문에 세상을 바꾸려고 노력해도 소용이 없다."와 같은 진술은 의식 수준 700에서는 '참'으로 들리지만, 평범한 개인에게는 사실상 전혀 이해되지 않는 말이다. 이와 비슷하게 아시시의 성 프란치스코가 했던 "세상을 가벼운 옷처럼 입어라."는 말도 당연히 옳은 말로 들리지만, 어떻게 인간이 실제로 그럴 수 있겠는가?

예수 그리스도, 붓다, 크리슈나, 소크라테스가 언급했듯이 인간의 근본적 오류가 '무지'라는 말은, 기실 그 무지가 타고난 것인지 아니면 도덕적 결함이나 자발성, 또는 생물학적 운명이나 카르마적 한계, 혹은 실수를 저지르기 쉬운 인간의 타고난 성향 때문인지 제대로 밝혀 주지 못하기 때문에 일단의 설명이 필요하다.

이 맥락에서 '세상'은 두 가지 의미가 있다. (1)실제 자연 그대로의 세상(데카르트의 *외부 실체*) 또는 (2)인간 정신에 의해서 지각되고, 관찰되고, 목격되고 해석된 세상(데카르트의 *내부 사유 실체*)이다. 세상에 대한 경험적 해석 외에도, 지금은 뉴턴식 물리학과 양자역학에 의한 해석도 추가되었다.

수 세기 동안 형이상학, 인식론, 신학 등을 비롯한 다양한 철학에서 세상에 대한 해석을 시도해 왔다. 지금은 미디어에 의해서 반영되고 해석되는 세상까지 생겼고, 인간은 오감과 인지 체계를 동원해 그 해석을 몇 단계 더 처리한다. 소크라테스, 데카르트, 그리고 여타 철학자들이 인간의 딜레마를 분명히 전달했지만, 정작 그 갈등을 해결할 어떤 설명도 해 주지 않았다. 사실 그 갈등과 상황은 앞에 나왔던 스콥스 재판 대결과 (세속주의 대 신념과 권리의 우선순위 등) 서로 다른 세계관을 적절히 맞추고 조정하는 것을 두고 벌이는 정치적 논쟁에서 가장 잘 드러난다.

여러 가지 세계관

세상을 바라보는 다양한 선택사항을 아래와 같이 열거해 본다.

1. 인간으로 태어나는 것은 귀한 행운이며 선한 카르마의 결과다.
2. 세상은 환상으로 이루어진 함정이다. 따라서 세상의 선형적 자질과 정서적 자질에서 벗어나야만 구원받을 수 있다.
3. 지각된 세상은 인간 의식이 투사된 결과이며, 따라서 로르샤흐 검사 카드와 비슷하다.
4. 인간의 지적 능력은 한계가 있기 때문에 세상의 진짜 실재를 인

식할 수 없다.

5. 세상은 희극, 비극, 정치적 게임판 등등이다.
6. 세상은 고통과 고난의 연옥이다. 따라서 천국을 찾아가야 한다.
7. 세상은, 나쁜 카르마를 소멸하고 영적 가치를 얻으면서 최대한의 영적 성장과 진화를 할 수 있는 드문 기회다.
8. 세상은 감각으로 뭉친 무의미한 만화경이며 어떠한 의미라도 순전히 투사일 뿐이다.
9. 세상은 모순된 것들의 희극이 펼쳐지는 연극 무대다.
10. 세상과 인간의 삶은 신의 뜻을 위반하고 호기심이라는 유혹에 넘어간 아담과 이브의 타락으로 생겨났다. 따라서 삶은 원죄를 참회하는 것이다.
11. 신이 창조하였기에 세상과 인간은 신성의 영감을 받은 본질적으로 신성한 존재다.
12. 세상은 그저 물리적 우주의 물리적 산물에 불과하다.
13. 삶과 인간은 순전히 다윈의 생물학적 진화(기계론적 환원주의)가 만들어 낸 우연의 산물이다. 생존은 최적의 것을 살려 두는 자연선택 때문에 발생한다.
14. 세상과 우주는 에고가 자신을 신과 개별화하기 위해서 스스로 만든 일시적 환상에 지나지 않는다.
15. 인간의 삶은 신의 의지가 표현된 것이다. 그 신의 의지에 의해서 신격은 무한한 잠재성의 현실화를 완성한다.
16. 인간은 별의 자녀로 천국에서 떨어졌다.
17. 인간은 원숭이의 후손이다.

18. 세상과 지상의 삶은 인간이 동물적 근원에서 영적 깨달음과 구원으로 옮아가, 의식 진화를 이룰 수 있는 최적의 장소다. 따라서 인간은 동물계에서 천사계로 변모하는 존재다.
19. 세상과 인간의 삶은 여러 차원 중에서 하나의 존재 차원에 불과할 뿐이다.
20. 세상은 선형적 영역과 비선형적 영역의 융합을 나타내며, 실제로 시간과 인과관계의 바깥에 존재한다.
21. 세상은 존재임beingness과 존재를 통하여 삶/생명의 선물을 전해 준다. 이로써 의식은 경험적으로 변하며, 궁극의 실재로서 구체화된다. 그리고 그 실재로부터 존재/인식에 필요한 능력이 발생한다.
22. 인간의 삶에서 발생하는 영적 진화는 마침내 그것의 근원Source으로서의 신성을 발견하고 인식하는 것을 허락한다. 따라서 에고/자아를 포기하면 참나의 영적 실재가 드러난다. 그리하여 신의 실재는 현시되고 참나(편재하는 신)로서 주관적으로 경험된다.
23. 삶은 오로지 주관적 경험으로만 살아지기 때문에 세상의 모든 맥락화는 확정적이지 않은, 추측된 정신 작용일 뿐이다.
24. 인간은 그저 많이 진화된 원시 인류일 뿐이며 생물학적 종과 속에 지나지 않는다. 그렇기에 영성은 상상의 산물이다.
25. 인간은 환경적 재앙이다. 그러므로 자기 파괴를 통해 더 빨리 대자연으로 돌아갈수록 더 이로운 일이다.
26. 인류는 생물학적/사회적 진화의 학습 곡선 위에 있다.

27. '의미'는 타고난 실재가 없는 의미론적/언어적 구성물이다. 그러므로 세상의 모든 진술은 어떠한 진술도 똑같이 타당하다.

28. "나는, 내가 보는 세상을 만들어 냈다."

29. 세상을 구하려고 노력해도 소용이 없다. 당신이 보는 세상은 아예 존재조차 하지 않기 때문이다.

30. 세상은 속죄와 구원에 필요한 최적의 장소다.

31. 세상에 대한 인간의 지각은 관찰자의 의식 수준에 따른 결과다.

32. 인간 세상은 일종의 영적 병원이자 영적 재활 병동이다.

있는 그대로의 세상

일상의 세상은 정신과 감각을 통하여 영향을 끼친다. 그 결과, 매료되는 것과 혐오하는 것이 생기고 각각에 의미와 가치를 부여하게 된다. 이런 의미와 가치는 영적 인식과 발달을 통하여 재-맥락화 될 수 있다. 영적 수행자가 직면한 힘든 문제는 지각과 본질을 분별하고, 정신 작용과 주관적/경험적 확증을 서로 구별하는 것이다. 우리 눈에 보이는 세상은 정서적/정신적 처리의 산물이다. 물론 이 처리과정을 통해 추상적 의미도 발생한다. 본 저자의 여러 전작에서 기술했듯이, 세상에 대한 인간의 시각과 경험은 지배적 의식 수준이 반영된 것이다.

단순 일반 명사화, 추측, 그리고 투사를 없애 버리면 세상과 그 안의 모든 것은 그저 '있다/존재한다'라고만 말할 수 있다. 잘 생각해 보면, 한정적 형용사와 기술적 정신 작용이 없으면 그것이 무엇인지$_{is}$는 곧 그것이 무슨 의미인지$_{means}$가 된다. 그 과정을 통하여 데카르트의 *외부 실체*(있는 그대로의 세상)와 *내부 실체*(지각된 세상)라는 분류가 사라진다. 이로써 모든 진술은 그것이 묘사/기술하고자 하는 실재의 바깥에 있는 것으로 볼 수 있다.

급진적으로 표현하자면, 만물은 그저 저마다의 독자적 정체성으로 존재하는 것이다. 곧, 그에 관한 모든 의미나 묘사는 외부적으로 덧붙여진 투사이며 지각/정신 작용이라고 할 수 있다. 투사된 묘사 내용, 가치, 그리고 의미를 제거하면 세상은 진화와 창조의 본질로서 신성의 빛을 드러낸다. 빛은 전존재Allness의 완벽함을 비추고, 만물은 오로지 그 존재만으로 본질의 완벽한 표현이자 완성이 된다.

세상은 원래 모습 그대로 *영적으로* 완벽하게 타고났다. 그 결과, 세상은 긍정적 가치를 얻고 인간 의식이 발전하는 데 가장 이로운 곳이다. 세상은 인간의 의지라는 영적 기능을 통해 긍정적 가치는 얻으면서 부정적 요소는 무효로 만들 수 있는 최대한의 기회를 주기 때문에, 인간이 의식 발전을 이루기에 최적의 장소다. 이를 감안한다면 세상을 보는 것은 곧 감사하는 마음을 낳고, 고통을 수반하는 표면상 부정적 경험을 참아내는 관용을 불러 온다.

기본적 실재를 인식하는 것은 정체성의 의미를 현존Presence과 실재Reality로서 충분히 이해하는 것에 달려 있다. 이로써 만물은 주어와 술어 없이 오로지 지금 모습 그대로 *존재한다*. 전체적으로 이 문장이 중첩된 것처럼 들리겠지만, 그 안에서 자유롭게 해방되는 깨달음이 있다.

무엇이 어떤 '의미인가'는 그것이 무엇*인지*와 똑같은 것이다. 그

것이 무엇을 위한 것인지가 곧 그것의 의미meaning다. 이 점을 깨닫게 되면, 세상의 본질은 계시로서 신성의 빛으로 환하게 빛난다. 그리고 모든 것은 똑같이 사랑스럽고, 완벽하고, 장엄하고, 아름답게 보인다. 있는 그대로의 세상은 긍정적 가치를 얻고 부정적 요소를 무효화하는 데 필요한 최대한의 기회를 제공하기 때문에, 인간 의식이 발전하는 데 완벽한 곳이다. 그렇게 세상을 보면 고통을 수반하는, 겉보기에 부정적 경험을 참아내는 관용과 감사하는 마음이 생긴다.

'영적spiritual'이라는 것은 인간의 의도가 영적 목표, 의미, 그리고 삶의 사건과 경험의 영적 재-맥락화에 초점을 맞춘다는 뜻이다. 또한 삶/생명이라는 선물, 그리고 나와 똑같이 지각할 수 있는 다른 존재들의 삶/생명까지 가치 있게 생각한다는 뜻이다. 영적 의도 자체는 삶의 모든 표현들 안에서 삶의 전부를 재-맥락화한다. 이로써 의미와 중요성이 명백해진다.

선악이라는 난제

인간의 정신 안에 무조건 한쪽은 선, 나머지는 악이라고 판단해버리는 성향이 매우 깊이 박혀 있다. 그래서 아무리 노력을 해도 그런 현상이 곧바로 자동적으로 발생한다는 점에서, 선악 판별은 크나큰 난관이자 걸림돌이 될 수 있다. 선악의 이분법은 어린 시절부터 주입되어 평생을 두고 내내 강화되는 것이다. 이분법의 가장 원시적 형태에서는 단순히 '원한다' 대 '원하지 않는다'라는 감정적 색깔을 표현하는 정도였다. 이 경로를 따라가면 바람직한 것은 '선한' 것이 되고 '바람직하지 못하고' '불쾌한' 것은 '악한' 것이 된다. 이는 도덕과 행동 기준에 있어서 기초가 된다. 행동 기준은 사회 내 여러 집단과 문화에 따라 매우 다르게 나타난다. 하지만 선악 대결의 이분법은 어느 시대에나 모든 문화에 내재된 고유한 요소이며 심지어 동물들의 행동에서도 목격된다.

이런 이원성은 보상이나 처벌로 더욱 더 강화된다. 그다음에는 만족할 만한 것이나 당황스러운 것으로 내면화되고, 결국 자존감을 높여 주거나 낮추는 결과를 낳는다. 도덕을 통한 교화는 인간 사회 어디에서나 나타나는 고유한 것이다. 앞서 언급했듯이 최근의 연구에 따르면, 도덕적 교화가 인간 뇌의 신경해부학과 뇌 생리학 안에 일정 양식으로 고정된 것이라는 가능성을 제기했다.(Gazzaniga 2005, Ackerman 2006)

가장 원시적 생명체는 생명 유지에 필요한 외부 에너지원을 얻는 데 성공했느냐 실패했느냐에 따라 살아남았거나 살아남지 못했다. 따라서 옳고 그름, 성공과 실패, 선과 악, 먹을 수 있는 것과 없는 것 등의 이분법은 본질적으로 유기 생명체에게 고유한 성향이다. 동물계의 집단행동은 인간 행동과 거의 같다. 심지어 국가들 사이에 생존, 영토 확장, 그리고 지배(헤게모니)를 놓고 다투는 힘겨루기 수준에서도 그 양상은 동일하다.

비평과 판단을 오가는 그 성가신 선악 이분법을 초월하는 일은 의외로 매우 간단하다. 만물과 만인이 독자적 정체성이라는 사실에 의거하여 있는 그대로의 모습으로 존재한다는 사실을 깨닫기만 하면 된다. 이와 유사하게, 어떤 상황에서건 사람들은 과거부터 지금까지 이어온 모습과 지금 있는 그대로의 모습으로만 존재할 수 있다. 도덕적으로 분류하는 것은 단지 '어쩌면 …… 일 수 있다/될 수 있다'는 가설상의 관점에 기초한 가정법이 될 수 있을 뿐이다. 만약 사람들이 실제로 달라질 '수 있다could be'라고 하면, 그들은 '그렇게 될 것would be'이다. 가설은 기초적 실재가 없는 투사된 이상적 상상에 불과하기 때문에, 항상 타당하지 못한 것이다. 그러므로 의식 측정을 하면 가설은 항상 가짜 수준으로 측정된다.

이용 가능한 선택사항은 "지금 알고 있는 걸 그때도 알았더라면."이라는 식의 유감과 후회가 담긴 말에서 증명되듯이 현재 우세한 가능성의 범위에 달려 있다. 나이대가 달랐거나 내적이든 외적이든 조건이 달랐다면 분명히 다른 선택이 이루어졌을 수도 있다.

또한 이런 깨달음은 죄책감과 자기 비난을 줄여 준다. 지금 그 사람은 실수를 저질렀던 시점에 존재했던 그 사람과 똑같지 않기 때문이다. 하지만 그렇다고 그 사실이 카르마적 책임이나 결과를 반드시 없애 주는 건 아니며, 반드시 죄업에 영향을 끼치거나 죄업을 경감하는 작용을 한다. 타인이 나만의 기준, 도덕, 행동 규약, 그리고 실재의 해석을 채택하고 그대로 살아야 한다should고 생각하는 것은 비현실적일 뿐만 아니라 결국 해로운 일이다. 투사된 도덕주의는 항상 '……해야 한다.'고 표현되며 대개는 원망, 증오, 원한, 또는 심할 경우 앙갚음을 하려는 복수, 그리고 더 심할 경우 당연히 전쟁으로까지 이어진다.(가령, 순진한 미국인은 모든 나라에서 반드시 민주주의를 '해야 한다.'고 생각한다.) 누구나 선택에 의거하여 습관적 판단과 비평놀음이라는 유혹을 거부할 수 있다. 그렇게 하면 크나큰 마음의 평화가 찾아온다.

누군가의 세계관이 다른 사람들의 세계관과 완전히 다르다는 사실은 종종 국제 관계에서 깡그리 무시되곤 한다. 인간의 한계를 받아들이고, 인간은 누구나 자신의 세계관에 사로잡힌 노예라는 사실을 알게 되면 연민이라는 감정이 생긴다. 집착에서 벗어나면 세상과 타인의 관점을 바꾸려 하거나, 갈등과 다툼으로 타인을 부당하게 대하려는 압박감이 더 이상 존재하지 않는다. 내 친구 중에 굉장히 재치 넘치면서도 영적으로 진화한 권위자가 있다. 그는 오래 전에 이렇게 말했다. "내가 모든 것에 대한 의견을 낼 필요가 없다는 사실을 깨닫게 되어 너무 마음이 놓인다."

철학적 수용 / 유머

세상을 초월하려면 연민과 유머가 필요하다. 연민과 유머는 내면의 겸손에서 나온다. 이로써 세상은 크나큰 마음의 평화와 더불어 신에게 순복하고 의탁한다. 유머는 훌륭한 가치를 지니고 있는 가장 소중한 영적 도구 중의 하나다. 하지만 이 사실을 역사상 거의 어느 누구도 말해 주지 않았다. 희극적 유머는 지각과 본질을 대조함으로써 나타나고, 유머의 비법은 바로 인간의 본질적 모호함을 수용하는 것이다.

유머는 인간의 본질적 한계와 약점을 수용한다는 점에서 조롱이나 사악함과 전혀 다른 것이다. 따라서 아시시의 성 프란치스코 말씀처럼 유머는 '가벼운 옷처럼 세상을 입도록' 도와주고, 바람에 휘어지는 갈대와 같은 처지에 있을지라도 딱딱한 태도를 내세우며 부러지지 않고 오히려 휘어지면서 살아남는 존재임을 증명한다.

농담으로 크게 한 번 웃고 기분 전환을 하면 갈등이 해소되면서 순간 즐거워진다. 그리고 자기 자신을 비웃을 수 있는 능력은 긍정적 자존감에 매우 중요한 요소다.(가령, 너무 '민감하게' 반응하거나 '상처받는' 등) 세상 전부가 너무나 중요한 것인 양 반응하는 태도는 에고의 핵심인 나르시시즘적 성향이 가진 허영심 때문에 발생한다. 유머는 경험과 사건을 재-맥락화하고, 따라서 도덕주의적 판단놀음 없이도 즐거움을 유발한다. 이런 유머는 점점 철학적 수용 태도로 진화하며 치유 효과를 발휘한다. 이로써 유머는 고통, 갈등, 그리고 부정적 감정을 줄여준다.

인간의 삶은 유머 없이는 해결할 수 없는 모호하고 불명료한 상황들이 끊임없이 계속된다. 받아들이는 태도로 유머를 사려 깊게 활용하면 좌절감을 느끼는 원망이나 패배주의 대신에 평화가 찾아오고 순응에 필요한 능력이 강화된다. 우리는 유머를 통해서 수치심, 분노, 원망, 낮은 자존감 대신에 어떤 상황이든 '떨치고 우뚝 일어설 수 있는' 내면의 품위를 얻게 된다. 더구나 유머는 개별 속성이 아니라 타고난 인간 조건에 내재된 것으로서 인간의 약점을 재-맥락화하기 때문에, 삶의 지혜를 좀 더 쉽고 빠르게 도모할 수 있다. 언젠가 코미디언 잭 베니는 유명한 수전노 캐릭터를 연기한 적이 있었다. 그러던 어느 날, 도로에서 칼을 든 강도가 그를 붙잡았다. "돈 내놔. 아니면 목숨을 내놓아야 할 거야." 베니는 잠시 머뭇거리다가 이윽고 천천히, 하지만 신중하고 인정스러운 말투로

답했다. "자자, 그렇게 서두를 필요 없다고." 갑자기 웃음이 터지면서 긴박한 상황이 해제된다. 물론 이 장면의 유머 포인트는 물질주의에 빠진 인간이 돈을 위해서라면 끝도 없이 일상과 즐거움과 마음의 기쁨까지 죄다 희생하고 있는 현실을 비튼 것이다.

냉소적이고 그리 유쾌하지 않은 이 유머는 앞에 나온 이야기 못지않은 중요한 교훈을 드러낸다. 이 유머는 죽음과 죽음에 대한 두려움이라는 인간이 직면한 가장 끔찍한 경험의 모호성을 조심스럽게 추출하여, 우리로 하여금 죽음이라는 경험에서 거리를 두게 만들고 결국 그 고통을 줄일 수 있게 해 준다. 곧 유머는 세속의 애착과 환영에 불과한 욕망으로부터 초월하고 벗어날 수 있도록 도와준다.

유머는 자유와 즐거움의 표현이며 웃음은 생물학적으로 치유의 효과가 있다. 지난 수 세기 동안 죄책감과 '깊은 참회'를 근간으로 하는 속죄와 고행을 강조했지만, 그런 태도가 의식 척도에서 매우 낮게 측정된다는 사실을 알 수 있다. 신은 그 척도의 맨 아래가 아니라 가장 꼭대기에 존재한다. 믿음, 사랑, 기쁨은 확실하고 순탄한 길이다. 반면 파멸과 우울은 그저 슬픔과 낙담으로 이어질 뿐이다. 자기 증오는 신성한 창조의 반영체인 참나의 인식을 가로막는다.

Reality, Spirituality and Modern Man

17

도덕, 이성 그리고 믿음

들어가며

성 토마스 아퀴나스는 1485년 출간된 저명한 고전 『신학대전 Summa Theologica』(의식 수준 730)에서 이성과 믿음의 통합 문제를 다루었다. 이 위대한 저서는 수 세기에 걸쳐 고전의 당당한 영광을 누려 왔다. 이 책은 이성이 믿음을 강화하고 선명하게 하며, 동시에 믿음도 이성을 강화하고 선명하게 만든다는 전제를 보여준 데 공로가 있다. 이로써 이성과 믿음 사이의 갈등을 풀 수 있는 해법이 나온 것이다. 더구나 이성이 계시의 빛을 받았을 때, 비로소 가장 진실하고 높은 수준의 의미를 이해할 수 있기 때문에 이성 하나만으로 충분하지 않다는 사실을 가르쳐 주었다. 계시는 주관적 깨달음과 참된 영적 이해를 활성화시키는 반면, 이성은 스콜라 철학의 학문적 객관성과 관련된 것이다. 따라서 학문으로서의 신학은 선형적 내용을 제공했고, 계시는 이해에 꼭 필요한 비선형적 맥락화를 제공했다고 볼 수 있다.

오늘날 영적 구도자는 믿음을 이성과 통합시키고 이를 미디어의 강력한 영향을 받은 과학과 기술로 지배되는 세상과 연관시켜야 할 과업도 있다. 이 믿음을 현실적으로 더욱 침해하는 것은 정치화된 철학적 왜곡과 오류가 전방위적으로 충격을 가하면서 논리와 이성이 훼손되고 있다는 점이다. 이로써 진정성과 진실의 기준까지 훼손되어 사실상 거짓이 진실/신뢰도와 똑같은 법적 지위를 누리고 있다. 그 결과, 어느 워싱턴 법정에서는 어떠한 법정 진술('표현의 자유')도 확증 가능한 물질적 사실로써 뒷받침될 필요가 없기 때문에 더 이상 비방이나 명예훼손에 관한 어떠한 근거도 없다고 판결했다. 이리하여 과도한 거짓말과 입증 가능한 진실이 동등한 지위를 얻게 되었다.(이 판결은 의식 수준 170으로 측정된다.)

역사적으로 믿음은 줄기차게 공격받아 왔지만, 지금은 기본적인 이성마저 훼손되고 말았다. 실제로 현실 검증에 필요한 인간의 정신적 능력을 저해할 정도로 손상된 것이다. 진실과 거짓, 선과 악의 역전은 현재 지배적 학계는 물론 전 세계 정치 지도자들 사이에서 버젓이 입에 오른다.(그들이 주로 언급하는 거짓으로서 윤리적/도덕적 상대주의와 포스트모더니즘의 탈구조주의를 들 수 있다.)

신성을 대체한 나르시시즘

앞서 이성에 대한 도전에 이어 종교적 교리의 통합성을 저해하는 악영향도 함께 일어난다. 현재 전 세계 주요 종교 중 하나는 위선적으로 '신의 재림'을 인용하면서 증오, 테러, 죽음의 종교로 등장하고 있다.

미국에서 '자유해방 기독교'는 삼위일체와 예수 그리스도의 신성 등 기독교 근본 교리를 무효화하는 정도까지 포스트모더니즘과 상대주의적 정치 이데올로기를 인정하였다. 그 결과, 개신교는 신자 수가 50퍼센트 감소했으며 가톨릭 교회도 '현대화' 시도 때문에 많은 신자가 빠져 나갔다.

'현대화'가 유발한 영향은 가령, 서력 기원전·후 표기를 'B.C.'에서 'BCE'로, 'A.D.'에서 'CE'로 대체하는 등 기독교 자체가 세속화를 촉진하는 역설적 시도에서 증명된다. 이런 일련의 시도들은 이미 아야톨라 호메이니의 명령 한마디에 공식적으로 서력을 거부한 이슬람 비기독교도들을 '민감하게 의식하는sensitive' 태도(결국 과도한 나르시시즘에 해당하는)라고 할 수 있다. 하지만 역설적으로 그와 같은 변형은 전 세계 기독교도들과 2천 년 역사를 '전혀 신경 쓰거나 의식하지 않은non-sensitive' 것이다. 기독교에 대한 이런 모욕이 시작되자 훨씬 더 불쾌한 모욕이 잇따랐다. 2008년 2월 캔터베리 대주교는 영국이 샤리아 율법을 승인하는 게 좋겠다고 제안했다.[35] (Woodward & Butt 참고) 미국 칼럼니스트 캐슬린 파커 등은 유럽 내 의사표현의 자유에 이슬람이 가하는 위협을 주목하고 있다.(2008년 2월 15일, 《워싱턴 포스트 작가 그룹Washington

이 논리대로 기독교가 어느 누구도 '위협'하지 않으려면 예수 그리스도에 대한 모든 언급도 없애야 할 것이다. 불교도 붓다에 대한 언급을, 유대교도 모든 예언자와 신을 뜻하는 히브리 이름을 없애야 할 것이다. 더 나아가 비종교 집단의 심기를 건드리지 않기 위해 종교 자체가 없어져야 할지도 모른다. 하지만 실제로 서구 세상은 연대를 숫자로 지정하는 것을 고수한다. 올해는 2008년이다. 이 연도를 어떻게 지정하든 '2008'은 그리스도 탄생 이후 2008년이 지났음을 표시한다. 누구나 알고 있듯이 'B.C. 350'은 실제로 그리스도 탄생하기 350년 전을 뜻한다.

비록 '현대Modern Era'로 가장한 상태지만 그 숫자 연대는 여전히 그리스도 탄생까지 거슬러 올라간다.(어쩌면 진짜 '현대'는 에디슨의 전기 발견, 아니면 증기 엔진 발명, 혹은 더 확실하게 실리콘 칩과 컴퓨터 탄생을 기점으로 시작하도록 새롭게 연대를 매겨야 할지도 모른다.)

이제 사람들의 사상을 통제하는 '사상 경찰'에서 '언어 경찰' '감정 경찰' '젠더 경찰' '성적 지향 경찰' 그리고 '종교적 감수성 경찰'까지 등장했다.(Dierker 2006 참고) 누구나 쉽게 관찰할 수 있듯이, 위에서 언급한 이른바 '민감한' '올바른' '우월한' 태도는 본질적으로 나르시시즘과 통하는 데가 있다. 그런 나르시시즘은 이 세상이 만인의 유아적 에고에 부응할 것으로 기대한다. 이렇게 되면 유치한 기대와 사리사욕에 눈먼 파벌들 사이의 끊임없는 갈등이 만연한 가짜 세상이 만들어진다. 그 갈등은 사회적 혼란을 야기하며, 결국 육체적 생존에 필요한 능력마저 상실하게 만든다. 어쩌면 지금 정말로 필요한 것은 '나르시시즘 경찰'일 것이다. 지금처럼 '민감하게 의식하거나 신경 쓰지 않는insensitive'이라는 이 단어를 경멸적으로 사용하는 것 자체가 사실상 매우 무신경한 태도이며, 그런 말은 타자를 모욕할 의도가 있는 형용사에 불과하다.

위 내용을 볼 때, '민감하게 의식하는sensitive'이라는 단어는 인간의 이기적 신경증, 흔히 쓰는 말로 '이기심'에 맞춰 복무한다는 뜻임이 명백하다. 따라서 짐작하건대 세간의 이목을 끄는 고위급 인사들, 어쩌면 수천 명의 목숨을 앗아 갈 잠재적 테러리스트들의 '심기를 상하게' 하지 않으려고 그런 '민감한' 태도를 타자들에게 투사하는 바람에, 정작 매년 미국 비행기를 타는 승객 7억 5천만 명의 *진짜* 심정은 깡그리 무시된다. 승객들은 끝날 줄 모르는 긴 보안 라인에 서서 '몸수색'과 짐 수색을 받으며 탑승 절차가 지연되는 사태를 겪는다. '신발 폭약' 하나 때문에 충격적인 비용을 들여 7억 5천만 켤레의 신발을 벗겨 보는 어이없는 상황도 발생한다. 이는 미국에 초청받지 않은 여행객들이 매우 연약한 자존감을 갖고 있어서 출신 국가가 어딘지 등을 물어보면 '모욕감'을 느낄지도 모른다는 가정 하에 진행되는 것이다. 허나 미국 이외의 다른 나라들은 그렇게 부주의하지 않다는 사실을 명심하라. 그들은 상식에 근거하고 합법적 주권 국가의 합리적, 방어적, 생존을 위한 이익 추구의 문제로 접근하여 (홍채 인식을 포함한) 프로파일링(정보자료수집)을 활용한다.

정신분석학에서는 위에 언급한 신경증적 증후군을 가리켜 '반동 형성reaction formation'이라고 부른다. 반동 형성이란 개인이 어떤 결점의 반대 방향을 독단적으로 과장함으로써 그 결점을 벌충하려고 과도하게 애쓰는 것이다. 그러므로 '민감하게 의식하는' 사람은 실제로 타자의 감정에 대단히 무신경한 것이다. 이런 방법을 동원하여 소수 집단은 개인적 이익을 취할 의도로 다수 집단을 규제하려고 노력한다. 인간이 성숙해지면 자신의 이기심에 책임지는 법을 배우고, 이글스의 유명한 노래처럼 '그것을 극복하기get over it' 마련이다. 혹시 그게 안 된다면, 이제 대안은 전체 사회를 최저 수준으로 끌어내리는 것이다. 이렇게 하면 테러리스트 용의자들과 직면하는 일이 혹시 '그들의 감정을 상하게' 할지 모른다는 신경증적 우려 때문에 결국 전체 사회의 생존조차 위협받게 될 것이다.

위에 기술한 모든 상황에도 불구하고 도덕성은 여전히 행동을 가늠하는 세상의 지침으로 남아 있다.(2006년 5월 갤럽조사에 의하면) 미국 인구의 50퍼센트 이상은 여전히 기본 도덕적 교리를 지킨다. 하지만 이와 동시에 미국인의 85퍼센트 이상은 도덕적으로 쇠퇴하는 흐름이 생겨났다고 의견을 표했다.

실재를 대체한 감정

의식 척도에서 200 이하 수준은 가짜와 부정적 감정을 가리킨다. 200부터 그 이상의 측정 수준은 점진적 진실 수준과 긍정적 감정을 나타낸다. 400대에 가면 진실은 감정을 압도하여 우선순위가 되는 논리와 이성으로서 드러난다. 어린 시절은 감정의 지배를 받으며, 성숙해져야만 그 감정은 이성이라는 실재에 순복하게 된다. 그 결과, 결국 이성적이고 실현가능성이 있는 것에 '기분이 좋아지는' 통합을 이룬다. 부정적 감정은 주로 종속되고, 긍정적 정서만이 완전한 지배자로 허용된다.

의식 수준 200 이하의 감정은 자기도취적이고 동물적/에고 중심적이다. 흔히 에고 중심의 감정은 합리화되고 ('그냥 사람이니까') 용서되곤 하지만, 그렇다고 칭찬할 만한 것은 아니다. 진정시킬 수 없는 감정은 공공생활이나 진지한 담론을 논하기에는 유치하고 부적절해 보인다.

성숙한 사람은 자신의 감정을 책임질 만한 능력이 있다고 예상되는 부류에 속한다. 의식 수준 200 이하의 사람에게 '감정'은 중요한 것이다. 그들은 종종 어떤 행동이건, 아니 모든 행위를 합리화하고 합법화하기 위해 감정을 이용한다. 그러므로 의식 수준 200 이상과 이하의 사회 분파 사이에는 심각한 간극이 존재한다.

나르시시즘은 이성을 제약하는 기층으로서 감정을 부추기고 타자를 통제하는 수단으로 그 감정을 이용한다. 따라서 인구의 단 1퍼센트라도 신성을 언급하는 것 때문에 '불편해진다'면, 엄연히 인구의 99퍼센트가 이신론이라는 사실조차 단지 다수자인 '그들의' 감정은 중요하지 않다는 이유를 내세워 무시되어야 한다고 여긴다. 그 결과, 소수 집단의 신경증적 성향과 미성숙함이 다수 집단을 지배할 가능성이 생긴다. 불복종 시위의 99퍼센트가 시작되는 지점이 바로 이런 과정이다. 이들의 시위는 자기중심주의를 당연히 맞춰 주어야 할 '권리'로 부풀린다. 그런 '권리'는 폭력, 폭동,

방화, 강도, 집단학살, 그리고 축구 경기나 파리 거리 폭동에서 표출된 파괴 사태 등을 합리화한다. 나르시시즘은 편견과 선입견에 사로잡힌 위치성이기 때문에 대개 프로파일링 논쟁으로 비화될 뿐 아니라 인종주의, 성차별주의, 종교주의로 쉽게 전환된다.

전통적 지침

종교적/영적 세계의 오랜 통념에 따르면, 인류의 영적 진화를 방해하고 순수와 진실을 공격할 정도로 부정적 에너지가 인류에게 나쁜 영향을 끼쳐왔다. 이런 에너지는 전통적으로 '악한' '사탄의' '악마의' 또는 '낮은 아스트랄의' 라는 형용사로 묘사되었으며, 이를 통해 부정적 에너지가 '신을 섬기지 않는' 사악한 차원에서 유래했음을 암시한다. 진실에 반대하고 더 나아가 진실을 압도하여 오히려 가짜와 자리바꿈을 시도하려는 그 에너지를 고전적으로 '루시퍼적Luciferic' 에너지(신에 대한 오만한 반항)라고 불렀다. 그리고 순수와 사랑을 파괴하려는 에너지를 가리켜 '사탄의Satanic' 에너지라고 칭했다. 루시퍼적 에너지는 오만한 태도로 힘과 통제력을 추구하는 반면, 사탄의 에너지는 신성모독, 성적 노예화, 사디즘, 폭력, 영적 타락, 전쟁과 파괴 등에 휘말린다. 둘 다 유혹과 꼬임을 이용하며 양의 탈을 쓴 채 본성을 숨기는 데 능하며, 놀랍게도 신의 허락과 승인을 참칭한다.(또한 별칭 샘의 아들로 알려진 연쇄살인마 데이비드 버코비츠 사례처럼 정신질환에 걸린 경우도 흔치 않게 등장한다.)

이 두 가지 에너지의 영향력은 오늘날 사회에서 전향된 모습으로 생생하게 나타난다. 미디어 때문에 그 영향은 크게 증폭되고 나름의 힘을 얻었다. 더 나아가 이런 경향은 세계 지도자들과 카리스마를 내세우는 유명 연예인들에 의해 미화되기도 한다. 그 모든 파괴적 경향은 인간의 나약함과 기만에 취약한 면을 겨냥한 것이다. 인간의 나약함은 곧 에고 자체의 핵심인 나르시시즘에 매료된 결과다. 바로 여기에서 이런 일련의 흐름이 나오고, 점점 자기 강화되는 경향을 보인다.

종교의 역사에서 신을 궁극의 적으로 간주하여 종교적 진리를 끌어내리려 하거나 신을 사탄의 이미지와 개념 안에서 재정의하려는 사례는 쉽게 찾아볼 수 있다. 기독교가 니케아 공의회 당시 의식 수준 900 이상에서 그 이후 400대로 추락한 사례를 명심하라. 이 사례에서 의미심장한 점은, 일례로 요한묵시록(70)을 신약성경에 포함시킨 사실이다.(신약성경은 원래 묵시록이 빠진 상태에서 의식 수준 800으로 측정된다.)

이슬람과 무함마드의 몰락에 대한 과거의 묘사도 그 내용이 의미심장하다.(『진실 대 거짓』 16장을 참고하라.) 무함마드는 『쿠란』을 구술할 당시에 의식 수준 700으로 측정되지만 3년 후에 별안간 130으로 추락한다. 그러다 629년, 갑자기 칼을 들고서 소위 '성전'을 시작했다. 그 전쟁은 오늘날까지 계속되고 있다.(지하드는 의식 수준 30으로 측정된다.)

와하비즘(30)의 등장도 이슬람에 큰 손상을 입혔다. 와하비즘의 창시자는 의식 수준 20으로 측정된다. 와하비즘의 유해한 가르침은 사이드 쿠틉Sayyis Qutb(75)으로 더욱 강화되었다. 현재 이슬람 율법 샤리아는 의식 수준 190, 이슬람의 묵시록적 예언은 70, 그리고 '이슬람 승리주의'는 50으로 측정된다.

흥미롭게도, 의식 수준 200 이상으로 측정되는 사람들의 80퍼센트는 현대 이슬람을 위험하고 위협적인 것으로 보는 반면에 의식 수준 200 이하 사람들 중에는 40퍼센트만이 그런 관점을 갖고 있다.(2007년 11월)

이슬람의 또 하나 내재적 착오는 신에 대한 숭배를 무함마드 숭배로 대체했다는 점이다. 무함마드는 예언자나 전령에 불과했고 최상의 상태에서 의식 수준 700을 유지했지만, 그것도 불과 3년 만에 끝났다.(알라/신은 무한으로 측정된다.) 그 후 무함마드는 전쟁을 통한 세속의 권력이라는 함정에 굴복했다. 이슬람의 점진적 추락은 와라크의 『쿠란의 진실What the Koran Really Says』(2002)과 에머슨의 『지하드 주식회사Jihad Incorporated』(2006)에 자세히 나온다. 더 명징한 설명은 저먼의 『테러리스트의 사고Thinking Like a Terrorist』(2007)를 참고하라.

종교재판 등을 보자면 로마 가톨릭 교회조차 전복이나 (종교 재판 사례에서 보듯) 사탄의 공격에서 예외가 아니었다. 이런 사실은 최근에 거의 파산하여 문을 닫은 교구의 사제들이 남자 아이를 상대로 벌인 성범죄에서 적나라하게 증명된다. 이 참담한 현실은 피해자들이 수천 건의 법률 소송을 제기하면서 느닷없이 세상에 알려졌다.

위에 언급한 가톨릭 교회의 비극 외에도, 최근에 들어서나 지금 현재까지도 '타락한 구루'들이 셀 수 없이 많다. 그들은 보통 의식 수준 500 중반 대를 유지하다가 최고 700대까지 오르지만 유혹과 매력, 그리고 그 역할 때문에 생기는 꼬임 때문에 의식 수준이 하락했다. 이는 타자들에게 미치는 힘을 갖게 되면서 생겨난, 미처 인식하지 못한 에고의 결함과 약점 때문에 일어나는 현상이다. 여기에는 성적 유혹, 지위와 돈, 그리고 영적 에고의 상승, 미디어의 관심, '많은 추종자를 거느리고 있다는' 우쭐함 등 여러 요인이 영향을 미친다.(타락한 지도자들은, 사실상 그들의 스승들이 사전에 위험을 경고하지 않았기 때문에 그런 길로 빠진 것이다.)

영적 노력의 부침浮沈은 성 아우구스티누스의 『고백록』 등 유명한 성인들의 역사를 담은 책에도 잘 기술되어 있다. 심지어 붓다도 약점이나 영적 결함을 찾아내려는 '악마들에게 괴롭힘을 당했다.' 예수 그리스도도 겟세마네 동산에서 피를 흘렸다. 매일 이루어지는 영적 노력 안에서도 죄책감과 속죄, 혹은 영적 오만에 빠지고 싶은 유혹 등 정신을 방해하는 요인들이 자기 안에서나 밖에서 나쁜 영향을 끼칠 것이다.

현대 사회에서는 영적 노력의 장애물과 장벽이 현대적 생활 자체의 특질 때문에 발생한다. 현대 생활에는 관심과 에너지를 빼앗아 가고, 진실하지 못한 가치를 대면하고, 이성과 현실 검증 자체를 공격하는 등 미리 계산된 유혹뿐 아니라 은밀히 조직된 유혹이 판을 친다. 가령, 인터넷 '블로깅'은 정치 이슈를 만드는 사탄의 에너지와 루시퍼적 에너지에 필요한 정보 수집-보급의 지배적 기반이다.(잘 알려진 증오 사이트 등이 좋은 예다.)

최근 연구에서는 증오 발언과 태도의 '인과관계'가 역전된 상황이 흥미롭게 발견된다. 양의 탈이라는 표현을 예로 들어 보자. 특정 사건이 증오의 '원인'으로 지목되었다. 때문에 그 증오는 정당한 것처럼 표면적으로 합법화되고 합리화된다. 양의 탈을 썼다고 하면 대개 이런 식으로 생각하기 마련이다. 이것은 이미 널리 퍼진 가설적 추정이기도 하다. 쉽게 말해, 사건이 먼저이고 그 뒤에 증오가 나왔다는 이야기다. 그러나 의식 측정 연구에 따르면 그 순서는 사실 반대다.(독자들도 개인적으로 이 점을 확인할 수 있다.) 개인적 증오심이 성격의 특성으로서 선험적으로 먼저 존재하고, 증오 발언 등으로 그것을 표면화하기 위해서 변명거리를 찾는 것이다. 오히려 증오가 외부의 변명거리를 찾았을 뿐이다. 그렇게 되면서 그 변명거리, 즉 외부 사건이 하나의 '원인'으로 비난받는 것이다.

이런 양상은 전쟁 중의 군대조차 적을 '증오'하지 않았고, 나치와 일본 군국주의자들이 이데올로기적 세뇌와 강압에 굴복하여 행동하고 있음을 눈치 챘던 2차 세계 대전에서 잘 볼 수 있다. 심지어 군대는 상대편의 용감한 행위에 서로 경의를 표하고 악수를 청했으며, 전시에 적이었다가 전후에는 평생의 친구가 된 경우도 있었다. 우리는 카미카제 조종사를 두려워했던 것이지 증오한 건 아니었다. 우리가 그랬던 것처럼 그들도 그저 자신들의 임무를 수행하고 있었기 때문이다.

증오하는 사람은 그저 증오심 자체를 '사랑'하면서 집요하게 매달린다는 사실을 명심하라. 이런 부류 중에 고액 연봉을 받는 저명한 교수들도 있는데, 그들은 대개 주요 언론의 관심과 홍보를 통해서 막대한 자기도취적 희열을 얻는다. 이로써 전쟁은 증오 집단이 가장 좋아하는 무대이자 논리적 속임수로 스스로 피해자인 척 행사하는 장이 된다.

안전장치와 방어

종합적 의식 연구를 통해서 종교적/영적 경로와 영적 스승을 측정한 진실 수준 수치는 손쉽게 활용할 수 있다. 무엇보다 의식 연구 이전에는 역사적으로 혼란을 줄 만큼 무수한 선택사항 중에 선별해야 했지만 이젠 확실한 경로를 전해 줄 수 있게 되었다. 우리 시대에 와서 불멸의 영혼은 매우 위태로운 운명을 맞이했다. 그런 만큼 진실한 가르침이나 스승을 선택하는 것이 최선의 의도와 노력을 쏟아 부을 만한 가치 있는 일이 되었다. 비유하자면, 자기 자신에게 자주 이렇게 물어보는 게 좋다. "나는 의식 수준 170으로 측정되는 조종사가 운행하는 비행기를 타고 하늘로 올라가고 싶어 할까?" 이 질문에 대답은 분명하다. 하지만 대부분의 사람들은 영적 안전을 도모한다면서 조심성 없이 의식 수준 170이 운행하는 비행기를 덥석 타고 있다. 영적 안전은 육체적 생존보다 훨씬 더 중요한 것이다.

영적 진화에 저항하는 내부적 반발은 인간 에고 자체의 구조 때문에 발생한다. 인간의 에고는 자신의 한계와 실수하기 쉬운 성향을 인식하지 못한다. 이것을 '무지'라고 한다. 에고는 외관에 쉽게 속아 넘어가고 본질을 분간할 수 없기 때문이다. 하지만 이제 그것은 더 이상 큰 문제가 아니다. 의식 측정은 외관이 아니라 본질을 측정하기 때문이다. 따라서 소크라테스, 데카르트, 예수, 크리슈나, 붓다가 진실로 가는 길에 커다란 걸림돌이라고 말한 '무지'는 이제 더 이상 영적 진화를 막아 서지 못한다.

영적 속임수는 이제 정말로 불가능하다. 양의 탈을 쓰는 것은 더 이상 속임 장치로서 효과를 볼 수 없다. 본질상 순수하고, 진실하고, 성스러운 것은 그 성질 그대로 측정된다. 따라서 아무것도 모르는 순진한 어린아이가 나서서 의식 측정을 하더라도 가짜는 가짜라는 성질이 그대로 드러날 수밖에 없다.(1995년 「진실 대 거짓」 동영상을 참고하라.)

Reality, Spirituality and Modern Man

18

나르시시즘: 에고 숭배

도덕적 권위: 크나큰 갈등

오늘날 세상의 특징은 '도덕적 권위'를 붙잡기 위해 격렬한 경쟁이 벌어진다는 점이다. 타고난 허영심과 타자에게 휘두를 수 있는 인지된 지배력과 통제가 그런 경쟁에 뛰어들게 만드는 요인이다. 이 경쟁은 전 세계 국가들, 정치 시스템과 철학 체계, 그리고 세계의 모든 문화에 다 적용된다. 이들은 전부 도덕적 우월성, 즉 모든 행위의 정당화를 주장한다. 교묘하게 피해자인 척하는 논리는 언제라도 빠져 나갈 수 있는 교활한 뒷문과도 같다. 이로써 '타자를 부당하게 모욕하는 것'은 도덕적 협박을 담은 조작이 된다.

미디어가 주도하는 오늘날 사회에서 가장 잔인하고 망상에 찌든 선언과 매우 극단적 행위까지도 진실과 동급의 지위를 얻고 있다. 이런 기제를 내세움으로써 '옳은' 것과 '탁월한' 것이라는 부가 가치를 얻은 일련의 뜬소문 같은 권리와 주장이 따라 나온다. 이로써 무엇이 되었건 모든 것을 정당화하거나 변명할 수 있으며, 최소한 동정심을 살 만한 대중 여론을 만들 수도 있다. 현재 세상은 신성이 아니라 에고를 숭배한다. 그 결과, 세상은 나르시시즘적 과대망상형 수사와 거의 정신병 수준의 노골적 허위에 영합하고 있다.('언론표현의 자유'라는 독실한 사자굴) 오늘날 사회는 강화된 도덕적 '권리들'이 경쟁을 펼치는 장이 되었다. 실제로 그 권리들이란 이익을 추구하는 이기적 자기중심성에 불과하다.

정직, 진실, 혹은 청렴성을 가장 사악하게 변형시킨 내용까지 기꺼이 받아들이는 것은, 결국 역사상 항상 그랬듯이 에고의 나르시시즘적 핵심이 전 세계 문화를 쇠퇴시키고 '종교'로 위장한 채 무고한 사람들을 죽음으로 몰고 가는 은둔의 장본인이라는 사실을 확인시켜 준다. 사실 이 점은 의식 연구의 기본 전제였다.

이런 작금의 동향은 앞서 기술한 현대 기독교의 '자유화'로 표면화된다.(Allen 2006) 기실 기독교의 자유화는 신자 수가 50퍼센트까지 떨어진 사태에 대한 대응책이었다. 심지어 자유화는 예수가 그리스도의 신성한 화신임을 부인하고, 삼위일체나 영성체의 성화를 무효화하면서 대신 그 자리에 성차별주의 정치 이데올로기를 가져다 놓을 정도로 확대되었다.(냉소적 코미디언이자 사회비평가인 레니 브루스는 "사람들이 떼를 지어 우르르 교회를 떠나 신에게 돌아가고 있다."고 말하기도 했다.)

이를 테면 사회적 '감수성sensitivity'에 부응함으로써 '대자연의 어머니Mother Nature'가 '대자연의 부모Mother-Father Nature'가 되어야 한다고 누군가는 상정할 수 있다. 문법적으로, 신을 가리키는 대명사 'He'는 포괄적 총칭이지 남성을 언급하는 게 아니다. 이와 비슷하게, 사람을 가리키는 명사 'Man'도 포괄적으로 인류를 지칭하는 것이지 그 자체로 남성을 말하는 게 아니다.

의식 수준 1000으로 측정되는 역사상 가장 위대한 영적 스승들은 신성을 조롱하고 하느님의 신성을 부인하는 것을 신성모독이라고 단단히 경고했다. 신성모독은 의식 수준 20에 불과하다. 그런 진지한 원칙을 일부러 위반하고, 그 대신 무신론자인 허버트 마르쿠제나 마르크스 변증법(135)의 산물인 정치 이데올로기를 마음껏 발휘하는 것은 극단적으로 과장되고 어리석은 모습일 것이다. 개신교 목사들, 가톨릭 주교들, 심지어 대주교들조차 그들의 종교적 진실이 갖고 있는 전제들을 어기려고 하는 것 같다. 이에 관련되는 지적 작용intellectualization(190)의 의식 수준은 에고 특유의 한계를 반증하며, 빛비춤이 빠져 있는 상태를 나타낸다. 기독교 교리에서 예수 그리스도는 천국에서 인간을 대변하는 존재다. 성부의 아들로서 인간을 대신하여 십자가에 못 박히고 인간을 구원하였다. 따라서 예수 그리스도를 공개적으로 부인하면 근본 교리 자체가 성립되지 않는 것이다.

도덕적 권위라는 허영을 갈구하는 에고의 극단적 욕망은 결국 진실한 이성과 종교적 믿음을 거부하고, 그 자리에 열등한 개념들을 대신 갖다 놓는다. 또한 이런 진실의 역전은 신의 이름('자비'의 알라)으로 무고한 사람들을 살육하는 방종을 도덕적으로 우월한 것으로 바라보고 정당화하고 합리화하는 데 이용된다. 『쿠란』에는 의식 수준 90으로 측정되는 구절들이 있는데, 이를테면 "그들을 참수하라."(의식 수준 10)나 "이단자는 발견하는 대로 죽여 없애라." 등은 전반적으로 『쿠란』의 높은 가르침을 완전히 무효화하는 것이다.('야만', Schuer 2007)

진실이 허위로 역전되면서 지상의 삶은 끝없는 공포, 위험, 그리고 위협에 매달리는 곳으로 변했다. 미국 내 많은 이슬람 사원에서 테러리스트 이데올로기를 훈련시키고 있다는 점은 매우 의미심장하다.(King 2007)

그런 세상에서는 도덕적 우월성을 내세워 프로이트의 '이드'라는 원시적 심연을 신의 이름이라고 선언하기에 이르렀다. 추정된 도덕적 권위의 산물로서 모든 형태의 타락과 부패가 승인을 받고, 더 나아가 미국 사법부의 '도덕적 권위'가 공표했듯이 '행위가 상징적 발언'(190)이라는 논리로써 '어떠한' 행동, 아니 심지어 모든 행위가 합법적이며 용인될 수 있다는 합리화를 내세워 법적 옹호까지 이끌어 내고 있는 실정이다.

환경론자들은 '도덕적 권위'를 내세워 방화를 저지르고 주택과 건물을 폭발한다. 그리고 '자유' 정치 활동 조직을 거느린 무장단체 창설자들은 전 인류를 상대로 전쟁을 선포한다. 반역자가 영웅이 되고, 폭동을 선동하는 일은 고귀한 이상주의에서 나온 찬사받을 만한 표현으로 공표된다. 기실 이런 이상주의가 어떠한 행동이라도 합리화하는 근거로 이용되는 것이다. 조국을 맹렬히 비난하는 일도 이제는 초애국적인 일이 되었다.

사법부에서 행위는 상징적 발언이고 표현은 자유로워야 한다고 공표한 점을 감안한다면, 확실히 무정부상태가 이 땅의 새로운 법률이 되었다. 따라서 촘스키의 저작(180), 마르쿠제의 저작(150), 푸코의 저작(90)과 기타 저서들이 위대한 화신(1000)들을 대체한다. 만약 상대주의의 주장대로 온전한 정신과 정신이상이 모두 타고난 실재 없이 단순히 억압을 언어적으로 구성한 형태일 뿐이라면, 1965년 왓츠 폭동과 2005년 허리케인 카트리나 사후 재난, 그리고 바그다그 거리와 축구 경기장 난동으로 표출된 무정부의적 혼란도 사회정치적 이상이 된다.

도덕적 상대주의가 우월하다고 '새로운 도덕'인 것처럼 이상화하는 행위는 그것이 그저 합리화된 비도덕성이라는 사실을 알게 되면서 산산조각 난다. 역설적으로, 조지 오웰의 『1984』에 나오는 정치선전용 기만전술인 '새로운 언어newspeak'와 '새로운 생각newthink'에 따라 정당화된 전체주의적 수단은 자유에 대한 새롭고, 확장된, 현대화된 관점들(상대주의)을 강요한다. 이런 예측은 현재 대학 캠퍼스 내 '사상 경찰', '건강 경찰', '비만 아동의 부모 경찰', 그리고 '사회적 감수성'이라는 『언어 경찰』(Ravitch 2003) 등으로 사실상 구현되었다. 그 결과, 이른바 포스트모던적 '도덕성'의 자유는 캠퍼스 안에서 학생들이 대학 합창단까지 공격하는 현실이 증명하듯이 자기 부정을 통해 스스로가 틀렸음을 입증하고 말았다.(Dierker 2006, 『관용의 폭정』 참고) 정치적으로 편향된 관점 때문에 극좌파의 소위 '진보주의liberalism'는 전체주의적 통제와 강압으로 변한다.(오늘의 진보적 해방자는 내일의 독재자다.)

믿음과 이성을 부인하면 결국 자유해방이 아니라 부패와 타락으로 이어진다는 사실은 미국 내 감옥과 교도소가 항상 꽉 차 있고 이 땅에 정신병자와 노숙자 집단이 끊이지 않는 것을 보면 알 수 있다. 또한 도덕적 우월성은 모든 전쟁을 상대주의적 입장에서 바라본다. 전쟁은 이상주의적 정당화를 먹고 자라는 괴물이다. 그리하여 '자유'는 주변의 동정과 지지를 통한 나르시시즘적 자기미화를 위장하고, 도덕을 빙자하여 호전적이고 변질된 타락을 교묘히 가리기 위해 가져다 쓰는 속임수가 된다.

샌디에이고 대학에서 수행한 24년간의 연구는 해당 대학생 세대의 나르시시즘이 시간이 지남에 따라 점진적으로 증가했음을 확인시켜 준다. 「더 뷰The View」같은 텔레비전 프로그램은 표현의 자유라는 깃발 아래, 의식 수준 60으로 측정되는 명시적 증오를 지지하는 자기도취적 남성폭력을 노골적으로 보여 주면서 승승장구한다. 그러한 표현을 옹호하고 방어하는 사람들은 그처럼 '대단한' (수익이 나는) 깜짝 쇼의 광기를 보고 독실한 척 위선을 떨면서 대단히 즐거워하고 있는 것이다.

대중 매체의 주목을 바라는 욕심은 사실상 일종의 중독 현상이다. 이런 중독은 심할 경우 허위 고백, 범죄 모방, (테이저건 사용을 부르는) 의도적 도발, (돌을 던져 죽이는 등) 경찰 행위에 대한 의도적 조작, 그리고 '피해자' 설정 시나리오 등 극단적인 행위가 상습적으로 이어진다. 가령, 미국 정부는 불법 이민자들이 벌이는 기발한 속임수 때문에 그들을 자녀들이나 가족들과 분리하고 있는데, 외부에서는 미국 정부가 매우 냉담하게 일을 처리하는 것으로 보일 수밖에 없다. 또 노골적인 성적 행위를 과시하거나 심지어 범죄 행위를 '카메라에 잡히게' 하는 것도 그들이 자주 쓰는 방법이다. 이슬람 과격파들도 여성 선교사를 서서히 참수하거나 아이들이 탄 버스를 폭발시키면서 광기 어린 놀이를 한다. 빈 라덴이 미디어의 관심을 철저히 활용하듯이 이슬람 무장단체도 마찬가지다.

(현재 미국에서 의식 수준 190으로 측정되지만) 과도한 찬사를 받는 언론표현의 자유가 내세운 도덕적 '우월성'은, 그것을 의도적으로 활용하는 양상 때문에 사회적 자살을 야기하는 양날의 칼이 되었다. 이로써 학계와 사회의 구조는 점차 붕괴된다. 그것은 지각이나 개념화를 자기 입맛대로 채색함으로써 본질을 흐릴 작정으로 모든 것을 정치적 논란거리로 만든 결과다.(Krauthammer 2007) 역설적이지만 이 와중에도 사회의 기본 구조는 경제, 산업, 비즈니스, 기업의 역할(350-380)이라는 실용주의를 유지하고 있으며, 더 나아가 의무, 법적 구조, 합리성, 책임 등으로 강화되고 있다. 가령, 현재 허리케인 카트리나 이후 정부 행정부서가 정치 관료들의 싸움으로 갈팡질팡하는 동안, 기업 주체 월마트는 실제로 생존 필수품을 재난 지역에 공급하였다.[36]

'-주의'의 힘

의식 연구를 통해 두 가지 사실을 발견했다. 첫째, 접미사 '-주의-ism'는 의식 수준 190으로 측정된다. 둘째, 그것이 사회적으로 만연하고, 정치적으로 논란이 되고, 감정적으로 취급되는 신념 체계가 될 때 지식의 몸체나 일련의 기본 전제들이 쇠퇴하는 조짐을 보인다. 그리고 그 시스템의 지지자들은 도덕적 우월성을 무기로 으스대며 흥분한다. 따라서 형용사로서 '근본적fundamental'이라는 말과 추상명사 '근본주의fundamentalism'는 별개이며, 전혀 다른 뉘앙스와 함축적 의미를 갖게 된다. 심지어 과학도, 일단 '과학만능주의scientism'가 되어 버리면 진실성이 줄어든다. 과학만능주의의 대표적 사례는 환경결정론이나 물질주의적 환원론이다. 일단 신념 체계가 일종의 '-주의'가 되어 버리면, 사람들을 개종하려 하고 개종자들을 찾아내려 애쓴다. 중요한 점은, 도덕적 우월성이 에고의 나르시시즘적 핵심에 '특별함'이라는 부가적 지위, 그리고 그 지위가 부여하는 과장되고 묵시적인 권능을 안겨 주었다는 것이다.

영적 에고는 특별한 '힘'을 얻는 일에 매료된다. 대개 그런 특별한 '힘'은 소위 '이익을 얻으려고 유포된' 수련(200)이라는 유혹의 미끼를 달고, 의식의 변형 상태를 유도함으로써 이른바 싯다의 미화된 면을 얻으려는 것이다. 또한 주술적으로 비술秘術에 끌리는 것을 미화하고, 애매모호한 가르침을 '비밀' 'UFO' '불가사의' '고대의 것'이라고 지정하는 행태도 있다. 이런 것을 극도로 미화시켜 하물며 '은밀한 가르침'(의식 수준 160)으로 부르기도 한다.

높은 의식 수준을 보이는 진실한 영적 가르침은 누구나 자유롭게 쓸 수 있으며 투명하다. 반면 '은밀한 가르침과 비술'은 상당히 비싸고, 변형된 의식 상태나 특별한 '축복'은 수천 달러나 수만 달러 이상 값을 부른다.

은밀한 주술 의식, 화신, 의식 등은 어린 아이의 순진한 상상력에 어필한다. 이 점은 해리 포터 시리즈의 인기로 증명된다. 해리 포터 시리즈는 신비, 마술, 마술적 권능을 보기 좋게 그려낸 책이다. 이와 똑같은 특별함은 영적 세계와 교신하는 사람들, 심령 연구가, 투시력을 가진 사람, '다른 차원'에서 온 방문자와 UFO, '미래에서 온 전령' '12사도들의 화신' 등과 부합한다.

도덕적 우월성으로서의 이상주의

'이상주의적'이란 말은 이름 자체는 매력적이지만 실은 아직 가설에 불과하다는 뜻이다. 역사상 인류의 모든 파괴 행위는 일부 부풀려진 이데올로기적 '이상'이 부채질한 것이었다.(가령, "세계에서 으뜸가는 독일." "노동자들이여 단합하라. 그대들이 잃어버릴 것은 의자 빼고 아무것도 없다." "자유해방 전선에 합류하라." "인민의 정부를 지지하라." "인민의 법정을." 등이 대표적 구호다.)

가령, 사회주의와 공산주의를 비롯한 정치적 표출에서 '-주의'는 희생을 당연시하고 심지어 영웅으로 선전하는 등 순전히 반복에 의해 일종의 종교처럼 변해 버리는 슬로건 또는 밈이라고 부를 만한 유인책이다. 자살 폭탄 테러리스트들, 카미카제 비행사들, 그리고 자유 투사들을 미화하는 사례를 보라. 그와 같은 과시적 자만심과 허영심은 균형을 잃은 극단주의의 전형적인 특징이다. 그래서 심지어 자신과 다른 이들, 아이들, 그리고 영적 통합성까지 희생한 그런 모습을 텔레비전 프로그램으로 만들어 대대적으로 보여 주고 선전한다.

그러한 '-주의'의 배후에는 지도자들, 그리고 대규모 시위와 연극적 선전선동에 최면에 걸린 듯 나르시시즘적으로 빠져드는 추종자들의 자기중심주의가 깔려 있다. 다시 강조하지만, 그와 같은 모든 움직임을 조종하는 공통된 욕구는 도덕적 우월성을 주장하려는 충동이다.(레닌, 스탈린, 히틀러, 마오쩌둥, 폴 포트, 아라파트, 빈 라덴, 카스트로, 그리고 북한과 남미와 중동, 특히 이란의 지도자들이 모두 여기에 해당한다.)

참다운 도덕성

참다운 이성과 믿음이 그렇듯이 진실한 도덕과 윤리도 현실적으로 실현 가능한 겸손함에 단단히 뿌리박고 있다. 겸손을 통해서 본질은 외관과 사회적으로 구성된 지각을 대체한다. 하나의 미덕으로서 도덕성은 타자를 배려하는 마음, 정직, 청렴, 의무, 책임감 등의 인격적 특성과 기본 영적 개념에 충실한 태도로 나타난다. 친절하고, 다정하고, 지지하고, 정중하고, 상냥하고, 배려하고, 도와주는 태도는 특정한 명분의 깃발을 올리지 않으며 남들보다 우월하다는 점을 내세우지 않는다. 그러므로 도덕성은 이익이나 에고의 상승을 위해서가 아니라 도덕 자체를 위해서 이 세상에 존재하는 겸손한 방식이다. 그 결과는 내면적이어서 행복의 정도와 현실에 근거한 자존감의 정도로 증명된다.

이런 성격의 특성은 영적 진화와 발전에 매우 중요하다. 영적 발전을 하려면 결단력은 물론 자기 단련과 겸손, 불굴의 용기가 필요하다. 그러한 특성은 매사에 기도와 영적 원칙을 실천하는 태도로 이어진다. 이 과정에서 궁극적으로 인간은 삶이라는 선물을 가지고 이 세상에서 무엇을 했는지, 신에게 설명할 수 있어야 한다는 인식이 수반된다.(이런 인식은 무한Infinity의 수준에서 진실로 측정된다. 의식 수준 1000의 마태오 복음 10장 30절 "그분께서는 너희의 머리카락까지 다 세어 두셨다."는 확증 가능한 진실이다.)

참다운 도덕성은 오만이 아니라 겸손과 감사와 자비로 이어진다. 이런 미덕을 통해 결국 모든 창조의 아름다움, 완벽함, 내재적 성스러움이 계시처럼 드러난다. 그러므로 "그 길은 곧고 좁으니(……) 시간을 낭비하지 말라."는 금언이 나온다.

영적으로 성숙해지면 이번 생애가 참으로 귀하고 소중하기 때문에, 남들보다 우월하다는 생각이나 에고를 높인다거나 허영에 찬 환상에 빠지는 것에 시간을 낭비할 수 없다는 사실을 깨닫게 된다.

이성과 믿음: 화해

앞서 진술했듯이, 이성은 논리의 합리적 변증법과 정의definition의 안정성에 따라 구체적이고 선형적인 상징과 사실을 다룬다. 이 과정을 통해 도출한 결론은 확증 가능하며 상정한 전제들의 결과다. 수학의 원리처럼 논리의 원칙은 엄격하고 선형적이다. 그 규칙이 유연하지 않으며 개인이 원하는 방향으로 왜곡되지 않기 때문이다. 그러므로 '적합도goodness of fit'에는 부가적 요건이 있다. 적합도란 그 상징들이 동일한 수준의 추상화를 나타낸다는 뜻이다. 따라서 주제는 추상화의 특정한 수준, 범주, 계급, 종種, 속屬 그리고 구체적 사례로 한정된다. 가령, 이성을 작동한다면 새를 가리켜 깃털 달린 포유류라고 주장하는 일은 절대 일어날 수가 없다.

추상화의 수준을 거짓으로 만들거나 기본 원리를 위반하면 결국 고전적으로 '수사학'(180)이라고 기술되는 수준까지 이성은 쇠퇴하고 왜곡된다. 수사학은 이기적 이익을 위해서 기본 원리를 위반하는 특성이 있다. 이성의 제약과 규칙 안에서는 여러 가지 선언들을 입증할 수 있다. 가짜는 심각한 위반이자 낮은 의식 수준을 나타내며, 동시에 진정성이나 지성이 결핍되었다는 뜻이다.

이성은 자체 영역 안에서 매우 실용적이고 이로운 것이지만, 주로 의식 수준 400대의 선형적 영역으로 제한된다. 그 결과, 논리는 사실적이고 유용한 정보를 보태지만 그만큼 완벽한 의미를 제공하지는 못한다.

선형성은 정의定義라는 특성을 나타내고 사실에 근거한 자질을 확인하고 식별한다는 뜻이다. 반면 '의미'는 본질과 맥락의 결과다. 본질과 해당 맥락을 분간할 수 있는 능력은 전 세계 인구의 약 85퍼센트(미국 인구의 55퍼센트)에게는 없거나 제대로 발달하지 않았다. 따라서 동일한 사건도 의식 수준 200 이상이나 200 이하 사람들 사이에서 매우 다르게 보인다. 가령, 200 이하에서는 '어쩌면 바로잡을 수 있다might make right'라는 개념이 용인된다. 반면 200 이상에서는 '어쩌면 ……할 수 있다might'가 본질적으로 제약이자 책임을 뜻한다는 사실을 알아챈다.

맥락에서 중요한 것은 현재의 지배적 조건, 환경, 타이밍, 더 나아가 가치 판단을 비롯해 의도, 설정, 동기, 유추, 추상화 등 무형의 요소들이다. 그러므로 엄밀하게 말해 개인이 상대적으로 높은 의식 수준으로 진화하지 않는다면 '아는know' 능력은 불가능하다. 따라서 의식 수준을 측정하는 일은 끌개장의 특정한 에너지로 내재적 실재를 확인하는 것이기 때문에 매우 가치가 있다.

영적 비전

성 토마스 아퀴나스가 밝혔듯이, 이성(선형적 내용)은 깨달음이 필요하며 그 깨달음은 믿음과 기도라는 영적 에너지를 통해 이루어진다. 즉 믿음과 기도를 통하여 의미와 중요성이 드러난다.(다시 말해, 비선형적 맥락의 힘으로 드러나는 것이다.) 그러므로 결국 주관적 경험과 영적 인식 때문에 이해와 완전한 공감과 음미가 가능해진다.

영적 인식이라는 깨달음과 이해는 흔히 말하는 식으로 '입증될' 수는 없다. 하지만 의식 측정이라는 간단한 기술로써 확인할 수 있다. '세상은 지금 있는 그대로 완벽하다.'는 말이 높은 의식 수준에서는 명백한 진술이지만, 가설에 근거해 무조건 이상화시켜 버리는 낮은 수준에게는 당연히 가짜처럼 들린다.

수많은 강연장에서 많은 목격자들과 참석자들 앞에서 탐색하고 확인했다시피, 세상은 셀 수 없이 많은 선택사항을 통해서 최대한의 영적 기회를 제공한다는 사실이 이미 여러 차례 확인되었다. 기실 그 많은 선택사항은 의식의 진화를 뒷받침하고 최대한의 카르마적 혜택을 제공하는 것이다. 개인적 견해를 초월하면 각각의 순간은 완벽한 것으로 목격되고 관찰된다.(가령, 누가 봐도 알 법한 시련이나 비극 안에 숨겨진 교훈이 좋은 예다.)

도덕성과 창조

각각의 종種은 고통과 혜택(선과 악)을 단순 비교하여 선택한 경험의 산물로서 그 종 특유의 태생적 '도덕성'을 보여 준다. 현재 과학에서 '옳고 그름의 구분'은 하나의 행동양식으로 뇌 신경망 안에 고정된 생물학적 특성으로 간주된다. 늑대 무리, 돌고래 집단, 코끼리와 원숭이 집단도 그런 '도덕적' 행위를 보인다. 심지어 이보다 더 낮은 의식 수준에서는 공격, 무리로부터 추방, 지배 대 복종, 수컷 우두머리나 암컷 우두머리의 지배 등으로 선악 구분을 보여 준다.

유기체는 파블로프 조건 반사를 통해 어떤 것이 효과가 있고, 어떤 것이 실패하는지 학습하게 된다. 이 정보는 의식의 에너지 끌개장 안에 수집되고, 그다음 뉴런 신경계 안에서 내재화되고 저장된다.(Bird 2006) 심지어 '속이거나 부정행위를 하는' 동물들은 무리나 집단에서 극심하게 외면당하고 처벌받거나 쫓겨난다. 따라서 합리적으로 추론하자면 지각 있는 존재란 선악 구분 능력을 태생적으로 갖게 되며, 결국 그것이 최고 지배권이 되는 방식으로 창조된다.

미러링 할 수 있는 뇌의 능력을 발견한 것은 상당히 흥미로운 사안이다.(Medina 2007) 포유류는 타자의 행동을 관찰하고 서로의 감정과 의도를 직관적으로 알아차린다. 이것은 사회화와 공감의 기본 메커니즘이다. 짧은 꼬리 원숭이 집단과 함께했던 실험은 매우 의미 있는 결과를 보여 주었다. 원숭이 한 마리가 먹이를 얻는 과정에서 그 일로 바로 옆 우리의 다른 원숭이에게 고통을 주게 된다면 놀랍게도 아예 그 일을 포기하였다. 이 실험은 그 자체로 타인의 실질적 죽음을 대가로 치르더라도 사리를 추구하는 매우 이기적인 인간의 행위에 수치심을 안겨 주었다.

전체 맥락 안에서 볼 때, 개인이 취할 선택사항과 욕망이 가져다줄 만족감에도 적절한 허용한도와 행동 방식의 자유가 있다. 하지만 심지어 이런 한도와 자유도 식별할 수 있는 한계와 조건의 맥락 안에서만 합법적인 것이다. 따라서 생물학적으로 볼 때, 도덕성과 윤리는 인간의 생존을 지탱하는 것이며, 더 나아가 의식 진화가 진행되도록 뒷받침한다. 의식 진화는 곧 깨달음에 도달하는 목표를 인식하도록 해 주는 것이다.

믿음과 이성의 통합

성 토마스 아퀴나스는 오랜 연구 끝에 이성과 신학 사이에, 그리고 이성과 계시된 종교 사이에 내재한 갈등은 없으며, 오히려 서로를 강화시켜 주고 뒷받침해 주는 관계임을 분명히 밝혔다. 영적 에너지를 투입하면 영적 이해와 해득을 통하여 이성과 믿음이 통합된다. 이 점은 맥락화가 확장되면서 나오는 높은 의식 수준과 조화를 이룬다. 맥락으로 진입하면 내용의 실재를 알게 되고, 점차 그 실재를 주관적 상태로서 경험할 수 있게 된다.

의식의 에너지 장은 상호작용하는 '끌개들'의 장과 같다. 이 상호작용하는 장은 더 큰 장 안에서 점점 더 작아지는 중력장에 비교할 수 있다. 더 작은 장은 영향을 서로 주고받으면서 더 큰 장에 동승하는entrainment 경향이 있다. 결국 더 작은 장은 다시 더 큰 장의 진동 패턴이 일어나는 원인이 된다. 그 패턴과 그들의 상호작용은 매우 높은 범위 안의 복합성을 더욱 촉발시키는 에너지 장의 고조파로 더욱 더 촉진된다(예: 지배의 다단계cascades of dominance). 이 구조는 최근 신경생리학 연구로 확인되었다.(Medina 2006)

위의 설명은 자유의지 대 결정론의 논쟁이 작동하는 양상을 이해하는 데 유용하다. 또한 카르마적으로 습득한 패턴, 그리고 그 성향과 상호작용하면서 의도가 미치는 영향을 확실히 설명해 준다. 그 패턴과 성향은 여러 선택사항 중에서 동의하거나 거부하거나 둘 중 하나를 결정하게 만든다. 그중에 어떤 선택사항을 자주 선택하면 할수록, 미래에 다시 그것을 선택할 확률은 더욱 높아질 것이다. 이것은 양자역학의 관찰 내용('양자 제논 효과')이자 확률이론이기도 하다. 확률이론은 일상생활에서 '습관'이나 '성격 형성'이라고 부른다. 선별 효과와 '주의 자세'를 통해서 꾸준히 온전한 진실을 선택하게 되면 상대적으로 빈도가 더 낮은 선택사항을 택할 가능성이 줄어든다.('점화' 효과, Medina 2006)

의식 측정은 수치로 나온다. 그 수치는 (지각을 결정하는) 에너지 상관 장correlate field에 의한 지배를 나타낸다. 이해가 더욱 진전되면서 얻는 종합적 정보를 가리켜 지혜라고 부른다. 믿음과 이성의 통합은 의식의 특정한 에너지 장과 일치하는 것이다. 중요성과 의미에서 추출한 본질은 본질과 일치하는 영적 직관을 낳는다. 고전적으로는 그것을 가리켜 영적 비전이라고 부른다.(영적 비전은 곧 에테르적 불신佛身의 차크라 중에서 '제3의 눈이 열린' 것으로 볼 수 있다.)

도덕(도덕성)은 여러 복합 요인이 행동, 지각, 의사결정의 습관화된 양식으로 실용적 합성과 통합이 되었음을 나타낸다. 이때, 그 양식은 종합적으로 '성격/인격'이라는 용어에 포함된다. 영적 의도는 경험을 재-맥락화하며, 그다음 생활방식과 선택은 물론 가치와 목표를 조정할 때에도 우위를 차지한다. 그때, 인간은 비로소 삶의 희생자가 아니라 진정한 수혜자가 된다.

19 실습

들어가며

본 저자가 이전에 출간한 저서와 모든 강연의 목적은 깨달음과 영적 진실 발견을 향하여 의식을 진화하는 데 필요한 모든 원리와 발견을 실용적으로, 실질적으로, 주관적으로 적용할 수 있는 수단을 제공하는 것이었다. 그런 뜻에서 모든 저서를 궁극적 실재이자 생명과 존재의 근원인 신에게, 그리고 그 신성을 주관적으로 발견하는 데 헌정한 바 있다.

본 저자의 이런 뜻을 확실히 전달하기 위해서 모든 저서는 "*오, 주여, 모든 영광이 당신께 있나이다!*Gloria in Excelsis Deo!"로 시작하고 마무리했다. 사전 교육 차원에서 도움이 될 수 있도록 모든 저서의 측정된 진실 수준과 의식 수준을 밝혀 두기도 했다.

모든 저서의 목적은 당연히 전체 연구와 발견을 전개하고 발전시키는 방향과 일치한다. 더 나아가 이는 주관성과 객관성의 통합을 촉진하는 하나의 새로운 연구 방식을 점진적으로 세상에 내놓는 일이기도 하다. 무엇보다 연구와 그 발견의 적합한 맥락화 과정에 노출되는 것만으로도 개인이 주관적으로 변모할 수 있다는 사실도 새로이 발견했다.

의식을 이해함으로써 어떤 길이 드러나고, 그 길을 통해 영적 진화는 더욱 촉진되며, 과거와 현재의 영적 진실은 쉽게 확인된다. 따라서 오늘날 영적 수행자나 종교적 신봉자는, 소문이나 평판, 혹은 문화적 확인에만 의존했던 과거의 사람들보다 훨씬 더 많은 혜택을 받게 되었다.

말하자면 일종의 나침반이 없었기 때문에, 인간 의식 자체가 지닌 한계로 인해서 역사상 수많은 실수와 오류가 발생했었다. 이제 그런 실수나 오류가 일어날 가능성은 더 이상 없다. 이제 어떠한 교리나 스승, 어떤 종교나 영적 전통의 진실이라도 쉽게 확인할 수 있는 수단이 있기 때문이다. 의식 측정 연구의 핵심 가치는, 그것이 본질과 외관, 따라서 진실과 거짓(환상)을 확실하게 차별화한다는 점이다.

역사적 검토: 요약

영적/종교적 실재와 진실을 연구하고 조사하는 일이 세상에 등장한 것은 그 자체로 실용적 가치가 있다. 그 연구 조사 방법은 인간 정신에 접근하기 전에는 결코 알 수 없는 여러 정보에 닿을 수 있게 해 주고 그 정보를 이용 가능한 분야로 만들었다.

임상 연구의 핵심은, 피험자나 피험 대상의 외관이 아니라 그 본질의 의식과 진실 수준이 생리학적 반응을 결정한다는 사실이었다.(최근 연구에서는 동시다발적인 동공 반응까지 확인했다. [Davis 2007]) 상대적이나마 영적으로 진화된 학생들은 부정적 자극에도 약해지지 않았다는 점도 발견했다. 그 관찰은 하나의 프로토콜 발전으로 이어졌다. 아무것도 모르는 입문자들이 정식으로 영적 교육을 받기 전에 프로토콜을 이용하여 테스트를 받았고(『기적수업: 워크북』), 주기적으로 다시 테스트를 받곤 했다. 그 피험자들이 약 3개월간의 세부 과정을 마친 이후에 부정적 자극에 면역이 생겼다는 사실도 발견되었다.(어떠한 형태든 진실한 영적 연구 과정 중에는 이와 똑같은 현상이 발생한다.)

생리학적 테스트 반응은 현재의 지배적 의식 수준에 의해 결정된다. 그 반응을 문서화하기 위해서 1부터 1000까지 의식을 나타내는 산술급수를 활용했다. 하지만 그 숫자들이 매우 빠른 속도로 상승했기 때문에 얼마 되지 않아 그 척도는 실용적이지 않은 것으로 판명되었다. 그 결과, 지수 척도(로그급수)가 상승하는 의식의 상대적 에너지를 더욱 제대로 표시할 수 있다는 사실을 알아냈다. 1부터 1000까지 척도 범위는 모든 수준의 가능성과 모든 생명체를 포함한 것이다. 다시 말해, 모든 잠재성을 포함했다는 점에서 실용적으로 쓸 수 있는 척도가 설계되었다.

의식의 최고 수준 1000을 결정한 것은 예수 그리스도, 붓다, 크리슈나, 그리고 조로아스터 등 전 세계 위대한 화신들을 측정한 결과였다. 그다음, 의식 수준 200 이하는 거짓을 나타내며, 200부터 그 이상은 점진적 진실 수준을 의미한다는 매우 중요한 발견이 이루어졌다. 또한 이런 구분은 200 이상의 힘power과 200 이하의 위력force을 차별화하였다.

그 후 30년은 진실의 수준과 영적 실재를 분간하는 데 강조점을 두면서, 인간 삶의 모든 영역을 지속적으로 연구하는 데 몰두하였다. 그 결과, 실재의 입증 가능한 스펙트럼과 패러다임으로 부각된 임상 연구의 발견 내용을 주관적으로 그리고 경험적으로 확인하였다. 실재는 곧 의식 수준과 상관되며, 더 나아가 깨달은 현자들의 매우 고양된 영적 상태를 비롯해 인간 역사의 여러 경험들과도 관련이 있었다.

의식 연구를 인간 삶의 거의 모든 양상에 적용하는 작업은 수십 년 동안 진행되었으며 전 세계 다수의 독립 연구자들과 연구 집단에 힘입었다. 그 피드백은 광막한 시간을 건너, 그리고 심지어 시간이라는 환상 자체를 넘어서 존재의 거의 모든 양상을 조사하도록 동기를 부여했다. 여기서부터 진실에 대한 모든 진술은 특정한 맥락 안에서만 진실이라는 원리가 등장했다. 그리하여 인간 역사상 처음으로 확증 가능한 진실을 확인하는 방법론이 나타났던 것이다.

궁극적 맥락은 개념화된 시간이나 장소를 넘어서 의식 자체의 무한한 장이었기 때문에 조사 대상이나 분야는 무한했다.(『진실 대 거짓』에서 알렸듯이) 그 결과는 표면적으로 가장 세속적인 것부터 영적 인식과 깨달음의 가장 높은 수준까지 이르렀다. 식별되고,

확증되고, 진짜임이 증명된 진실은 인류가 활용할 수 있는 새로운 지식체의 등장을 나타냈다. 인류는 1980년대 말에 의식 수준 204가 되면서 진실의 임계점 200 수준을 간신히 넘어섰다. 의식 수준의 이런 교차는 인간 진화의 새로운 시대가 열렸음을, 다시 말해 *호모 스피리투스*Homo Spiritus의 등장을 뜻하는 것으로 보인다.(『호모 스피리투스』 참고)

그 결과, 진실을 확인할 수 있으며 시간이나 공간을 넘어 어디서든 모든 것에 관련된 진실의 정확한 정도를 단 몇 초 안에 확인할 수 있게 되었다. 우연하게도 수십 년간 의식 측정 연구 방법론이 진화하던 바로 그 시기에 우주의 확장된 패러다임을 제공한 양자역학과 양자 물리학에도 발전이 있었다. 하이젠베르크 불확실성의 원리를 발견한 연구는 의식 연구의 발전 과정에 중대한 영향을 끼쳤다. 그리하여 의식 자체는 선형적 차원과 비선형적 차원, 따라서 이성과 믿음 사이의 교차적 연결수단이 되었다.

연구 과정

의식 연구 결과를 다룬 강연을 듣거나 출간된 저서를 읽는 것만으로 개인의 의식 수준이 상승하고, 영적 진보에 있어서 주목할 만한 진전이 있다는 사실이 의식 연구를 통해서 확인되었다. 저서와 강연, 그리고 그 자체의 중요한 정보는 경험과 이해를 재-맥락화하여 결국 패러다임의 확장을 이끌어 내기 때문에 명백히 변형의 힘을 갖고 있다. 패러다임이 확장되면 선형적 처리가 아니라 재-맥락화된 결과로서 의미가 탈바꿈한다.

『인간의 의식 수준에 대한 질적, 양적 분석과 계량화』(1995)을 시작으로 『의식 혁명』(1995), 『나의 눈』(2001), 『호모 스피리투스』(2003), 『진실 대 거짓』(2005), 『의식 수준을 넘어서』(2006), 『내 안의 참나를 만나다』(2007)까지 각 시리즈의 내용에 차례를 배열하고 순서를 정하는 것은 사실상 본 저자의 의도가 반영된 일이었다.

위에 언급한 자료에 대한 설명과 분석은 여러 강연 시리즈에 나오며, 그 강연은 CD와 DVD 형태로도 들을 수 있다. 비공식적으로 진행했던 설교 워크숍의 내용도 CD로 나와 있다.

실용적 적용

대부분의 사람들은 문화적 배경이나 가족의 생활방식에 영향을 받아 이미 종교적/영적 경향성을 어느 정도 갖고 있다. 전통적이라고 간주되는 그 경향성 안에 의식 측정으로 쉽게 확증될 수 있는 보편적 진리들이 존재한다. 더구나 『진실 대 거짓』에서는 진실한 스승과 가르침은 물론 영적 진실의 근원을 확인하고 측정한 수치까지 제공한다.

전통적인 영적 경로는 다양한 원리와 가르침을 통하여 자연스럽게 사람을 이끄는 진실한 영적 자료를 교육하고 연구하면서 이루어진다. 기도를 하면 사람의 의도는 더욱 더 힘을 얻으면서, 현재 우세한 의식 수준과 일치하는 진실 수준이 점진적으로 드러난다. 그러므로 의식 수준을 서로 섞이지 않도록 하는 것이 중요하다. 모호성을 야기할 수도 있기 때문이다. 의식 수준이 상승하면

뇌 생리학 자체도 변하기 때문에, 모든 정보를 잠정적인 것으로 간주하는 태도가 더 바람직하다. 의식 수준이 높아지면 더 큰 이해를 불러온다.

매일 자신만의 기본 영적 개념을 선택하여 사색과 명상과 기도를 행하거나 그 외에 무엇이든 몰입할 수 있는 행위를 아울러 활용할 수 있다. 많은 사람들이 로렌스 수사의 『신의 현존에 관한 연습Practice of the Presence of God』(2005)이나 존 키팅 신부의 『기도를 중심으로Centering Prayer』(2004)가 매우 도움이 된다는 사실을 밝혀 주었다. 또한 의식 수준 200 이하로 측정되는 사람, 공간, 그리고 취미를 피하고 '신실하고 신성한 동료들'을 찾아다니는 것도 바람직하다. 이런 활동 중에는 단지 영적인 것이라고 알려만 졌을 뿐, 기실 의식 수준이 꽤 낮게 측정되는 것도 많다. 그러므로 인간의 의식 수준을 높여 준다고 소문난 뉴에이지 박람회나 심령술, 그리고 그런 장치들은 피하는 게 상책이다. 또한 '초능력'이나 '싯디를 얻는 훈련에 대한 초대장'처럼 선정적으로 홍보되는 것도 일단 피하라. 이익을 위해 판매하는 '은밀한' 방법론들의 의식 수준은 매우 낮게 측정된다. 따라서 '고대인의 은밀한 비술'(160) 등에 유혹되거나 미혹되지 않는 것이 현명하다. 이런 방법들은 대개 '특별한' 것에 매료되는 영적 에고의 구조적 속성에 호소하는 것이다.

모름지기 영적 진실에는 비밀이 없다. 영적 진실은 자유롭게 이용할 수 있고 그만큼 투명하다. 역사상 위대한 화신이나 위대한 영적 스승들 중에 어떠한 '비밀'을 가진 존재는 아무도 없었음을 명심하라. 오히려 정반대로 그들은 인류의 이익을 위해서라면 자유롭게, 공개적으로, 그리고 아무런 제약 없이 말하였다.

삶의 모든 표현 안에 깃든 삶에 대한 선의와 자애를 통해서, 삶의 타고난 아름다움과 완벽함은 존재가 출현하는 빛Radiance으로 환하게 빛난다. 관찰 가능한 세상에는 아무런 '원인'이 없으며, 그리고 만물은 그저 계속 진행 중인 창조가 진화하는 결과로서 잠재성이 현실성으로 나타나는, 곧 자연발생적으로 출현하는 것을 표현하는 것뿐이라고 생각하는 것이 유용하다. 이 현상은 곧 고등 이론 물리학의 출현 및 복잡성 이론의 초점이다.(Theise 2006)

사색 중에 '목격하고' '관찰하고' 혹은 '경험하는' 현상은 모두 자율적이고 자발적으로 나타나는 것이며, 비非개인적인 자질로 타고난 것임을 알아채는 것도 유용하다. 또한 바람직함desirability이라고 칭할 수 있는 세속적 자질들은 곧 에고 내부의 투사로 발생한 것임을 명심하라. 행복은 소유나 경험이 아니라 의식 수준의 결과(어떤 사람이 되었는가?)라는 점을 인식하라.

불쾌한 사건이나 상황도 그 안에 숨겨진 카르마적 장점을 알면 올바르게 활용할 수 있다. 그런 사건이나 상황이 결국 인간의 카르마/업보를 무효화한다고 가정하면 충분히 가능한 일이다. 따라서 항상 사람을 용서하는 태도, 더 나아가 어쩌면 기억 저편에서는 누구나 단순히 피해자가 아니라 가해자였을 수도 있다고 생각하는 것이 올바른 원리가 된다. 인간이 그 삶을 온전히 이해하게 될 때, 인간으로서의 삶이 곧 개인과 인류 전체의 의식 진화를 이룰 수 있는 가장 이로운 기회로 보일 것이다.

영적 의도는 인내, 기원, 끈기, 기도, 순복, 그리고 겸손의 깊이로 힘을 얻는다. 진실과 실재는 걸림돌이 사라지면 노력하지 않아도 자연스럽게 스스로를 드러낸다. 소위 '공중부양'을 위한 훈련, 만트라, 특정 자세, 강제적 호흡법, 그리고 기타 인위적 기교 등 부자연스러운 영적 장치를 피하는 것이 바람직하다.(호흡 조절 기법인 프라나야마는 190으로 측정된다.)

영적 에너지나 쿤달리니 에너지는 영적 헌신, 몰두, 그리고 영적 진화의 자체적인 산물이다. 인간은 인과적으로 과거에 떠밀리는 존재가 아니라 자신의 영적 운명에 이끌리는 존재라는 사실을 받아들이는 것이 좋다. 따라서 영적 수행자는 참나가 조직한 내면의 부름에 반응하고 있는 것이다. 이때 참나는 그 수행자를 미래의 운명으로 끌어당긴다.

영적 진화는 평생 헌신해야 하는 수행이자 삶의 방식이다. 그 방식에 의해 세상과 모든 경험은 영적 의도를 도와서 영적 진화를 촉진한다. 신의 종이 되기로 선택하는 것보다 더 위대한 부름은 없다. 영적 진화가 이루어지면서 각각의 증분增分은 각자 나름의 중요성을 갖고 있다. 비유적으로 말하면, 벽이 전부 다 무너지는 일도 벽돌 한 장을 빼는 것에서 시작된다. 이런 식으로 외견상 불가능한 일이 가능해지기 때문이다.

머지않아 겉으로 볼 때 기적 같은 일이 자연발생적으로 나타나기 시작할 것이다. 그 현상이 개인의 행위나 개인적 자아에 관련된 것이 아니며, 어떤 마술적 '힘'을 나타내지 않는다는 사실을 깨닫는 것이 무엇보다 중요하다. 기적적 사건은 그저 잠재성이 현실화된 것일 뿐이다. 잠재성의 현실화는 모든 조건이 적절할 때 나타난다. 그 조건들 중 하나는 높은 의식 수준의 에너지에 존재하는 것이다. 훨씬 높은 의식 수준에서는 모든 현상이 우주 자체 진화의 결과로서 사실상 자연발생적으로 일어나고 있다는 점이 명백해진다. 따라서 삶은 어느 순간이건 완벽할 뿐 아니라, 인간이 참여자/관찰자가 되는 지속적 계시이기도 하다.

자아가 참나에 포함되어 사라지기 때문에, 자신이 죽어가고 있다고 느낄 만한 에피소드가 생기거나 그런 시기가 찾아올 것이다. 죽음에 종속된다는 것은 자아의 잘못된 인식일 뿐이다. 그러므로 자아가 사라지는 현상에 온전히 내맡기는 것이 안전하다. 또한 예기치 못한 우연한 시점에 인간은 문득 육체적 죽음이라는 두려움을 내려놓게 된다. 육체는 계속 자기 길을 걸어가거나 멈추거나, 둘 중에 하나일 것이다. 사실 그 선택지는 개인적 자아가 아니라 참나에 달려 있다.

높은 의식 수준에서는, 돌이킬 수 없는 카르마적 운명이나 망각해 버린 암묵적 동의와 관련된 에너지가 나타날 수도 있다. 어떤 난관이나 의심도 풀 수 있는 해법은 언제나 신의 의지Divine Will에 깊이 순복하고 의탁하는 것이다.

스스로를 비판하거나 지금 현재보다 그 길을 따라 더 멀리 '나아가야 한다고' 생각하는 것은 그리 도움이 되지 않는다. 영적 진화는 불규칙적이며 때로는 돌발적이고 또 때로는 정적이다. 죄책감은 나르시시즘적 도취라는 사실을 인식하라. 외견상 아무런 일도 진행되지 않는 길고도 메마른 시기가 있을 것이다. 그것은 하나의 속임수다. 다시 말해, 마치 인간의 단호한 결심을 시험이라도 하는 것처럼 '길고도 메마른 시기'가 지나가고 *있는 것이다*. '진행 과정'을 거치면서 이익을 추구하려는 영적 에고의 열망을 초월하게 되면 이 시기를 훌쩍 넘어갈 수 있다. 그러므로 좌절은, 좌절로는 진정으로 통제할 수 없는 것을 통제해 보려고 애쓴다는 신호다.

'기다리는 사람이 곧 잘 섬기는 사람'이라는 말을 기억하는 것이 좋다. 심지어 겉으로 볼 때 아무런 진전도 없는 일단의 세월도 어느 날 갑자기 예전에 소망했던 것보다 훨씬 더 빠르고 크나큰 발전으로 보답받을 수 있다.

그렇게 의식 수준이 진보하면 이 세상에서 '어찌해 볼 도리가 없는' 상태가 찾아오고 여기에 기쁨, 축복, 심지어 황홀경의 상태가 따라올 수도 있다. 이 정도에 이르면 생활방식의 변화가 필요할 것이다. 또한 가족이나 친구들에게 뭔가 설명해 주어도 아무런 소용이 없다는 사실도 알게 될 것이다. 그러므로 그런 과도기적 변화에 대한 가족과 친구들의 관점을 연민의 눈으로 바라보아야 한다. 기실 여기서 우스운 점은 가족이나 친구들이 "그 친구, 분명 정신이 나간 것 같다."고 말하는 냉소적 반응이 역설적으로 보면 자명한 사실이라는 것이다. 무릇 정신적 자아는 '생각하지'만, 이와 반대로 참나는 조용히 '알고 있기' 때문이다.

인간의 에고와 육체적 삶은 일시적인 것이고, 인간의 숙명은 시간 바깥에 있다는 사실을 마음에 새겨야 한다. 그렇게 되면 결정은 더 큰 것을 위해 더 작은 것을 '내려놓는' 것이 된다. 가까운 가족들이나 친구, 혹은 비즈니스 관계자들의 반대에도 불구하고, 대부분의 사람들은 더 높은 부름에 반응하는 것이 무슨 의미인지를 직관적으로 알아차린다.

영적 생활방식

영적 생활방식은 많은 수행자들이 의문시하고 불확실하게 여기는 영역이다. 영적 헌신은 다음과 같이 수많은 대안을 활짝 열어준다.

1. 세상을 포기하고 영적 공동체, 아쉬람, 혹은 피정 센터 내 거주지에 합류한다. 이런 단체들은 보통 특정 종교나 공식적 영성 단체와 연관되어 있으며, 일부에서는 서약이나 다른 형태의 입문 의식에 참여하라고 요구하기도 한다. 어떤 곳은 기독교 교리를 따르는 정식 종교 교단이다. 그래서 그 영적 헌신의 약속을 사실로 인정해 주는 데 필요한 육체적 요건이 따로 있을 수도 있다.

   어떤 피정 센터에서는 단독 피정과 명상, 여기에 더하여 단식을 강조하거나 먹는 것 외의 다른 기본 감각을 포기하라고 요구하기도 한다. 또 다른 공식 단체에서는 노동, 워크숍, 독서, 대화, 그리고 그룹 나눔을 비롯해 그룹 영적 활동을 강조한다. 소지품은 최소한의 필수품으로 제한되며, 대개 개인의 자산은 그 단체에 기부된다. 모든 세속적 소유물과 심리적 애착을 포기해야 하며, 외부 방문도 제한된다.

   종교 집단에서 있을 수 있는 제약사항은 기독교 교리와 관련된 것이다. 또한 단정하게 깎은 머리와 예복 등 전형적 외관에서 알 수 있듯, 영적 에고에게 부여된 어떤 특별함에 끌리는 유혹도 분명 존재한다. 어떠한 영적 추구를 하든, 해당 집단이나 단체의 의식 수준을 측정하는 일과, 그들의 교리와 공식 관행의 의식 수준을 확인하는 일은 무엇보다 중요하다.

2. 피정은 단기적 혜택이 있으며 대개 어떤 단체의 후원을 받거나 피정 지도자가 있기 마련이다. 이때도 그 단체와 지도자의 의식 수준을 측정해야 한다.
3. 일상생활 속의 영적 실천은 실제로 여러 가지 면에서 가장 유리하고 이로운 접근이 될 수 있다.(이 진술은 진실로 측정된다.) 세상과 떨어진 안전한 곳에서 순수하고 성스럽게 사는 것과 끝없는 유혹과 대결이 난무하는 세상 속에서 계속 열심히 사는 것은 전혀 별개의 일이기 때문이다.

영적 진전은 단계별로 나타난다. 초기에는 영적 실재를 익히고 연구한다. 그다음, 삶의 모든 양상에서 그 가르침을 실천하고 적용한다. 그러다 결국 사람이 곧 그 가르침이 된다. 헌신하고 몰두하면 인간의 삶은 곧 기도가 된다. 헌신, 약속, 그리고 실천을 통하여 영적 개념은 경험적 실재가 된다.(영적으로 발전한 어느 수행자의 말처럼 "내게 더 이상 어떠한 적도 없을 때 어떻게 나의 적을 용서할 수 있겠는가?")

아침과 저녁에 행하는 명상을 정규 일과에 넣으면 된다. 초기에 20분에서 30분씩 명상하다 보면, 어느 순간부터 1시간이나 그 이상도 가능해질 수 있다. 간단한 만트라나 주문이 명상 분위기를 조성하는 데 도움이 될 수 있지만 그것만으로는 충분하지 않다. 그리고 만트라나 주문을 지나치게 행하다가는 자칫 의식의 변형 상태로만 이어지고 아무런 도움이 되지 않을 수도 있다. 풍경, 종, 음악, 향, 특별한 깃발, 기름, 초, 그리고 이와 유사한 감각적 용품 등의 과시적 도구도 마찬가지다. 그러므로 아무리 추천받은 것이라 해도 먼저 만트라의 수준을 측정하는 것이 바람직하다. 특히 돈을 주고 사들인 '은밀한' 만트라는 아무런 특별함이 없다. 참고로 말하자면, 시중에서 판매되는 만트라는 아무리 높아도 의식 수준 290 정도로 측정될 뿐이다.

날마다 그날 행할 사색의 초점으로 영적 교훈이나 개념을 하나씩 선택하면 오히려 도움이 될 수 있다. 이것은 그 하루와 하루 동안의 경험을 맥락화하는 방식이다. 가령 매일의 일치기도, 『기적수업』의 한 단원, 12단계 프로그램 중 한 단계, 성경의 시편이 될 수도 있고 아니면 순복, 겸손, 통제나 이익을 얻으려는 욕망 내려놓기 등 기본 영적 전제를 선택할 수 있다. 특정 기간 동안 반복해서 행하면 그 사람의 성격과 주의 자세 안에 통합된다. 그 결과, 자동적으로 세상의 모든 생명과 삶에 대해서 자애로워지고 사랑하는 마음이 생긴다. 그리고 매 순간의 완벽함과 아름다움을 알게 된다.

일단 영적 실천 관행을 일상생활 안으로 통합하면, 그것은 지속적으로 자유의지에 내맡기는 모습을 취한다. 그런 다음, 자율적 목격하기와 노력을 들이지 않은 관찰하기로 나타난다. 그렇게 되면 이런 능력들이 기실 개인적 특성이 아니라 의식이 지닌 자질임을 알게 될 것이다.

4. 집중된 영적 초점은 영적 처리를 최우선시하는 '마음가짐'과 같

다. 결국 그 처리를 '행하고 있는' 별개의, 구별된, 개인적 '나'는 약해진다. 그다음, 그 현상이 그 자체로 자연발생적으로 일어나고 있다는 사실을 목격하게 된다.

노력을 들이지 않고 빠르게 이 자연스러운 상태로 가는 방법은 간단하다. 그 시기나 시간 동안 지각/경험하기로부터 저항하는 것, 즉 정신적 정보 처리를 집중적으로 중단하는 것이다. 이것은 놀랄 만큼 간단하지만 아주 강력한 기법이다. 이를 통해 끊임없는 '시간'의 무의식적 압박에서 갑자기 풀려나는 보답을 받을 수 있다. 이렇게 되면 세속적 삶을 경험하는 일은 미묘하게 맥락에 진입하면서 영향을 입게 된다. 시간의 환상이라는 이 지배를 깨뜨리는 일은 매우 해 볼 만한 일이다. 그러면 시간이 의식의 투사이자, 출현하는 현상을 에고가 목격하고 계속 '시간 추적'하는 믿음 체계에 불과하다는 사실을 알아차리게 될 것이다. 시간의 지배에서 풀려나오면 엄청난 자유와 내면의 기쁨이 있다.(시간이 인간 의식의 투사이며 우주의 내재적 자질이 아니라는 점은 최근 양자 이론으로도 나타났다. [Lynds 2003])

최후의 결전

마음가짐, 의도, 헌신 등 여러 조건이 유리해지면 '한번 해 보는 거야.'라는 식으로 세상 속 모든 것을 포기하고 자신을 온전히 전면적이고, 지속적으로, 빠르게, 집중하여 에고의 지각자/경험자 양상을 내려놓겠다는 결심이 나올 수 있다. 이 과정을 통해 인간은 정신을 넘어서, 아주 빠르게 경험자의 '처리자 구간processing edge'

까지 도달한다.(『호모 스피리투스』 참고) 이 처리자 구간은 '나임 I-ness'이라는 평범한 감각의 실질적 장소이며, 실재(있는 그대로의 세상: 데카르트의 *외부 실체*)와 지각되거나 경험되는 세상(데카르트의 *내부 사유 실체*) 사이에 초당 1만분의 1초의 시간 지연을 일으킨다. 이 분리는 자아가 이원성을 가지고 있다는 환상이 시작된 핵심이자 중심지다. 그 환상은 비이원성(참나)의 내재적 실재에 대한 이해를 어렵게 만든다. 별개의, 개별적, 개인적 자아의 환상을 초월하면 참나의 빛Radiance과 하나임Oneness이 나타난다. 주관적인 것으로 나타나건 객관적인 것으로 나타나건 모든 삶/생명은 참나의 빛과 하나임을 통해 재-맥락화된다.

후유증

육체성을 떠나라고 참나가 보내는 일종의 초대이자 허락을 인식하는 것(600)은 내적으로 높은 의식 수준과 영적 발달이 되었을 때에만 가능하다. 그렇기 때문에 한동안 육체는 계속되거나 그러지 않을 수 있다. 인간이 그 육체에 계속 머물러 있느냐는 더 이상 개인적 의지가 아니다. 실제로 고양된 상태에서는 평범한 세상을 포기하라고 요구한다. 이 상황은 주로 고독 속에서 수 년간을 보내며 새로운 상태나 조건에 적응하는 과정으로 이어질 것이다. 원래 그 새로운 상태는 인과론의 대리자로 있던 별개의 자유의지를 가진 개인적 자아와 인과론에 대한 자아의 이원적 믿음이 있던 자리였다. 자리바꿈한 것은 '사람'이 아니라 자율적 상태나 조건이다. 제한된 개인의 정체성은 사라지고, 자아는 참나의 전부임Allness

에게 자리를 내어 준다.

처음에는 '신의 충격God shock'이라는 시기가 있을 수 있다. 그동안 정신은 침묵하고 기능은 자율적으로 변한다. 자유의지에 의한 의도를 갖거나 이전의 관습적 목표를 추구하지는 않는다. 그 상태는 그 자체로 단순히 '존재하며' 어떻든 그것으로 이미 총체적이고 완전하다. 또한 육체는 자율적이고 자발적인 방식으로 행동하고 있는 모습으로 목격된다. 그리고 이상하게 보일 수도 있지만 사람들이 계속 그 육체를 '당신'으로 부르고 있는 사실에 익숙해지려면 시간이 조금 걸린다.

세상으로부터 물러나 있다가 다시 어떤 방식의 인간적 기능이 발생하기까지 수년의 세월이 걸리거나 아니면 영원히 시간만 흘려보낼 수도 있다. 위치 감각을 비롯해 육체적 삶에 필요한 모든 것을 다시 배워야 한다. 배고픔은 사라지는 것 같고 먹지 않아도 수일을 버틸 수 있다. 거울 속에 육체가 비치는 모습을 보고 깜짝 놀랄지도 모른다. 세상으로 돌아가려면 '개인의 모습(페르소나)'으로 나타나기 위해 인간적 기능을 다시 배워야 할 필요성이 생긴다. '개인의 모습'은 어쩌면 자발적 배우를 닮았다.[37] 그 배우는 세상에서 적절하다고 여기는 방식으로 행동하기 위해 세상과 접촉하고 남아 있는 기억의 창고를 두드린다. 그 결과, 평범한 인간 세상으로 다시 향하는 시기가 있다.

시간 바깥에서는 그 육체가 '얼마나 오랫동안'(시간의 지속 기간) 살아남을 운명인가에 대해서는 아무런 관심이 없다. 주기적으로 기묘하게 초대하는 방식으로 육체를 떠날 수 있는 열린 기회가 나타나며, 이와 동시에 육체를 떠날 것이냐 말 것이냐에 대한 목격이 있을 뿐이다.

선형적 자아를 넘어서서 참나의 비선형적 비이원성이라는 실재 안에서 반드시 따라야 할 대본 같은 것은 없다. 참나는 세속적 동기나 목표가 없다. 중요하게 보이지 않거나, 목적이나 가치가 없는 활동은 서서히 드러날 것이다. 이런 활동은 비물질적이다. 거기에는 더 이상 어떠한 개인적인 동기가 없기 때문이다. 모든 것은 신성의 성스러운 법령과 신의 의지에 종속되며, 복종하며, 바로 그것의 결과다. 따라서 이런 감탄이 터져 나온다. "*오, 주여, 모든 영광이 당신께 있나이다!*"

토론

문: 종교적 · 신비적 함정에 대한 호소를 다 빼 버린다면 이 책에서 권고한 교육과정은 엄격한 것 같습니다.

답: 그 교육과정은 영적 깨달음 자체를 참되게 찾는 구도자에게 도움이 되기 위해서 기술한 것입니다. "그 길은 곧고 좁으니" "시간을 낭비하지 말라."는 말은 소위 머리를 식히는 유혹적 활동은 진실을 위해서는 물론 실용적 편의를 위해서라도 반드시 우회해야 한다는 뜻입니다.

영적 에고에 호소하면서 결국 막다른 골목으로 끌고 가는 사기꾼을 쫓아다니거나 신비적이고 마술적이고 허위적인 영적 환상을 쫓아

다니면서 수십 년을 그냥 허비할 수도 있습니다. 이런 사기꾼이나 영적 환상은 언제든 어리석은 사람들을 속일 수 있는 함정을 숨겨 놓고 기다리는 오락거리와 같습니다. 이를테면 '저 건너편에 있는' 실체는 의식 수준을 측정할 수가 있고, 추종자들과 통제력을 보유하면 그 실체를 살찌우는 영적 에고가 있음을 알게 될 것이라고 호도하는 것입니다.
영적 수행에 입문한 지 얼마 되지 않은 사람들은 불가사의하고 변형된 의식 상태(뉴에이지주의)와 참다운 영적 상태를 종종 혼동합니다. 따라서 여러 가지 과시적인 도구로 현란하게 꾸며 놓은 영적 경로를 내세우면서 상대를 개종시키려는 유혹의 미끼를 이용한다면 일단 의심하는 것이 맞습니다.

문: 당신의 저서에 나오는 일부 서술은 전통 불교와 정확히 일치하지 않습니다.

답: 그것은 교육과 지각이 만든 일종의 오류입니다. 붓다는 '신'이라는 용어가 너무나 곡해되기 때문에, 오히려 수행자들을 위해서 그 용어를 피하라는 지혜를 가르쳤습니다. '불성'은 참나와 순수한 의식/인식의 본질입니다. 그것은 근본적으로 내용과 동일시하지 않지만 모든 맥락을 포괄합니다. 더구나 불교에 대한 수행자들의 지식은 주로 교육학적이면서 전통적인 것으로 한정되어 있습니다. '스승master'이라는 용어는 의식 수준 650으로 측정됩니다. 불교는 많은 지식을 쌓았지만, 개인적으로 완전히 깨닫지 못한 스승들

이 많은 편입니다. 물론 그중 일부는 과도기적 깨달음(사토리)을 경험하지만 기실 깨달음은 그것과 차원이 다른 것입니다. 가톨릭의 교황조차도 불교를 잘못 이해하고 있다는 사실을 주목하세요. 일단 교황이 불성에 대해 잘 모르는 것은 그 기본 전제가 잘못되었기 때문입니다. 불교에서 말하는 자기본성self-nature이라는 용어가 (대문자 Self로 표시하는) 참나가 아니라 (당연히 나르시시즘적인) 작은 자아를 가리키는 것이라고 전제하니, 어떻게 불교를 제대로 이해하겠습니까?

문: 당신은 높은 의식 수준의 고양된 영적 상태를 3인칭으로 기술하고 있습니다. 이유가 무엇입니까?

답: 그렇게 묘사된 현상은 개인에 속한 자질이나 속성이 아닙니다. 그래서 독립적으로 존재하는 '조건'이나 '상태'라는 용어로 언급했습니다. 깨달은 사람으로 그냥 '개인'은 없습니다. '나/당신' 또는 대상으로서의 '나me'라는 인식은 사라지고 특정한 장소성이나 선형적 특성이 없는 독립적인 상태로 변합니다. 그것은 정해진 위치, 경계선, 시간을 비롯해 처음이나 끝도 없이 빛을 발하는 하늘과 더 유사합니다. 그 조건이나 상태는 무언가를 '행하지' 않으며, 무언가를 '일으키지' 않습니다. 현상은 개인적 인과관계나 내재적 실재 없이 과도기적 전환으로 목격되는 것입니다.

신/불성은 그대로 *존재하며* 그것으로 완전합니다. 따라서 신은 무언가를 '행하지' 않으며, 어디든 '가지' 않으며, '지속기간'이라는 시간의 흔적도 없습니다. '지금'과 '영원히'는 동일합니다.

문: 영적 노력의 총체적 맥락은 무엇이어야 합니까?

답: 모든 창조물과 창조에 대한 사랑에서 나오는 이타적인 봉사가 되어야 합니다. 깨달음을 추구한다는 것은 신을 섬기고 인간을 따른다는 것입니다. 세상에 존재하는 만물의 타고난 아름다움에 주의를 기울이고 거기에 잘 맞추어야 합니다. 세상에서 늙고 오래되고 닳아빠지고 추하다고 여기는 것에서도 매력과 진기함을 보아야 합니다.

문: 어떻게 하면 영적 진보를 쉽게 촉진할 수 있습니까?

답: 바로 자연스러운 호기심입니다. 선택은 곧 성향을 낳습니다. 그 성향은 주의 집중하는 습관적인 마음가짐이 됩니다. 깨달음과 인식에 필요한 모든 요소들이 매 순간 존재합니다. 단지 외관이 아니라 본질을 찾아야 합니다. 있는 그대로 본다면 모든 것은 완벽합니다. 빛나고 새롭건, 녹슬고 먼지투성이건 모든 것은 정확히 '그것이 있어야 할' 방식 그대로 존재합니다. 형용사를 피하세요. 형용사는 전부 투사된 것이며 정신 작용으로 만들어진 자질일 뿐입니다. 나중에는 부사까지 과감히 내버릴 수 있습니다. 사실상 무언가를 행하는 것은 아무것도 없기 때문입니다. 다시 말해, 그것은 선천적으로 그냥 *존재합니다.* 다른 상태로의 이행은 연속적 사건을 하나의 동

사처럼 바라보는 관찰자 내부에서 비롯된 현상입니다. 만약 만물을 1만분의 1초 미만으로 본다면, 모든 것은 정적인 모습으로 나타납니다.

문: 만약 내가 개인적 정체성을 내보낸다면, 그렇다면 나는 '무nothingness, 無'가 되는 게 아닙니까?

답: 아닙니다. 무라는 환상 너머에 전부임이 있습니다. 참나는 시작도 끝도 없는 무한입니다. 그것은 시간 너머에 있으며 어떤 조건에도 종속되지 않습니다. 참나는 작은 자아가 아니라 인간의 실재Reality에 더 가깝습니다. 인간은 자신의 참된 정체성을 잃을 수 없으며 '무'가 될 수도 없습니다. 실제로 인간은 일체임Everythingnes, 전부임Allness, 영원임Foreverness의 총체성 안에 포함되어 *있기* 때문입니다.

'텅 빔the Void'(측정 수준 850에 해당하는 표면상 무)의 문제는 『의식 수준을 넘어서』 18장에서 길게 설명하였습니다. 텅 빔은 에고의 한 양상인 조건적 사랑(애착)과 신의 내재적 자질인 신성한 사랑Divine Love을 혼동함으로써 실재로서의 사랑을 거부한 결과라 할 수 있습니다.

텅 빈 공허의 환상 너머에는 가장 중요한 빛Radiance과 유사한 완전함의 꽉 참fullness이 있습니다. 그 빛은 총체적이고 명백합니다. 신성은 타고난 근원이기 때문에 '잘못 사용될' 수 없으며 '상실될' 수도 없습니다. 신성은 스스로를 깨닫고 주장하기 때문입니다.(이 진술은 1000으로 측정됩니다.)
비선형적 존재 너머에서는 표면상 무nothingness가 전부임Allness입니다. 전부임은 무한한 사랑Infinite Love으로서 신성의 드러남입니다. 그 사랑은 강렬하면서도 부드럽고, 모든 존재의 본질Essence of All Existence이 지닌 빛으로서 그것에 저항할 수 없습니다. 그것은 심오하고 명백하며 자명하고 모두를 아우릅니다.

문: 그때 세상은 어떤 모습입니까?

답: 신성의 본질은 창조된 만물의 완벽함에서 나오는 빛으로 환하게 빛납니다. 그것은 신성의 존재가 지닌 하나의 자질입니다. 지속적인 출현과 현시로 말미암아, 결국 그 현상을 시간, 인과관계, 심지어 순차성을 넘어선 자율적이고 자기 진화하는 것으로 목격하게 됩니다.
위에서 말한 모든 것은 존재함Beingness/존재Existence의 통합으로 자동적으로 알게 됩니다. 존재하는 모든 것의 완벽함은 독특한 아름다움, 완벽한 균형, 그리고 조화로 빛납니다. 이 아름다움, 균형, 조화를 통해 완벽함은 진화적 펼침의 힘으로 더 큰 완벽함을 현시합니다. '여기'도 없고 '저기'도 없습니다. '지금'도 없고 '그때'도 없습니다. 완전해지면 모든 것이 자명하기 때문에 대답해야 할 질문도 없어집니다.

오, 주여, 모든 영광이 당신께 있나이다!

Gloria in Excelsis Deo!

REALITY, SPIRITUALITY, AND MODERN MAN

부록

| 부록 A |

이 책의 장별 진실 수준 측정

1장 개관	740
2장 인간의 딜레마	740
3장 실재의 패러다임	745
4장 실재는 주관적인가, 객관적인가?	755
5장 과학과 종교: 진실 수준	745
6장 사회적 실재와 진실 수준	750
7장 무엇이 '진짜'인가?	750
8장 문화적 전제와 진실	750
9장 믿음	760
10장 경험적 요소 대 개념적 요소	750
11장 신념, 신뢰 그리고 신뢰도	760
12장 가설로서의 신	765
13장 의심, 회의론 그리고 불신	760
14장 영적 경로	740
15장 기도하는 사람 되기: 사색과 명상	765
16장 세상 초월하기	750
17장 도덕, 이성 그리고 믿음	750
18장 나르시시즘: 에고 숭배	760
19장 실습	760
『현대인의 의식 지도』 전체	750

| 부록 B |

의식 지도

신에 대한 관점	자기에 대한 관점	수준	로그	정서	진행과정
참나	존재함(있음)	깨달음	700-1000	형언할 수 없는	순수한 의식
전존재	완벽한	평화	600	지복	빛비춤
하나	온전한	기쁨	540	평온	변모
사랑하는	상냥한	사랑	500	경외	계시(드러남)
현명한	의미 있는	이성	400	이해	추상
자비로운	조화로운	수용	350	용서	초월
영감을 주는	희망찬	자발성	310	낙관주의	의도
능히 할 수 있게 하는	만족스러운	중용	250	신뢰	해방
허락하는	실현 가능한	용기	200	긍정	힘의 부여
		▲ 신뢰 수준			
		▼ 거짓 수준			
무관심한	까다로운	오만	175	경멸	격앙
앙심을 품은	적대적인	분노	150	미움	공격
부인하는	실망스러운	욕망	125	갈망	노예화
가혹한	깜짝 놀라는	공포	100	불안	위축
무정한	비극적인	비탄	75	후회	낙담
단죄하는	절망적인	무관심, 증오	50	절망	포기
보복하는	사악한	죄책감	30	비난	파괴
멸시하는	가증스러운	수치심	20	굴욕	제거

| 부록 C |

의식 수준 측정하는 방법

일반 정보

의식의 에너지 장은 그 범위가 무한하다. 특정한 수준은 인간의 의식과 상관이 있으며 '1부터 1000'까지 측정되었다.(부록 B: 의식 지도를 참고하라.) 이들 에너지 장은 인간 의식을 반영하고 지배한다.

우주 안의 만물은 특정한 진동이나 미세한 에너지 장을 방출한다. 그 에너지 장은 의식의 장 안에 영구적으로 머물러 있다. 따라서 지금까지 존재했던 모든 사람이나 생명을 비롯해 모든 사건, 생각, 행동, 감정, 혹은 태도를 비롯하여 존재에 관한 모든 것은 영원히 기록되며 현재나 미래의 어느 때건 되찾아 올 수 있다.

기법

근육 테스트 반응은 특정한 자극에 대해서 '그렇다' 또는 '그렇지 않다(아니다)'라는 간단한 결과로 나온다. 그 테스트를 진행할 때, 대개 피험자는 팔을 쭉 뻗어 유지하며 테스트 시행자는 두 개의 손가락으로 가벼운 압력을 가하면서 뻗은 팔의 손목 위를 누른다. 일반적으로 피험자는 다른 한 손으로 테스트할 물질을 명치 위에 올려 둔다. 테스트 시행자는 피험자에게 "저항하세요."라고 말하며, 이 때 테스트되는 물질이 피험자에게 이로운 것이면 팔은 단단하게 강해질 것이다. 만약 그 물질이 해롭거나 부작용이 있으면 팔에 힘이 빠져 약해질 것이다 그 반응 자체는 매우 빠르고 짤막하게 나타난다.

정확한 반응을 얻으려면 테스트 시행자와 피험자 모두 그 의도가 반드시 의식 수준 200 이상 측정되어야 한다. 이 사실을 명심하는 것이 중요하다.

온라인 토론 그룹의 경험들을 보건대, 많은 학생들이 부정확한 결과를 얻었다. 추가 연구에 의하면 의식 수준 200에서 오류가 일어날 가능성은 여전히 30퍼센트나 된다. 게다가 그 학생들 중에서 일관된 정확성을 보이는 경우는 20퍼센트 미만에 불과하다. 그 주된 이유는 그들이 무의식적으로 갖고 있는 여러 위치성 때문이다.(Jeffrey & Colyer 2007) 테스트하는 사람의 의식 수준이 높아질수록, 그 결과는 더 정확해진다. 최상의 태도는 냉담하게 거리를 두면서 "최고선의 이름으로, ______은 진실로 측정됩니다. 100 이상입니다. 200 이상입니다." 등 진술 앞에 '최고선의 이름으로' 라는 말머리를 붙여 문장을 제시하는 것이다. '최고선 안에서'라고 맥락화를 하면 개인적 이해와 동기를 초월하기 때문에 정확도가 높아진다.

오랜 세월 동안, 근육 테스트는 경락 체계나 면역 체계의 국소적 반응으로 간주되었다. 하지만 이후의 연구를 통해 그 반응은 결코 신체의 국소적 반응이 아니라 오히려 어떤 물질의 에너지나 상태에 대한 의식 자체의 전반적 반응이라는 사실이 밝혀졌다. 진실하고 유익한 것, 혹은 생명을 존중하는 것에 대해서는 의식의 비개인적 영역에서 비롯되는 긍정적 반응을 보인다. 의식의 비개인적 영역은 모든 사람에게 존재한다. 이 긍정적 반응은 신체의 근육계가 강해짐으로써 나타난다. 또한 (거짓에는 두 눈이 팽창하고 진실에는 수축하는) 동공 반응과 자기공명영상에서 드러나듯 뇌 기능에도 변화가 생긴다.(편의상, 대개 삼각근이 지표 근육으로 가장 많이 활용되지만 신체의 어떠한 근육이라도 활용할 수 있다.)

(평서문 형태로 된) 질문을 제시하기 전에, 반드시 '허락'을 구하는 단서를 먼저 붙여야 한다.

다시 말해, "나는, 내가 지금 마음에 품고 있는 것에 대해 질문할 허락을 받습니다."라고 말하고, "그렇다/아니다"라고 말하라. 혹은 "이 측정은 최고선에 기여합니다."라고 진술하라.

만약 진술이 거짓이거나 물질이 해롭다면, 근육은 "저항하세요."라는 명령에 반응하여 즉각 약해진다. 이는 그 자극이 부정적이며, 진실하지 않고, 생명에 해롭거나, 그 대답이 '아니다'임을 나타낸다. 그 반응은 빠르게 일어나며 지속 시간도 짧다. 그런 다음, 신체는 빠르게 회복하여 본래의 정상적인 근육 긴장 상태로 돌아간다.

테스트를 하는 방법은 세 가지다. 매우 일반적으로 연구에 활용되면서 방법에는 테스트 시행자와 피험자가 필요하다. 테스트 환경은 배경 음악 없이 조용할수록 더 좋다. 피험자는 눈을 감는다. *테스트 시행자는 '질문'을 반드시 평서문의 형태로 표현해야 한다.* 그다음, 그 진술은 근육 반응에 의해 '그렇다'나 '아니다'로 대답할 수 있다. 가령, "이것은 건강한 말입니까?"처럼 의문문으로 말한다면 정확하지 않은 형태다. *정확한* 형태는 "이 말은 건강합니다."나 그 반대 진술인 '이 말은 아픕니다."처럼 평서문이어야 한다.

테스트 시행자는 이렇게 진술한 다음, 피험자에게 "저항하세요."라고 말한다. 이때, 피험자는 바닥과 평행을 이루도록 팔을 쭉 뻗은 상태로 서 있다. 테스트 시행자는 두 개의 손가락으로 경미한 압력을 넣으면서 그 팔의 손목 위를 재빨리 누른다. 피험자의 팔은 강한 상태를 유지하거나, 약해지거나 둘 중 하나로 반응할 것이다. 강해지면 '그렇다'를 뜻하고, 약해지면 '그렇지 않다(아니다)'를 뜻한다. 그 반응은 짧고 즉각적이다.

두 번째 방법은 '오링' 방식으로 혼자 할 수 있는 것이다. 한쪽 손의 엄지와 중지를 꽉 모아서 알파벳 오ㅇ 자 형태의 고리를 만든다. 그리고 다른 손 검지를 갈고리처럼 구부려서, 꽉 모은 엄지와 중지를 떼어 내려고 애쓴다. '그렇다'와 '아니다'에 따라 그 고리의 강도는 확연한 차이를 보인다.(Rose 2001)

세 번째 방법은 가장 간단하지만, 나머지 두 개의 방법과 마찬가지로 얼마간의 연습이 필요하다. 허리 높이 정도의 탁자에서 큰 사전이나 벽돌 두어 장 정도 무거운 물건을 그냥 쓱 들어 올려 보라. 마음속에 진실로 측정되는 이미지나 참된 진술을 품고, 그런 다음에 물건을 들어 올려라. 그런 다음, 대조 작업을 위해 이번에는 마음속에 거짓으로 알려진 것을 그려 보라. 진실을 마음에 품고 있을 때는 쉽게 들 수 있지만 반대로 가짜(진실이 아닌)일 때는 들어 올리는 데 더 많은 노력이 들어간다는 사실을 명심하라. 이 결과는 나머지 두 가지 방법을 이용하여 교차 입증할 수 있다.

특정 수준 측정

긍정과 부정, 진실과 거짓, 혹은 건설적인 것과 파괴적인 것 사이를 가르는 임계점은 측정 수준 200이다.(부록 B의 의식 지도를 참고하라.) 무엇이든 200 이상이면 진실한 것으로서 피험자의 팔을 강하게 해 준다. 반면 200 이하인 거짓은 피험자의 팔을 약하게 만든다.

이미지나 진술을 포함해 과거나 현재의 무엇이든, 역사적 사건이나 인물까지도 테스트할 수 있다. 그런 내용을 반드시 말로 표현할 필요도 없다.

수치 측정

예: "라마나 마하르시 가르침은 700 이상 측정됩니다." (그렇다/아니다) 또는 "히틀러는 200 이상 측정되었습니다." (그렇다/아니다) "그가 20대일 때 200 이상 측정되었습니다." (그렇다/아니다) "그가 30대일 때 200 이상 측정되었습니다." (그렇다/아니다) "그가 40대일 때 200 이상 측정되었습니다." (그렇다/아니다) "그가 사망할 시점에 200 이상 측정되었습니다." (그렇다/아니다)

응용

근육 테스트는 미래를 예언하는 데 활용될 수 없다. 미래를 예언하는 내용이 아니라면 질문할 수 있는 것에는 한계가 없다. 의식은 시간이나 공간 내에서 아무런 한계가 없지만, 다만 사전 허락을 구하는 진술에 '아니다'라고 거부 반응이 나올 수는 있다. 현재 일어나는 사건이나 역사적 사건까지 모두 질문에 활용될 수 있다. 그 대답은 비개인적이며 테스트 시행자나 피험자의 신념 체계와 무관하다. 가령, 세포의 원형질原形質은 유해한 자극을 받으면 움츠러들고 피를 흘린다. 그런 반응은 이 물질의 특징이지 테스트 시행자와는 무관하다. 실제로 의식은 오직 진실만을 알고 있다. 진실만이 실제적 존재를 갖고 있기 때문이다. 의식은 거짓에 반응하지 않는다. 거짓은 실재상 존재를 갖고 있지 않기 때문이다. 또한 의식은 진실하지 않거나 이기적인 질문에는 정확하게 반응하지 않을 것이다.

정확히 말하면, 테스트 반응은 '켜져 있음' 아니면 '꺼져 있음' 중의 하나로 반응한다. 전기 스위치처럼 전기가 '켜져 있다'고 말하는 것이다. 반대로 '꺼져 있다'고 말할 때는 단순히 그곳에 전기가 없다는 뜻이다. 실제로 '꺼져 있음off-ness'이라는 것은 존재하지 않는다. 이것은 미묘한 진술이지만 의식의 본질을 이해하는데 매우 중요하다. 의식은 오직 진실만을 인식할 수 있다. 따라서 거짓에는 아예 반응하지 않는다. 비슷한 비유를 하자면, 거울은 거기에 비출 대상이 있을 경우에만 이미지를 반영한다. 만약 아무런 대상이 없다면 거울에 반영되는 이미지도 없다.

수준 측정하기

측정된 수준은 특정한 준거 척도에 대하여 상대적인 값이다. 부록 B의 차트 안에서 동일한 수치에 도달하려면 그 도표에 맞추어 이렇게 진술해야 한다. "1에서 1000까지 인간 의식 수준 척도에서, 600이 깨달음을 가리킨다면 이 ______은 (숫자) 이상으로 측정됩니다." 아니면 "200이 진실 수준이고 500이 사랑 수준인 의식 척도에서, 이 진술은 (구체적 숫자) 이상 측정됩니다."

일반 정보

대부분의 사람들은 진실과 거짓을 구분하고 싶어 한다. 그러므로 그 진술은 매우 구체적으로 이루어져야 한다. 이를테면 구직자가 지원하기에 '좋은' 일 같은 두루뭉술한 용어는 피하라. 어떤 식으로 '좋다'는 말인가? 월급, 근로 조건, 승진 기회, 아니면 상사의 공평무사한 태도 중 대체 어떤 요인이 좋다는 것인가?

기술의 숙련

테스트에 익숙해지고 잘 알게 되면 점진적으로 기술이 숙련된다. '올바른' 질문들이 나오기 시작하고 거의 기이하게 생각될 정도로 정확도가 높아지기도 한다. 만약 동일한 테스트 시행자와 피험자가 일정 기간 함께 작업한다면, 설령 해당 주제나 대상을 전혀 모른다 할지라도 둘 중 한 사람 혹은 둘 다 놀라운 정확도가 나올 수 있고, 어떤 구체적 질문을 해야 할지 정확히 짚어 내는 능력을 기르게 된다.

가령, 테스트 시행자가 어떤 물건을 잃어버리고 와서 이렇게 진술한다고 상상해 보자. 우선 "나는 그것을 사무실에 두고 왔다." (답: 아니다) "나는 그것을 차 안에 두었다." (답: 아니다) 이때 갑자기, 피험자는 그 물건을 거의 눈으로 '보게 되고' 이렇게 말한다.

"'화장실 문 뒤에.' 라고 물어보세요." 피험자는 말한다. "그 사물은 화장실 문 뒤에 걸려 있습니다." (답: 그렇다) 이 실제 사례에서 피험자는, 테스트 시행자가 주유하려고 잠시 멈추었다가 주유소 화장실에 재킷을 두고 왔다는 사실을 전혀 알지 못한 상황이었다.

사전 허락을 받는 한, 현재나, 과거, 어디의 어느 것에 관해서라도 어떤 정보든 얻을 수 있다.(때때로 카르마적 원인이나 알지 못하는 다른 이유 때문에 허락을 구하는 진술에 '아니다'라는 대답을 받기도 한다.) 교차 확인 작업을 함으로써 손쉽게 정확도를 확인할 수 있다. 그 기법을 배우는 사람은 누구나 이 세상의 모든 컴퓨터와 도서관 안에 보관할 수 있는 것보다 더 많은 정보를 즉각적으로 활용할 수 있다. 따라서 확실히 그 가능성은 무한하며 전망은 놀라울 따름이다.

제약

테스트 시행자와 피험자의 의식 수준이 200 이상 측정되고, 의도가 진실하고 역시 200 이상 측정될 경우에만 그 테스트는 정확하다. 다시 말해, 테스트 시행의 필수 요건은 주관적 견해가 아니라 거리를 둔 객관성과 진실과의 정렬이다. 따라서 '견해나 주장의 정당함을 주장하려고' 애쓰는 것은 테스트의 정확성을 무효화한다. 때때로 결혼한 부부들은 아직까지 밝혀지지 않은 여러 이유들 때문에 서로에게 테스트 주체가 되어 주지 못하므로, 이 경우 테스트를 하려면 제3자를 찾아야 할 것이다.

테스트에 적합한 피험자는 애정을 쏟는 사물이나 사랑하는 사람을 마음속에 품었을 때 팔이 강해지고, (두려움, 증오, 죄책감 등) 부정적 생각을 마음에 품었을 때 팔이 약해지는 사람이다.(가령, 윈스턴 처칠을 생각하면 강해지고 빈 라덴을 떠올리면 약해진다.)

간혹 적합한 피험자라고 할지라도 역설적 반응을 보일 때가 있다. 이런 반응은 '흉선 치기'를 하면 대체로 없앨 수 있다.(흉선 치기 방법은 다음과 같다. 주먹을 꽉 쥐고 가슴뼈 위를 세 번 치고, 미소를 지으며, '하-하-하'라고 소리 내라. 칠 때마다 사랑하는 사람이나 대상을 머릿속으로 그려 보라.) 그러면 일시적인 불균형이 사라질 것이다.

불균형의 원인으로는 최근에 부정적인 사람들과 함께 있었다거나, 헤비메탈 록 음악을 들었다거나, 폭력적인 텔레비전 프로그램을 보았다거나, 폭력적인 비디오 게임을 했다거나 등을 들 수 있다. 부정적인 음악 에너지는 음악이 끝나고 최장 30분까지 신체의 에너지 체계에 해로운 영향을 끼친다. 텔레비전 광고나 배경음악도 부정적 에너지를 불러오는 아주 흔한 원인이다.

앞서 언급했듯이, 진실과 거짓을 분간하고 진실 수준을 측정하는 이 방법에는 엄격한 요건들이 있다. 그 제약 때문에, 앞선 저서들에서 곧바로 참고할 수 있도록 여러 측정된 수준을 제공했고, 특히 『진실 대 거짓』에서는 종합적으로 나열하였다.

설명

근육-강도 테스트는 개인적 견해나 믿음과 무관하며, 의식의 에너지 장에 대한 비개인적 반응이다. 이는 세포 원형질이 비개인적 반응을 보이는 것과 같다. 이 점은 진술을 말로 표현하건, 마음속에 조용히 간직하건 상관없이 테스트 반응은 동일하다는 관찰을 통해서 증명될 수 있다. 하물며 피험자는 질문의 대상이 무엇인지 모르기 때문에, 그 질문에 영향을 받지 않는다고 말할 수 있다. 이를 증명하려면 다음과 같이 해 보라.

테스트 시행자는 피험자가 모르는 어떤 이미지를 마음속에 품고 이렇게 진술한다. "내가 마음에 품고 있는 이미지는 긍정적이다.(내가 마음에 품고 있는 이미지는 진실이다. 또는, 내가 마음에 품고 있는 이미지는 200 이상 측정된다.)" 지시를 하는 순간, 피험자는 손목을 내리 누르는 압력에 저항한다. 만약 테스트 시행자가 링컨이나 예수 그리스도, 마더 테레사 등 긍정적 이미지를 마음에 품고 있다면, 피험자의 팔 근육은 강해질 것이다. 만약 테스트 시행자가 거짓 진술이나 히틀러, 빈 라덴 등 부정적 이미지를 마음에 품는다면, 피험자의 팔은 약해질 것이다. 피험자는 테스트 시행자가 마음에 무엇을 품었는지 모르기 때문에, 그 결과는 개인적 믿음에 영향받지 않는다.

자격 상실

무신론뿐 아니라 회의론(160)과 냉소주의도 부정적 편견이나 선입견을 반영하기 때문에 의식 수준 200 이하로 측정된다. 이와 반대로, 참된 질문을 하려면 지적 허영심 없이 열린 마음과 정직함이 꼭 필요하다. 테스트 방법에 대한 부정적 연구도 모두 200 이하로 측정되며(보통 160으로 측정된다.) 이는 그 연구자들도 마찬가지다.

유명한 교수들조차 의식 수준 200 이하로 측정될 수 있고 실제 그렇게 측정된다는 사실이 보통 사람들에게 놀랍게 느껴질 수 있다. 부정적 연구는 부정적 편견의 결과다. 한 가지 예로, DNA의 이중 나선형 구조 발견으로 이어졌던 프랜시스 크릭의 연구 설계는 의식 수준 440으로 측정되었다. 하지만 의식이 그저 뉴런 활동의 산물에 불과하다는 가설을 증명하려고 했던 그의 마지막 연구 설계는 겨우 135로 측정되었다.(그는 무신론자였다.)

연구 당사자나 잘못된 연구 설계가 의식 수준 200 이하로 측정되는 (실은 둘 다 대략 160으로 측정되는) 이 연구자들의 실패를 통해, 오히려 그들이 반박하려는 방법론의 진실성이 재확인된다. 그들은 부정적 결과를 '얻어 내야 했고', 실제로 그런 결과를 도출하였다. 그런데 이는 역설적으로 편견 없는 진실성과 비진실성 사이의 차이를 탐지하는 의식 측정 테스트의 정확도를 입증한다.

무엇이든 새로운 발견은 기존의 판을 뒤엎을 수 있기 때문에, 현재 지배적 신념 체계에는 일종의 위협으로 보일 수 있다. 의식 연구가 영적 실재를 확증한다는 사실은 당연히 저항을 촉발할 것이다. 사실상 의식 연구가 에고 자체의 나르시시즘적 핵심에 직접적인 저항이 되기 때문이다. 에고는 본래 독선적이며 강한 자기 고집을 타고났다.

의식 수준 200 이하에서는 낮은 정신이 지배하기 때문에 이해력에 한계가 있다. 낮은 정신은 사실을 인식할 수 있지만 아직 '진실'이라는 용어가 뜻하는 바를 파악할 수 없고(즉 *내부 실체*와 *외부*

*실체*를 혼동한다.) 진실은 거짓과 전혀 다른 생리학적 반응으로 이어진다는 사실도 알아차리지 못한다. 게다가 진실은 직관적으로 알아차리는 것이다. 이는 음성 분석, 신체 언어 연구, 동공 반응, 뇌전도 변화, 호흡과 혈압 변동, 전류 피부 반응, 수맥 찾기, 오라가 몸에서 뻗는 거리를 측정하는 후나 기법 등을 활용함으로써 입증된다. 어떤 사람들은 자신의 서 있는 몸을 일종의 추처럼 활용하는 매우 간단한 기법을 쓴다.(즉 진실을 만나면 앞으로 넘어지고 거짓을 만나면 뒤로 넘어진다.)

맥락화가 좀 더 높아진 상태에서 지배적 원리를 말하자면, 진실은 거짓으로써 반박될 수 없다는 것이다. 이는 빛이 어둠으로써 반박될 수 없는 것과 같은 원리다. 비선형적인 것은 선형적인 것의 한계에 종속되지 않는다. 진실은 논리와 전혀 다른 패러다임을 갖고 있다. 따라서 진실은 '입증할 수' 없는 것이다. 입증할 수 있는 것은 불과 400대로 측정될 뿐이다. 의식 연구 방법론은 600 수준에서 작동하며, 이 수치는 선형적 범위와 비선형적 범위의 접점에 있다.

불일치

측정 수치는 매우 다양한 이유로 시간에 따라서나 연구자들에 따라 달라질 수 있다.

1. 상황, 사람, 정치, 정책, 그리고 태도는 시간에 따라 변한다.
2. 사람들은 마음에 무언가를 품을 때, 시각, 촉각, 청각, 촉각 등 서

로 다른 감각 양식을 활용하는 경향이 있다. 이를테면 '당신의 어머니'는 눈으로 보고, 피부로 느끼고, 소리로 들리는 방식 등으로 존재할 수 있다. 가령, 헨리 포드는 아버지로서, 기업가로서, 그가 미국에 끼친 영향에 대해서, 그의 반유대주의에 대해서 등 다양한 차원으로 측정할 수 있다.

3. 정확도는 의식 수준에 따라 증가한다.(400대 이상이 가장 정확하다.) 연구자는 맥락을 구체적으로 정하고 현재의 지배적 양식을 고수할 수 있다. 동일한 기법을 사용하는 동일한 팀은 내부적으로 일관된 결과를 얻을 것이다. 연습을 하면서 숙련된 지식과 기술이 발전한다. 하지만 과학적이면서 거리를 두는 태도가 되지 않아 객관적으로 행할 수 없는 사람들도 있다. 그런 사람들에게 이 테스트 방법은 정확하지 않을 것이다. 개인적 견해와 그 견해를 '옳다'고 증명하려고 애쓰는 것보다 진실에 대한 헌신과 의도에 우선권을 주어야 한다.

주의사항

의식 측정 기술이 의식 수준 200 미만으로 측정되는 사람들에게는 통하지 않는다는 사실은 일찍이 발견되었다. 그런데 최근에 와서 테스트를 시행하는 사람들이 무신론자일 경우에도 통하지 않는다는 사실이 새롭게 발견되었다. 이 점은, 단순히 무신론이 200 이하로 측정된다는 사실 때문일 수도 있고, 증오가 사랑을 부인하듯이 진실이나 신성(전지전능함)을 부정하면 그 당사자는 카르마적으로 자격이 되지 않는다는 사실 때문일 수도 있다.

또한 최근에 들어와 테스트 주체들의 의식 수준이 더 높을수록, 정확한 의식 측정 테스트에 필요한 능력도 증가한다는 사실도 발견되었다. 그 결과, 400대 이상 범위에 있는 사람들이 가장 신뢰할 수 있는 정확한 테스트 결과를 얻는다.(Jeffrey & Colyer 2007)

| 부록 D - 참고문헌 |

Ablow, K. 2007. "Life as Scripted Role of Narcissism." CNN: Glenn Beck Show, 30 May. Interview.

Ackerman, S. 2006. Hard Science, Hard Choices: Facts, Ethics, and Policies Guiding Brain Science Today. New York: Dana Press.

Adler, M. 1980. How to Think About God: A Guide for the 20th-Century Pagan. New York: Collier Books. Reprint.

Adorno, T. W., et al. 1950. The Authoritarian Personality. New York: Harper.

Agin, D. 2006. Junk Science: How Politicians, Corporations, and Other Hucksters Betray Us. New York: Thomas Dunne Books.

A History of God. 2007. History Channel television series, two hours. (Emergence of monotheism in ancient Egypt, which, down through the centuries, changed views of the nature of Divinity.)

Ahkter, S. 1997. "Perspective: Exdefender of the Faith." Times Higher Education Supplement, 22 August. Via www.rei.org/books.

Ahmadinejad, M. and L. Bollinger. 2007. Various newspaper and television reports. 24 September. (Columbia University's sponsorship of president of Iran with commentary by university president Lee Bollinger, plus all-day news discussions.)

Ali, S. H. 2007. Infidel. New York: Free Press. (Author of Submission, member of Dutch Parliament.)

"Allah Kill All the Jews and Americans and Israel: Annihilate Them and All Their Allies." 2007. Palestinian Authorized Broadcast, 22 April. (Contradicts supposition of Islam as religion of peace. Disparity noted by A. Thomas, LA Times Syndicate, 1 May.)

Allen, C. 2007. "Death by Political Correctness: Who Killed Antioch College?" weekly standard, 12 November. (Destruction of academia in general and Antioch College specifically.)

——. 2007. "Duke's Tenured Vigilantes." weekly Standard, 29 January. (88 professors make "postmodern" fools of themselves over fallacious rape charges and D.A. Nifong's resignation and case dismissal; disintegration of academia: race, gender, class bias.)

——. 2006. "Liberal Christianity is Paying for Its Sins." LATimes.com. 14 July. (Episcopal church declining due to its leftist policies.)

Alltucker, K. 2006. "Mayo Clinic Nets Deal for Research." Arizona Republic, 29 November. (Research is big business.)

Amoroso, R. 1998. "An Introduction to Noetic Field Theory:The Quantization of Mind." Science and primacy of consciusness. Orinda, CA: Noetic Press.

——. 1997. "Consciousness, A Radical Definition: The Hard Problem Made Easy." Noetic Journal 1:1, 19.

Anani, Z. 2006. "Lebanese terrorists trained to hate Jews and Christians from teenage for Militia fighters: never retreat." Fox News, 15 July.

Anderson, P. 1998. The Origins of Postmodernity. London: Verso. (Postmodernism and a déclassé bourgeoisie 'force field'. The demise of tradition.)

Andresen, J. and R. Forman, Eds. 2000. "Cognitive Models and Spiritual Maps." Charlottesville, VA: Philosophy Documentation Center.

Anscombe, G. 1958. "Modem Moral Philosophy." Philosophy 33.

Applebaum, P. 2007. "The New Lie Detectors: Neuroscience, Deception, and the Courts." Psychiatric Services 58:4, April.

Aquinas, St. T. (1912) 2006. Review in Catholic Encyclopedia. http://www.newadvent.org/cathen/14663b.htm

——. (1485) 1981. Summa Theologica. (trans. by Fathers of the English Dominican Province). Christian Classics Library (on line).

Arehart-Treichel, J. 2006. "Psychiatrists Explore Harnessing Power of Spirituality. Search for Link Between Religion, Illness." Psychiatric News 41:13, July.

——. 2004. "Why Are We Taken in by Duplicity?" Psychiatric News, 19 March.

Aristotle (330 B.C.) 1952. "Logic on Sophistical Refutation" in Great Books of the Western World. Chicago: Encyclopedia Britannica.

——. 1952. "Categories" and "Metaphysics" in Great Books of the Western World. Chicago: Encyclopedia Britannica.

——. 1962. The Nichemacbeon Ethics. New York: Prentice Hall.

Arnn, L. P. 2005 "Constitution, Character, and National Identity." Heritage Letters, July. Washington, DC: Heritage Foundation.

Arum, R. 2003. Judging School Discipline: The Crisis of Moral Authority. Cambridge, MA: Harvard University Press.

Austin, P. 2007. "Signs of the Times: Why So Much Medical Research is Rot." Economist, 22 February. (In report to the ameracan Association for the Advancement of Science meeting in Toronto, author urges doctors to use valid, relevant statistics.)

——. 2007. Presentation to American Association for Advancement of Science, Toronto. Economist, 22 February. (Statistical correlation does not indicate causality.)

Ayala, F. J. 2006. "The Plausibility of Life: Resolving Darwin's Dilemma." (Review) Science and Theology News, April.

Baer, R. 2007. "Radical Islam: Terror in Its Own Words." Fox News Special, 3 February.

Baker, M., S. Alexier, and F. Gaffney. 2007. Islam vs. Islamists. ABG film produced for PBS "America at the Crossroads" series, but then rejected and shown instead on Fox News, 24 July (At issue is free speech being suppressed by public-tax-supported PBS.)

Barnes, F. 2006. "How to Speak Liberal." Weekly Standard 11:45,14 August. (Linguistic obfuscation of issues via relabeling and shift of terminology.

Barr, S. 2003. Modern Physics and Ancient Faith. Chicago: University of Notre Dame Press.

Bartel, J. 2006. "The Fear Factor." Weapons and Tactics. Las Vegas: Personal Defense Group.

——. 1999. Detecting Liars. Las Vegas: Personal Defense Group.

"Battle for Turkey's Soul, The."(Editor) 2007. Economist, 5 May. (Battle for dominance between secular democracy and militant Muslim fundamentalism.)

Bauer, H. 2007. "Science: Past, Present, and Future Journal of Scientific Exploration 21:1. (Newtonian physics not suitable for biological phenomena.)

——. 2006. "The Two-edged Sword of Skepticism: Occam's Rajor and Occam's Lobotomy." Journal of Scientific Exploration 20:3. (Useful vs. negative uses.)

Beardsley, M. 1960. European Philosophers from Descartes to Nietzsche. New York: Modern Library.

Beauchamp, T. 1992. Philosophical Ethics: An Introduction to Moral Philosophy. 2nd ed. New York: McGraw-Hill Professional Publishing.

Beck, G. 2007. Commentary on Hamas TV's Mickey Mouse "hate" cartoon, CNN News, April.

——. 2006. "Islamic Triumphalism." CNN News, 15 November. (Indoctrination of children by hatred.)

——. 2006. "Public Still Unaware of Real Basis of Terrorism Threat." CNN News, 23 August.

——. 2006. "Media execs agree that TV purposely exploits children." CNN News, 7 June.

Becker, J. 2007. Boulder, CO, High School Conference. Fox News, 29 May. (Told students to "do drugs and have sex, do Ecstasy and have sex without condoms.")

Becker, P. 2007. "Conversations on Higher Consciousness: Dr. David Hawkins." Interview. Four Corners, June-July. (Autonomy and spontaneity of evolutionary creation and human experiencing.)

Begley, S. 2004. "Scans of Monks' Brains Show Meditation Alters Structure and Functioning." Science Journal, 5 November. (Proceedings of National Academy of Science.)

Behrens, J. 2004. "Let's Stop Dissing Each Other: Public Rudeness." Elks Magazine, March.

Bekelman, J., Y. Li, and C. P. Gross. 2003. "Impact of Financial Interest in Research Outcome." JAMA 289, 454-65.

Belsey, C. 2002. Post-Structuralism. New York: Oxford University Press.

Benedict, Pope, XVI (Joseph Cardinal Ratzinger). 2006. Without Roots: the West, Relativism, Christianity, Islam. New york: Basic Books.

Bennett, B. 2007. "More Drugs, Fewer Narcs." Time, 22 January. (Taliban financed by Afghanistan bumper opium crop; 670 tons of heroin.)

Bennett, W. 2006. America: The Last Best Hope (From the Age of Discovery to a World at War). New York: Nelson Current.

Benoit, H. 1990. Zen and the Psychology of Transformation: The Supreme Doctrine. Rochester, VT: Inner Traditions.

Bensen, M. 2007. "Officials Vow Security Probe at Palo Verde." Arizona Republic, 22 April. (At country's largest nuclear plant, employee Mohammad Alari, Iranian engineer, took secret plans to Iran; officials dumbfounded.)

Berger, G. 2004. "Why Church Matters." U.S. News&World Report. 14 June.

Bernstein, R.J. 1991. The New Constellation: Ethical-Political Horizons of Modernity/Postmodernity. Cambridge, MA: MIT Press.

Bhikkhu, T. 2006. "Faith in Awakening." Tricycle, Summer. (Faith and empiricism.)

Bierman, D. 2003. "Does Consciousness Collapse the Wave Function?" Quantum Mind Proceedings. University of Arizona, 15-19 March. (Nonlocality of brain function at 300-400 m/sec delay of conscious awareness from stimulus to its detection [as per Libet]).

Bird, S. 2006. "Ethics and the Brain." Science and Spirit, July-August.

Bohm, D. 1990. "A New Theory of the Relationship of Mind to Matter." Philosophy Psychology 3, 271-286.

——. (1980). 2002. Wholeness and the Implicate Order. London: Routledge.

Borenstein, S. 2007. "Global Warming Report(UN)." Arizona Republic, 7 February. (Scientists report stirs politicized debate. [Report calibrates at 195.])

Boston, A. 2005. The Legacy of Jihad: Holy War and the Fate of Non-Muslims. Amherst, NY: Prometheus Books. (Islamic history.)

Branson, R. 2006. "British Mogul Pledges $3 Billion to Fight Global Warming." Associated Press, 20 September. (Clinton Global Initiative.)

Braxton, D. 2006. "Naturalizing Transcendence in the New Cosmologies of Emergence." Zygon 41:2, 347. June.

"Bring Back Decency." Arizona Republic, 13 September. (moveon.org venomous fringe politics and unprincipled malevolence.)

Bristow, D., G. Rees, et al. 2005. "Brain Suppresses Awareness of Blinking." University College, London, Institute of Neurology. Published in Current Biology, 25 July.

"Britain's Restive Muslims." 2007. (Editor) Week, 4 May. (Lack of assimilation and social conflict.)

Bronowsky, J. 1974. The Ascent of Man, New York: Little, Brown and Co.

Brookhiser, R. 2007. "Matter sof Morality." Time, 6 August. (Conflict between science and religion endemic historically in the U.S. In the Leopold and Loeb case, Darrow said university was responsible for teaching Nietzsche.)

Brooks, A. 2006. Who Really Cares? New York: Basic Books. (Charity: U.S. exceeds all other countries combined.)

Brooks, D. 2007. "An Uneasy Drift to Port." New York Times, 16 January. (America is a meritocracy and therefore intrinsically unaligned ideologically with socialism as stated by sociologist S.M. Lipset.)

——. 2003. "Educated Class Rift Splits Nation: Professionals vs. Business." New York Times / Arizona Republic, 16 June.

Brooks, J. 2006. "If I Were God: Einstein and Religion. Zygon, 41:4, December.

——. 2006. "The Elephant in the Room." New York Times / Arizona Republic, 5 December. (Structure, not freedom best child develop and skills.)

Brown, H. 2007. "Why I Fired Professor Ward Churchill." Wall Street Journal, n.d. ("Nutty professor" fails due to professional faults and not "free speech" issues, which were a smokescreen.)

Bruce, T. 2003. The Death of Right and Wrong. Roseville, CA: Prima Lifestyles.

Buchanan, P. 2006. State of Emergency: The Third World Invasion and Conquest of America. New York: Thomas Dunne Books.

Budenholzer, E. 2004. "Emergence, Probability, and Reductionism." Zygon 39:2, June.

Burton, F. and S. Stewart. 2007. "Hezbollah: Signs of a Sophisticated Intelligence Apparatus. http://www.stratfor.com/weekly/hezbollah_signs_sophisticated_intelligence_apparatus. 12 December. (Stratfor terrorism report; details of "Cultural Jihad.")

Bush, G. 2007. Presidential Address, all networks, 22 August.

Butler, C. 2002. Postmodernism. New York: Oxford University Press.

Cabbage, M. 2006. "Asteroid to Threaten Earth April 13, 2036." Orlando Sentinel / Arizona Republic, 17 June.

Callinicos, A. 1989. Against Postmodernism: Marxist Critique. Hampshire, UK: Palgrave Macmillan.

Caplan, B. 2007. The Myth of the Rational Voter: Why Democracies Choose Bad Policies. Princeton: Princeton University Press. (Voters systematically favor irrational policies due to widespread ignorance of economic realities vs. false beliefs propped up by politicalizations.)

Carnup, R. 2003. The Logical Structure of the World and Pseudoproblems in Philosophy. Chicago: Open Court Publishing.

Carroll, D. 2007. "Higley Senior Questions Why Word 'God' Was Omitted from Tribute." Arizona

Republic, 17 May. (High school senior questions violation of free speech by school.)
Casatelli, C. 2006. "Study casts doubt on medicinal use of prayer." science and Theology News, May.
Chalmers, D. J. 1996. The Conscious Mind: In Search of a Fundamental Theory. New York: Oxford University Press.
Chandrasekhar, S. 1987. Truth and Beauty: Aesthetics and Motivations in Science. Chicago: University of Chicago Press.
Charen, M. 2004. Do-Gooders: How Liberals Hurt Those They Claim To Help-And The Rest Of Us. Somerset, NJ: Sentinel Publishing Co.
Chomsky, N. 2003. Hegemony or Survival. New York: Henry Holt and Co. (A "make wrong'" of U.S. for being a dominant country.)
Churchill, W. 1958. The New World: A History of the English Speaking Peoples. New York: Dodd, Mead & Co.
Clancy, M. 2007. "Conservative Episcopalian Group Leaves Parrish." Arizona Republic, 26 September. (Protest over-liberalization occurring across the United States.)
Clarke, C. 2005. Ways of Knowing: Science and Mysticism Today. Exeter, UK: Imprint Academic. (Bridging science and religion.)
Cleary,T., trans. 1993. The Flower Ornament Scripture: A Translation of the Avatamsaka Sutra. Boston: Shambhala.
Cloud, J. 2007. "Are We Failing Our Geniuses?" Time, 16 August. (Gifted students underserved as the focus and funding have been focused for the last decade on least gifted and underachievers. Very gifted children with IQs of 160 and above often socially isolated.)
Cohen, E. 2007. "Unthinkable Thoughts." A review and commentary on Fred Ikle's Annihilation from Within. Weekly Standard, 26 February. (Technology / science is a two-edged sword to civilization; progress vs. annihilation.)
Cohen, R. 2007. "Reflection of Madness." Washington Post Writers Group, 18 April. (Throughout history, psychotic political leaders have massacred multi-millions of people, similar to mad killers.)
Cole, D. 2007. "The Science of the Yellow Brick Road: Why the Risks of Curiosity Make Our Lives Better." Science and Spirit, May-June. (Curiosity leads to learning.)
Collins, F. 2006. The Language of God: A Scientist Presents Evidence for Belief. New York: Free Press.
Collinson, P. 2006. The Reformation: A History. New York: Modern Library Chronicles.
Conze, E. (trans.) 2001. Buddhist Wisdom: The Diamond Sutra and the Heart Sutra. New York: Random House/Vintage.
Cooper, D. 1978. "Moral Relativism." Midwest Studies in Philosophy 3, 97-108.
Cosby, B. 2005-2006. "Personal Responsibility." Lectures on all news channels.
Coyne, G. 2004. (Director of Vatican Observatory.) "God Could Create an Evolutionary World Just as He Could a Static One." Quoted by Saylor in Science and Theology News, July/August.
Coulter, A. 2006. Godless: The Church of Liberalism. New York: Crown Forum.
——. 2006. "Are Videotaped Beheadings Covered by Geneva?" Human Events, 25 September.
——. 2003. Treason. New York: Crown Forum.
Crick, F., and C. Koch. 1990. "Towards a Neurobiological Theory of Consciousness." Seminars in Neurosciences 2, 263-275.
Cronin, M. 2006. "Conservatives Push to Counter Liberal Professors." Arizona Republic, 12 August.

(Protest academic bias.)
——. 2006. "Too Many A's, B's at Colleges?" Arizozna Republic, 1 July.
Crouch, S. 2007. "All Isn't as It Might Seem in Politics via Internet." New York Daily News n.d. (Political media distortion of visual images.)
Daly, R. 2007. "Mental Illness Not A Cause of Terrorist Acts." Psychology News, 20 July. (Motivation is the desire to be important - narcissism.)
——. 2007. "Too Few Geriatric Psychiatrists." Psychology News, 20 July. (The 1960s generation expected to have mental illness rate of 20%.)
Danielson, D. 2000. The Book of the Cosmos: Imagining the Universe from Heraclitus to Hawking, A Helix Anthology. New York: Perseus Books Group.
Daragahi, B. 2006. "Ramadan Ends in Violence." Los Angeles Times/ Arizona Republic, 23 October. (Muslim holy month a period of constant terrorism and violence.)
Darwin, C. (1874) 2000. The Descent of Man, and Selection in Relation to Sex. Boston: Adamant Media Corporation.
Davidson, R. 2004. "Transforming the Emotional Mind: Neuroscience. Dharamsala, India: Mind and Life Institute. 18-22 October.
Davies, P. C. W. 1995. About Time: Einstein's Unfinished Revolution. London: Viking.
Davis, C. 2007. "The Quantum Field Pupillary Response." n.d. (Careful study confirms earlier studies that pupillary response correlated quantum energy field response to truth/falsehood and level of consciousness. Confirms muscle-test response. The pupil reacts by dilating to falsehood, constricting to truth.)
Davis, G. 2006. Religion of Peace? Islam's War against the World. Los Angeles: World Ahead Publishing Co. (Sharia Law: House of Islam vs. House of War is essence of Islam by which the Western world is the enemy to be conquered.)
Dawkins, R. 2006. The God Delusion. New York: Houghton Mifflin. (Evolutionary psychology.)
——. 1978. The Selfish Gene. New York: Oxford University Press.
Dean, C. 2006. "Faith, Reason, God, and Other Imponderables." New York Times, 25 July.
de Chardin, T. 1975. The Future of Man. New York: Harcourt Brace.
——. 1966. Man's Place in Nature. New York: Harper.
——. 1959. The Phenomenon of Man. New York: Harper.
Dennett, D. 2006. "Forget Meme Not." Science and Theology News, May. (Defends meme hypothesis of breaking the spell.)
——. 2006. "Reverse-engineering God." Science and Theology News, May. (Religions are evolutionary and should be studied.)
——. 2006. Breaking the Spell: Religion as a Natural Phenomenon. New York: Viking Adult.
——. 1990. "Memes and the Exploitation of Imagination." Journal of Aesthetics and Art Criticism, n.d.
Dembski, W. A., ed. 1998. Mere Creation: Science, Faith, and Intelligent design. Downers Grove, IL: Intervarsity Press.
Dennett, D. 2006. Breaking the Spell: Religion as a Natural Phenomenon. New York: Viking. (An atheist intellectual viewpoint.)
——. 1991. Consciousness Explained. London: Little Brown.
Desperate Crossing: True Story of the Pilgrims and Mayflower. 2006. History Channel Documentary, 23

November.
de Tocqueville, Alexis [1835] 2000. Democracy in America. New York: Harper Perennial Modern Classics.
Diamond J. 1979. Your Body, Doesn't Lie. New York: Warner Books.
Dierker, R. 2006. The Tyranny of Tolerance: A Sitting Judge Breaks the Code of Silence to Expose the Liberal Judicial Assault. New York: Crown Forum.
Dillon, R. 2007. "Arrogance, Self-respect, and Personhood." Journal of Consciousness Studies 14, No.506, pp.101-126. (Arrogance, [narcissusm] corrupts self-respect and respect for others.)
DiLulio, J. 2006. "The New York Times vs. Religion." Weekly Standard, 23 October.
Dionne, E. J. 2007. "Questioning Salvation." Washington Post Writers Group, 7 April. (Polemics of neoatheists, such as Sam Harris and Richard Dawkins.)
Donnelly, J. 1984. "Cultural Relativism and Human Rights." Human Rights Quarterly 6, 400-419.
Donnelly, M. 2006. "Faith Boosts Cognitive Management of HIV and Cancer." Science and Theology News, May. (Study calibrates at 180.)
Dossey, L. 2005. "Global Warming: The Politicalization of Science and Michael Crichton's State of fear." Journal of Scientific Exploration 19:4.
Dowd, M. 2006. "Virtuecrats Betting Both Sides." New York Times/Arizona Republic, 6 June.
D'Souza, D. 2007. The Enemy at Home: The Cultural Left and Its Responsibility for 9·11. New York: Doubleday.
Duncker, K. 1939. "Ethical Relativity." Mind 48,39-57.
Durkheim, E. (1954) 2001. The Elementary Forms of the Religions Life. New York: Oxford University Press.
Durkin, M. 2007. "The Great Global Warming Swindle." CNN: Glenn Beck Show, 1 May. (UK: scientist debunks global warming; is of human origin.)
Dyer, W. 2004. The Power of Intention. Carlsbad, CA: Hay House.
——. 2004. "Finding Inner Peace." Unity. November.
Easterbrook, G. 2007. "Calling Evil by Its Proper Name." Cited in Week, 18 May, from original article in New Republic. (Leftist euphemisms cloud issues and thus preclude their resolution as pointed out by George Orwell. Unless we call a thing what it is, we cannot think about it clearly.)
Eccles, J. C. 1994. How the Self Controls Its Brain. New York: Springer-Verlag Telos.
Eddington, A. S. 1929. The Nature of the Physical World. Cambridge: Cambridge University Press.
Edelman, G. M. 1992. Bright Air, Brilliant Fire: On the Matter of the Mind. London: Penguin.
——. 1989. The Remembered Present: A Biological Theory of Consciousness. New York: Basic Books.
Eisenberg, E. 2003. "Religion Is not the Issue." American Republic, 21 July.
Eisenstein, C. 2005. "A State of Being is a State of Being." Journal of Scientific Exploration 19:3, Fall.
Elst, K. 2004. Wahi: The Supernatural Basis of Islam." Leuven, Belgium. 14 August. Islam propagated by artificially induced trans states, (http://koenraadelst.bharatvani. org/articles/hinduism/wahi.html
——. 2002-2003. Articles: Non-Islamic views of Islam. Kashmir Herald, Autumn-Winter.
Emerson, S. 2006. Jihad Incorporated. New York: Prometheus Books. (Current militant Islam in the U.S.; report on government investigative project.)
Emery, N. 2007. "The Horror! The Horror!" Weekly Standard 12:47, 3 September. (Ridicules Far Left's paranoia about perceiving conservation as fascist.)

Engel, A. E., P. Fries, P. Konig, et al. 1999. "Temporal Binding, Binocular Rivalry, and Consciousness." Consciousness and Cognition 8:2, 128-151.

Everly, D. 2002. "The Role of Civil Society in Shaping Character." Heritage Lectures, April.

Faherty, J. 2006. "Disproving Einstein Harder than It Looks." Arizona Republic, 16 November. (Scientist Bob Henderson writes three books and spends forty years trying to prove Einstein is stupid. [His books and theories calibrate at 190.])

Farrar, C. and C. Firth. 2002. "Experiencing Oneself ... as Being the Cause of an Action: Neural Correlates." Neuro Image 15:3, 596-603.

Farrington, C. 2006. "Peace is Anchored Through Strength." Arizona Republic, 7 November. (Letters to Editor.)

Feller, M. B. 2006. "The Mind-Body Connection." Arizona Republic, 25 July. (Positive spiritual beliefs and imaging techniques result in healing and greater happiness.)

Ferero, K. 2006. "Emergence cannot explain free will." Science and Theology, May. (The human will is not explicable nor subject to the limitation of logic/science. That it is of a different order is agreed to by Stephen Hawking, Albert Einstein, Erwin Schrödinger, and many other scientists.)

Fetzer, J. 2006. "Scholars for 9·11:Conspiracy Theory: Bush Planted Bombs in Twin Towers." Fox News, August.

Feuerbach, L. (1891) 1989. The Essence of Christianity. Amherst, NY:Prometheus Books.

Feuerstein, G. 2006. Holy Madness: Spirituality, Crazy-Wise Teachers, And Enlightenment. (Rev., expanded). Prescott, AZ: Hohm Press.

Few, B. 2003. "Cognitive Neuroscience of Consciousness." Journal of Consciousness Studies 11:2.

Finchar, T. 2006. "Faith Through Service." American Legion, November. (Critical role of military chaplains in war.)

Fischer, N. "Rereading a World of Bliss." Tricycle, Winter. (Buddha's silent transmission: the intrinsic authority of suchness.)

Flanagen, O. 1992. Consciousness Reconsidered. Cambridge, MA: The MIT Press.

Flurry, G., ed. 2007. "The Cyberspace Game of Life." Philadelphia Trumpet, April. (Internet reveals extent of dark side of human nature.)

——. 2007. "Muslim Youth More Radical." Philadelphia Trumpet, April. (Multiculturalism in Britain divisive and foments isolated radical subpopulation, especially youths.)

——. 2007. "Morality War." Philadelphia Trumpet, February. (Morality and shifting blame of power worldwide.)

Flynn, D.J. 2007. Intellectual Morons: How Ideology Makes Smart People Fall for Stupid Ideas. New York: Three Rivers Press; Reprint.

Forman, R. 2004. Grassroots Spirituality. Exeter, UK: Imprint Academic.

Frank, A. 2007. "In the Light of Truth: Science as a Spiritual Practice." Tricycle, Spring. (Science and spirituality both dedicated to discovery of essential truths.)

Fraser, R. 2006. "Lighting Islam's Fuse." Philadelphia Trumpet, Nov.-Dec. (A cell to Europe to reunite via Christianity to ward off Islamic crusade of violence.)

Freud, A. 1971. The Ego and the Mechanisms of Defense. Madison, CT: International Universities Press.

Freud, S. 1964. The Future of an Illusion. New York: Doubleday.

——. (1923) 1962. The Ego and the Id (The Standard Edition of the Complete Psychological Works of

Sigmund Freud) New York: W.W. Norton.
——. 1936. "Splitting of the Ego in the Defensive Process." International Journal of Psycho-analysis, Vol. Xvii (15).
Freud, S. and O. Pfister. 1963. Psychoanalysis and Faith: The Letters of Sigmund Freud and Oskar Pfister. New York: Basic Books.
Friedman, T. 2007. "Sure Signs of an Arab Country." New York Times, 5 March. (Blowing up children, beating women, intolerance, violence, ignorance, hatred, and repression.)
——. 2007. "Where is the Outrage?" New York Times, 26 January. (Muslim world does nothing to quell its own violence.)
Frith, C. D. 1996. "The Role of the Prefrontal Cortex in Self-consciousness: The Case of Auditory Hallucinations." Philosophical Transactions of the Royal Society: Biological Sciences, 351, 1505-1512.
Fuelner, E., and D. Wilson. 2006. Getting America Right: The True Conservative Values Our Nation Needs Today. New York: Crown Forum.
Gage, F. 2004. "Structural Changes in the Adult Brain in Response to Experience." Dharamsala, India: Mind and Life Institute. 18-22 October.
Gallagher, S. 2004. "Hermeneutics and Cognitive Sciences." Journal of Consciousness Studies 11:10.
Gallup Survey. 2006. "85% of Americans believe public morality poor and getting worse." http://poll.gallup.com (8-11 May).
Garcia, J. L. 1988. "Relativism and Moral Divergence." Metaphilosophy 19, 264-281.
Gardner, J. 2003. Biocosm: The New Scientific Theory of Evolution: Intelligent Life Is Architect of the Universe. Maui, HI: Inner Ocean Publishing.
Garfield, S. 2006. "Chavez and Chomsky: 2 of a Kind." arizona Republic, 28 September.
Garhart, M., A.M.Russell 2004. "Metaphor and Thinking in Science and Religion." Zygon 39:1.
Gazzaniga, M. 2005. The Ethical Brain. New York: Dana Press.
Gelenter, D. 2007. "Please SayThis." Weekly Standard, 22 January. (Idendifies Islams as dedicated to worship of death rather than life.)
Geller, J. 2006. "First-Person Accounts: The Importance of Being Honest." Psychiatric Services 57:5, May.
George, R. P., ed. 1997. Natural Law Theory: Contemporary Essays." Magnolia, MA: Peter Smith Publisher Inc. Reissue.
Geppart, C. 2004. "Attending to uncertainty ... an ambiguity." Psychiatric News, July.
German, M. 2007. Thinking Like Terrorist: Insights of a Former FBI Undercover Agent. Dulles,VA: Potomac Books.
Gernet, D. 2007. "Ockham's Razor and Its Improper Use." Journal of Scientific Exploration 21:1.
Ghush, B. 2007. "Why They Hate Each Other." Time, 5 March. (Major historical analysis of Islam warring factions of Sunnis and Shi'ites.)
Gibbs, N., and M. Duffy. 2007. The Preacher and the Presidents: Billy Graham in the White House. New York: Center Street.
——. 2007. "The Pastor in Chief." Time, 26 August. (Review of 50-year history.)
——. 2007. "How the Democrats Got Religion." Time, 23 July. (Democrats reach for moral majority voters.)
Gingrich, N. 2006. Rediscovering God in America: Reflections on the Role of Faith in Our Nation's

History. New York: Thomas Nelson.
——. 2006. "God and Religion in America." Fox News, 16 December. (Documentary of religion in Washington, D.C., founding fathers and presidents; cal. 480.)
Glynn, I. M. 1990. "Consciousness and Time." Nature 348,477-479.
Goblaskis, D. 2006. "When Does Humanity (humanness) Begin?" Science and Theology News. May. (According to the Muslim 'hadith', or teachings of Muhammad, the soul enters the embryo at one hundred twenty days.)
Goel, S.R 1993. Hindu Temples: What Happened to Them. Vol. II. New Delhi: Voice of India.
Goldberg, B. 2007. Crazies to the Left of Me, Wimps to the Right: How One Side Lost Its Nerve. New York: HarperCollins.
Golding, W. 2003. Lord of the Flies. 50th Anniv. Ed. New York: Perigee Trade.
Goodman, E. 2007. "Faith a Prerequisite for Office." Week, 6 April. (Only 14% of Americans would vote for an atheist for president.)
Goodman, L. 2001. In Defense of Truth: A Pluralistic Approach. Amherst, NY: Humanity Books (Prometheus).
Gopal, L., and Bursztajn. 2007. "On Skepticism and Tolerance in Psychiatry and Forensics." Psychiatric Times 24:5, April.
Goshgarian, G. 2005. What Matters in America: Reading and Writing about Contemporary Culture. New York: Longman. (Invasion of academia by political bias and decline of Harvard Law School.)
Gosse, P. H. (1857) 2003. Omphalos: The Evolution Debate, 1813-1870. New York: Routledge.
Gould, S. J. 2002. The Structure of Evolutionary Theory. New York: Belknap Press.
Grace, F. n.d. "Beyond Reason: The Certitude of the Mystic." Theology Today. Forthcoming.
Grayson, B. 2006. "Near-Death Experiences and Spirituality." Zygon 41:2, June.
Great Books of the Western World, The. 1952. Hutching, R. and M. Alden, Eds. Chicago: Encyclopedia Britannica.
Greenberg, P. 2007. "The Mob Mentality." Los Angeles Times Syndicate. 3 January.
Gregg, S. 2002. "Liberty and Moral Ecology: The Nexus of Truth Heritage Lectures, April.
Grillen, M. 2004. Can A Smart Person Believe in God? Nashville, TN: Nelson Books.
Gross, P. R. and N. Levitt. Eds. 1997. The Flight from Science and Reason. (Annals of the New York Academy of Sciences). New York: New York Academy of Science.
Grossman, C. 2007. "Episcopal Church: New Dawn." USA Today, 5 February. (Decline of church membership and split in response to modernization: appointment of woman bishop, K. Schori.)
Grossman, L., et al. 2006. "Time Person of the Year: You." Time, 168:26,25 December. (Sociocultural impact of media-inflated narcissism in mirror-cover issue.)
Guiness, O. 2001. The Great Experiment: Truth and Freedom in the American Republic. Colorado Springs, CO: Navpress Publishing Group.
——. 2000. When No One Sees: The Importance of Character in an Age of Image. Colorado Springs, CO: Navpress Publishing Group.
Gunther, M. 2006. "The Green Machine." Fortune, 7 August. (Wal-Mart to take industry lead.)
Haidt, J. 2005. The Happiness Hypothesis. New York: Perseus/Basic Books. (Learning theory. Importance of environmental structure on brain physiology.)
Hall, T. D. 2006. "Politricks: The Crusade for Democracy and An Introduction to Post-Marxian Pattern-

of-History Theory." www.whatthebleep.com/herald15/politricks.shtml
Hamburger, P. 2004. Separation of Church and State. Cambridge, MA: Harvard University Press.
Hamer, D. 2004. The God Gene: How Faith Is Hardwired Into Our Genes. New York: Doubleday.
Hansen, N. 2006."Film Questions First-Amendment Freedom." Sedona Red Rock News, 15 November. (Review of controversial film by Ewing and Grady on evangelicals and politics.)
——. "Am I Being a Rhetorical Boy?" Sedona Red Rock News, 7 December. (Manipulated new and media fluff now a substitute for real journalism.)
Hanson, V. D. 2007. "Hypocritical Islamists Join in Western Sins." Tribune Media Services/Arizona Republic, 2 August. (Social views of Islam are 7th century primitivism.)
——. 2007. "Who Really Lost in Middle East?" Tribune Media Services/Arizona Republic, 26 July. (Review of decades of miscalculations and error due to misperception.)
——. 2007. "While Oil Grips Our Economy, War on Terror Must Be Fought." Tribune Media Services/ Arizona Republic, 26 April. (Millions in Western world silenced regarding Islam by terrorism.)
——. 2006. "Radical Islam Radiates Evil." Tribune Media Services/Arizona Republic, 24 December. (Pan-Islamic terrorism.)
——. 2006. "Dark Ages Lurk in Shadows of Terrorists. Tribune Media Services/Arizona Republic, 26 October. (Current society regressing back to barbarism via Islamic beheading [violence].)
——. "America's Freedoms." Tribune Media Services/Arizona Republic, 30 July. (Progressive evolution of human civilization not a straight line but fluctuates with cycles of peace and war.)
Hardin, G. 1978. Sociobiology and Human Nature: An Interdisciplinary Critique and Defense. San Francisco: Wiley/Jossey-Bass Publishers.
Harokopos, E. 2005. "Power As the Cause of Motion and a New Foundation of Classical Mechanics." Progress in Physics 2,82-91, July.
Harrenstein, R.J. 1973. IQ in the Meritocracy. Boston: Little, Brown.
Harris, L. 2006. "Socrates or Muhammad?" Weekly Standard, 2 October. (Attack on reason in the Western civilization.)
——. 2002. "Al-Quaeda's Fantasy Theology: War Without Clausewitz." Hoover Institute, August-September. Stanford University. (Total error of not knowing your enemy.)
Harris, S. 2004. The End of Faith: Religion, Terror, and the Future of Reason. New York: WW.Norton and Co. (Criticism of religion, especially of Islam.)
Harrison, G. 1976. "Relativism and Tolerance Ethics 86,122-135.
Harrup, F. 2007. "Netroot Leftists Choke Dem's Message. Arizona Republic, 14 September, (moveon.org fiasco via New York Times ad.)
Harvey, D. 1990. The Condition of Postmodernity: Enquiry into the Origins of Cultural Change. Oxford, UK: Blackwell Publishing.
Hauser, M. D. 2006. "Basic Instinct." Science and Spirit, July-August. (Morality is hard-wired in the brain's function. There is a universal moral grammar.)
Hawking, S. 1998. A Brief History of Time. New York: Bantam Books.
——. 1993. Black Holes in Baby Universes and Other Essays. New York: Bantam Books.
Hawkins, D. R. 2008. "Advancing Spiritual Awareness" Lecture Series. Sedona, AZ: Veritas Publishing. (Six 5-hour CD/DVDs.) Spirituality, Reason and Faith (Jan..); Clear Pathway to Enlightenment (Mar.); Belief, Trust, and Credibility (June); Overcoming Doubt, Skepticism, and Disbelief (Aug.); Practical

Spirituality (Oct.); and, Freedom:Morality and Ethics (Nov.).
——. 2007a. Discovery of the Presence of God: Devotional Nonduality. Sedona. AZ: Veritas Publishing.
——. 2007b. The Discovery: Revealing the Presence of God in Your Life. (Six CD set.) Niles, IL: Nightingale-Conant.
——. 2007c. "Spiritual Reality and Modern Man" Lecture Series. Sedona, AZ: Veritas Publishing. (Nine 5-hour CD/DVDs.) God vs. Science: Limits of the Mind (Feb.); Relativism vs. Reality (April); What is "Real?" (June); What is "Truth?" (July); The Human Dilemma (Aug.); Review of the Work (Sept.); Creation vs. Evolution (Oct.); Spiritual Survival: Realization of Reality (Nov.); and, Experiential Reality: the Mystic (Dec.)
——. 2006a. Transcending the Levels of Consciousness. Sedona. AZ: Veritas Publishing.
——. 2006b. "Transcending the Levels of Consciousness" Lecture Series. Sedona, AZ: Veritas Publishing. (Six 5-hour CD/DVDs.) Experiential Reality (Feb.); Perception vs. Essence (April); Spiritual Truth vs. Spiritual Fantasy (June); Reason vs. Truth (Aug.); Spiritual Practice and Daily Life (Oct.); and, Is the Miraculous Real? (Dec.)
——. 2006c. Truth vs. Falsehood. (Six CD Set.) Niles, IL: Nightingale-Conant.
——. 2006d. "Paradigm Blindness: Academic vs. Clinical Medicine." Journal of Orthomolecular Medicine, 21:4,4 November.
——. 2005a. Truth vs. Falsehood: How to Tell the Difference. Toronto: Axial Publishing.
——. 2005b. "Devotional Nonduality" Lecture Series. Sedona, AZ: Veritas Publishing. (Eleven 5-hour CD/DVDs.) Vision (February); Alignment (April); Intention (May); Transcending Barriers (June); Conviction (July); Serenity (August); Transcending Obstacles (Sept.); Spiritual Traps (October); Valid Teachers/Teachings (Nov.); and, God, Religion & Spirituality (Dec.)
——. 2005c. The Highest Level of Enlightenment. (Six CD Set). Niles IL: Nightingale-Conant.
——. 2004a."The Science of Peace." Awakened World, J.A. G.N.T., 6:3.
——. 2004b. "Nonduality: Consciousness Research and the Truth of the Buddha." Rourkee, India: Indian Institute of Technology.
——. 2004c. "The Impact of Spontaneous Spiritual Experiences in the Life of 'Ordinary' Persons." Watkins Review, 7.
——. 2004d. "Transcending the Mind" Lecture Series. Sedona, AZ: Veritas Publishing. (Six 5-hour CD/DVDs.) Thought and Ideation (Feb.); Emotions and Sensations (April); Perception and Positionality (June); Identification and Illusion (August); Witnessing and Observing(Oct.); and The Ego and the Self (Dec.).
——. 2004e. The Highest Level of Enlightenment. Chicago: Nightingale-Conant Corp. (CD, Audiocassettes).
——. 2003a. I: Reality and Subjectivity. Sedona, AZ: Veritas Publishing.
——. 2003b. "Devotional Nonduality" Lecture Series. Sedona, AZ: Veritas Publishing. (Six 5-hour CD/DVDs.) Integration of Spirituality and Personal Life (Feb.); Spirituality and the World (April); Spiritual Community (June), Enlightenment (August); Realization of the Self as the "I" (Nov.); and, Dialogue, Questions and Answers (Dec.).
——. 2002a. Power versus Force: An Anatomy of Consciousness. (Rev.). Carlsbad, CA, Brighton-le-Sands, Australia: Hay House.
——. 2002b. "The Pathway to God" Lecture Series. Sedona, AZ: Veritas Publishing. (Twelve 5-hour

CD/DVDs) 1. Causality: The Ego's Foundation; 2. Radical Subjectivity: The I of Self'; 3. Levels of Consciousness: Subjective and Social Consequences; 4. Positionality and Duality: Transcending the Opposites; 5. Perception and Illusion: the Distortions of Reality; 6. Realizing the Root of Consciousness: Meditative and Contemplative Techniques; 7. The Nature of Divinity: Undoing Religious Fallacies; 8. Advaita: The Way to God Through Mind; 9. Devotion: The Way to God Through the Heart; 10. Karma and the Afterlife; 11. God Transcendent and Immanent, and Immanent; and, 12. Realization of the Self: The Final Moments.

——. 2001. The Eye of the I: From Which Nothing Is Hidden. Sedona, AZ: Veritas Publishing.

——. 2000. Consciousness Workshop. Prescott, AZ Sedona, AZ: Veritas Publishing. (CD/DVD)

——. 2000. Consciousness and A Course in Miracles. (California.) Sedona, AZ: Veritas Publishing. (CD)

——. 2000. Consciousness and Spiritual Inquiry: Address to the Tao Fellowship. Sedona, AZ: Veritas Publishing. (CD)

——. 1997. Research on the Nature of Consciousness. Sedona, AZ: Veritas Publishing. (The Landsberg 1997 Lecture. University of California School of Medicine, San Francisco, CA)

——. 1996. "Realization of the Presence of God." Concepts. July, 17-18.

——. 1995. Power vs. Force: An Anatomy of Consciousness. Sedona, A2:Veritas Publishing.

——. 1995. Quantitative and Qualitative Analysis and Calibration of the Levels of Human Consciousness. Ann Arbor, Mich.: VMI, Bell and Howell Col.; republished 1996 by Veritas Publishing, Sedona,AZ

——. 1995. Power Versus Force; Consciousness and Addiction; Advanced States of Consciousness: The Realization of the Presence of God; Consciousness: How to Tell the Truth About Anything, and Undoing the Barriers to Spiritual Progress. Sedona, A2: Veritas Publishing. (CD/DVDs.)

——. 1987. Sedona Lecture Series: Drug Addiction and Alcoholism; A Map of Consciousness; Cancer; AIDS; and Death and Dying. Sedona, AZ: Veritas Publishing. (CDs, DVDs.)

——. 1986. Office Series: Stress; Health; Spiritual First Aid; Sexuality; The Aging Process; Handling Major Crisis; Worry, Fear and Anxiety; Pain and Suffering; Losing Weight; Depression; Illness and Self-Healing; and Alcoholism. Sedona, AZ: Veritas Publishing.(CDs/DVDs.)

——. 1985. "Consciousness and Addiction" in Beyond Addictions, Beyond Boundaries. S. Burton and L. Kiley. San Mateo, CA: Brookridge Institute.

Hawkins, D. R., and L. Pauling.1973. Orthomolecular Psychiatry. New York: W. H. Freeman and Co.

Hayakawa, S. 1971. Our Language and Our World; Selections from Etc.: A Review of General Semantics, 1953-1958. New York: Harper Collins.

Hayward, S. F. 2005. Greatness: Reagan, Churchill, and the Making of Extraordinary Leaders. New York: Crown Forum/Random House.

Hazlitt, W. (1945) 2004. The Spirit of the Age. Kila, MT: Kessinger Publishing.

Hefner, P. 2006. "Religion and Science: Separationness or Coinheritance?" Zygon, 11:4, December.

——. 2006. "The Mythic Grounding of Religion and Science." Zygon 41:2, June.

Heisenberg, W. 1958. Physics and Philosophy. New York: Harper.

Henderson, B. 2006. Einstein and the Emperor's New-Clothes Syndrome: The exposé of a Charlatan. Private printing. (Contact: bob.bet@cox.net. [Cal. level 90]).

——. 1972. Relativity -A Scientific Blunder. Private printing.

Henson, V. D. 2006. "America's Freedoms." Arizona Republic, 8 July. (Progressive evolution of human civilization not a straight line but fluctuates with cycles of peace and war.)

Herrnstein, R.J. 1973. IQ in the Meritocracy. Boston: Little Brown.

——. 2006. "Gods of Our Fathers." Weekly Standard. 11 December. (Founding fathers of U.S. Constitution were deists and theists; left legacy of the Enlightenment.)

Hilliker, J. 2006. "Sickness in Britain's Heart: How, via Relativism and Moral Decline Britain Learned to Hate Itself." Philadelphia Trumpet, Nov.-Dec. (British passivity to Islamic extremists.)

Hirsch, E.,J. Katt, et al. 1988. The Dictionary of Cultural Literacy. Boston: Houghton Mifflin Co.

Hitchens, C. 2005. Thomas Jefferson: Author of America. New York: Eminent Lives/HarperCollins.

Hofstadter, R. 1959. Social Darwinism in American Thought. Boston: Beacon Press.

Holding, R. 2007. "Speaking Up for Themselves." Time, 21 May. (Schools harassed by lawsuits for attempts to set limits and maintain order.)

Holloway, C. 2006. "Losing Our Religion." Science and Theology News. July/August (Failure of Darwinism to provide morality to replace religion.)

Horowitz, D. 2007. Indoctrination U: The Left's War Against Academic Freedom. New York: Encounter Books. (Brainwashing of Students by Academia.)

——. 2006. The Professors: The 101 Most Dangerous Academics in America. Washington, DC: Regnery Publishing. (Postmodern elitism.)

——. 2004. Unholy Alliance: Radical Islam and the American Left. Washington, DC: Regnery Publishers.

Hostetler, B. 2006. American Idols: The Worship of the American Dream. Nashville, TN: B and H Publishing Group. (Media seduction.)

Hubbard, T. 2007. "Mental Representation: How Does It Relate to Consciousness?" Journal of Consciousness Studies 14:1-20,37-66.

"Human Rights: Stand Up for Your Rights." (Editor). 2007. Economist, 24 March. (Amnesty Internet losing clout due to overreaching definitive from so-called "rights" to Socialism.)

Hunt, H. 2006. "The Truth Value of Mystical Experience." Journal of Consciousness Studies, 13:12 December. (Intellectual discourse of mystical states: philosophies; cal 435.)

Huxley, A. (1945) 2004. The Perennial Philosophy. New York: Harper Perennial Modern Classics.

Huxley, T. H. 1894. Evolution and Ethics and Other Essays. London: MacMillan.

Ignatius, D. 2006. "A Long War? Maybe not. Unless we add new fuel, the fires of hate will burn out." Washington Post Writers Group/Arizona Republic,14 September. (Jihad just a passing fad.)

Illes, J. ed. 2005. Neuroethics: Defining the Issues in Theory, Practice, and Policy. New York: Oxford University Press. (Correlation with neuro-physiology.)

Imam Training Video. 2007. Fox News, 3 November. (How to beat your wife.)

"In the Beginning." 2007 (Editor). Economist, 21 April. (Debate on creation versus evolution now global.)

"In the World of Good and Evil." 2006. (Editorial.) Economist. 16 September. (Influence of religion in U.S. politics and foreign. policy.)

Issacson, W. 2007. Einstein: His Life and Universe. (Book review.) Time, 16 April.

Jacoby, S. 2004. Freethinkers: A History of American Secularism. New York: Metropolitan Books.

Jahnake, A. 2007. "Snide Bloggerspeak Loaded with Rude, Cowardly Words." Arizona Republic, 16

August. (Sees decline as tragic.)
James, W. [1802] 1999. The Varieties of Religious Experience. A Study in Human Nature. New York: Modern Library.
Jaoudi, M. 1999. Christian Mysticism East - West. Costa Mesa, CA: Paulist Press.
Jarman, M. 2007. "Human Effort Beats Computers." Arizona Republic, 16 November. (Honeywell Corp. discovers brain monitors sensory input faster than can computers.)
"Jean Baudrillard." 2007. (Obituary.) Economist, 17 March. (Leftist French philosopher died at age 77. He wrote of symbolism and consumer society; book calibrates at 475.Very anti the U.S. as imperialist who deserved 9·11.)
Jeffrey, S., and A. Colyer. 2007. "Accuracy of Consciousness Research Technique." http://www.consciousnessproject.org. (Graph showing accuracy rises rapidly in consciousness level of the 400s, reaches 94% by level 500, and 99% by level 600.)
Jenkins, M. 2007. "Tyranny in Universities." Philadelphia Trumpet, June. (Colleges dominated by exclusive presentations of Leftist theories and propaganda are moral relativism, Marxism, atheism, Darwinian theory. Conservatives commonly harmed and physically attacked.)
Jesser, N. A. 2007. "A Forum to Oppose Muslim Radicals." Arizona Republic, 14 August. (Struggle for dominance between Islamic politcal factions- "Islamism" vs. moderates.)
Johnson, D. 2006. "America and the America-Haters." Arizona Republic, 18 June.
Johnson, M. 2006. "Western Culture Must Regain Its Will to Survive." Human Events, 16 October.
Johnson, R.A. 1998. Balancing Heaven and Earth. San Francisco: HarperCollins.
Johnson, W., ed. 1973. The Cloud of Unknowing. New York: Doubleday.
Jung, C. 1955. Modern Man in Search of a Soul. New York: HBJ/Harvest Books.
——. 1938. Psychology and Religion. New Haven, CT: Yale University Press; Reprint edition.
Kanfer, S. 2002. "America's Dumbest Intellectual." City Journal.
Kant, I. [1781] 1999. The Critique of Pure Reason. New York: Cambridge University Press.
——. 1959. Foundation of the Metaphysics of Morals. New York: MacMillan.
Kantor, E. 2006. The Politically Incorrect Guide to English and American Literature. Washington, DC: Regnery Publishing.
Kasick, J. 2007. "Creation Museum Controversy." Fox News, 28 May. (Biblical literal interpretations vs. creationism and science.)
Kauffman, J. M. 2007. "Climate Change Reexamined." Journal of Scientific Exploration 21:4. (Claims of human-caused warming fallacious as there is no correlation between carbon dioxide levels and warming.)
Keane, D. 2007. "The Human Swarm."Time, 26 February. Letters to Editor. (Debate on global pollution/warning ignores critical factor of over-population.)
Keating, T. 1994. Open Mind, Heart: The Contemplative Dimension of the Gospel. (Reissue) New York: Continuum International Publishing Group.
Keen, A. 2007. The Cult of the Amateur: How Today's Internet is Killing Our Culture. New York: Currency.
Kelly, G. 2006. "The Power of Culture: An Exploration of Collective Transformation." Shift 12, Sept-Nov. (Societal problems the result of ingrained cultural myths.)
Kenny, R. 2004. "The Science of Collective Consciousness." Enlightenment, May/June.

Kiblinger, W. 2007."Evolution and Subjectivity." Zygon 42:1, March.

King, P. (2007). U.S. Rep. (R-NY). Comments made during interviews on Hannity and Colmes (Fox News). September.

Kinsley, M. 2006."Do Newspapers Have a Future?" Time, 2 October.

Kirschnev, M. W. 2006. "Answers to Darwin's Dilemma: Molecular Versatility Facilitates Genetic Variation." Science and Theology News.

Kishner, H. 2004, 2006. Holy War on the Home Front: Secret Terror Network in the U.S. New York: Penguin.

Klein, J. 2007. "Beware the Bloggers Bile." Time, 18 June. (Fierce witless bullying by Far Left bloggers attack anyone not in lock step get savaged and ridiculed.)

Kluger, J. and C. Masters. 2006."How to Spot a Liar." Time, 28 August. (Neuroscience of lie detection.)

Kohlmann, E. 2006. "America Greases al-Qaeda Media Machine." msnbc.com, 14 July.

Kohut, A. 2007. "Pew Research Reports Most Muslims in U.S. Nonviolent." Arizona Republic, 23 May. (Small minority of youngest Islamic favor suicide bombing.)

Kohut, A., and B. Stokes. 2006. America Against the World: How We Are Different and Why We Are Disliked. New York: Times Books. (Madeline Albright, Pew Research Center's Global Attitudes Project in 50 countries.)

Kolodiejchuk, B. 2007. Mother Teresa: Come Be My Light. New York: Doubleday. Correspondence of Mother Teresa. (Inner doubt similar to St. John of the Cross's "dark night of the soul" in the first century.)

Krishna, G. (1971). Kundalini: The Evolutionary Energy in Man. Boston: Shambhala.

Krattenmaker, T. 2007. "The Bible vs. Science." USA Today, 5 February. (Creationists weaken own case by claiming earth is only 6,000 years old. Science says 4.5 billion.)

Krauthammer, C. 2007. "Europe Wimps Out Again." Washington Post Writers Group, 8 April. (Glaring failure of multinationalism, multiculturalism, U.N., E.U. and Security Council.)

Kreeft, P. 2007. Socrates, Macbiavelli, Marx, and Sartre Lectures. Ft. Collins, CO: Ignatius Press. (Philosophy.)

Kristol,W. 2007. "Lincoln's Wisdom." Time, 18 June. (Need for more patriotic surge of American society.)

Kuhn, T. 1996. The Structure of Scientific Revolution. 3rd ed. Chicago: University of Chicago Press.

Kupelian, D. 2005. The Marketing of Evil: How Radicals, Elitists, and Pseudo-Experts Sell Us Corruption Disguised As Freedom. Nashville, TN: WND Books/Cumberland House Publishing. (Corruption sold as freedom via the media.)

Kuroda, K. 2007. "Japan's Atomic Bomb." International History Channel, 10 March. (Revealed after 50 years that Japan was 30 days from bombing U.S. with nuclear bomb, before Nagasaki and Hiroshima. Revealed in 2001 after Kuroda's death.)

Kurtz, P. B., B. Karr, and R. Sandhu, Eds. 2003. Science and Religion: Are They Compatible? Amherst, NY: Prometheus Books.

Kusher, Harold. 2002. Who Needs God? New York: Simon and Schuster.

Lamsa, G. 1993. Holy Bible: From Ancient Eastern Manuscripts. New York: HarperCollins. (Translation from the Eastern church Peshitta.)

Ladd, J., ed. 2002. Ethical Relativism. Lanham, MD: University Press of America.

Lasch, C. 1991. Culture of Narcissism: American Life in an Age of Diminishing Expectations. New York: W.W. Norton and Co.

La Tulippe, S. 2006. Statism, Postmodernism, and the Death of the Western World, http://www.lewrockwell.com/latulippe/latulippe71.html

Lawrence, Brother. 2005. Practice of the Presence of God. Boston: Shambhala. Or at www.practicegodspresence.com/brother-lawrence/index.html

Leery, M. 2004. "Get Over Yourself." Psychology Today. July/August.

LeGault, M. 2006. Think!: Why Crucial Decisions Can't Be Made in the Blink of an Eye. New York: Threshold Editions/Simon & Schuster. (Cultural debate.)

Lehr, J. and F Bennett. 2003. "It's the Sun." Environmental and Climate News 6:4 May. (Earth warming not environmental but due to heat of magnetic activity of sun's surface. Polar cone drilling documentation.)

Leo, J. 2004. "When Church's Head Left." U.S. News and World Report. 18 October.

Levin,A. 2007. "Old Dogs and Humans Can Learn New Tricks." Psychology News, 20 July. (Mature brains create new neurons.)

Levin, B. 2007. "Entitlement is Narcissism." Center for Study of Hate and Extremism [Homophobia). O'Reilly Factor Fox News, 15 February.

Levin, M. and R. Limbaugh. 2005. Men in Black: How the Supreme Court Is Destroying America. Washington, DC: Regnery Publishing.

Lewis, J. 2007. "Which God?" Psychiatric Times 24:4, April. (Implications of seeing God as punitive vs. forgiving and merciful.)

Lewis, J. R. 2001. Odd Gods: New Religions and the Cult Controversy. Amherst, NY: Prometheus Books.

Lexchin, J., L. Bero, et al. 2003. "Industry Sponsorship and Research Outcome." British Medical Journal 326, 1167-70.

Libet, B. et al. 1979. "Subject Referral of the Timing for a Consciousness Sensory Experience." Brain 102, 193-224.

Lief, J. 2006. "Letting Go." Tricycle, Fall.

Limbaugh, D. 2006. Bankrupt. Washington, DC: Regnery Publishing.

Lind, K. R. 2006. "Faith, Science, and Life: Toward a Coherent Cosmology" Shift, June-August.

Lindberg, T. 2007. The Political Teachings of Jesus. New York: HarperOne.

Livestro, J. 2007. "Holland's Post-Secular Future." Weekly Standard, 1-8 January. (Rebirth of grassroots Christianity.)

Locke, R. 2001. "Deconstructing Deconstructionism." Front Page, 28 November. (Deconstructionism as merely cultural Marxism with culture instead of economics and capitalists as the oppressors.)

Lokovoc, E. 2007. "Muslim Moderates/America." Fox News, 13 July. (Spokesperson for Muslim Public Affairs Council.)

Lomperis, J. and A. Wisdom. 2006.Strange Yokefellows. Washington, DC: Institute for Religion and Democracy. (National Council of Churches are beholden to the Ford Foundation for funding; biased.)

Long, G. 2004. Relativism and the Foundation of Liberalism. Exeter, UK:: Imprint Academic.

Longer, J. 2007. "Today's Anti-War Movement Relies on Socialism and the Past."(1960s) Human Events, 5 February. (Washington protest rally.)

Lovejoy, A.O. (1936) 2005. Great Chain of Being: A Study of the History of an Idea. Cambridge: Harvard University Press (New ed.)

Loy, D. 2006. "The Second Buddha." Tricycle, Winter. (Clarification of teach of Nagarjuna and error of nihilism.)

Loy, J. "Salmon Rushdie's The Satanic Verses.' www.jimloy.com/issues/rushdie.htm. (Bomb threats, violence, international violence, and book banning.)

Luntz, F. 2006. Words that Work: It's Not What You Say, It's What People Hear. New York: Hyperion.

Lynch, A. 2006, "Thought Contagion: Islam and Jihad from a Mimetic Perspective." http://www.youmeworks.com/thoughtcontagion.

——. 1999. Thought Contagion: How Belief Spreads Through Society. New York: Basic Books.

Lynds, P. 2003. "Zeno's Paradoxes: A Timely Solution." http://philsci-archive.pitt.edu/archive/00001197.

——. 2003. "Subjective Perception of Time and a Progressive Present Moment: The Neurobiological Key to Unlocking Consciousness." http://cogprints.org/3125/

——. 2003. "Time and Classical and Quantum Mechanics: Indeterminacy vs. Discontinuity. "Foundations of Physics Letters, 16(4). (There is not any "instant" in time, nor is time a physical reality. Solution to Xeno's paradox. There is no "present moment" or determined relative position.)

Lyotard, F. (1984). The Postmodern Condition. Minneapolis: University of Minnesota Press.

MacCulloch, D. 2004. The Reformation: A History. New York: Viking Adult. (Calvinistic doctrine vs. Catholic Church.)

Macdonald, B. 2007. "Uncivil War." Philadelphia Trumpet, June. (U.S. paralyzed by political division and continuous conflict into a "house divided against itself," as stated by Abraham Lincoln.)

MacDonald, H. 2000. The Burden of Bad Ideas: How Modern Intellectuals Misshape Society. Chicago: Ivan R. Dee, Publisher.

MacEachern, D. 2007. "Social Work School Breeding Relativists; Political Ideology Clouding educational Purpose." Arizona Republic, 23 September (To get approved, colleges have to teach left-wing socialist/relativist political indoctrination.)

——. "Socialist Bent Taints Higher Education." Arizona Republic, 12 August. (Indoctrination of teachers by Far Left ideology as "social justice" now routine instead of a liberal arts education. Socialist dogma prevails.)

——. 2007. "Silencing Muslim Moderates" Arizona Republic, 10 April. (PBS drops documentary that views conflict between moderate and extremist Muslims as fundamentalist "Nation of Islam" threatens to sue.)

MacIntyre, A. 1981. After Virtue: A Study in Moral Theory. Notre Dame, IN: University of Notre Dame Press.

Mackay, C. [1841] 2003. Extraordinary Popular Delusions & the Madness of Crowds. Hampshire, UK: Harriman House.

MacMurray, J. 1991. The Self As Agent. Amherst, NY: Humanity Books (Prometheus).

Macoby, M. 2007. Narcissistic Leaders: Who Succeeds and Who Fails. Boston: Harvard Business School Press. (Applies only to business, not politics.)

Malach, R. 2006. "Perception Without a Perceiver." Journal of Consciousness Studies 13:9. (Neurological substrates.)

Malkin, M. 2006. "2006: Year of Perpetual Outrage." Human Events, 25 December. ('Religion of Peace' riots around the globe.)

——. 2006."The Reuterization of War Journalism." Human Events, 14 August. (Media bias.)

Manji, I. 2007. "Thinking Does Not Negate Islamic Faith." Arizona Republic, 15 April. (She lives her life behind bulletproof doors and windows because of threats for speaking out for a moderate, rational position.)

——. "Bringing Islam into Today's World." CNN: Glenn Beck Show, 9 February.

——. 2005. The Trouble with Islam Today: A Muslim's Call for Reform in Her Faith. New York: St. Martin's Griffin. (Attempts to reform Islam to peacefulness have resulted in her being labeled as a heretic. She also authored the documentary Faith without Fear.)

Mansfield, H. 2007. "Atheist Tracts." weekly Standard, 13 August. (Atheism fashionable as in eighteenth century France.)

——. 2006. "Democracy and Greatness."Weekly Standard, 11 December. (The value of excellence and dignity.)

Marcuse, H. 1996. Eros and Civilization: A Philosophical Inquiry into Freud. Boston: Beacon Press.

——. 1972. Counterrevolution and Revolt. Boston: Beacon Press.

——. 1964. One Dimensional Man: Studies in the Ideology of Advanced Industrial Society. Boston: Beacon Press.

Marzeles, L. F. 2007. Life for the Reality Impaired. Sedona, AZ: Purpose Publications.

Matthew, R. J. 2001. The True Path: Western Science and the Quest for Yoga. New York: Perseus Publishing. (Spirituality shifts brain dominance. Correlation of advanced physics with Vedas and Vedanta.)

Matthews, V, et al. 2006. "Short-term Effects of Violent Video Games: An MRI Study." Medical News Today, 29 November.

McLean, B. 2006. "The Power of Philanthropy." Fortune, 18 September.

McGowan, W. 2001. Coloring the News: How Crusading for Diversity Has Corrupted American Journalism. San Francisco: Encounter Books.

McGrath, A. 2006. "Breaking the Meme Fallacy." Science and Theology News, May. (Atheism of Dawkins and Dennett based on irrational meme of 'atheism', including Feuerbach, Crick, Watson, Marx, and Freud.)

Medina, J. J. 2007. "Mirroring in the Human Brain." Psychiatric News. September. (Empathy hardwired in brain neurons even in primates such as monkeys: sociological importance.)

——. 2007."Functional MRI as a Lie Detector." Psychiatric Times 24:5, April. (Brain imagery reflects truthfulness.)

——. 2006. "Attention States." Psychiatric Times, July.

Meese, E., M. Spalding, and D. Forte. 2005. The Heritage Guide to the Constitution. Washington, DC: Regnery Publishing.

Mehlman, J. D. 1997. "Uncertainties in Projections of Human-Caused Global Warming." Science 2278, 1416-17. 21 November.

Meier, B. 1998. "Judge Voids Study Linking Cancer to Secondhand Smoke." New York Times, 20 July.

Mekransky, J. 2007. "Love is All Around." Tricycle, Fall. (Recognition that love prevails and is often merely unrecognized.)

Merney, M. 204. "Experience Alterations in Gene Expression: Impact of Early Experience on Emotional Functioning." Dharamsala, India: Mind and Life Institute.18-22 October. (Nature-nurture balance.)

Menezes,J. L. 1912. The Life and Religion of Muhammad. Harrison, NY: Roman Catholic books.

Merrill, T.W. 2006. "The Village Atheist: Daniel Dennett's Answers Avoid the Big Question." Weekly Standard, 21 August. (Dennett proposes proactivism to destroy faith, spirituality, and religion.)

Merton,T. (1961) 1986. Mystics and Zen Masters. New York: Farrar Straus Giroux; Reissue.

Metzinger, T. 2000. Neural Correlates of Consciousness: Empirical and Conceptual Questions. Cambridge: MIT press.

Metzinger, T., ed. 1996. Conscious Experience. Exeter, UK: Schoningh: Imprint Academic.

Midgely, M. (1985) 2002. Evolution as a Religion. New York: Routledge.

——. 1993. The Myths We Live By. New York: Routledge.

Midkiff, T. 2008. "Preacher Thanks God for Evolution." Sedona Red Rock News, 31 January. (Rev. Michael Dowd, author of Thank God for Evolution, speaks nationally on Evolutionary Theology to resolve creationist-vs.-evolutionist controversy.)

Mikulus, W. 2007. "Buddhism and Western Psychology." Journal of Consciousness Studies 14:4,4-49.

Milgram, S. 2004. "The Perils of Obedience." http://home.swbill.not/ravseat/ perilsofobedience.html.

——. 1974. Obedience to Authority. New York: HarperCollins.

Miller, K. R. 2000. Finding Darwin's God: A Scientist's Search for Common Ground Between God and Evolution. New York: Cliff Street.

Montini, E.. 2007."From the Square Root of Our Free Speech." Arizona Republic, censured for promulgating conservative opinions.)

Moaveni, A. 2007. "Intimidation in Tehran." Time, 20 September. (Resurgence of repression of women.)

Moran, M. 2007. "Schizophrenia Scientist Comes Full Circle." Psychiatric News, 15 June. (The brain creates its own reality.)

——. 2004. "Secrets of the Social Brain." Psychiatric News, July. (Maternal/social behavior release soxytocin to the brain.)

Morgante, M. 2004. "DNA Co-Discoverer Dies." Arizona Republic, 30 July. (Scientific importance of Francis Crick.)

Morley, R. 2007. "The United Welfare States of America." Philadelphia Trumpet, October. (Big social welfare government is now a "big Mother Hen"nurturing 40-year-old children.)

——. "Return of the Slave Trade." Philadelphia Trumpet, April. (Globalization's downside.)

Morningstar, C. 1993. "How to Deconstruct Anything-My Postmodern Adventure." http://www.info.ucl.ac.be/~pvr/decon.html.

Mosly, I., ed. 2000. Dumbing Down: Culture, Politics, and the Mass Media. Exeter, UK: Imprint Academic.

Moyers, B. 2006. "On Faith and Reason." PBS-TV, 25 June.

Muhaiyaddeen, M. 2001. The Resonance of Allah. Philadelphia: The Fellowship Press.. (Exploration of the Koran by a Sufi Sheikh.)

"Muhammed." 1986. EncyclopediaBritannica. Chicago, IL.

Muktananda, S. 1979. Kundalini: The Secret of Life. New York: Syda Foundation.

Muller, R. 2006. "Willing Paranoid Delusions." Psychiatric Times, December. (Delusional systems are psychologically self-serving.)

Murakami, K. 2004. "Laughter Regulates Blood Glucose Levels and Gene Expression." Dharamsala, India: Mind and Life Institute. 18-22 October.

"Muslim Protest Group Threatens to Shoot Anyone Who Accuses Them of Being Violent." 2006. Fox News, 12 December.

"Muslims in America." 2007. Week, 8 June. (100,000 Muslims in U.S. justify violence. They are 5% of the 2.35 million Muslims in the U.S.)

Nadean, R. and M. Kafatos. 2003. The Nonlocal Universe: The New Physics and Matters of the Mind. London: Oxford University Press.

Napolitano, A. 2006. The Constitution in Exile: How the Federal Government Has Seized Power by Rewriting the Supreme Law of the Land. Nashville, TN: Nelson Current.

Nash, R. H. 1992. Word of God and Mind of Men: Crisis of Revealed Truth in Contemporary Theology. Phillipsburg, NJ: Presbyterian and Reformed Publishing Co.

Nasrin, T. 1997. "The Problem is not Islamic Fundamentalism but Islam Itself.: Fri Tanke No. 6, 22 October (Norwegian journal) via www.roiorgbooks/foxch24.htm 12/28)

Nelso, G. 2006. "Time Mag 'Person of the Year' is You!" Arizona Republic, 21 December. (Postmodern era narcissism and confusion about truth or values.)

Netanyahu, B. 2006. CNN: Glenn Beck Show, 23 November. Interview. (President of Iran plans nuclear apocalyptic disaster to precipitate the approval of the "mahdi" savior.)

Newberg, A. and M. Waldman. 2006. Why We Believe What We Believe. New York: Free Press.(Brain physiology.)

Newman, J. and A. A. Grace. 1999. "Binding across Time: The Selective Gating of Frontal and Hippocampal Systems Modulating Working Memory and Attentional States." Consciousness and Cognition 8:2, June, 196-212.

"New Wars of Religion, The." 2007. (Editorial) Economist, 3 November. (Major section on impact of religion and politics worldwide.)

Nilus, S., V. Marsdent, trans. [1897] 1997. The Protocols of the Learned Elders of Zion. (Available through http://www.amazon.com)

Nolan, K. and C. Miday. 2006. "Secondhand Smoke Dangers and Risks Emphasized." Arizona Republic, 28 June.

Nor, M. S. 2006. "Nun Who Helped Sick Killed in Somalia." Associated Press. 18 September.

Novak, M. and J. Novak. 2006. Washington's God. New York: Basic Books.

Nowicki, D. 2006. "Snobsdale in Prime Time.," Arizona Republic, 15 June. (TV show, "Tuesday Night Book Club," describedby Winnipeg Sun as "Manipulative, phony, and despicable.")

Oakley, D.A., ed. 1985. Brain and Mind, New York: Methuen.

Obsession of the Threat of Radical Islam. 2006. Fox News, 4 October. (Documentary.)

O'Kelly, G. 2005. Chasing Daylight.New York: McGraw-Hill.

Olasky, M. and J. Perry. 2005. Monkey Business: The True Story of the Scopes Trial. Nashville, TN: Broadman and Holman.

O'Murchu, D. 1997. Quantum Theology: Spiritual Implications of the New Physics. National Book Network.

Oreido, L. 2006. "Is Christian Theology Suited to Enter the Discussion between Science and Humanism?" Zygon 11:4.

O'Reilly, Warrior. New York: Broadway Books.
——. 2006. "The public information system has broken down; any rumor is reported with no basis in fact or truth." O'Reilly Factor. Fox News. (All media now discredited as well as the Internet.)
Orem, W. 2006. "Panspermia: Life from the Sky." Science arid Theology News, May. (Earthly life began four billion years ago, but life pre-exist on earth.)
Organization for Economic Cooperation and Development (OECD). 2006. (U.S.Aid as compared to foreign countries.) http://www.oecd.org/
Orloff, J. 2004. Positive Energy. New York: Harmony Books (Random House).
Orwell, G. 1949.1984. London: Secker and Warburg.
Osario, S. 2007. "Fashion Victims." CNN: Glenn Beck Show, 29 March. (President of NOW deplores media sensationalism of gruesome murder scenes of scantily clad seductive women.)
O'Sullivan, J. 2006. The President, The Pope, and the Prime Minister: Three Who Changed the World. Washington, DC: Regnery.
Paniewozik, J. 2007. "The End of Fairy Tales?" Time, 21 May. (Postmodernism revision of intrinsic morality of classic children's stories.)
Parker, K. 2007. "U.S. Media goes Stark-Raving Tabloid." Washington Post Writers Group, 23 December. (Malevolence and unprovoked cruelty now commonplace.)
——. 2007. "A Different Kind of Rape." Washington Post Writers Group, 21 June. (Totalitarian politically correct group think is destroying America's institutions of higher learning, e.g., Duke University example: 58 professors' false accusation declaration still not retracted.)
——. 2007. "If This Is Evolutionary, We Still Have a Ways to Go." Washington Post Writers Group, 13 May. (Debate now politicized so know-nothings add their worthless two cents' worth to the debate.)
——. 2006. "Chavez's Wacky Ranting ..." Tribune Media Services/Arizona Republic. (118-member meeting of nonaligned movement with Castro.)
——. 2006. "Faith-Based Conspiracies."Tribune Media Services/Arizona Republic, 9 August. (Religionist extremism.)
Paterik. S. "U.S. Image Overseas May Sink Terrorism." Arizona Republic, 14 June.
Pauchant, T, and Spirituality at Work: Hopes and Pitfalls of the Search for Meaning in Oganization. Westport, CT: Quorum Books.
Peck, M. S. 1983. People of the Lie. New York: Simon and Schuster. (Basis of evil is narcissism.)
Penrose, R. 1997. The Large, the Small, and the Human Mind. Cambridge: Cambridge University Press.
——. 1994. Shadows of the Mind: A Search for the Missing Science of Consciousness. New York: Oxford University Press.
——. 1989- The Emperor's New Mind: Concerning Computers, Minds, and the Laws of Physics. New York:Oxford University Press.
Peres, J. 2007. "Study: Brains of Liberals, Conservatives Work Differently." Chicago Tribune, 10 September. (Psychologist at New York University found difference in response of anterior cingulated gyrus.)
Perllis, R. H., C.S. Prerlis, et al. 2005. "Industry Sponsorship and Conflict of Interest." American Journal of Psychology 162, 1957-60.
Peters, K. 2007. 'Towards an Evolutionary Christian Theology." Zygon 42:1, March.
Peters, R. 2007. Wars of Blood and Faith: The Conflicts That Will Shape the 21st Century.

Mechanicsburg, PA: Stackpole Books.
Peters, R. 2007. "Apathy Threatens U.S. Way of Life" Arizona Republic, 16 January.
Peters, R. 2006. "Jaded Journalism." American Legion, October. (U.S. media self-admitted leftist bias.)
Peterson, G. "Theology and Science Wars: Who Owns Human Nature?" Zygon 11:4, December, 853-862.
Petitmangin, C. 2007. "Toward the Source of Thoughts." Journal of Consciousness Studies 14:3, 54-82. (Preconceptual "fringe" of aware and source of subjective experience/awareness.)
Petras, R. 2006. "Visualize (and mentally rehearse) Success." Arizona Republic, 11 June.
"Philanthropic Research." 2006. Wikipedia, www.wikipedia.com.
Phillips, M. 2006. Londonistan. New York: Encounter Books.
Pinker, S. 2007. "The Mystery of Consciousness." Time, 29 January. (Neurophysiology and materialistic speculation; misidentifies (nonconsciousness with linear content of consciousness [cal. 205].)
Pine, R., trans. 2002. The Diamond Sutra: The Perfection of Wisdom. New York: Perseus/Counterpoint Press.
Pipes, D. 2003 (2nd ed.) The Rushdie Affair: The Novel, the Ayatollah, and the West. Piscataway, NJ: Transaction Publishers.
Pitts, L. 2007. "Hollywood is (fill in the blank)." Tribune Media Services, 13 May. (Despite its ultra-liberal image, the business side of the movie industry is run by profit motive.)
——. 2006. "9-11? Oops! No such thing." Tribune Media Services, 17 September. (Media now report delusional fallacies as though they were factual news.)
——. 2004. "Facts? We don't need no stinkin' facts." Tribune Media Services, 29 December. (Because of media bias, whole segments of society live in an "alternate reality.")
Plato. 2004. "Theaetutus." London: Penguin Books.
Plum, F. 1991. "Coma and Related Global Disturbances of the Human Conscious State." In Jones, E. and P. Peters (eds.) Cerebral Cortex, Vol.9. New York: Plenum Press.
"Politics of Global Warming, The." (Editor). 2007. Philadelphia Trumpet, April.
Polkinghorne, J. 2006. "Space, Time, and Causality." Zygon 41:4, December, 975-984.
——. 2005. "The Continuing Interaction of Science and Religion." Zygon 40:1.
Poniewozik, R. 2007. "The End of Fairy Tales?" Time, 21 May. (Postmodernism revision of intrinsic morality of classic children's stories.)
Principe, L. 2007. "Science and Religion," Lecture series, The Great Courses. Chantilly, VA: The Teaching Co.
Popper, K. R. and J. C. Eccles. 1983. The Self and the Brain. London: Routledge.
Powell, R. 1996. Dialogues on Reality. San Diego: Blue Dove Press.
Puhakka, K. 1999. "Form and Formless in Spiritual Practice." Esalen Center Conference 28 Nov. - 2 Dec.
Pyle, R. 2006. "N.Y. Subway Threat Was Real, Says Senator Chas. Schumer." Associated Press, 19 June.
"Radicals vs. Moderates: British Muslims at Crossroads." 2007. CNN World News, 18 January.
Rather, D. 2007. "Media Owns Dumbing Down." Fox News, 11 June. (By using sexpots and gossip instead of significant news: catering to sensationalism/glamour instead of responsible integrity.)
Ratzinger, J. (Pope Benedict XVI). 2007. Jesus of Nazareth: From the Baptism in the Jordan to the Transfiguration. New York: Doubleday. (Relationship with God is through mystical faith rather than just the authority of the Church.)

Rauchi, G. A. 1971. Contemporary Philosophical Alternatives and The Crises of Truth. New York: Nijhoff Publishers.

Ravitch. D. 2003. The Language Police. New York: Knopf.

Rawls, T. 2007. "Boycott Honors Freedom." Arizona Republic, 31 January. (Dissent is highest form of patriotism.)

Regenerus, M. 2007. Forbidden Fruit: Sex and Religion in the Lives of American Teenagers. New York: Oxford University Press.

Reinbert, S. 2006. "Survey Finds Faith a Boon in Living to be 100." Arizona Republic, 16 August.

"Researching Philanthropy - Top 100 US Foundations by Total Giving." 2006. The Foundation Center, http://www.case.edu/artsci/funding/resources/basics/documents/top_fdns_US.pdf

Richmond, R. 1979. Personal communication.

Rimbach, D. 2004. "Doctors Recognize Faith's Role in Recovery." Science and Theology News, July/August.

Rippe, D. 2007. "Unraveling the Secret." Shift, June. (Hermetic tradition/understanding consciousness.)

Robb, R. 2007. "Where to, Lady Liberty?" Arizona Republic, 19 January. (Freedom House Study: Civil liberty based on economic freedom, not just politics.)

Rodwell, J., trans. [1909] Republished 2001. The Koran. North Clarendon, VT: Tuttle Publishing. (Includes 114 Sura.)

Rorty, R. 1990. Objectivity, Relativism, and Truth: Philosophical Papers. New York: Cambridge University Press.

Rose, D. 2006. Consciousness: Philosophical, Psychological, and Neural Theories. New York: Oxford University Press. (Academic review.)

Rose, G. 2001. When You Reach the End of Your Rope......Let Go. Los Angeles: Awareness Press. ("O-Ring" muscle-test method.)

Rosedo, C. "From Fragmentation to Wholeness: Quantum Physics and Urban Ministry." Philadelphia, Penn.: Dept, of Urban Studies, Eastern University. www.rosado.net/pdf/QPJLJrban_Ministry.pdf

Rosenbaum, R. 2007. "Turning Yoga into New-Age Mumbo Jumbo." Week, 6 April. (Commercialization of spiritual practices.)

Rosenblum, B. and F. Kuttner. 2007. Quantum Enigma: Physics Encounters Consciousness. New York: Oxford University Press. (Without an observer, no universe exists.

Rosenfield, I. 1993. The Strange, Familiar, and Forgotten: An Anatomy of consciousness. New York: Vintage.

Rothstein, E. 2007. "Creation Museum." New York Times quoted in Week, 8 June. (Answers in Genesis ministry in Kentucky alleges world is only 6,000 years old.)

Roughgarden, J. 2006. Evolution and Christian Faith: Reflections of an Evolutionary Biologist. Washington, DC: Island Press.

Rowe, J. 2007. "The Rankings Revolt." Time, 2 April. (Colleges question validity of college ranking criteria [published annually by U.S. News & World Report].)

Rushdie, S. 2006. "The Threat of Islam: Personal Experience." CNN: Glenn Beck Show, 11 October. Interview. (Leader of Iran hopes to precipitate apocalyptic scenario to bring about return of the 12th Iman, the Mahdi.)

——. 1989. The Satanic Verses. New York: Viking.

Russ, H. 1989. The Fingerprint of God: Recent Scientific Discoveries Reveal the Unmistaken Identity of the Creator. New Kensington, Pa.:Whitaker House.

Rutten,T. 2007. "Will Anyone Stand Up to the Islamists?" Los Angeles Times quoted in Week: "Best Columns of the U.S.," 6-13 July. (Salmon Rushdie knighting Jihad brought no defense from Western writers who bizarrely view disapproval of Islamic violence as perhaps "insensitive" but which is actually moral cowardice.)

Sebanz, N. 2007. "The Emergence of Self." Journal of Consciousness Studies 14:1-2, 234-251. (Sense of self as causal agent.)

Sadleir, S. 2004. Self-Realization. Laguna Beach, CA: Self-Awareness Institute.

——. 2000. Looking for God: A Searcher's Guide to Religious and Spiritual Groups of the World. New York: Perigee Trade.

Sagan, C. 2006. The Varieties of Scientific Experience: A Personal View of the Search for God. New York: Penguin Press HC.

Salzberg, S. 2006. "I Feel Your Brain." (Interview with Daniel Goleman). Tricycle, Winter edition. (Reviews basic concepts of social intelligence, mirror neurons, and brain hand-wired for empathy.)

Sannella, L. 1987. The Kundalini Experience: Psychosis or Transcendence. Lower Lake, CA: Integral Publishing.

Saraswati, Swami Dayananda. 1875. Wahi: The Supernatural Basis of Islam. Not in print. (Discusses trance state of Wahi.)

Schacter, D. L. 1998. "Memory and Awareness. Science 280, 59-60.

Scheuer, M. 2007. Through Our Enemies' Eyes: Osama bin Laden, Radical Islam, and the Future of America. Rev. Ed. Dulles, VA: Potomac Books.

——. 2004. Impersonal Hubris: Why the West Is Losing the War on Terror. Dulles, VA: Potomac Books. Previously published anonymously in 2002 as Through Our Enemies' Eyes: Osama bin Laden, Radical Islam, and the Future of America (revised). (Former head of the CIA's bin Laden unit tries to clarify basis of mutual misunderstanding by U.S. and militant Islam.)

Schmidt, T., and L. Cullen. 2006. "Today's nun has a veil - and a blog." Time, 20 November. (Not satisfied with current culture of sex, money and freedom, young women increasingly turning to religious vocation.)

Schmitt, G. 2007. "Pax Americana: A Debate on the Wisdom of Global Primacy. Weekly Standard, 12 March. (Review of A Debate by C. Layma and T.Thayer on American hegemony, pro and con.)

Schorow, S. 2006. "In the Beginning Was the Bible." Science and Theology News, May. (Importance of knowledge of the Bible to understand society from law to literature, sociology, education, and history.)

Schroeder, G. L. 1997. The Science of God: The Convergence of Scientific and Biblical Wisdom. New York: Free Press.

Schwartz, L. 2006. "Intelligent Evolution." Shift, June-August.

Scott, A. 2004. "Reductionism Revisited." Journal of Consciousness Studies 11:2. (Nonlinear science.)

Searle, J. R. 2004. Mind: A Brief Introduction. New York: Oxford University Press.

——. 1992. The Rediscovery of the Mind. Cambridge: MIT Press.

——. 1990. The Mystery of Consciousness. New York: New York Review Books.

Sears, A. and C. Osten. 2005. The ACLU vs. America: Exposing the Agenda to Redefine Moral Values. Nashville, TN: B and H Publishing Group.

Seewald, P., ed. 2006. Pope Benedict XVI: Servant of the Truth. Fort Collins, CO: Ignatius Press.
Shapiro, B. 2004. Brainwashed: How Universities Indoctrinate America's Youth. Nashville, TN: WND Books/Cumberland House Publishing.
Shea, N. and J. Hoffman. 2006. "Teach Your Children Well." Weekly Standard 11:45,14 August. (Arabic promulgation of the hate propaganda of the infamous Protocols of the Learned Elders of Zion, including systematic indoctrination of children.)
Shelar, J. 2004. "The Power of Prayer. Newsweek. 22 November. (Prayer as native to the human mind.)
Sheldrake, R. 2004. "Morphic Fields." Shift, December 2004 to February 2005.
——. 1982. A New Science of Life. Los Angeles: J.P. Tarcher.
——. 1981. "Formative Causation" Brain-Mind Bulletin 6,3 August.
——. 1981. Essay in New Scientist 90,18 June.
Siegel, B. 1986. Love, Medicine and Miracles: Lessons Learned about Self-Healing from a Surgeon's Experience with Exceptional Patients. New York: Harper.
Smart, J. J. C. 2004. "Consciousness and Awareness." Journal of Consciousness Studies 11:2, 41-50.
——. 1980. "Time and Becoming." Time and Cause, n.d.
Smith, C. 2006. "Tax Benefits and Abuses of Having Church Status." http://www.rothgerber.com/newslettersarticles/fjP026.asp (Fourteen necessary requirements and factors.)
Smith, S. 2006. "Perception is Reality." Fox News, 15 August. (Middle-east news; Muhammad year 269 attack on Jews.)
Smoley, R. 2002. Inner Christianity: A Guide to the Esoteric Tradition. Boston: Shambhala.
Somers, H. 1992. Een Andere Mohammed. Antwerp: Hadewijch.
Sowell, T. 2007. "Today's Lesson: Keep Your Cool." Creators Syndicate, 4 September. (Dumbed-down education has resulted in people ready to vent emotions and parrot slogans but unable to utilize reason or logic.)
——. 2006. "Political Messiahs Spread the Word." Arizona Republic, 21 December. (Politics now the new religion and savior of man.)
Spencer, R. 2007. "Islamic Supremacism in Britain." Human Events, 29 January. Adovocates Sharia law and suppression of women.)
——. 2007. "Pakistan Bans the Truth." Human Events, 15 January. (The Truth about Muhammad banned even though based on all Islamic sources.)
——. 2006. The Truth about Mubammad. Washington, DC: Regnery Publishing.
——. 2006. "Deck the Infidels."Human Events, 25 December. (Worldwide Jihadism.)
——. 2006. "Why Khaybar ShouldConcern the West." Humau Events, 14 August.
——. 2005. The Myth of Islamic Tolerance. Amherst, NY: Prometheus Books.
Spong, J. S. 2005. The Sins of Scripture: Exposing the Bible's Texts of Hate to Reveal the God of Love. San Francisco: HarpcrSanFrancisco.
Sraves, L. 2004. "New Ways to Know God." Science and Theology News, July/August.
Stacknev, S. 2006. "Arizona Bar Works to Boost Diversity in Workplace." Arizona Republic, 15 June. (Social engineering by race, sex, etc.)
Stapp, H. 2007. Mindful Universe: Quantum Mechanics and the Participating Observer. New York: Springer-Verlag Publishing.
——. 2006. "Science's Conception of Human Beings as a Basis for Moral Theory." Zygon 41:3,

September.
——. 2004. "Quantum Physics and the Psycho-physical Nature of the Universe." Esalen Institutional Conference and Survival of Bodily Death, 2-7 May. (Prakriti is secondary to Purusha and is in accord with quantum physics theory.)
——. 2001. "Quantum Theory and the Role of Mind in Nature." Foundational Physics 31, 1465-99. www-physics.lbl.gov/~stapp/vnr.pdf
——. 1999. "Attention, Intention, and Will in Quantum Physics."Journal of Consciousness Studies 6 (8-9), 143-164.
Stapp, H. and D. Bourget. 2004. "Quantum Leaps in Philosophy of Mind." Journal of Consciousness Studies 11:12, December.
Stark, M. 2006. "Neurotransmitters: Pharmacology and Synergy." Psychiatric Times, 23:12. October.
Starke, W. 2007. "The Digital Generation." Unity, September-October. (Substitution of virtual reality for direct experience results in symbolization.)
Steenbrink, K., trans. 2006. Dutch Colonialism and Indonesian Islam: Contacts and Conflicts 1596-1950. 2nd Rev. Ed. Amsterdam: Editions Rodopi BV.
Steinhauer, S. R. 2006. "Pupillary Response: Cognitive Psychophysiology and Psychopathology." Pittsburgh, PA: University of Pittsburgh School of Medicine. (Extensive references.)
Stenger, V 2007. God: The Failed Hypothesis. How Science Shows That God Does Not Exist. Amherst, NY: Prometheus Books.
Stennard, F. 2006. "Experimenting with the Divine." Science and Theology News, May.
Stern, S. 2007. "Radical Math at the DoE." City Journal, 11 May. ("Radical Math," a new avenue for Marxist indoctrination of grade-school students ... to "current social injustice," etc.)
Stewart, J. 2007. "The Future Evolution of Consciousness." Journal of Consciousness Studies 14:8, 58-92. ("Global Workplace Theory" embraces adaptation as focus.)
Steyn, M. 2006. America Alone: The End of the World as We Know It. Washington, DC: Regnery. (Collapse of Western civilization due to internal collapse of will.)
Stoeger, W. R. and G. B. Coyne, Eds. 1993. Quantum Cosmology and the Laws of Nature: Scientific Perspectives on Divine Action. Notre Dame, IN: University of Notre Dame Press.
Stossel, J. Myths, Lies, and Downright Stupidity: Get Out the Shovel-Why Everything You Know is Wrong. New York: Hyperion. (Media influence.)
Stove, D. and R. Kimball. 2006. Darwinian Fairy tales: Selfish Genes, Errors of Heredity and Other Fables of Evolution. New York: Encounter Books; Reprint edition.
Sturme, D. 2007. "Person or Subject?" Journal of Consciousness Studies 14, No. 5-6, pp. 77-100. ("I am," "I exist" are only statements that are beyond doubt. Issue on personhood.)
"Sword of Islam, The." 2007. http://www.masada2000.org/islam.html; http://www.strategypage.com/the_war_in_iraq/
Sullivan, A. 2006. The Conservative Soul: How We Lost It, How to Get It Back. New York: HarperCollins.
——. 2006. "When Not Seeing Is Believing." Time, 9 October. (The value as well as the downside of radical religious faith.)
Sultaw, W. 2006. "We are Hostages to Our Own Religion." Danish TV DR 2 via Y Net News.com, 6 October.

——. 2005. "L. A. Psychologist Clashes with Algerian Jihadist over Islamic Teachings and Terrorism." Front Page, 30 July. Aired on alJazeera TV, 26 July. (Basic incompatibility of Islam and the Western world.)

"Survey of Young People." 2007. Associated Press on MTV (Shows friends and family are most associated with happiness; money ranked much lower.)

Svebak, S. 2007. "Sense of Humor Results in People Living Longer, including Patients with Cancer." American Psychosomatic Society. Budapest, March. (Study of 54,000 Norwegians.)

Swarap, R. 1993. Hindu View of Christianity and Islam, 107. New Delhi: voice of India.

Swineburne, T. 2006. "Return to Sender." Science and Theology News, May. (Efficacy of healing by prayer versus Divine Will, and benefits of sickness and suffering.)

Szegedy-Maszak, M. 2004. "How We Talk to God." 'Newsweek, 20 November. (Scientific study of prayer and healing.)

Talbot, M. '992. Holographic Universe. New York: Harper Perennial.

Targ, R. and J. Katra 2003. "Close to Grace: The Physics of Silent Transmission." Spirituality & Health, July/August.

Templeton, J. H. 1981. The Humble Approach: Scientists Discover God. (Rev. ed.) W. Conshohocken, PA: Templeton Foundation Press.

Templeton, J. H., and R. Dunlap. 2003. Why Are We Created? W. Conshohocken, PA: Templeton Foundation Press.

Theise, N.D. 2006. "From Bottom Up." Tricycle, Summer. (Emergence and complexity theory.)

Thomas, C. 2007. "Dodging a Bulletat [Fort] Dix." Los Angeles Times Syndicate, 10 May. ("Political Correctness" opens door to Jihadists.)

——. 2007. "Shameless Pursuit of Voter Disgraces Both Parties." Los Angeles Times Syndicate. 6 February. (Nonintegrity of politics.)

——. 2006. "Violence Breeds Violence." Los Angeles Times Syndicate/Arizona Republic, 13 October. (Violence celebrated worldwide by media.)

——. 2006. "Scandal? Can't even Spell It." Los Angeles Times Syndicate/Arizona Republic. (Morality under attack from philosophy of relativism.)

——. 2006. "Radical War, Radical Rules." Los Angeles Times Syndicate/Arizona Republic, 15 August. (Euphemisms versus facts.)

——. 2006. "Spin distorts truthof moving incident." Los Angeles Times Syndicate/Arizona Republic, 6 June.

——. 2006. "The Death of Ideology." Los Angeles Times Syndicate/Arizona Republic, 23 May. (Dearth of Scopes Trial legal database.)

Thompson, C. 2007. "Hokum and Looney Snake Unwary on Internet." Arizona Republic, 3 January. (Fallacious memos and stories abound.)

Thompson, D. F. 1993. "Understanding Financial Conflict of Interest in Research." New England Journal of Medicine 329, 573-6.

Thompson, E. 2004. "Neuroplasticity and Neurophenomenology." Dharamsala, India: Mind and Life Institute. 18-22 October. (Necessity for first-person subjective experiential reports.)

Thornhill, R. and C. Fincker. 2007. "Evolution and Human Behavior." Arizona Republic, 22 May. (Effect of childhood rearing on political preferences and character traits. Conservatives had happier, more

secure childhoods.)
Tiebout, H. 1999. Collected Papers. Center City, MN: Hazelden Foundation. (Includes "Surrender vs. Compliance" and "The Act of Surrender.")
Tisdale, S.J. 2006. "Beloved Community." Tricycle, Fall.
Tong, V. 2007. "Americans give record $295 billion for charity." Associated Press, 25 June. (America most generous nation in the world.)
Tooley, M. 2006. "God's Left Hand." Weekly Standard, 13 November.
Towles, E. 2006. "Prop. 201 Facts Do Not Add Up." Arizona Republic, 9 October. (Scientific refutation of supposed dangers of secondhand smoke.)
Trivers, R. 1985. Social Evolution. Menlo Park, NY: Benjamin-Cummings Publishing Co.
Underhill, E. 1986. Practical Mysticism. Columbus, OH: Ariel Press.
"Use of 'CE' and BCE' to Identify Dates, The." 2005 Religious Tolerance Organization. May. http// www.bbc.co.uk.
Ushen, R., and R. Edwards1994. Postmodernism and Education. London: Routledge.
Vadum, M. 2006. "Terrorists Legal Team." Human Events, 2 October. (Record of Center For Constitutional Rights [CCCR] Pro-Communism and Islamo-fascism.)
Valdez, L. 2006. "Religion is a Good Thing Up to a Point." Arizona Republic, 26 November. (Social protest regarding religious garb exhibitionism.)
Valencia, G. 2007. "A Difficult Subject on Campus." (Essay on decline of the Harvard Law School from the Socratic method to biased politicalization, submitted to Yavapai College, Cottonwood, Arizona.)
——. 2007. Coined the term "media terrorists" to describe far-left hate web sites and political organizations.
Van Biema, D. 2007. "Her Agony." Time, 3 September. (The hidden value of doubt - Mother Teresa.)
——. 2007. "The Pope's Favorite Rabbi." Time, 4 June. (Dialog between Pope and Jacob Neusner re Judaism and Christianity.)
——. 2007. "The Case for Teaching the Bible." Time, 2 April. (Important subject for literacy and education.)
——. 2007. "Blunt Bishop." Time, 19 February. (Anglican Church split over liberalism; Nigerian bishop Patel Akinola rejects liberal "sins."
Van Biema, D. 2006. "God vs. Science." Time, 13 November.
Van Biema, D. and C. Mayer. 2007. "Looking for the Light." Time, 18 June. (Anglican Church split between liberals and conservatives. Archbishop of Canterbury seeks reconciliation.)
Van Biema, D. and J. Israely. 2006. "The Passion of the Pope." Time, 27 November. (Pope Benedict's visit to Turkey. Vatican vs. Islamic violence and nonrationality.)
Van Biema, D. and J. Chu. 2006. "Does God Want You to be Rich?" Time, 18 September.
Van Till, H. J., D. A. Young, and C. Manninga. 1988. Science Held Hostage: What's Wrong With Creation Science and Evolutionism. Downers Grove, IL: Intervarsity Press.
"Vicious about Virtue." 2007. [Editor] Economist, 23-29 June. (Religious police extremism in Saudi Arabia: extreme cruelty and even death to citizens to enforce Sharia.)
Vitz, P. C. 1995. "The Psychology of Atheism." Truth Journal. http://www.leaderu.com/truth/1 truth12.html
Vitz, P. C. and J. Gartner. 1984. "Christianity and Psychoanalysis: Part 1." Journal of Psychology and

Theology 11, 4-18. (Jesus as the anti- Oedipus.)
——. 1984. "Christianity and Psycho analysis: Part 2." Journal of Psychology and Theology 12,82-89. (Jesus is the transformer of the superego.)
Vivekananda, S. 2003. Complete Works of Swami Vivekananda. (Vol. 1. Raja Yoga, Ch. 7: "Dhyam and Samadhi.") Hollywood, CA: Vedanta Press.
W. Pseud. Bill. 1998. The language of the Heart. New Yori:AA Grapevine.
Walton, S. 1993. Personal correspondence regarding his business principles.
Warraq, I. 2002. What the Koran Really Says: Language, Text, and Commentary. Amherst, NY: Prometheus Books. (Scholarly, authoritative documented, with erudite contributors - 800 pages.)
——. ed. 1998. The Origins of the Koran: Classic Essays on Islam's Holy Book. New York: Prometheus Books.
——. 1995. Why I Am Not A Muslim. New York: Prometheus Books. (Critical analysis of Islam.)
Warren, R. 2002. The Purpose Driven Life: What on Earth Am I Here For? Grand Rapids, MI: Zondervan.
Watson, B., trans. 1997. the Vimalakirti Sutra. New York: Columbia University Press.
——. trans. 1993. The Lotus Sutra. New York: Columbia University Press.
Webb, G. 2006. "Circumstantial Evidence." Science and Theology News, July/August. (Analyzing the Scopes Trial.)
Weiser, J. 2006. "What Luther Wrought." Weekly Standard, 28 August. (Protestant vs. Catholic wars and counter-reformation in theology and politics.)
Weiss, S. and K. Wesley. 2006. Postmodernism and Its Critics. University of Alabama, Dept, of Anthropology, http://www.as.ua.eclu/ant/Faculty/murphy/pomo.htm
Wells, G., et al. 2000. "From Lab to the Police Station: A Successful Application of Eyewitness Research.: American Psychologist 55, No. 6: 581-598.
Werss, D. 2007. "Keith Ellison: Lying to the Infidels." Human Events, 3 January. (Islamic law, Sharia, condemns lying to non-Muslims and negates all non-Muslim governments. Ellison claims Koran as authority and teaching negates allegiance to U.S. law.)
Westhelle, V 2006. "Are Science and Humanism Suited to Enter the Ancient Quest of Christian Theology? Zygon 11:4, December, 843-852.
Wheat, R. 2007. "Beware Which Wolf You Feed." Arizona Republic, 20 January. Letters to Editor. (Choice between good and evil Cherokee.)
Whelen, E. 2006. "A View from the Bench." Weekly Standard, 4 December. (Abuse of judicial activism to bypass voters.)
Wilber, K. 2004. "The Perennial Philosophy. Unity. July/August.
——. 1997. The Eye of the Spirit. Boston: Shambhala.
Wilcox, R. 1985,1995. Japan's Secret War: Japan's Race Against Time to Build Its Own Atomic Bomb. New York: Marlowe and Co.
Wilkinson, T. 2006. "Pope Makes Apology for Remarks." Los Angeles Times, 18 September.
Williams, B. (Archbishop). 2006. "Creationism Should Not be Taught in Schools. It is a Mistake." Science and Theology News, April.
Williams, G. 2007. Personal correspondence about faith in God and liberty.
Williams, R. 2005. Why Study The Past?: The Quest For The Historical Church. Grand Rapids, MI:

Wm. B. Eerdmans Publishing Company.
Wilson, E. 1975. Sociobiology: The New Synthesis. Cambridge: Harvard University Press.
Witham, L. 2003. By Design: Science and the Search for God. San Francisco: Encounter Books.
Woodfield, A. 1976. Teleology. New York: Cambridge University Press.
Wright, R. 1992. "Science, God, and Man." Time, 28 December.
Yost, B. 2005. "Doctors See Positive Effect of Humor on Health." Arizona Republic, 27 April.
Yost, B. and S. Felt. 2006. "Belief in Miracles a Matter of Faith?" Arizona Republic, 25 December. (2003 Harris Poll reveals 84% of Americans believe in reality of miracles.)
Young, G. 2006."Preserving the Role of Conscious Decision Making in the Initiation of Intentional Action." Journal of Consciousness Studies 13:3,51-68.
Zaslow, G. 2007. "The New 'Greatest' Generation." Wall Street Journal, cited in Week, 7:309.
Zimbardo, P. G. 2007. The Lucifer Effect: Understanding How Good People Turn Evil. New York: Random House. (Situational influences that turn into atrocities.)
——. 2004. "The Stockholm Syndrome." http://www.yahoodi.com/peace/stockholm.html.
——. 1977. Influencing Attitudes and Changing Behavior: an Introduction to Method Theory and Applications of Social Control and Personal Power. New York: McGraw-Hill.
Zimen, J. M. 2000. Real Science: What It Is and Means. New York: Cambridge University Press.
——. 1978. Reliable Knowledge: An Exploration of the Grounds for Belief in Science. New York: Cambridge University Press.
Zmirak, J. 2006. ISI Guide to All-American Colleges: Top Schools for Conservatives, Old-Fashioned Liberals, and People of Faith. Wilmington, DE: Intercollegiate Studies Institute.
Zoll, R. 2006. "Survey: Americans are more religiously active than thought." Associated Press, 12 Sept. (Baylor University study.)
——. 2006. "Episcopal Church Elects First Woman Bishop." Associated Press, 19 June.

| 저자에 대하여 |

전기적 기록과 자전적 기록

호킨스 박사는 세계적으로 유명한 영적 스승이자 작가이며 강연가다. 그는 고양된 영적 상태, 의식 연구, 그리고 참나로서 신의 현존을 깨닫는 주제를 주로 다룬다.

호킨스 박사의 출간된 저서와 녹음된 강연은 유례없는 일로 전 세계의 인정을 받아 왔다. 과학적/임상적 배경을 갖춘 한 개인에게 매우 높은 영적 인식의 상태가 발생하였기 때문이다. 무엇보다 그런 배경을 가진 전문가로서 그 기이한 현상을 선명하고도 납득할 수 있는 방식으로 직접 표현하고 설명할 수 있었다는 점이 큰 이유를 차지했다.

정신의 정상적 에고 상태에서 신의 현존을 통해 그 에고를 제거하기까지의 이행 변화는 3부작 『의식 혁명』(1995), 『나의 눈』(2001), 『호모 스피리투스』(2003)에 기술되어 있다. 『의식 혁명』은 마더 데레사의 극찬을 받았으며, 『호모 스피리투스』는 전 세계 주요 언어로 번역되었다. 『진실 대 거짓』(2005), 『의식 수준을 넘어서』(2006), 『내 안의 참나를 만나다』(2007)는 에고의 표출, 내재적 한계, 더 나아가 그것을 초월하는 방법에 대해 계속 설명한다.

3부작에 앞서 의식의 본질에 대한 연구가 선행하였으며 그 결과가 박사논문 『인간의 의식 수준에 대한 질적, 양적 분석과 계량화』(1995)으로 출간되었다. 이 논문에서 외견상 전혀 다른 과학과 영성이라는 두 영역의 연관성을 보여 주었다. 그 연구 결과는, 역사상 처음으로 진실과 거짓을 분간하는 수단임을 입증했던 중요한 기법의 발견 때문에 가능했다.

《뇌/정신 회보》에서 매우 호의적이고 종합적인 논평을 하고, 이후 '과학과 의식에 대한 국제회의' 등에서 발표하면서 이 최초 연구의 중요성을 인정받았다. 잉글랜드의 '옥스퍼드 포럼'을 비롯하여 국내외 수많은 기관, 영성 회의, 교회그룹, 수녀원, 수도원 등지에서 여러 차례 발표했다. 극동 아시아에서 호킨스 박사는 '각성에 이르는 길을 알려 준 큰 스승(태령선각도사太靈先覺道士)으로 알려져 있다.

호킨스 박사는 오랫동안 영적 진실을 제대로 설명하지 못하여 많은 부분이 곡해되었다는 사실을 관찰하고, 매달 세미나를 열어 책에서는 너무 길어져 기술할 수 없는 설명을 자세하게 덧붙였다. 동시에 강연 녹음도 이루어졌다. 강연은 대개 질문과 대답으로 마무리되며 여기에 추가 설명을 제공하곤 했다.

평생에 걸친 역작의 전체 설계는 의식의 진화 측면에서 인간의 경험을 재-맥락화하고, 타고난 신성의 표현인 정신과 영성 양자에 대한 이해를 통합하려는 것이다. 타고난 신성은 생명과 존재의 기층이자 계속되는 근원이다. 모든 저서의 시작과 끝에 나오는 "오, *주여! 모든 영광이 당신께 있나이다!*"라는 문장은 이런 헌신적 태도를 나타낸다.

전기적 사실의 요약

호킨스 박사는 1952년부터 정신과 의사로 일하면서 '미국정

신학회'와 기타 수많은 정신의학 기관의 평생회원으로 활동했다. 「맥닐/레허 뉴스 아워」, 「바바라 월터스 쇼」, 「투데이 쇼」를 비롯한 텔레비전 프로그램과 과학 다큐멘터리, 그리고 그 외 다수의 프로그램에 출연하였다.

수많은 과학 및 영성 출판물과 저서, CD와 DVD, 그리고 강연 시리즈 등의 유명 저자이기도 했다. 또한 노벨상 수상자 라이너스 폴링과 함께 『분자교정 정신의학Orthomolecular Psychiatry』을 공동 저술하였다. 그리고 오랫동안 영국 국교회와 가톨릭 교구와 수도회, 기타 종교 교단의 컨설턴트로 일했다.

호킨스 박사는 웨스터 민스터 사원, 노트르담 대학교, 아르헨티나 대학교, 미시건 대학교, 퍼드햄 대학교, 하버드 대학교, 잉글랜드의 '옥스퍼드 포럼' 등 세계 곳곳에서 강연했다. 그리고 샌프란시스코 소재 캘리포니아 의과대학에서 연례 '랜스버스 강연'을 했다. 또한 국제 외교에 관해 외국 여러 정부의 컨설턴트를 지냈고, 세계 평화에 중대한 위협이었던 해묵은 세계 갈등을 해결하는 데 중추적 역할을 했다.

1995년 인류에 기여한 공로를 인정받아, 1077년 설립된 '예루살렘 성 요한 기사단'의 기사로 입회 승인을 받았다.

1927년 6월 3일에 태어나 2012년 9월 19일, 애리조나 주 세도나 자택에서 세상을 떠났다.

호킨스 박사가 전하는 자전적 기록

이 책에 보고된 진실들은, 여타 모든 진실과 같이 과학적으로 파생되고 객관적으로 조직되었다. 하지만 나는 그 진실들을 개인적으로 먼저 경험했다. 어릴 때 시작되어 평생 계속된 인식의 강화 상태는 맨 처음 영감을 불어넣고, 그다음 주관적 깨달음의 방향을 알려 주었다. 그 깨달음은 마침내 이 저작 시리즈 안에서 구체적 형상을 띠게 되었다.

세 살 때, 갑작스럽게 존재에 대한 완전한 의식이 발생했다. 말로 표현할 수 없지만 '나는 존재한다.I Am.'의 의미를 완전하게 이해하게 되었다. 뒤이어 '나'는 어쩌면 결코 존재하지 못했었을 수도 있다는 놀랄 만한 깨달음이 왔다. 이것은 의식하지 못하는 상태에서 의식을 인식하는 상태로 순식간에 발생한 깨달음이었다. 그래서 그 순간, 나의 개인적 자아는 탄생했고, '존재하다'와 '존재하지 않다'의 이원성이 나의 주관적 인식 안으로 들어왔다.

어린 시절과 청소년기 내내, 존재의 역설과 자아의 실재에 대한 의문이 반복되는 관심사였다. 때때로 개인적 자아는 더 큰 비개인적 참나 안으로 미끄러져 들어가곤 했다. 그리고 비非존재에 대한 최초의 두려움, 다시 말해, 무無에 대한 근본적 공포가 반복해서 나타나곤 했다.

1939년, 나는 위스콘신 시골에서 자전거로 27킬로미터를 이동하면서 신문배달을 했다. 그러던 어느 어두운 겨울 밤, 집에서 이만큼이나 멀리 떨어진 곳에서 영하 20도의 눈보라 폭풍에 갇히고 말았다. 자전거가 빙판에 넘어졌다. 사나운 바람 때문에 자전거 바구니에 담겨 있던 신문이 갈기갈기 찢어져, 눈보라가 휘날리는 얼어붙은 들판 너머로 마구 흩날렸다. 절망과 피로가 몰려와 나도 모르게 눈물이 흘렀다. 옷도 얼어붙어 송곳처럼 딱딱해졌다. 높은 눈 더미, 그 얼어붙은 표면을 깨고 공간을 만들어 그 안에 기어들어 갔다. 곧 오싹한 떨림이 멈추고 달콤한 온기가 찾아왔다. 그리고 어떤 말로도 표현할 수 없는 평화로운 상태가 되었다. 이 상태가 되자 빛이 충만해지고 시작도 끝도 없고 나 자신의 본질과 차별화할 수 없는 무한한 사랑이 함께 찾아왔다. 나의 인식이 이 편재하는 빛내림의 상태와 융합되니 내 육체와 주변 환경은 점점 희미해졌다. 정신은 잠잠해졌다. 모든 생각이 멈추었다. 과거에도 존재했거나 존재했을 수 있고, 전 시간을 넘어서, 혹은 형언할 수 없는 무한한 현존이 전부였다.

그런 무시간적 상태가 지난 후에 갑자기 누군가가 내 무릎을 흔들고 있다는 생각이 들었다. 문득 아버지의 불안한 얼굴이 나타났다. 실은 다시 나의 육체와, 그것이 내포한 모든 것으로 되돌아가기가 정말 망설여졌다. 하지만 아버지의 사랑과 고통 때문에 영Sprit은 육체를 보살피고 다시 활기를 불어넣어 주었다. 죽음을 두려워하는 아버지에게 연민이 생겼다. 그와 동시에 죽음이라는 개념이 모순처럼 느껴졌다.

이 주관적 경험을 어느 누구와도 이야기하지 않았다. 그 경험을 묘사할 수 있는 맥락이 전혀 없었기 때문이다. 성자들의 삶에 기록된 영적 경험이 아니라, 직접 겪은 영적 체험을 듣는 일은 흔치 않았다. 그러나 이 경험을 한 뒤에 그동안 자연스럽게 받아들였던 세상의 실재는 그저 잠정적인 것처럼 보이기 시작했다. 다시 말해 전통적 종교의 가르침이 그 의미와 중요성을 잃어버렸다. 역설적으로 나는 불가지론자가 되었다. 온 존재를 비추었던 신성의 빛에 비하면, 전통적인 종교의 신이 비추는 빛은 확실히 희미했다. 그래서 종교 대신 영성이 내 안에 자리 잡았다.

2차 세계 대전 때는 기뢰를 찾아 제거하는 소해정 군인으로 복무했다. 위험한 임무를 수행하며 죽음에 가까이 가는 일이 자주 일어났지만, 결코 죽음을 두려워하지 않았다. 마치 죽음이 그것만의 진정성을 상실한 것 같았다. 전쟁이 끝나고, 정신의 복잡함에 매료되어 정신병리학을 연구하고 싶은 마음에 의대에 진학하여 의사로 살아갈 길을 택했다. 마침 컬럼비아 대학교에서 심리학 수련을 받을 때, 나의 지도 교수도 불가지론자였다. 우리 둘은 종교의 전망이 어둡다고 생각했다. 분석은 잘 이루어졌고 의사로서 나의 커리어도 힘을 받아 승승장구했다.

하지만 나는 의사라는 삶 하나에 조용히 안주하지 못했다. 점점 어떤 치료를 해도 반응하지 않는 치명적인 병에 걸려 시름시름 아프기 시작했다. 서른여덟 살 때는 급기야 극단적인 상태에 처했으며, 이제 곧 죽게 되리라고 생각했다. 나는 육체에 대해서는 전혀 신경 쓰지 않았다. 하지만 나의 영은 극도의 고통과 절망 상태였다. 마지막 순간이 다가왔을 때, 머릿속에 그 생각이 번개같이 스쳐갔다. "만약 신이 있다면 어떨까?" 그래서 나는 큰 소리로 기도를 올렸다. "만약 신이 계신다면, 지금 저를 도와달라고 신에게 기원합니다." 나는 세상에 존재하는 모든 신에게 순복하고 의탁했다. 그리곤 의식하지 못하는 상태로 접어들었다. 깨어나자 참으로 엄청난 변화가 일어났다. 경외심에 사로잡혀 아무 말도 하지 못할 정도였다.

깨어나기 이전, 과거의 나라는 사람은 더 이상 존재하지 않았다. 개인적 자아나 에고는 없어지고, 참으로 무한한 힘을 지니고 언제나 전부로 존재했던 무한한 현존Presence만이 있었다. 이 현존은 원래 '나'였던 모든 것을 대체했다. 따라서 육체와 모든 육체의 작용은 오로지 현존의 무한한 의지로써만 통제되었다. 세상은 무한한 하나임Infinite Oneness으로 선명하고 환하게 빛났다. 만물로 그 자체를 표현하는 무한한 하나임은 만물의 아름다움과 완벽함 안에서 드러났다.

삶은 계속 이어졌고 이 고요함은 가실 줄 몰랐다. 개인적 의지는 결코 없었다. 참으로 부드럽지만 무한히 강한 현존의 의지가 보내는 지시에 따라 육체는 그것이 맡은 일을 해 나갔다. 그 상태에서는 무언가를 생각할 필요가 없었다. 모든 진실은 자명했고, 어떤 개념화도 필요치 않았으며, 아니 개념화라는 것이 가능하지도 않았다. 동시에, 육체의 신경계는 극도로 혹사당한 듯한 느낌이 들었다. 마치 신경계가 원래 하기로 되어 있는 것보다 훨씬 더 많은 에너지를 실어 나르고 있는 것 같았다.

세상 속에서 효율적으로 기능한다는 것이 불가능했다. 일상적 동기는 온갖 두려움과 불안과 더불어 전부 사라졌다. 모든 게 완벽했기 때문에 추구해야 할 것도 없었다. 명성과 성공과 돈은 무의미했다. 친구들은 병원으로 돌아오라고 성화를 부렸지만 그렇게 해야 할 이유를 찾지 못했다.

그때부터는 개인성 아래에 놓인 실재를 지각하는 능력이 생겼다. 정서적 아픔의 근원은, '나는 곧 나의 개인성'이라는 믿음 안에 있었다. 그리고 원래 그렇게 되려던 것처럼 병원 진료를 재개했고 결국 그 일 자체가 커져 버렸다.

미국 각지에서 사람들이 몰려왔다. 외래 환자가 2천 명에 이르러 50여 명의 테라피스트와 그 외 직원들, 25개 진료실, 그리고 연구실과 뇌파실험실이 필요했다. 해마다 천 명씩 새로운 환자가 생겨났다. 게다가 앞서 언급했듯이 텔레비전과 라디오 방송 프로그램에 출연했다. 1973년, 그동안의 임상 연구를 전통적인 책의 형태로 모아 『분자교정 정신의학』을 출간했다. 이 저서는 10년이나 시대를 앞선 작업으로 학계에 일단의 충격을 일으켰다.

힘들었던 신경계의 상태는 전반적으로 조금씩 나아졌지만, 또 다른 현상이 시작되었다. 아름답고 감미로운 에너지 무리가 계속해서 척추를 타고 흐르더니 뇌까지 들어왔다. 그리고 뇌 안에서 지속적 쾌락을 담은 강렬한 감각을 만들어 냈다. 삶의 모든 일이 동시 발생하여 완벽한 조화를 이루며 진화했다. 그리고 기적도 자주 일어났다. 세상에서 기적이라고 부르는 것의 근원은 바로 현존이다. 개인적 자아가 아니다. 개인적인 '나'는 그저 이런 현상의 목격자로만 남아 있었다. 과거의 자아나 생각보다 더 심오한, 더 큰 '나'가 발생하는 모든 일을 결정했다.

나의 경험은 이미 역사상 수많은 사람들이 전해 왔었던 것이다. 이 상태를 겪으면서 붓다, 깨우친 현자들, 황벽 선사, 그리고 라마나 마하르시Ramana Maharshi와 니사르가다타 마하라지Nisargadatta Maharaj 등 근래에 존재했던 스승들의 가르침을 비롯해 일련의 영적 가르침을 연구 조사하는 일로 이어졌다. 그 결과, 이러한 경험들이 나한테만 일어난 일은 아니었다는 사실을 확인했다. 『바가바드 기타』는 이제 완전히 이해가 되었다. 때때로 스리 라마 크리슈나Sri Rama Krishna와 기독교 성자들이 전했던 것과 똑같은 영적 무아지경도 느꼈다.

세상의 만물과 만인이 환히 빛나고 눈부시게 아름다웠다. 모든 살아 있는 존재들은 빛Radiance이 되어 고요와 광채 속에서 이 빛을 표현했다. 전 인류의 몸과 마음을 움직이는 것은 바로 내면의 사랑이지만 현재 인류는 그저 그 사실을 모르게 된 게 확실했다. 그리고 대부분의 사람들은 그들이 진짜 누구인지에 대한 인식을 하지 못한 채 살아간다. 내 주변의 사람들은 마치 잠을 자는 듯 보였지만, 그럼에도 참으로 아름다웠다. 그건 마치 세상 모두와 사랑에 빠진 모습과 같았다.

매일 아침과 저녁 먹기 전에 한 시간씩 명상하는 습관을 멈추어야만 했다. 명상이 현실적 인간으로서 기능하는 것이 불가능할 정도로 지극한 행복을 더 강렬하게 만들어 주곤 했기 때문이다. 어릴 적, 눈 더미에 갇혔을 때 일어났던 것과 유사한 경험이 반복되곤 했다. 그래서 그 상태를 벗어나 세상으로 돌아가는 일이 점점 더 어려워지기 시작했다. 세상 만물의 기막힌 아름다움은 만물의 완벽함 속에서 빛이 났다. 세상 사람들이 추함을 목격하는 곳에서도 변치 않는 아름다움만이 존재했다. 이 영적인 사랑으로 모든 지각은 봄날의 아지랑이처럼 알싸하게 퍼져 버렸다. 여기와 저기, 그때와 지금, 혹은 그와 같은 구분 자체가 사라졌다. 내면의 고요

속에서 몇 년을 지내는 동안, 현존Presence의 강렬함은 점점 커져 갔다. 삶은 이제 더 이상 나, 개인의 것이 아니었다. 나, 개인적인 것은 더 이상 존재하지 않을 것이다. 개인적인 '나'는 이미 무한한 현존이 부리는 하나의 도구가 되어, 현존의 의지가 시키는 대로 이리저리 움직이고 행했다. 사람들은 현존의 오라 안에서 특별한 평화를 느꼈다. 구도자들은 답을 찾으려 했다. 하지만 이 세상에 데이비드 호킨스라는 개인은 더 이상 존재하지 않았기 때문에 구도자들은 그들 자신의 참나로부터 해답을 찾으려고 도모하였다. 그들의 참나와 나의 참나는 다르지 않았다. 사람은 달라도 똑같은 참나가 저마다의 눈빛에서 빛났다.

일상적으로 이해되지 않는 기적이 발생했다. 수년 동안 괴롭혀 왔던 여러 만성 질병이 사라졌다. 시력도 정상으로 되돌아와서, 평생 끼던 이중 초점 안경이 더 이상 필요 없어졌다.

이따금 참으로 축복된 에너지, 무한한 사랑이 갑자기 심장에서 나와 어떤 재앙의 현장을 향해 비추곤 했다. 한번은 고속도로에서 운전하는 중이었는데 이 강렬한 에너지가 가슴에서 빛나기 시작했다. 차를 몰아 굴곡 지대를 돌아가니 자동차 사고가 나 있었다. 뒤집힌 자동차 바퀴가 여전히 돌아가고 있었다. 그 에너지는 강한 의도를 품고 자동차 안에 타고 있는 사람들 속으로 들어가더니, 그다음 저절로 멈추었다. 또 한 번은, 낯선 도시에서 거리를 걷고 있는데 그 에너지가 바로 앞 골목으로 흘러가기 시작했다. 가 보니 갱들이 막 싸움을 시작하고 있었다. 싸우던 사람들이 뒤로 물러서더니 갑자기 웃기 시작했다. 그러자 또다시 그 에너지가 멈추었다.

지각의 심대한 변화들도 전혀 있을 법하지 않은 상황에서 아무런 예고도 없이 일어났다. 롱아일랜드의 로스먼 식당에서 혼자 밥을 먹고 있는데 갑자기 현존이 강렬해지더니, 그전까지 평범한 지각으로는 나와 별개로 보였던 모든 사람과 사물이 영원한 보편성과 하나임 속으로 녹아들었다. 과거, 현재, 그리고 미래는 그저 지각이 만든 인위적 산물이기 때문에 미동도 없는 이 고요Silence 속에서는 어떤 '사건'이나 '일'이 없으며, 사실상 아무런 일도 '일어나지' 않는다. 탄생과 죽음에 종속된 개별적인 '나'라는 환상이 지각의 인위적 산물인 것과 같은 이치다. 한계가 다분한 가짜 자아는 그것의 참된 기원인 보편적 참나 안으로 사라져 가면서, 절대 평화와 같이 온갖 고통에서 해방된 상태, 다시 말해, 본향으로 돌아온 형언할 수 없는 느낌이 들었다. 사람이 곧 우주라는 사실을 깨달으면, 그리고 완전하고 영원히 끝도 없이 원래 존재하는 만물과 하나라는 사실을 인식하면, 그러면 더 이상의 고통은 있을 수 없다.

세계 각국에서 환자들이 찾아왔다. 그중에는 단 1퍼센트의 희망조차 걸 수 없는 사람들도 있었다. 중증 정신병과 불치의 중증 정신 질환 치료에 대한 희망을 안고서, 괴기하게 비틀린 모습을 젖은 시트로 칭칭 감은 채 머나먼 병원에서 실려 왔다. 일부는 정신분열증으로 오래 움직이지 못하는 긴장증 환자들이었다. 그중 다수는 수년 동안 입을 닫은 채 지냈다고 했다. 하지만 모든 환자마다, 그 기형적 외모 밑에 사랑과 아름다움의 빛나는 본질이 있었다. 아마 평범한 사람의 눈에는 보이지 않기 때문에 그들은 사랑받지 못하고 세상에서 완전히 버림받았다.

어느 날, 말문을 닫은 긴장증 환자가 구속복을 입은 채 병원으로 실려 왔다. 그 여자 환자는 심각한 신경 질환을 앓고 있어서 서 있을 수도 없었다. 환자는 바닥에서 몸부림치면서 경련을 일으켰고 두 눈은 이미 머리 쪽으로 밀려 올라갔다. 머리카락은 잔뜩 엉겨 붙었다. 옷을 마구 찢으며 후두 뒤에서 나오는 이상한 소리를 냈다. 환자는 부잣집 출신이었다. 그래서 수년 동안 미국 각지의 수많은 의사들과 유명한 전문가들에게 진료를 받아 왔다. 온갖 치료를 다 받았으나, 이미 기존 의학에서 손을 쓸 수 없다고 포기한 상태였다.

순간 말로 할 수 없는 짤막한 질문이 떠올랐다. "신이시여, 이 환자에게 무엇을 바라시는 겁니까?" 그러자 그녀는 그저 사랑받아야 한다는 깨달음이 들었다. 그것이 전부였다. 내면의 자아는 두 눈을 통해 빛났고, 참나는 그 사랑스러운 본질과 연결되었다. 그 순간, 그녀는 자신이 진짜 누구였는지 스스로 인식함으로써 곧바로 치유되었다. 자신의 정신이나 몸에 어떤 일이 일어났는지는 더 이상 그 환자에게 중요하지 않았다.

실제로 이런 일은 수많은 환자들에게 일어났다. 어떤 이는 세상의 눈으로 볼 때 회복되었지만, 어떤 이는 그러지 못했다. 하지만 뒤따라 발생한 임상적 회복이 어떠한가는 그 환자들에게 더 이상 중요하지 않았다. 그들 내면의 고뇌가 끝났기 때문이다. 그들은 사랑받는다고 느꼈고 내면의 평화를 느꼈기 때문에 고통이 멈추었다. 이 현상은 현존의 연민Compassion of Presence이 각 환자의 실재를 재-맥락화했다고 말해야만 비로소 설명될 수 있다. 그 결과, 환자들은 세상과 세상의 외관을 초월하는 수준까지 치유를 경험할 수 있었다. 참나의 내적 평화는 시간과 정체성을 넘어서 우리를 에워싼다.

모든 아픔과 고통은 신에게서 오는 게 아니라 오로지 에고에서 나오는 것이 확실했다. 이 진실은 환자들의 정신에 조용히 전달되었다. 이것은 오랜 세월 동안 한 번도 말하지 않았던 또 다른 긴장증 환자가 갖고 있던 정신적 장애물이었다. 참나는 환자의 정신을 통해 그 환자에게 이렇게 말해 주었다. "너는, 너의 에고가 한 일을 두고 신을 원망하고 있구나." 그는 바닥에 훌쩍 뛰어 내리더니 말을 하기 시작했다. 그 상황을 목격했던 간호사는 엄청난 충격을 받았다.

치료하는 일은 점점 더 힘들어졌고 결국 대응할 수 없을 지경이 되었다. 병상이 나길 기다리는 환자들의 줄은 점점 길어져 갔다. 그들을 다 수용하려고 추가로 병실을 지어도 소용없었다. 한 번에 한 환자를 보는 식으로 인간의 고통에 대응할 수밖에 없었기 때문에 엄청난 좌절감이 밀려 왔다. 그것은 마치 망망대해에서 부랴부랴 긴급 탈출하는 모양새와 같았다. 그 흔한 질병, 영적인 괴로움과 인간의 고통이라는 끝없는 물길의 원인을 해결할 다른 방법이 분명히 있을 것 같았다.

이런 생각이 거듭되면서 생리학적 반응(근육 테스트) 연구로 이어졌고, 이 테스트는 놀랄 만한 발견을 가져왔다. 육체적 세상과 정신/영의 세상이라는 두 개의 우주 사이에는 '웜홀'이 있었다. 웜홀은 서로 다른 두 차원 사이의 접점이었다. 자신의 근원을 상실한 몽유병 환자들로 가득 찬 세상에서, 이것은 모두가 더 높은 실재와의 잃어버린 연결을 확실히 알 수 있게 해 주고 그것을 회복하고 증명할 수 있는 수단이었다. 이리하여 머릿속에 떠올릴 수 있는 모든 물질, 사고, 그리고 개념에 대한 테스트가 실시되었다. 우리 학생들과 연구 조교들이 이런 노력에 큰 도움을 주었다. 그리고 중대한 발견이 이루어졌다. 모든 주체는 형광등, 살충제, 인공 감미료 같은 부정적 자극을 받으면 약해졌지만, 영적 훈련을 받아 인식 수준을 끌어올린 학생들은 일반인처럼 약해지지 않았다. 중요하고 결정적인 무언가가 그들의 의식 안으로 움직였던 것이다. 이 사실을 깨달았을 때, 그들은 더 이상 세상에 휘둘리지 않았으며 오히려 그들의 정신이 믿는 것에만 영향을 받는다는 사실이 명백해졌다. 아마도 깨달음을 향한 진보 과정이 질병을 비롯해 존재의 끊임없는 부침浮沈에 저항할 수 있는 인간의 능력을 향상시켰음을 증명하는 것 같았다.

참나는 세상의 사물들을 단순히 마음속에 그려 보는 것만으로도 그 모든 것을 바꿀 수 있는 능력이 있었다. 가령, 사랑은 사랑의 부재를 대체할 때마다 세상을 바꾸었다. 문명의 전체 계획은 이 사랑의 힘을 매우 구체적인 지점에 맞춤으로써 깊이 변화될 수 있었다. 이런 상황이 발생할 때마다 역사는 새로운 갈림길을 맞이했다.

이제 이러한 결정적 통찰을 세상과 소통하여 공감할 수 있으며,

아울러 반박의 여지가 없을 정도로 확실하게 실증할 수 있을 것 같다. 인간 삶의 거대한 비극은, 언제라도 정신은 너무 쉽게 속임을 당한다는 사실이었다. 그런 면에서 불화와 갈등은, 인류가 거짓과 진실을 분간할 수 있는 능력이 없기 때문에 벌어진 불가피한 결과였다. 하지만 이 근본적 딜레마를 푸는 해법을 발견했다. 그 해법은 의식 자체의 본질을 재-맥락화하는 방법이며, 이 방법이 그저 추론에 불과할 수 있었던 것을 명백하게 밝혀 주었다.

뭔가 더 중요한 것을 찾아, 뉴욕 생활을 정리하고 시내 아파트와 롱아일랜드의 집을 떠났다. '나 자신'을 하나의 도구로서 완성하기 위해, 세상과 세상 안의 모든 것을 떠나야 했다. 그리하여 작은 마을에서 은둔하는 생활을 택하여 7년간 명상과 연구를 하며 보냈다.

나를 압도적으로 휘감는 지복bliss의 상태는 굳이 노력하지 않아도 늘 찾아왔다. 그래서 신성한 현존 안에 존재하면서도 여전히 세상 속에서 역할을 하며 살 수 있는 방법을 배워야 했다. 정신은 전반적으로 세상에서 일어나고 있는 일들을 제대로 파악하지 못했다. 연구와 저술을 하려면 모든 영적 실행을 중단하고 형상이 있는 세상에 집중해야만 했다. 신문과 텔레비전이 세간의 인물들, 중대한 사건들, 그리고 최근 사회적 담론의 본질을 놓치지 않는 데 도움이 되었다.

특별하면서 주관적인 진리 경험은 신비가들의 영역이다. 그들은 영적 에너지를 집단 의식 안으로 전달함으로써 전 인류에게 영향을 끼쳤다. 하지만 인류 대다수는 이런 경험을 이해할 수 없으며, 따라서 여타 영적 구도자들을 제외하면 제한적 의미가 있을 뿐이다. 그래서 평범해지기 위한 노력을 택했다. 왜냐하면 본질적으로 그저 평범하다는 것은 다름 아닌 신성의 표현이기 때문이다. 다시 말해, 진짜 자아의 진실은 일상의 경로를 통해서 발견할 수 있다. 서로 보살피고 친절한 마음으로 살아가는 것이 여기에 필요한 전부다. 나머지는 때가 되면 서서히 자신을 드러낸다. 일상과 신은 뚜렷하게 구별되지 않는다.

그래서 영sprit은 오랜 순환의 여정을 마치고 가장 중요한 일을 하러 돌아왔다. 그 일은 최대한 많은 인간 동료들이 현존Presence을 조금이라도 더 가까이에서 잘 이해할 수 있도록 도와주는 노력을 하는 것이었다.

현존은 말없이 평화의 상태를 전한다. 평화의 상태는 공간이며, 그 공간에 의해 만물과 인간은 존재와 경험을 갖는다. 현존은 무한히 부드럽지만 바위처럼 단단하다. 현존과 함께 있으면 모든 두려움이 사라진다. 영적 기쁨은 고요한 수준의 불가해한 무아지경에서 발생한다. 시간의 경험이 멈추면 걱정도, 후회도, 아픔도 기대도 없기 때문이다. 그래서 기쁨의 근원은 끝나지 않으며 영원히 존재한다. 시작도 끝도 없으므로 상실이나 비탄이나 욕망도 없다. 반드시 행할 것도 없다. 모든 것은 이미 완벽하고 완전하다.

시간이 멈추면 모든 문제가 사라진다. 다시 말해, 모든 문제는 그저 지각의 시점에서 만들어진 인위적 산물에 불과하다. 현존이 지배하면, 더 이상 육체나 정신과의 동일시가 생기지 않는다. 정신이 점점 고요해지면, '나는 존재한다.'는 생각도 사라지면서 순수한 인식이 온갖 말과 우주 너머, 시간 너머, 그리하여 끝도 시작도 없이 지금의 나, 과거의 나, 그리고 미래의 나를 언제나 환하게 비추어 준다.

사람들은 의아하게 생각한다. "어떻게 이런 인식의 상태에 도달하는 것일까?" 하지만 그런 점진적 단계를 따라가는 사람은 거의 없다. 의외로 그 방법이 너무 단순하기 때문이다. 먼저 그 상태에 도달하려는 욕망은 강렬했다. 그다음, 아무런 예외 없이 끊임없이 모두를 용서하고 온화하게 대하는 행동 훈련을 시작했다. 사람은 자신과 자신의 생각을 포함해 모든 것에 연민을 느껴야 한다. 그러자 이제는 매 순간 욕망을 중지 상태로 붙잡고 개인적 의지를 내려놓으려는 더 큰 의지가 찾아왔다. 생각, 감정, 욕망을 모두 신에게 내맡기고 순복했기 때문에 정신은 점차 고요하게 변해 갔다. 처음에 정신은 온갖 이야기와 설명을, 그다음에는 아이디어와 개념을 풀어 주었다. 이런 생각을 소유하고 싶다는 생각을 내보내면, 그런 생각들은 더 이상 정교한 수준에 이르지 못하고 반쯤 형성되다가 조각나기 시작한다. 그러다가 결국 생각이, 생각이 되기도 전에 생각 후면으로 에너지를 돌려 버리는 것이 가능해졌다.

명상하면서 한 순간도 정신을 딴 데 팔지 않은 채 끊임없이 한 곳에 집중하는 일은 일상적인 활동을 하는 동안에도 계속되었다. 처음에는 그 일이 매우 어렵게 보였지만, 시간이 지남에 따라 점차 습관처럼 자동화되면서 점점 큰 노력이 필요하지 않게 되었으며, 마침내 힘을 들이지 않아도 자연스럽게 이루어졌다. 그 과정은 로켓이 지구를 떠나는 것처럼 단계별로 진행되었다. 로켓도 맨 처음에는 엄청난 힘이 들지만 지구 중력장을 벗어나면 점점 필요한 에너지가 줄어들다가, 마침내 자체 운동 가속도에 따라 우주 공간을 뚫고 움직인다.

아무런 예고도 없이, 갑자기 인식의 변화가 일어났고 현존이 모두를 아우르면서 틀림없이 거기에 있었다. 자아가 죽어 가면서 우려하던 순간도 몇 번 있었지만, 그 순간이 지나면 현존의 절대성이 한줄기 섬광 같은 경외심을 불어넣어 주었다. 이 획기적인 발전은 그야말로 굉장했으며 이전의 어떤 것보다 더 강렬했다. 일상에서 그것에 대응할 만한 경험은 없다. 그 심대한 충격은 현존과 함께 있는 사랑으로써 완화되었다. 사랑의 지지와 보호가 없다면 인간은 완전히 파괴되었을 것이다.

무nothingness가 될까 두려워하며 에고가 자신의 존재에 매달릴 때 공포의 순간이 찾아왔다. 하지만 에고가 죽어 가면서 그 자리에는 일체임Everythingness으로서의 참나, 모두All가 들어왔다. 모두 안에서 만물은 자신의 본질을 완벽하게 표출하고 알리며 확실해진다. 특정 장소에 구애되지 않으면서, 나라는 사람이 과거에 존재한 적 있거나, 혹은 지금부터 앞으로 존재할 수 있는 모두라는 인식이 찾아왔다. 다시 말해, 온갖 정체성 너머, 모든 성별 너머, 심지어 인간임humanness 너머 총체적이고 완전한 사람이 될 수 있다. 이제 다시 고통과 죽음을 두려워할 필요가 없다.

이 시점에서 육체에 일어나는 일은 중요하지 않다. 영적 인식의 특정 수준에 오면 육체의 만성 질환이 치유되거나 자연스럽게 사라진다. 하지만 절대적 상태에서는 애초에 그 자체가 고려 대상이 되지 않는다. 육체는 원래 자기 갈 길을 갈 것이고, 그러다가 시작된 지점으로 되돌아올 것이다. 그것은 아무런 중요성도 없는 문제다. 다시 말해, 그 상태에서 육체가 아무런 영향을 끼치지 못한다. 육체는 '내'가 아니라 방 안의 가구처럼 또 하나의 사물로서 비인칭 '그것'으로 나타난다. 그렇기 때문에 육체가 여전히 개별적 주체인 '당신'이라도 되는 것처럼 사람들이 그 육체에게 말을 거는 일이 우스꽝스러워 보일지도 모른다. 하지만 인식하지 못한 사람들에게 이런 인식의 상태를 설명할 방법이 없다. 그저 내가 맡은 일을 해 나가고 신의 섭리가 사회적 조정을 다 처리하도록 하는 것이 최선이다. 하지만 지복의 상태에 도달하면 그 강렬한 무아지경의 상태를 감추기가 무척 어렵다. 무아지경의 빛에 세상은 눈부시고, 그 빛에 수반되는 오라 안에 있으려고 각처에서 사람들이 찾아올 수도 있다. 심한 병을 앓고 있는 사람들이 기적을 찾듯이 영적 구도자들과 영적으로 호기심이 강한 사람들은 강하게 매료될 것이다. 말하자면 그들에게는 자석이자 기쁨의 근원이 된다. 흔히 이 시점에 이르면 이런 상태를 타인들과 나누고 그것을 모두의 안녕을 위해 활용하고 싶은 욕망이 생긴다.

사실 이 상태를 동반하는 무아지경은 절대적으로 안정적이지 못하다. 엄청난 고뇌를 느끼는 순간들도 찾아온다. 그 상태가 여러 번 변동하면서 어느 날 뚜렷한 이유도 없이 갑자기 중단될 때 가장 강렬한 고뇌가 발생한다. 이럴 때면 현존에게 버림받았다는 강한 절망과 두려움의 시기가 찾아온다. 이런 생각 때문에 영성의 경로는 힘들어진다. 이런 전환을 극복하려면 크나큰 의지가 필요하다. 그러다가 마침내 이 수준을 초월해야 하며, 그렇지 않으면 '은총에서 나락으로 떨어지는' 고통을 계속 겪어야 한다는 사실이 명확해진다. 그다음, 모든 대립쌍과 그들이 서로 충돌하는 인력을 넘어설 때까지 계속해서 이원성 자체를 초월하는 힘겨운 과업에 들어서는 시점에서는 무아지경의 은총을 포기해야만 한다. 하지만 에고의 쇠사슬을 기꺼이 포기하는 것과 황홀한 기쁨의 황금사슬을 포기하는 것은 전혀 다른 일이다. 그것은 마치 신을 포기하는 것처럼 느껴진다. 그래서 예전에는 미처 예상하지 못했던 새로운 차원의 두려움이 나타난다. 이것이 바로 절대 고독의 마지막 공포다.

에고에게 있어 비존재의 두려움은 가공할 수준이었다. 그래서 그 공포가 접근하는 것처럼 보이면, 언제라도 공포로부터 물러나기를 반복했다. 그럴 때, 그 고뇌의 목적과 영혼의 어두운 밤은 명백해졌다. 그런 고통과 어둠의 밤은 너무나 참을 수 없기 때문에, 그 격렬한 아픔은 오히려 그 아픔을 극복하기 위해 필요한 극도의 노력을 하도록 자극한다. 천국과 지옥 사이의 흔들림을 도저히 참을 수 없을 때, 존재 자체를 향한 에고의 욕망을 온전히 내려놓아야 한다. 일단 이렇게만 하면, 마침내 전부임Allness 대 무Nothingness, 존재 혹은 비존재의 이원성을 넘어서 움직일 것이다. 내면 수행이 진행되면서 이르게 된 이 정점은 가장 힘든 국면이자 궁극의 분수령이다. 이 지점에서, 인간이 이곳을 초월한다는 존재의 환상은 돌이킬 수 없는 사실임을 완전히 인식한다. 이 단계에서는 이제 되돌아갈 수 없다. 이 불가역성의 유령 때문에 이 마지막 장벽은 세상 모든 것 중에서 가장 가공할 만한 선택처럼 보인다.

하지만 실제로 자아가 이 마지막 종말을 맞이하면서, 유일하게 남은 존재와 비존재의 이원성, 다시 말해, 정체성 자체의 소멸은 보편적 신성Universal Divinity 안에 녹아서 사라지게 된다. 그리하여 선택할 수 있는 그 어떤 개별적 의식도 남지 않는다. 그런 다음, 비로소 신이 마지막 발걸음을 내딛는다.

데이비드 R. 호킨스

| 옮긴이 주 |

1) 1925년 7월 테네시 주 데이턴에서 벌어진 이른바 '스콥스 재판'이다. 당시 테네시 주의회는 개신교 근본주의가 장악하고 있으면서, 초중등대학교에서 진화론을 가르치는 것이 법률 위반이라는 이른바 '버틀러 법'을 통과시켰다. 당시 고등학교 생물교사였던 존 스콥스는 이것이 개인의 자유를 위협한다고 생각하고, 학교에서 다윈의 진화론을 가르치는 제스처를 취하여 체포되어 이런 세기의 장면을 만들었다. 거물급 변호인 클래런스 대로와 윌리엄 제닝스 브라이언이 가세하면서 언론의 관심도 최고조에 달했다. 성경의 엄격한 문구해석을 주장했던 브라이언은 존 스콥스의 기소에 참여했다. 재판부의 거부로 과학자를 증인석에 세우지 못한 클래런스 대로는 브라이언을 증인석에 세워 성경 해석에 대해 자기모순을 일으키도록 부추겼다. 당시 브라이언과 대로의 설전은 근본주의와 자유주의의 극적인 대결로서 대단한 관심을 불러일으켰다. 결국 스콥스의 유죄가 인정되고 벌금형이 부과되었다. 물론 1968년 버틀러 법이 폐지되었고, 나중에 형의 파기가 이루어졌다. 하지만 브라이언은 이 재판의 여파로 치명적인 타격을 입은 탓이었는지 승소 닷새 만에 세상을 떠났다.

2) 밈은 리처드 도킨스가 1976년 『이기적 유전자』에서 처음 제시한 용어로 모방을 통해서 전해지는 문화적 요소를 말한다. 그는 문화의 전달이 진화의 형태를 취한다는 점에서 유전자 전달에 비유될 수 있다고 주장했다. 옥스퍼드 사전에서는 "유전적 방법이 아닌, 특히 모방을 통해서 전해지는 것으로 여겨지는 문화의 요소"라고 정의한다.

3) 주의 자세는 심리학에서 말하는 순간적 맥락으로, 우리의 기대와 동기에 의존하며 뉴런에 하나의 내적 입력이 된다.

4) 맹자의 표현으로는 측은지심(惻隱之心), 공자의 표현으로는 인(仁)으로 볼 수 있다.

5) 이 책은 2008년에 출간되었다. 빈 라덴은 2011년 미 해군 대테러 특수부대의 작전 중에 사살된 것으로 보도되었다.

6) 한편 로저 볼드윈은 스탈린과 소련 공산주의가 점차 독재로 흘러가자 이를 비난했다. 또한 2차 대전 종전 후 맥아더의 초청으로 일본을 방문해 '일본시민자유연합'을 창설했다. 그는 사망하기 7개월 전, 레이건 행정부로부터 '자유의 메달'을 받았다.

7) 이 사건은 2006년 11월 20일, 미네아폴리스 공항에서 애리조나 피닉스로 향하는 U.S 에어웨이 비행기에 탄 '미국무슬림협회' 이맘 여섯 명이 비행 객실에서 쫓겨난 일이다. 당시 기장과 승무원들은 그들이 지정 좌석에 앉지 않는 등 의심스러운 행동을 했다는 이유로 공항 보안대의 힘을 빌려 비행기에서 내리게 했다. 이후 무슬림 협회 등에서는 종교적 이유로 차별을 했다고 비난하는 등 각계에서 여러 반응을 내놓았고 《인베스터 비즈니스 데일리》 등 일부 언론은 당시 프로파일링(정보자료수집)에 반대하는 의회 법안 처리에 호의적인 여

론을 조성하기 위해 사전에 계획된 일이었다고 논평하기도 했다. 2009년 7월, 이맘 측에서 법적 소송을 제기했고, 같은 해 10월, 항공사와 이맘 사이에 합의가 이루어졌다.

8) 티모시 리어리는 하버드대 심리학 교수 출신으로 반문화 히피들의 마약 대부로 불렸으며, 정신적 해방을 위해 강의 시간에 LSD 약물을 이용하기도 했다. 1964년에 출간된 『사이키델릭한 경험: 티벳 사자의 서에 기초한 매뉴얼 *The Psychedelic Experience: A Manual Based on The Tibetan Book of the Dead*』에 나온 슬로건이 바로 *"turn on, tune in, drop out"*이었고, 이후 히피들의 약물 행동 강령이 되었다.

9) '위대한 세대'는 톰 브로커의 베스트셀러 『가장 위대한 세대 *The Greatest Generation*』에서 나온 용어로, 1911년과 1924년 사이에 태어나 대공황 속에 성장하여 2차 세계 대전을 겪으면서 미국의 부흥에 기여한 세대를 가리킨다.

10) 특히 미국 학계에서 서구 문명의 편향된 커리큘럼과 학술적 태도와 현상을 가리킨다.

11) 조지 오웰의 『1984』에 나오는 정치선전용 기만전술의 '새로운 언어 *Newspeak*'를 가리킨다. 흔히 정보 독점을 통해 사회를 검열·통제하는 권력 또는 사회체계를 뜻할 때 쓰고 있는 용어 '빅 브라더 *Big Brother*'도 이 소설에서 나왔다.

12) 아미시 공동체는 현대 문명을 거부하고 여전히 18세기식 농경문화와 생활을 고수하는 매우 보수적인 개신교 교파다. 2006년 아미시 마을에서 다섯 명이 살해되는 사건이 있었으나 그들은 살인자를 용서한다고 공식 발표했다. 이후 아미시파의 500년 역사 속에 깃든 용서하는 문화적 DNA가 이런 비극을 초월할 수 있었던 요인이며, 미국이 이런 교훈을 엄중하게 배워야 한다는 기사와 책과 분석이 나오기도 했다.

13) 원래 수학에서 '래디컬'이란 루트 √가 들어가는 수학적 표현을 말한다. 그러나 여기서 말하는 래디컬 매스는 사회·정치적 이슈를 수학 수업과 커리큘럼에 통합시키는 데 관심을 가진 교육자들의 소스 웹사이트로서, 현재 현장에서 바로 활용할 수 있는 700여 개의 교안, 도서, 도표, 데이터 자료 등에 접근할 수 있는 링크를 모아 두었다. *http://www.radicalmath.org/*

14) 유용한 바보 *useful idiots/fools*는 레닌이 사용한 용어로 소비에트 연방 시절 그 체제에 동조하던 서방국가 사람들과 그들을 대하는 소련 정부의 태도를 지칭한다. 지금은 정치 집단이나 테러 단체, 적대적 기업 등에 이용당하는 사람을 말한다.

15) 오하이오 주에 위치한 안티오크 대학은 현재 잘 운영되고 있다. 2007년 6월 당시, 155년 역사의 개혁적 캠퍼스는 그동안 불어난 적자를 감당하지 못해 2008년 7월 1일부로 대학 운영을 중단한다고 발표했다. 그리고 2011년 10월, 캠퍼스는 다시 문을 열었다. 안티오크는 1825년 설립 당시, 노예제도 반대 등 사회개혁에 찬성하는 사람들이 주도하여 교양 중심 대학으로 설립되었으며, 개혁 성향의 인물이 초대 총장을 맡았다. 무엇보다 미국에서 최초로 백인/남성과 동급으로 여학생과 유색인종 입학을 허용한 대학이다. 당시 문을

닫기 전까지 아이비리그보다 더 많은 졸업생이 미국 인명록에 등록되었으며 두 명의 노벨상 수상자를 배출했다.

16) 스콥스 재판에 나왔던 바로 그 클래런스 대로다. 그는 사형 반대론자였다. '죄는 미워하되 사람은 미워하지 말라.'는 구절을 인용하며 종신형을 요구했던 바로 그 변호사였다.

17) 위험한 비탈길 *slippery slope*이란 일단 시작하면 중단하기 어렵고 파국으로 치달을 수 있는 행동 방향을 뜻한다.

18) 허수아비 오류라고 한다. 이 말은 옛날 영국에서 돈을 받고 위증을 해 주는 사람을 가리켜 '허수아비 *straw man*'라고 부른 데서 유래했다. 상대를 공격하기에 만만한 가공의 인물로 만들거나 상대의 주장을 허점투성이라고 주장함으로써, 상대를 일종의 허수아비로 만들어 한방에 공격한 뒤에 마치 상대의 주장이 완전히 무너진 것처럼 선전하는 수법이다.

19) 무브온의 이 광고는 장군의 이름 *Petraeus*와 음가가 비슷한 어휘 Betray us를 상호 배치하여 의미를 획득한 광고였다, 이는 근본적으로 부시 행정부의 이라크 전쟁에 대한 비판이었고, 당시 공화당과 부시 행정부는 민주당이 국익을 해치는 이런 광고에 반발 성명을 내지 않는다고 분노했다. 그러나 사실 민주당에서도 이 사태를 그리 반기지 않았다. 왜냐하면 이 광고가 공화당과 부시 행정부의 이라크 전쟁 정책을 직접 비판하지 않고 오히려 사령관에 대한 마녀 사냥식 광고를 함으로써, 공화당 내 비둘기파나 부시 행정부 지지자들에게 변명의 여지를 남겼기 때문이다. 그 결과, 이라크 전쟁에 가야 할 대중의 관심과 시선이 엉뚱하게 한 개인에게 돌아가면서 본말이 전도되었다.

20) 위에서 법률 조문과 법률 정신 사이에 발생하는 차이를 인식하지 못하는 것처럼, 그런 종교적 표현 행위가 편재하는 신의 성질을 역으로 반증한다는 사실을 현실적으로 알아차리긴 어렵다.

21) 플라톤의 『국가론』을 통해 당시 소크라테스가 생각하는 민주제의 단면을 들을 수 있다. "민주제란 빈민들이 승리하여 반대파의 일부는 처형하고 일부는 추방하고 나머지에게 시민권과 통치권을 평등하게 분배해 줄 때 생긴다. 민주제 국가에서는 교만을 교양이라고 부르고, 무질서를 자유라고 부르고, 파렴치는 용기라고 부르면서 찬사와 아첨의 말을 퍼붓는다. 자유로움은 불필요한 욕심을 낳고 이 욕심 때문에 다시 부와 재산, 탐욕의 경쟁이 나타나 오히려 독재가 등장할 토대가 된다."고 지적했다.

22) 스핀 닥터 *Spin Doctor*는 특정 정치인이나 고위 관료의 최측근에서 대변인 구실을 하는 사람을 뜻한다. 일반적으로 정치지도자나 고위관료들이 미디어 전면에 나서지 못할 때 그 측근들이 자신이 정책결정자인 것처럼 이야기하며 언론조작을 하는 것이 특징이다. 말하자면 정치 대외홍보 전문가를 일컫는 '스핀 닥터'는 1984년 《뉴욕 타임스》가 레이건과 먼데일의 대선 TV토론을 논평한 사설에서 처음 사용했다. 서로 자기편이 잘한다고 과장 홍보하는 모습이 '돌리거나 비틀어 왜곡한다.'는 뜻의 스핀을 노골적으로 구사하는 정치

모사꾼을 연상시켰다. 허나 이후 미디어의 영향력이 더 커지면서 여론 선점, 정책 홍보, 이미지 관리가 정치 영역의 핵심요소로 등장했다. 따라서 정치에서 스핀(닥터)의 역할은 긍정적, 부정적 의미를 막론하고 계속 확대되었다.

23) 카르마 요가란 행동의 요가로서 행동을 통해 자아 완성을 추구한다. 즈나나 요가나 라자 요가가 내적인 심리 관리라면 카르마 요가는 외부의 문제를 통해 행동 방식을 관리함으로써 참된 자아에 도달하는 요가다.

24) 미국 사우스 다코다에 주로 거주하는 아메리칸 인디언 부족이다. 경제생활 최소단위는 개개의 확대가족인데, 모계씨족 50~150명으로 이루어진다. 씨족 내의 일을 지휘하는 사람은 나이 든 여성이다. 일군의 모계 씨족이 모여 모이어티를 이루고, 이 모계 모이어티 두 개가 합쳐 한 부족을 구성한다. 모이어티는 정치적 기능은 없으며 경제적·사회적 기능만을 가진다. 부족은 공통적 영역을 가지는 정치적 단위이며 이 부족을 구성하는 여러 씨족의 대표자, 남자 추장들이 회의를 열어 중대한 일을 결정한다. 각 부족은 자립성이 있으며, 공통적인 이해가 얽힌 전쟁 등의 문제를 결정하기 위해서 다섯 부족이 합동하여 이로쿼이 연맹을 조직하고 있다. 이 연맹은 각 부족의 추장 50명으로 이루어진 대추장 회의에서 운영한다. 여자는 종교 행사나 제사에서 남자와 거의 동등한 지위를 확보하고 있다.

25) 기원전 5세기, 그리스의 철학자 제논은 공간과 시간의 무한정한 분할성이 가지는 근본적인 논리적 패러독스를 증명하려고 노력했다. 가령, 날아가는 화살의 움직임을 무한한 개수의 간격으로 나누면 각각의 미소 운동 시간 동안 화살이 정지해 있다고 한다. 영을 무한 개 더해보았자 그대로 영이므로 결국 화살은 움직일 수 없다는 결론이 나오게 된다. 제논의 스승 파르메니데스는 자연에서의 변화란 결국 환영에 불과하다고 했다. 아리스토텔레스와 19세기의 과학 및 철학자들은 이 관점을 무시했다. 이들은 운동체의 경로를 미소 분할하는 극한 상태에 영이 아닌 속도값이 있음을 증명하며 제논의 패러독스를 해결하였다. 그러나 1960년대에 들어 양자역학이 적용되면서 시간적으로 변화하는 미시 물체를 관찰자가 충분히 빠르게 반복적으로 관측한다면 그 물체가 실제로 변화를 멈출 확률이 매우 높다는 결론이 나왔다. 즉 양자역학의 미시 세계에서는 관찰자가 물체의 시간적 흐름을 멈출 수 있으니 바로 제논이 주장한 패러독스가 실제 발생한다. 여기에는 위치 정보가 정확할수록 운동량(속도)의 오차가 커진다는 하이젠베르크 불확실성의 원리가 적용된다.

26) 아이는 부모가 양육하는 방식 그대로 미리 설정한 시간에 따라 긍정적으로 반응하거나 발전해 나가지 않는다. 말하자면 부모의 양육과 아이 사이에 학습은 서로의 시간을 맞추어 때론 뒤로 미루어지거나 거부하거나 승인하는 등의 여러 작용이 일어난다. 부모와 아이라는 속도가 다른 기계가 서로 학습할 때, 맞춰 가는 작용이 필요하며 이 과정에 활용되는 알고리즘을 가리켜 상대적 시간 지연이라고 한다.

27) "참호 속에서는 무신론자가 없다 *No Atheists in Foxholes*." 전투나 전쟁이라는 위기

재난 상황에서는 누구나 신을 찾을 수밖에 없다는 뜻이다. 1954년 아이젠하워 대통령은 어느 연설에서 "나는 우리의 군인들이 우리의 삶 속에서 하느님을 아는 운동을 벌이고 있는 것이 기쁘다. 전투를 통해 그들은 참호 속에서는 무신론자가 없다는 중대한 진리를 배웠다."고 전했다. 이보다 앞서 1942년 바탄 전투에서 군목 윌리엄 커밍스도 이런 구절로 메시지를 전한 바 있다. 그리고 최근 2013에는 알래스카 미 공군부대의 군목 케넷 레이스 중령이 이 말을 인용한 칼럼을 군부대 웹사이트에 올렸다가 무신론 단체의 항의를 받고 삭제한 후, 다시 복구하는 해프닝이 있었다.

28) 미국 최고 권위의 융 심리학자 제임스 힐먼의 『전쟁에 대한 끔찍한 사랑 *A Terrible Love of War*』에 따르면 걸프전 당시, 미국도 하느님의 이름을 부르며 승리를 다짐했다. 각자 그들이 믿는 신의 이름으로 전쟁을 일으키고 살상을 자행하는 행위를 정당화시켰던 것이다.

29) 문학적으로 흔히 의인법이나 의인화로 부르는 것을 종교나 영성, 우주론 체계에서는 신인동형론(神人同形論)이라고 하는데 신에게 인간의 형태나 특성을 귀속시키는 것이다.

30) 유니바머 *Unibomber, university and airline bomber*, 본명은 시어도어 존 카진스키다. 미국의 수학자이자 테러리스트로 기술 진보가 인류 파괴의 주범이라고 판단해 그것에 대항하기 위해 17여 년간 사업가, 과학자 등에게 편지 폭탄을 보내 세 명을 살해하고 스물 아홉 명의 부상자를 냈다. 1998년 가석방 없는 종신형을 받고 현재까지 수감 중이다.

31) 1970년대 베트남 전쟁 당시 반전을 외치며 미 국회의사당과 국방부, 국무부 등을 대상으로 폭탄 테러를 벌인 좌파 학생운동단체로, 1977년 해체되었다. 조직 이름은 1965년 밥 딜런의 노래 '지하실에서 젖는 향수 *Subterranean Homesick Blues*'의 '바람이 어디로 부는지 알기 위해 꼭 기상캐스터가 필요한 것은 아니다 *You don't need a weatherman to know which way the wind blows.*'에서 가져왔다.

32) 팔레스타인 해방 기구 내에서 분리된 게릴라 조직. 팔레스타인 해방을 외치며 테러와 요인암살, 항공기 납치사건 등을 저질렀다. 1972년 5월 뮌헨올림픽에서 이스라엘 선수단 두 명을 죽이고 아홉 명을 인질로 붙잡은 사건을 통해 전 세계에 조직을 드러냈다.

33) 2005년 7월 영국에서 일어난 지하철 폭탄 테러는 서유럽에서 발생한 최초의 자살폭탄테러 사건으로 56명이 사망하고 700여명이 부상당했다. 사건 직후 인터넷을 통해 알카에다가 자신들의 소행이라고 밝혔다. 2주 후 또다시 폭탄 테러가 일어났으나 불발로 인명 피해는 없었다. 아마도 호킨스 박사는 이 일을 지적하는 듯하다.

34) 역연령, 혹은 생활 연령은 개체의 성장이나 노화 속도를 태양력에 맞추어 계산한 것이다. 물론 개체의 성장, 성숙, 노화 속도는 역연령에 반드시 비례하지 않고 사람에 따라 다르게 진행된다. 그래서 역연령 외의 다른 기준이 필요한데 흔히 접하는 정신연령, 골격연령, 사회적 연령 등이 바로 이에 해당한다.

35) 이 언급은 대주교의 BBC 인터뷰 답변이었다. 당시 한국성공회 주낙현 신부의 분석 *http://viamedia.or.kr/2008/02/13/185*과 이후 관련 기사를 통해 보자면, 캔터베리 대주교가 영국 대법원에서 법률가를 대상으로 강연을 했고, 그 직후 BBC와 인터뷰를 했다. 대주교의 이 강연은 "샤리아 법이 이슬람의 불평등한 악법이라는 대중적 이해가 만연한데, 이슬람 학자들이 제기한 바에 따르면 단순하게 법제화된 규정으로 샤리아를 보는 지극히 협소한 이해는 실제로 『쿠란』에서 제기하는 보편적 법 정신을 훼손할 수 있다."고 본질적 영성의 문제와 법적 제도와 그 시행 간의 간극을 이야기한 것이었다. "기독교 근본주의자들이 기독교의 가르침을 그르치듯이, 이슬람 근본주의 역시 협소한 해석으로 샤리아를 법제화하여 이를 가지고 사람을 처벌하고 공격하는 데 사용하는 것에 비판적 성찰"이 필요하다는 점을 종교 수장으로서 종교 내부와 사회에 주문한 셈이다. 대주교의 원래 의도는 서구 사회의 다양성이 커짐에 따라 사회적 통합성이 큰 과제로 부상했고, 이를 위한 사회적 정책이 뒤따를 수밖에 없는 현실을 반영한 것이다. 2008년 9월, 영국의 《선데이 타임스》는 영국 내 무슬림 최대 거주 5개 도시에 샤리아 법정이 세워졌고, 이 법정은 영국 정부가 인정하는 샤리아 판사들이 세울 수 있으며, 그 법적 판단은 지방 재판소와 대법원이 승인 절차를 밟아야 한다고 보도했다. 200만에 육박하는 무슬림 인구의 사회적 통합을 고려하여 영국 의회도 실체적 존재를 인정하지 않을 수 없었던 것이다. 민사 문제에 한정된 이 법정 판결은 영국중재법에 따라 그 효력을 인정하였다. 하지만 여성과 아이에 불평등한 율법에 종교적 · 사회적으로 찬성한 것은 아니다. 무슬림 인구는 영국 법을 어기지 않는 이상 샤리아 법의 적용을 자유롭게 판단할 수 있어야 한다는 것이 기본 입장이다.

36) 사실 카트리나 재해 당시 부시 행정부의 무능한 대처는 지금까지도 많은 논란을 일으키고 있다. 퓰리처상 수상 기자, 셰리 핑크의 『그날 이후 *Five days at Memorial*』등은 그 진상을 낱낱이 들려준다. 『현대인의 의식 지도』는 2008년에 출간되었다. 2009년 이후 미국 사회는 공화당 부시 행정부가 끝나고 민주당 오바마 정부가 출범하면서 이전과 달라진 모습을 보였다. 따라서 이 점에 대해서는 역사적 접근처럼 당시의 윤리성과 현실에 좀 더 맞추어 이해하는 쪽을 선택하는 것이 적절하다.

37) 융은 『자아와 무의식의 관계』에서 결국 페르소나는 '참다운 것'이 아니며, 인간이 '무엇으로 보이느냐?' 하는 것에 관한 개체와 사회 간에 이루어진 타협의 소산이라고 했다.

옮긴이 | 주민아

경희대학교에서 영문학으로 석사학위를 받고 박사학위과정을 수료했다. 푸른 나날 대부분을 경희대학교와 창원대학교 교정에서 영문학을 공부하고 연구하고 강의하며 살아왔다. 현재 전문 번역가로 활동하고 있으며, 앞으로도 지금처럼 인문(人文)의 흔적을 캐면서 번역하고 책을 읽으며, 무엇보다 사랑하며 살아갈 것이다.

옮긴 책으로 『닥터 도티의 삶을 바꾸는 마술가게』, 『파이브: 왜 스탠포드는 그들에게 5년 후 미래를 그리게 했는가』, 『나는 무엇을 원하는가: 천재심리학자가 발견한 11가지 삶의 비밀』, 『나눔의 행복』, 『이제 사랑을 선택하라』, 『살아있는 목적 Be』, 『지금 행동하라 Do』, 『신념의 힘 Faith』, 『100년 라이프스타일』, 『네 인생인데 한 번뿐인데 이대로 괜찮아?』, 『기호와 상징』, 『1000명의 CEO』, 『전쟁에 대한 끔찍한 사랑』, 『암살단: 이슬람의 암살 전통』 등이 있다.

현대인의 의식 지도

1판 1쇄 펴냄 2016년 11월 18일
1판 3쇄 펴냄 2024년 1월 22일

지은이 | 데이비드 호킨스
옮긴이 | 주민아
발행인 | 박근섭
책임편집 | 정지영
펴낸곳 | 판미동

출판등록 | 2009. 10. 8 (제2009-000273호)
주소 | 06027 서울 강남구 도산대로 1길 62 강남출판문화센터 5층
전화 | **영업부** 515-2000 **편집부** 3446-8774 **팩시밀리** 515-2007
홈페이지 | panmidong.minumsa.com

도서 파본 등의 이유로 반송이 필요할 경우에는 구매처에서 교환하시고
출판사 교환이 필요할 경우에는 아래 주소로 반송 사유를 적어 도서와 함께 보내주세요.
06027 서울 강남구 도산대로 1길 62 강남출판문화센터 6층 민음인 마케팅부

ISBN 979-11-5888-187-0 03840

판미동은 민음사 출판 그룹의 브랜드입니다.